L'IMPOSSIBLE ADIEU

DEBRA BRUCE

L'IMPOSSIBLE ADIEU

BELFOND

Titre original :

31ST STREET

Traduit de l'anglais
par Claire Mulkai

Ce roman est une œuvre de fiction et toute ressemblance avec des personnages réels serait pure coïncidence.

ISBN : 2-266-08042-3

Pour Ann, et pour ma chère Mrs Gee,
merci…

1

(Récit de David Maclean — Dirleton, Écosse, 11 novembre 1919)

Dick Rashwell n'était pas à proprement parler un excentrique, mais les fêtes qu'il donnait, en revanche, l'étaient. Peut-être parce que ce n'était pas lui qui les organisait. Bill Brice s'occupait de tout, et les gens venaient de l'Écosse entière manger, boire et s'amuser à Rashwell Manor, un château du XVIIIe siècle perché sur les falaises de la mer du Nord, à une trentaine de kilomètres d'Édimbourg. Nul besoin d'invitation, il suffisait d'apporter quelque chose… ou d'amener quelqu'un, de préférence une femme ; mais, si le convive n'était pas capable de se faire accompagner d'une personne du beau sexe, il arrivait avec une bouteille. En été, on faisait du kayak dans la gigantesque piscine et on dansait sur les toits. En hiver, quand on ne pouvait pas sortir à cause de la neige, on sautait du balcon du troisième étage sur des édredons placés au-dessous — un sport que Bill avait baptisé « plongée aérienne ». L'alcool coulait à flots et les soixante pièces de la demeure étaient toujours pleines, même si les occupants changeaient souvent au cours de la soirée. Les trois piliers sur lesquels reposait ce temple de la débauche étaient Freud, l'amour libre et la fête.

Une incroyable soif de vivre déferlait sur le pays — sur tous les pays —, peut-être parce que la guerre avait fait tant de morts, huit millions. Toute une génération d'hommes qui n'avaient pas eu de jeunesse revenait des champs de bataille. Ceux qui avaient frôlé la mort de près avaient besoin de se soûler de tout ce qui pouvait leur donner le sentiment de vivre : l'alcool, la vitesse, les voitures, les femmes, n'importe quoi pourvu que cela leur fasse battre le cœur. Nous étions tous émancipés, garçons et filles. Les jeunes gens renversaient les principes érigés par leurs aînés ; ils vivaient dans le présent, car le passé était mort et l'avenir importait peu. Les filles coupaient leurs cheveux et portaient des robes courtes et légères, sans rien en dessous que du parfum ; elles dansaient le charleston, fumaient et buvaient comme les hommes. Nous étions jeunes. Nous étions audacieux. Nous étions libres. La guerre était finie, et désormais il était temps de s'amuser.

Et c'est ce que nous allions faire.

« Danse avec moi, Davie », me lança la petite amie de Bill, Alice Carrick, en se jetant dans mes bras au moment où j'entrais dans la salle de bal. Elle avait la taille d'une enfant de douze ans, des cheveux poil de carotte et ressemblait à un lutin ; elle n'était pas très jolie, mais chacun l'adorait.

« Où sont passées tes chaussures ?

— Billie me les a prises. Il a pris les chaussures de tout le monde. Comment se fait-il que tu aies encore les tiennes ?

— J'étais sorti marcher un peu. Et que va-t-il en faire, de ces chaussures ?

— Il les a cachées. On va faire une chasse au trésor à minuit.

— Alice, il doit y avoir trois cents personnes ici. Comment diable pourront-elles retrouver leurs chaussures ? »

Sans me répondre, elle se mit à exécuter autour de moi un fox-trot endiablé.

« Voici Dick, annonça-t-elle. Il est tout chose parce que quelqu'un a dessiné une moustache à lord Rashwell.

— Son père…

— Enfin, à un portrait de son père, mais tu comprends, maintenant il ressemble au Kaiser. »

Dick se faufilait vers nous, avec l'air que je lui connaissais quand il avait bu un verre de trop : pas ivre, mais décontenancé. Dick était anglais, mais on l'aimait quand même, et lui et Bill étaient mes amis depuis l'enfance, lorsque j'étais élève à Saint Andrew's. Dick avait des cheveux d'un blond très pâle, ondulés, des yeux bleus très clairs, et il était sacrément beau. Les filles étaient folles de lui, mais Dick était un gentleman au meilleur sens du terme et, comme il devait hériter du titre et de la fortune de lord Rashwell, il faisait de son mieux pour se conduire de la manière *civilisée* qui sied à un jeune baronnet.

« Oh, David, dit-il avec un soupir. C'est de la folie pure. Il y a des chaussures partout. On en retrouvera encore dans mille ans. Elles tomberont des poutres, des lustres, et atterriront sur la tête des gens, et… oh… Alice, il faut que tu le retiennes.

— Tu es ivre, Dickie ?

— Non. Bien sûr que non. Mais j'ai les lèvres engourdies. On m'a fait boire de l'anisette et j'ai la moitié inférieure du visage paralysée. » Il porta la main à son visage. Alice et moi pouffions de rire. « C'est en train de gagner mes joues.

— Bois encore un coup, Dick.

— Tu crois que ça ira mieux ?

— Sans aucun doute. »

Il commença à s'éloigner, puis aperçut Bill qui arrivait dans la pièce, assis sur une table roulante que quelqu'un poussait à une vitesse alarmante.

« Grands dieux, regarde-le. Alice, il faut que tu fasses quelque chose. Il va tuer quelqu'un.

— Et il n'a même pas son permis.

— Cet engin va plus vite qu'un bobsleigh.

— Billie l'a sorti, l'a retourné sur la neige, et ils s'en sont servis comme d'un traîneau. Il manœuvre comme un…

— Bill ! » cria Dick.

Bill agita la main, demanda à son conducteur de diriger le chariot vers nous, puis sauta d'un bond, glissa en effectuant une figure impressionnante et s'arrêta pile, comme un patineur professionnel.

« Dickie, tu n'as pas l'air bien, bois un verre. Dave, tu es monté dans l'aile ouest ? Alice, bouche-toi les oreilles…

— Bill, cette histoire de chaussures…

— On va s'faire du blé, lord Dick, j'vous l'dis. On va leur d'mander trois livres par tête de pipe, rien qu'pour entrer. Rashwell Manor, la maison du vice…

— Seigneur Dieu…

— Ça joue aux dés dans la salle à manger, le bureau est devenu une fumerie d'opium, et Hilary s'est transformée en tenancière…

— Combien de temps suis-je censée continuer à me boucher les oreilles ?

— Désolé, ma chérie…

— Bill, Bill, Bill, mon Dieu, si cela se savait… tu imagines le scandale ? »

Alice et moi étions pliés de rire en entendant Bill énumérer les divers péchés commis dans cette noble demeure, jusqu'au moment où Dick devint pâle.

« Bill te fait marcher », lui dis-je à la fin.

Dick soupira ; il ne me croyait qu'à moitié, mais il pardonnait à Bill, comme nous tous. Billie avait toujours été un farceur, mais six mois passés sur le front de l'Ouest avaient déchaîné en lui un besoin d'amusement qui frisait la démence. Son frère aîné avait été tué la première année de la guerre, Bill n'avait rejoint l'armée qu'à l'hiver 1918. On l'avait renvoyé chez lui l'été dernier, plâtré des pieds à la tête, sans espoir de le voir remarcher. Pourtant il remarcha et, une fois retrouvé l'usage de ses jambes, il courut comme s'il avait le diable à ses trousses ; depuis, il ne cessait de courir.

Bill attrapa Alice par les poignets et la souleva presque de terre. Les longs cheveux orange de la jeune fille se détachèrent tandis qu'il la faisait tournoyer avec autant de légèreté qu'une poupée. Il n'était pas beaucoup plus grand qu'elle mais avait une carrure d'athlète ; né dans une famille pauvre, il serait devenu footballeur professionnel. Il ralentit, prit doucement Alice dans ses bras, fonça à l'autre bout de la pièce, s'approcha du piano, poussa délicatement le pianiste et, Alice sur ses genoux, se mit à jouer. Il exécuta une série de morceaux de jazz, enchaînant une mélodie après l'autre, puis entama un air lent que je n'avais encore jamais entendu. Cela aurait pu être un morceau classique : c'était un air mélancolique, qui envahit la salle de bal ; tous les couples s'arrêtèrent de danser pour l'écouter.

« Qu'est-ce que c'est ? demandai-je à Dick, qui avait les yeux rivés sur Bill.

— C'est un air de sa composition… pour *eux*… pour ceux qui ne sont pas parmi nous ce soir. »

Plusieurs des jeunes gens étaient en uniforme ; ils s'avancèrent lentement vers le piano, comme hypnotisés. Dick était en période d'instruction au moment de la signature de l'armistice, et moi je m'étais enrôlé en attendant d'avoir dix-huit ans pour pouvoir partir, si bien qu'aucun de nous deux n'avait vu la guerre de très près. Mais tous nous partagions un sentiment commun, car il n'y avait personne dans cette pièce, homme ou femme, qui n'ait perdu quelqu'un à la guerre.

Baissant les yeux, je tentais de gagner discrètement la terrasse lorsque je sentis la main de Dick se poser sur mon bras.

« David, je... je... je suis vraiment navré.

— Ça va bien, Dick. Je vais juste prendre un peu l'air. »

Il s'était remis à neiger. C'était la première fois depuis des années qu'on avait de la neige en novembre. La terrasse qui courait tout le long de la maison, surplombant la mer, était recouverte d'une couche de plus de dix centimètres d'épaisseur. Je m'approchai de la rambarde et sortis la pierre de ma poche. C'était un saphir étoilé d'Inde. Mon père me l'avait donné quand j'avais neuf ans, lorsqu'il était revenu auprès de nous, après plusieurs années d'absence. C'était une pierre pour faire des vœux. Je la tenais bien serrée dans ma main, mais je ne fis pas de vœu, parce que je savais que les pouvoirs magiques du saphir étoilé n'étaient pas illimités. Il ne pouvait pas ramener mon père, tué à Ville-sur-Haine le jour même de l'armistice. Les morts étaient morts, et nos souhaits les plus fervents ne pouvaient les faire revivre.

Je contemplais la pierre précieuse, du centre de laquelle jaillissaient cinq rayons lumineux formant une étoile, et je pensais à mon père, à la dernière fois où je l'avais vu...

... Mon grand-père mourut en juin 1918. Mon père obtint une permission et vint nous retrouver à Mallaig, sur la côte ouest de l'Écosse, pour l'enterrement. La guerre l'avait vieilli et, bien que toujours étonnamment beau, à cinquante et un ans il en paraissait soixante-dix. Je me souviens d'avoir été frappé par les rides qui creusaient son visage. Et, quand ses yeux croisèrent les miens, ils étaient remplis de larmes. Je l'avais souvent vu pleurer — il n'en avait jamais eu honte —, mais je compris que c'était pour ma mère et moi qu'il pleurait, pas pour lui-même. Le train allait partir. Mon père me tendit la main : j'allais avoir dix-huit ans, j'étais presque un homme, et lui un colonel de l'armée britannique. Est-ce le contact de nos mains, mais à l'instant où nos paumes se touchèrent, il m'attira contre lui et m'étreignit en me murmurant à l'oreille : « Veille sur ta mère. » Ses lèvres restèrent un instant collées à mon oreille, et j'eus l'impression qu'il voulait dire autre chose mais ne trouvait pas ses mots. Ensuite il me donna une tape dans le dos et s'écarta de moi en disant : « Dis bonjour de ma part à ta sœur… dis-lui… dis-lui que je l'aime. » Il baissa la tête et je compris qu'il pensait à Jen, telle qu'elle était autrefois, avant Glasgow, avant qu'elle ne coupe les ponts avec ma mère et lui. Relevant la tête, il se tourna vers ma mère, qui prit une profonde inspiration ; il la serra contre lui, appuya son front contre le sien, et je détournai les yeux. Parce que ça résonnait, ça vibrait, tout ce qu'ils ne pouvaient pas se dire. Puis mon père monta dans son compartiment. Quand le train démarra, ma mère me saisit la main et la porta à sa poitrine en disant : « Il reviendra, Davie… Il reviendra. »

Mais il ne revint pas…

Lorsque j'ouvris les yeux, j'entendis à nouveau la musique. Mais c'était un air gai, et je me dis qu'il me fallait retourner dans la salle de bal. Au lieu de cela, je remis le saphir dans ma poche et longeai la terrasse jusqu'à l'escalier qui menait à la mer.

C'est à mi-chemin que je la vis. La neige tourbillonnait autour d'elle, sa robe était toute blanche, et elle avait l'air d'une apparition. Elle était penchée au bord de la falaise, en plein vent, et je cessai brusquement de respirer car je venais de réaliser qu'elle était sur le point de sauter.

J'enjambai la rampe et escaladai la pente, comme elle avait dû le faire elle-même car c'était le seul moyen d'atteindre cette partie de la falaise. Elle était à quelques pas de moi seulement et, à l'instant où j'arrivai en haut, elle avait avancé un pied dans le vide ; soixante mètres plus bas, il y avait des rochers à pic.

« Non ! »

Elle recula et se retourna. Son visage était maculé de larmes et de neige, et elle secoua la tête en me regardant approcher, comme pour y voir plus clair. Quand je fus près d'elle, elle baissa les yeux ; je lui pris le bras pour l'éloigner du bord de la falaise, sans trop savoir quoi dire. Elle n'avait pas de chaussures et ses bas étaient trempés et tout déchirés. Elle évita mon regard, et je compris qu'elle avait honte.

« J'ai eu peur que vous ne tombiez, dis-je lorsqu'elle releva enfin la tête. La falaise est… » Je ne terminai pas ma phrase car elle avait fermé les yeux, pour signifier que nous savions tous deux la vérité. J'avais vu plusieurs fois sa photo dans les journaux, mais je n'arrivais pas à me souvenir de son nom. Elle devait avoir près de trente ans. Son visage était très anguleux, mais non dénué de charme. J'enlevai ma veste et la lui mis sur les épaules. Elle saisit ma main et la porta à son visage. Elle avait l'air désemparée. Ses mains étaient gelées. Des larmes mouillèrent mes doigts, elle frissonna et tomba à genoux. Sans réfléchir, je me baissai pour la serrer contre moi, et ne trouvai rien de mieux à lui dire que de ne pas pleurer. Ses sanglots redoublèrent. Au bout d'un moment, ma chemise était trempée de larmes, nous grelottions tous les deux et la neige qui tombait dru nous recouvrait déjà d'une mince couche poudreuse.

« Mademoiselle… Me permettrez-vous de vous ramener à l'intérieur ?

— Non… non. Je ne veux voir personne… pas dans cet état.

— Vous ne pouvez pas rester ici. Votre manteau est là-bas ?

— Oui. Une fourrure blanche avec une doublure rouge.

— Je vais la chercher. »

Je l'aidai à se relever et, inquiet à l'idée de la laisser seule sur la falaise, je l'entraînai vers l'escalier. Comme elle ne voulait pas m'attendre sur la terrasse, de peur qu'on ne la vît, je la portai dans mes bras jusqu'à la serre, la fis asseoir sur un banc et lui demandai de m'attendre.

Je repérai presque tout de suite son manteau, au milieu des centaines de vêtements. Bizarrement, je sus que c'était le sien au moment précis où je posai la main dessus. Quand je le mis sur mon bras, un parfum de jasmin me monta à la tête et emplit mon corps d'une chaleur soudaine.

La jeune femme n'avait pas bougé et elle me sourit quand j'ouvris la porte. Cela me fit quelque chose, parce que son sourire n'allait pas avec son visage. C'était un sourire enfantin, un sourire de soulagement. Elle me rendit ma veste, enfila son manteau et leva les yeux vers moi.

« J'étais là, en train d'imaginer une explication *valable* à mon comportement. Je m'apprêtais à vous raconter que j'avais un peu trop bu ; que j'avais décidé de gagner à la chasse au trésor et de dénicher mes chaussures avant tout le monde ; que l'altitude, la neige et le vent m'avaient étourdie ; et que c'était pour cela que vous m'aviez trouvée dans cet état. M'auriez-vous crue ?

— ... Oui.

— ... Oui, vous êtes vraiment gentil... On aurait cru à une chute. Cela finira bien par arriver un jour, avec les fêtes insensées de Dick. »

Elle demeura silencieuse quelques instants, puis voulut savoir pourquoi elle ne m'avait jamais vu à aucune de ces soirées.

« Je ne suis pas un adepte de ce genre de fiestas.

— Moi non plus. Et pourtant, je n'en rate pas une. On ne sait jamais, le Prince charmant peut faire son apparition. La preuve : vous m'avez sauvée. » Elle rit, puis ferma les yeux. « J'ai tellement honte de moi. » Je m'assis près d'elle et l'enlaçai. Elle appuya la tête contre ma poitrine. « Je ne sais même pas votre nom. » Je m'apprêtais à le lui dire, mais elle se redressa et posa un doigt sur mes lèvres. « Non, ne le dites pas. Nous ne dirons pas nos noms. Nous allons faire l'amour passionnément dans la serre de Dick Rashwell, et nous garderons toute notre vie le souvenir de cette nuit et de cette rencontre avec *l'inconnu*. » J'éclatai de rire. Elle en fit autant, puis se tut à nouveau. « Vous ne m'avez pas demandé pourquoi. Est-ce par politesse, ou parce que vous savez déjà pourquoi j'ai voulu me tuer ?

— J'ai pensé que vous me le diriez si vous en aviez envie.

— Ce n'est pas si dramatique que cela... J'ai rompu mes fiançailles ce soir. Sans doute ma dernière demande en mariage. Sottise. C'était quelqu'un de bien, exactement le genre d'homme qui convient à une femme comme moi ; et puis j'aurai bientôt trente ans, il n'y avait donc pas une minute à perdre. Vous savez, j'ai eu des propositions, mais j'attendais... mon prince et, comme je ne l'ai pas rencontré, j'ai éconduit tous les brillants jeunes gens qui auraient daigné m'épouser, parce que mon père est un homme très très riche. Mais j'avais l'idée insensée de vouloir épouser un homme que j'aimerais, et l'idée encore plus insensée que cet homme m'aimerait. Or, bien sûr, avec ce dernier prétendant, il n'a jamais été question d'amour, mais d'argent. Il aurait mis fin à mon célibat et en échange je lui aurais donné toute ma fortune. Hier soir, quand j'ai annoncé à ma mère que je ne l'épouserais pas parce que je ne l'aimais pas, elle m'a dit : "Ma petite, il n'y a que les jolies filles qui peuvent faire les difficiles." Je suis allée dans ma chambre et, je ne sais pas pourquoi, une phrase de Zola me trottait dans la tête : "Ils feraient un jour hurler jusqu'aux chiens de désespoir, lorsqu'ils les auraient sortis de la tranquille satisfaction des instincts, pour les hausser à la souffrance inassouvie des passions." Toute ma vie je me suis entendu dire que j'en demande trop, que ce que je cherche n'existe pas, du moins pour quelqu'un qui a mon physique... Mais, tout au fond de moi, il existe un être, une personne très belle, très vivante, qui aspire non à la sécurité mais à l'amour, à la passion absolue, dévorante. Seulement, vous voyez, cette personne-là est prisonnière à l'intérieur de moi. » Elle ne pleurait pas, mais elle avait dit cela avec peine, comme si on lui arrachait les mots. Elle se tint très droite, me prit la main et la caressa doucement. « Je suis un peu vieille pour ces gamineries, vous ne trouvez pas ?

— Non, tout le monde rêve de tomber amoureux.

— Je ne rêve pas de tomber amoureuse. Je rêve d'être transportée d'amour, ivre de passion. Et ce soir j'ai compris d'un seul coup que cela ne se produirait jamais, et que j'avais laissé échapper ma seule chance d'avoir au moins un semblant de vie. »

Elle enleva son manteau. La serre était chauffée, il y faisait bon. Je l'imitai. Sa robe humide collait à son corps, et mon regard descendit de ses épaules à ses seins. Ils étaient ronds et pleins et se soulevaient à chaque respiration. Elle avait la taille fine et ses jambes paraissaient longues et bien galbées. Je les contemplais quand elle souleva sa robe et détacha ses bas. Je me redressai et elle me sourit.

« Je vous ai choqué ? Vous m'avez sauvé la vie, je ne saurais avoir de secrets pour vous. » Elle jeta ses bas par-dessus son épaule, puis tourna son dos vers moi. « Voulez-vous me déboutonner ? Je veux retirer cette robe mouillée. » Elle releva ses cheveux sur sa nuque ; mes doigts tremblaient en défaisant le premier bouton. Sa robe de velours laissait apparaître une peau douce et nacrée. Je défis les boutons un à un ; arrivé au dernier, je posai la main sur ses reins, attiré par la chaleur de son corps comme par un aimant. Elle se pencha en arrière, saisit ma main, la posa sur son ventre puis la porta lentement à ses seins. Et je me dis que c'était de la folie, qu'il devait être pas loin de minuit, que la chasse au trésor allait commencer, que des centaines de personnes allaient ratisser la propriété à la recherche de leurs chaussures, et que le premier endroit où ils viendraient serait la serre. Mais elle se retourna, me fit face, laissa glisser sa robe et m'embrassa.

« Pas ici, murmurai-je quand elle se mit à califourchon sur moi en déboutonnant prestement mon pantalon.

— Ici… »

Ce fut comme plonger dans les ténèbres, mais des ténèbres douces, bienfaisantes. Le plaisir vint par ondes successives, lentes d'abord, au rythme parfait de nos corps, s'accélérant ensuite. Je me retins quand elle fut au bord de la jouissance, mais elle serra plus fort ses jambes autour de ma taille et me chuchota quelque chose à l'oreille. Je ne compris pas ce qu'elle disait, mais cela n'avait pas d'importance ; rien ne comptait, sauf la délivrance.

Nous restâmes parfaitement immobiles, après. Elle mit sa tête sous mon menton, frotta son front contre mon cou, et je la tins serrée contre moi. J'avais envie de dormir avec elle. Je ne sais pourquoi, l'idée de nous rhabiller et de retourner dans la réalité du monde m'était insupportable. Tout s'était passé comme dans un rêve, et je voulais que ce rêve continue. Je n'avais pas envie de la laisser partir. Je voulais lui dire qu'elle se trompait sur l'image qu'elle se faisait d'elle-même ; car c'était la personne la plus belle, la plus fascinante que j'avais jamais vue.

La neige avait cessé de tomber, les nuages gris s'étaient dispersés, et la lune brillait avec tant d'éclat qu'elle éclairait la serre et teintait de nacre le corps tout entier de la jeune femme. Elle releva la tête, regarda autour d'elle et désigna d'un geste les immenses plantes de la serre. « On se croirait au Paradis, non ?

— Oui. »

Je passai mes mains sur ses épaules, puis ses bras, et l'écartai un peu de moi pour mieux la regarder. Je n'avais jamais couché avec une femme autrement que dans le noir complet, et elle avait un corps si parfait que j'avais envie de le contempler. Nullement gênée par mon regard, elle se mit à bouger comme si je la caressais.

« Je veux te regarder de cette manière-là, dit-elle en me retirant ma chemise. Et tu me diras si tu me sens. »

Et je la sentis, c'était comme si elle me touchait, comme si ses doigts effleuraient mon cou, caressaient ma poitrine, s'attardaient sur mon bas-ventre, mais c'était encore plus excitant. Je l'attirai à moi, incapable d'attendre davantage, et elle vint sur moi ; mais cette fois ce fut lent et doux, et nos yeux restèrent grands ouverts parce que nous avions besoin de nous regarder.

C'est elle qui s'écarta la première, et moi qui la retins.

« Quelqu'un vient, dit-elle en m'embrassant. Moi, je m'en moque, mais pas toi. »

Nous nous rhabillâmes, et elle laissa ses bas par terre. Je la pris dans mes bras et courus à ma voiture, en évitant les cinq ou six fêtards qui étaient sortis de la maison à la recherche de leurs chaussures.

Tout le long du trajet jusqu'à Édimbourg, je gardai ma main posée sur son genou, et elle la caressait doucement. Nous ne parlions ni l'un ni l'autre. Quand j'arrêtai la voiture devant chez ma mère, dans Tantallon Street, elle sourit.

« Tu es le fils de Catherine Maclean, David. Je reconnais la maison, je l'ai vue en photo dans le journal.

— Entre.

— Et ta mère ?

— Elle est absente pour le week-end. »

Mollie me sauta dessus quand j'ouvris la porte, et la jeune femme se frotta le nez puis les yeux. Je lui demandai si elle était allergique aux chiens.

« À tous les animaux qui ont des poils.

— Et les chevaux ?

— Hmhmm… »

Ma déception dut se lire sur mon visage — je montais à cheval depuis ma plus tendre enfance — et elle me sourit, mais avec beaucoup de tristesse. « Je suppose que toi et moi, nous ne chevaucherons jamais ensemble par monts et par vaux. J'aurais tellement aimé faire cela avec toi. » Sa voix exprimait un profond regret. Je m'approchai d'elle et l'embrassai sur la joue.

« Tu veux bien me dire ton nom ?

— Es-tu sûr de vouloir le connaître ? Nous avions décidé de ne pas le dire.

— Tu connais le mien.

— Oui… Je n'aurais pas dû deviner. Nous avons gâché les choses. Maintenant, nous allons être comme tout le monde.

— Je ne crois pas. » Elle rit, d'un joli rire musical qui fit pétiller son regard. Elle avait des yeux mordorés qui rayonnaient de joie en me regardant. « Dis-moi ton nom.

— J'ai peur de te le dire. Tu risques de te changer en crapaud.

— Dis-le-moi.

— Rose. Rose Newburn.

— La fille d'Edmund Newburn ?

— Hmhmm. »

Je la dévisageai, surpris. Le père Newburn possédait la plus grande partie du Firth of Forth et presque la moitié d'Édimbourg : terres, maisons, juges, politiciens, et toute personne de quelque utilité. C'était un homme d'affaires impitoyable, qui avait bâti sa fortune sans trop s'embarrasser de scrupules.

« Tu as entendu dire des horreurs au sujet de père, n'est-ce pas ? Ce sont des mensonges. Les gens sont jaloux. » Elle me sourit en inclinant la tête. « Eh bien, voilà, à présent tu sais qui je suis. » Je me penchai pour l'embrasser mais elle se dégagea et dit d'un ton qui n'avait plus rien de badin : « Pourquoi m'as-tu amenée ici ?

— C'est là que je vis.

— Mais pourquoi maintenant ?

— J'ai envie de t'avoir près de moi quand je m'éveillerai demain matin.

— Pour avoir la preuve que cette nuit était bien réelle ?

— Parce que je n'ai pas envie qu'elle prenne fin. »

Elle se pressa contre moi, et je l'emmenai à l'étage.

Le dimanche soir, j'étais déchiré à l'idée de la quitter et, en la reconduisant chez elle en voiture, je lui dis que je prendrais un appartement en ville pour que nous puissions nous voir tous les jours. J'allais encore à l'université — il me restait quatre ans avant de décrocher mon doctorat en sciences naturelles, section zoologie — et j'étais censé étudier. Mais j'étais incapable de penser à autre chose qu'à elle, Rose. Je n'avais jamais rencontré personne ayant une telle soif de vivre, et son ardeur était contagieuse. Rien ne lui faisait peur, et elle était plus hardie et plus intrépide que la plupart des hommes de ma connaissance. D'une certaine manière, elle était l'équivalent féminin de Bill, pas aussi dingue que lui mais aussi exaltée ; rien qu'à l'entendre parler de quelque chose qui la passionnait, j'étais transporté d'enthousiasme. Elle fut sidérée d'apprendre que je n'avais que dix-neuf ans, mais cela surprenait toujours. J'avais grandi vite ; Glasgow avait tué le petit garçon en moi, puis les années de guerre et l'absence de mon père m'avaient obligé à jouer le rôle de chef de famille.

Nous sortions rarement. Nous restions au lit, dans un appartement loué et meublé par Rose ; elle avait insisté pour que nous ayons quelque chose de « correct », ce qui aurait été impossible avec le peu d'argent que j'avais gagné au fil des ans dans des boulots d'été. Rose s'éclipsait tous les soirs à onze heures du manoir de son père à North Berwick, et rentrait le lendemain matin à dix heures, quand son père était déjà parti pour son bureau et sa mère à sa toilette. Rose était l'enfant unique d'Edmund Newburn, et l'homme qu'elle me décrivait était très différent de celui que dépeignaient les journaux. Mais Rose disait tant de bien de son père que j'en vins à croire que les journaux avaient menti ; ils avaient suffisamment calomnié ma mère durant des années.

À l'approche de Noël, nous nous demandions ce que nous allions faire, parce que Rose devait visiter les Highlands avec ses parents, et moi j'avais prévu de passer une semaine avec ma sœur à Cromdale.

Allongé sur le lit, je regardais Rose s'habiller, couvrir de soie et de satin son corps magnifique, et je me dis que jamais je ne pourrais rester quinze jours séparé d'elle. Elle croisa mon regard dans le miroir de la coiffeuse et me sourit.

« Ce sera un test. L'épreuve du temps. Nous saurons si c'était pour de bon ou pas.

— Tu sais bien que ça l'est.

— Mais c'est tellement parfait, cela me fait peur.

— Viens avec moi à Cromdale.

— Je ne peux pas. J'ai promis à père.

— Tu as dit que ta mère était une proche amie de ma tante. Tu devrais pouvoir t'arranger pour passer.

— Et faire la connaissance de l'infâme Jenny Maclean ? Mère dit que c'est la plus belle fille qu'elle ait jamais vue. Que tout est parfait en elle : le teint, les cheveux, les yeux, le corps… Sublime. Est-ce vrai ?

— Elle est très jolie.

— Mais est-elle sublime ?

— Je ne sais pas. Je ne la vois pas vraiment comme cela. Mais je suppose qu'elle l'est, oui.

— Et elle héritera de Clan Brodie Whisky.

— Non, mon grand-père a laissé le domaine et la distillerie à mon oncle.

— C'est la raison pour laquelle ta mère a tiré sur lui ?

— Non… c'était un accident.

— Tu étais là ?

— Oui.

— Et ta sœur ?

— Oui.

— C'est terrible. Et c'est à cause de cela qu'elle est allée vivre à Cromdale avec ta tante ?

— Oui. » Il y avait bien plus que le coup de feu tiré sur mon oncle, mais je n'allais pas entrer dans les détails d'une histoire qui avait creusé un fossé entre Jen et ma mère. Que dis-je, un fossé… un gouffre.

Une fois habillée, elle s'assit sur le lit, enfila ses gants et frotta nerveusement ses mains l'une contre l'autre. Elle avait les lèvres serrées et je vis qu'elle faisait un effort colossal pour ne pas pleurer. Son expression me fit mal, car je savais comme elle était sensible et détestait se laisser aller aux larmes. Je me redressai, posai ma main sur son dos et m'apprêtais à lui demander ce qu'elle avait. Elle me devança : « J'ai du retard… Je ne voulais pas te le dire. Je pensais… m'occuper de ça. Mais on lit tellement de choses affreuses, au sujet de femmes qui meurent en…

— Rose…

— Puis je me suis dit que j'irais… à la campagne… mais père…

— Nous allons nous marier, Rose.

— Mais…

— Nous nous aimons. Cela arrive un peu plus tôt que la prudence ne l'aurait exigé. Mais nous n'avons pas été prudents… et je ne le regrette pas.

— Et tes études ? L'Afrique ? Tu voulais aller en Afrique.

— Tu ne peux pas aller en Afrique à cause de tes allergies ; donc je n'irai pas en Afrique. Cela n'a pas d'importance. »

Les mots m'étaient sortis de la bouche avec une telle facilité qu'on aurait pu croire que j'avais répété avant, et je ne suis pas certain d'avoir mesuré toutes les implications de mes paroles. En effet, j'avais toujours rêvé de vivre et de travailler en Afrique, et je venais de balayer ça comme si c'était du vent. Et peut-être que c'était du vent, parce que la seule chose qui comptait, c'était le réel, ce que je pouvais tenir entre mes mains, ce qui me faisait battre le cœur : Rose.

Nous décidâmes de nous enfuir ensemble le 2 janvier, quand elle rentrerait de voyage — ce qui lui permettrait de préparer son père —, et de nous marier à Gretna Green, où l'on n'avait pas besoin d'attendre.

Je demandai à Rose de me déposer à l'atelier de couture de ma mère. C'était l'heure de la fermeture et je pensais qu'il me serait plus facile de parler à ma mère en faisant le chemin de retour avec elle. Je me dirigeai vers la salle de coupe. La voix de ma mère dominait celle de Rajiv Nehru, le coupeur, et celle d'une jeune femme que je ne reconnus pas. Al Pearce, le propriétaire de la Pearce Clothing Company, généreux bienfaiteur et grand ami de ma mère, était debout sur le seuil et observait la scène, une petite lueur dans les yeux. C'était un bel homme d'environ soixante ans, grand, élégant, aux cheveux argentés. Quand je fus près de lui, il me sourit, me tendit la main et se pencha vers moi en chuchotant : « Ta mère est en train d'arbitrer.

— Ah bon ?

— Rajiv ne veut pas qu'Indira aille à Paris étudier à "La Mode". » Je le regardai, hochai la tête, et il ajouta : « L'école de couture. Il a la certitude que la belle enfant reviendra… peut-être pas tout à fait… intacte. » Je dévisageai la jeune fille, enveloppée de voiles qui laissaient à découvert son visage ovale aux pommettes saillantes. Sa peau avait la couleur du pain d'épice, et ses yeux en amande bordés de longs cils noirs allaient de son père à ma mère. « … Ta mère a proposé de tout payer, à condition qu'au bout des deux ans elle revienne travailler pour Jenda. Rajiv ne veut pas. Il est musulman, tu comprends. » Raj regarda sa fille, puis ma mère qui souriait en hochant la tête et le pressait de donner son accord. Enfin, il tapota la main d'Indira et dut murmurer « oui » parce que, un instant plus tard, sa fille se jetait à son cou.

Ma mère se tourna vers Al, m'aperçut et se précipita vers nous en battant des mains. Ses cheveux roux n'avaient rien perdu de leur éclat, et ses yeux d'aigue-marine brillaient. Il y avait en elle comme un trop-plein d'énergie qui la rendait plus vivante que n'importe qui d'entre nous. Je ne sais ce qui courait dans ses veines, mais mon père avait possédé cela, lui aussi. Mon oncle Will avait dit un jour que c'était de la lave en fusion. Mon père prétendait que c'était du feu. En tout cas, pour flamber, ça flambait.

Je raccompagnai Indira et Raj, ouvris la porte et tendis la main à la jeune femme.

« Je suis David Maclean, je...

— Je sais », dit-elle avec un sourire. Puis, voyant que son père nous observait, elle baissa aussitôt les yeux. « Bonne soirée... et au revoir. »

Rajiv lui prit le bras et ils s'éloignèrent. Elle se retourna, me regarda en souriant puis rajusta son voile, ne laissant voir que ses yeux.

Je restai là à les contempler jusqu'à ce qu'ils disparaissent au coin de la rue.

Au moment de rentrer dans la salle de coupe, je m'arrêtai net. Ma mère et Al s'écartèrent brusquement l'un de l'autre ; Al se tourna du côté du bureau en se passant la main dans les cheveux ; ma mère, cramoisie, jouait avec le médaillon qu'elle portait autour du cou, cadeau de mon père des années plus tôt. Al saisit son chapeau mais n'aida pas ma mère à enfiler son manteau, ce qui me parut bizarre car il le faisait toujours. Ma mère accrocha son sac en perles dans la doublure, secoua sa manche et devint de plus en plus rouge ; Al vint enfin à son secours.

« Permettez que... je vous aide...

— Ça va... c'est...

— Votre sac...

— Oui... il s'est pris dans... je crois que j'ai déchiré... la doublure. »

Quand ils eurent réussi à retirer le manteau, ma mère était rouge comme une tomate et ses mains tremblaient.

Tous deux me rejoignirent, elle éteignit les lumières et ferma l'atelier.

« Bon, eh bien… je… Bonsoir, Al.

— Oui… Bonsoir, Catherine… David. »

Il porta la main à son chapeau, n'embrassa pas ma mère sur la joue comme il le faisait d'habitude, et hésita un instant. Ma mère m'entraîna rapidement et lança à Al qu'elle le verrait à déjeuner le lendemain, avant notre départ pour le Loch Leven.

« Tout va bien ? demandai-je sitôt hors de portée de voix. Avec Al, je veux dire.

— Ça va bien, oui… oh, c'est juste que… bien sûr… La belle Indira va à Paris, n'est-ce pas ? Tu ne peux pas imaginer le mal que nous avons eu à convaincre Raj. Et tes cours, ça se passe bien ?

— Oui, ça va. »

Nous marchions lentement et la neige se mit à tomber alors que nous arrivions à la maison. D'énormes flocons, gros comme des pièces de monnaie. Les lampadaires étaient allumés ; Édimbourg baignait dans une douce lumière dorée. Le château, bâti sur un ancien volcan, tout en haut de la ville, dominait le parc dont les arbres étaient recouverts d'une fine pellicule blanche.

J'ouvris la porte d'entrée et, au moment de franchir le seuil, ma mère me questionna :

« Vas-tu me la présenter ?

— Qui ?

— Ta petite amie.

— Oui, je crois que ce serait bien.

— Oh, alors c'est sérieux ?

— Je vais me marier avec elle.

— Davie, c'est formidable ! Quand ?

— Après les vacances.

— De l'année prochaine ?

— Non… en janvier.

— Oh, ce sont des fiançailles terriblement courtes. » Elle se tut et inclina la tête. « Est-il *nécessaire* que cela se fasse si vite ?

— Oui.

— Oh, Dave…

— Non, non, c'est… Je l'aime. Je l'aurais épousée de toute façon, c'est juste un peu plus tôt que prévu. Mais c'est très bien comme ça. » Je ne sais pas pourquoi j'eus besoin de répéter cette dernière phrase plusieurs fois. Ma mère avait gardé le silence.

La famille de mon père vint de Mallaig nous retrouver au Loch Leven pour y passer Noël et Hogmanay [1], comme elle le faisait chaque année depuis toujours. Mais mon père n'était plus là, et personne n'était très gai.

Notre propriété était située dans les Highlands, sur la côte ouest de l'Écosse, à l'extrémité du loch, dans la vallée du Glen Coe. Des montagnes à pic, déchiquetées, dominaient une étendue désolée. Au printemps, la pourpre des bruyères jaillissait du gris des rochers ; et en automne, quand la lande se colorait d'orange et de brun, quand fougères et bruyères étaient comme rouillées par la pluie, le paysage ressemblait à un géant tombé au sol après la bataille, dont l'armure arrachée laissait voir la chair par endroits. Les montagnes qui environnaient le Loch Leven, comme celles du Glen Coe, n'avaient rien d'engageant : elles étaient sauvages et menaçantes… et d'une redoutable splendeur. Le ciel au-dessus d'elles n'était jamais calme ni clair, mais gris et noir, avec des trouées de bleu et des lambeaux de brume blanche — un ciel plus vaste que n'importe quel autre ciel au monde. Ici, les Campbell avaient massacré

1. La Saint-Sylvestre, en Écosse. *(N.d.T.)*

les MacDonald en 1692, mais le Glen Coe — la Vallée des Larmes — s'appelait déjà ainsi bien avant qu'on ne pleure les morts. Selon les uns, le Great Glen — la Grande Vallée — tirait son nom du fait qu'il y pleuvait beaucoup ; d'autres disaient que c'était à cause de toutes les batailles qui avaient eu lieu ici au cours des siècles. Il était bien nommé, en tout cas, parce que personne ne pouvait pénétrer dans cette partie des Highlands sans ressentir la puissance des forces primordiales qui avaient fait surgir de terre ces énormes formations rocheuses. Malgré leur aspect sombre, il y avait de la beauté dans les collines, une âpre majesté qui m'avait toujours fasciné plutôt qu'effrayé. Peut-être parce que c'était là que j'avais grandi, explorant tous les pics et les creux des trois cent cinquante hectares de notre domaine, en compagnie de ma sœur Jen. La rivière qui coulait derrière notre maison avait une teinte cuivrée, était riche en tourbe, et glaciale. En hiver, la neige recouvrait la lande d'une épaisse ouate blanche, et Jen et moi faisions de la luge sur les pentes des collines.

Mon père avait perdu le Loch Leven au jeu quand j'avais huit ans, et nous étions partis pour Glasgow où il avait trouvé du travail comme mineur. Nous avions vécu dans une seule pièce, à côté de deux cent quarante mineurs et leurs familles, dans la maison aux cinquante-neuf pièces, propriété des mines de charbon Harrison & Heilding. Mon père avait racheté le domaine des années plus tard, mais Jen avait juré de ne jamais plus y remettre les pieds.

J'avais demandé à ma sœur de venir pour Noël cette année, mais elle avait refusé, comme toujours, et m'avait invité plutôt à aller la voir à Cromdale, où elle vivait désormais.

Le Loch Leven se ressentait de son absence. Moi aussi. Et ma mère également, même si elle ne parlait jamais de Jen.

Le feu de cheminée flambait. Je souris quand ma mère vint s'agenouiller près de moi et déposa un paquet enveloppé de papier vert vif. « Ouvre-le », me dit-elle en m'embrassant. C'était le porte-clés en or massif qu'elle avait fait faire pour mon père : les clés du Loch Leven. Une petite plaque en or avait été ajoutée, sur laquelle je découvris l'inscription suivante : « Que Dieu me donne le courage pour changer ce que je peux changer, la sérénité pour accepter ce que je ne peux pas changer, et la sagesse pour discerner entre les deux. » L'envers de la plaque comportait mon nom suivi de trois petits points. « Une allusion à mon avenir ? questionnai-je en agitant le porte-clés devant ma mère.

— C'est un bon adage. Utilise-le comme bon te semble. » Elle se redressa, m'ébouriffa les cheveux et ajouta : « Je vais marcher un peu. » Je lui pris la main mais elle se dégagea, et je compris qu'elle était au bord des larmes mais ne voulait pas pleurer devant la famille de mon père. Elle attrapa le manteau de mon père dans la penderie sous l'escalier, appela la chienne et sortit sans bruit de la maison.

Il était prévu que je parte le soir suivant pour Cromdale, et que ma mère reste jusqu'à Hogmanay, après quoi elle irait à la propriété de Al Pearce à Musselburgh, où lui et sa femme donnaient comme chaque année leur gala du Nouvel An. Mais être au Loch Leven sans mon père était plus douloureux qu'elle ne l'avait imaginé et, la voyant tourner en rond, je lui proposai de la ramener à Édimbourg, ce qui lui permettrait de travailler. Elle accepta, et nous partîmes le soir de Noël.

Le 26 décembre — Boxing Day —, nous étions installés dans la cuisine, Martha, ma mère et moi, à discuter du mariage de Jen avec Arthur Millington, qui devait avoir lieu au printemps et auquel ma mère ne serait pas invitée.

Toutes deux me pressaient de questions au sujet de Jen et de son fiancé, ou plutôt c'était Martha, car ma mère feignait de ne pas s'intéresser à la conversation.

« De quelle couleur sont ses cheveux ? » demanda Martha, en versant le thé. À soixante-six ans, elle n'avait rien perdu de sa vivacité et de sa gaieté. Elle était toujours aussi dodue, et ses épais cheveux auburn, à présent striés de gris, formaient comme une espèce de chapeau de fourrure sur le dessus de sa tête. Ma mère l'avait installée dans un appartement de Castle Mile, et elle venait travailler chez nous de sept heures à midi, six jours sur sept. Elle était plus qu'une cuisinière et une intendante, elle faisait partie de la famille et je la connaissais depuis toujours.

« Davie ?

— Comme les miens, cuivrés. Tu as amidonné mes chemises ?

— Oui, et j'ai même enlevé les taches de rouge à lèvres sur le col. » Elle eut un sourire canaille en me passant le lait et le sucre et elle ajouta : « Quand est-ce qu'on fera sa connaissance ?

— Après les vacances. Elle visite les Highlands avec ses parents.

— Est-il bien, cet individu ? demanda ma mère. Ce… ce… cet Arthur ?

— Oui.

— Mais du genre snob, j'imagine ?

— Non, c'est un type plutôt bien.

— Il est le meilleur ami de ton cousin Tom. Cela en dit long sur son caractère… ou son manque de caractère. Il n'a pas eu à faire la guerre, je suppose ?

— Non.

— Comment s'y est-il pris — ou plutôt, je devrais dire : comment son père s'y est-il pris ?

— Je l'ignore », répondis-je avec un sourire. Je savais qu'elle était furieuse, mais j'adorais la voir en colère. « Il manque peut-être d'estomac.

— Ou de cœur.

— En tout cas, manque de cœur ou d'estomac, ce qui est sûr, c'est qu'il va devenir ton gendre.

— Mais ta sœur ne l'aime pas, Dave ! s'écria Martha.

— Elle l'épouse. J'imagine qu'elle doit éprouver quelque chose pour lui.

— Elle devait l'épouser au printemps dernier, et elle a repoussé la date. Cela prouve bien que…

— … qu'elle voulait être sûre. À présent, elle l'est.

— Mais a-t-elle dit qu'elle l'aimait ? Je suis certaine qu'elle fait cela uniquement pour contrer Ian. » Ma mère posa sa fourchette, recula sa chaise et mit son assiette par terre pour Mollie. « Ta sœur est parfois d'une telle stupidité ! Elle est désespérément amoureuse d'un homme qui a toutes les qualités, qui est décidé à faire quelque chose de sa vie, qui est lui aussi amoureux fou d'elle, qui de plus est extrêmement beau…

— Et extrêmement pauvre.

— Ian ne sera pas toujours pauvre, David. Maintenant que la guerre est finie, il va reprendre ses études et dans quelques années il sera médecin et…

— Et n'aura jamais autant d'argent qu'Arthur Millington.

— J'ai toujours aimé Ian, intervint Martha. Seigneur, quel beau gars !

— Tu les as toujours aimés grands, beaux et bruns, *aye*, Martha ?

— Parfaitement. Mon homme était loin d'avoir l'physique de Ian. Ta sœur doit avoir la tête dérangée.

— Oui, marmonna ma mère. Sans aucun doute.

— Encore des œufs, fiston ? » dit Martha, et elle remplit mon assiette sans attendre ma réponse. Elle se tourna ensuite vers ma mère et, tirant sur sa jupe : « T'as rien avalé, ma belle, viens donc t'asseoir, Cathy, et…

— Je n'ai plus faim. Tu me laisseras Mollie, Dave ? »

Je regardai la chienne, lui caressai la tête et lui demandai : « Ça ne t'ennuie pas de rester, Mollie ? Tu ne verras pas ton petit copain. Mais m'man te permettra de dormir dans son lit, alors que tante Flora te laisserait coucher dehors, car seul Minch a le droit d'entrer dans la maison. » Mollie remua la queue en entendant le nom du chien de ma sœur. « Alors, tu restes ? Ça ne t'embête pas ?

— L'embêter ! s'exclama Martha. C'est pas des restes que lui donne ta mère, mais des entrecôtes avec… »

La sonnette de la porte d'entrée l'interrompit et elle se leva pour aller ouvrir. J'observais ma mère qui faisait les cent pas dans la cuisine, déplaçait un objet, puis un autre, irritée de notre conversation au sujet de ma sœur. J'avais envie de lui dire quelque chose, mais quoi ? Tout ce que je savais, c'est que c'était à moi de les réconcilier. Je me levai, allai vers elle mais, avant d'avoir pu dire quoi que ce soit, je la vis prendre une expression de stupeur en regardant derrière moi. Je tournai la tête pour regarder à mon tour, et j'aperçus Ian Liddle. Il était encore en uniforme, portait son sac militaire sur l'épaule et arborait un grand sourire. Il posa son sac et ma mère se précipita dans ses bras en riant et pleurant à la fois. Je m'approchai de Ian, lui donnai une tape dans le dos, et nous nous retrouvâmes bientôt tous les quatre enlacés.

« Dites donc, vous lui avez point donné grand-chose à manger, vous là », dit Ian à Martha en prenant l'accent de Glasgow. Il lâcha ensuite ma mère et se mit à parler en langage châtié, comme Jamie McEwen, le meilleur ami de mon grand-père, le lui avait appris. « En passant, j'ai vu l'écriteau sur la fenêtre, et je me suis dit que j'allais demander s'il y avait une chambre à louer pour un valeureux combattant.

— Tu veux dire pour un étudiant en médecine, corrigea en souriant ma mère qui ne lui avait pas lâché le bras et pétrissait le lainage de son uniforme.

— Oui, m'dame. Vous en avez une de libre ? » Elle l'étreignit en guise de réponse, tandis que Martha avançait une chaise et que je mettais un couvert supplémentaire. « Je partirai juste après le Nouvel An. J'ai des billets pour l'Amérique.

— L'Amérique ?

— Il paraît que pour faire fortune, c'est là-bas qu'il faut aller. J'ai rencontré des types à l'armée qui m'ont dit qu'il existe toutes sortes de bourses d'études.

— Mais, dit ma mère avec un soupir, l'Amérique, c'est si… si…

— Loin, complétai-je. Tu seras obligé de prendre la nationalité américaine, n'est-ce pas ?

— J'en ai bien l'intention, déclara Ian, mais d'un ton très doux car il avait noté que l'euphorie de ma mère avait disparu. Et vous viendrez tous me voir.

— Tu sais pas, Ian, on était justement en train d'parler d'toi, mon p'tit. Comme on dit, quand on parle du loup… »

Martha poursuivit, mais Ian ne l'écoutait pas. Il avait les yeux fixés sur ma mère et lui caressait gentiment la main. Je compris qu'elle pleurait, car elle aimait Ian comme un fils, et il était revenu… ce qui n'était pas le cas de mon père. Ian avait été très proche de mon père et, avant la guerre, il avait étudié à Mallaig avec mon grand-père ; il y allait tous les dimanches, pour se préparer aux examens en vue d'obtenir une bourse, ce qui lui aurait permis de quitter la mine Harrison & Heilding où il travaillait depuis l'âge de treize ans. Mon père l'avait aussi aidé à devenir officier. Je n'avais jamais vu Ian pleurer, pas une seule fois, mais en le regardant, les yeux fixés sur ma mère, je sentais l'émotion qui le gagnait malgré lui. Ils gardèrent tous deux la tête baissée jusqu'au moment où Martha lança : « J'disais à Davie qu'sa sœur est une fichue imbécile d'épouser c'type, ce Mill… Millington. » Ian leva brusquement la tête, ma mère aussi, mais Martha, occupée à battre des œufs, ne vit pas l'expression de son visage. « Nous savons tous qui elle aime *vraiment*. Mais la p'tite demoiselle… » Je saisis le poignet de Martha et fis un signe de tête en direction de Ian et de ma mère, pour lui faire comprendre que Ian n'était pas au courant des fiançailles de ma sœur. « Oh… Je… suis… Bien sûr… »

Ian se leva, prit appui sur le dossier de sa chaise et se pencha vers ma mère.

« Quand ?

— Au printemps.

— C'est officiel ? Ils l'ont annoncé ?

— Non, répondis-je. Ils attendaient Hogmanay pour le faire. Ils l'annonceront lors du Bal Brodie.

— Tu le connais ?

— Oui.

— Elle l'aime ?

— Non, dit ma mère avant que j'aie eu le temps d'ouvrir la bouche. Bien sûr que non, elle ne l'aime pas. Il s'appelle Millington, comme les Aciéries Millington… ce qui veut dire de l'argent, beaucoup d'argent. » Ian alla à la fenêtre et fixa les yeux sur le jardin. Au bout d'un instant, ma mère tortilla sa serviette, la jeta sur la table et s'approcha du jeune homme. « Il te reste quatre ou cinq mois, Ian, pour…

— Pour quoi ? Obtenir mon diplôme en médecine ?

— Si elle savait que tu es…

— Tu y vas ? demanda Ian en se tournant vivement vers moi. À Cromdale ?

— Oui.

— Emmène-moi avec toi. »

Ma mère resta bouche bée, Martha aussi, et je ne sus quoi dire. Cela faisait huit ans que Jen et Ian ne s'étaient pas revus et, même si j'étais certain qu'elle l'aimait toujours, je n'avais aucune idée de la façon dont elle réagirait en le voyant débarquer chez elle. Mais, sans attendre ma réponse, Ian remit son sac sur l'épaule, puis tira une enveloppe de la poche intérieure de son manteau. Il la contempla un instant et un sourire se dessina sur son visage. Je reconnus sur l'enveloppe le nom de la compagnie maritime Cunard. Je m'approchai de lui.

« Quand pars-tu ? lui demandai-je.

— Le 2 janvier... Et ta sœur vient avec moi. Elle est obligée... J'ai pris deux billets. »

Je le dévisageai, et je compris soudain qu'il avait raison. S'il voulait Jen, il ne lui restait qu'un seul moyen : aller à Cromdale et l'emmener.

Ian embrassa ma mère, lui promit d'être de retour à Édimbourg le 1er janvier avec Jen, et dit que nous irions tous les quatre en voiture à Liverpool pour les voir embarquer sur le *Mauretania*, à destination de New York. Ma mère lui sourit sans le croire, et je vis qu'elle était triste que cela ne puisse se faire. Ian lut dans ses pensées, comme toujours, et il la serra dans ses bras en murmurant : « J'ai connu un homme qui disait : "Il y a une chose qui a soutenu l'humanité dans ses heures sombres, depuis le commencement des temps, la seule chose qui ne peut lui être enlevée : l'espoir..." » Ma mère essuya une larme, car l'homme en question était mon père, et il s'agissait d'une des phrases qu'il répétait le plus volontiers.

« Tu es un homme sur qui j'ai toujours fondé les plus grands espoirs, Ian Liddle », dit-elle en souriant et en lui tapotant la joue. Puis elle m'embrassa et me pinça le bras en me recommandant d'être prudent, et elle agita la main quand nous fûmes montés en voiture.

Ian et moi discutâmes de la guerre, de ses projets en Amérique, et je lui parlai de Rose, sans avouer qu'elle était enceinte. Pendant que nous traversions la chaîne montagneuse des Grampians, je le vis fermer les yeux, plonger la main dans sa poche et en sortir lentement l'enveloppe qui contenait les billets pour l'Amérique. Je connaissais Ian depuis dix ans, et j'avais vu son beau visage exprimer les émotions les plus diverses, du rire à la rage en passant par toute la gamme des sentiments. Mais jamais je n'y avais lu ce que j'y lisais à présent : la crainte.

« Elle viendra, Ian, dis-je en lui pressant légèrement l'épaule.

— Tu crois ?

— Tu le sais bien.

— Oh, mon Dieu, Dave… si seulement j'en étais sûr… »

J'avais envie de le rassurer, de lui dire à quel point Jen l'aimait, qu'elle le reconnût ou non. Mais il le savait. Le problème, c'était de savoir si elle l'aimait assez pour quitter richesse, faste et opulence pour un homme qui n'avait pas un sou en poche.

Il tritura l'enveloppe, l'ouvrit, en sortit les billets, et serra les mâchoires. J'eus soudain l'impression d'être en présence de mon père. Non qu'ils se soient ressemblés physiquement — mon père était blond, tandis que Ian avait les cheveux presque noirs —, mais parce qu'ils possédaient tous deux une espèce de maîtrise sur leurs sentiments qui leur conférait une grande autorité.

« Je n'ai pas de photo d'elle… je n'en ai jamais eu besoin…, murmura-t-il en passant sa main sur les billets. Elle est présente dans ma mémoire, gravée dans mon cerveau, et elle m'a accompagné partout : à la mine quand je descendais dans le trou, à la guerre dans les tranchées. Et chaque fois je la voyais aussi distinctement que lorsque j'ai posé les yeux sur elle la toute première fois... pareille à un ange descendu du ciel. » Il se tut, ferma les yeux, les mains crispées sur les billets — de grandes mains vigoureuses, encore marquées, autour des ongles, de poussière de charbon. Quand il recommença à parler, ce fut avec l'accent de Glasgow, sa vraie langue : « ... Vous étiez tous les quat' assis dans c'te belle charrette, on aurait dit qu'vous veniez d'une aut' planète, vous étiez si bien sapés. Jen était derrière ta mère, et le soleil lui f'sait comme une auréole, on aurait dit qu'elle avait du feu dans ses ch'veux. Et j'suis resté là, tout bête, pa'ce que j'avais jamais rien vu d'aussi beau... elle avait pas l'air vraie. C'était pas seulement son visage, mais sa façon d'être, une princesse... fragile... délicate comme un lys. Et j'ai eu peur de c'qui allait lui arriver, à c'te p'tite merveille débarquée en enfer, à Glasgow, dans la crasse de la ville et la puanteur de la rivière Clyde... Je savais qu'ça la salirait... qu'ça la tuerait. J'avais envie de... de la sauver. J'voulais la prend' dans mes bras et partir avec elle, l'emmener loin de toute cette laideur... et... » Il se tut, se rendant compte peut-être qu'il avait parlé tout haut car il se redressa, remit les billets dans sa poche et alluma une cigarette, puis m'en tendit une, et je remarquai que son visage, perdu dans sa rêverie quelques instants plus tôt, était maintenant empreint de dureté.

« Elle partira avec toi, Ian... elle partira avec toi... »

Je dus répéter cela plusieurs fois, parce que ce n'était pas seulement lui que j'essayais de convaincre, mais moi-même.

2

(Récit de Jenny Maclean — Cromdale, Écosse, 26 décembre 1919)

« Atchoum ! » fit Rose Newburn pour la huitième fois. Elle se tamponna le nez, puis les yeux, et désigna Minch en train de se faire les dents sur le montant du lit. Je pris le chien dans mes bras. « Je suis terriblement désolée, Jenny, mais... mais... aaaaaa.... tchoum ! »

Elle n'eut pas à en dire plus. J'enfilai mon peignoir, me précipitai dans le couloir, posai Minch par terre et refermai la porte derrière moi. Le chien s'assit et inclina la tête, comme pour réclamer une explication à ce bannissement immérité.

« Je suis navrée, mon petit bonhomme de Minch, mais tu comprends, Rose est allergique à toi et tu la rends malade.

— Ne t'en fais pas, Minch, s'écria mon cousin Patrick qui arrivait à cet instant. Rose Newburn me rend malade, moi aussi.

— Pat, tais-toi donc, elle va t'entendre.

— Tant mieux. Elle repartira peut-être chez elle.

— Comment se fait-il que tu ne l'aimes pas ?

— Comment se fait-il que tu l'aimes ? »

Je lui pinçai le bras, mais pas trop fort : Patrick, l'aîné de mes cousins, était mon préféré. À vingt-quatre ans, il gérait l'entreprise familiale, Clan Brodie Whisky, avec l'aide de ses quatre frères. Ma tante disait que Pat s'était révélé un homme d'affaires brillant et avisé, mais avec moi Pat restait toujours un garçon espiègle. Il fit toutes sortes de grimaces devant la porte de ma chambre, puis me prit le bras et m'entraîna vers la fenêtre. Nous regardâmes en bas ses frères qui sellaient leurs chevaux. La dernière fois que mes cousins s'étaient tous retrouvés ensemble au château, c'était avant la guerre. Pat et Ken, les deux aînés, s'étaient engagés tout de suite. Mais Pat, blessé dès la première année, avait été renvoyé dans ses foyers, et Ken avait été rapatrié avec une blessure à la tête dans les derniers mois de la guerre. Les trois autres garçons n'avaient pas combattu, bien que Tom eût été mobilisé ; cela avait fait toute une histoire entre mes cousins quand Tom avait demandé au père d'Arthur de l'aider à se faire exempter. William mourait d'envie d'aller au combat, mais avait été affecté dans un bureau à Londres ; quant à Hal, à seize ans il était trop jeune pour partir à la guerre.

« Laisse tomber cette raseuse de Rose et viens faire une balade à cheval avec nous.

— Impossible. Rose ne monte pas à cheval et je ne peux pas l'abandonner.

— Pourquoi ? »

Je tendis Minch à Patrick en roulant les yeux, demandai à mon cousin d'emmener avec lui mon petit compagnon à poils blancs, puis restai un moment dans le couloir, songeant à la femme dont mon frère était tombé éperdument amoureux. Elle était si différente de toutes les filles avec qui il était sorti. Il faut dire qu'elle ne ressemblait à personne que j'aie connu. Il y avait quelque chose d'extraordinaire en Rose, qui imprégnait tout ce qu'elle faisait. Elle n'entrait pas dans une pièce, elle s'y ruait, et, lorsqu'elle parlait, on avait l'impression d'entendre une actrice sur scène. On ressentait l'émotion qui la traversait, et son enthousiasme était communicatif. Au bout d'une heure avec Rose, j'avais le sentiment d'avoir dormi durant toutes ces années, et je m'étais dépêchée de faire une liste de toutes les choses qu'il fallait *que je fasse. Je n'avais pas beaucoup d'amies, mais Rose était si adorable avec moi qu'il me semblait avoir trouvé une véritable amie, et j'étais enchantée de penser que, lorsqu'elle épouserait mon frère, elle deviendrait une sœur pour moi.*

« Tu me méprises de t'obliger à mettre à la porte ton petit chien adoré ? me demanda-t-elle quand je rentrai dans la chambre.

— Bien sûr que non. »

Elle était encore en sous-vêtements car nous étions en train d'essayer des robes lorsqu'elle avait eu sa crise d'allergie. Elle avait un très joli corps, tout en courbes et rondeurs. Dommage que son visage ait été si anguleux, mais elle avait une telle vivacité d'esprit qu'on en oubliait vite ses défauts physiques. À sa gauche était suspendue une robe pailletée vert jade, derrière elle une étole de renard de même couleur, et à sa droite une robe en soie rouge ornée de perles. Elle avait les plus beaux vêtements du monde et était d'une générosité folle : elle me proposait de prendre tout ce qui me faisait envie.

Tournoyant autour de moi, elle dit : « Poiret ou Erté ? » Puis elle déposa les robes sur le lit et en attrapa une magnifique, en velours noir et blanc, et sourit. « Ou Jenda ? » Je tressaillis. Entendre le nom de la maison de couture de ma mère m'écorchait les oreilles. Rose s'assit sur mon lit, étala la robe en éventail et se mit à caresser le tissu. « Que s'est-il passé entre toi et ta mère ? » Elle avait dit cela très doucement, et d'un ton si gentil que je faillis lui dire la vérité. « Pourquoi ne la vois-tu pas, Jen ? J'ai toujours eu de l'admiration pour elle. Elle paraît si intelligente, si ingénieuse, on ne peut pas s'empêcher de l'aimer. » Je n'avais pas envie de parler de ma mère, alors j'ouvris mon armoire, en sortis la seule robe qui restait et commençai à m'habiller, tournant le dos à Rose et marmonnant qu'elle devrait en faire autant. Elle se renversa sur le lit, éternua plusieurs fois, et continua à vanter les mérites de ma mère qui, partie des bas-fonds de Glasgow, avait créé la plus fameuse maison de couture que l'Écosse ait jamais eue. Mais Rose ne connaissait pas le prix de l'ascension de ma mère, et ignorait que les années passées à Glasgow ne l'avaient pas laissée indemne. Je fermai les yeux en essayant de ne pas penser à elle mais, malgré tous mes efforts, son visage apparut devant moi...

... C'était son quarante et unième anniversaire, et j'avais décidé d'en faire un événement particulier ; je voulais réconcilier ma mère et son frère Will — brouillés depuis les funérailles de leur père —, je voulais que nous soyons à nouveau heureux comme nous l'étions quand nous vivions au Loch Leven. Mon oncle Will s'était montré sceptique ; il avait la certitude que ma mère serait fâchée de le trouver chez nous. Mais j'avais insisté, peut-être parce que j'avais tellement envie que cela se fasse, et je l'avais assuré que tout irait bien. Ma mère se rendrait compte qu'elle s'était trompée à son sujet et qu'aucune de ses craintes n'était fondée ; mon oncle était et resterait ce qu'il avait toujours été : un père meilleur que mon propre père, et plus chéri.

J'avais préparé un dîner royal, j'avais mis la table et j'étais allée rejoindre au salon mon oncle Will qui était au piano. Il jouait un air très triste qui me fit monter les larmes aux yeux. Je vins m'asseoir près de lui ; il s'arrêta de jouer un instant, posa sa tête sur mon épaule, et je lui demandai comment il faisait pour jouer aussi bien sans avoir jamais appris la musique.

« Ma mère jouait du piano, me répondit-il en reprenant sa mélodie mélancolique. Quand j'étais enfant, je l'observais et le jour où je me suis mis au piano, mes doigts ont trouvé les touches tout seuls.

— Magique !

— Hmhmm... Magique.

— Pourquoi cet air est-il si triste ? Tout ce que vous jouez est triste.

— Oui. Je ne resterai pas, Jen, si elle se fâche. Je ne veux pas la mettre en colère. Tu ne feras pas d'histoires si je m'en vais ?

— Elle ne se fâchera pas. Je lui expliquerai et elle comprendra qu'elle s'est trompée à votre sujet. Mais jouez quelque chose de gai, sinon je vais pleurer.

— Alors joue toi-même, ma chérie. Tes doigts sont jeunes. » Il prit ma main, embrassa l'extrémité de mes doigts et ajouta : « Sans taches. » Je commençai à jouer et il se balançait à côté de moi, les yeux clos ; tout à coup il bondit sur ses pieds. « Je ferais mieux de m'en aller. Elle sera fâchée. Je la connais, Jen. Elle ne comprendra pas. Elle...

— Non, non, il faut que vous restiez et...

— C'est trop tôt. Nous ferions mieux d'attendre encore, ou d'essayer d'organiser quelque chose ailleurs ou...

— Asseyez-vous, dis-je en l'obligeant à se rasseoir. Asseyez-vous et cessez d'être aussi stupide. Je ne vous ai jamais vu si nerveux. » Je plaçai ses mains sur le clavier et fis courir ses doigts sur les touches, car il était plus calme lorsqu'il jouait. « Là, là, tout ira bien, et ce sera exactement comme avant, au Loch Leven.

— Je le désire tant.

— Moi aussi… elle aussi, même si elle ne le sait pas. Elle m'a dit un jour que la seule chose qui lui avait permis de supporter les absences de mon père, c'était le fait que vous étiez là-bas avec nous.

— Oui…

— Quoi qu'elle puisse dire, elle vous aime toujours.

— Oui…

— Je le sais. Je le sais à cause de Davie, je veux dire, il pourrait faire n'importe quoi, je l'aimerais toujours, parce qu'il est mon frère.

— Oui…

— Et elle ne peut pas oublier toutes ces années à Cromdale, lorsque vous étiez jeunes, et si heureux, les meilleurs amis du monde.

— Oui…

— Et… »

Je m'interrompis car la porte de la maison s'était ouverte, et ma mère était entrée. Elle se dirigea vers la commode située près de la fenêtre et, au moment où j'aperçus le pistolet dans sa main, elle avait déjà le doigt sur la détente et braquait l'arme sur mon oncle. Je criai, je hurlai, je la suppliai…

Mais elle tira… et l'estropia…

« Jenny ! appela Rose, me tirant de mes sombres pensées. As-tu entendu un seul mot de ce que je t'ai dit ?

— Excuse-moi. Oui, j'aime bien la robe vert jade. »

Elle se mit à rire en rejetant la tête en arrière. « J'ai dit : "Tu as mis une robe bleue avec des souliers marron."

— Vraiment ? Ah, oui… je… en effet. » Je retirai mes chaussures et pris une autre paire, en daim bleu. Rose se remit à éternuer.

« Qu'est-ce que je peux te donner ? Une aspirine ?

— Je veux bien. »

J'allai dans la salle de bains contiguë à ma chambre et, pendant que je remplissais un verre d'eau, elle me raconta que mon frère était l'amant le plus merveilleux qu'elle avait jamais eu. Je ris, gênée, et elle continua jusqu'à ce que je me sente devenir rouge comme une pivoine, puis elle me demanda comment était Arthur. Il m'était difficile de juger des prouesses de mon fiancé au lit : la seule et unique fois où nous avions été amants, environ un mois plus tôt, cela n'avait pas été une grande réussite. J'attendais toujours de ressentir ce que j'avais éprouvé quand j'avais couché avec Ian, car les caresses d'Arthur ne m'avaient procuré aucune des sensations que j'avais connues avec lui, et lorsque ce fut fini je pleurai. Arthur était catastrophé, mais il interpréta mes larmes comme la réaction de toute jeune femme disant adieu à sa virginité, et nous décidâmes de reporter jusqu'après notre mariage une étude plus poussée des plaisirs charnels. Rose semblait avoir tellement d'expérience, et je ne voulais pas qu'elle puisse croire que sa future belle-sœur était une gourde. Je lui dis donc qu'Arthur était un très bon amant.

Je lui apportai le verre et l'aspirine et m'assis à côté d'elle.

« Cela doit être terrible pour toi d'être allergique aux animaux.

— J'essaie de ne pas y penser, mais avec Davie qui aime tant les chevaux... Tu ne peux pas savoir comme j'aimerais pouvoir échanger mon corps contre celui de quelqu'un d'autre. N'importe qui. Je veux le rendre heureux, parce qu'il m'a rendue tellement heureuse. Cela a été magique pour nous, un vrai conte de fées.

— Oui, il me l'a écrit.

— Il parlait de moi ?

— Hmhmm, et je savais que tu me plairais, même avant de faire ta connaissance.

— J'ai ressenti la même chose vis-à-vis de toi. » Elle me prit la main, la serra fort entre les siennes et je devinai qu'elle allait me dire quelque chose d'important. Mais au moment où elle ouvrait la bouche, on entendit le bruit d'une voiture dans l'allée principale, et un domestique annonça que « Monsieur Davie » était arrivé. Rose et moi courûmes à la fenêtre, riant et dansant de joie, et elle me fit promettre de ne pas dévoiler sa présence à Davie, pour ménager la surprise.

Je dévalai l'escalier et faillis me cogner dans ma tante Flora qui sortait du salon ; je lui fis un signe de la main et elle me dit en riant que les dames ne couraient jamais. Davie descendait de voiture, une longue mèche de cheveux cuivrés retombant sur son œil droit. Il sourit en m'apercevant et ouvrit les bras ; je m'y précipitai et enfouis mon visage dans son cou. Et je ne sais pourquoi, en sentant sa joue près de la mienne, je me mis à pleurer. Il me serra fort dans ses bras, puis m'écarta de lui, me fit un grand sourire et essuya mes larmes.

« C'est pour moi que tu pleures ? » dit-il. Je secouai la tête et il rit. Il était très grand, maintenant, et très mince, mais très musclé. Une lueur d'amusement dansait dans ses yeux bleu marine ; il tira un mouchoir, m'en tamponna le visage et me prit le menton. « Qu'y a-t-il, Jen ?

— C'est que... je suis tellement contente de te voir. Ne reste jamais aussi longtemps sans venir. Promets-le-moi.

— Je te le promets. » Il me saisit alors la main et m'entraîna vers la voiture. « J'ai quelque chose pour toi.

— Un cadeau ?

— Va voir. »

Je m'approchai du coffre et, au moment où j'allais regarder à l'intérieur, la portière s'ouvrit du côté du passager, et Ian descendit. Il portait un uniforme avec des galons de capitaine et se tenait très droit. Un sourire se dessina sur son visage ; j'avais dû pâlir car son sourire s'évanouit aussitôt et il s'avança vers moi. Je sentis mes jambes se dérober sous moi et je dus me retenir à la voiture. Sa main s'approcha de mon bras mais je reculai, et il prononça mon nom. Je tremblais : il faisait froid et tout était recouvert de neige, mais c'était à cause de lui, c'était de le revoir après huit longues années. Il pencha la tête vers moi et ses yeux cherchèrent mon regard, mais je ne voyais que son torse, devenu plus puissant et vigoureux.

« Tu ne veux pas rentrer ? » me dit-il. Je levai la tête et le regardai dans les yeux, des yeux du même bleu foncé que les miens. Je dus rougir, parce que la dernière fois que je l'avais vu de si près, nous étions dans le salon de la maison de ma mère à Édimbourg, en train de nous habiller en silence, attentifs à ne réveiller personne, car le lendemain matin je partais pour Cromdale et je ne devais jamais le revoir.

« Jen ? » C'était la voix de Davie ; je sentis sa main posée sur mon bras tandis qu'il me conduisait vers la maison. Tous mes cousins étaient venus l'accueillir, mais j'étais tellement bouleversée d'avoir vu Ian que je me laissai mener comme un automate jusqu'au salon. C'est seulement lorsque Davie referma la porte sur nous que j'émergeai de ma stupeur.

« Comment as-tu osé l'amener ici ? m'écriai-je. Tu as perdu la tête ? Pourquoi ? Pourquoi as-tu fait cela ?

— Il voulait te voir.

— Et tu n'as pas pensé à moi, à ce que moi je voulais ? Je ne veux pas qu'il reste ici ! Il faut que tu... il faut que tu l'emmènes, c'est tout !

— Et où vais-je l'emmener ?

— N'importe où ! Mais il ne peut pas rester ici ! C'est impossible !

— La tempête souffle. Je ne crois pas qu'il soit prudent de prendre la route. Je pourrais peut-être demander à Joseph de lui installer quelques couvertures dans l'écurie. Évidemment, s'il meurt de froid, tu seras...

— Oh, arrête de dire des bêtises, Davie ! Conduis-le dans un hôtel, où tu veux, mais emmène-le ! »

Il me regardait d'un air moqueur et je commençais à me sentir ridicule. Je m'effondrai dans un canapé près de la cheminée. Davie s'assit près de moi, mit sa main sur mon genou et me parla d'un ton très doux, et avec une gravité que je ne lui avais jamais connue. « Tu l'aimes, Jen. Et il t'aime.

— J'aime Arthur. Je vais l'épouser. » Il retira sa main, fouilla dans sa poche, en sortit une cigarette, et je vis qu'il était en colère contre moi. « Davie, je t'en prie, emmène-le. Je ne peux pas. Je t'en prie. Cela ne pourrait que rendre la situation encore plus pénible. Tu ne comprends pas ?

— Non, pas vraiment. Mais pour ce que ça change.

— Cela ne marcherait jamais. Nous serions voués à l'échec dès le début. Je ne peux pas vivre comme nous avons vécu à Glasgow. Je ne peux pas. Jamais plus je ne pourrais être pauvre à nouveau.

— Personne ne te le demande.

— Il n'a pas un sou vaillant, Davie.

— Ce ne sera pas toujours comme ça. Tu le sais bien.

— Non, je ne le sais pas. Et je ne veux pas prendre le risque. Je serais trop malheureuse, et lui aussi serait malheureux, et nous finirions par nous haïr, exactement comme... comme eux. Il deviendrait une brute et moi une harpie.

— Non.

— As-tu oublié Glasgow, Davie ? As-tu oublié le soir où nos parents ont failli s'entre-tuer ? Il lui a cassé le poignet, il le lui serrait tellement fort que les os se

sont rompus, et elle lui lançait des coups de pied et des coups de poing, on aurait dit une folle... Seigneur Dieu, Davie, ils s'aimaient, du moins avant Glasgow, et tu as vu ce qui est arrivé ! Ils sont devenus des bêtes, la pauvreté a fait d'eux des bêtes, elle leur a ôté tout ce qu'il y avait de bon et de beau en eux, elle a fait d'eux des... des bêtes sauvages ! Pire même ! Des monstres ! Des monstres assassins, tous les deux ! Ils ont tué...

— Ça suffit !

— C'est la vérité ! Tous les deux, ils ont...

— Ça suffit ! »

J'allais continuer quand la porte s'ouvrit brusquement et ma tante Flora entra dans la pièce.

« Jenny, ma chérie, dit-elle d'une voix suave. On vous entend tous les deux de l'autre bout du couloir. » Puis elle sourit, tendit la main derrière elle, et Rose apparut. Le visage de Davie s'illumina. Il resta là, immobile, et c'est Rose qui vint vers lui. « N'est-ce pas merveilleux, Davie ? Rose nous a annoncé la bonne nouvelle. Nous sommes enchantés. » Mais Davie ne l'entendait pas, il avait pris Rose dans ses bras et la serrait contre lui. Ma tante me sourit, me fit signe de les laisser seuls, et je sortis du salon.

« Je n'ai jamais vu ton frère aussi heureux. Et tu sais, j'ai toujours pensé que Rose est une femme extraordinaire. Elle a une énergie fantastique.

— Je l'aime beaucoup. C'est presque comme si nous nous connaissions depuis... depuis... »

Je ne pus finir ma phrase. Ian descendait l'escalier, en compagnie de Ken et Patrick. Je sentais les yeux de Ian sur moi et j'essayais de regarder ailleurs, mais plus il se rapprochait, plus je sentais mes jambes fléchir. Flora dévisagea Ian, me regarda, puis me prit la main et m'emmena dans la salle de bal, de l'autre côté du couloir. Nos talons claquaient sur le plancher ciré, et les immenses glaces qui ornaient les murs renvoyaient nos silhouettes. Ma tante s'assit au piano, me fit une place à côté d'elle et se mit à jouer. Elle jouait très bien, mais sans âme, pas du tout comme mon oncle.

« Ce jeune homme est le mineur de Glasgow, n'est-ce pas ?

— Oui.

— Séduisant. Extrêmement séduisant... mais il n'est pas pour toi, mon enfant.

— Je sais bien. Seulement...

— Tu l'aimes.

— Je ne veux pas cela, mais...

— Cela te passera.

— Cela ne m'a pas passé. Cela fait huit ans et je... je continue...

— Dès que tu seras mariée avec Arthur, le visage de ce jeune homme s'effacera de ta mémoire, et avec le temps tu ne te souviendras même plus de lui. »

Et elle continua sur ce ton. Quelle chance j'avais d'être aimée d'Arthur. Quel beau parti c'était, un parti fabuleux. Toute l'Écosse était verte de jalousie qu'Arthur, le prince des Aciéries Millington, m'ait choisie, moi. Mais tout ce que j'entendais, c'étaient des paroles murmurées huit ans plus tôt, dans les bras de Ian...

... J'avais quinze ans. J'étais debout à la fenêtre de ma chambre, au milieu des malles dans lesquelles j'avais entassé tout ce que je possédais, car le lendemain on devait m'emmener à Cromdale où j'allais vivre avec mon oncle et ma tante. Il y avait de nombreuses raisons à ce départ : la réapparition de mon père dans notre vie, le cruel coup de feu tiré par ma mère sur mon oncle... et Ian.

Je regardais en bas, dans la rue. Il n'avait pas bougé, il était toujours sous le réverbère à contempler ma fenêtre, à me contempler.

Les rideaux bougeaient car le vent s'était levé, malgré la tiédeur de la nuit ; je savais que je ferais mieux de les tirer, de fermer la fenêtre, d'ignorer Ian et de retourner me coucher. Au lieu de quoi je descendis sans bruit l'escalier.

Je me rendis au salon, pressai ma main contre la vitre, et observai Ian franchir la grille d'entrée. Il s'arrêta en m'apercevant, puis prit l'allée transversale. Nous étions séparés par un parterre de roses et une glace en biseau, et pourtant je le sentais, je sentais ses mains sur moi, aussi intensément que si elles caressaient ma peau. Tout s'évanouit : la vitre, la distance... et ma résolution. Ses yeux allèrent de mon visage à ma gorge, puis à mes épaules et enfin à mes seins où ils s'attardèrent comme pour un baiser. Je commençais à haleter et à être prise de vertige, à cause de ses yeux qui me caressaient. Qui m'embrasaient. Prononçai-je son nom ? Sans doute, bien que je n'aie pas souvenir d'avoir ouvert la bouche, mais soudain il escalada la fenêtre et je reculai, certaine qu'il allait être brutal, car le courant qui passait entre nous était si puissant que j'en étais effrayée. Mais il me prit la main, me conduisit jusqu'au divan, saisit mon visage entre ses mains et m'embrassa doucement sur le front. Je mis mes bras autour de sa taille pour l'attirer contre moi, mais il arrêta mon geste, me fit reculer et asseoir sur le canapé. Il se pencha sur moi, puis s'agenouilla. Ses doigts remontèrent le long de mes bras et firent glisser les bretelles de ma chemise de nuit, qui tomba sur mes hanches et qu'il me retira en gardant ses yeux plongés dans les miens. Puis je sentis ses mains sur mes jambes et mes cuisses. Des mains rêches, calleuses à cause de la mine, mais qui me caressaient avec une douceur et une tendresse infinies. Chaque millimètre de ma peau fut exploré, avec délicatesse, avec vénération, jusqu'à ce que je me renverse sur le canapé en suppliant Ian de me prendre. Et il me prit, lentement, doucement, pour ne pas me faire mal, car il savait qu'il n'y avait eu personne avant lui, parce que c'était lui que j'aimais et que j'aimerais toujours. Quand ce fut fini, tandis qu'il reposait sur ma poitrine, je caressai ses épais cheveux noirs et lui dis silencieusement à quel point je l'aimais. Il dut m'entendre, tellement je le pensais fort, car il leva son visage vers le mien et murmura mon nom.

« Oui, répondis-je.

— Tu vas partir ?

— Oui. » Il courba la tête sous le poids de mes mots. « Il le faut.

— Aye…

— Tu comprends.

— Aye. » Il se redressa et attrapa ses vêtements. Il était déjà à des milliers de kilomètres de moi. J'eus l'impression que deux mains assassines me prenaient à la gorge, et j'enfouis ma tête sur ses genoux en sanglotant. Je ne pouvais plus m'arrêter ; il avait beau me parler, me caresser gentiment le dos, rien n'y faisait, mes larmes coulaient comme un torrent. Finalement il me releva et me secoua. « Qu'est-ce que tu veux, Jen ? Qu'est-ce que je dois faire ? Dis-le-moi, mon Dieu, dis-le-moi.

— Pars. » Il me lâcha et ses mains cherchèrent sa chemise. « Reste… reste… »

Il regarda derrière moi, vers le haut de l'escalier, puis se leva, enfila son pantalon et le boutonna en me tournant le dos.

« Je dois être à la mine à six heures…

— Ian…

— Chhhuuut, on va t'entendre. » Il me tendit ma chemise de nuit, qui était roulée en boule, puis la *déplissa et la passa par-dessus ma tête. Il me rhabilla, comme si j'étais une enfant, puis me fit lever et me serra contre lui. « Comme je t'aime... comme je t'aime... » Il me berçait doucement, et j'avais envie de lui dire de m'emmener avec lui, n'importe où, là où personne ne pourrait nous retrouver, mais j'avais peur. Il dut le sentir, car il m'écarta de lui et me poussa doucement vers l'escalier en disant : « Vas-y, Jen... Vas-y... »*

« Jenny ! » cria Flora, et j'ouvris soudain les yeux, mais les refermai aussitôt pour qu'elle ne vît pas mes larmes. Pas assez vite, cependant. Elle mit son bras autour de mes épaules et me donna de petites tapes. « Là, ma chérie, là, là... Oh, je comprends, Jen, je comprends fort bien. Ces choses-là peuvent être si douloureuses. Mais il faut que tu sois réaliste ; tu dois voir les choses non comme elles sont aujourd'hui, mais comme elles seront plus tard : jeune, on peut vivre sans argent, mais ce n'est pas possible quand on est vieille. Cette... oserais-je dire passion, que tu ressens pour ce jeune homme, ne durera pas et tu te retrouveras sans rien. Arthur est plus que ce que n'importe quelle femme peut souhaiter, et par-dessus le marché il t'adore ; et tu as toujours dit que tu avais beaucoup d'affection pour lui. Tu dois t'autoriser *à aimer Arthur. Le problème, c'est que tu as laissé ce garçon éclipser tes sentiments. Je vais le prier de s'en aller.*

— Non. Vous ne pouvez pas. Je vous en prie... Je... je ne le verrai pas seul à seule. »

Flora me dévisagea un long moment, puis se remit à jouer. Elle parla de mon oncle, disant quelle chance elle avait eue de tomber amoureuse d'un homme riche et beau. Son ton était fervent, et son teint se colora. Je ne l'avais jamais vue aussi animée, car elle ne laissait jamais paraître ses émotions, du moins pas celles qui n'étaient pas convenables. Puis elle s'arrêta de jouer, contempla le clavier, comme perdue dans ses pensées, et murmura : « Je l'aimais à la folie. Mais lui... lui, il aimait sa sœur... »

Un frisson me parcourut le dos et je regardai ma tante, en me demandant si j'avais bien entendu. Soudain consciente de ma présence, elle fit un mouvement de tête, se redressa et tenta de reprendre sa mélodie.

« Que voulez-vous dire ? questionnai-je en lui étreignant les mains. Vous avez dit qu'il... qu'il aimait sa sœur, ma mère. Que voulez-vous dire ?

— Seulement que... eh bien, parce qu'elle était malade... elle...

— Non, non, ce n'est pas ce que vous avez voulu dire. Vous avez dit qu'il l'aimait... Vous... » Elle se leva et s'écarta de moi, mais je me précipitai et me plantai devant elle. « Ce n'était pas seulement à cause de sa maladie, ce n'est pas ce que vous avez voulu dire. » J'attendis qu'elle me réponde, mais elle reprit bientôt contenance, balaya cette conversation d'un geste négligent, puis se dirigea vers la porte et me conseilla de sortir pour m'éclaircir les idées.

Il était cinq heures — l'heure du thé —, la porte du salon était toujours fermée et en passant dans le couloir j'entendis les voix de Rose et de mon frère. Je me rendis à la cuisine où les domestiques prenaient le thé ; ils se levèrent tous à mon entrée, mais je leur demandai de rester assis et dis à Joseph que je voulais lui parler. Il me fixa, regarda le hareng dont il n'avait mangé que la moitié, puis se leva et vint vers moi en s'essuyant la bouche avec sa serviette. Joseph était le responsable des chevaux au domaine ; cela faisait plus de cinquante ans qu'il travaillait à la propriété, et il était comme un père pour ma mère. Il ne m'aimait pas ; il m'avait pourtant montré beaucoup d'affection lorsque j'étais petite fille, mais il considérait que j'avais trahi ma mère en cessant de vivre avec elle, et il ne cachait pas ses sentiments. Je l'emmenai dans le bureau, refermai la porte et commençai à me triturer les mains en essayant de formuler les mots qui se bousculaient dans ma tête.

« Joseph... Est-ce que mon oncle... est-ce que ses sentiments pour ma mère... » Joseph me dévisageait avec froideur et je me sentis ridicule. J'allai m'asseoir au bureau et marmonnai : « Il l'aimait... n'est-ce pas ? » Il se contenta de me regarder en nettoyant avec sa langue les petits bouts de hareng restés aux commissures de ses lèvres. Puis il mit ses mains dans ses poches et contempla ses bottes. « Mais c'était... c'était parce qu'elle était malade, n'est-ce pas ?

— Comme vous voudrez, Miss.

— Joseph, je vous en prie. Dites-le-moi. Je vous en prie.

— Vous dire quoi, Miss ?

— La vérité.

— Vous voulez point l'entend', la vérité, Miss.

— Si... Il faut que je sache. L'aimait-il ?

— Oui.

— Mais sa maladie...

— Mensonges.

— Pourtant, les journaux ont dit qu'elle était folle, tout le monde le savait, et il la gardait ici parce que... parce que mon grand-père voulait l'envoyer à l'asile, et mon oncle...

— Voulait la garder ici pour lui. C'était lui qu'était fou. Fou comme... Si vous avez plus b'soin d'moi, Miss, j'vais r'tourner à mon...

— Pourquoi voulait-il la garder à Cromdale ?

— Pa'ce qu'il était son frère et qu'il pouvait pas s'marier avec elle, en tout cas pas légalement, alors il a voulu êt' sûr que personne d'aut' puisse l'épouser, et il a payé un juge et un méd'cin pour qu'ils disent qu'elle

était folle, et il l'a enfermée ici pendant neuf ans. Jusqu'à l'arrivée d'vot' père.

— Ce... c'est impossible. Mon oncle est resté avec nous... il était... et il était tellement gentil avec ma mère, et toutes ces années au Loch Leven... et... »

Joseph était debout à côté de moi, sa main posée sur mon bras, sans doute pour me retenir, parce que la pièce s'était mise à tourner et si je n'avais pas été assise, je me serais sûrement évanouie.

« Respire à fond, p'tite, me dit Joseph d'une voix douce. Respire à fond, lentement.

— Pourquoi... pourquoi a-t-elle laissé les journaux imprimer tous ces mensonges, au sujet de sa maladie et de sa guérison ?

— Pour épargner vot' grand-père.

— Flora a dit... Flora...

— ... a menti. Pour sauver les apparences. Elle savait.

— Joseph, mon oncle n'a pas été tué par un cambrioleur...

— Chhhuuut...

— C'est eux qui l'ont tué ! Ma mère et mon père ! Ils...

— Jenny...

— C'est une meurtrière ! »

Joseph leva la main et j'eus un mouvement de recul, car je crus qu'il allait me frapper.

« Tu sais point la moitié d'l'histoire, p'tite, murmura-t-il en s'éloignant. Tu sais point... » Puis il sortit en refermant la porte derrière lui.

Il se passa un long moment avant que je me lève. Il fallait que je parle avec Davie, mais j'avais peur de rencontrer Ian. Je ne voulais pas rester seule. J'avais besoin de parler à quelqu'un, n'importe qui, pourvu que ses paroles m'empêchent de penser.

J'allai dans ma chambre, pris un bain et me jurai de ne pas songer à ma mère ni à mon oncle. Joseph avait menti et Flora... Non, il ne fallait pas que j'y pense. Je n'y penserais pas.

Le dîner fut très agréable, tout le monde était gai mais je ne parvenais pas à me détendre. Ensuite, nous passâmes au salon et Rose, se blottissant près de Davie sur le canapé, réclama une histoire.

« Excellente idée, s'écria ma tante. Patrick, à toi de raconter.

— N'est-ce pas plutôt à l'homme le plus âgé de cette assemblée de le faire ? roucoula Rose en souriant tendrement à son père.

— Et pourquoi ne pas demander à notre jeune ami, Mr Liddle, de nous raconter quelque chose ?

— Oh ouiiiiii, Mr Liddle, appuya Mrs Newburn.

— Connaissez-vous la légende de Deirdre des Douleurs ? s'enquit Rose. C'est ma préférée.

— Elle est plutôt morbide, fit Patrick.

— C'est une histoire d'amour.

— Pas précisément. La pauvre fille a la tête écrasée, à la fin.

— Mais c'est le seul conte dans lequel la beauté ne... gagne pas. » Rose avait dit cela en riant, sur le ton de la plaisanterie, et sans me regarder. Mais je me sentis blessée et j'eus l'impression d'être une étrangère au milieu de tous ces gens. J'étais là, dans ce salon que j'avais aimé, entourée de ceux que j'avais chéris, et j'avais le sentiment que tous portaient un masque et que d'un moment à l'autre ils allaient le retirer et m'anéantir. Ian me contemplait ; je me sentais terriblement seule et effrayée, et je savais qu'il aurait suffi qu'il me tienne dans ses bras, ne serait-ce qu'une minute, pour que tout aille bien.

Hal se leva, William en fit autant, tout le monde attendait l'histoire avec impatience, et dans cette confusion je perdis Ian de vue. Je baissai la tête pour cacher mes larmes et fis semblant de jouer avec ma bague de fiançailles. Un saphir de la couleur de mes yeux, avait dit Arthur en me la passant au doigt. Il y avait des boucles d'oreilles et un collier assortis. Ma mère m'avait offert des saphirs, autrefois. Quand était-ce ? J'avais quatorze ans. Mallaig. Le journal... mon père...

« Jen ? » Levant les yeux, je vis Ian devant moi, qui me tendait la main. « Tu trembles. Ne veux-tu pas venir t'asseoir près du feu ? » Sans attendre ma réponse, il m'entraîna vers un fauteuil tout près de la cheminée, me fit asseoir et resta debout à côté de moi. Il m'avait amenée ici pour me dérober aux yeux des autres, à leurs regards chargés de reproches et à leurs questions ; et une fois de plus mon cœur se gonfla, parce que jamais Arthur ne saurait faire cela. Jamais il ne serait capable de deviner mes sentiments sur un simple regard. Le siège faisait face à la cheminée ; Ian s'appuya contre le dossier et, à l'insu de tous, glissa une main sur mon épaule. J'inclinai la tête pour sentir la chaleur qui émanait de lui et, lorsque ma joue rencontra ses doigts, il les remua tout doucement pour me caresser.

Il commença à parler, avec une élocution parfaite et beaucoup de lyrisme. Il avait une voix chaude, rassurante, que je laissai pénétrer en moi, les yeux fermés. Ses doigts continuaient de caresser ma joue.

« ... Et le druide Cathbad, tenant dans ses bras le bébé nouveau-né, qui avait pleuré quelques instants plus tôt, avant même de quitter le ventre de sa mère, dit : "Deirdre des Douleurs, avec tes yeux étincelants, tes longs cheveux lustrés, ton teint laiteux et tes joues semblables aux roses, tu éveilleras la jalousie des reines et le désir des rois. Mais, ô délicieuse fille à l'ardente beauté, ton visage sublime causera la mort du fils du roi, trois frères connaîtront un abominable trépas, et

chaque nuit durant seize ans le sang coulera en Ulster et la guerre fera rage... à cause de toi.”

« Tous s’écrièrent : “Tuez le bébé, sauvez l’Ulster !” Mais le roi Conor Mac Nessa ordonna que l’enfant soit emmenée dans une forteresse et qu’on s’occupe d’elle jusqu’à ce qu’elle soit en âge de devenir sa femme. Les années s’écoulèrent. Deirdre savait qu’elle était destinée au roi, mais son cœur allait à Noísiu — l’un des trois fils d’Usnach — à qui elle fit promettre solennellement de l’emmener avec lui loin de l’Ulster, sous peine de perdre son honneur. Les trois frères réunirent cent cinquante de leurs meilleurs hommes, s’enfuirent d’Irlande et se réfugièrent en Écosse. Là, Deirdre fut heureuse dans les vallées et les monts des Highlands, au milieu de la pourpre des bruyères. Mais elle était si belle qu’en la voyant tous, captifs de son charme, voulaient la posséder. Jusqu’au jour où le roi d’Écosse lui lança un ultimatum : ou bien elle se donnait à lui de son plein gré, ou bien il la prendrait de force et les trois frères seraient tués.

« La nuit même ils quittèrent l’Écosse et, lorsque la nouvelle parvint en Irlande que les quatre fugitifs n’avaient nulle part où aller, Conor Mac Nessa dit qu’il leur pardonnait, qu’il leur permettait de revenir en Irlande et qu’aucun mal ne leur serait fait. Mais le roi n’avait oublié ni la trahison ni la beauté de Deirdre ; il avait soif de vengeance, et il voulait Deirdre. Les trois frères furent pris dans une embuscade, Deirdre fut faite prisonnière et emmenée, les mains liées dans le dos, devant Conor.

« La mort des trois frères devait être vengée, et il y eut la guerre en Ulster pendant seize années.

« Deirdre vécut au château du roi mais jamais on ne la vit rire ni sourire. Elle dormait à peine, se nourrissait tout juste pour subsister, restait tapie dans sa chambre

et gardait sans cesse la tête baissée, pleurant la mort de son amant Noísiu.

« Son refus de partager la couche du roi déchaîna la colère de ce dernier. Un jour il la fit venir et lui demanda : "Qu'est-ce que tu détestes le plus ?

« — Vous ! s'écria-t-elle. Et Eogan qui a tué Noísiu !

« — Eh bien, tu passeras une année avec lui !"

« Le jour suivant, la sentence du roi fut exécutée. Il emmena Deirdre sur son char avec Eogan, la railla en disant qu'elle était une brebis entre deux béliers, si bien qu'à la fin elle n'y tint plus. Alors que le char passait à toute allure contre une énorme paroi rocheuse, Deirdre se pencha et sa tête éclata en morceaux... »

« Vous faites d'elle plutôt une sainte, commenta Rose en riant lorsque Ian se tut. Elle était égoïste et obstinée et causait le malheur des autres.

— Elle était innocente. » En disant cela, Ian avait mis sa main sous mon menton et j'embrassai sa paume.

Je n'avais jamais aimé cette légende. Je l'aimais encore moins maintenant.

Ils réclamèrent d'autres contes, Flora voulait quelque chose de gai, et Ian raconta l'histoire de Iain Bacach, John le Boiteux. J'écoutais à peine. Je fis glisser la main de Ian sur mon cou. Je portais une robe en dentelle, et une simple chemise au-dessous, pas de corset ni rien qui pouvait empêcher ses doigts de descendre jusqu'à mes seins ; je guidai sa main et sa voix ralentit peu à peu, se fit traînante, puis il se reprit. Je savais que j'avais tort, mais je le voulais, et j'aurais donné n'importe quoi pour que les autres disparaissent.

Dès qu'il eut fini de parler, je me levai, souhaitai bonne nuit à tout le monde en prétextant un mal de tête, et montai dans ma chambre.

Je n'essayai pas de dormir : le sommeil ne serait jamais venu. J'ouvris mon armoire, y pris ma plus belle chemise de nuit, dénouai mes cheveux, et attendis.

Il fallut longtemps avant que le château devienne silencieux et que tout le monde soit couché. Je m'allongeai, fermai les yeux, repassai dans ma tête la nuit à Édimbourg, comme je le faisais chaque soir, et priai silencieusement : « Viens, Ian... »

Je ne l'entendis pas entrer, tant il marchait sans bruit ; je le vis soudain debout près de mon lit. J'écartai les couvertures, l'invitant à me rejoindre, il se déshabilla et se glissa à mon côté. J'avais imaginé que ce serait doux, lent et délicat comme la première fois — tendre. Mais nous ne fûmes pas tendres l'un envers l'autre : cela faisait trop longtemps. Sous sa peau je sentais ses muscles se durcir et son sang battre, tout comme le mien ; nous étions tous deux fous de désir. Il couvrit ma bouche d'abord avec ses lèvres, puis avec sa main, pour m'empêcher de crier : il craignait qu'on ne nous entende, mais cela m'était égal. Et bientôt — bien trop tôt — ce fut fini. Quand il voulut s'écarter, je le retins ; je voulais le garder en moi, dans la douceur et la chaleur, et je lui murmurai de rester. Il enroula mes cheveux autour de sa main et y enfouit son visage.

« J'avais peur que tu ne les aies coupés, dit-il dans un soupir. Pendant toute la durée de la guerre, je me suis demandé si tu l'avais fait. » Je ris et il se souleva, les mains posées de part et d'autre de mon visage. « Depuis combien de temps ne t'ai-je entendue rire, Jen... Relâche-moi, je t'écrase.

— Non ! Reste. » Des bruits de voix et des soupirs s'entendaient dans la chambre d'à côté et Ian dressa l'oreille. « Rose. Mon frère doit être avec elle. Que penses-tu d'elle ?

— Je pense... je pense qu'elle aime ton frère et qu'il l'aime. Je suppose que c'est tout ce qui compte.

— Elle a été formidable avec moi.

— Alors elle me plaît. » Il m'embrassa, puis roula sur le dos en m'entraînant avec lui. « Nous n'avons pas pris beaucoup de précautions, toi et moi. J'aurais dû...

— Je t'en prie...

— Jen...

— Non. Ne parlons pas de cela.

— Quand, alors ?

— Pas maintenant... je t'en prie. » Je voulus me pelotonner contre lui, mais il se redressa et me regarda, et je vis de la colère dans ses yeux. « Ian...

— Tu vas l'épouser ? Hein ?

— Ne...

— Tu vas épouser cet homme, alors que tu m'aimes ? C'est cela que tu vas faire, Jen ?

— Non.

— Alors, tu viens avec moi.

— Non... oui... je ne sais pas... je t'en prie, ne parlons pas de ça maintenant, je...

— Il faut que je sache, Jen.

— J'ai peur.

— Tu ne crois pas que j'ai peur, moi aussi ? Voilà dix ans que je me dis que je n'ai aucun droit sur toi, parce que si cela ne marche pas et si je te rends malheureuse, alors que se passera-t-il ?

— Ce n'est pas... Ian, je jure que si... si seulement je pouvais être sûre que les choses ne changeront pas entre nous, c'est-à-dire que tu continueras à m'aimer. Mais tu sais ce qui arrive, tu as grandi dedans, dans la misère. Tu sais comme les gens changent, à cause de la faim, de la fatigue, du froid. Ils deviennent des bêtes, parce qu'il faut être une bête pour survivre dans de telles conditions, quand tout ce qui compte, c'est

d'avoir de la nourriture et un abri... comme les animaux.

— Il me faut juste du temps. » Il était inutile d'envisager un emprunt : ma mère l'avait maintes fois proposé mais Ian avait toujours refusé, car il avait besoin de prouver qu'il pouvait réussir entièrement par lui-même. « Je travaillerai et...

— Mais comment feras-tu, Ian ? Si tu travailles, comment pourras-tu suivre des cours et étudier ? Comment ? Ce n'est pas possible. Qu'est-ce que... ne comprends-tu pas ? » Il détourna les yeux vers la fenêtre, et son visage exprimait une telle fureur que j'eus peur de lui, et encore plus peur de le perdre. Je me mis à trembler et les mots sortirent de ma bouche malgré moi — des mensonges, même si je n'avais pas l'intention de lui mentir. Je lui dis que je l'aimais et que je partirais avec lui, mais qu'il devait être patient et me laisser la semaine pour annoncer en douceur la nouvelle à ma tante et à Arthur.

Il me quitta à quatre heures du matin, et je passai le reste de la nuit, allongée dans mon lit, à me demander si ceux qui proféraient d'aussi vils mensonges étaient voués à l'Enfer.

La semaine fut pénible. Je ne cessais de penser à ma mère ; j'essayais de trouver un sens à tout cela, et je m'interrogeais pour savoir si j'en parlerais à Davie. Mais je n'en fis rien parce qu'il n'en restait pas moins qu'elle avait participé au meurtre de mon oncle et cela, je ne pouvais le lui pardonner. Les jours se traînaient et je ne vivais que pour les nuits, lorsque Ian venait me rejoindre.

Le matin précédant Hogmanay, Ian, Davie et moi nous promenions à cheval ; une fois au milieu de la forêt, on mit pied à terre pour laisser les chevaux se reposer. Ian parla d'aller voir ma mère avant de partir pour Liverpool, et il dut se rendre compte de mon malaise car il s'interrompit brusquement et regarda Davie.

« Dis-lui.

— Me dire quoi ? Quoi, Dave ? Ian ?

— Le contremaître de votre propriété du Loch Leven n'est pas mort dans un accident de bateau.

— Quoi ?

— Drew Baird a été assassiné par...

— Non !

— Oncle Will, fit Dave. Il a enterré le cadavre de Drew dans la cabane, là derrière ces arbres.

— Arrête...

— J'ai trouvé la carabine de Drew.

— Oh, mon Dieu...

— ... et ce qui... restait de lui. »

Mon sang se retira de mon corps. Je voulus reculer mais glissai sur une plaque de verglas ; quelques secondes plus tard, Ian était penché sur moi, Davie derrière lui. Je n'arrivais pas à parler, à former des mots, car ma tête était remplie des paroles de mon père : Ton oncle a tué Drew, il ne s'est pas noyé... Ton oncle l'a tué...

« Davie, passe-moi l'eau. Tiens bon, Jen, ça va aller. » Mais je tremblais si fort que je ne pouvais pas me redresser, et Ian me mit sa veste sur les épaules et me caressa le dos. Davie me donna de l'eau de sa bouteille Thermos, mais c'était froid contre mes lèvres et je ne réussis pas à boire. Ian ne cessait de répéter que tout irait bien, mais je ne pouvais m'arrêter de trembler.

« Pourquoi ? demandai-je lorsque je pus parler.

— Ton oncle était après toi. Tôt ou tard il aurait...

— Non !

— Jen...

— Ce n'est pas vrai !

— Ta mère a envoyé Drew à sa place, et quand ton oncle l'a trouvé dans la cabane, il...

— Nooooon !

— Elle l'a fait pour te protéger. C'est pour cela qu'elle a tiré sur lui à Édimbourg...

— Elle l'a estropié !

— Pour toi...

— Et ensuite elle l'a tué ! Elle l'a assassiné !

— Non, fit Davie en se laissant tomber près de moi. Elle ne l'a pas tué, parce qu'elle ne pouvait pas le tuer. C'est pour ça qu'elle a envoyé Drew à sa place, et c'est pour ça qu'elle ne l'a pas assassiné à Londres...

— Si !

— Non !

— Elle l'a attiré dans...

— Elle ne le pouvait pas ! Elle n'aurait jamais pu le faire parce qu'elle l'aimait ! »

Ian et moi restâmes bouche bée, tandis que Davie secouait la tête.

« Elle l'aimait... ?

— Oui.

— Mais comment ? Comment... l'aimait-elle ? » Davie tenta de s'écarter de moi, mais je le retins par le poignet. « Dis-le-moi !

— Quand ils étaient jeunes, ils...

— Oh, mon Dieu...

— Jen...

— Non... » Je gémissais comme si l'on m'avait transpercée avec un couteau.

« Avant la mort de leur mère...

— Non... non...

— Jen, tu le connaissais, tu sais bien comment il était, comment il pouvait faire croire n'importe quoi à quelqu'un, lui faire faire n'importe quoi. Il l'aimait, il l'adorait, et elle n'était qu'une enfant quand ça a commencé...

— Oh, Davie...

— Quand leur mère est morte, elle a compris que c'était mal et elle a arrêté ; elle a cessé d'aller le retrouver dans sa chambre. C'est pour ça qu'il l'a violée et a failli la tuer.

— Non... il ne l'a pas blessée. Il ne pouvait pas. Il l'aimait.

— C'est la raison pour laquelle elle avait si peur pour toi, Jen. Parce que, l'aimant comme il l'aimait, il avait failli la tuer.

— Non... pas moi... il n'aurait pas... » Je ne pouvais plus parler. Tout s'écroulait autour de moi, toute ma vie — les mensonges, la vérité, les êtres que j'avais aimés, ceux que j'avais haïs, ceux en qui j'avais eu confiance —, tout se mélangeait dans ma tête, s'emmêlait, s'embrouillait, jusqu'à devenir un grand trou noir. Je voyais sans cesse la même chose : mon oncle, ses mains qui m'avaient toujours caressée avec une tendresse inouïe, puis ces mêmes mains rouges de sang, rouges du sang de Drew.

Ian me tenait contre lui, et je sanglotais, pour Drew, pour ma mère... pour mon père.

Davie me demanda si j'irais avec lui à Édimbourg voir ma mère. Et je compris qu'il fallait que je le fasse.

Il fut décidé que nous partirions la nuit même, après le bal, juste après minuit, puis que nous irions tous les quatre en voiture à Liverpool.

Je ne leur dis pas que je ne prendrais pas le bateau pour l'Amérique.

Ce fut bizarre de revoir Flora. Elle m'avait menti. Pendant huit ans, elle m'avait laissée croire que ma mère avait été folle. Et même si elle n'avait jamais cru que mes parents étaient les assassins de mon oncle, Flora nous avait séparés et avait pris bien soin de me renseigner sur les années de jeunesse de ma mère, à grand renfort de coupures de journaux et de récits épouvantables sur sa maladie.

J'avais envie de voir ma mère. J'avais envie de me précipiter à Édimbourg, de la serrer dans mes bras et de la supplier de me pardonner. Je me souvenais de toutes ces soirées où nous bavardions dans son lit en buvant du chocolat chaud. Ce serait à nouveau comme cela, car je savais que je quitterais Cromdale. Tout devenait très clair pour moi. Je savais ce que j'avais à faire : me réconcilier avec ma mère et travailler à nouveau avec elle, et tout serait comme avant. Le père d'Arthur avait des bureaux à Édimbourg, nous pourrions prendre une maison pas très loin de chez ma mère, et je serais... heureuse.

Les invités arrivèrent à huit heures, et je ne me rappelais pas avoir jamais vu la salle de bal briller de couleurs aussi vives, aussi éclatantes ; tout étincelait : le jaune et l'orangé des robes, les cols d'hermine et de renard argenté, et les sourires des gens, parce que la guerre était terminée. Et j'avais le sentiment que ma guerre, elle aussi, était terminée.

J'observais Davie qui dansait avec Rose ; il était si gentil avec elle, si attentionné qu'elle en paraissait presque belle, dans sa robe de velours rouge, du moins chaque fois qu'elle le regardait. Patrick avait prêté un smoking à Ian et, quand Ian entra dans la pièce, j'eus le souffle coupé. Il prit mon bras, m'entraîna vers la piste de danse et me fit virevolter.

J'avais l'impression d'être enveloppée dans un nuage de plumes, épais et duveteux ; il me semblait que nous flottions. J'étais légère — sensation que je n'avais pas éprouvée depuis très longtemps : c'était presque comme s'il me portait en dansant, comme le faisait mon père quand j'étais petite fille, au Loch Leven. Il me sourit et je souris à mon tour, spontanément, car c'était si bon d'être auprès de lui.

« Que vas-tu dire à ton fiancé ? »

J'aurais préféré qu'il garde le silence, parce que le charme était rompu, et je dus détourner les yeux pour lui répondre ; en voyant mon visage, il aurait su immédiatement que je mentais.

« Je dirai à Arthur que je vais juste t'accompagner au bateau avec Davie, que tu es un ami à nous. Je ne veux pas le blesser.

— Comme tu voudras, Jen.

— Je lui enverrai un télégramme d'Édimbourg.

— Tu as parlé à ta tante ?

— Non... pas encore.

— Eh bien, tu pourras toujours lui envoyer un télégramme, à elle aussi. » Je me demandai s'il se moquait de moi ou s'il était fâché parce que je n'avais pas le courage d'être plus directe. « C'est ton affaire, Jen. Fais ce que tu penses devoir faire.

— Arthur, murmurai-je comme ce dernier entrait dans la pièce avec ses parents.

— Tu préfères le voir seule ? Jen ?

— Hmhmm ? Oui... cela vaudrait mieux, je pense. » Mais je ne lâchai pas son bras quand il s'arrêta de danser, terriblement effrayée tout à coup.

« Tout ira bien », dit-il en me poussant doucement vers Arthur.

À l'instant où sa main quitta ma taille, je frissonnai comme si ma chair avait été mise à nu. J'avançai vers Arthur, consciente que j'aurais dû sourire, mais mes lèvres étaient comme étrangères à mon visage, je ne savais plus très bien comment les mouvoir. Ma tante était avec Arthur et ses parents, et aussi mes cousins, et tous me regardaient. Je vis Davie auprès de Rose, lui aussi m'observait ; soudain il posa son verre et vint vers moi. Il y avait dans ses yeux quelque chose qui me fit *peur, m'obligeant à m'arrêter et à me tourner vers Ian. Il était là, avec son regard rassurant, et il fit un signe de la tête, comme pour me dire : Vas-y, Jen... vas-y...*

J'étais là, au milieu de la salle de bal, et Ian était le seul qui ne me voulait pas de mal, car même Davie me lançait des regards meurtriers. J'avais envie de me précipiter vers Ian, mais Patrick lui avait pris le bras pour aller le présenter à des amis à lui.

« Chérie, vous avez l'air complètement perdue ! » Arthur posa sa main sur mon épaule et me fit faire volte-face. « Eh bien, Jen, que se passe-t-il donc ?

— Je... je...

— Qu'y a-t-il ? » Il m'emmena à l'écart. J'avais les mains jointes et il me chuchota : « Êtes-vous aussi impatiente que je le suis, pour ce printemps ? » Je contemplai ses yeux gris-bleu, son visage rond et doux, d'une beauté un peu enfantine, sa peau laiteuse, ses cheveux roux doré et ses fines mains blanches. Des mains qui n'avaient jamais eu besoin de travailler, qui n'en auraient jamais besoin, et qui étaient douces et souples lorsqu'elles glissaient sur ma peau. Un prince. C'est comme cela que l'appelaient les journaux : Le Prince. Tout le monde l'enviait... c'était vrai... et il m'aimait. Avec le temps, je l'aimerais aussi... avec le temps... « Il n'est pas nécessaire que nous attendions jusque-là. Pourquoi ne pas nous marier dans une quinzaine de jours ? Je suppose que votre tante et vous pourriez organiser cela, avec l'aide de mère, bien entendu.

— Oui... Arthur, je veux me marier tout de suite. Et je désire vivre à Édimbourg, près de ma mère.

— Votre mère ? Avez-vous...

— Oui... c'est-à-dire, j'aimerais partir ce soir avec Davie et aller la voir. Vous comprenez, nous avons un ami, Ian Liddle, qui part pour l'Amérique, et je souhaite l'accompagner au bateau avec Davie et ma mère.

— Mais l'annonce...

— Oh, non... non, vous ne devez pas annoncer notre mariage ce soir. Je veux en parler à ma mère moi-même. Je n'ai pas envie qu'elle l'apprenne par les journaux.

— Père et mère vont être très déçus.

— C'est important, Arthur, et... »

Davie avait posé sa main sur mon bras et le serrait si fort que je ne pus terminer ma phrase. Il me sépara brusquement d'Arthur, grommela une excuse et m'emmena avec lui. Il marchait si vite que je n'arrivais pas à le suivre, et il me traîna presque, d'abord dans le couloir puis dans un renfoncement près du bureau. Je commençai à protester mais son expression m'arrêta net : je ne l'avais jamais vu dans une telle colère. Il me poussa contre le mur, pointa son doigt sur moi, juste au-dessous de mon œil, et je tressaillis.

« Je crois que je te tuerais si tu étais n'importe qui d'autre ! Tu n'as jamais eu la moindre intention de partir avec lui, n'est-ce pas ?

— Davie...

— Réponds-moi !

— Je t'en prie...

— Qu'est-ce que tu attendais ? Qu'Arthur fasse l'annonce ?

— Non... Je lui ai demandé de ne pas la faire. J'allais... j'allais dire à Ian... Davie, je t'en prie, comprends-moi, je t'en prie...

— Tu vas le lui dire maintenant ! Tout de suite ! Et après, nous partons ! Arthur pourra t'amener à Édimbourg après *le départ de Ian !*

— Davie...

— Reste ici et ne bouge pas ! Je vais chercher Ian ! »

Avant que j'aie pu le retenir, il était sorti.

J'avais envie de me précipiter dans ma chambre et de m'y enfermer, mais mes jambes refusaient d'avancer, on aurait dit qu'elles étaient figées dans de la glace. Ian comprendrait, Ian comprenait toujours. Il ne se fâcherait pas contre moi parce qu'il savait que… que cela ne marcherait jamais, et il…

Il était là, il venait vers moi, Davie à son côté. Davie ne lui avait rien dit : Ian souriait. L'espace d'un instant, j'oubliai tout et, incapable d'attendre qu'il m'ait rejointe, je commençai à avancer vers lui, parce que je savais qu'une fois près de lui, tout irait bien. Je le savais. Dès qu'il se fut approché, je me laissai tomber contre lui et il me serra dans ses bras. Il me berça doucement, et je me sentis devenir toute petite. Il éloignait de moi tout ce qui me causait du trouble, et j'avais l'impression que, tant que je resterais ainsi blottie contre lui, rien ne pourrait jamais me faire du mal. Davie s'éloigna, en parlant, je crois, de faire les valises. Ian s'écarta de moi, me prit le menton, et d'un seul coup je réalisai qu'il allait partir avec mon frère et que je ne le reverrais jamais.

« Ian…

— Aye, *Jen. Tu as peur. N'aie pas peur… Chhhuuut…*

— Ne…

— Quoi ? Qu'y a-t-il ?

— Ne pars pas…

— Jen…

— Ne me quitte pas. Emmène-moi avec toi. Emmène-moi avec toi, Ian. »

Je vis Davie s'arrêter au milieu de l'escalier, bouche bée, et Ian nous regarder tour à tour sans comprendre. Et je ne sais pas ce que je dis, ni si les mots furent prononcés dans ma tête ou s'ils parvinrent à franchir mes lèvres. Parce que je savais que, si je laissais partir Ian, je laissais échapper l'unique chance que j'aurais jamais de connaître la paix : le sentiment de sécurité et de bonheur que j'avais éprouvé étant enfant, je l'avais perdu à Glasgow, et je l'avais retrouvé dans les bras de Ian.

Il m'accompagna à l'étage. J'avais mis mes affaires dans une petite malle. J'enlevai les bijoux offerts par Arthur et les laissai sur ma coiffeuse, avec tous ceux que Flora m'avait donnés au fil des années ; et, pendant que Ian et Davie se changeaient, j'écrivis un petit mot pour Arthur. Ian prit ma malle et Davie leurs valises et, lorsque je mis mon manteau et mon chapeau, Minch sauta sur mon lit.

« Tu croyais qu'on allait te laisser là, vilain petit cabot, dit Ian. Allez, viens.

— Je vais le mettre dans un panier. »

Ian acquiesça d'un signe de tête. Je jetai un dernier coup d'œil à ma chambre, pris Minch dans mes bras, et nous descendîmes.

Rose attendait en bas. Elle me regarda, regarda Ian, puis sourit en ouvrant grand les bras ; comme c'était réconfortant d'avoir son approbation ! En me tapotant la joue, elle me chuchota à l'oreille : « C'est la seule chose qui compte. Sois heureuse. » Elle avait des larmes dans les yeux. Elle les essuya puis se redressa de toute sa hauteur.

Lorsque nous parvînmes dans le hall, ma tante et Arthur s'y trouvaient. Ian étreignit ma main et je n'eus plus peur d'eux. Je m'avançai d'abord vers Arthur mais, avant que j'aie pu ouvrir la bouche, Flora me fit faire volte-face et cria que j'avais perdu la tête, que j'étais en train de commettre une folie.

« Je l'aime.

— Jenny...

— Je suis navrée, Flora. Arthur, j'ai laissé un mot, pour expliquer...

— Seigneur Dieu, bégaya Flora. Jenny, je t'en supplie, ne fais pas cela ! »

Arthur regarda Ian, qui posa ma malle sur le sol ; je crus un instant qu'ils allaient se battre et je m'interposai. « Arthur, je pars avec lui en Amérique...

— En Amérique ! s'écria Flora.

— D'abord à Édimbourg, dis-je. Pour voir ma mère. »

Flora devint livide. Je n'avais pas l'intention de dire quoi que ce soit au sujet de ses mensonges ; la situation était déjà assez pénible et ma tante serait mortifiée par le scandale de ma fuite avec Ian ; je n'insistai donc pas et me tournai vers Arthur. Mais Flora me saisit par le bras et me secoua en gémissant que je gâchais ma vie, que j'avais perdu la raison, que d'ici à quelques années je serais malheureuse, puis elle supplia Arthur d'intervenir. Mais Arthur restait là, immobile, complètement désemparé. Flora s'adressa alors à Patrick et lui demanda de m'empêcher de partir. Mon cousin s'approcha de moi sans sourire, caressa la tête de Minch, puis ma main, et chuchota : « Tu es sûre ?

— Oui, je suis sûre.

— Alors pars. »

Je l'embrassai avant de me tourner vers Flora, qui s'écarta de moi en se prenant la tête dans les mains et s'avança vers ses fils, l'un après l'autre, cherchant quelqu'un qui puisse m'empêcher de partir. Finalement elle s'adressa à Tom, qui était son préféré — le portrait craché de mon oncle. Il marcha vers moi, mais Patrick s'interposa, saisit son frère à l'épaule, et Tom s'arrêta.

« Laisse-la partir. »

Ses paroles avaient dû réveiller Arthur de sa stupeur, parce qu'il vint soudain vers moi et demanda à me parler seul à seule un instant.

« Ils ont un bateau à prendre, Arthur, fit Davie.

— Jenny, ne pouvons-nous pas... essayer simplement d'arranger...

— Nous devons partir.

— Vous ne pouvez pas. Vous ne pouvez pas... vous enfuir ainsi... comme... comme...

— Je l'aime, Arthur. Je l'ai toujours aimé.

— Mais, Jenny, notre... notre vie...

— Nous n'aurions pas été heureux. Croyez-moi.

— Mais, tous nos projets. Jenny, vous n'êtes pas vous-même, vous n'avez pas toute votre lucidité, vous devriez... Jenny... Attendez, au moins réfléchissons-y. Attendez jusqu'à demain matin. Demain... demain... »

Il n'acheva pas sa phrase. Davie m'avait poussée devant lui tandis que Ian ouvrait la porte d'entrée. Nous sortîmes rapidement et nous dirigeâmes vers la voiture de Davie. Ils nous suivirent tous, divisés en deux camps : Rose et Patrick d'un côté, ma tante et son clan de l'autre.

Davie mit en marche le moteur. Il baissa sa vitre et dit à Rose, qui s'était approchée, qu'il serait de retour le 3 janvier et qu'ils se marieraient. Elle nous souhaita bonne chance en Amérique et agita la main pour nous dire au revoir.

Je voulus aller d'abord au Loch Leven, parce que je ne pouvais quitter l'Écosse sans le revoir une dernière fois.

Davie me conduisit à la tombe de mon père et je m'agenouillai. Mais que pouvais-je dire ? Il était mort. Il ne m'entendrait pas, même si je lui criais de me pardonner, pour l'avoir méjugé, rejeté, pour l'avoir blessé de mille manières possibles.

Davie me pressa l'épaule et je compris que nous devions partir. Je dis en silence adieu à mon père, me relevai et ajoutai : « Je t'aime... »

Nous partîmes pour Édimbourg, où nous arrivâmes le lendemain à midi. Mais la maison était vide. Il y avait Mollie, or si ma mère était sortie faire une promenade, elle l'aurait emmenée avec elle. Davie suggéra alors que nous appelions les Pearce, puisqu'elle était allée à leur gala de Hogmanay et avait peut-être décidé de passer la nuit chez eux. Mais le maître d'hôtel nous informa que Mrs Maclean n'avait pas assisté au bal, et que Mr Pearce n'était pas là. Nous ne la trouvâmes pas non plus à l'atelier, et Davie commençait à s'inquiéter. Je ne pouvais concevoir de quitter l'Écosse sans l'avoir vue, mais le bateau devait partir de Liverpool à neuf heures le lendemain matin, et il y avait bien douze heures de route pour nous y rendre. Nous décidâmes d'attendre jusqu'à cinq heures de l'après-midi et, si elle n'était pas rentrée, de partir sans elle.

Cinq heures sonnèrent. J'étais si désespérée que je demandai à Ian d'échanger les billets pour que nous puissions prendre un autre paquebot, plus tard. Mais c'était impossible, parce qu'il s'agissait de billets de troisième classe, non échangeables. Davie m'assura qu'il expliquerait tout à ma mère et qu'elle irait nous rendre visite en Amérique.

J'avais envie de lui écrire une lettre, mais je choisis de ne pas le faire, car notre réconciliation réclamait beaucoup plus que des mots.

Davie et Ian conduisirent à tour de rôle et nous arrivâmes à Liverpool à sept heures. Après avoir enregistré les bagages, nous attendîmes dans la voiture car il faisait toujours froid, bien que la neige eût cessé de tomber. J'avais dormi un peu, mais je me reposai dans les bras de Ian, espérant que ma mère trouverait le mot que Davie lui avait laissé et apparaîtrait miraculeusement.

À neuf heures moins le quart, nous nous rendîmes à l'embarcadère et contemplâmes le paquebot qui allait nous emmener en Amérique.

« Le Mauretania, *soupira Davie. Combien de temps met-il ?*

— Cinq jours.

— Vous prendrez un appartement à New York ?

— Je pense. N'est-ce pas, Jen ?

— Oui, dans Park Avenue. » Tous deux éclatèrent de rire, et je voulus ajouter quelque chose car nous avions été bien sombres, toute cette dernière heure ; mais Minch gigotait dans mes bras avec tant de frénésie que je pouvais à peine le retenir. « As-tu vu un chat, petit garnement, ou alors un beau gros... »

Elle était là, avançant vers nous, grande et droite, au bras de Al Pearce. Minch sauta de mes bras, se précipita sur elle, et elle s'agenouilla pour le prendre. Cela faisait sept ans que nous ne nous étions pas vues : depuis le jour de l'enterrement de mon oncle, ce jour où je l'avais accusée de l'avoir tué, ce jour où je lui avais demandé de signer les papiers d'adoption qui auraient fait de moi la fille de Flora, et non plus la sienne... Seigneur Dieu.

J'étais incapable de bouger. Elle avait vieilli, bien sûr, mais jamais je ne lui avais vu ces plis autour des yeux et de la bouche. Elle ne me regardait pas, et je réalisai que Davie, dans la lettre, avait seulement écrit que nous étions allés tous les trois à Liverpool et que le bateau partait à neuf heures.

Ian s'approcha et elle le serra contre elle, sans lâcher Minch. Al vint vers moi en ouvrant les bras. Je n'étais pas allée à l'enterrement de son fils, sachant que ma mère y serait, mais j'avais envoyé une longue lettre de condoléances à lui et à sa femme. Il m'étreignit, m'embrassa sur les deux joues et dit : « Ma très chère Jen, comme je suis heureux pour vous.

— Viendrez-vous nous rendre visite ?

— Naturellement. »

Ian amenait ma mère vers moi ; j'avais envie de me jeter dans ses bras, mais elle gardait la tête baissée et triturait un petit paquet enveloppé de soie turquoise. Elle embrassa Davie. Al s'éloigna et je me retrouvai seule face à elle. Elle avançait très lentement et je ne savais que faire ; j'avais peur qu'elle ne me repousse si je m'approchais trop. Quand elle fut à trente centimètres de moi, elle s'arrêta et releva la tête, mais sans me regarder. Et elle déclara, les yeux fixés sur un point, derrière moi :

« Ma... ma mère avait l'habitude de dire que, si l'on donne quelque chose à une personne qui part en voyage, cela la protégera tout au long de la traversée. » Sa main tremblait en me tendant le paquet fermé par un ruban rouge vif. « C'est la seule chose que je possède qui ait de la valeur à mes yeux. » Au moment où nos mains se touchèrent, je l'attirai à moi et ce fut comme si elle tombait sur moi. Mon visage fut aussitôt inondé de larmes — les miennes et les siennes — et je n'arrivais pas à parler ; mais il fallait que je parle, je le savais, même si les mots paraissaient bien insignifiants et incapables d'effacer jamais toute la souffrance que je lui avais infligée.

« Pardonne-moi... »

Elle me serra plus fort, puis se mit à trembler, et à cet instant je sus qu'elle m'avait pardonné. Lorsque nos larmes furent taries, elle me tapota le dos et désigna le paquet que je tenais dans la main. Je l'ouvris et, en y trouvant le médaillon du Loch Leven, je secouai la tête, car c'était mon père qui le lui avait offert, et c'était le bien le plus précieux qu'elle possédait.

« Prends-le, je t'en prie. Ian, mets-le-lui. » Elle lui sourit et ajouta : « Le fermoir a du jeu, appuie fort pour qu'il ne t'échappe pas. » Nous riions, mais en regardant ses mains je vis qu'elles tremblaient, et elle me parut âgée, d'un seul coup. Puis elle me sourit, et les années s'effacèrent. « Bon voyage.

— Tu viendras nous voir ?

— Bientôt, ma chérie. Très bientôt. »

Davie me tira par la manche, me serra dans ses bras, et je l'embrassai.

« Rose est adorable. C'est quelqu'un d'exceptionnel. » Je l'étreignis plus fort et murmurai : « Je t'aime.

— Moi aussi.

— Vous viendrez nous voir ?

— Nous viendrons. »

Ma mère m'embrassa sur la joue, puis caressa Minch. « Tu seras sage, mon petit bonhomme, hein ?

— Je vais lui faire limer les dents », dit Ian en embrassant ma mère. Elle rit, puis se remit presque aussitôt à pleurer, et il la serra contre lui. « Ne pleurez pas... Soyez heureuse pour nous.

— Je... je le suis... » Elle rit de nouveau, essuya ses larmes, puis se tourna vers Al et mon frère en s'exclamant : « Aucun de ces messieurs n'a un mouchoir à me prêter ? » Ian lui offrit le sien, elle s'en tamponna les yeux puis le lui remit dans la poche en murmurant : « Protège-la, Ian. » Il s'écarta d'elle et elle me regarda en ajoutant : « Elle est la plus précieuse cargaison que ce paquebot transportera jamais. »

Un dernier coup de sifflet avertit les passagers qu'il fallait embarquer. Au moment où Ian m'aidait à monter sur la passerelle, nous reçûmes une pluie de confettis et de hourras. Tous les trois agitèrent la main vers nous, et ma mère riait, pleurait, essuyait ses larmes, s'appuyant tantôt sur Al, tantôt sur Davie. Heureuse... elle était heureuse.

Ian passa son bras sous le mien lorsque nous nous accoudâmes au bastingage ; le navire s'éloignait et sur le quai leurs silhouettes rapetissaient.

« À l'Amérique, dit Ian en m'embrassant la main.

— L'Amérique... » répétai-je. Puis je levai la tête vers lui. « Et toi... »

3

(North Berwick, Écosse — 15 avril 1920)

Rentrant en voiture par les plages et les dunes de l'East Lothian, j'imaginais le festin que Rose avait dû préparer. En effet, c'était chaque soir la fête, et nous faisions des repas de roi. Rose ne cuisinait pas, elle *coordonnait*. Si elle commandait un dîner indien, elle s'habillait en sari et nous mangions par terre, allongés sur des coussins de soie. Tchaïkovski et la vodka accompagnaient un bortsch russe, et nous lancions ensuite nos verres dans la cheminée. Chaque dîner était une expérience artistique qui s'achevait dans les délices de la passion et, bien que ne m'étant jamais considéré comme un hédoniste, je m'étais mis à aimer notre style de vie dionysiaque.

Je pensais rarement à l'Afrique, et jamais avec regret. La vie avec Rose était bien plus excitante que tout ce que j'aurais pu connaître dans la savane. Rose avait ouvert en moi des espaces dont je ne soupçonnais même pas l'existence. Je me sentais plus sage, plus fort, plus doué ; quand j'étais avec elle, rien ne m'était impossible. J'avais dû faire quelques petites concessions : au lieu de vivre dans une modeste maison dont j'aurais payé le loyer grâce au salaire que je gagnais en gérant l'entreprise de ma mère, nous habitions l'hôtel particulier que le père de Rose lui avait offert comme cadeau de mariage — avec cuisinière, femme de chambre, maître d'hôtel et jardinier. Mais j'avais cédé, tellement cela la rendait heureuse, et le coup porté à mon orgueil masculin — je ne subvenais pas moi-même aux besoins de mon épouse — s'atténuait chaque fois que je rentrais... chez nous.

« Bonsoir, Monsieur », dit Hume, le maître d'hôtel, à qui je tendais mon chapeau. C'était un type guindé, grisâtre : tout était gris en lui, les cheveux, les yeux, la peau ; mais je crois qu'il aimait bien travailler à notre service et que nos folies l'amusaient beaucoup.

« Bonsoir, Hume. Quelle belle journée, *aye* ? Le printemps s'est enfin pointé. Où est... ?

— Madame a demandé que le dîner soit servi... *en haut*... Monsieur.

— Aaahhh.

— Elle vous attend.

— Alors je ne m'attarderai pas. »

Un soupçon de sourire se dessina sur son visage... et dut certainement s'épanouir quand il me vit monter l'escalier quatre à quatre.

Il y avait un gramophone dans notre chambre et, lorsque j'entrai, le son d'une flûte japonaise emplit la pièce. Des lanternes de papier étaient suspendues au plafond, et sur une grande table noire laquée placée au pied du lit étaient disposés de minuscules assiettes et des bols de riz.

« Sayonara », dit Rose en s'inclinant, les mains jointes. Elle était habillée comme une geisha, avec perruque noire et yeux bridés.

« Où est-ce que...

— Chhhuuut. » Elle m'emmena dans la salle de bains — presque aussi grande que la chambre, tout en marbre, avec des éléments en or massif — où elle avait allumé des centaines de bougies et des lanternes japonaises. « D'abord un bain.

— Propreté du corps, propreté de l'âme.

— Chhhuuut... »

Elle me déshabilla, s'agenouilla pour me retirer mon pantalon, et je crus que jamais nous ne pourrions attendre jusqu'au bain. Mais Rose tenait à ce que tout fût fait comme au Japon, et elle me fit entrer dans la baignoire. Elle saisit une grosse éponge et commença à me savonner. Je fermai les yeux, laissant la mousse et la musique se mêler sur ma peau, pénétrer par tous mes pores, s'insinuer dans mes veines.

« T'ai-je dit que je t'aimais ?

— Chhhuuut... Oui.

— Viens me rejoindre.

— Non... après le dîner.

— Non... maintenant », dis-je, en l'attirant dans la baignoire avec moi.

Nous dînâmes dans le bain, chacun faisant manger l'autre, et je lui demandai comment elle avait occupé sa journée. Elle rit, jeta un coup d'œil à la chambre, puis à la perruque et au kimono, qui flottaient dans l'eau. « À préparer tout ça. Enfin j'ai un but dans la vie : toi. » Elle posa son bol de riz, se redressa et me fit face. « Je ne peux pas imaginer de revenir à ce qu'était ma vie avant toi. J'ai peur de ce qui va arriver après la naissance du bébé. J'ai peur que les choses ne changent entre nous, et que tu ne m'aimes plus comme maintenant.

— Je ne t'en aimerai que davantage.

— Je parle sérieusement. Je crois que nous devons nous promettre que jamais le bébé ne nous séparera. De cette façon, nous garderons notre amour vivant, nous ne deviendrons pas comme tous les autres couples mariés, qui se contentent d'exister. Nous, nous *vivons*, parce que nous nous *aimons*.

— Nous *vivons* parce que tu dépenses chaque jour une fortune pour nos bacchanales nocturnes. » Elle rit, m'éclaboussa et, quand je l'éclaboussai à mon tour, elle plongea sous l'eau et me mordilla la cuisse.

« Nous ne pourrons plus faire cela quand nous serons parents, dit-elle en continuant à me donner des petits coups de dents jusque sur la poitrine.

— Pourquoi pas ?

— Parce que nous serons vieux.

— Vieux ?

— En esprit.

— Non… ouille !

— Si, le bébé nous séparera.

— Le bébé ne nous séparera pas, il nous unira.

— Il nous divisera. » Je secouai la tête et elle mit ses bras autour de moi. « Si nous ne faisons pas attention, si nous ne préservons pas notre amour, alors les choses changeront et nous perdrons ce que nous avons. Tu voudrais cela ?

— Qu'est-ce que tu dis, Rose ?

— Je dis que je ne veux pas que les choses changent.

— Mais elles changent, par force. Ce qui ne change pas stagne. Je t'aimerai toujours, mais les choses ne seront pas constamment comme elles sont maintenant ; il faut qu'elles évoluent, parce que nous sommes des êtres vivants, et nous changerons, nous mûrirons.

— Séparés.

— Non.

— Si, sauf si nous préservons notre amour.

— Comment ?

— En ne laissant jamais s'éteindre la flamme. En ne laissant jamais quoi que ce soit ni *qui que ce soit* nous séparer. » Je regardai son ventre qui s'arrondissait et posai ma main dessus. « Davie, promets-moi que, le bébé une fois là, tu ne m'aimeras pas moins.

— Je te le promets. »

Elle se blottit dans mes bras, apaisée. Je ne sais pourquoi, mais la sérénité que j'éprouvais quelques instants plus tôt avait disparu.

« Seigneur, tu vas me tuer, Rose », murmurai-je, complètement hors d'haleine. Elle rit, se souleva, se laissa retomber sur le lit, se blottit contre moi, mit son bras en travers de ma poitrine et ronronna comme une chatte. « Nous devons y aller, mon minou. J'ai dit à Dick que nous les retrouverions à neuf heures, et il est presque dix heures. » J'empêchai sa main de descendre plus bas, l'embrassai et l'invitai à changer de robe.

« Non, elle est parfumée, maintenant… parfumée à l'amour. » Elle s'agenouilla, tira sur mon pantalon mais, avant qu'elle ait réussi à me l'enlever, je m'assis, me tournai de l'autre côté et me reboutonnai. Cela faisait deux heures que nous tentions de nous rhabiller. « Davie, laissons tomber. Restons ici, et prenons un bain. On enverra Hume chez Spike's, il dira à Dick qu'on a fait naufrage. » Elle rampa vers moi, les bretelles de sa robe pendant sur ses épaules, et je m'intimai l'ordre de mettre mes chaussures, de boutonner ma chemise, et de ne pas regarder ses seins qui se balançaient à chaque mouvement qu'elle faisait. « Restons, Davie… je t'en prie.

— Tu n'as pas envie de les voir ?

— Ils ne m'aiment pas », dit-elle avec un soupir, redevenant sérieuse tout à coup. Elle avait l'air si triste que je revins m'asseoir près d'elle et la pris sur mes genoux.

« Ce n'est pas vrai, Rose. Ils sont ravis de te voir. Tout le monde est content pour nous.

— Non, ils t'aiment, toi, alors ils me supportent.

— Tu es ridicule, dis-je en caressant son ventre rond et en l'embrassant sur la joue. Tu es hypersensible à cause du bébé. Le médecin a dit que cela arrivait parfois, il n'y a pas de quoi s'inquiéter.

— J'aimerais que ce soit fini.

— Encore deux mois.

— Jure-moi que les choses ne changeront pas entre nous, Davie.

— Rose…

— Jure-le ! »

Je m'exécutai. C'était devenu un rituel quotidien, ces derniers mois, et je pouvais dire n'importe quoi, elle n'arrivait pas à s'enlever de la tête l'idée que notre amour souffrirait de la venue du bébé.

Nous ne fûmes pas en ville avant onze heures du soir, et j'arrêtai la voiture près du Spike's, un night-club dont le propriétaire et directeur était un Américain qui, disait-on, était un prisonnier évadé. Comment s'était-il retrouvé à Édimbourg ? Mystère. Mais la musique était bonne, il y avait souvent des orchestres de La Nouvelle-Orléans, et on avait beau être jeudi, c'était plein — une joyeuse foule de garçons et filles de moins de trente ans — et l'ambiance était chaude. La musique s'entendait de loin. Je fis signe à Bill et Alice.

« On commençait à perdre espoir, mon vieux, dit Bill en me serrant la main. Je parie que c'est toi la responsable, Rose. » Rose lui adressa un sourire très acide, car ils ne s'aimaient pas beaucoup, tous les deux, et Alice s'empressa de pousser Bill à l'intérieur du club.

Alice nous prit chacun par une main et, dans un nuage de fumée, nous suivîmes Bill qui se dirigeait vers une table près de la piste de danse où Dick nous attendait. La musique était assourdissante et plus de deux cents personnes étaient entassées, debout ou assises, buvant ou dansant, dans cet endroit prévu pour soixante au maximum.

Dick se leva en nous apercevant, me serra la main et embrassa Rose, pendant que Bill allait au bar nous chercher des boissons.

Quand nous fûmes tous assis, Alice s'adressa à Rose. « Comment te sens-tu ?

— Grosse.

— C'est pour septembre ?

— Hmhmm. Jenny va avoir un bébé, elle aussi. En août. »

Rose me lança un sourire en coin. Jen avait écrit que le bébé devait naître en septembre, mais Rose avait parié qu'il naîtrait en août, certaine qu'il n'était pas de Ian mais d'Arthur.

Ils me demandèrent des nouvelles de Jen et Ian à New York. Rose avait sa main sur mon bras. D'habitude j'aimais ses démonstrations d'affection : elle était très libre et ne craignait pas l'opinion des autres. Mais ce soir, le contact physique avec elle me gênait, je ne savais pourquoi. Rose n'était pas la même en public et à la maison, et nous quittions rarement la grande demeure, contents de rester seuls tous les deux.

Bill revint avec nos verres et, en me poussant pour lui faire place, je heurtai du pied quelque chose sous la table.

« Oh, fit Dick, un peu embarrassé. C'est un cadeau pour toi, Rose. »

Alice et Bill éclatèrent de rire et Rose me demanda d'ouvrir le paquet, un carton rond à rayures portant la marque de la Pearce Clothing Company. J'en sortis un chapeau vert vif.

« Aaaahhhh, Lou, soupira Bill, tandis qu'Alice gloussait et que Dick piquait un fard.

— Qui est Lou ? questionnai-je.

— Dick est amoureux.

— Non, je ne suis pas amoureux.

— Ne l'écoute pas ! Il est fou d'elle.

— C'est vrai, Davie, assura Alice en me prenant le chapeau des mains et en le jugeant d'un coup d'œil. Dickie, j'aime bien mieux ceux que tu m'as offerts la semaine dernière. Celui avec le…

— Qui est Lou ? dit Rose en riant et en récupérant son chapeau.

— Lou, expliqua Bill, s'appelle en fait Louise Boone. Une charmante vendeuse au rayon des chapeaux pour femmes, premier étage, à côté des vêtements pour hommes, dans le magasin de la Pearce Clothing Company.

— Dick est amoureux d'une vendeuse ?

— Je ne suis pas amoureux ! fit Dick en élevant la voix, chose rarissime chez lui. Il se trouve que j'ai hérité d'une petite somme et je me suis dit que je… je…

— Que tu achèterais un chapeau pour toutes les femmes que tu connais. C'est ce que je ferais si je touchais un héritage, pas toi, Davie ? Mieux qu'une banque. Achetez des chapeaux. Voilà la devise de Dick. Combien en as-tu acheté, au fait ?

— Exactement ?

— Un chiffre approximatif ira. Plus de vingt ? moins de cent ?

— Eh bien, pour ma mère… quat… orze. »

Il y eut un éclat de rire général et Alice, ébahie, demanda : « Quatorze ? Dickie, tu n'as quand même pas acheté quatorze chapeaux pour ta mère ?

— Comment vous êtes-vous rencontrés ? » questionnai-je, en regardant Dick qui buvait d'un air guindé son gin-tonic.

C'est Bill qui répondit pour lui : « Eh bien, tu n'ignores pas que lord Dick a pour habitude de s'habiller à Bond Street, à Londres. Mais, il y a un peu plus d'une semaine, il s'est dit qu'il avait besoin d'une nouvelle cravate. Nous allons donc chez Pearce's, et voilà que tout à coup notre ami Dickie aperçoit Lou. Il laisse choir imper et parapluie, manque renverser le présentoir à chaussettes, et reste là comme frappé par la foudre. J'ai cru que le pauvre garçon avait eu une attaque ou un infarctus. Je me précipite et qu'est-ce que je vois ? Lou, pareillement immobile, pétrifiée comme lui. Or, Lou est une simple vendeuse, Dick un noble ; les deux sont inconciliables. Lord Ollie n'accepterait jamais, et déshériterait sans aucun doute son fils unique, héritier légitime du domaine et de la fortune de Brookby, si ledit fils avait l'audace ne serait-ce que de prendre le thé avec une roturière, à plus forte raison de l'épouser. Et c'est pourquoi notre Dickie achète une demi-douzaine de chapeaux tous les jours à trois heures précises.

— Pourquoi trois heures ?

— Parce que c'est le moment où le chef de rayon de Louise va prendre le thé, répliqua Alice.

— Mais c'est fabuleux, Dick », s'écria Rose. Puis elle lui sourit. « Le coup de foudre. Il ne faut pas laisser passer cela. C'est magique. »

Dick garda le silence jusqu'au moment où Alice se leva en tirant Rose par la main. « Laissons les hommes discuter entre eux. » Le regard de Rose alla de moi à Dick puis à Bill, elle voulut protester mais Alice l'entraîna. Bill aperçut un copain de football et alla le saluer ; Dick le regarda s'éloigner en souriant et en hochant la tête.

« Bill exagère, évidemment.

— Évidemment.

— Si c'était vrai, la situation serait intolérable. C'est seulement une fille très sympathique. Une très jolie fille, en fait. Douce, raffinée… charmante. » Il me regarda, les yeux perdus, et ajouta très bas : « Davie, je me couperais la main pour passer une soirée avec elle… je serais prêt à faire n'importe quoi juste pour être avec elle.

— Eh bien, pourquoi ne le fais-tu pas ?

— Parce que ce n'est pas bien de courtiser une femme avec qui je n'ai aucune possibilité d'avenir.

— D'avenir ? Dick, si tu continues à ce rythme-là, vous allez pouvoir ouvrir un magasin de chapeaux, tous les deux. Je vois là un avenir tout à fait prometteur ! »

Il éclata de rire et je m'apprêtais à l'encourager quand Agnès, l'ancienne styliste française de ma mère, passa en coup de vent devant notre table ; je la rattrapai par le bord de sa jupe.

« Davie ! s'exclama-t-elle en me prenant le bras et en s'asseyant près de moi. Ça fait une éternité, pas vrai ? Depuis la guerre, non ? Et comment va ta mère ?

— Bien. » Agnès sourit à Dick et je les présentai. Elle devait avoir un peu plus de trente ans, à présent, et était toujours aussi sensuelle et provocante que dans mon souvenir, lorsque j'étais un jeune garçon.

« Davie, dit-elle en soupirant et me caressant la main. Oooohh, Davie, tu es tout à fait adulte, maintenant. Aussi beau que ton papa… oh, je suis désolée… vraiment désolée. Ta maman a dû être… c'est terrible.

— Elle va bien…

— Je pensais que tu étais en Afrique, avec tes lions… non ?

— Je suis marié.

— Mais c'est magnifique ! Ta femme est ici ?

— Oui… quelque part par là. » Je cherchai Rose du regard et la vis à quelque distance derrière Agnès. Je lui fis un signe de la main, mais son visage avait une expression tellement menaçante que je la reconnus à peine. Je me rendis compte alors qu'Agnès me tenait toujours le bras.

Je me levai, allai vers Rose, mais elle recula dès que je fus près d'elle.

« J'aimerais te faire connaître une vieille amie. Elle était styliste chez ma mère.

— Et c'était ta maîtresse. »

Elle avait dit cela dans un sifflement et, avant que j'aie pu lui répondre que je n'avais que dix ans à l'époque, elle m'avait repoussé et allait droit sur Agnès. Je fis rapidement les présentations et Agnès tapa des mains en désignant le ventre de Rose.

« Un bébé ! Formidable ! Vous voulez une fille ou un garçon ?

— Un *garçon*.

— Oui, moi aussi j'aimerais.

— Vous aimez les *garçons*, hmhmm ? »

Dick pâlit, et je vis Agnès soudain désemparée. Je posai ma main sur le bras de Rose, mais à cet instant Bill revint et, dans le mouvement pour nous rasseoir tous, je lâchai Rose. Elle se pencha sur Agnès et lui dit quelques mots, du même ton sifflant que tout à l'heure. Agnès se leva d'un bond, me regarda, regarda Rose, puis recula en marmonnant quelque chose.

« Qu'est-ce que tu lui as dit, Rose ? demanda Bill.

— Je lui ai dit de détourner ses yeux de pute de la bitte de mon mari, sinon je les lui arracherais.

— Voilà qui est délicat…

— Seigneur Dieu, Rose ! J'étais un gamin de dix ans, bon sang !

— Tu n'as plus dix ans !

— Rose, David, je vous en prie, si nous…

— Tu vas aller t'excuser auprès d'elle !

— Certainement pas ! »

J'étais incapable de répondre. Jusque-là, nous ne nous étions jamais disputés, nous n'avions jamais élevé le ton, mais j'étais dans une telle colère que j'aurais pu dire les pires horreurs. Rose devait le sentir, parce qu'elle baissa la tête et se tut. Dans la voiture, nous n'échangeâmes pas un mot.

Au moment de nous coucher, elle me fit des excuses.

« Mais pourquoi, Rose ? T'ai-je jamais donné des raisons de penser que je voulais une autre…

— Ce n'est pas toi, c'est *elle*. Tu n'as rien vu, parce que les hommes sont naïfs. Mais une femme sait bien quand une autre femme fait l'amour à son mari.

— Elle me félicitait…

— … sur la taille de ta bi…

— *Ne dis pas un mot de plus !* »

Je bondis hors du lit, pris mes cigarettes dans la poche de ma veste, jetai ma veste par terre et allai m'asseoir sur une chaise.

« Rose… Rose… mon Dieu, je ne sais pas quoi dire. »

Elle vint s'agenouiller devant moi et posa ses mains sur mes genoux.

« Si cette femme s'était amenée et t'avait braqué un revolver sur la tempe, qu'est-ce que tu aurais voulu que je fasse ? Rester là sans rien faire, et la laisser te tuer ?

— Ce n'est pas *tout à fait* pareil, Rose.

— C'est exactement pareil. J'ai défendu ce que j'aime.

— Ma vie n'était pas en danger.

— Si. Nos vies à tous les deux étaient en danger.

— Elle n'a *rien* fait. Tu m'entends, Rose ? C'était une discussion innocente au sujet de ma mère, de mon père, et de notre mariage. Tu ne peux pas réagir de cette façon. Tu ne peux pas. C'était dément.

— Tu crois que j'ai perdu la tête ? Je savais parfaitement ce que je faisais. Je l'ai avertie.

— Magnifique.

— De même que j'avertirai toute femme qui essaiera de poser ses pattes sur toi.

— Est-ce pour cela que nous ne sortons jamais ? Hein ? Est-ce pour cela que nous restons terrés ici ? »

Elle voulut se relever, mais je l'en empêchai et répétai

ma question. « Réponds-moi. C'est pour ça que tu ne veux jamais sortir ?

— Réponds-moi, toi : as-tu jamais ressenti pour une autre femme ce que tu ressens quand tu es en moi ? »

Ses yeux étaient plongés dans les miens, et je n'avais pas envie de discuter, ni de la blesser davantage ; je pensai que c'était sa grossesse qui la rendait agressive. Rose était une femme passionnée, et c'était ce que j'aimais en elle, il me fallait donc prendre le mauvais avec le bon.

« Il y a en toi un brasier incandescent, dis-je à la fin.

— Et en toi aussi.

— Non… sauf quand je suis avec toi.

— Mais c'est cela qui fait que je suis en vie. »

Et qui nous consumera tous les deux…

« Davie ?

— Il faudra que tu apprennes à te contenir, mon amour, dis-je en me levant et en la portant sur le lit. Mais pas ici… »

Le 3 août 1920, un télégramme de New York nous apprit que Jen avait donné naissance à une belle petite fille du nom de May, comme la mère de Ian. Quatre jours plus tard, Rose mettait au monde, avec cinq semaines d'avance, notre fille, Emily Newburn Maclean.

Rose était catastrophée que ce ne fût pas un garçon, et au début je crus que c'était parce que son père était déçu ; en effet, le père Newburn n'avait pas dit grand-chose lorsqu'il était venu voir Rose et le bébé, sinon qu'elle ne devait pas se tracasser car le suivant serait sans doute un garçon. Mais, quand on me mit l'enfant dans les bras, je sentis l'intensité du regard de Rose, comme si elle évaluait le degré d'importance que j'accorderais à notre fille, la quantité d'amour que je lui donnerais. J'avais beau lui expliquer le contraire, Rose était persuadée que l'amour pouvait se mesurer, qu'il n'était donc pas inépuisable, et que tout l'amour que je donnerais à ma fille serait autant de retiré à ma femme. C'était une manière de voir assez puérile, mais Rose croyait pour de bon que, si j'aimais d'autres personnes, je l'aimerais moins, elle.

Les trois premiers jours, je fis attention à ne pas me montrer trop enthousiasmé par la petite, mais c'était difficile car j'étais en admiration devant ce petit être né de Rose et de moi. Rose la trouvait affreuse ; c'est vrai qu'elle n'était pas bien belle, peut-être parce qu'elle n'était pas tout à fait finie, mais j'ai toujours eu un faible pour les vilains petits canards et, chaque fois que je la tenais dans mes bras, j'avais beaucoup de mal à la rendre à sa nurse.

Le quatrième jour, peu avant l'aube, après m'être assuré que Rose dormait profondément, je me rendis à pas furtifs dans la nursery, de l'autre côté du couloir. Je contemplai l'enfant, qui se tournait et se retournait dans tous les sens. Je la berçai, ce qui la réveilla, et elle se mit à pleurer. Elle ne pleurait pas souvent — elle dormait presque tout le temps — et je savais que ce n'était pas à cause de la faim. La porte qui séparait la chambre du bébé de celle de la nurse s'ouvrit, et je dis en souriant à miss Crichton qu'elle pouvait se recoucher.

Je pris l'enfant contre moi, posai sa tête au creux de mon épaule, là où c'était chaud et où battait mon pouls, là où elle se sentirait en sécurité, et je me mis à marcher dans la pièce. Je sentis ses lèvres minuscules sur ma peau, comme un chaton qui veut téter sa mère, et elle frotta sa tête contre mon oreille. Elle ne pleurait plus, mais ne dormait pas ; elle essayait de se hisser plus haut, ses petits pieds prenant appui sur ma poitrine. Elle finit par enfouir sa tête dans mon cou, et son souffle devint régulier. Elle n'était pas plus grosse qu'un petit chiot, avait la peau un peu jaune et quelques touffes de cheveux roux. Ses poings fermés avaient la taille d'une balle de golf. J'allai m'asseoir sur une chaise près de la fenêtre, me balançai lentement, puis murmurai aussi doucement que je le pus, pour ne pas l'effrayer : « Em, je suis ton père… et… » Au son de ma voix, elle bougea et sa tête partit en arrière ; je la pris alors au creux de mon bras, continuai à la bercer et posai mon doigt sur sa bouche. Elle ouvrit les yeux et me regarda. Que voyait-elle, je ne sais pas, peut-être était-ce flou, mais en tout cas elle n'avait pas peur. Nous nous dévisageâmes pendant un moment, puis ses yeux papillotèrent et se fermèrent. Je la serrai contre moi, tout contre mon cœur, et je sentis le sien battre avec force et régularité. Alors j'achevai la phrase que j'avais commencée : « … et je t'aime, Em Maclean. »

En novembre, les yeux bleu marine d'Em avaient pris une jolie teinte chocolat, et ils brillaient de plaisir tandis que, la tenant sur mes genoux, dans la baignoire, je lui savonnais les pieds et lui chatouillais les orteils. Nous avions de la mousse jusqu'au cou, et elle éclata de rire lorsque je me dessinai une barbe blanche avec le savon.

« Il ne te manque plus qu'une houppelande rouge, et tu pourras faire le Père Noël, dit Rose en entrant dans la salle de bains.

— Tu vois, j'ai déjà trouvé un lutin.

— Hum… Il faudrait qu'Emily aille dormir.

— Mais c'est la fête. C'est mon anniversaire, et j'ai promis à Em qu'elle pourrait manger une cerise.

— Elle n'a que trois mois, elle ne va certainement pas manger de cerises, ni quoi que ce soit de solide.

— Elle a dévoré la moitié de ma côtelette d'agneau, hier soir », dis-je en faisant sauter Em sur mon genou. La petite éclata de rire. « *Aye*, ma chérie, j'ai été obligé de te l'arracher de force. » Je regardai Rose et lui dis : « Tu sais qu'elle a deux dents qui poussent ?

— Ah oui ?

— Viens nous rejoindre.

— Non… merci.

— L'eau est divine.

— Je parie… je me demande ce que dirait Freud des pères qui prennent leur bain avec leurs filles.

— Oh, étant donné qu'elle n'a que trois mois, je suppose qu'il ne dirait pas grand-chose. Mais bien sûr, quand elle aura dix-huit ans, il faudra que nous arrêtions.

— Complexe d'Œdipe, c'est comme ça que ça s'appelle ?

— Ne commence pas, Rose.

— Commencer quoi ? » Je lui souris et elle se mit à rire, puis s'approcha en esquissant un pas de danse. « Tu aimes ? fit-elle en me montrant sa nouvelle robe.

— Elle est très jolie. » Et devait sans doute valoir un mois de salaire. C'était une robe bleu foncé avec des reflets noirs — j'imaginais des ailes de libellule —, et très moulante. Rose avait retrouvé sa silhouette — elle avait fait ce qu'il fallait, depuis trois mois — et courbes et rondeurs étaient exactement à leur place : un corps parfait, parfait pour l'amour. « À ce propos, j'aimerais que tu essaies de ne pas puiser sur ton compte, pour tes vêtements, et de te débrouiller avec mon salaire. Nous pouvons payer le personnel et vivre confortablement…

— Confortablement ? Qui a envie de vivre *confortablement* ? Seigneur, je déteste ce mot, il est d'un terne. Nous avons assez d'argent pour vivre comme des rois, alors pourquoi nous priver ?

— Parce que c'est l'argent de ton père et que, maintenant que nous sommes mariés, c'est moi qui devrais subvenir à tes besoins.

— C'est très noble de ta part, mais ne t'en fais pas. L'argent est viré sur mon compte tous les mois, et en faisant beaucoup, beaucoup d'efforts, nous arriverons peut-être à le dépenser entièrement avant le jour de notre mort. » Elle sourit avec coquetterie, se pencha et m'embrassa dans le cou. « Tu es devenu bien trop raisonnable, ces temps-ci, mon chéri. Où est passé mon grand fou ? » Je ris parce que c'était vrai, j'avais à nouveau les pieds sur terre et j'avais besoin de sentir sous mes pas quelque chose de plus consistant que le petit nuage sur lequel nous flottions, Rose et moi, depuis notre mariage. « Dis-moi, Davie, où donc est-il passé ?

— Il est devenu père, répondis-je en essuyant la mousse de mon visage.

— Il est devenu ennuyeux. Tu n'es plus marrant du tout. Tu vois, te voilà devenu un adulte rasoir comme tout. »

Je l'éclaboussai et elle rit. « Je vais te montrer, ma belle, si je suis rasoir : déshabille-toi et viens nous rejoindre.

— J'ai une meilleure idée. Miss Crichton va s'occuper de coucher Emily, et toi et moi nous allons *faire la fête*.

— Il n'est pas tard, nous avons toute la soirée devant nous pour *faire la fête*.

— Tu n'aurais pas dit cela il y a six mois. Tu m'aurais arraché ma robe, tu m'aurais courbée sur la baignoire et tu…

— Rose !

— Oh, ça va, ne jouons pas les hypocrites. As-tu peur que nous ne *la* corrompions en parlant de sexe ? »

Je ne dis rien et essayai de garder mon calme. Pas facile. À force de marcher sur des œufs depuis quelques mois, pour ne pas éveiller sa jalousie, j'étais un peu à vif.

« Ils sont comme des chiens, à cet âge-là, s'écria-t-elle en s'asseyant sur le rebord de la baignoire et en plongeant sa main dans l'eau. On peut leur dire n'importe quoi, du moment que c'est d'une voix douce, calme, sensible. Tiens, écoute : Emily, ma chérie, tu vas aller bien gentiment au lit pour que papa et maman puissent baiser…

— Rose !

— Baiser comme ils le faisaient… »

Je lui saisis le poignet en grondant « Ça suffit ! », fis passer Em de l'autre côté de la baignoire et appelai la nurse, qui vint quelques instants plus tard chercher la petite. J'attendis qu'elle soit sortie et ait refermé la porte pour lâcher Rose. « Déshabille-toi et viens ici. » Elle retira sa robe, baissa la tête, entra sans rien dire dans la baignoire et s'installa en face de moi. « Emily n'est pas *ma* fille, Rose. Elle est *notre* fille. Tu es une mère, à présent, et…

— … et plus ton amante.

— Si. Je t'aime, Rose. Cela, ça n'a *pas* changé. Mais nous ne pouvons pas passer le reste de notre vie comme si nous étions sur un manège.

— Pourquoi pas ? Tu aimais notre vie avant la naissance d'Emily. On vivait des choses exaltantes, et cela pourrait recommencer si seulement tu arrêtais de te conduire comme un… comme un con d'employé de bureau ! Emily a une nurse et des tonnes de jouets que tu lui as achetés, et tu n'as certainement pas besoin de passer tes journées à jouer avec elle…

— Au lieu de *jouer* avec toi ? »

Elle baissa la tête, et je vis la petite fille gâtée disparaître, s'évanouir ; quand elle reprit la parole, ce fut d'une voix très douce : « Davie, tu ne m'as pas touchée depuis trois mois.

— C'est parce que le médecin a dit qu'après la naissance d'Emily…

— … il fallait attendre, oui. Mais maintenant, nous pouvons et… mon Dieu, Davie, je me fais l'effet d'être une gourgandine, à te demander de coucher avec moi. Je t'aime et j'ai envie de toi. Il n'y a rien de mal à cela. Il est parfaitement normal que j'éprouve le besoin d'être *avec* toi.

— C'est la même chose pour moi.

— Non, tu as changé. L'amour physique n'a plus d'importance pour toi. Or, sans cela, sans l'*expression* de l'amour, l'amour meurt. » Je voulus la toucher, mais elle détourna son visage et emmêla ses doigts aux miens. « Nous avons besoin du *contact physique*, pour garder vivant notre amour. » Elle se retourna, frotta sa nuque contre ma poitrine et mit mes bras autour d'elle. « Ne le laissons pas mourir. Il est tellement exceptionnel, mais il est si fragile, nous devons… le protéger. Parfois, je me demande si tu réalises la chance que nous avons, de posséder cela. Tu t'en rends compte ?

— Oui », dis-je en la retournant vers moi et en enfouissant mon visage dans son cou. Je sentis des larmes contre ma joue et je la serrai contre moi.

« Oui, c'est vrai, tu t'en rends compte. »

Bill et Alice se marièrent à Noël, événement marquant pour moi, et qui aurait dû être très joyeux, parce que j'avais beaucoup d'affection pour eux deux. Ce ne fut pas le cas. J'eus le malheur de danser avec la sœur cadette de Dick, que je connaissais depuis l'enfance, et Rose fit une scène si grotesque que tout Édimbourg en parla pendant des semaines.

Je me dis que c'était ma faute : connaissant Rose, je n'aurais jamais dû commettre la bêtise de danser avec quiconque à part elle, puisque même une valse avec ma mère m'avait valu un regard de désapprobation. Mais Ann n'était qu'une enfant — elle avait treize ans — et je ne voyais aucun mal à la faire danser. Et puis, je crois, une partie de moi-même en avait par-dessus la tête d'être toujours sur ses gardes, de faire tout le temps attention à ce que je disais et à ce que je faisais ; j'avais l'impression de marcher en terrain miné, sans jamais savoir à quel moment le sol allait exploser sous mes pieds. Parce que l'expression « d'une jalousie maladive » n'était pas une simple image : elle collait parfaitement à Rose, son visage en portait les stigmates.

Et, malgré tout, j'aimais encore Rose parce que, après l'orage, venaient les larmes et qu'elles savaient m'émouvoir. Pendant des semaines, des mois, elle était tendre et sereine, mais inévitablement quelque chose se passait qui provoquait sa fureur. Le brasier dans lequel je m'étais précipité, parce qu'il me promettait d'ardents plaisirs, me consumait à présent. Je rêvais d'un lac aux eaux tranquilles et fraîches, où me réfugier avec Em. Je rêvais de paix. Je rêvais de silence. Je rêvais de calme. Je rêvais de l'Afrique.

Rose dut sentir que j'envisageais de la quitter. Mais je ressentais un tel besoin d'elle que je compris que je ne pourrais jamais la blesser de cette façon, et je redoublai d'efforts pour lui laisser croire qu'il n'y avait pas de problème. Résultat, c'est mon corps qui trinqua : j'attrapai un ulcère. J'étais malade d'amour, d'un amour qui ne s'était pas racorni mais avait développé des épines qui me déchiraient le ventre, car vivre sans Rose me semblait aussi insupportable que vivre avec elle.

En août 1921, Rose fut enceinte à nouveau, et elle eut la certitude que cette fois ce serait un garçon. Un changement se produisit en elle et, pendant les deux premiers mois, nous fûmes plus heureux que nous ne l'avions été depuis la naissance d'Em. Mais à nouveau je commis une erreur. J'emmenai Em au Loch Leven, mais à cette époque de l'année la lande était encore couverte de bruyère — la pire ennemie de ma femme à cause de ses allergies — et je laissai donc Rose à North Berwick. À notre retour, elle était hystérique et je dus appeler un médecin pour qu'il lui donne un calmant, car je craignais qu'elle ne fasse une fausse couche ; elle hurlait à qui voulait l'entendre que j'étais un monstre de l'avoir abandonnée.

Quand Rose fut endormie, j'allai chez ma mère, que je trouvai en compagnie de Al Pearce devant un feu de cheminée. J'expliquai ce qui s'était passé et j'observai ma mère qui se tâtait le cou, à l'endroit où elle portait autrefois le médaillon dont elle avait fait cadeau à Jen. Al me suggéra d'essayer d'amener Rose chez un psychanalyste, mais ma mère affirma que Rose était parfaitement saine d'esprit.

« Elle n'a jamais appris à se refréner. Elle n'a jamais eu besoin de le faire. Tout ce qu'elle ressent est démesuré. » Ma mère eut un faible sourire et ajouta : « Elle aurait fait une actrice extraordinaire.

— Oui… la nouvelle Sarah Bernhardt.

— David, fit Al, peut-être devrais-tu t'éloigner d'elle pendant quelque temps. Ta mère pourrait facilement t'envoyer en voyage d'affaires. N'est-ce pas, Catherine ?

— Où cela ?

— En France. Pour acheter des tissus.

— Non, je ne peux pas la laisser. Surtout pas maintenant, avec le bébé. Et même après… »

Ma mère baissa les yeux et porta sa main à sa gorge — geste qu'elle faisait chaque fois qu'une émotion la bouleversait — car elle avait compris au son de ma voix que j'aimais toujours Rose.

Le lendemain matin, j'apportai le saphir étoilé à un bijoutier et lui demandai de le monter en pendentif pour ma mère, avec une simple sertissure en or et une chaîne fine de même longueur que celle de son ancien médaillon.

Après le départ des employées, j'allai trouver ma mère dans son bureau, lui tendis mes deux mains fermées et l'invitai à choisir. Elle désigna ma main droite, je l'ouvris, et elle retint son souffle.

« Oh, Davie, dit-elle, je ne peux pas. Ton père…

— Prends-le. Je veux que ce soit toi qui l'aies.

— Non.

— Si… Je n'en ai plus besoin. » Je souris avant d'ajouter : « Tous mes rêves se sont réalisés. » Elle baissa la tête et je m'approchai d'elle ; je ne voulais pas la faire pleurer. Elle prit mes mains dans les siennes.

« Je suis… je suis si peinée.

— Ne le sois pas.

— J'aimerais pouvoir t'aider.

— Tu ne peux rien faire. » Je lui attachai le pendentif autour du cou, et je contemplai l'éclat de la pierre quand elle la mit dans la lumière en me disant merci. « Fais un vœu. » Je répétai cette phrase dans ma tête, fermai les yeux, et fis un vœu…

« Davie, murmura Rose qui s'était blottie contre moi, me tirant d'un profond sommeil. C'est le matin.

— Vraiment ?

— Ouvre les yeux. »

Je les gardai fermés, attirai Rose plus près, et elle s'enroula autour de moi, la tête dans mon cou. Le lit était plus moelleux que le nôtre à North Berwick, et il y avait des mois que je n'avais pas aussi bien dormi. Nous étions venus passer le week-end chez Bill et Alice pour voir leur fils, né le 1er novembre. Les parents de Bill étant allés vivre en Espagne, Bill avait repris le domaine où lui, Dick et moi nous étions souvent retrouvés, dans notre enfance. Le château était perché sur une colline au nord de Pitlochry, dans les Highlands, et surplombait le Loch Tummel.

Nous étions à deux semaines de Noël et une fine couche de neige recouvrait le sol. Nous avions passé la soirée de la veille à nous promener le long du lac. Rose s'était montrée tendre et gentille, et était restée toute la nuit pelotonnée contre moi.

« Je sonne pour le petit déjeuner ? dit-elle en m'embrassant.

— Hmhmm. Des œufs sur le plat... plusieurs douzaines, et des tomates frites. »

Elle actionna la sonnette placée près du lit, et quelques minutes plus tard on frappa à la porte.

« Nous voudrions le petit déjeuner, dit Rose à la personne qui entrait. Mon mari désire des œufs sur le plat avec des tomates, et moi des œufs brouillés.

— Très bien, M'dame. »

J'ouvris tout à coup les yeux en reconnaissant la voix, me redressai et m'écriai :

« Nell ? C'est bien toi ?

— Bonjour, Da... M'sieur.

— Je croyais que tu devais aller à l'université ?

— Non, j'ai pas réussi les examens... M'sieur.

— Oh, quel dommage ! Ta mère est toujours cuisinière ?

— Ouais... Pardon, oui, M'sieur. » Je me mis à rire et elle détourna les yeux, puis ajouta aussitôt : « J'm'en vais vite chercher vot' petit déjeuner. »

Elle sortit, referma la porte, et je sentis le regard de Rose me transpercer la nuque ; avant que j'aie pu dire un mot, elle se lança dans une diatribe. Elle ne criait pas quand nous n'étions pas chez nous, mais prenait une voix basse et sifflante, ce qui était pire, et je ne cherchai même pas à lui expliquer quoi que ce soit. Nell était une fille ravissante et très intelligente qui devait avoir dix-sept ans. Nous avions souvent bavardé, tous les deux, quand je venais en week-end ici, et j'avais eu plusieurs fois l'impudence de l'embrasser.

« C'est pour ça que nous sommes venus ici ? cracha Rose pendant que je m'habillais. Pour que tu puisses aller la retrouver dans sa chambre pendant que je dors et baiser…

— Tu es devenue d'une vulgarité incroyable, Rose.

— Parce que je ne suis pas autorisée à dire le mot *baiser*, sauf quand tu me mets ta bitte entre les jambes ! »

Je me retournai brusquement, la main en l'air ; ses yeux écarquillés arrêtèrent mon geste, et je compris que j'avais failli la frapper.

« Je veux divorcer. » Les mots m'étaient sortis de la bouche, pareils à des pierres dévalant une colline. Elle me dévisagea, sonnée comme je l'étais moi-même, puis se mit à trembler et s'assit sur le lit en se tenant le ventre et en gémissant. « Oh, mon Dieu, Rose… non… je t'en prie. » Elle ne pleurait pas, elle se balançait, les mains serrées sur son ventre, et en la regardant j'eus l'impression qu'on me fouillait les entrailles avec un poignard. Je m'approchai d'elle, enfouis mon visage sur ses genoux, et elle prit ma tête dans ses mains. « Non, ce n'est pas vrai. Je t'aime. Je t'aime. Mais tu dois arrêter, Rose. Au nom du ciel, il faut que ça cesse.

— Je t'aime trop. » Je relevai la tête et vis qu'elle me regardait avec ses yeux dorés, et je sentis comme une pluie tiède inonder mon visage. « C'est vrai… je t'aime trop… je t'aime avec excès.

— Tu iras voir quelqu'un ?

— Un psychiatre ? Un redresseur d'âmes ?

— Un médecin. Tu iras, Rose ? Nous irons tous les deux, si tu le souhaites.

— Parce que je ne suis pas saine d'esprit ?

— Parce que c'est trop, et que ça va nous détruire.

— Et il va me soigner ? Me guérir ? M'aider à cesser de trop t'aimer ?

— Iras-tu, Rose ?

— Non. Mais je vais mettre de l'eau dans mon vin. Resteras-tu avec moi, Davie, si je t'aime un petit peu moins ? Si je mets un bémol à ma passion pour toi ? Si je deviens une petite femme docile, ordinaire, tranquille ? Tu resteras avec moi ? »

Je la dévisageai et je compris soudain la différence entre elle et Bill, car c'étaient tous deux des êtres excessifs. Mais Bill mettait sa passion au service des autres, pour les rendre heureux, les faire rire, alors que Rose la dirigeait sur elle-même, pour son propre plaisir.

Je me relevai et finis de m'habiller. Elle ne disait rien, elle attendait ma réponse.

« Oui… Je resterai. »

Quand Nell apporta le petit déjeuner, je sortis sur la terrasse ; j'entendis Rose lui demander de nettoyer ses chaussures avant le repas du soir. Elle était calme et polie, et j'espérais que Nell n'avait pas entendu notre dispute.

Nous fîmes du patin toute la journée et, une fois rentrés au château, Alice monta avec Rose pour bavarder, et Bill et moi nous installâmes au salon, devant un bon feu, avec Em et William, son fils. Em était ravie d'avoir une poupée qui non seulement remuait les bras et les jambes, mais poussait de vrais cris et mouillait ses couches.

Bill avait l'air reposé, détendu. Finies les folles soirées du temps où il était célibataire. Il semblait avoir retrouvé sa tranquillité d'esprit, perdue depuis la guerre.

« Tu as des nouvelles de Jen ? me demanda-t-il en prenant la cigarette que je lui avais allumée.

— Ça va bien. Ma mère va passer les vacances de Noël là-bas avec eux.

— Seule ?

— Non… Al Pearce a à faire à New York, alors ils y vont ensemble.

— Hmhmm, fit-il en souriant, mais avec chaleur et sans ajouter de commentaire.

— Je t'ai dit que Jen a eu un autre bébé ? Une petite fille. Je vais tâcher d'aller là-bas un de ces jours et…

— Billie, cria Alice en entrant en trombe dans la pièce. Il est arrivé quelque chose d'affreux.

— Rose… ?

— Non… si, enfin… on lui a volé ses bijoux.

— Vo… Quand ?

— Pendant que nous faisions du patin. »

Nous montâmes à l'étage. Rose arpentait la chambre dans tous les sens.

« Je les avais posés sur cette table hier soir, et ils y étaient ce matin. Davie, tu les as vus, mes rubis.

— Eh bien, mais ils sont peut-être tombés par terre.

— Alice et moi avons cherché partout.

— Billie, Rose a demandé à Nell de nettoyer ses chaussures, qu'elle avait laissées sous la table et… et… oh, Bill, crois-tu qu'elle ait pu faire ça ?

— Nell ?

— C'est terrible. Elle est à notre service depuis… Billie, où vas-tu ?

— Nell ! » appela-t-il en fonçant dans le hall.

Je cherchai le regard de Rose, mais elle se gardait bien de tourner les yeux vers moi, et continuait à marcher de long en large en se tordant les mains. Nell entra quelques instants plus tard et Bill l'interrogea. Stupéfaite, elle nia. Bill monta avec elle dans sa chambre et, effectivement, trouva les bijoux de Rose dans une vieille valise, enveloppés dans une serviette. Nell resta bouche bée et se mit à trembler, jurant qu'elle ne savait pas comment les rubis avaient atterri là. Quand elle commença à pleurer, Bill se tourna vers Rose, lui tendit ses bijoux et la dévisagea.

« À l'avenir, tu devras faire davantage… *attention*, Rose… Nell, préparez vos affaires…

— Bill…

— Oh, M'sieur, c'est pas moi qui ai fait ça ! Je le jure ! J'suis pas une voleuse ! Je…

— Faites votre valise, Nell. Alice, retourne en bas avec eux.

— Bill…

— C'est bon, Dave. Je m'en occupe. »

Je redescendis dans notre chambre avec Alice et Rose, demandai à Alice d'aller jeter un coup d'œil aux enfants, et me tournai vers Rose.

« Tu es allée trop loin », dis-je simplement, puis je remontai à la chambre de Nell pour dire la vérité à Bill. Au moment de pousser la porte à demi ouverte, je m'arrêtai en voyant Bill à genoux à côté de Nell, son bras passé autour des épaules de la jeune fille.

« J'ai pas volé, gémissait-elle, j'ai pas…

— Je sais bien, Nell.

— Alors pourquoi… ?

— Tu vas prendre un peu de vacances, hmhmm ? Tu vas passer le week-end à Ballinluig. Et tu reviendras ici lundi matin, d'accord ?

— Mais, M'sieur…

— Chhhuuut… Je vais te faire conduire à la gare. Finis ta valise. Et pas un mot à qui que ce soit, *aye* ? Tu es en vacances.

— Oh, M'sieur…

— Dépêche-toi, Nell. Tu vas rater ton train. »

Bill sortit de la chambre, m'aperçut et s'approcha de moi. Il ne dit rien jusqu'à ce que Nell soit redescendue.

« Quelle fine mouche, cette chère Rose. Elle a trouvé le meilleur moyen d'écarter la tentation : en la *supprimant* purement et simplement.

— Je n'arrive pas à croire qu'elle ait pu faire ça.

— Non ? Pourquoi ? Tu es le seul homme qu'elle ait jamais aimé. En fait, je dirais que, à part son père, tu es l'unique personne qu'elle aime.

— Je n'étais pas le premier.

— Amant ? Non. Mais elle attendait le preux chevalier qui viendrait l'enlever… Sir Davie a été l'heureux élu. Et maintenant qu'elle t'a, elle te *garde*. Et elle fera n'importe quoi pour te garder. Bon sang, elle est bien la fille de son père. Elle a retenu la leçon. La fin justifie les moyens. Pour les Newburn, les êtres humains n'ont pas plus d'importance que des objets qu'on peut malmener, briser ou détruire. Ils distribuent des millions chaque année pour des œuvres de charité, mais personne n'entend jamais parler des fermiers dont les champs sont incendiés, parce qu'ils refusent de vendre leurs terres à Edmund Newburn qui veut y installer ses usines. Et, si personne n'en entend parler, c'est parce que Newburn possède la plupart des journaux du Royaume-Uni.

— Quelles sont mes chances d'obtenir la garde d'Em si nous divorçons ?

— Auprès d'un tribunal de North Berwick ? Avec un juge de North Berwick dont le père Newburn aura graissé la patte ? Nulles.

— Elle est folle, Bill.

— Ne commets surtout pas l'erreur de croire ça, mon ami. Elle est plus saine d'esprit que toi ou moi. Elle a le Q.I. d'un génie, ou peu s'en faut. Non, Dave, elle n'est pas folle. Elle est immorale, mais elle n'est pas folle.

— Tu n'as pas idée de…

— Oh si… Mais ce n'est pas parce qu'elle est cinglée. Simplement, ses règles du jeu n'ont rien à voir avec les nôtres.

— Je ne peux plus vivre avec elle. Je ne peux plus. Pas après ça.

— Et Em ?

— Seigneur… non, je ne peux pas lui laisser Em. Rose la déteste. Elle est jalouse d'elle. Jalouse de sa propre fille. Tu imagines ça ? Je ne sais fichtrement pas quoi faire.

— Tu veux mon avis ? Enfuis-toi à toutes jambes, mon vieux.

— Ouais…

— Je parle sérieusement. Prends au coffre tout l'argent que tu peux, emmène Em, saute sur un bateau à destination de l'Afrique, laisse-toi pousser la barbe, et va te perdre quelque part au fin fond du Kenya.

— Et quelle vie est-ce que je mènerais ?

— Quelle vie mènes-tu, en ce moment ? Tu t'es regardé dans une glace, récemment ? Tu es en train de te tuer. *Elle* est en train de te tuer, de te bouffer la vie.

— Nous serions des fugitifs. Non, je ne veux pas cela. Si j'étais seul, ce serait parfait, mais je ne veux pas qu'Em grandisse dans de telles conditions.

— Que vas-tu faire, alors ?

— Je ne sais pas. Mais il faut que je trouve quelque chose… quelque chose… »

4

(New York — 24 décembre 1921)

Midi sonna et je passai de la fenêtre de la salle à manger à celle du séjour, guettant le taxi qui aurait dû amener ma mère et Al Pearce depuis des heures. Mais la rue n'était qu'un vaste tourbillon de blanc, car une tempête de neige, survenue dans la nuit, avait tout enseveli sous une couche de plus d'un mètre. Les enfants — ceux qui étaient trop jeunes pour aller en classe ou qui rentraient déjeuner — avaient sorti leurs luges et dévalaient à toute allure la pente de la 31e Rue.

C'était presque beau : la neige recouvrait le gris et la crasse.

Nous habitions un appartement à Astoria, dans le district de Queens, au cinquième étage d'un immeuble en brique, à deux pas de l'East River. Nous avions eu de la chance, car il était neuf, avait une cuisine équipée d'un réfrigérateur, une salle de bains, et comportait deux chambres, alors que la plupart des autres logements de l'immeuble n'en avaient qu'une. C'est ma mère qui l'avait meublé lorsqu'elle était venue la première fois, pour la naissance de May, et Ian, voyant à quel point cela me faisait plaisir, n'avait pas protesté.

Nous étions allées chez Toff, un magasin de Manhattan spécialisé en meubles modernes, car je voulais un intérieur en accord avec ma nouvelle vie. J'avais choisi un sofa et des sièges en bois blond, aux lignes incurvées, recouverts de chintz jaune pâle et argent, avec des rideaux assortis, et nous avions peint les murs couleur coquille d'œuf. Nous avions acheté des lampes, des miroirs, quelques tableaux, et même un piano de chez Steinway, dont l'usine était en haut de la rue. Ainsi le minuscule appartement que j'avais trouvé si triste et sombre était devenu ravissant... c'est du moins ce que je pensais la première année de notre installation.

À une heure le soleil perça... malheureusement il ne fit pas venir ma mère. J'emmenai Minch et les enfants — Cathy avait cinq mois et May presque un an et demi — à Astoria Park, certaine que le paquebot avait du retard à cause du mauvais temps. J'aurais voulu les attendre au débarcadère, mais nous n'avions pas de voiture et, comme le trajet aurait été difficile avec les enfants, ma mère m'avait affirmé qu'ils prendraient un taxi.

Ian travaillait dix heures par jour, six jours par semaine, et passait ses soirées à suivre les cours de l'université de Columbia, ou à étudier à la maison. Ce mois-ci, il travaillait à la construction d'un immeuble de luxe à Jackson Heights — des appartements avec jardins et ascenseurs qui se loueraient cent vingt dollars par mois, soit six fois son salaire hebdomadaire. Comme on était la veille de Noël, le contremaître avait promis aux hommes de les laisser partir plus tôt et de leur donner leur prime : pas les vingt-cinq dollars que nous espérions, mais une oie.

Cathy se tortillait dans son landau pour essayer d'attraper les pompons du bonnet de May ; celle-ci sautillait de droite et de gauche pour échapper aux dents de Minch qui lui mordillait les talons. Les enfants étaient habillées par ma mère, qui nous envoyait d'Écosse tous nos vêtements ; nous étions toujours somptueusement vêtues, beaucoup trop bien pour une paie d'ouvrier du bâtiment, de toute façon. Je m'asseyais parfois dans le parc et j'observais les autres mères parler entre elles en faisant semblant de ne pas me regarder ; un jour, j'entendis l'une d'elles dire que je devais être la fille d'un lord anglais qui s'était enfui avec une domestique et avait dû s'exiler dans un quartier modeste de New York.

Cathy finit par attraper l'objet de sa convoitise, tira le bonnet de May et le porta à sa bouche, comme tout ce qui lui tombait sous la main.

« Non, bécasse, dis-je en le récupérant, les pompons, c'est bien moins bon que les biscuits. » De toute évidence elle ne me croyait pas, car elle se mit à pleurer, jeta le morceau de gâteau que je lui avais donné et voulut reprendre le bonnet.

« Maman », pleurnicha May qui tirait sur mon manteau en secouant ses boucles roux doré et en tapant du pied. Elle ressemblait à une poupée en porcelaine, si jolie, si bien faite que les passants s'arrêtaient pour la contempler. Cathy, elle, était le portrait craché de Ian, à l'exception des yeux qu'elle avait bruns, et sans son abondante chevelure on aurait pu la prendre pour un garçon car elle n'avait rien de la délicatesse de sa sœur.

« Mamaaan », répéta May. Je remarquai alors que ses jambières en laine étaient déchirées. Je ris, ce qui la rendit encore plus furieuse, parce que sa colère n'était pas due au fait qu'elle avait froid aux genoux, mais que ses beaux bas bleus n'étaient plus aussi « zolis ».

« Je les repriserai, ma chérie, ne t'en fais pas.

— Mamaaaaan.

— Ils seront comme neufs, May. Ne sois pas sotte. Remets ton bonnet. » Mais elle contemplait son genou gauche comme s'il avait eu une plaie purulente, et

secoua la tête. « Je ne peux pas les raccommoder ici. Je n'ai ni fil ni aiguille. » Elle croisa les bras, s'assit sur un tas de neige et détourna la tête. « Bon, eh bien, Cathy et moi, nous rentrons à la maison », déclarai-je, ce qui ne provoqua aucune réaction, comme j'aurais dû m'en douter puisque ma fille avait décidé de donner tout son sens à l'expression « têtue comme une mule ».

Je commençai à pousser le landau, appelai Minch et me dirigeai vers la sortie du parc en disant, assez fort pour que May entende : « Grand-mère sera peut-être là quand nous arriverons. Elle a dit qu'elle apportait deux malles pour vous, les filles : l'une remplie de poupées, l'autre de robes neuves. »

May fut aussitôt à mon côté, le sourire jusqu'aux oreilles.

Parties d'un bon pas, nous ralentîmes après avoir tourné dans Ditmars Boulevard, parce que ni ma mère ni Al n'étaient en vue. J'éprouvai une vive déception : il me semblait que je vivais pour les visites de ma mère, j'attendais, j'attendais toujours... quelque chose, je ne savais quoi.

Comme je n'avais pas envie de rentrer à l'appartement, nous descendîmes la 31e Rue jusqu'à l'East River. La vue n'était pas très belle. La compagnie électrique Edison avait fait construire une centrale, et l'enchevêtrement de carcasses métalliques et de fils électriques avait quelque chose de grotesque ; on aurait dit un cimetière de squelettes d'acier géants. À part cela, il y avait des trous dans le bitume, une zone marécageuse et, plus loin, Rikers Island, une prison. Certaines parties du Queens étaient jolies : Jackson Heights, Forest Hills, et aussi la campagne, avec des fermes et des bois, près d'Alley Pond. Mais, sans voiture, il fallait que je prenne le trolleybus ou le métro aérien sur la Seconde Avenue, ce qui n'était guère facile avec les petites ; c'est pourquoi nous nous aventurions rarement au-delà d'Astoria.

Les enfants commençaient à devenir grognons : c'était bientôt l'heure de leur sieste ; nous fîmes demi-tour et remontâmes la rue.

« Jen ! » cria Bette MacLeod en faisant de grands gestes avec les bras et en traînant son petit garçon derrière elle. Bette était mon amie, ma seule amie. Elle habitait au-dessous de chez nous et était mariée à un policier ; tous deux, écossais, avaient émigré avant la guerre et étaient maintenant citoyens américains. Bette était une femme plutôt ordinaire — pas le genre de personne avec qui j'aurais normalement été amie —, mais toujours prête à virevolter et à pépier comme un moineau, et tout le monde l'aimait bien. Ian était très ami avec son mari, Colin, et grâce à lui et sur sa recommandation nous avions pu avoir l'appartement. Nous les voyions assez souvent, et nous gardions à tour de rôle les enfants, même si Ian et moi sortions peu, car lorsqu'il ne travaillait pas, il étudiait, et de toute façon nous n'avions guère d'argent pour faire la fête.

Bette courait tellement vite que son fils, qui n'avait que quatre ans, n'arrivait pas à la suivre ; elle le ramassa et le mit sous son bras comme un sac de pommes de terre. Elle avait des cheveux blonds décolorés et permanentés, et je remarquai qu'elle ne portait ni chapeau ni manteau, juste des bottillons qu'elle n'avait même pas pris la peine d'attacher.

« Ils sont là ! dit-elle, complètement hors d'haleine. Ta mère et le monsieur... »

J'attrapai May, demandai à Bette de pousser le landau et grimpai la pente à toute vitesse, Minch derrière moi, glissant sur le trottoir couvert de neige et de verglas. Ils étaient là, près d'une voiture noire rutilante, une Ford modèle « T ». Lorsque ma mère m'aperçut, elle courut vers moi, les bras grands ouverts. Nous nous étreignîmes longuement, écrasant presque May qui gloussait de rire entre nous deux.

« Tu es superbe », dis-je en faisant reculer ma mère pour mieux l'admirer. Mais elle ignora mon compliment, et ébouriffa les cheveux de May en l'assurant que oui, elle avait apporté plein, plein de cadeaux et de « zolies » robes. Ma mère portait un ensemble en daim violet, avec des chaussures et un chapeau assortis ; elle rayonnait. Elle se baissa pour caresser Minch qui sautait comme un fou.

« Bonjour », fit Al. Lui aussi avait l'air plus radieux et plus heureux que jamais, et j'eus la certitude que Davie avait raison, et que lui et ma mère étaient amants. Je l'embrassai, puis le pris par le bras tandis que Bette approchait avec le landau.

« Et voici Cathy, s'écria ma mère en prenant sa petite-fille et en la soulevant en l'air. Oh, comme elle est belle ! Al, regardez-la, c'est Ian. C'est exactement Ian. » Elle embrassa Bette, la présenta à Al, puis me demanda : « Il est au travail ?

— Il rentre à quatre heures. Êtes-vous déjà passés à votre hôtel ?

— Non. À vrai dire... » Al s'interrompit, me regarda, puis regarda ma mère, qui sourit.

« Jen, Al a un ami qui possède une maison à Long Island. Comme il est en Floride pour l'hiver, il a gentiment proposé à Al d'occuper la villa en son absence. Et nous nous sommes dit que, si ce n'est pas trop, trop loin de l'endroit où Ian travaille, nous pourrions tous nous y installer, le temps de notre séjour.

— Où est-ce ?

— Port... Port Washington. Oui, je crois que c'est cela, dit Al.

— À Manhasset Bay ?

— Oui. Tu connais ?

— C'est le Sound... le quartier des millionnaires.

— Est-ce que cela ferait trop loin pour Ian ?

— Ian ?

— Pour son travail.

— Son travail ?

— Jenny !

— Oh, maman, tu n'imagines pas, les maisons, ce ne sont pas des maisons, mais des palais. Oh, ce serait formidable ! Pour combien de temps ?

— Un mois. » C'est Al qui avait répondu, et je perçus au regard de ma mère qu'elle commençait déjà à se raviser, mais je m'en moquais. Pouvoir vivre, ce qui s'appelle vivre, ne serait-ce qu'un mois, c'était tout ce qui m'importait.

La voiture qu'ils avaient louée étant garée n'importe comment, je leur conseillai de la rapprocher du trottoir.

« Mais elle est à toi, dit ma mère. Ton cadeau de Noël.

— Une... une voiture... oh... » Je serrai ma mère dans mes bras et l'embrassai à n'en plus finir. Une voiture, cela signifiait la liberté. « Oh, tu es un ange !

— Non, ce n'est pas moi. C'est Al qu'il faut remercier. »

Al avait un grand sourire. Je l'étreignis à lui faire mal, ce qui le fit rire. Il me poussa vers ma mère et nous suggéra de rentrer pour bavarder, pendant que lui se rendrait à Manhattan en taxi pour aller voir son magasin de la Cinquième Avenue. Je lui proposai de prendre la voiture, mais ma mère dit en riant qu'il avait failli les tuer tous les deux, parce que les Américains conduisaient du « mauvais » côté.

Bette m'aida à monter à l'appartement la malle qui contenait les cadeaux, car May refusait de faire la sieste si on n'ouvrait pas au moins une des deux malles. Après avoir mis les enfants au lit, nous nous installâmes à la cuisine devant une tasse de thé, et je demandai à ma mère de me parler de sa liaison avec Al. Elle hocha la tête, me dit qu'en effet ils étaient amants, mais qu'il n'y avait rien à raconter.

« Mais la première fois, insistai-je, la toute première fois, c'était à Hogmanay, le soir où je suis partie avec Ian. C'est cela, n'est-ce pas ?

— Oui.

— Raconte-moi.

— Oui, c'était le jour d'Hogmanay... et...

— Et quoi ?

— Et nous sommes devenus amants.

— Comment ça s'est passé ? Après toutes ces années. Dis-le-moi, je t'en prie. Tu sais l'affection que j'ai pour lui.

— Eh bien, je devais aller à leur gala, mais je me suis mise à penser à ton père et cela m'a rendue mélancolique, très mélancolique, et j'ai décidé de ne pas y aller. Je suis restée à la maison, à évoquer le passé. J'ai mis le déshabillé turquoise que je portais lorsque ton père avait eu une permission de quarante-huit heures pendant la guerre et que j'étais allée le retrouver en Normandie... »

Sa voix s'était faite rêveuse et, tandis qu'elle parlait, je voyais les images qu'elle évoquait. Je fermai les yeux, et c'était presque comme si j'y étais, comme si j'étais elle, et que je voie la scène avec ses yeux...

... Je remplis à nouveau ma coupe de champagne et fis virevolter ma jupe, tout en fredonnant la « Pavane » de Gabriel Fauré qui emplissait la pièce, laissant la musique s'infiltrer en moi.

« Catherine ? »

Un homme de haute taille, en smoking, le visage noirci au charbon, referma la porte. Mollie se précipita sur lui et l'aurait sans doute attaqué, si je n'avais pas reconnu Al sous son grimage et attrapé la chienne par la peau du cou. Al approcha sa main de Mollie, pour qu'elle puisse vérifier qu'il était bien un ami, et non un ennemi, puis il entra dans le salon et vint à moi.

« J'avais peur que votre first-footer [1] *ne soit votre fils, or vous savez qu'un* first-footer *roux porte malheur.*

— Davie n'est pas roux.

— Ah non ? » Il rit, puis sortit de sa poche une branche de gui qu'il brandit au-dessus de sa tête. « Amour. » Je l'embrassai doucement. Il ouvrit alors sa main et laissa tomber dans la mienne une pièce de monnaie. « Prospérité. » Dans mon autre main, il déposa un morceau de charbon en murmurant : « Chaleur. » Enfin, il me mit dans la bouche un petit bout de pain, en disant : « Provisions. » Puis il frotta le charbon qui s'était déposé sur mes lèvres quand je l'avais embrassé, et me chuchota : « Heureuse nouvelle année, Catherine.

— Et vos invités ?

— Je les ai abandonnés. » Il s'assit dans l'un des fauteuils près de la cheminée, s'essuya le visage, puis m'attira sur ses genoux. « Vous êtes ravissante, ce soir. » Je regardai ses rides, accentuées par le noir de charbon qui s'y était déposé, puis ses yeux qui brillaient. « Épousez-moi. »

Je fus si interloquée que je m'écartai de lui brusquement et m'écroulai dans le fauteuil à côté du sien.

« Al, j'ai quarante-neuf ans. Je ne peux pas vous donner d'enfants. Je ne fais pas la cuisine. Je travaille seize heures par jour. Je serais une épouse effroyable. » En riant, je posai ma main sur son genou. « Savez-vous ce qu'il vous faut, Al ? Une jeune fille de vingt

---

1. En Écosse, la nuit du 31 décembre au 1er janvier — Hogmanay —, la première personne à franchir le seuil d'une maison, avec le visage enduit de noir de charbon, s'appelle le « first-footer ». *(N.d.T.)*

printemps, fraîche et jolie, qui vous adorera et vous rendra votre jeunesse. »

Levant les yeux vers moi, il dit en souriant : « J'approche à grands pas de ce qu'on appelle à tort "les années d'or". Ce qui signifie que j'assiste à bien plus d'enterrements que de mariages ou de baptêmes... Le commencement de la fin. J'ai tout ce dont j'ai besoin pour bien vivre jusqu'à la fin de mes jours... tout sauf vous. Et vous êtes réellement tout ce qui m'importe dans la vie. » Il me prit les mains, les porta à son visage et les y laissa un long moment, en murmurant : « Et maintenant, tout ce que je désire, c'est m'asseoir dans ce fauteuil, devant un feu de cheminée, avec un bon livre sur les genoux, lever les yeux de temps à autre et voir votre visage. J'ai envie de me promener au parc en vous tenant par le bras. J'ai envie de dormir auprès de vous, et de vous trouver à côté de moi à mon réveil. »

Il me caressa la tête et ses mains tremblaient. Je le regardai et lui dis : « Vous pouvez vous asseoir devant mon feu, et j'irai me promener au parc avec vous, et nous dormirons ensemble. Mais je ne pourrai jamais être votre femme... parce que je suis, je serai toujours, la sienne. »

Nous écoutions les bruits de la maison : les craquements du feu, les grattements du disque, accordés à notre souffle... et...

Quand je rouvris les yeux, ma mère souriait.

« Tu l'aimes, maman... tu l'aimes.

— Hmhmm.

— Pourquoi ne l'épouses-tu pas ?

— Parce que je n'aime pas Al comme j'ai aimé ton père ou... »

Elle se reprit et dit quelque chose au sujet de son « premier amour », le fils de Joseph. J'avais envie de lui dire que je savais, pour oncle Will, et que je comprenais, mais Davie nous avait fait jurer, à Ian et à moi, de garder le secret, le soir où nous étions partis de Cromdale.

« Je crois que tu aimes Al bien plus que tu ne voudrais », dis-je à ma mère.

Elle rit, puis aperçut la lettre de Davie sur la table. Elle hocha la tête.

« Ton frère a décidé de...

— Quitter Rose, oui, je sais. C'est triste, ils avaient l'air si heureux ensemble.

— Ils l'ont été. Mais Rose est d'une jalousie maladive. Elle ne veut le partager avec personne, pas même leur fille. Seigneur Dieu, si tu l'avais vue au mariage de Bill et Alice. Il faut que Dave échappe à son emprise.

— Et Em ?

— C'est bien le problème. Rose a clairement dit que, s'il la quitte, il verra peu Em, sinon pas du tout. Et le père de Rose a assez de pouvoir pour arranger *les choses. Si ton frère s'enfuit avec la petite, ils devront vivre en se cachant, ce qui ne serait pas une vie, ni pour lui ni pour Em.*

— Que va-t-il faire, alors ?

— Je l'ignore. Rose le met devant un dilemme épouvantable. Et le pire, c'est qu'il l'aime toujours, c'est pourquoi il ne peut se résoudre à la quitter, en fait.

— Ne pourraient-ils pas tenter de trouver une solution ?

— Je crois que les choses sont allées trop loin. Il t'a raconté, au sujet de Nell, la domestique des Brice ?

— Oui. Seigneur, je n'arrive pas à croire que Rose ait pu faire une chose pareille.

— Et pourtant elle l'a faite. C'était pour ainsi dire tuer cette fille : elle n'aurait jamais retrouvé de travail ailleurs. Je suis inquiète pour Em. Rose a si peu d'affection pour la petite que... » Ma mère secoua la tête,

comme pour chasser les images évoquées par ses paroles. « Il faut que Dave se défasse de l'emprise de Rose, qu'il emmène Emily et...

— Et s'enfuie ? »

Elle ne me répondit pas, mais eut un sourire triste.

Les enfants avaient fini leur sieste. Pendant que ma mère changeait Cathy, on sonna à la porte d'entrée et May courut pour accueillir son père. J'entendis Ian lui chanter quelque chose, et je souris en imaginant la scène ; il débordait d'amour pour les petites, et en cela me rappelait beaucoup mon père.

« Ne dis rien à Ian, au sujet de Al, me dit ma mère à voix basse. Il pourrait ne pas comprendre.

— Ne sois pas idiote, Ian sera ravi pour toi.

— Papa », disait May en riant, et sa voix résonnait dans le couloir où Ian enlevait ses souliers et ses vêtements de travail. « Cosson, papa, cosson. »

Je courus vers eux en apportant le peignoir de Ian ; May était en train de délacer l'un des souliers de son père, et faisait la grimace en voyant qu'elle avait de la boue sur les mains. Ian m'embrassa et cria en direction du salon : « Vous êtes là, Mrs Maclean ?

— Aye.

— Alors, v'nez tout d'suite, sinon dans un instant vous allez m'trouver en caleçon.

— Tu as vu la voiture ? chuchotai-je. Elle est pour nous. C'est Al qui l'a achetée.

— Le modèle "T", devant l'immeuble ?

— Oui, c'est... » Je ne pus finir ma phrase. Ian s'était redressé et, une chaussure dans une main, l'autre encore au pied, il se dirigeait à cloche-pied vers ma mère. Il l'embrassa, prit Cathy sur ses épaules, et demanda à ma mère comment s'était passé son voyage, ayant apparemment oublié ce que je lui avais dit au sujet de la voiture. Ma mère lui parla de la maison de

l'ami de Al à Long Island — c'était mieux que ce soit elle qui lui en parle, plutôt que moi — et Ian me sourit.

« Et mon oie ?

— Nous la ferons cuire là-bas, répondis-je. Oh Ian, ce seront des vacances tellement merveilleuses pour nous tous, et comme cela tu ne seras pas obligé de t'arrêter de travailler. Et ma mère et moi pourrons profiter de ce séjour, vraiment en profiter. Dis oui, je t'en prie, dis oui.

— Oui. » Il regarda May qui le tirait par la jambe de son pantalon. « Qu'est-ce que tu veux, ma douceur ?

— Po'ter. » Il la prit dans ses bras et se dirigea vers la salle de bains.

Nous partîmes dès que Al fut revenu. C'est Ian qui conduisait. Il n'avait accepté le « cadeau » que sur l'insistance de ma mère, qui disait que c'était le seul moyen pour moi d'emmener les enfants à la campagne respirer du bon air, pendant qu'il serait au travail. Il n'acceptait jamais d'argent mais ne pouvait refuser des cadeaux sans blesser ma mère. À voir ses mains crispées sur le volant, je savais que le présent de Al provoquait en lui des sentiments contradictoires : fierté de posséder une voiture, et amertume de n'avoir pu l'acquérir avec son propre argent.

J'interrogeai Al sur les propriétaires de la maison où nous allions séjourner, et il m'expliqua que c'était un couple d'Écossais qui possédaient une villa à Inverness, une autre en Floride et une troisième au bord du Sound. Ils vivaient souvent séparés, lui dans une maison, elle dans une autre, cet arrangement leur convenant à tous les deux. Al me dit que j'avais dû les rencontrer à Cromdale car c'étaient de vieux amis des Brodie : Mr et Mrs Malcolm Fraser.

« Des textiles Fraser ? questionnai-je. Ce sont ces Fraser-là ?

— Oui. Pourquoi, tu les connais ?

— Mr Fraser, oui. » Ce n'était pas chez ma tante que je l'avais rencontré, mais chez Arthur à Inverness.

Devinant mes pensées, ma mère me pressa doucement le genou.

« Arrête », me dit-elle simplement.

Nous longions la côte de Manhasset Bay, et le ciel était passé du rouge sombre au bleu profond ; les vagues sur l'océan formaient des crêtes blanches. Finis les immeubles de brique et de ciment, et l'asphalte des chaussées. Ici la neige était vraiment blanche, plus blanche et plus propre que tout ce que j'avais vu jusqu'à maintenant. Les villas étaient imposantes : de véritables palais, immenses et de tous styles — colonial du Sud, Tudor anglais —, avec piscines, courts de tennis, écuries, et des kilomètres et des kilomètres de terrains en bordure de mer. Chaque demeure possédait sa propre plage et son voilier, certaines avaient même un hydroglisseur. Les propriétaires organisaient des fêtes somptueuses, des banquets et des bals, mangeaient du caviar et buvaient du champagne, allaient à l'opéra, au théâtre… ils vivaient.

Ma mère ne regardait pas le paysage. Je sentais ses yeux sur ma nuque, tandis qu'elle berçait Cathy qui s'était endormie. Elle avança sa main, me tira par les cheveux, et je me renversai sur mon siège en cachant mon visage. Elle me tendit son mouchoir pour que je sèche mes larmes mais je perçus sa colère.

Je savais ce qu'elle pensait : l'amour est tout ce qui compte, seules les choses qu'on ne peut tenir entre ses mains ont de l'importance, et toutes ces belles pensées auxquelles on doit *croire concernant la vie. Mais l'amour n'était* pas *tout ce qui comptait, et les choses que je ne pouvais pas tenir entre mes mains ne me paraissaient, en cet instant, que de l'air.*

Les grilles de la propriété des Fraser étaient ouvertes, et le château — car c'en était un, la réplique parfaite de Cawdor Castle près d'Inverness — était illuminé.

« Malcolm a fait venir les pierres et les bardeaux de Cawdor, dit Al en riant. C'est un peu excentrique, un peu...

— C'est beau, soupirai-je. Magnifique... »

Un serviteur nous aida à descendre de voiture et souhaita chaleureusement la bienvenue à Al, qu'il connaissait déjà ; je me dis que tout le personnel des Fraser devait être écossais, car les domestiques anglais ou américains ne s'adressaient jamais à un invité de façon aussi personnelle.

L'intérieur, très écossais, me rappelait Cromdale, avec ses boiseries et ses tapisseries. On nous indiqua nos chambres au premier étage ; la nôtre était entre celle de ma mère et celle de Al. Ian alla porter l'oie à la cuisine et je surpris ma mère en train de chuchoter quelque chose à Al. Ne voulant pas être indiscrète, j'allais fermer la porte mais, en entendant prononcer mon nom, je compris qu'ils parlaient de moi.

« Si elle avait épousé Arthur, elle languirait après Ian. Elle ne sait pas comment faire pour être heureuse, Al. Elle a plus que ce que la plupart des femmes peuvent avoir dans toute une vie, et pourtant cela ne lui suffit pas. »

Je refermai la porte.

Noël se passa gentiment, et je fis de mon mieux pour paraître heureuse. Ian joua le Père Noël et les petites, assises sur ses genoux, tirèrent sur sa longue barbe blanche, mais aucune des deux ne le reconnut sous son déguisement. Après le petit déjeuner quelqu'un sonna à la porte d'entrée et, quelques instants plus tard, le maître d'hôtel introduisit une jeune femme vêtue d'un manteau de fourrure blanche. Elle était très jolie, avait des cheveux dorés et des yeux d'un vert profond ; elle ne devait guère avoir plus de dix-sept ou dix-huit ans, et parlait avec l'accent traînant du Sud, soulignant chacune de ses phrases par un mouvement de tête et un petit rire. Elle nous demanda si nous étions parents avec « Scottie », que je supposai être Malcolm Fraser.

« Non, nous sommes de vieux amis d'Écosse.

— Vous êtes dans le cinéma ? dit-elle en regardant Ian, avant de reporter les yeux sur moi. Je suis sûre de vous avoir déjà vue quelque part... Vous êtes ravissante. Êtes-vous mannequin ?

— Non.

— Vous devriez. Je vous connais... Où était-ce donc ? »

Je lui répondis que j'étais certaine de ne l'avoir jamais rencontrée. Elle eut un sourire étrange, comme si elle pensait que je me moquais d'elle, puis elle alluma une cigarette qu'elle prit dans un étui en argent posé sur la cheminée. Ian l'observait, amusé au début, puis détourna les yeux ; je vis alors que le manteau de la jeune fille s'était ouvert et qu'elle ne portait rien en dessous. Je dus rougir, mais elle rit et referma les pans de son vêtement.

« Scottie me donne la permission d'utiliser sa piscine en hiver. Je n'ai pas de piscine couverte. Cela ne vous dérange pas ? » Je fis signe que non. Elle vint à moi et me dit : « Envie de me rejoindre ? » puis se tourna vivement vers Ian, l'invitant lui aussi d'un gracieux mouvement de tête.

« Nous avons promis à nos filles de construire un bonhomme de neige, répliqua Ian. Une autre fois, peut-être.

— Je donne une fête chez moi ce soir. Vers les onze heures. Venez. Habillés. » Elle s'écarta de moi, passa devant Ian et dit : « Je suis Cyd Cantron.

— Ian Liddle, et voici ma femme, Jen.

— Ravie de vous connaître », dit-elle en lui tendant la main, non pour qu'il la serre, mais la baise. Ian s'inclina et lui fit avec délicatesse un baisemain. « Un prince », dit-elle. Il rit. « Alors, que faites-vous, dans la vie ?

— Je...

— Nous travaillons dans le prêt-à-porter. Nous sommes propriétaires de Jenda. » Ian serra les mâchoires mais ne dit rien. « Et vous ?

— Moi ? Je ne fais rien, riiiiiien du tout », répondit-elle avec un rire charmant, un rire de petite fille, et je ris aussi. Puis elle quitta la pièce d'une démarche nonchalante et légère, et s'engagea dans le couloir qui menait à la piscine, en lançant : « À bientôt, vous deux. »

« Cantron », dis-je d'un air songeur. Je me rappelais avoir souvent vu ce nom dans les journaux. Le scandale Cantron. Oui, j'avais lu cela à plusieurs reprises, mais je ne me souvenais plus des détails. « Le pétrole Cantron, ce n'est pas ça ?

— Si. C'est une fille à problèmes.

— Elle semble plutôt inoffensive. Elle me plaît bien.

— Nous n'irons pas.

— Pourquoi ? » Ian me jeta un regard furieux. « Oh, bon... ce n'était pas un mensonge... pas tout à fait. J'ai lancé Jenda avec ma mère, j'ai travaillé avec elle et...

— Maintenant, tu es mariée avec moi. Et je suis un ouvrier du bâtiment.

— Qui étudie pour devenir médecin...

— Et qui en a marre de te voir transformer un bon et honnête travail en quelque chose dont je devrais avoir honte !

— Je n'ai pas honte !

— Tu parles ! Tu mens pour chercher à impressionner une poule qui fréquente des bootleggers et des gangsters !

— Je n'ai pas cherché à l'impressionner !

— Alors, pourquoi mentir ?

— Parce que... parce que c'était plus simple comme ça. » Il se dirigea vers la porte, mais je me mis en travers de son chemin. « Ian, nous n'aurions pas ce genre de problèmes si seulement tu laissais ma mère t'aider. Tu obtiendrais ton diplôme en deux ans, si tu avais la possibilité d'étudier à temps plein.

— Tu ne peux pas t'enfoncer dans le crâne que je dois me débrouiller seul ?

— Mais qu'est-ce que ça peut faire ?

— Pour moi, ça compte ! Pour moi !

— On sera vieux, le jour où tu gagneras assez d'argent pour nous sortir de... de cette...

— De cette quoi ? Vas-y, dis-le ! Vas-y ! » Mais je fus incapable de dire un mot de plus, j'avais l'impression qu'il était prêt à m'étrangler. Il s'approcha de moi, furieux, et je détournai les yeux, mais il me saisit aux épaules. « Tu vas passer toute ta vie à lorgner ce que tu n'as pas, sans jamais voir ce que tu as... »

Il sortit de la pièce d'un pas pesant, et je me laissai tomber sur le divan en marmonnant : « Rien... rien... »

Dehors, ma mère et Al jouaient avec Minch et les enfants dans la neige. J'avais besoin de parler à ma mère ; je jetai mon manteau sur mes épaules et sortis.

« Maman, cria May en me montrant les deux petits bonshommes de neige qu'ils avaient faits. Rega'de !

— Ils sont très beaux, ma chérie.

— Nous sommes en train de faire les trois petits cochons », expliqua ma mère en riant. Mais le sourire quitta aussitôt son visage et elle vint vers moi en essuyant la neige dont elle était couverte. « Qu'y a-t-il ? » Je ne savais pas très bien moi-même comment exprimer ce que je ressentais. Elle demanda à Al de veiller sur les petites et m'entraîna à l'écart.

Je lui racontai la visite de Cyd Cantron et la colère de Ian, puis je la suppliai de convaincre Ian d'accepter son prêt, pour qu'il puisse aller à l'université dans la journée. Elle regarda la mer, au loin, secoua la tête et dit : « Non.

— Mais, maman…

— Ne comprends-tu pas à quel point c'est important pour lui ? Ce n'est pas seulement le fait d'obtenir son diplôme en médecine, mais la manière dont il l'obtiendra, pour pouvoir se prouver à lui-même qu'il a réussi seul, tout seul.

— Mais qu'est-ce que ça change ?

— Tout. » Elle donna un coup de pied dans un tas de neige qui dégringola en bas, sur la plage. « Ce n'est pas l'argent, Jenny. C'est le sens de sa valeur personnelle, et si tu pouvais comprendre, vraiment comprendre, ce qui est important, tu cesserais de désirer des choses qui ne comptent absolument pas.

— C'est facile pour toi, de dire ça, tu n'es plus pauvre !

— Toi non plus ! Tu as un joli chez-toi, de quoi manger tous les jours et…

— Un minable petit appartement ! Nous ne mangeons pas de viande tous les jours ! Et nous ne faisons rien, parce que nous n'avons jamais d'argent ! Nous ne vivons pas ! Nous ne vivons pas vraiment !

— Eh bien, change de vie ! Si les choses ne te plaisent pas comme elles sont, change-les ! Mais, pour l'amour du ciel, cesse de gémir et de t'apitoyer sur ton sort !

— Mais comment ? Comment changer ma vie ? Le quitter ? Avec deux enfants en bas âge ? Et comment est-ce que je… »

Je me mis à pleurer, alors elle me tapota doucement l'épaule, avant de me laisser en disant d'une voix très douce : « Tu ne sais pas ce que tu possèdes, Jen. »

Je la regardai s'éloigner, puis contemplai le yacht des Fraser, ancré à quelque distance du rivage. C'était un bateau quatre fois plus grand que notre appartement de Queens. J'avais envie de nager jusqu'à lui, de grimper à bord et de retourner en Écosse, auprès d'Arthur. Mais, comme dit le proverbe : « Comme on fait son lit on se couche. »

Je ne descendis pas pour dîner — tout le monde me faisait grise mine — et je décidai d'aller à la soirée de Cyd Cantron, avec ou sans la permission de Ian. Je mis la robe que ma mère m'avait apportée, une robe en velours de soie bleu saphir, terriblement moulante. Elle comportait sur le côté gauche une manche longue, ornée de paillettes, et à droite laissait à nu mon bras et mon épaule. Le haut était drapé et si décolleté que je ne pouvais rien porter en dessous, et la jupe, très ajustée, se terminait par une traîne de près d'un mètre de long. Mes chaussures étaient en satin de même couleur. En me coiffant, je commençai à pester contre la longueur de mes cheveux, puis j'attrapai les ciseaux et les coupai à hauteur du menton. Il y avait des années que j'avais envie de le faire — les cheveux longs n'étaient pas à la mode et demandaient beaucoup d'entretien — mais, en voyant mes mèches sur la coiffeuse, je fus soudain prise de panique en pensant à ce que dirait Ian.

« Ce sont mes cheveux, lançai-je au miroir d'un air de défi. Mes cheveux à moi. »

Je les jetai dans la corbeille, pris ma cape et, au moment où je descendais l'escalier, j'entendis la sonnette d'entrée, puis le maître d'hôtel qui annonçait que le chauffeur de miss Cantron attendait.

Je dis bonsoir, passai devant le maître d'hôtel et, juste comme je poussais la porte, ma mère entra dans le vestibule.

« Où... où est-ce que tu... qu'as-tu fait à tes cheveux ?

— Je les ai coupés. Je vais à la soirée de Miss Cantron.

— Mais c'est Noël. Jenny, tu ne peux pas faire ça.

— Pourquoi ?

— Parce que c'est... c'est une fête de famille. Les enfants...

— Elles seront couchées dans une demi-heure.

— Et Ian ?

— Qu'est-ce que ça change, que je sois là ou pas ? Il ne m'a pas adressé la parole de toute la soirée !

— Tu le lui reproches ? Tu t'es conduite comme une petite fille gâtée, mesquine, égoïste...

— Tu prends toujours son parti ! Tu n'essaies jamais de te mettre à ma place ! C'est toujours Ian qui a raison, et moi qui ai tort ! J'ai envie d'aller dans un endroit où les gens ne me diront pas que je n'ai pas le droit de ressentir ce que je ressens !

— Tu attends peut-être qu'on te félicite de pleurnicher sur ton sort ?

— Je ne pleurniche pas sur mon sort ! Je déteste ma vie ! »

Elle recula comme si je l'avais frappée et je vis alors Ian et Al derrière elle. Ma mère fit un mouvement en direction de Al et marmonna : « Dieu te vienne en aide, Jenny. Je crois bien que tu finiras par détruire...

— Détruire quoi ? » Elle ne me répondit pas, me tourna le dos et entraîna Al dans le salon. « Qu'est-ce que je vais détruire ? »

Les yeux de Ian étincelaient, mais j'étais dans une telle colère que je saisis la poignée de la porte, bien décidée à ne pas me laisser arrêter par son regard hostile.

« Tu n'oublies pas quelque chose ?

— Non.

— Tes valises. Ce n'est pas pour ça que tu veux aller à cette sauterie ? Hein ? Pour trouver quelqu'un avec qui tu pourras vivre vraiment ?

— J'ai envie de m'amuser ! J'ai envie de boire du champagne, de danser, et de discuter d'autre chose que de cet ennuyeux boulot dont j'entends parler depuis... depuis...

— Depuis que tu m'as épousé ?

— Non... non, ce n'est pas ce que... »

Il avança sur moi, m'arracha la cape que je portais sur le bras, la jeta sur mes épaules et ouvrit la porte en grand. « Bonne chasse.

— Ian...

— Nous ne serons pas là quand tu reviendras.

— Attends... »

Mais il ne me laissa pas le temps de répondre ; il me poussa dehors et referma la porte derrière moi.

Le chauffeur de Miss Cantron était debout près de la voiture, et il avait dû entendre notre dispute, car il évita de me regarder en ouvrant la portière.

Je jetai un dernier coup d'œil derrière moi, en me disant que Ian bluffait, et je montai dans la Rolls-Royce blanche. Je ne lui permettrais pas de me gâcher cette soirée ; même si ce n'était que pour quelques heures, ce soir j'avais l'intention de vivre.

« Je suppose que les Fraser sont de grands amis des Cantron ? demandai-je au chauffeur en faisant glisser la vitre qui nous séparait.

— Non, m'dame. Mr et Mrs Cantron vivent au Texas.

— Ah bon, je croyais... elle est si jeune, miss Cantron, je veux dire. Mais je présume que c'est pour cela que les Fraser l'ont prise sous leur aile. »

Il se frotta le nez, et je crus l'entendre rire, puis au bout d'un moment il me questionna : « C'est la première fois que vous allez chez miss Cantron, m'dame ?

— Oui... nous venons juste de faire connaissance. Elle est très amicale.

— Oui, m'dame... très amicale. » Il me regarda à nouveau dans le rétroviseur, avec un sourire bizarre, puis manœuvra pour faire passer la voiture entre deux colonnes de six mètres de haut. La maison ressemblait à un temple grec, entièrement en pierre blanche, avec des fontaines et des statues tout autour, qui surgissaient de la neige, pareilles à des hommes et des femmes transformés en glace.

Le chauffeur m'aida à descendre de voiture, la porte d'entrée s'ouvrit et miss Cantron sortit en courant, un verre de champagne à la main ; elle portait une robe en mousseline de soie blanche tellement fine qu'on voyait ses seins à travers.

« Où est-il votre beau mec ? Vous ne l'avez pas amené ?

— Il ne se sentait pas très bien », répondis-je en prenant le verre qu'elle me tendait et en le tournant pour que la trace de rouge à lèvres se retrouve de l'autre côté. Elle m'introduisit dans la maison, m'enleva ma cape et la tendit à un domestique, puis m'examina — pas ma robe, mais mon épaule nue.

« Que c'est beau... Entrez. »

Le vestibule comportait quatre grandes voûtes. De là, miss Cantron m'emmena dans une pièce entièrement décorée de blanc : les sofas, les meubles, les murs, les rideaux, tout était blanc. Il y avait là environ trente personnes, les hommes en smoking, les femmes en robes de toutes les couleurs imaginables. La musique jouait fort, et les gens dansaient le charleston. Le champagne coulait à flots. La dernière fois que j'avais bu du champagne, c'était avant la prohibition, lors de la dernière visite de ma mère. Avec Ian, nous étions bien allés dans un bar clandestin, mais l'alcool était fait maison et l'endroit minable.

Miss Cantron me tenait par le bras, comme si elle avait peur que je ne m'envole ; elle me conduisit vers un groupe d'hommes qui parlaient d'Hollywood. Elle me chuchota à l'oreille qu'elle était allée dans la propriété de Rudolph Valentino, et que sa chambre était décorée de marbre noir et de cuir.

« Pola Negri a fait installer des bains romains dans son living-room, disait un des hommes.

— Et tu y as plongé ?

— Et comment !

— La baignoire encastrée de Barbara La Marr a des robinets en or véritable, la baignoire est en onyx et les... » L'homme qui parlait s'interrompit en m'apercevant. « Salut, vous.

— Voici ma jolie Jen, minauda miss Cantron. Il ne se sent pas bien.

— Vraiment ? Quel dommage. Du champagne, Jen ?

— J'en ai déjà... merci.

— Vous avez coupé vos cheveux ! s'écria miss Cantron, avec une pointe de tristesse. Vous les avez gardés ?

— Non, je les ai jetés.

— Vous auriez dû les garder... toutes ces belles boucles rousses... parties. Tous ces longs, longs cheveux... partis.

— Vous dansez ? » proposa l'homme qui m'avait adressé la parole un peu plus tôt. Sans attendre ma réponse, il prit mon verre et le donna à miss Cantron, puis m'entraîna vers la piste de danse. Il leva une main, claqua des doigts, et la musique se transforma soudain en un air lent, un tango ; l'homme m'attira contre lui. Il n'était pas beau, son visage portait des cicatrices et son regard avait quelque chose de sardonique. Le changement de musique entraîna d'autres changements : les lumières baissèrent, et je vis un homme de grande taille se pencher sur sa cavalière — une femme très petite —, attraper avec ses dents la bretelle de sa robe et la faire glisser, dénudant les seins de la femme. L'homme avec *qui je dansais resserra son étreinte ; je murmurai que le champagne me faisait tourner la tête et que j'avais besoin de m'asseoir. Il me conduisit à un divan près d'une fenêtre ouverte, leva à nouveau la main, et aussitôt un domestique de couleur approcha avec une table roulante, sur laquelle étaient disposées des tas de boîtes décorées, certaines en bois, d'autres en métal.*

« Vous fumez ? » me demanda l'homme en ouvrant une boîte carrée en laque noire remplie de cigarettes roulées à la main. Ian avait des amis qui fumaient de la marijuana et je reconnus l'odeur quand l'homme me souffla la fumée dans le nez. Je secouai la tête. Il désigna, sur la tablette inférieure, une pipe à eau très ouvragée, comme on en voyait dans les films. « Opium... Mélange Bénarès, le meilleur.

— Non, merci. »

Il prit un œuf en or sculpté dont il souleva le couvercle. À l'intérieur, il y avait de la poudre blanche. « La poudre du bonheur », dit-il. Je voulus me lever, mais il m'en empêcha, renvoya le domestique d'un geste de la main et me dit : « Alors, que faites-vous ?

— Rien... je...

— Comment se fait-il que je ne vous aie jamais vue avant ?

— Je ne... il faut que je parte. Mon mari n'est pas très bien. Je suis juste venue pour...

— Pour quoi ? » Il avait toujours sa main sur mon bras, une main à la peau douce comme celle d'une femme, très différente de celle de Ian, et dont le contact était étrange. Autour de nous, les couples s'étaient installés dans des coins tranquilles, sur des divans ou des fauteuils, et, oubliant où ils étaient, s'embrassaient et se caressaient.

« Il faut que je m'en aille », dis-je en me levant. Mais la traîne de ma robe s'était prise dans les pieds de l'homme et je ne pouvais pas bouger. Il la ramassa,

l'enroula autour de son poignet, et je sentis alternativement des bouffées de chaud et de froid. Miss Cantron vint vers nous, baisa mon épaule nue, puis se serra contre l'homme qui tenait toujours ma robe.

« Ramène donc dans tes filets notre petite sirène Jen, Georgie Boy.

— Elle ne se laissera pas prendre.

— Miss Cantron, je dois rentrer.

— Vous venez juste d'arriver, chérie.

— Mais maintenant je dois partir.

— Vous devez *? » fit l'homme en riant, puis il tira sur ma robe et m'attira à lui. « Anglaise ?*

— Non.

— Qu'est-ce que vous êtes, alors ?

— Lâchez ma robe.

— Je vous ai demandé de quelle nationalité vous étiez ?

— Et moi, je vous ai demandé d'enlever vos sales pattes de ma robe. »

Il se retourna vers miss Cantron, occupée à respirer la poudre blanche, leva un sourcil et déclara que j'étais une garce insolente. La porte était à trente mètres, mais quelque chose en moi me disait que, si je ne partais pas à l'instant, je ne partirais jamais.

Tirant ma robe d'un coup sec, je traversai la pièce à toute allure, franchis le seuil et me mis à courir dans la neige, jusqu'à ce que je parvienne à hauteur des colonnes de pierre ; là, je réalisai que j'allais sans doute mourir de froid avant d'avoir rejoint la villa des Fraser. Ma robe était déchirée et j'avais perdu une chaussure dans ma course, mais la colère m'empêchait de sentir le froid qui m'engourdissait les jambes.

Il n'y avait pas de lampadaires, et la maison avait beau être située à quelques rues de là, je ne me rappelais pas son emplacement exact. Je voyais la route malgré la neige et, arrivée au bout, je tournai à droite, priant pour tomber sur Manor Haven Boulevard. Au bout de deux cents mètres, mon pied gauche me faisant mal, je dus m'arrêter pour m'asseoir et le frictionner. Des phares m'aveuglèrent et je me levai d'un bond, en espérant que le conducteur me verrait et s'arrêterait.

C'était Ian.

Il descendit si vite de voiture que je n'eus pas le temps de réfléchir ; je me sentais stupide, minuscule et nue sans mes cheveux. Il observa ma robe déchirée, mon pied déchaussé, puis me porta dans ses bras jusqu'à la voiture et m'installa à l'arrière, où il y avait une couverture. Sans rien dire, il massa mon pied nu en soufflant dessus pour le réchauffer. Et en le regardant, je me mis à pleurer, parce que cette fille était peut-être une traînée, une droguée et Dieu sait quoi encore, mais elle avait raison sur un point : Ian était un prince.

Je jetai mes bras autour de son cou, en lui murmurant que je l'aimais, que je regrettais d'être partie et que je voulais qu'il me ramène à la maison. Il regarda en direction de la villa de miss Cantron ; prise de panique, je lui expliquai que ma robe s'était prise dans la porte, que j'avais perdu ma chaussure en route, et que j'avais quitté les lieux parce qu'il y avait de l'alcool et des gangsters et que j'avais craint une descente de police.

Il se dégagea de mon étreinte, me réinstalla sur la banquette et s'apprêta à fermer la portière.

« Ian...

— Le propriétaire de la maison sera absent jusqu'au printemps. Al pense que cela ne posera aucun problème si tu restes.

— Qu'est-ce que tu...

— Je m'arrangerai avec Bette pour qu'elle s'occupe des enfants pendant que je serai au travail, et tu pourras les voir le samedi, si...

— Ian, tu ne... J'ai eu tort. Je t'aime. Je ne veux pas... je ne veux pas te quitter.

— Moi, je le veux.

— Quoi ?

— Je veux que tu restes ici, à Long Island, dans la villa des Fraser. Et dans six ou sept mois, tu verras ce qu'il en est.

— Qu'est-ce que tu... Ian... j'ai perdu la tête. C'était de voir toute cette... Je t'en prie. »

Mais il ne m'écoutait pas. Il s'était mis au volant et avait pris la direction de la villa des Fraser. Nous nous étions déjà disputés, parfois très vivement, mais il n'avait jamais parlé de séparation, et je compris tout à coup que j'étais allée trop loin, que j'avais vraiment perdu la tête, oui, parce que, en vérité, Ian seul comptait pour moi.

Je me redressai, posai ma main sur son épaule ; sa main quitta un instant le volant pour caresser doucement la mienne.

« Tu m'as blessé, ce soir, Jen.

— Je le regrette. Je...

— J'étais en colère jusqu'au moment où j'ai vu ton expression, et j'ai compris que tu disais vrai : tu détestais ta vie et tu étais malheureuse.

— Non.

— Si. Et c'est là que je me suis dit : nous avons peut-être fait une erreur...

— Non.

— Parce que ça, c'est quelque chose que je ne peux pas supporter. Tu as lu Waverley *de Walter Scott ?*

— Oui.

— Juste avant que Fergus ne soit exécuté, il dit : "... ce qu'un homme sur le point de mourir est capable de supporter sans faiblir, cela même peut tuer l'ami qui en est le témoin..." Tu connais cette phrase, Jen ? »

Je la connaissais, oui. C'était une des citations préférées de ma mère.

« C'est ce que j'ai ressenti ce soir, en te voyant avec ta mère. C'est ce que j'éprouvais autrefois quand mon père se mettait à frapper ma mère ou l'un de mes frères et sœurs : c'était pire que lorsqu'il me frappait, moi.

— Ian...

— Alors je me suis dit : laisse-la partir...

— Oh, Seigneur, Ian, je t'en supplie...

— Parce que je ne peux pas supporter l'idée que c'est moi qui te rends malheureuse. »

J'étais bouleversée, je pleurais et je voulais qu'il arrête la voiture. Une fois arrivés à la propriété des Fraser, il ouvrit ma portière et je me jetai à son cou, incapable de dire un mot. Tout ce que je savais, c'est que je ne voulais pas le perdre. Il tenta de se dégager, mais je le serrais si fort qu'il n'y parvint pas. Je sanglotais en le suppliant de ne pas me quitter.

« Tu mèneras la vie que tu as envie de vivre pendant quelques mois, et ensuite, eh bien nous verrons.

— Ian, non, je t'en prie.

— Moi aussi, j'en ai besoin, Jen. J'ai besoin de m'éloigner de toi quelque temps.

— Ian...

— Je partirai avec les petites demain matin.

— Ne fais pas cela. Je jure... tout ce que tu veux... mais ne...

— Jen, ne pleure pas. Allons, ma belle, tu sais que c'est la meilleure solution. Nous ne pouvons pas continuer comme ça... Jen ? »

Les sanglots m'étouffaient et j'étais incapable de parler. Au bout d'un moment, il me prit dans ses bras et me berça doucement. Je m'accrochai à lui, enfouis mon visage dans son cou et, quand je fus un peu apaisée, je lui murmurai à l'oreille : « Je t'aime. Je ne veux pas d'autre vie que celle que j'ai avec toi... c'était de voir toute cette richesse... Ça m'est monté à la tête, comme le champagne. Ne me quitte pas, Ian, ne me quitte pas. » Il me serra plus fort et murmura : « Là, là... je ne te quitterai pas. »

La maison était plongée dans l'obscurité. Ian me porta dans ses bras et, au moment où il allait gravir l'escalier, je lui proposai de venir nager avec moi. Il hésita, et j'appuyai ma requête d'un baiser.

La piscine était en carrelage bleu foncé, et le plafond et l'un des murs étaient vitrés ; on aurait dit une serre géante. L'eau était chaude et, au moment où nous plongeâmes, de la vapeur s'éleva. C'était une piscine de compétition, très longue et étroite, que nous parcourûmes de bout en bout, en nage indienne. Une fois parvenus dans la partie la moins profonde, Ian m'attira à lui, mit mes jambes autour de sa taille et posa ses mains sur mon cou.

« Je regrette », murmurai-je lorsque sa main saisit ce qui restait de mes cheveux. Je n'attendis pas sa réponse car elle était inscrite sur son visage : même s'il disait le contraire, je savais que cela lui faisait quelque chose. Je l'embrassai, et bientôt je sentis sa main se décrisper, et descendre le long de mon cou jusqu'à mes seins.

Nous restâmes longtemps dans la piscine, allongés sur le carrelage, jusqu'à ce que le froid nous gagne. Une fois dans notre chambre, j'entendis la voix de ma mère dans la chambre de Al, une voix chaleureuse et enjouée. Ian hocha la tête et sourit.

« Ils forment un beau couple, tous les deux, tu ne trouves pas ? dis-je en me blottissant contre lui.

— Oui.

— Elle craignait que tu ne la désapprouves. Elle voulait garder le secret.

— Pourquoi ne l'épouse-t-elle pas ?

— Elle n'en voit pas la nécessité... Il faut que tu étudies, demain ?

— Oui.

— Est-ce que je peux t'aider ? » Il se redressa, surpris : c'était la première fois que je lui proposais de l'aider. « Peut-être pourrais-je faire des recherches pour toi... non ? » Il sourit, m'embrassa sur le nez, et me dit de dormir.

J'attendis que son souffle soit régulier et son sommeil profond, et je chuchotai : « Je t'aime, Ian Liddle. Je t'aime... »

Je ne crois pas que cela me vint en rêve. Je n'étais pas tout à fait éveillée, mais je vis les choses avec une telle netteté que c'était comme de voir une pièce de théâtre.

Ma mère avait raison : il fallait que je change ma vie, du moins ce qui dans ma vie me rendait malheureuse. Ce n'était pas à Ian de le faire. C'était à moi.

Je le secouai, doucement d'abord, puis plus vivement. Il ouvrit les yeux.

« Je sais ce que je vais faire, et tout ira bien, Ian. Je...

— Quelle...

— Je vais monter une entreprise...

— ... heure est-il ?

— Cinq heures. Je vais fabriquer des vêtements pour les femmes qui veulent des tenues élégantes, belles, mais n'ont pas les moyens de les acheter chez Jenda ! Tu ne les as jamais vues, ces femmes qui vont chez Pearce's, Cinquième Avenue, juste pour jeter un coup d'œil, tout en sachant qu'elles ne peuvent pas se payer ce qu'elles voient ? Il y en a des centaines ! Et je ne marcherai pas sur les plates-bandes de ma mère, parce que ses clientes n'achèteront pas mes vêtements ! Je fabriquerai quand même des modèles élégants, bien finis, pour ne pas nuire à l'image de Al, mais adaptés à une clientèle plus jeune, et...

— Jen, attends, tu ne dessines pas.

— Aucune importance. Ma mère me prêtera ses patrons, et je m'en inspirerai, je les modifierai, j'utiliserai d'autres tissus et... oh, Ian, tu ne vois donc pas ? C'est ça que j'attendais ! Et une fois que tu auras ton diplôme et que tu devras commencer à la faculté, je gagnerai assez d'argent et tu pourras faire ton internat sans avoir à t'inquiéter pour...

— Et qui s'occupera des enfants ?

— Moi... je veux dire, au début, jusqu'à ce qu'elles aillent à l'école. Je préparerai les modèles à la maison, et j'embaucherai des couturières, comme ma mère l'a fait autrefois, et les vêtements seront livrés au magasin de Al, sur la Cinquième Avenue.

— C'est toi qui les livreras ?

— Euh, non... j'aurai un garçon de course, ou bien... oh, je n'en sais rien, peu importe pour l'instant, mais tu ne vois pas comme ce serait fantastique, et une fois que je me serai fait connaître, je pourrai ouvrir un atelier à Manhattan et...

— Attends. Qu'est-ce que ta mère pense de ça ?

— Je ne sais pas, je viens juste d'en avoir l'idée. Oh, Ian, je n'ai pas ressenti cela depuis... depuis... » Je jetai mes bras autour de lui, nous faisant basculer tous deux sur le lit. « Dis oui, Ian ! Dis oui !

— Oui, fit-il tandis que je l'embrassais. Oui... oui... oui... »

Al marchait de long en large dans la pièce, une expression sévère sur le visage, et ses yeux allaient de moi à ma mère. Je retenais mon souffle, parce que ni l'un ni l'autre n'avait souri après mon exposé et la proposition qui avait suivi. Ma mère se leva, alla à la fenêtre, Al la rejoignit et ils regardèrent dehors tous les deux, puis je vis leurs dos se soulever et je crus qu'ils pleuraient, jusqu'au moment où j'entendis ma mère rire.

« Qu'y a-t-il ? Pourquoi riez-vous ? dis-je en prenant la main de Ian pour me donner du courage. Ce n'est pas vraiment...

— Non, non, Jen... c'est que...

— Quoi ?

— Ma chère enfant, dit Al, ta mère et moi...

— Quoi donc ?

— Nous voulions te le demander. Hier soir, Al a suggéré...

— Non, Catherine, en fait c'était votre idée, bien que j'aie toujours...

— Mais vous êtes d'accord ? m'écriai-je.

— Nous sommes ravis, ma chérie, répondit ma mère. Mais c'est drôle que nous ayons tous eu la même idée, au même moment, hier soir, je veux dire. »

Je me précipitai pour les serrer tous deux dans mes bras.

Le reste du mois se passa à faire des projets, à visiter les magasins de la Cinquième Avenue, et à aller voir des grossistes de fournitures et tissus. Ma mère me prêta de l'argent pour faire démarrer l'affaire, et je devais la rembourser dès que je le pourrais. Je mourais d'impatience de me lancer, c'était pour moi comme commencer une nouvelle vie. Et il arriva quelque chose d'extraordinaire : l'hôtel particulier des Fraser, éloigné comme il l'était de Manhattan, ne m'apparut plus comme un merveilleux château, et je n'eus plus qu'un souhait, même si cela signifiait que je ne verrais pas ma mère tous les jours : rentrer chez moi, dans la 31e Rue.

5

(Lauterbrunnen, Suisse — 18 janvier 1922)

Le traîneau fendait la neige fraîche, faisant s'écrouler de grands pans d'une blancheur étincelante, au fur et à mesure que nous nous enfoncions dans la montagne. Rose, assise près de moi, emmitouflée dans une cape en renard rubis, m'étreignit la main à la vue d'un à-pic impressionnant. Le silence, le spectacle de ces immenses parois écrasées de neige et de glace, étaient quelque chose d'indicible. On n'entendait rien à part le glissement du traîneau et le frottement du harnais sous l'effort des chevaux. Toute cette blancheur se détachait sur le ciel qui avait pris des teintes roses et orangées, comme si l'on y avait éparpillé des braises.

Nous approchions de l'auberge où nous devions séjourner ; elle paraissait toute petite, presque perdue dans l'immensité des montagnes, avec son toit croulant sous la neige. Elle me faisait penser à une maison de poupée que Jen avait quand elle était petite, avec son bois blond en volutes, ses volets rouge vif et son balcon qui courait sur toute la longueur du chalet. Il devait y avoir à peu près un mètre de neige sur le toit, mais une neige si légère et poudreuse qu'un coup de vent aurait pu — semblait-il — la balayer.

« Regarde cette vue », s'écria Rose en courant devant le garçon d'hôtel qui nous avait accompagnés à nos chambres, et en se précipitant à la fenêtre ; la vallée s'étalait en bas, et le soleil avait l'air perché sur la cime d'une des montagnes. La chambre était entièrement en pin, avec pour seul mobilier un lit gigantesque, une commode et une table sur laquelle étaient posés une cuvette et un broc. Je fis signe au garçon de poser les bagages, et lui demandai de porter les affaires de Rose dans la chambre d'à côté.

« Non… s'il vous plaît… laissez-les là. » Elle me regarda avec des yeux suppliants. Nous n'avions pas dormi ensemble depuis l'odieuse scène avec Nell, un mois plus tôt, mais je n'eus pas le cœur de protester, donnai un pourboire au garçon et refermai la porte. « C'est exquis… merci. » Elle retourna à la fenêtre, l'ouvrit en grand et contempla le paysage. « C'est à cela que ça ressemble pour toi, n'est-ce pas ? L'Afrique. Le silence. L'immensité… Comme j'aimerais pouvoir te donner cela ! » Sa voix était tranquille, innocente, candide, et je dus m'éloigner d'elle parce que je me faisais l'effet d'être un salaud : en effet, je l'avais amenée ici pour la duper.

Nous défîmes nos bagages en silence. Rose fredonnait, et je ne trouvais rien à dire. Je ne l'avais pas vue aussi heureuse et insouciante depuis les premiers mois de notre mariage. Quand elle passa près de moi d'un pas léger, je faillis la prendre par la taille et l'attirer contre moi. Mais je ne le fis pas. Je ne pouvais pas. Il y avait, dans une chambre voisine, un homme que j'allais payer pour qu'il ait une aventure avec ma femme.

Il fallait que cela soit fait…

Il n'existait aucun autre moyen…

C'est ce que je me disais depuis que j'avais rencontré Gregory Dennings. Je me le répétais souvent, peut-être pour me justifier… peut-être pour faire taire la voix qui me reprochait : *C'est l'action la plus basse que tu aies jamais accomplie, Maclean, et pour cela tu périras dans les feux de l'Enfer.*

Dennings avait des cheveux et des yeux de la même couleur que les miens, mais il était plus charpenté ; c'était un très bel homme. Il avait quitté Glasgow juste après moi, pour tenter sa chance au théâtre. Il avait gagné des clous, et quand je l'avais revu à Londres, il vivait de son nouveau métier : gigolo. Je l'avais invité à m'accompagner à North Berwick, et je ne crois pas mentir en disant que je n'avais pas *prévu* de lui demander de séduire ma femme. Mais nous bûmes pas mal, beaucoup même, et de fil en aiguille j'en étais venu à lui parler de mes malheurs.

Dennings m'avait offert son *aide*.

Au début je me rebiffai, mais plus il parlait, plus ça me semblait tenir debout ; Rose ne saurait jamais que je l'avais payé. Il lui ferait croire qu'il était vraiment amoureux d'elle, il déclarerait publiquement son amour pour ma femme, et j'obtiendrais la garde d'Emily. Dennings se ferait passer pour un jeune écrivain parti chercher fortune à Londres, où il aurait rencontré le grand amour, se serait marié, mais sa femme serait morte en donnant naissance à leur enfant, mort également. Brisé par ce malheur, il serait tombé dans un profond désespoir.

C'était parfait. C'était… abject. *Mais*…

Il fallait que cela soit fait…

Il n'existait aucun autre moyen…

Le dîner se passa bien, jusqu'au moment où Rose demanda à Dennings si elle pourrait lire un de ses manuscrits. Il pâlit, baissa les yeux, tourna et retourna son verre entre ses mains et, quand enfin il parla, Rose se pencha vers lui, attentive à chacune de ses paroles.

« Quand Hetty est morte… je… j'ai perdu la tête. Je n'avais qu'un seul manuscrit, l'œuvre de ma vie, et c'était elle, vous comprenez. C'était Hetty… elle était présente à chaque page… J'ai cru que, si j'arrivais à le terminer, je pourrais… je pourrais la faire revenir. Mais chaque matin je me levais et je restais des heures devant la page blanche… rien… rien ne venait. Parce qu'on écrit… on écrit avec son cœur, et le mien… le mien était parti avec Hetty, la nuit où elle est morte. » Il vida son verre, le reposa, essuya son visage baigné de larmes. « Je l'ai brûlé. Page par page. Brûlé… » Il leva les yeux sur Rose, eut un semblant de sourire et conclut : « Je n'en ai pas retenu un mot… pas un seul… »

Rose lui tapota légèrement la main. « Ici, ça va revenir, Greg. Vous verrez, ça va revenir.

— Cela fait huit mois qu'elle est partie, et pourtant chaque matin quand je m'éveille, je l'écoute, et il me faut plusieurs secondes avant… avant de me rappeler… que…

— Oh, Greg… chhhuuut, ne vous torturez pas. » Il étreignit la main de Rose, et elle me fit discrètement signe de l'emmener dehors.

« Allons fumer un peu, Greg », dis-je.

Il se mit lentement debout, s'excusa et me suivit à l'extérieur.

Nous marchâmes un moment, et il me dit qu'il sentait que Rose était en train de se prendre de sympathie pour lui, et que ce ne serait qu'une question de temps.

« Elle est pas si mauvaise que ça, dit-il en allumant nos cigarettes. Bien sûr, je peux pas savoir ce que ça va donner, vu son état… avec un polichinelle dans le tiroir, et tout ça. Comment elle est au lit, je veux dire quand elle est pas en cloque ? » Ignorant ses propos, je lui répétai une fois de plus que je ne voulais pas que Rose sache que je le payais. « Ouais, ouais, ça va. » Il me dévisagea, avança d'un pas, puis se retourna. « T'es sûr que c'est ce que tu veux ? T'as envie de continuer ?

— Non, je ne suis pas sûr. Et non, je n'ai pas envie de continuer.

— Qu'est-ce que tu veux, alors ?

— Je veux que Rose vienne me trouver en me disant qu'elle a rencontré quelqu'un, qu'elle me quitte, qu'elle me laisse Em, et qu'elle me demande de lui accorder le divorce.

— Ça, ça risque pas d'arriver. De toi à moi, je crois que tu t'y prends comme un manche. En te démerdant bien, tu peux avoir le beurre et l'argent du beurre. Je m'explique. Regardons les choses en face, ta petite femme, elle est pleine aux as, et quand son vieux va casser sa pipe, vous aurez tellement de fric que vous saurez pas quoi en faire. C'est à ce moment-là que tu demanderas le divorce. »

Je ne dis rien mais je me rappelai qu'il ne m'avait jamais vraiment plu, même à Glasgow, parce que, derrière son physique séduisant et son charme juvénile, c'était un véritable salaud.

« Tu m'écoutes, Maclean ? Prends une maîtresse, supporte Rose encore quelques années, et…

— Je ne veux pas de maîtresse ! Je ne veux pas l'argent de Rose ! Je ne peux plus vivre avec elle, un point c'est tout !

— Bon, bon, ça va, Maclean, calme-toi.

— Je ne peux pas lui laisser Em !

— Ouais, je comprends…

— Je ne reverrais jamais ma fille !

— O.K. ! Maclean.

— Rose… je ne pourrais pas… si je ne revois jamais ma petite… »

Je fus incapable de continuer. Il marmonna que j'aurais mon divorce.

Plein de dégoût pour lui, et encore plus pour moi-même, je secouai la tête et emplis mes poumons d'air glacé, puis rentrai au chalet.

Je me glissai sans bruit dans la chambre, pour ne pas réveiller Rose, mais elle était à la fenêtre, emmitouflée dans l'édredon, et regardait dehors. Était-ce la neige qui faisait réagir les gens différemment ? Était-ce sa pureté qui nettoyait tout et semblait pouvoir tout rendre neuf ? Je ne sais pas, mais en regardant par-dessus son épaule, je n'étais pas loin d'oublier pourquoi je l'avais amenée ici.

« J'étais en train de me demander à quoi pouvait bien ressembler cette vallée en été, fit Rose sans me regarder. Et puis je me suis dit : qu'est-ce que ça peut te faire, puisque ce sera sans doute plein de belle herbe verte, et que tu ne pourras pas t'en approcher dans un rayon de dix kilomètres. » Elle rit, mais la tristesse se lisait sur son visage ; je pris une chaise et vins m'asseoir près d'elle. « Je suppose que c'est pour ça que j'aime l'hiver… » C'était curieux de l'entendre parler ainsi, car elle se plaignait rarement de ses allergies. « C'est la raison pour laquelle mon père a acheté la propriété de North Berwick… la fraîcheur de l'air marin… c'est bon pour… » Elle s'interrompit, pencha la tête en avant et se prit le ventre à deux mains.

« Rose ?

— Il… il a bougé. »

Je contemplai ses mains, puis son visage. Un visage nu, sans envie, sans colère, sans amertume. Serein. Du coup, ses traits en étaient adoucis, et elle semblait presque belle. Elle prit ma main et la posa sur son ventre, puis se pencha en avant, la tête sur ses genoux. Le bébé avait dû se retourner, car je sentis un mouvement sous mes doigts. Et je m'intimai l'ordre de me lever parce que, folle ou pas, Rose avait prouvé à quel point elle pouvait être dangereuse, en causant presque la perte de Nell. Il fallait que je m'éloigne d'elle, et ce qui se passait en ce moment risquait de ruiner mon avenir avec Em en Afrique… ma vie.

Mais le bébé bougea à nouveau.

La sensation que cela produisit en moi, de sentir cette vie sous mes doigts, était irrépressible. Nous restâmes immobiles quelques instants, puis Rose s'appuya contre moi, la tête calée sous mon menton, douce, sans résistance. Il n'y avait plus de feu, de flammes, de brasier ; seulement la tranquillité. Je la pris dans mes bras et allai la porter sur le lit. Elle attendit que je me glisse à côté d'elle, et je savais ce dont elle avait envie, parce que j'en avais envie moi aussi : rester allongés l'un près de l'autre, sans rien dire, sans rien faire, reposer dans les bras l'un de l'autre, et dormir. J'en avais tellement envie que ma voix se brisa quand je lui dis que j'irais dormir à côté, ayant pris l'habitude de dormir seul.

Je sortis de la chambre et refermai la porte derrière moi.

Deux jours plus tard je reçus, comme prévu, un télégramme de ma mère me demandant de revenir à Édimbourg et à Jenda sans tarder. Je préparai mes affaires et persuadai Rose de rester avec Dennings, lui disant que j'allais essayer de régler le problème et que je la rejoindrais en Suisse la semaine suivante.

Dennings m'accompagna jusqu'au traîneau ; Rose nous suivait du regard depuis la fenêtre de sa chambre. Au moment où je chargeais mes bagages, il me dit tout bas qu'il n'était pas sûr que les choses aboutissent avec Rose.

« Elle en pince pour toi, Maclean… Je sais pas… évidemment, je pourrais… tu comprends…

— Quoi ? La forcer ?

— Non… non, pas la forcer, juste… tu comprends, la faire picoler un peu, et puis, de fil en aiguille… C'est pas la forcer, ça.

— Non ?

— Non. D'accord ?

— Je ne veux pas qu'elle souffre.

— Qui est-ce qui parle de la faire souffrir… juste une petite goutte d'alcool pour l'amadouer. » Je fermai les yeux. « Maclean ?

— Le 10 février à midi, je serai au restaurant Chez Michel, près de…

— Je sais où c'est.

— Tu entres, tu fais en sorte que tout le monde te voie et t'entende, et tu m'annonces que tu es amoureux de ma femme, que vous êtes amants, et que tu me demandes de consentir à divorcer.

— Ouais, ouais, je sais. Quand est-ce que j'aurai mon argent ?

— Quand j'aurai mon divorce. Je veux qu'elle ne sache jamais rien de tout cela, jamais. Après, tu disparais, est-ce bien clair ?

— Parfaitement. »

Je montai sur le traîneau et levai la tête en entendant la fenêtre s'ouvrir. Rose se pencha, articula quelque chose, mais elle était trop loin pour que je puisse l'entendre. Elle souriait, de ce même sourire un peu triste qu'elle avait le soir de notre arrivée. *Qu'est-ce que tu es en train de faire, Maclean ? Dieu du ciel... Pourras-tu encore te regarder en face, quand tout cela sera fini ?* Que vaut la liberté si elle est acquise au prix de l'honneur ? Je sentis mes entrailles se nouer douloureusement, et je fus sur le point de revenir vers elle, de l'emmener avec moi, de lui épargner les machinations de Dennings, qui allaient nous souiller, elle et moi.

Et ensuite… ?

« En route », ordonnai-je en tapant sur l'épaule de l'homme qui tenait les rênes, et en faisant au revoir de la main à Rose.

Je passai prendre Em au Loch Leven, et nous allâmes voir ma mère à Édimbourg avant de rentrer à North Berwick. Il y avait à peine six semaines que je n'avais pas vu Em, mais elle avait grandi et appris un tas de mots ; elle babillait pendant que nous dînions, dans mon lit, de sablés et de biscuits au gingembre faits par ma grand-mère. Em alla chercher un livre dans sa chambre et vint se pelotonner contre moi. Elle avait des contes de fées, des mythes et légendes celtiques, des abécédaires, mais elle ne les regardait jamais. J'ignore si elle savait instinctivement ce que l'Afrique représentait pour moi, ou si elle était fascinée par les images des animaux sauvages, mais le livre que je lui avais offert pour son premier anniversaire avait été lu tant de fois que la couverture était abîmée et les pages toutes salies.

« Afrique », annonça Em en ouvrant le livre à la page de titre. Je me retins de sourire devant son sérieux : c'était elle qui était censée me faire la lecture, même si son récit se limitait aux mots dont elle se souvenait et qu'elle était capable d'associer à l'image au-dessus. « Yion.

— Lion. Li-on.

— Yion.

— Formidable. »

Elle tournait les pages, me montrant les animaux qui peuplaient les plaines du Kenya ; je fermai les yeux et nous imaginai tous les deux, main dans la main, marchant dans la savane sous un chaud et beau soleil. J'organiserais des safaris… avec des appareils-photo. Je m'occuperais des études d'Em jusqu'à ses dix-huit ans et alors, si elle le souhaitait, elle irait à l'université, et…

« Pas dormir, ordonna Em en me donnant une petite tape sur la joue. Lire.

— Oui, oui, ma chérie, on va lire. Tu lis très bien. Est-ce que tu aimerais vivre là, Em ? » Elle sourit en observant l'image de la vaste plaine que je lui montrais. Puis son sourire disparut. « Quoi ? Qu'est-ce qu'il y a ?

— Manman ?

— Non, pas avec maman. Avec moi. Juste toi et moi, et Mollie. Ça te plairait ? » Je m'attendais qu'elle tape des mains ou me saute au cou de joie, mais non. Elle avait l'air troublée, effrayée. Je la pris contre moi et la berçai. « Ta maman te manquerait, Em ? » Elle attrapa le livre et tourna les pages jusqu'au moment où elle tomba sur l'image d'une lionne en train d'allaiter ses petits.

« Manman. »

Je bordai Em dans son lit, éteignis la lumière et sortis.

Je me promenai le long des falaises ; il n'y avait plus de neige, mais le froid était glacial et le vent me faisait mal aux oreilles… le vent, ou les paroles de ma fille. Rose n'était pas méchante avec Em, mais elle n'avait jamais manifesté la moindre affection pour elle, et j'avais dû penser que la petite n'aimait pas sa mère. Rose… Je me demandai si Dennings était parvenu à ses fins, puis je les chassai tous deux de mon esprit. Mieux valait ne pas penser à eux. J'aurais tout le temps d'y penser : le reste de ma vie. Cela ne faisait aucun doute, je *penserais* souvent à eux. Très souvent.

La grande maison était froide. Vide. Il fallait que je sorte, ne serait-ce qu'un moment. Je sautai dans la voiture et partis pour la ville, avec l'espoir de trouver Dick ou Bill au Spike's.

Charlotte Square était tranquille, à part les gens qui prenaient le frais à l'extérieur du night-club. Ce dernier était installé au sous-sol d'une maison ancienne rachetée par Spike qui avait transformé le reste en hôtel.

Il y avait toujours du monde, car le club était si petit que les habitués avaient adopté une sorte de roulement : chacun buvait, dansait, puis allait passer un quart d'heure dehors, pour permettre aux autres de s'amuser à leur tour. Néanmoins il y avait foule, par une nuit aussi froide, et bizarrement on n'entendait ni rires ni plaisanteries, rien de l'ambiance joyeuse qui débordait d'habitude à l'extérieur. Spike en personne se tenait sur le seuil ; c'était une espèce de géant qui aimait d'habitude discuter et plaisanter amicalement avec ses clients. Ce soir, il dominait la foule, pareil à un ogre, son acolyte — un costaud du nom de Joey — à côté de lui.

« Je voulais écouter la musique », dit une femme, cachée par la masse de gens qui l'entouraient. Elle avait une jolie voix, douce mais décidée.

« Certainement pas ici, répondit Spike. Et si tu dégages pas les lieux, j'appelle les flics et je te fais mettre en taule.

— Aucune loi ne dit que…

— Ici, c'est mon club, c'est moi qui fais la loi, et jamais un sale négro foutra ses pieds ici ! »

Je me frayai un chemin à travers la foule ; les gens étaient en colère : il n'y avait pas beaucoup d'étrangers à Édimbourg, mais ils avaient toujours été bien acceptés et jouissaient des mêmes droits que tous les autres Écossais. Un type cria : « Laisse-la entrer ! », un autre flanqua par terre Spike, qui envoya Joey le videur repousser les gens. Je perçus l'éclat bleu d'une étoffe, un bleu vif, éclatant, que je connaissais bien, parce que c'était la couleur d'un manteau Jenda qui se vendait particulièrement bien. Quand je m'approchai d'elle, la femme qui le portait se retourna.

« Indira… »

Elle me reconnut mais ne me répondit pas ; les gens nous pressaient de tous côtés, et elle se glissa dans la foule avant de disparaître.

Quand j'émergeai de la cohue, on avait appelé la police, et Indira se dirigeait vers Princes Street. Je courus derrière elle en l'appelant par son nom, mais elle ne s'arrêta pas ; alors je courus plus vite, la dépassai et lui fis face.

« Indira, je suis David Maclean. Vous vous souvenez de moi ?

— Oui, répliqua-t-elle sans cesser de marcher.

— Puis-je vous raccompagner chez vous en voiture ?

— Non.

— Cela fait loin, jusque chez votre père.

— Ce n'est pas là que je vais.

— Vous… Où allez-vous ?

— À la gare.

— La gare… vous ne pouvez pas… »

Elle s'arrêta. Son visage prit une expression dure, et elle se mit à trembler, les mains crispées sur son manchon.

« Qui êtes-vous pour me dire ce que *je peux* et ce que *je ne peux pas* faire ?

— Je voulais juste…

— Qu'est-ce que cela peut vous faire ?

— Je…

— J'en ai assez de toujours m'entendre dire ce que *je ne peux pas* faire !

— C'est fermé ! criai-je avant de prendre un ton plus doux. Je voulais juste dire que la gare est fermée. Il est plus de minuit. »

Elle baissa la tête et ses épaules se relâchèrent : elle n'était pas soulagée, mais vaincue. Je ne voyais pas son visage, mais je crus qu'elle pleurait. J'avais envie de la toucher, de l'apaiser, mais elle semblait si loin, et il n'y avait rien à dire. Au bout d'un long moment, elle releva la tête, regarda autour d'elle, puis fixa un point quelque part derrière moi et murmura d'une voix à peine audible : « … ils n'auraient pas dû me laisser sortir. » Elle eut un rire ironique. « Il faut que j'y aille », dit-elle ensuite, en tirant de son manchon une enveloppe au nom de ma mère qu'elle me tendit. « Ce sera mieux si c'est vous qui la lui remettez, et qui lui expliquez à quel point je suis navrée… mais… je ne peux plus vivre ici… je…

— Attendez, qu'est-ce que vous… Indira, vous n'envisagez pas de retourner à Paris, n'est-ce pas ?

— Je sais que ce n'est pas bien, après tout ce que votre mère a fait pour moi, mais… elle comprendra. Si elle lit ma lettre, elle comprendra. Je la rembourserai, jusqu'au dernier sou, dès que j'aurai commencé à travailler…

— Attendez, voyons… Spike n'est pas…

— Cela n'a rien à voir avec Spike. Je pars. J'ai fait ma valise ce matin. Je l'ai cachée dans un buisson de West Princes Street Gardens, et…

— Indira, ma voiture est garée tout près d'ici, ne voulez-vous pas que nous y allions et que nous parlions ? Je vous en prie, ne faites rien de manière précipitée.

— Ce n'est pas précipité. Il y a presque un mois, maintenant, que je tâche de *ne pas* faire cela.

— Pourquoi ?

— Vous ne pouvez pas comprendre.

— Faites-moi confiance », dis-je en lui prenant le bras pour l'emmener à ma voiture.

Je conduisis jusqu'à Calton Hill, d'où l'on pouvait voir tout Édimbourg, arrêtai la voiture, me tournai vers Indira et attendis.

« Que savez-vous de la religion musulmane ? dit-elle au bout d'un long moment.

— Ce que j'en ai lu, les cinq piliers de l'islam… Vous devez professer votre foi, dire vos prières cinq fois par jour, donner l'aumône aux pauvres, jeûner durant le ramadan, et faire une fois au moins dans votre vie le pèlerinage à La Mecque.

— Savez-vous ce qu'est l'islam ?

— La religion des musulmans.

— La soumission. Voilà ce que c'est. La soumission. Et pour une femme, cela veut dire que vous n'êtes pas un être humain. Vous êtes une chose et vous appartenez à votre père ; ensuite, on vous marie à un homme que vous n'avez pas choisi, que vous ne connaissez même pas, et alors vous devenez la propriété de votre mari, qui peut faire de vous ce qu'il veut. Vous êtes sur terre pour deux raisons : servir votre mari de *toutes* les manières possibles, et porter ses enfants. Vous n'avez pas le droit d'en demander plus, ni de rêver, ni de travailler, ni de vouloir être autre chose que ce qu'ils ont décrété, eux, et ils… ils disposent de moyens sûrs pour faire en sorte que les femmes n'en *désirent* pas davantage. » Elle soupira, baissa un peu la vitre et dit sans me regarder : « J'ai connu à Paris une Nubienne qui s'était enfuie de chez son mari. Elle avait été excisée à l'âge de six ans.

— Ex… mon Dieu… je croyais que cela ne se pratiquait plus.

— Si.

— En… en Inde ?

— Non. » Elle ferma les yeux et se prit la tête dans les mains. « J'ai fait des cauchemars pendant des semaines, après avoir rencontré cette femme. Ses propres parents avaient assisté à l'opération, c'était eux qui l'avaient tenue. Sans anesthésie, rien, et ils… ils…

— Mon Dieu…

— Ils prétendent que c'est un rituel religieux, mais c'est un mensonge. Ils font cela pour supprimer le plaisir de la femme, pour qu'elle n'ait pas de désirs, qu'elle reste vierge et, une fois mariée, qu'elle reste fidèle à son mari, parce qu'on lui a *coupé* cela même qui… » Je fis un geste pour la toucher, mais elle se recula en secouant la tête. « Savez-vous ce qu'ils me feraient, s'ils me trouvaient ici avec vous ?

— Personne ne vous fera rien », affirmai-je en lui tendant mon mouchoir et, comme elle ne le prenait pas, je lui séchai moi-même les yeux.

« Quand je suis revenue, dit-elle dans un murmure, ils voulaient que j'aille voir un médecin. J'ai refusé. Mon père ne m'avait jamais frappée, jamais, et moi je n'avais jamais élevé la voix contre lui, jusque-là. Mon oncle lui a dit de m'enfermer à la cave sans boire ni manger pendant trois jours. Mais mon père a refusé. Il savait… Et, si mon oncle avait su, il m'aurait tuée pour avoir déshonoré la famille. C'est à cela qu'ils jugent la valeur d'une femme : à sa virginité. » Elle rit et hocha la tête. « Vous vous rendez compte, la seule chose qui compte, c'est ça, et pas qu'elle soit intelligente ou bonne. Non… c'est qu'elle soit… intacte. » Elle se redressa, parut avoir retrouvé son calme, et dit d'un ton tranquille et mesuré : « Mon père n'était pas comme cela autrefois. Nous étions musulmans, mais il était très large d'esprit et très bon pour nous toutes, il voulait que nous allions à l'université et que nous épousions un homme de notre choix, du moment qu'il était musulman. Nous n'étions pas obligées de porter le voile et nous allions à l'école. Mais l'oncle de mon père est venu vivre avec nous lorsque ma sœur Benazir a été atteinte d'arthrite. Il venait du Bengale et c'était un musulman très strict, très dévot. Il a dit à mon père que, si Benazir était malade, c'est parce qu'il était devenu occidental et qu'il nous laissait aller et venir librement, non voilées, alors que nous aurions dû rester enfermées à la maison. Et plus la maladie de Benazir s'est aggravée, plus le désespoir de mon père a grandi, et plus l'emprise de son oncle sur lui s'est affirmée. Jusqu'au jour où ma sœur est morte. Mon père a eu tant de chagrin que cette mort l'a convaincu que son oncle avait raison et qu'il devait revenir au Coran… Mes grandes sœurs ont été mariées sans leur consentement et envoyées au Bengale, et nous, les plus jeunes, avons été autorisées à aller en classe jusqu'à l'âge de quatorze ans, après quoi nous étions censées rester à la maison en attendant qu'ils nous trouvent un mari. C'était pareil à la mort, d'être enfermée toute la journée dans notre minuscule appartement, et mon père s'en est rendu compte, il a réalisé qu'il était en train de me tuer. Je n'oublierai jamais le jour où il est venu me trouver dans ma chambre. Il avait les yeux rouges et j'ai compris qu'il avait pleuré. Il m'a fait asseoir sur ses genoux et a dit : "J'ai coupé les ailes à mon petit oiseau… je les lui ai coupées… coupées…" Puis il s'est levé, et je l'ai entendu discuter avec son oncle et dire que je travaillerais avec lui chez Jenda… Mon père… C'est uniquement pour lui que je suis restée en Écosse… parce que je l'aime… » Elle laissa échapper un soupir, me regarda longuement, et l'atmosphère me parut étrange… douce, paisible. « Excusez-moi.

— Pour quoi ?

— Je parle, je parle, je parle.

— J'aime écouter. »

Nous continuâmes ainsi jusqu'au matin.

« J'ai le sentiment de vous connaître depuis toujours, conclut Indira. Je n'ai jamais révélé à un homme tout ce que je viens de vous dire. J'ai pensé à vous lorsque j'étais à Paris. J'étais très triste quand mon père m'a écrit que vous vous étiez marié. Votre mère disait souvent que vous vouliez aller en Afrique. Êtes-vous heureux ?

— Non.

— Je suis navrée.

— Nous avons été heureux. Mais les choses…

— Oui, je sais : ne se passent pas toujours bien. Vous avez une petite fille.

— Hmhmm. Em.

— Avez-vous une photo d'elle ? » Je tirai de ma poche une photo récente de ma fille et la montrai à Indira. « Elle est jolie. J'aimerais avoir plein d'enfants, et mes filles iront toutes à l'université. Toutes sans exception. Et elles feront ce qu'elles auront envie de faire, et épouseront qui elles voudront. » Elle me rendit la photo et me demanda : « Et votre femme ?

— Elle fait du ski dans les Alpes. Nous allons bientôt divorcer.

— Et ensuite ?

— L'Afrique.

— Bien sûr... » Elle détourna les yeux en disant cela. « Il faudrait que je...

— Et vous ?

— Je serai à Paris.

— Bien sûr... »

Une longue minute s'écoula. Une minute de gêne.

« Il faut que j'aille prendre mes affaires.

— ... oui. Vous avez de l'argent ?

— Un peu... suffisamment. J'ai un ami à Paris qui m'aidera.

— Votre ami est musulman ?

— Non.

— Est-ce que... vous allez l'épouser ?

— Non... » À nouveau elle se détourna ; j'avais vu des larmes dans ses yeux, et je crus que ma question l'avait peinée.

« Je suis désolé, Indira... je...

— Non, ce n'est pas... » Elle ne put continuer, et je posai ma main sur son épaule. « Je ne suis pas comme cela, d'habitude... je ne pleure jamais... presque jamais...

— C'est une décision importante. Vos parents...

— Non.

— Quoi, alors ? » Elle secoua la tête et eut un petit rire. « Dites-moi. » Mais elle continua à secouer la tête. « Préféreriez-vous rester ? Je veux dire, si vous le pouviez ?

— Oui… mais je ne peux pas.

— À cause de votre père ?

— … oui. Il faut que j'aille chercher ma valise.

— Oui… »

Après avoir récupéré ses affaires, nous allâmes à la gare et restâmes debout sur le quai. Je n'osais pas la toucher car il y avait du monde et, même si je mourais d'envie de la serrer dans mes bras, je ne pouvais prendre le risque qu'on nous vît ensemble. Elle devait le comprendre, car elle se tenait à quelque distance de moi, tout près de la portière du compartiment.

Le train siffla, elle se tourna vers moi, fit un signe de tête, prit sa valise et monta. Elle avait une place près de la fenêtre, et elle me regarda, me dévisagea avec une telle intensité que je m'approchai et posai ma main contre la vitre ; elle fit la même chose de son côté.

Elle articula quelque chose comme « écrire », je crois, mais je ne répondis pas. Alors elle baissa la vitre, pensant que je n'avais pas compris, et avant qu'elle ouvre la bouche, je lui dis : « Ne partez pas.

— Mais…

— Restez. » Le dernier sifflement retentit. Les machines se mettaient en marche. Un sourire se dessina sur son visage. « Ne partez pas. Je parlerai à votre père. Vous n'êtes pas obligée de vivre avec lui.

— Et après ? »

Le train démarrait, et je me mis à marcher le long du quai pour rester à hauteur du compartiment. « Vous travaillerez pour ma mère, comme prévu. Restez, Indira. Restez. »

Elle attrapa sa valise et courut jusqu'à la portière qui venait de se fermer. L'employé des chemins de fer la lui ouvrit et elle descendit. J'avais envie de la prendre dans mes bras, de la serrer fort, de la faire tournoyer, mais une foule s'était assemblée. Elle me sourit, me remercia, et vint avec moi à ma voiture.

J'emmenai Indira chez ma mère, ainsi elle pourrait dire qu'elle avait passé la nuit là, et que c'était ma mère qui l'avait persuadée de rester à Édimbourg. On était samedi, et j'espérais que Al et ma mère seraient réveillés, car Al passait souvent le week-end chez elle, et il aimait dormir tard.

Tous deux étaient levés et se tenaient au salon, en compagnie de Rajiv Nehru.

Indira tenta de donner des explications, mais son père ne la laissa pas s'approcher de lui ; il me fusillait du regard. Ma mère intervint, puis Al, mais Rajiv gardait les yeux braqués sur moi ; il fit un pas dans ma direction, mais Indira l'arrêta net.

« Papa, il ne s'est rien passé. Davie m'a rencontrée à la gare et il m'a convaincue de rester en Écosse. C'est tout. Je t'en prie… je ne peux pas vivre avec oncle Ahzab.

— Ta lettre… disait…

— Papa, ce n'est pas Paris. J'ai cessé de croire lorsque Benazir est morte. Je ne suis pas musulmane. Je ne suis rien. Je suis…

— Dira !

— Ce dernier mois n'a été qu'un mensonge. Je n'ai pas la foi. Je crois que je ne l'ai jamais eue. Allah…

— Ça suffit ! » cria Rajiv. Puis il prit son chapeau et le tritura en répétant, plus bas : « … Ça suffit… ça suffit…

— Rajiv, dit ma mère. Autorisez Indira à habiter chez moi pendant quelques semaines, jusqu'à ce que les choses se… se tassent. »

Mais il l'ignora, s'approcha d'Indira et murmura : *« Anti tàliqa... »*

Le sang parut se retirer du visage d'Indira qui resta clouée sur place, suivant des yeux son père qui marchait vers la porte. Quand il fut sorti, je pris le bras d'Indira, la fis asseoir et lui demandai ce que son père avait dit.

« Je te renie… »

Ma mère et Al se regardèrent, Al marmonna qu'il allait préparer le petit déjeuner, et ma mère le suivit dans la cuisine.

« Je suis navré, Indira.

— Pour lui, je n'existe plus. » Ses paroles résonnèrent dans le vide. Elle ne pleurait pas, elle contemplait mes mains qui tenaient les siennes. Au bout de quelques minutes, elle prit une profonde inspiration et redressa fièrement la tête. « Je ne peux pas rester ici, votre mère a déjà tant fait pour moi…

— Bien sûr que si, vous restez, dit ma mère depuis la cuisine. Vous occuperez la chambre de Jen.

— Mais vous…

— Mais rien du tout. Ce sera un plaisir de vous avoir ici.

— Je pourrais prendre un appartement.

— Ridicule. Cette maison est bien trop grande pour Mollie et moi. »

Indira sourit, puis me regarda et me demanda tout bas : « Pourquoi Mr Pearce est-il ici ?

— Al passe beaucoup de temps ici, *beaucoup* de temps. »

Elle hocha la tête, souriant toujours. « Ils sont… depuis quand ?

— Après la mort de mon père. Quand Jen est partie pour l'Amérique.

— Al est en train de faire une omelette au haddock fumé, annonça ma mère en passant la tête au salon. Indira ?

— Oui, je vous remercie.

— Dave, va me chercher le journal. Emmène Moll, elle n'est pas encore sortie. Voulez-vous m'aider à mettre la table, Indira ? »

Et elle disparut dans la cuisine. Indira me dit alors :

« Davie, je ne peux pas rester ici si votre mère et Mr Pearce… ce n'est pas correct.

— Elle vous l'a proposé. Et, si elle l'a fait, c'est qu'elle a envie de vous avoir avec elle, et elle sait que vous comprendrez. Je reviens tout de suite. »

Le soleil dissipait la brume matinale, mais il faisait encore froid. Pourtant, je ne sentais pas le froid, je ne sentais rien, sauf une sorte de baume qui m'envahissait, coulait dans mes veines comme si l'on y avait versé du miel tiède. Mollie courait devant moi, reniflant les tas de neige, léchant les flaques gelées. Je ralentis ; peut-être était-ce à cause de toute cette neige, mais je pensai à Rose, et ma tranquillité s'évanouit. J'aurais voulu ne pas avoir payé Dennings, et que les choses se fassent toutes seules, que Rose tombe amoureuse d'un autre homme.

Mais les choses ne s'étaient pas passées de cette façon.

Il ne fallait pas que je pense à Rose maintenant. Je hâtai le pas.

La une du *Daily Record* me sauta aux yeux quand je m'arrêtai devant le kiosque à journaux, et je crus avoir mal lu, parce que le titre en gros caractères disait : A.J. PEARCE ET MRS CATHERINE MACLEAN : AMANTS ? Au-dessus de la légende, une photo montrait Al quittant la maison de ma mère, et elle se tenait à côté de lui, les cheveux défaits, en peignoir.

J'achetai la pile de journaux, courus chez le marchand de journaux suivant. Il était près de onze heures, le journal était en vente depuis plusieurs heures et le mal était déjà fait.

Quand je rentrai, Al fredonnait un air d'opéra, et je pensai que je devrais peut-être brûler les journaux et dire à ma mère que je n'en avais pas trouvé. Indira était en haut, je l'entendais parler avec ma mère dans la chambre de Jen ; j'allai à la cuisine, m'assis et demandai à Al de regarder le journal.

« Après le petit déjeuner, David, me répondit-il avec un sourire. Ta mère n'a-t-elle pas dit que...

— Al, je crois que vous devriez y jeter un coup d'œil. »

Il s'essuya les mains, chaussa ses lunettes et lut la première page. Il devint cramoisi mais ne prononça pas un mot ; il contempla longuement la photo, puis replia le journal et le posa sur la table.

« Eh bien, voilà... ça y est.

— Qu'allez-vous faire ?

— Ce que j'essaie de faire depuis près de deux ans, maintenant : épouser ta mère. Mets cela de côté jusqu'à ce que nous ayons fini de manger... inutile de couper l'appétit de tout le monde.

— Et votre femme ?

— Ma foi... Cela ne saurait guère la choquer. À part le fait que c'est ta mère qui sera la codéfenderesse, bien sûr. Elle... » Il s'interrompit et se mit à battre les œufs qu'il avait cassés dans un bol. « Cela devait arriver. Je souhaitais seulement régulariser la situation avant que les choses ne prennent une vilaine tournure... avant qu'un de ces pisse-copie de Fleet Street ne calomnie... » Il reposa le bol et lança la fourchette dans l'évier avec une telle force que cela brisa un verre. Je n'avais jamais vu Al s'énerver, je ne me rappelais même pas l'avoir une seule fois entendu élever la voix ; c'était un homme fort, maître de lui. « Oui... qu'est-ce que cela aurait changé, d'être mariés légalement, plutôt que... plutôt que...

— Plutôt que quoi ? » questionna ma mère en entrant soudain dans la cuisine et en se saisissant du journal avant que je puisse l'en empêcher. Je me levai, sortis sur la pointe des pieds, et vis Indira descendre l'escalier. Je lui expliquai la situation et lui suggérai de venir au jardin avec moi. Pendant que je l'aidais à enfiler son manteau, le journal vola à travers la cuisine et alla atterrir sur le réfrigérateur ; ma mère se mit à arpenter la pièce et explosa soudain.

« Où est-ce que ce... ce salaud s'est placé pour prendre une photo pareille ! Où ? Où ?

— De l'autre côté de la rue. Et si vous vous asseyiez ?

— Ils n'ont pas le droit !

— Et pourquoi pas ?

— C'est ma maison ! C'est chez moi ! Ils ne peuvent pas, comme ça, s'immiscer dans...

— Personne ne s'est immiscé, Catherine. Un homme a pris une photographie, et puis-je vous rappeler que, à strictement parler, nous étions à l'extérieur...

— Sur le seuil de ma maison !

— Pourquoi ne les poursuivez-vous pas en justice ? » Elle s'assit en se pétrissant les mains, et Al vint s'asseoir près d'elle. « Je vais aller au journal faire une déclaration. Je les informerai que je suis en instance de divorce, et que vous et moi nous nous marierons dès que tous les détails auront été réglés...

— Helena...

— Oui... elle sera...

— Oh, Al...

— Voyez-vous une autre solution, Catherine ?

— Une solution ? Mais je ne peux pas vous épouser. Je ne vais pas vous épouser simplement parce qu'ils... parce qu'ils nous y obligent.

— Personne n'oblige personne. La seule chose qui changera entre vous et moi, c'est que nous serons légalement mariés et que je n'aurai plus à m'éclipser comme un voleur au petit matin…

— Non.

— Que voulez-vous dire : non ?

— Non. On ne me forcera pas à quoi que ce soit. Et je ne ferai aucune déclaration. Vous êtes mon ami et mon associé en affaires, et je ne ferai d'excuses à personne.

— Avez-vous jeté un coup d'œil sur la photo ? Vos cheveux sont défaits et vous êtes à peine vêtue… »

Mais ma mère était déjà debout, attrapait son manteau et son chapeau, appelait Mollie et sortait de la maison.

Al était assis à la table, l'air malheureux, et je lui demandai si je pouvais faire quelque chose.

« Faire quelque chose, David ? Non, je crains que non. J'ai déjà *fait* tout ce qui pouvait être *fait*. Ta mère *fera* le reste. »

Puis il se leva et partit.

Le samedi 6 février, c'était le soixante-neuvième anniversaire de Martha, et nous devions lui faire une surprise. J'emmenai Em chez ma mère, qui avait dit à Martha qu'elle donnait un dîner ce soir-là et qu'elle aurait besoin d'elle pour la cuisine et le service. J'étais sûr que Martha avait deviné la ruse de ma mère car, depuis trente ans qu'elle était à son service, jamais on n'avait oublié son anniversaire.

Je trouvai ma mère à la cuisine, regardant d'un air circonspect quelque chose qui mijotait sur le feu et qui sentait délicieusement bon, ce qui signifiait que ce n'était pas elle qui l'avait fait.

« Tu crois que je devrais baisser le gaz ? me demanda-t-elle en soulevant le couvercle. Ça a changé de couleur.

— Qu'est-ce que c'est ?

— Un curry. C'est Indira qui l'a préparé. Mais il était jaune doré il y a une heure, et maintenant il est verdâtre. » J'éclatai de rire. Elle remit le couvercle et s'écarta de la cuisinière. « Je ne devrais peut-être pas rester trop près : il va sentir que c'est moi qui tiens la cuillère, et il va brûler. » Je pris la cuillère et regardai dans une autre casserole. « Dira a fait du riz au safran.

— Il y a de petits morceaux de métal dans…

— Ce sont de minuscules paillettes d'argent. Elle les a achetées au marché indien.

— Du vrai arzent ? questionna Em.

— Hmhmm, du vrai arzent.

— Où est-elle ?

— Elle joue avec Mollie. »

Je regardai par la fenêtre pendant que ma mère faisait danser Em dans ses bras. Indira tenait un bâton à la main et Mollie bondissait pour l'attraper. La jeune femme portait une cape beige rosé — vieux rose était le terme exact, je crois — bordée de fourrure, et cette couleur donnait à sa peau un tel éclat que je restai un moment à la contempler. Elle riait, découvrant des dents d'une blancheur étincelante. Je ne sais combien de temps je restai ainsi, mais soudain une boule de neige s'écrasa contre la vitre et le visage d'Indira m'apparut au milieu des cristaux neigeux.

Prenant Em avec moi, je me précipitai dehors et lui demandai de nous préparer des munitions, car Indira était cachée derrière le chêne, au milieu du jardin. Mollie courait dans nos jambes tandis que je bombardais l'arbre en esquivant la contre-attaque d'Indira. Elle visait bien, et me toucha plusieurs fois. Prenant une poignée de neige, je m'approchai furtivement de l'arbre ; quand Indira m'aperçut, elle poussa un cri et se faufila vers Em. J'allais l'attraper lorsqu'elle appela Mollie à l'aide, et la chienne me mordilla le bras, assez fort pour me faire abandonner.

« De quel côté es-tu, toi la meilleure amie de l'homme ?

— Du mien. Mollie défend les demoiselles en détresse. » Emily accourut, s'assit sur les genoux d'Indira, lui retira ses gants et examina ses mains dont la couleur la fascinait depuis le premier jour. Indira laissa la petite jouer avec ses longs doigts fins, puis me regarda et désigna le fond du jardin. « Je suis... retombée en enfance. Vous voulez voir mes anges de neige ? »

En voyant les personnages d'Indira, Em voulut que nous les imitions, et nous nous retrouvâmes tous les trois allongés par terre, bras et jambes tendus, à faire les anges de neige. Ma mère arriva avec un chapeau, un foulard, deux morceaux de charbon et une carotte, et nous fîmes un bonhomme de neige plus grand que moi.

« Qui veut venir avec moi chercher le gâteau à la boulangerie ? s'enquit ma mère.

— Je peux y aller. Il doit être lourd. » Je me tournai vers Indira et lui proposai de m'accompagner. Prenant Mollie avec nous, nous nous dirigeâmes vers Princes Street.

C'était une belle fin de journée, et le ciel offrait toute une palette de roses et d'orangés. Indira marchait à mon côté et j'aurais aimé lui donner le bras, mais je renonçai à cette idée et gardai les mains dans mes poches. Nous parlâmes de ma mère ; nous trouvions triste que Al refuse de la revoir à moins qu'elle ne consente à l'épouser. Indira ne fit aucune allusion à son père, mais je savais à quel point c'était dur pour elle d'aller tous les jours au travail, parce qu'il ne s'approchait jamais d'elle et faisait comme si elle n'existait pas.

Le gâteau n'étant pas tout à fait prêt, nous continuâmes notre promenade et, arrivés devant la cathédrale Saint Giles, nous nous arrêtâmes pour la regarder.

« Quand j'étais petite, dit Indira au bout d'un moment, mon père nous a amenées ici, toutes les neuf, il nous a fait mettre autour de l'église et nous a demandé de dessiner ce que nous voyions. Une fois nos dessins terminés, il nous a fait venir près de ce banc, là-bas, il a pris les dessins, les a étalés devant nous, et il a dit : "Vous voyez comme ils sont différents, et pourtant ils représentent tous la même église. Souvenez-vous de cela quand vous rencontrerez quelqu'un qui ne pense pas comme vous. Souvenez-vous que chacun voit les choses différemment, selon l'endroit où il se tient... selon son point de vue." J'ai essayé de m'en souvenir... surtout ces dernières semaines. » Elle baissa la tête et je posai ma main sur son épaule. Je ne voulais rien faire d'autre, mais elle se laissa tomber pratiquement contre moi, et mes bras enserrèrent son corps, comme malgré moi. Nous restâmes ainsi un moment, puis je m'aperçus que nous étions à Parliament Square et qu'il y avait beaucoup de monde autour de nous. Elle dut s'en rendre compte, elle aussi, car elle s'écarta de moi.

« Pardonnez-moi... Je ne voudrais pas vous causer d'ennuis. Nous ferions bien d'aller chercher le gâteau de Martha. »

La soirée fut gaie. Martha joua la surprise et permit à Em de l'aider à souffler les soixante-neuf bougies. Indira était assise en face de moi et nous bavardâmes toute la soirée d'un tas de choses, certaines sérieuses, d'autres pas, mais il était plus de minuit quand ma mère se mit à bâiller et m'invita à raccompagner Martha chez elle. Nous avions déjà couché Em dans la chambre d'amis, et Indira vint avec moi.

Après avoir déposé Martha, nous fîmes un tour du côté de Charlotte Square ; Indira s'arrêta en entendant la musique qui provenait du Spike's.

« Vous avez envie d'y aller ?

— Vous ne vous rappelez pas la dernière fois que j'ai voulu entrer ?

— Mais vous êtes avec moi.

— J'aimerais. J'adore danser… mais… non, pas ce soir. La journée a été d'une telle perfection. Je n'ai pas envie de tout gâcher. Et puis je ne suis pas d'humeur à me battre.

— On peut aller chez Dicey's. Ils laissent entrer…

— N'importe qui.

— Ce n'est pas ce que je voulais dire.

— Je sais. Vous aimez danser ?

— Oui.

— Mais, avec votre divorce, ce ne serait peut-être pas prudent. Votre mère a d'excellents disques de jazz, si nous mettions le gramophone pas trop fort… cela vous plairait ? Oh, mais vous êtes peut-être fatigué. »

Je lui pris le bras et nous rentrâmes chez ma mère.

Indira dansait divinement bien, et il était presque trois heures du matin quand nous finîmes par nous écrouler sur le divan.

« Je n'avais pas dansé depuis que j'ai quitté Paris, murmura-t-elle. Merci.

— Merci à vous.

— Je veux dire, pas seulement pour la danse, mais aussi pour m'avoir persuadée de rester en Écosse, de vivre avec votre mère. Je n'ai jamais été aussi heureuse. » Elle retira ses chaussures et se blottit dans un coin du canapé. « Vous partez bientôt pour l'Afrique ?

— Euh… je ne sais pas. » Je n'avais pas eu une pensée pour l'Afrique durant ces quinze derniers jours. Nous restâmes un instant silencieux, puis elle se leva et me tendit la main pour me souhaiter bonne nuit. J'étais déçu, mais je m'efforçai de prendre un ton léger. « Excusez-moi. Je vous empêche d'aller vous coucher.

— Non, c'est…

— Quoi donc ?

— Oui, je ferais bien de monter. »

Je la suivis à l'étage et elle me dit tout bas qu'elle allait m'aider à habiller Em, mais au moment d'entrer dans la chambre d'amis, elle suggéra que je laisse Em dormir là et que je revienne la chercher dans la matinée, puisque c'était dimanche. J'approuvai sa suggestion et nous décidâmes que nous irions faire du patin avec Em, ma mère et Mollie dans l'East Lothian.

Elle me tendit à nouveau la main, mais quand je sentis sa paume contre la mienne, j'éprouvai un intense désir de l'embrasser ; elle dut le sentir car elle se troubla, retira sa main, chuchota quelque chose d'une voix étouffée, et referma très vite la porte de sa chambre.

Em était assise sur mes genoux, et je la regardais compter les petits pois sur mon assiette et les diviser en deux tas égaux : un pour elle, un pour moi.

Mais je pensais à Indira.

Je l'avais vue chaque jour, et chaque jour je me sentais plus proche d'elle, j'avais besoin d'être auprès d'elle. Ce n'était en rien comparable à ce que j'avais éprouvé pour Rose. C'était venu lentement, tranquillement. J'avais très envie de la toucher, mais pas avec la frénésie et l'avidité que Rose suscitait en moi. Indira, je voulais la savourer, explorer le paysage de son corps, ses creux et ses rondeurs. Je gardais mes désirs pour moi, de peur que quelqu'un ne s'aperçoive que j'étais tombé complètement, totalement amoureux d'Indira Nehru.

« Manman ! » s'écria Em en dégringolant de mes genoux pour se précipiter sur Rose et lui entourer les genoux de ses bras. Rose lui donna de petites tapes sur la tête, se baissa pour l'embrasser, mais ne la prit pas dans ses bras.

« Surpris ? » me dit Rose quand je me levai.

Déçu, plutôt. Voilà ce que j'éprouvais. Avant de me sentir soudain oppressé.

« Davie ?

— Oui… Nous ne t'attendions pas avant demain. Où est Greg ?

— Il est resté à Londres. Il m'a dit de te remercier.

— Pour ?

— Pour tout ce que tu as fait pour lui. » Elle sourit, fit signe à Hume de mettre un autre couvert, s'assit en bout de table et se versa un verre de vin.

« A-t-il dit quand il rentrerait ? questionnai-je en regardant mon assiette.

— Qui ?

— Greg.

— Non. Dommage que tu n'aies pu nous rejoindre, la neige était idéale pour skier. Tu as pu démêler les problèmes, avec ta mère ?

— Hmhmm ? Oh oui, tout va bien.

— Bien ? Le pays tout entier parle de Al Pearce et de l'indigne Mrs Maclean, la putain folle de Cromdale. Ta pauvre mère. Comme si la chère femme n'avait pas assez souffert. Elle devrait leur intenter un procès.

— Hmhmm.

— Évidemment, tout le monde était au courant, mais quand même, voir cela étalé à la une des journaux comme… c'est incroyâââble. Et ce qu'on dit au sujet de ton oncle, quel outrage ! Ils accusent pratiquement Will Brodie d'avoir séquestré sa sœur à Cromdale pendant neuf ans pour qu'elle ne se marie pas, ce qui implique…

— Greg a-t-il dit s'il serait à son ancienne adresse ?

— Il n'a rien dit. Mais moi, ce que je pense, Davie, c'est que ces gens, ces journaleux qui ont sali la réputation des Brodie, ainsi que la tienne, et à présent la mienne, *doivent* recevoir une leçon. Qu'ont-ils l'intention de faire, tous les deux ?

— Rien. »

Ma mère avait refusé de faire une déclaration, alors même que Al avait engagé une procédure de divorce, quitté sa demeure de Musselburgh pour s'installer dans son petit appartement d'Édimbourg, et déclaré à la presse que sa femme et lui avaient depuis longtemps cessé la vie conjugale et finalement décidé d'un commun accord de vivre séparément. La situation était tendue entre ma mère et Al, car il refusait de la revoir si elle n'acceptait pas le mariage, et elle maintenait qu'elle ne céderait pas aux « fauteurs de troubles ». Évidemment, le scandale l'avait blessée bien plus qu'elle ne voulait l'admettre ; Rajiv Nehru avait quitté Jenda à cause, prétendait-il, de la présence d'Indira, en réalité parce que la femme qu'il vénérait depuis plus de douze ans était coupable d'adultère. Al avait insisté pour intenter un procès au journal, mais ma mère n'avait que faire des procès.

Rose continuait à parler du scandale, Em tirait sur les dentelles de la robe de sa mère, et je me demandais pourquoi Dennings était resté à Londres. J'étais certain maintenant que les choses n'avaient pas « abouti », et je ne comprenais pas pourquoi il n'était pas venu en Écosse. Il devait vouloir une sorte de compensation, indépendamment du résultat.

Je pris le train pour Londres le lendemain, allai sonner chez lui, mais la propriétaire ne l'avait pas vu depuis plusieurs mois. Je passai dans les théâtres du quartier de West End, mais pas trace nulle part de Gregory Dennings. Son nom ne figurait sur aucune liste de passagers des compagnies maritimes, et je commençais à paniquer. S'il n'avait pas réussi à séduire Rose, peut-être avait-il tenté de la faire chanter, elle lui avait donné de l'argent, et maintenant il se prélassait sous un faux nom quelque part en Amérique du Sud.

Ce qui voulait dire que Rose savait que j'avais payé un homme pour la séduire.

Rien dans son attitude envers moi ne révélait quoi que ce soit — même si la douce et fragile petite fille des Alpes avait disparu avec la neige ; c'était sans doute mon sentiment de culpabilité qui faisait que je me tenais sur mes gardes.

Le 10 février, je me rendis au restaurant Chez Michel. Dennings ne vint pas, et j'eus la certitude d'avoir deviné juste.

Nous dînions chez les Newburn, ce soir-là, et à peine étions-nous entrés au salon que le père de Rose arriva et demanda à parler à sa fille seul à seule.

Mrs Newburn me tint compagnie, mais j'entendais la voix de Rose et, bien que ne saisissant pas ses paroles, j'étais sûr qu'Edmund Newburn était au courant, pour Dennings. Rose avait dû, pour le payer, tirer sur le compte que son père alimentait régulièrement et généreusement avec des fonds d'origine douteuse.

Prétextant un coup de fil à passer, j'allai dans le hall, me postai non loin du bureau d'Edmund Newburn, et écoutai. La porte était fermée et les voix me parvenaient assourdies. Retenant mon souffle, j'entrouvris légèrement la porte, juste assez pour entendre Rose déclarer : « Je vous dis qu'il n'était *pas* mon amant !

— Moins fort, fit le père Newburn à voix basse, ce qui était sa manière habituelle de parler. Là n'est pas la question. Le problème est que tu ne vois pas la gravité de la situation. De ce qui aurait *pu* se passer. Comment as-tu fait pour trouver le type à Londres ?

— J'ai loué une voiture et je suis allée sur les quais, à East End.

— Tu as de la chance de ne pas t'être fait égorger. Est-ce qu'on t'a vue ?

— Non, je portais une voilette. J'ai attendu à la sortie d'un pub, jusqu'à ce que je repère un homme qui avait l'air… qui me paraissait pouvoir…

— Oui. Et ensuite ?

— Je lui ai expliqué ce que je voulais, je lui ai donné un billet de cinquante livres et je lui ai promis cinq autres billets semblables lorsque ce serait fait.

— Et quelle preuve t'a-t-il donnée que c'était fait ?

— La bague de Dennings. Il n'aurait pas pu la lui prendre sans…

— Où est cette bague ?

— Je l'ai jetée dans la Tamise. »

Je ne sais s'ils continuèrent à parler. Je n'entendais plus rien, je ne sentais plus rien, sauf le froid. J'avais dû m'appuyer contre la porte parce que, quelques secondes plus tard, Edmund Newburn était devant moi, ses petits yeux chafouins étincelant de rage. De toute évidence il savait que j'avais entendu la conversation, et il ne fit même pas semblant de me faire croire le contraire. Il me prit par le bras, appela Rose, et m'entraîna dans la salle à manger.

C'est lui qui parla tout le temps, essentiellement de son futur petit-fils, parce qu'il était sûr que le bébé serait un garçon. Rose était pâle, et elle regardait tour à tour ses genoux et les mains de son père. Incapable de manger, je farfouillais dans mon assiette en essayant de chasser de mon esprit le visage de Dennings. C'était un salaud, un voleur, un menteur… et elle l'avait fait tuer à cause de moi.

Je ne pus tenir jusqu'au plat de résistance ; je me levai, jetai ma serviette sur la table et sortis. Je me mis au volant de la voiture, mais Rose arriva en courant, sauta sur le siège à côté de moi et m'arracha les clés avant que j'aie pu mettre le moteur en marche.

« Écoute-moi, cria-t-elle en tenant les clés derrière son dos. Il serait allé raconter dans la presse…

— Rends-moi les clés.

— … que tu l'avais *payé* pour coucher avec…

— Les clés !

— Seigneur, comment est-ce que tu as pu… »

Je lui saisis le bras, lui arrachai les clés des mains et mis le contact. Rose sanglotait, disant que tout était ma faute, qu'elle n'avait pas eu d'autre solution, que Dennings était un voyou, une crapule, un salaud qui ne méritait pas de vivre. Elle martelait mon bras et j'avais le plus grand mal à garder la direction de la voiture. La route entre la maison des Newburn et la nôtre était sinueuse, dangereuse même de jour, mais avec la neige et le verglas elle était mortelle. La voiture dérapa plusieurs fois, manquant tomber de la corniche. Rose continuait à me donner des coups, et soudain je levai le bras, prêt à la frapper. Je m'arrêtai au bord de la route, sortis de la voiture, me plantai à l'extrémité de la falaise et contemplai les vagues qui mugissaient, en bas. Rose se précipita sur moi, m'obligea à lui faire face et cria que, si Dennings était mort, j'étais à moitié responsable.

« C'est vrai, Davie ! hurla-t-elle. Tu m'y as poussée ! Tu…

— Tu as tué un homme ! Tué !

— … ne m'as pas laissé le choix !

— … un être humain !

— Un salaud ! Tu l'as payé ! Tu l'as tué, Davie ! C'est à cause de toi qu'il est mort !

— Ça suffit !

— Tu es un meurtrier ! C'est toi qui l'as tué ! Toi ! Si ce n'était pas pour toi, il serait encore en vie ! »

Je la saisis par les bras et la secouai pour qu'elle se taise, si violemment que je la soulevai de terre et la tins en l'air, à quelques centimètres du bord de la falaise. Ses ongles s'enfoncèrent dans mon poignet et elle se mit à hurler, et je ne sais si je l'aurais fait ou pas, mais elle dut voir dans mes yeux que l'envie m'avait traversé de la lâcher, de la laisser tomber cinq cents mètres plus bas, sur les rochers… de la tuer. Elle perdit une chaussure dans la lutte ; je regardai dégringoler le soulier et Rose se cramponna à moi ; je reculai, trébuchai, et nous nous retrouvâmes tous les deux à terre. En sanglotant, elle rampa sur moi, puis se prit le ventre à deux mains et se mit à gémir.

« Le bébé… il… » Elle ne put achever sa phrase, se roula en boule et, quand je la soulevai, je constatai que sa robe était humide, humide de sang.

Je l'allongeai sur le siège arrière et la conduisis à l'hôpital, et pendant tout le trajet je ne cessais de répéter : « Mon Dieu, ne la laissez pas mourir… »

Et tout le temps qu'elle fut en salle d'opération, je répétais encore : « Mon Dieu, ne la laissez pas mourir… »

Il dut m'entendre, parce que le médecin sortit de la salle à quatre heures du matin en m'annonçant que Rose ne courait plus aucun danger. Il attendit quelques secondes avant d'ajouter que, à son immense regret, il n'avait pu sauver le bébé.

Incapable d'affronter Rose, je rentrai à North Berwick. J'allai prendre Em dans son lit, m'installai avec elle dans le rocking-chair près de la fenêtre, et la serrai très fort contre moi, si fort que je dus lui faire mal. Elle était mon enfant, elle était ce que mon fils aurait été : un être vivant… que j'avais tué.

Je marchai le long de la falaise jusqu'au lever du soleil, jusqu'au moment où je compris qu'il me fallait voir Rose.

Elle dormait encore, car on lui avait administré trop d'éther. Ce qui voulait dire que c'était à moi de lui annoncer que le bébé était mort.

Assis à côté du lit, je la regardai dormir en tenant sa main dans la mienne, puis posai ma tête près d'elle. Peut-être que je m'endormis. Au bout d'un très long moment, elle remua, porta aussitôt la main à son ventre et dut comprendre d'instinct que toute vie s'en était retirée. Je croyais qu'elle pleurerait, je m'y étais préparé. Mais elle ne pleura pas. Elle ferma les yeux, me serra contre elle, très fort, en me caressant la tête, puis la joue, et me consola.

C'était moi qui pleurais.

Il y avait longtemps que je n'avais pas pleuré. Très longtemps. Et plus je pleurais, plus elle me serrait fort contre elle, jusqu'à ce que mes larmes aient inondé les couvertures, jusqu'à ce que mes larmes soient taries. Elle ne dit rien, rien d'autre que « Chhhuuut ». Ce fut tout. Il n'y avait rien à dire. Nous étions associés dans le crime, coupables de meurtre, tous les deux.

Le médecin dit qu'elle devait rester une quinzaine de jours à l'hôpital, mais qu'elle était solide et en bonne santé et qu'elle aurait d'autres enfants. Rose sourit à ces paroles, et je dus pâlir, car je voyais ce qui se profilait derrière : la vie avec Rose. Tous les projets concernant Indira, que je concoctais depuis des jours et des jours, tombèrent d'un seul coup, pareils à des vêtements devenus soudain trop grands pour moi. Parce que je me rendais compte maintenant que je ne pourrais jamais être avec Indira.

Je quittai l'hôpital à neuf heures et me rendis à l'atelier.

Les employés arrivaient. J'avais beau m'être lavé le visage et les mains, je n'avais pu effacer mon teint couleur de cendre et je devais avoir une tête à faire peur. Je n'avais pas l'intention de tout raconter à ma mère ; je lui dirais que Rose avait fait une fausse couche, un point c'est tout. Mais, à la seconde où j'entrai dans son bureau, elle lâcha les papiers qu'elle tenait à la main et se leva.

« Qu'est-il arrivé ?

— Je… Rose… a perdu son bébé. À cause de moi. C'est moi le responsable. »

Elle ne comprenait pas, restait plantée là en secouant la tête, alors je refermai la porte et lui avouai tout.

Elle se mit à arpenter la pièce, comme elle le faisait toujours quand elle était confrontée à un problème.

« Seigneur Dieu, dit-elle enfin. On a toujours raconté qu'il faisait disparaître des gens, qu'il les faisait tuer. Mais Rose…

— Que pouvons-nous faire ?

— Que veux-tu faire ? Draguer la Tamise pour retrouver la bague de Dennings ? Convoquer l'assassin et lui faire dire comment il s'est débarrassé du cadavre de Dennings ?

— Il doit bien y avoir quelque chose que nous pouvons…

— Rien. »

Elle se rassit, contempla les dessins d'Indira étalés sur son bureau, les effleura du doigt, puis leva les yeux sur moi. « Je pense que Bill a raison. Tu dois prendre Em et te sauver.

— Maman…

— Si elle a fait cela, cette chose épouvantable, Davie, tu n'es pas à l'abri, et Em non plus. Je te donnerai ce que je pourrai et…

— Je ne m'enfuirai pas.

— Mais…

— Je ne veux pas quitter l'Écosse ! »

Elle baissa la tête et je me rendis compte de la fougue que j'avais mise dans mes paroles. Je m'assis en face d'elle et nous restâmes sans rien dire jusqu'au moment où un léger coup fut frappé à la porte et Indira entra. Elle était rayonnante, toute vêtue de rose pâle, ses longs cheveux tirés en arrière et ramenés en chignon sur la nuque.

« Voici des dessins que… Excusez-moi, je ne savais pas que vous étiez occupée. Je reviendrai plus tard. »

Je regardai Indira sortir et me précipitai pour fermer la porte. Elle me fit un petit signe de la main et me sourit. Je souris à mon tour et contemplai longuement la porte qui s'était refermée. Alors ma mère eut un soupir et murmura : « Je comprends.

— Hmhmm ?

— Pourquoi tu ne veux pas quitter l'Écosse. »

Aucun de nous ne dit rien. Il n'y avait vraiment rien à dire.

Le soir où je ramenai Rose de l'hôpital, nous étions assis au salon et je lui avouai, aussi délicatement que possible, que je ne croyais pas possible que nous puissions encore vivre ensemble après tout ce qui s'était passé, et que j'avais décidé de prendre un appartement à Édimbourg.

« Et Emily ? fit-elle en détournant les yeux.

— Je la prendrai tous les week-ends, si cela te convient.

— Et nous… nous divorcerons ?

— Tu vois une autre solution ?

— Parce que tu as rencontré quelqu'un d'autre ?

— Non.

— Alors, pourquoi divorcer ? Je veux dire, si tu penses que nous devrions vivre séparés pendant quelque temps…

— Pas seulement pendant quelque temps, Rose. Le temps n'effacera pas ce qui s'est passé.

— Nous, nous le pouvons. Nous pouvons l'enterrer. Nous pouvons recommencer, être comme nous étions au début, et…

— … et faire semblant. Quel genre de vie serait-ce, pour l'un comme pour l'autre ?

— Ce serait mieux que d'être complètement perdus l'un pour l'autre. » Elle se tourna vers moi et me prit les mains. « M'accordes-tu une année ? Veux-tu essayer, juste essayer d'oublier tout ce qui s'est passé, et tenter de retrouver ce qu'il y avait entre nous ? Le veux-tu, Davie ? » Ses yeux se remplirent de larmes, et je savais que si elle pleurait je lui promettrais n'importe quoi. « Tu m'aimes encore, Davie. Je le vois. Je le sens.

— Qu'est-ce qui aura changé, dans un an, Rose ?

— Tout. »

Mais je savais que rien ne changerait, parce que nous étions allés trop loin, tous les deux. Je me levai, m'approchai de la cheminée, uniquement pour mettre de la distance entre nous et ne pas avoir à la regarder.

« Je ne peux pas. Je regrette, Rose. Nous ne sommes pas obligés de divorcer, si tu ne le souhaites pas. Mais je crois préférable que nous vivions séparés. » Je continuai à lui tourner le dos, parce que je l'entendais pleurer, mais très doucement, or c'était ce genre de larmes qui me touchait le plus. Je restai comme cela pendant cinq bonnes minutes puis, n'y tenant plus, j'allai vers elle, l'attirai à moi et la serrai dans mes bras.

« Je vais vous perdre tous les deux, gémissait-elle, tous les deux.

— Non. Em va…

— Mon père. Toi, et ensuite mon père. Il est… il est très malade, Davie.

— Je suis désolé. Je ne le savais pas.

— Toute ma vie, j'ai fait ce que je pouvais pour qu'il m'ai… si seulement je pouvais… avant qu'il meure, si je pouvais le rendre heureux. Fier de moi. Il était tellement heureux, pour le bébé, il savait que… que c'était un garçon. C'en était un, Davie, le docteur l'a dit… » Je la serrai plus fort, écrasai ses lèvres contre ma poitrine pour l'empêcher d'en dire davantage, parce que c'était inutile. J'avais compris.

Je lui avais pris son fils, je lui en *devais* un autre.

Je la soulevai et la portai dans mes bras à l'étage, l'installai dans notre grand lit, la déshabillai lentement, me dévêtis à mon tour ; quand je me glissai auprès d'elle, elle eut un mouvement et murmura : « C'est trop tôt.

— Je sais. »

Je m'allongeai, l'attirai contre moi, et j'attendis qu'elle soit complètement endormie et ne puisse plus lire dans mes pensées, car elle en était capable.

Et alors je me mis à penser aux années qui s'écouleraient, l'une après l'autre, toutes semblables : jamais je ne me libérerais de Rose. Son poids sur ma poitrine était oppressant ; je me dégageai tout doucement, sortis du lit et m'habillai.

Je pris la voiture et allai à Édimbourg. La maison était plongée dans l'obscurité. J'avais depuis longtemps cessé d'utiliser ma clé, à cause de Al, mais ce soir je savais qu'il était chez lui, et que ma mère et Indira étaient seules. Mollie se mit à grogner en entendant la clé dans la serrure, mais agita la queue en me reconnaissant ; je la caressai et lui dis d'aller se coucher. Puis je montai en silence, allai à l'ancienne chambre de Jen où dormait Indira, et ouvris sans bruit la porte. Je ne sais pourquoi j'avais un tel besoin de voir Indira, mais c'était une nécessité. Elle dormait sur le côté, ses longs cheveux répandus autour d'elle, les couvertures remontées jusqu'au menton, et sa main disparaissait presque sous le poignet de dentelle de sa chemise de nuit. Je m'agenouillai et elle bougea, voulut se redresser, mais je posai un doigt sur sa bouche. Je voulais lui demander de descendre et de parler avec moi, mais mes doigts passèrent de ses lèvres à sa joue, suivant le tracé de son beau visage, et je fus incapable de dire un mot. Elle ferma les yeux, accompagna le mouvement de ma main, puis la prit et en embrassa la paume.

Et je songeai : *Je tiens ma vie dans ma main... Indira.* Elle pencha la tête, s'allongea de nouveau sur le lit, mais sans lâcher ma main, la laissant sur son visage, et quand elle me regarda, je compris qu'elle ressentait la même chose que moi.

« Qu'allons-nous faire ? chuchota-t-elle.

— Je ne sais pas.

— Après votre divorce…

— Il n'y aura pas de divorce.

— Parce que vous l'aimez ?

— Parce… parce que, si je veux être libre, je serai obligé de prendre Em et de me sauver.

— Pourquoi ?

— Parce qu'il n'y a pas d'autre moyen.

— Êtes-vous en train de me demander… de… ?

— Je ne sais pas. Je n'ai pas le droit de vous demander de vivre comme cela, comme une fugitive, car nous serions des fugitifs, tous les trois.

— Vous craignez son père ?

— Je la crains, elle. Mon ami de Glasgow, Dennings, il… il n'est pas comédien, il est… je l'ai payé pour avoir une liaison avec Rose. Il a essayé de la faire chanter et Rose l'a fait tuer.

— Tuer ?

— Je vous avais raconté, au sujet de cette fille, Nell…

— Les bijoux, oui, mais ce n'était pas un meurtre.

— C'était tout comme. Nell aurait été finie, elle n'aurait jamais retrouvé de travail dans aucune autre maison. Vous comprenez pourquoi j'ai peur.

— Pour vous-même ?

— Pour vous.

— Et où irions-nous ?

— À Paris. »

Elle me regarda un très long moment. Une partie de moi avait envie qu'elle refuse, car ce que je proposais était de la folie et pouvait causer sa mort ; mais une autre partie de moi aspirait tellement au bonheur, avait un tel besoin de la chaleur qu'elle m'insufflait, que je voulais qu'elle dise oui.

Elle se redressa, prit mon visage entre ses mains, m'embrassa le front et murmura : « Je viendrai.

— À Paris ?

— N'importe où. »

Je l'attirai à moi et l'embrassai longuement, comme si elle était un puits et moi un homme assoiffé.

Le dernier vendredi d'avril, le téléphone sonna au moment où je fermais l'atelier. C'était ma mère qui me demandait de la retrouver à l'hôpital : Al Pearce avait eu une attaque.

Elle faisait les cent pas devant la porte, et courut vers moi dès qu'elle m'aperçut.

« Il n'a pas encore repris connaissance.

— Quand est-ce que…

— Ce matin. Davie, je crois qu'il va… il va…

— Chhhuuut, ça va aller. Entrons.

— Vas-y, toi. Helena est ici. Lily m'a dit que je… elle a raison. Je ne suis pas sa femme. »

Je la pris par le bras et l'emmenai au bureau d'accueil. Là, l'infirmière fronça les sourcils en voyant ma mère, mais elle me donna le numéro de la chambre de Al, et nous montâmes au deuxième étage. Les quatre filles de Al étaient là et, quand sa femme nous aperçut, elle vint vers nous et s'adressa à ma mère, d'une voix très douce, mais ferme.

« Mrs Maclean, votre présence est peut-être… inopportune, ne croyez-vous pas ?

— Pourrions-nous le voir, Mrs Pearce ? » demandai-je. Je sentais ma mère trembler et je serrai plus fort son bras. « Je vous en prie.

— C'est bien comme cela, intervint ma mère. Si vous pouviez juste… quand il se réveillera… lui dire que… nous… »

Elle ne put achever sa phrase, recula, fit un signe de tête à Helena Pearce puis à ses filles qui lui lançaient des regards noirs, et s'éloigna dans le couloir, très droite. Je la trouvai près d'une fenêtre ; elle regardait dehors, mais je savais qu'elle pensait à Al, et tout à coup elle commença à me parler de lui, de la première fois où elle l'avait rencontré, de la manière dont il lui avait prêté de l'argent pour ouvrir son entreprise, puis plus tard pour nous permettre de quitter Glasgow et de nous installer à Édimbourg. La liste était longue de tout ce qu'il avait fait, au fil des années, pour l'aider, jusqu'à rester auprès d'elle après la mort de mon père. Elle se calma peu à peu puis, serrant dans sa main le saphir qu'elle portait au cou, elle dit : « Pendant toutes ces années, Davie, je me suis dit que je n'aimais pas Al Pearce. Je n'ai jamais ressenti pour lui ce que j'ai ressenti pour ton père ou… et ainsi, j'étais sûre de ne pas pouvoir l'aimer. Tu comprends, les hommes que j'ai aimés étaient des êtres fougueux, des guerriers, tous, or Pearce n'est pas un guerrier. Alors je ne pouvais pas l'aimer. Oh, j'avais beaucoup d'affection pour lui, nous avions des tas de choses en commun, en dehors des affaires. Il aime Dickens, tu le savais ? Il a lu tous ses livres. Tu sais ce qu'il aime à répéter ? “La loi est une ânesse… une idiote…” *Oliver Twist*. La loi est stupide… et moi aussi. Mais j'étais tellement certaine de ne pas l'aimer, jusqu'à il y a quelques minutes, parce que c'est vrai, Al n'est pas un guerrier… C'est un chevalier… un chevalier… »

Je la pris dans mes bras. Elle pleurait.

Nous restâmes dissimulés dans le recoin de la fenêtre jusqu'à ce que l'hôpital ait retrouvé son calme, et que la femme et les filles de Al soient rentrées chez elles, car il avait repris connaissance et était hors de danger. Je suivis ma mère jusqu'à la chambre, la poussai à l'intérieur, saluai Al d'un signe de tête, et refermai la porte sur eux. Juste avant de la refermer, je vis ma mère s'asseoir au bord du lit, prendre la main de Al et la porter à son cœur en murmurant : « Je vous aime.

— Aaaahhhh, fit-il avec un soupir. Quelle douce musique ! Est-ce réalité ou fiction, Mrs Maclean ?

— Je vous aime. Je vous ai toujours aimé.

— Oui… ?

— Oui…

— Alors… ?

— Alors… Voulez-vous m'épouser, Al Pearce ? »

Je n'entendis pas sa réponse, mais le lit eut un léger craquement, puis ce fut le silence.

6

(Le Loch Leven, Écosse — 10 janvier 1923)

« As-tu déjà vu une mariée aussi jolie, Ian ? murmurai-je au moment où Al passait l'alliance au doigt de ma mère et soulevait son voile pour l'embrasser.

— Une fois seulement », me répondit-il avec un sourire.

Ma mère portait une robe en velours turquoise agrémentée de dentelles, et Al lui avait offert une parure en aigue-marine exactement assortie à ses yeux. Ils avaient loué les quarante-cinq chambres du château ayant autrefois appartenu à ma mère, devenu aujourd'hui l'hôtel Franklin du Loch Leven. La famille proche était logée dans la maison, mais ma mère avait invité tout son personnel : non seulement les couturières de l'atelier Jenda à Édimbourg, mais aussi les femmes qui vivaient dans la maison aux cinquante-neuf pièces à Glasgow, et qui continuaient à travailler pour elle, sur les modèles plus compliqués nécessitant d'être cousus à la main. Toutes étaient invitées au mariage avec maris et enfants, et ma mère les avait installées à l'hôtel, dans des chambres à dix livres la nuit. C'était de la folie pure, mais comme elle était heureuse de pouvoir leur offrir une telle fête ! La plupart d'entre elles travaillaient avec ma mère depuis le début, depuis les jours noirs de Glasgow, et même si elle les rémunérait généreusement, leurs maris étant mineurs, elles n'avaient pas une vie facile, c'était le moins qu'on pût dire.

Je souris lorsque mes yeux rencontrèrent ceux de ma grand-mère, à l'autre bout de la pièce. Ma mère avait invité toute la famille de mon père : c'était sa vraie famille, depuis toujours ; en fait, le seul Brodie présent était mon cousin Patrick, qui était venu de Cromdale avec Joseph et les siens. Nous n'avions aucune nouvelle de Flora, que ma mère avait pourtant invitée — plus pour moi que pour elle-même —, et j'étais soulagée qu'elle ne soit pas là. Je lui avais écrit une seule fois depuis mon départ d'Écosse, et elle ne m'avait pas répondu. C'était aussi bien comme ça.

La réception avait lieu dans la salle de bal du château. J'avais dansé ici même, étant enfant, et j'avais admiré les clientes de l'hôtel de ma mère, dans leurs magnifiques robes de soie et de satin de toutes les couleurs, valsant aux sons de l'orchestre. Je regardai par la fenêtre la terrasse au-dessous, exactement comme je le faisais lorsque j'étais petite fille et que j'attendais mon père, guettant ses pas, son rire, et son beau visage qui rayonnait en me voyant. La dernière fois que je l'avais vu, c'était... non, il ne fallait pas que j'y pense... c'était quand je l'avais blessé. Je voulais me rappeler son visage le jour où il nous avait dit au revoir, à Davie et à moi, en nous mettant dans le train pour Mallaig, quand il avait quitté Glasgow pour racheter notre maison au jeu...

... Il nous avait dit au revoir des centaines de fois — son travail l'obligeait à passer la moitié de l'année

sur le Continent —, ce n'était donc pas nouveau. Et pourtant je remarquai qu'il était complètement bouleversé. Il pleura. J'étais habituée à ses larmes, il n'avait jamais éprouvé de honte à pleurer. Mais ce jour-là, je sentis qu'il luttait contre ses émotions, qu'il les tenait en bride, tels des coursiers sauvages. Ian était à côté de lui, ils nous faisaient tous deux signe de la main et, quand le train démarra, mon père courut sur le quai et posa sa main contre la vitre ; je fis de même. Puis il posa son autre main, imité par Davie, et il articula : « Je vous aime... tous les deux... soyez sages... »

« Jen ? fit Ian en posant sa main sur mon épaule et en me faisant faire volte-face.

— Je pensais à mon père.

— Il comprendrait.

— Non, pas à cause de ma mère et Al. C'est juste que j'aurais aimé... »

Il mit ses bras autour de mes épaules, m'embrassa l'oreille, puis caressa mon ventre : j'attendais un enfant pour la fin du mois de juin. May avait le même âge que Em, deux ans et demi, et Cathy presque dix-huit mois. Ma mère leur avait fait faire des robes pareilles à la sienne, et on leur avait donné des paniers remplis de pétales de rose qu'elles devaient lancer à la ronde. Em et May avaient pris la chose très au sérieux, et déposé avec soin chaque pétale sur le tapis rouge. Mais les fleurs de Cathy avaient de minuscules pucerons, et elle s'était assise près de l'autel pour mieux les examiner.

« Ah, soupirai-je en valsant avec Ian, regarde comme elles ont l'air heureuses, toutes, et comme elles sont belles. » Ma mère avait offert à chaque couturière une robe pour l'occasion, et le tourbillon des couleurs était féerique. « Où est ta mère ?

— Meg Morison est en train de lui apprendre à danser le charleston. »

J'éclatai de rire en apercevant Rachel Ferguson et Meg qui tenaient chacune un genou de la mère de Ian, les croisant et les décroisant comme si elle avait été une gamine de vingt ans.

Tout le monde s'amusait follement... tout le monde, sauf mon frère. Assis à un bout de la table, il observait Indira, assise à l'autre bout. Rose était restée à North Berwick car son bébé devait naître dans un mois et, après sa fausse couche, le médecin l'avait obligée à rester allongée durant les dernières semaines, pour être sûr que l'enfant naîtrait à terme. Rose savait qu'Indira vivait avec ma mère. Em lui avait dit que la « dame marron » qui habitait avec sa grand-mère était très gentille et, bien entendu, Rose avait insisté pour la connaître. On avait enveloppé Indira de voiles, on l'avait fait passer pour une musulmane fervente, qui attendait la fin de son contrat chez Jenda pour aller rejoindre son promis en Inde. Dave m'avait dit qu'Indira avait merveilleusement joué son rôle et que Rose n'avait jamais fait allusion à elle depuis ce jour. Mais mon frère et Indira demeuraient vigilants, ne se montraient jamais ensemble en public et, même chez ma mère, ne se parlaient pour ainsi dire pas lorsque les enfants étaient là. Les petites étaient trop jeunes pour comprendre, et une parole innocente aurait pu ruiner une année de préparation minutieuse à ce que nous nommions « la grande évasion » : dès que Rose aurait mis au monde son bébé, Davie prendrait Em et partirait pour San Francisco, chez mon oncle Martin, où Indira irait le rejoindre plus tard. Rose chercherait Davie en Afrique, et ne le trouverait jamais. Davie et Indira resteraient en Californie pendant un an, mon oncle leur procurerait de nouveaux passeports, et ils iraient alors à New York où Indira dessinerait des modèles aussi bien pour Jenda que pour notre propre maison de couture, que nous avions déjà baptisée « Mode Créations ».

« Pourquoi n'invites-tu pas Indira à danser ? dis-je à Ian, car elle paraissait aussi malheureuse que mon frère.

— Je vais faire mieux que ça », me répondit-il. Il alla trouver Meg Morison et lui parla à l'oreille ; elle ouvrit son sac et lui tendit une clé. Il alla ensuite vers Davie, lui mit la clé dans la main et sourit. Mon frère quitta rapidement la pièce, et Ian s'en fut vers Indira, se baissa pour lui embrasser la joue, et la regarda se lever et se frayer un chemin à travers la foule des danseurs et des buveurs.

« Qu'est-ce que tu as dit à Meg ?

— Que j'avais besoin de sa clé.

— C'est tout ?

— Hmhmm... »

Cela m'avait toujours stupéfiée, cette incroyable générosité des habitants de la maison aux cinquante-neuf pièces. Je n'avais pas su l'apprécier quand j'y vivais. Je n'avais pas compris. Mais maintenant je savais. Je savais que la mère de Ian nous avait nourris pendant les longs mois où mon père avait été absent, nous offrant les aliments qui revenaient de plein droit à ses sept enfants, et risquant la fureur de son mari s'il l'avait appris. Je savais aujourd'hui que donner quand on est riche, ce n'est pas de la générosité. May Liddle avait partagé son pain avec nous, et son geste était d'une grande noblesse.

« M'accorderez-vous cette danse, Mrs Liddle ? me demanda Ian en s'inclinant.

— Volontiers.

— Comment te sens-tu ?

— Divinement bien.

— Pas trop fatiguée ?

— Non, docteur Liddle. »

Il sourit et me fit tournoyer, bousculant presque Al et ma mère. Je tapai sur l'épaule de Al. Pouvais-je lui enlever sa cavalière ? Il rit en regardant Ian, et ma mère mit un bras autour de ma taille, l'autre sur mon épaule, et nous commençâmes à valser maladroitement autour de la pièce.

« Qui est-ce qui conduit ? fit-elle.

— Moi, si tu permets. T'ai-je dit que tu es éblouissante ?

— Oui, trois fois... merci.

— Al est... il va bien, maintenant ? Son cœur ?

— Oh, Al est fort comme un bœuf. Il vivra plus longtemps que moi. J'ai remarqué que ton frère et Indira ont disparu.

— Hmhmm.

— Il devrait faire attention, Jen.

— Je sais, mais ils avaient l'air tellement malheureux, tous les deux. Encore un mois. J'ai dit à Indira qu'il faut vraiment qu'elle reste jusqu'en avril ou mai, de façon que Rose ne fasse jamais le lien avec Davie. Tu pourrais toucher un mot à Rose au sujet de la fin du contrat de Dira et de son départ pour l'Inde.

— Oui, on verra ça le moment venu. Tu es sûre que tu devrais danser ?

— Je me sens tout à fait bien. »

Mais je ne dansai pas longtemps avec elle, parce que tout le monde voulait valser avec Mrs Catherine Maclean Pearce.

Je m'assis avec Al et nous discutâmes de mon entreprise, qui stagnait plus ou moins, parce que je n'avais pas le talent de ma mère pour adapter et transformer ses modèles. Mais Al m'assura que, dès qu'Indira et moi travaillerions ensemble, l'affaire prendrait son essor et que nous gagnerions toutes les deux des masses d'argent.

« Tu ne sauras quoi en faire, ma chère enfant. J'en suis sûr et certain. » Ses yeux se posèrent là-bas, à l'autre bout de la pièce. « Regarde ta mère. As-tu jamais vu une aussi belle femme ? Elle n'a pas pris une... elle est aussi jolie que la première fois où je l'ai vue... Mrs Maclean.

— Mrs Pearce, vous voulez dire.

— Non, je crois qu'elle sera toujours Mrs Maclean. » Il avait dit cela sans amertume aucune, avec tendresse ; il sourit en la regardant et ajouta : « Oui... Ma Mrs Maclean. »

Le lendemain de la noce, il fit un temps magnifique. Le soleil faisait étinceler la neige sur les sommets des montagnes. Nous passâmes la journée à nous promener en traîneau du côté du Ben Nevis ; puis Davie, Ian et ses frères emmenèrent les enfants faire de la luge. Pendant ce temps, la mère et les sœurs de Ian préparèrent le dîner, avec mon aide et celle de Al et de Martha, tandis que ma mère et Indira mettaient la table. Davie avait demandé à Dick et Bill de rester avec leurs épouses, car aucun de ses amis ne connaissait Indira. Ils logeaient à l'hôtel, parce que la maison de ma mère était pleine à craquer.

« Quelle lune de miel, Mr Pearce ! » dit la mère de Ian en riant et en passant à sa fille Millie un haggis [1] *pour qu'elle le couse. « On doit être pas loin de cinquante, ici !*

— Plus on est de fous, plus on rit, Mrs Liddle », répondit-il gaiement, avant de tapoter mon ventre arrondi et d'ajouter : « Et il y a encore du monde à venir.

— Un petit gars, cette fois-ci.

---

1. Panse de brebis farcie, plat traditionnel écossais. *(N.d.T.)*

— Non, dis-je, je suis sûre que c'est une fille. Je ressens la même chose que pour May et Cathy. Nous l'appellerons Mary et...

— Manmaaan ! cria May en tirant sur mon tablier. Cathy, elle nous suit.

— May, il faut laisser ta sœur jouer, elle aussi. Elle...

— Sent mauvais.

— Pouah ! » confirma Em en se bouchant le nez. La pauvre Cathy arrivait en vacillant, les genoux pleins de crottin, et May m'expliqua que sa sœur avait fait des pâtés avec la « gadoue verte » qu'elle avait trouvée près des écuries. Martha éclata de rire, emmena Cathy pour la changer et, juste avant que May ne file avec sa cousine, je rattrapai Em. Il faisait froid dehors, il était donc normal que les petites aient les joues rouges ; mais Em avait les yeux brillants et le nez qui coulait, et en lui mettant la main sur le front, j'eus la confirmation de ce que je craignais : elle avait de la fièvre. On la mit au lit, bien au chaud, malgré les protestations de ma fille qui me reprochait de lui enlever sa « meilleure copine ».

Dick et Bill arrivèrent à huit heures avec leurs épouses et, après le dîner, nous « les jeunes » — comme disait Martha — passâmes le reste de la soirée au salon. Davie remonta la manivelle du gramophone, mit un disque du King Oliver's Creole Jazz Band, et entraîna Indira dans la danse. Comme Bill dansait avec Alice et que Ian discutait de la prohibition avec Dick, j'allai tenir compagnie à Lou. La fuite scandaleuse du fils unique de lord Rashwell avec une roturière avait mis l'Angleterre en émoi ; mais la beauté de Lou, son élégance naturelle et sa gentillesse avaient conquis tout le monde, et lord et lady Rashwell l'avaient accueillie au sein de leur famille.

« Richard ne me laisse rien faire », me dit-elle en se passant la main sur le ventre. Elle attendait un enfant

pour la même date que moi, à peu près. « Je me sens merveilleusement bien. » Elle jeta un coup d'œil sur Davie et Indira, puis baissa les yeux lorsque la main de Davie remonta très discrètement de la taille à la poitrine d'Indira. Nous n'avions pas parlé aux amis de Davie de sa liaison avec Indira, non par crainte de leurs reproches, mais parce qu'ils voyaient souvent Rose ; or il était vital que Rose ne soupçonne jamais cette liaison, et il suffisait d'un mot lâché sans y penser pour causer leur perte à tous deux. Voyant Lou se trémousser, mal à l'aise, je me levai et allai trouver Davie.

« Je crois que tu devrais mettre au courant Dick et Bill.

— Nous mettre au courant de quoi ? » s'exclama Bill en nous prenant tous les deux par le cou. Il avait pas mal bu, et Davie aussi. « Allez, dis-le-moi, vieux… ou plutôt, non, laisse-moi deviner. » Il sourit et montra du doigt Indira. « Cette belle enfant a ravi ton cœur. » Davie eut un grand sourire et tendit la main vers Indira. Bill regarda Indira, puis ouvrit grand les bras en disant : « Je peux ? » Indira se baissa — Bill était plus petit qu'elle — et il l'embrassa sur les deux joues, puis lui prit la main et la mit dans celle de Davie. « Cela mérite un toast. Lord Dick, viens donc ici… Dick ? »

Mais Dick était blême et faisait tourner son verre entre ses mains ; il finit par le poser et se leva.

« Eh bien… Louise, tu dois être fatiguée.

— Oui, répondit-elle en se levant à son tour. Je vais chercher nos affaires.

— J'y vais.

— Attendez une minute… Dickie, attends, qu'est-ce qu'il y a ? » Bill se dirigea en chancelant vers Dick et lui mit la main sur l'épaule. « Dick, c'est Davie… notre ami… qu'est-ce qui te prend ? » Dick avait une expression peinée ; il regarda Davie, puis Indira, puis à nouveau Bill, en hochant la tête. « Bon sang, mais

qu'est-ce que tu as, sale Anglais mangeur de porc ? Hein ?

— Bill...

— Qu'est-ce qu'il y a ? C'est à cause de Rose ?

— Non. » Dick regarda Indira qui voulut s'éloigner, mais Davie la retint fermement.

« Oh... mon Dieu, Dick..., gémit Bill.

— Je vais chercher nos manteaux, dit Lou en se dirigeant vers la porte.

— Tu ne comprends donc pas, Dick ? Ils s'aiment. Doux Jésus...

— Je vais me séparer de Rose dès que le bébé sera né, expliqua mon frère. Je vais épouser Indira. Elle sera ma femme. » Indira essayait de se dégager, mais Davie la retenait toujours. « Dick ? Tu as entendu ce que j'ai dit ?

— Oui.

— Alors ?

— Alors... je vous souhaite d'être heureux. »

Lou revint avec les manteaux ; pendant que Dick enfilait le sien, Bill lui assena une grande tape sur le bras et l'injuria.

« Ça suffit, Dick. Arrête ! Tu m'entends ? Qu'est-ce que ça peut bien te faire ? Où est le problème ? Il l'aime !

— Bill...

— Qu'est-ce que ça change ? »

Dick ne répondit pas ; il fixa Davie avec des yeux remplis de larmes. Louise posa la main sur son bras, Dick prit son chapeau, salua Davie d'un signe de tête et sortit.

Aucun de nous ne prononça un mot pendant près d'un quart d'heure. Le disque, fini depuis longtemps, continuait à tourner sur le gramophone ; personne ne l'arrêta. Nous étions sous le choc. Et nous étions terrifiés : si le doux, le gentil Dick Rashwell condamnait *le « mariage mixte » d'un de ses plus proches amis, comment réagirait le reste du monde ?...*

Le jour de notre retour à Édimbourg, Rose organisa un dîner pour le mariage de ma mère, à qui elle offrit un magnifique service en porcelaine turquoise. Elle fut d'une gentillesse si exquise avec nous tous que je dus me forcer toute la soirée à me rappeler qu'elle avait fait assassiner un homme.

Davie l'avait installée sur un lit de repos dans la salle à manger. À la fin du repas, les hommes allèrent fumer dans le bureau et Rose fit asseoir ma mère à côté d'elle et lui prit les mains.

« Je suis si heureuse pour vous, dit-elle, visiblement sincère. Père était désolé de ne pouvoir assister au mariage mais, comme vous le savez, il était... souffrant.

— Oui, ta mère me l'a écrit. Je suis désolée.

— J'espère et je prie..., dit Rose en regardant son ventre proéminent.

— Oui... » fit ma mère, en dégageant doucement ses mains.

Rose me désigna la chaise près du lit et me demanda d'approcher.

« Tu crois que tu vas avoir un garçon, Jen ?

— Non. Je suis sûre que c'est une fille. Et toi ?

— Un garçon.

— Em va mieux ? May est effondrée de ne pas pouvoir la voir. »

La pauvre Em avait en fait les oreillons et, comme c'était contagieux, mes filles étaient privées de leur petite camarade de jeux, condamnée à rester au lit.

« Elle va bien. Comment marche ton affaire ? Davie dit que tu t'en sors rudement bien.

— Je patauge rudement bien, oui ! dis-je en riant.

— Ce qu'il te faut, c'est une modéliste. Ta mère pourrait peut-être te prêter la charmante miss Nehru.

— Je crains que ce ne soit impossible, répliqua ma mère avec le sourire. Le contrat de miss Nehru prend fin le 1er mai, et elle part pour l'Inde. Dommage. Elle me manquera.

— Ne fait-elle pas quelques travaux, par-ci par-là ? Par exemple, pourrait-elle me confectionner quelques vêtements ? Père m'a rapporté de ravissants tissus brodés, la dernière fois qu'il est allé à Hong Kong, et j'aimerais les utiliser. Vous me la prêterez ? »

Ma mère continuait de sourire, mais je sentais mes cheveux se dresser sur ma tête.

« Oh, elle est extrêmement occupée à Jenda, tu sais.

— Mais, puisqu'elle n'a pas le droit de sortir non accompagnée, et que son futur mari est en Inde, je suppose qu'elle a beaucoup de temps libre. Je la paierai, bien entendu. Voulez-vous lui demander de venir me voir ? Demain, par exemple, après le thé. Jenda est fermé jusqu'au 20, n'est-ce pas ?

— Oui...

— Alors, puis-je l'avoir ?

— Mais, Rose, elle ne peut pas prendre tes mesures maintenant. Pourquoi ne pas attendre après la naissance du bébé ? »

Mais Rose insista, disant qu'Indira pourrait prendre ses mesures sur d'anciennes robes. Il n'y avait pas moyen de refuser, elle ne l'aurait pas admis.

Dès que nous fûmes sorties, je dis à ma mère que Rose savait.

« Non, elle soupçonne. C'est pourquoi elle veut la voir. Il faut que tu viennes avec elle.

— Mais qu'est-ce que je dirai ?

— Ce que tu voudras. Que tu voulais voir les tissus. Que tu avais besoin de te rendre compte de la façon dont Indira travaille, pour ta propre gouverne. Je ne

sais pas. Dis n'importe quoi. Mais ne la quitte pas des yeux, même une minute. »

Davie était consterné. Il était persuadé que Rose savait qu'Indira et lui étaient amants, et il refusait de jeter Indira dans le piège tendu par Rose. Mais Al partageait l'avis de ma mère : Rose n'avait pas de preuve solide, elle voulait seulement vérifier qu'Indira ne représentait pas une menace pour elle, et la meilleure façon d'affronter la situation était d'entrer dans son jeu.

Indira s'enveloppa dans ses voiles, et le maître d'hôtel nous fit entrer dans la chambre de Rose. C'était une pièce immense, toute décorée en rose et blanc, avec des corniches gothiques et un plafond sculpté. Le lit était juché sur un piédestal, les draps étaient en satin brodé à la main, et les couvertures et le dessus de lit avaient une délicate teinte rosée. Davie attendait en bas, à portée de voix. Rose serra la main d'Indira et me sourit, ravie que j'aie décidé de venir moi aussi. Elle me demanda de lui apporter le tissu qui était sur son bureau, dans une alcôve dont les fenêtres donnaient sur la mer, quelques mètres plus bas. Je pris le tissu et le tendis à Rose.

« Je me disais qu'une robe et un manteau matelassé, dans ce tissu, ce serait sublime, dit Rose en posant sur sa poitrine un coupon de soie rouge vif. Qu'en pensez-vous, miss Nehru ?

— Oui. Dans le style chinois.

— Formidable. »

Elles passèrent en revue tous les tissus ; Rose était charmante et je commençais à respirer, lorsqu'elle demanda : « Tout cela ne vous manquera-t-il pas, quand vous retournerez en Inde, miss Nehru ?

— Non... je vais me marier. Et j'espère avoir des enfants.

— Cela me paraîtrait affreusement difficile, de revenir dans un pays connu pour ses mœurs archaïques, après avoir vécu la vie d'une vraie "jeune femme moderne". Serez-vous obligée de porter vos voiles ?

— Oui.

— Dommage. Vous avez une si jolie silhouette. Comment se fait-il que vous ne portiez pas vos voiles pour travailler ?

— Je vous demande pardon ?

— Vous ne les portez pas, quand vous travaillez à Jenda. Je vous ai vue il y a quelques mois, au moment où vous sortiez, et je me suis fait la réflexion que c'était étrange que vous portiez le voile au domicile de ma belle-mère, et pas à l'atelier où il y a plusieurs employés de sexe masculin. C'est là qu'il faut porter le voile, non, pour éviter d'être... outragée ? Pour se garder de la tentation... et se garder de tenter les autres ?

— Oui... J'aime porter aussi bien les vêtements occidentaux que le costume traditionnel. Puis-je me permettre d'emporter une de vos robes pour faire les modèles ?

— Jen, sois un amour et prends ma robe vert foncé avec des plumes autour du décolleté. Elle me va comme un gant. Combien de temps cela vous prendra-t-il, pour faire ces robes, miss Nehru ?

— Quelques semaines. Bien sûr, pour les retouches, il faudra attendre que vous ayez eu votre bébé.

— Naturellement. » Rose se détourna d'Indira, me fit signe d'approcher, puis de donner la robe à Indira, et elle m'attira près d'elle sur le lit. « Comment ça va, Ian et toi, Jen ?

— Très bien.

— Davie et moi n'avons jamais été aussi proches depuis le début de notre mariage. Il veut que nous fassions un voyage après la naissance du bébé, seuls tous les deux. » Indira s'éloignait en repliant les

coupons de tissu ; Rose ne la regardait pas, mais elle était toutes antennes dehors, telle une mante religieuse se préparant à capturer sa proie. « La nuit dernière, nous avons parlé au lit de minuit jusqu'à l'aube, et...

— Si vous n'avez plus besoin de moi, Mrs Maclean, je vais prendre les tissus et...

— Oh, miss Nehru, je vous avais presque oubliée. Oui, bien sûr, excusez-moi. Demandez qu'on vous donne du thé, en bas. » Indira se dirigea vers la porte et Rose ajouta : « N'oubliez pas ma robe verte, pour les modèles. » Puis elle se tourna à nouveau vers moi et me répéta à quel point mon frère était amoureux d'elle, disant cela juste assez fort pour qu'Indira entende.

« Elle est très jolie, dit-elle, une fois la porte refermée.

— Miss Nehru ?

— Oui... très... spéciale.

— Comment cela ?

— Pour une musulmane, elle est terriblement moderne, presque hardie.

— Et pourquoi ne le serait-elle pas ? Elle a vécu deux ans à Paris.

— Hmhmm... Peut-être que sous ces voiles il y a une renarde qui se tapit.

— Pourquoi dis-tu cela ?

— Je ne sais pas... j'ai l'impression que tout ça cache quelque chose. Mais ne parlons plus de miss Nehru. Dis-moi comment tu trouves ton frère. Ne te paraît-il pas plus heureux ?

— Oui...

— ... Oui. Tu crois que c'est à cause de moi ?

— Bien sûr.

— ... Oui. Et puis, peut-être qu'il se sent coupable, pour ma fausse couche.

— ... Oui.

— Jen, je n'ai pas dit cela pour te blesser. Tu sais que j'ai beaucoup d'affection pour toi. Ne nous disputons pas. » Elle prit ma main, la caressa gentiment et me demanda : « Il t'a raconté pourquoi nous nous étions querellés ?

— Il a dit... que vous vous étiez disputés... c'est tout.

— C'était pour une raison idiote, c'est toujours pour une raison idiote, n'est-ce pas ? Mais ton frère est très emporté. Naturellement, c'est cette passion que j'aime en lui. Nous nous disputions au sujet d'Emily.

— ... Ah !

— Je ne me rappelle plus ce que j'ai dit, mais ton frère... » Elle fut interrompue par un coup frappé à la porte. Le maître d'hôtel venait annoncer que le père de Rose avait été transporté à l'hôpital.

« Père ! Jenny... Mon... » Elle bondit hors du lit, ordonna au maître d'hôtel de faire monter Davie, et enleva son peignoir. « Aide-moi à m'habiller, Jenny !

— Mais, Rose, il ne faut pas que tu...

— S'il te plaît ! »

Elle était dans tous ses états. Je ne l'avais jamais vue ainsi. Ses mains tremblaient tellement que je dus l'aider à boutonner sa robe. J'étais en train de lui enfiler ses chaussures quand Davie entra, s'approcha d'elle et lui mit son manteau sur les épaules.

« Davie, gémit-elle en lui saisissant la main. Il...

— Chhhuuut, ça va aller. Je t'y conduis en voiture.

— Si jamais il... pas maintenant... mon Dieu. »

Il la prit dans ses bras et la porta jusqu'à la voiture. Indira et moi le suivîmes et, au moment où il refermait la portière arrière, il dit à Hume de nous faire reconduire chez nous, et ajouta à voix basse à mon intention : « Dis à Indira de faire ses valises. » Puis il monta et démarra aussitôt.

Indira ne disait rien, mais sa colère était presque tangible. Je lui assurai que Rose avait menti, pour la mettre à l'épreuve et la rendre jalouse.

« Elle n'a pas menti, me répliqua Indira. Elle disait la vérité. Il était avec elle, la nuit dernière... je l'ai senti.

— Il doit... sauver les apparences...

— Arrête, je t'en prie. »

Le chauffeur nous invita à monter. Je m'efforçais de trouver quelque chose à dire, mais j'avais l'esprit totalement vide.

« Elle sait, murmura Indira en regardant au-dehors. Elle a payé quelqu'un pour me surveiller. Elle est au courant. » Je lui donnai un coup de coude en désignant le chauffeur, et je fermai la vitre de séparation. Elle eut un rire amer et haussa les épaules. « Qu'est-ce que ça peut faire, maintenant ?

— Que veux-tu dire ?

— Tu veux toujours que je travaille avec toi ?

— Bien entendu, mais...

— Alors, je pars avec toi pour New York le 20.

— Mais Davie...

— Elle peut le garder.

— Indira...

— Tu as déjà un atelier ?

— Non... je... je travaille à... Dira, tu ne parles pas sérieusement ? Tu l'aimes et il t'aime.

— Il l'aime, elle.

— Non, Dira, tu te trompes. Il a laissé croire à Rose qu'il va tenter de sauver leur mariage, sinon il ne pourra jamais se débarrasser d'elle. Et le seul moyen de la convaincre, c'est... c'est de... Oh, Dira, s'il n'y avait pas Rose, tu serais la seule. Il n'est pas comme ça, il t'adore, et si vous viviez ensemble, tous les deux, il ne chercherait jamais ailleurs. Tu le sais, Dira, tu le sais bien. Rose... Rose, c'est quelque chose que je ne comprends pas, et je ne suis pas certaine que Davie

lui-même comprenne. Mais quoi qu'il éprouve pour elle, ce qu'il éprouve pour toi est cent fois plus fort. N'abandonne pas maintenant que vous êtes pratiquement...

— Libres ? Elle est au courant ! Nous avions quelque espoir de pouvoir vivre ensemble tant qu'elle n'établissait pas de lien entre nous, mais maintenant qu'elle sait...

— Non, rien n'est sûr.

— Elle sait. J'aurai de la chance si on ne me retrouve pas noyée dans l'estuaire. » Elle soupira, avant d'ajouter : « Mais ce n'est même pas ça. J'en prendrais le risque, s'il ne tenait pas à elle. Mais il y tient. Et je l'aime trop pour... »

Elle se détourna et garda les yeux fixés sur le paysage.

Sitôt rentrée à la maison, Indira alla s'enfermer dans sa chambre, et j'expliquai à ma mère et à Al ce qui était arrivé. Ils admirent que Rose savait certainement que Davie et Indira étaient amants, et leur avis fut qu'Indira devait partir tout de suite. Elle refusa. Elle voulait aller à New York avec Ian et moi le 20 ; quant à Davie, il pouvait « aller en Afrique », dit-elle comme elle aurait dit « aller au diable ».

Ce n'est que le lendemain matin que nous eûmes des nouvelles de Davie : Edmund Newburn était mort.

Davie arriva à midi, pâle et hagard, monta à l'étage, frappa à la porte d'Indira, mais n'obtint pas de réponse. Il essaya d'entrer mais elle avait fermé à clé ; il tapa, appela. Elle rugit : « Va en Afrique ! », et il contempla la porte fermée.

« Ouvre, Dira, reprit-il au bout d'un moment. Parle-moi... je t'en prie... » Mais elle refusa, et il dut comprendre qu'elle avait besoin de cette porte entre eux deux pour ne pas céder. Ils se parlèrent à travers la porte pendant un bon quart d'heure, Davie expliquant à

Indira qu'elle devait partir le jour même, et que lui et Em iraient la rejoindre à Paris dès que Rose aurait accouché.

La porte s'ouvrit enfin.

« Je partirai demain, à une condition : toi et Em, vous venez avec moi.

— Je ne peux pas.

— Parce que tu l'aimes encore.

— Parce que son père est mort. Seigneur, Indira, ce serait cruel, inhumain, de la quitter dans un tel moment.

— Un tel moment ne se représentera pas ! C'est là qu'elle s'y attendra le moins !

— Je ne peux pas lui faire ça.

— Parce que tu l'aimes ! Reconnais-le ! C'est une criminelle ! Mais tu l'aimes ! Tu l'aimes ! Tu l'aimes... tu l'aimes... » Elle sanglotait ; il l'enlaça, entra dans la chambre et referma la porte.

Ils décidèrent de partir pour la France le soir même.

Le médecin avait mis Rose sous calmants. Davie donna congé aux domestiques pour la soirée, fit ses bagages, prit l'argent dans le coffre, son passeport, Em, et arriva chez ma mère.

Em était toujours fiévreuse, à cause des oreillons, et Ian déclara que des complications pourraient entraîner une méningite.

« Je ne me rendais pas compte qu'elle était si malade, dit Indira. Ramène-la. Je partirai avec Jen et Ian, et...

— Non.

— Davie, je ne peux pas partir maintenant, avec Em malade. Si jamais il lui arrivait quoi que ce soit...

— Nous partons.

— Non, je t'en prie. J'étais en colère. Mais je...

— Prends tes affaires, Dira. Ian, qu'est-ce que je peux faire, pour Em ? »

Davie emmitoufla Em tout en écoutant les conseils de Ian, mais Indira n'avait pas bougé ; elle regardait Em. Davie s'en aperçut, et lui répéta d'aller chercher ses affaires.

Al et ma mère avaient gardé le silence, mais en voyant le trouble d'Indira, Al s'approcha d'elle et l'exhorta à partir, lui affirmant que la petite était assez solide pour faire le voyage. Ensuite, ma mère retira son pendentif en saphir, le passa au cou d'Indira, et embrassa la jeune femme.

« Va », lui dit-elle simplement. Je ne sais si Indira connaissait la signification du geste de ma mère, mais elle prit la pierre dans sa main, la serra fort, et fit un signe de tête affirmatif.

Il y avait un tas de détails à régler, et des problèmes de dernière minute, maintenant que Rose était au courant. Le principal étant qu'Indira ne pouvait courir le risque de venir travailler avec moi à New York, ni d'envoyer à ma mère des modèles pour Jenda, car le courrier risquait d'être surveillé. Ce qui signifiait que nous resterions sans nouvelles d'eux jusqu'à ce qu'ils puissent sans danger retrouver oncle Martin à San Francisco.

Et qui sait quand cela pourrait se faire…

Nous les regardâmes partir, et je vis les lèvres de ma mère former les mêmes mots que moi : Que Dieu les garde…

Ce fut une nuit abominable.

Mais le matin ne nous apporta guère de répit. Rose arriva avec un vieil ami des Newburn, le commissaire de police Drummond.

« Emily a été kidnappée, s'écria Rose lorsque ma mère ouvrit la porte. C'est miss Nehru. J'aurais dû me douter qu'elle manigançait quelque chose, sous ses faux

voiles et ses manières modestes. Elle attendait que Père... décède, sachant qu'après cela Emily vaudrait des millions... des millions. »

Elle se tamponna les yeux et le commissaire Drummond la prit par le bras. Ma mère me fit signe de les introduire au salon.

« Apparemment, miss Nehru a volé de l'argent dans le coffre pendant que vous étiez avec Rose, Mrs Liddle.

— Rappelle-toi, Jen, quand je lui ai dit de descendre et de demander du thé.

— Nous sommes à peu près certains qu'elle va tenter de gagner la France. Nous avons prévenu les autorités...

— Et comment a-t-elle fait pour enlever Em ? questionna ma mère.

— Le docteur m'avait donné des calmants après... après Père, et ce matin Hume a dit avoir remarqué que la fenêtre de l'office était ouverte. Miss Nehru a dû l'ouvrir quand elle est descendue, pour pouvoir s'introduire dans la maison plus tard, dans la nuit. Évidemment, Emily a dû la suivre sans se méfier, puisqu'elle l'a souvent vue chez vous, sans savoir qu'elle était... oh, c'est affreux.

— En effet. Y a-t-il eu une demande de rançon ?

— Oui », répondit Rose en exhibant une lettre. Ma mère la prit et, quand leurs regards se croisèrent, Rose s'agita sur son siège, mal à l'aise.

« Est-ce l'écriture de miss Nehru, Mrs Maclean ? interrogea le commissaire Drummond. Pardon, Mrs Pearce, veux-je dire. Reconnaissez-vous l'écriture ? »

Ma mère replia la lettre, se leva et regarda Rose dans les yeux.

« Je suis extrêmement attachée à Indira Nehru. Je déplorerais infiniment qu'il lui arrive quelque chose...

de fâcheux. Si vous voulez bien m'excuser. Jenny va vous raccompagner. »

Elle jeta un dernier coup d'œil à Rose, sortit de la pièce avec la majesté d'une reine, et ferma la porte du bureau derrière elle.

Son père mort, Rose se retrouvait à la tête d'un empire — un empire dont les serviteurs dirigeaient des journaux, tenaient la police entre leurs mains, siégeaient au Parlement. Les journaux du monde entier parlaient de l'enlèvement d'Emily Newburn, et révélaient sous le titre « LÀ VÉRITÉ » tous les dessous de la sordide affaire : David Maclean était un être immoral, une brute, un monstre qui battait sa femme ; le chirurgien qui avait opéré Rose lors de sa fausse couche apportait foi aux déclarations de Rose et révélait que les assauts répétés de David Maclean sur sa pauvre épouse enceinte avaient été la cause de cette fausse couche. L'avocat des Newburn déclarait que Rose avait secrètement engagé une procédure de divorce en décembre dernier, après avoir été une fois de plus brutalisée par son époux, quand elle lui avait apporté la preuve de sa liaison avec miss Indira Nehru. Terrifiée à l'idée que sa brute de mari ne lui fasse courir un danger mortel, à elle et à son bébé à naître, Rose avait stoïquement supporté ses abus quotidiens jusqu'à ce que, éperdue de douleur devant l'insensibilité de son époux lors de la mort de son père, elle lui ait annoncé son intention de divorcer. Comprenant qu'il ne lui resterait rien, à part « son Indienne », David Maclean avait kidnappé sa propre fille, avec l'aide d'Indira Nehru, et réclamait une rançon.

Le deuxième jour de cette « campagne » porta ses fruits : Davie et Indira furent arrêtés à la frontière franco-espagnole au moment de franchir les Pyrénées ; un couple d'un certain âge qui avait lu dans les journaux toute l'histoire des méchants kidnappeurs, voulant faire une bonne action, avait prévenu la police. Les trois fugitifs furent ramenés en Écosse, Em rendue à sa mère, et Davie et Indira jetés en prison sous l'inculpation d'enlèvement, extorsion et vol.

Nous ne fûmes pas autorisés à rendre visite à Indira, mais on nous laissa rencontrer Davie. Ian avait dû repartir pour New York, mais j'étais restée avec les petites. Avec Al et ma mère, j'allai voir Davie le 15 février.

La première chose que je remarquai, ce furent ses mains. Pas les menottes, mais les bleus et le sang de ses jointures... à force de taper contre les murs. Ma mère ne pleurait pas, mais Al la tenait par le bras quand on amena Davie et qu'on le fit asseoir à la petite table de bois, en face de nous.

« Indira ?

— Nous n'avons pas le droit de la voir, dit ma mère.

— Rose... ne va pas... » Davie avait du mal à parler ; je lui tapotai doucement la main, mais le gardien m'avertit que tout contact physique était prohibé. « Rose sait qu'elle ne peut pas lui faire de mal. Mais...

— Nous avons pris un avocat, Davie, dit Al.

— Non. Il faut que je voie Rose. Dites-lui... dites-lui que je suis calme. Il faut que je la voie.

— Davie, nous ne pouvons pas laisser...

— Dites à Rose...

— C'est de la calomnie. Tu as le droit...

— Maman ! Prenez contact avec Rose, Al.

— Comme tu veux, Davie.

— Je vais faire... libérer Dira.

— Comment ? »

Il ne me répondit pas, secoua la tête. « Jen, je veux que... tu lui trouves un appartement près de chez toi. Maman, peut-être pourrais-tu...

— Bien entendu, Davie, ne t'inquiète pas pour l'argent. Que vas-tu faire ?

— Dites à Rose... dites-lui que je suis prêt. Elle comprendra. »

7

(Prison de South Bridge, Écosse — 7 mars 1923)

Mon fils, Edmund Newburn Maclean, vint au monde le 28 février 1923.

Une semaine plus tard, le gardien me fit descendre au parloir, m'attacha les mains à la chaise et fit entrer Rose.

« Excuse-moi de… » Rose s'arrêta net et me dévisagea ; je devais avoir l'air d'une épave. Il n'y avait pas de miroir dans ma cellule, et cela faisait presque cinq semaines que j'étais privé de rasoir et de peigne. Rose se tourna vers le gardien, debout près de la porte, et lui fit un signe. « Laissez-nous, s'il vous plaît. » Comme il protestait, elle lui glissa une liasse de billets de banque. Quand il fut sorti, elle vint vers moi. « J'aurais peut-être dû lui demander de te détacher. Je peux m'asseoir ? » Je désignai d'un mouvement de tête la chaise en face de moi, et elle s'y assit en s'emmitouflant dans son manteau de fourrure. « Je suis désolée de ne pas être venue plus tôt. J'étais *indisposée*. Tu ne m'as pas demandé de nouvelles de lui… de notre fils. C'est un bel enfant. Magnifique. J'espère que ses yeux resteront bleus… comme les tiens. » Elle ouvrit son sac, en sortit un étui à cigarettes en argent et m'en offrit une. Je haussai les épaules en montrant mes menottes ; elle rit, me mit une cigarette entre les lèvres et l'alluma. « J'ai eu ton message. Je suppose que cela signifie que tu es prêt à conclure un arrangement. Mais moi, ça m'embarrasse plutôt. Je n'avais pas l'intention de trouver des arrangements. Je m'apprêtais à vous laisser tous les deux moisir ici pendant une éternité. Évidemment, les gens meurent en prison. Cela arrive. Ceux qui ne s'adaptent pas. Sans raison précise, ils meurent. » Je me redressai, fis un mouvement avec mes pieds, et elle recula, ajoutant aussitôt : « Oh, non, elle va bien. On la nourrit et on prend soin d'elle… pour le moment. Je ne sais pas quoi faire d'elle… ni de toi. Et le plus étrange, c'est que tout est en place, tout ce dont j'ai besoin pour vous détruire tous les deux, parce que tu le mérites. Ta déloyauté a été tout simplement monstrueuse. Tu as fait des choses que je ne ferais pour rien au monde, c'est pourquoi je ne peux ni comprendre ni pardonner. Tu sais que je n'ai jamais vraiment aimé Dennings. Je l'ai admis chez nous parce que je *pensais* — tu m'avais amenée à le *croire* — qu'il était ton ami. Un ami cher qui avait souffert. Tu comprendras mon choc quand il s'est glissé dans mon lit la nuit même de ton départ et qu'il a failli me violer. Et quelle n'a pas été ma stupéfaction quand il m'a appris que tu l'avais payé pour ça, et quand il a menacé d'aller tout raconter aux journaux si je ne lui donnais pas cent mille livres. » Sa main tremblait quand elle mit la cigarette à sa bouche ; elle aspira à fond avant de reprendre : « Qu'aurais-je pu faire d'autre ? Le payer était hors de question. Les maîtres chanteurs sont insatiables, c'est bien connu, mais ce n'est pas pour cela que je l'ai fait tuer. S'il est mort, c'est pour garder *ton* funeste secret. Pour que nous puissions faire *comme si* tu ne m'avais pas trahie. Et si ta miss Nehru connaît le même sort, ce sera parce que tu m'as trahie, pas seulement en couchant avec elle, mais en mentant. Depuis un an, j'étais heureuse. Plus heureuse que je ne l'ai jamais été dans toute ma vie. Sauf la première année de notre mariage, je n'avais jamais connu une telle félicité. Parce que je croyais vraiment que tu voulais que nous soyons à nouveau ensemble, que tu désirais donner une nouvelle chance à notre couple. Mensonges… Et tu dois être puni pour cette horrible trahison. Je peux te faire rester ici jusqu'à la fin de tes jours, si je le veux. »

Elle prit la cigarette qui pendait à mes lèvres, l'écrasa par terre, vint se placer debout tout près de moi, et dit très doucement : « Il y a une chose pire que d'aimer quelqu'un qui ne vous aime pas. C'est d'aimer quelqu'un qui ne *sait* pas qu'il vous aime. » Elle détourna le regard, essuya ses larmes, et il s'écoula une minute ou deux avant qu'elle reprenne. « En me levant ce matin, je me suis dit : "C'est une situation sans espoir, Rose. Finis-en avec lui… avec eux." Mais, quand j'ai pris Edmund dans mes bras, j'ai éprouvé un sentiment très étrange. J'ai eu envie de t'appeler, pour que tu viennes le voir, parce qu'il était tellement beau ; et puis je me suis souvenue que tu n'étais pas là, et quelque chose m'a transpercé le cœur… c'était tranchant comme une lame… » Elle pleurait doucement, et je fermai les yeux pour ne pas voir son visage. Quand je les rouvris, elle était à genoux et sanglotait, la tête posée sur mes cuisses. « Je n'aurais jamais pu te blesser comme tu m'as blessée… parce que je t'aime… et tu m'as quittée au moment où j'étais dans les affres du chagrin… tu m'as quittée en sachant combien je l'aimais, combien sa mort serait douloureuse pour moi… Et pourtant, je t'aime encore… Je ne devrais pas. Je ne veux pas… tu m'as blessée si cruellement…

— Je le regrette.

— Vraiment ?

— Oui.

— Mais il est trop tard. Je ne pourrai plus jamais te faire confiance. Je passerais mon temps à me demander à quel moment tu me voleras ma fille et tu t'enfuiras. Et toi, tu passerais ton temps à te demander comment t'enfuir. C'est sans espoir… sans espoir… »

Mais ça ne l'était pas. Pas complètement.

« Rose ? » Elle releva la tête. « Indira n'a rien à voir avec nous. Tu le sais. Fais-la relâcher.

— Pour que tu puisses…

— Fais-la relâcher.

— Et après ?

— Laisse-la partir pour New York.

— Pourquoi ferais-je cela ?

— Parce que je te le demande. Parce qu'elle n'a rien à voir avec nous.

— Tu l'aimes. Nie-le.

— Tu ne me croirais pas. Et ce serait un mensonge. Je l'aime.

— Raison de plus pour qu'elle reste où elle est, là où elle ne peut pas faire de mal.

— Laisse-la partir.

— Et toi, en échange de ta cellule, tu reviendras dans ta luxueuse demeure de North Berwick, où tu seras condamné à perpétuité à être mon mari ? Voilà une offre que je ne saurais refuser. » Elle rit et fit courir ses doigts sur mon bras. « Et pourtant, je t'aime tant que je serais capable de dire oui. » Elle soupira, se releva et s'assit sur mes genoux. « Mais j'ai mon orgueil… oh, pas beaucoup. Tu m'as fait avaler pas mal de couleuvres, ces dernières années, Davie. Et j'ai tout gobé, au fur et à mesure. Tu comprends mon dilemme ? Qu'allons-nous bien pouvoir faire ? Je n'en ai pas la moindre idée.

— Nous pourrions essayer de recommencer.

— De quelle façon ? En tant que mari et femme ? Oh, Davie, tu es une crapule. Et j'ai tellement besoin de… d'affection. Mais mon pauvre cœur est… est… » Elle avait abandonné le ton de la plaisanterie ; prenant mon visage entre ses mains, elle me regarda au fond des yeux. « Seigneur Dieu, que ne donnerais-je pour te croire.

— Crois-moi. »

Elle secoua la tête, se mit lentement debout, ouvrit la porte et appela le gardien. « Ramenez-le dans sa cellule. »

Trois jours plus tard, le gardien m'informa qu'Indira avait été libérée.

Elle fut emmenée à Liverpool et embarquée sur un bateau à destination de l'Amérique. Son passeport britannique reçut la mention « non valide ». Elle fut mise sur la liste des personnes indésirables, avec interdiction d'entrer sur l'ensemble des territoires de l'Empire britannique, mais toutes les charges contre elle furent abandonnées.

Elle était libre.

Je n'avais pas le droit de recevoir de courrier ; Rose avait *aménagé* le règlement à sa convenance, ou à la mienne, c'est selon, et je n'avais aucune idée de la date à laquelle Indira était arrivée. Mais ce dut être le 15 mars, car c'est le jour où on me libéra.

Toutes les charges contre moi furent abandonnées. On me rendit mes vêtements, mon argent et ma montre, on m'ouvrit les grilles et on me planta là. Aucune voiture ne m'attendait. Tout ce que j'avais à faire, c'était de sauter dans un train pour Liverpool et, cinq ou six jours plus tard, au maximum, je serais à New York, dans les bras d'Indira.

Mais je restai là, devant les murs de la prison, à contempler le château, sur la colline. Le ciel était en feu et les arbres encore dépouillés. Bientôt ce serait le printemps. Et j'étais libre. Je m'intimai l'ordre d'avancer, de partir, avant que Rose ne change d'avis. Mes pieds refusèrent de bouger. Je souris. Peut-être qu'ils avaient raison, tous — Indira, Jen, Bill : j'aimais sans doute encore Rose. Je l'aimais en cet instant précis, en tout cas, pour son intelligence et pour la justice immanente qu'elle m'avait appliquée. Je pouvais presque l'entendre dire : « Choisis, Davie : Emily ou Indira… laquelle ce sera ? »

Je hélai un taxi, mais fus incapable d'indiquer une direction au chauffeur. Ce serait de la folie de seulement essayer de vivre avec Rose. Nous avions fait trop de dégâts. Impossible à deux êtres humains de vivre ensemble, après avoir profané à ce point les liens sacrés du mariage. S'il restait encore un peu d'amour, c'était bien tout. Nous avions mis en pièces l'honneur, foulé aux pieds la confiance. Pas un cœur, pas une âme ne pouvait résister aux tortures que nous nous étions infligées l'un à l'autre. Qu'est-ce qui pouvait bien survivre, dans les décombres de nos vies ?

Une seule chose.

Le chauffeur de taxi commençait à s'énerver ; il me dit de me décider ou de descendre.

« North Berwick. »

La maison était éclairée au moment où le taxi s'arrêta devant les grilles d'entrée, et j'aperçus Em à la fenêtre du salon, et derrière elle Rose avec dans les bras une grande couverture dans laquelle reposait, je le savais, mon fils. La porte s'ouvrit brusquement et Em accourut à une telle allure que j'en eus un coup au cœur, et quand je la pris dans mes bras, elle me serra à m'étouffer. Je la portai jusqu'à la maison. Rose était dans le hall ; elle avait les yeux humides, mais souriait. Elle me mit le bébé dans les bras, m'embrassa sur la joue et murmura : « Bienvenue à la maison, Davie… »

« Que Dieu me donne le courage pour changer ce que je peux changer, la sérénité pour accepter ce que je ne peux pas changer, et la sagesse pour discerner entre les deux », dit Rose en agitant les clés du Loch Leven où était gravé le proverbe favori de mes parents. « Qu'est-ce que je suis, moi ? »

Je souris, repris les clés, les fourrai dans la poche de mon peignoir de bain, et regardai par la fenêtre l'océan, en bas. C'était une belle journée, claire et tiède, et depuis le matin je me disais qu'il fallait que je m'habille et que je sorte. Ce que je n'avais pas fait. Nous n'avions pas mis les pieds dehors depuis mon retour, trois jours plus tôt. Nous restions dans la chambre de Rose, assis près de la fenêtre, à contempler la mer. Et quand nous nous déplacions, c'était lentement, avec précaution, comme des guerriers blessés… ce que nous étions, en fait.

« Nous sommes les fossoyeurs de notre amour, Davie… Qu'allons-nous faire ?

— Fumer, répondis-je en allumant une cigarette. Tu en veux une ?

— Je veux que tu prennes en main certaines des affaires de Père.

— Tu n'as pas besoin de moi, Rose. Tu as toujours eu envie de diriger ses affaires. Tu feras ça très bien.

— Mais il faut que tu fasses quelque chose, Davie. Si tu ne travailles pas pour ta mère, pourquoi ne pas travailler avec moi ? » Rajiv Nehru était revenu à Jenda pendant mon emprisonnement, et j'avais jugé préférable de ne pas retourner à l'atelier. « Davie ?

— J'ai envie de construire une écurie, au bout de la propriété, du côté sud. Assez loin de la maison pour que les chevaux et le foin n'aggravent pas tes allergies.

— Fais venir un maçon. Ce que je voulais dire, c'est…

— Non, je veux la bâtir moi-même. J'ai *besoin* de bâtir quelque chose.

— Toi-même ?

— Oui.

— De tes propres mains ? Où as-tu appris la maçonnerie ?

— Avec mon père. Je construirai l'écurie en pierre et en bois.

— Et ensuite ?

— Je fabriquerai une clôture.

— Oui… cela te tiendra éloigné de la maison, où moi je serai condamnée à rester, puisque ma saison préférée approche, et nous nous verrons très peu. » Je ris, et elle rit aussi, puis, après un silence : « Tu as réfléchi à ce que je t'ai demandé l'autre soir ?

— Hmhmm… Tu peux dire ce que tu veux à la presse, mais je ne ferai aucune déclaration. Je me fiche pas mal de ce qu'ils écrivent sur moi.

— Ce n'est pas seulement pour toi, il faut que tu penses aux enfants. Qu'est-ce qu'on dira d'eux ? »

Je la regardai, en me faisant la réflexion qu'elle aurait pu penser aux enfants avant d'accuser publiquement leur père d'être un salaud et un monstre qui frappait son épouse. Elle détourna la tête.

« Tu ne m'as pas laissé le choix. Le fait est que maintenant, il nous faut réparer les dégâts. Mon avocat pense qu'on pourrait dire que tu t'es mis à te droguer juste avant ma fausse couche, et que c'était la cause de tes accès de violence. Cela expliquerait que tu en sois arrivé là, et ensuite tu pourrais être…

— Pourquoi ne pas leur dire qu'il s'agissait d'un déséquilibre du métabolisme, et que les médecins suisses m'ont guéri. C'est de ma famille, tu sais bien, les déséquilibres du métabolisme.

— … Oui.

— C'est comme ça qu'on a blanchi ma mère…

— Davie…

— … de sa *maladie*…

— Tu me laisseras faire une déclaration ?

— Tu peux dire ce que tu veux à mon sujet. Ça m'est égal. Mais je veux qu'Indira soit innocentée. Elle a de la famille ici, en Écosse.

— Je ne peux pas faire cela.

— Bien sûr que si, tu le peux.

— Comment ?

— Fais preuve d'imagination, Rose. Tu es une femme pleine de ressource. »

Je commençai à m'habiller ; ma mère et Al venaient dîner, et Rose avait été nerveuse toute la journée. Je leur avais demandé de venir car ils n'avaient pas vu Em depuis mon arrestation. Em était très surveillée, par crainte d'éventuels « kidnappeurs », et si moi j'étais libre d'aller et venir à ma guise, elle ne l'était pas.

« Mon Dieu, soupira Rose en se laissant tomber sur le lit. Qu'est-ce que nous allons bien pouvoir nous dire ? Ta mère est…

— Est quoi ?

— Elle est la *seule* femme de ma connaissance que je… vénère. Nous placerons Al à côté de moi. Et Emily près de ta mère. Je ferai descendre le berceau d'Edmund. Ta mère… oh, Seigneur, comme cela va être embarrassant. Qu'a-t-elle dit à notre sujet ?

— Rien.

— Elle a dû dire quelque chose.

— Que pourrait-elle bien dire ? »

Sa tête s'affaissa, comme sous un couperet, et elle se mit à sangloter. Je m'approchai d'elle, m'assis, mais sans la toucher. Elle s'écarta, et je me demandai ce qui se passerait dans trois mois, quand elle serait physiquement prête à reprendre nos *relations*. J'avais le sentiment qu'elle était aussi soulagée que moi du fait que, son accouchement remontant à une dizaine de jours seulement, toute possibilité d'intimité était écartée.

« Peut-être que si nous partions ailleurs.

— Loin.

— Oui. »

Mais où irions-nous ? Et dans quel dessein ? Nous aurions beau fuir très loin, *nous* serions toujours ici, elle et moi, traînant derrière nous tous les horribles forfaits que nous avions commis l'un contre l'autre, sans jamais pouvoir oublier à quel degré d'infamie il est possible de sombrer. Un homme d'honneur nous aurait tués tous les deux. Mais il y avait peu de chances pour que Rose ou moi périssions : j'avais enterré mon honneur avec Dennings.

« Tu penses à *elle* ? me demanda Rose.

— Habille-toi, Rose.

— Je regrette de ne pas... »

Elle ne termina pas sa phrase, et je ne sais combien de fois j'essayai de la terminer à sa place, sans pouvoir décider si elle regrettait de ne pas m'avoir tué, moi, ou Indira.

Sans doute l'un et l'autre.

Je m'efforçais de ne pas penser à Indira. Je m'y efforçais réellement. Parce que c'était une page de ma vie qui devait être tournée. Enterrer le passé pour pouvoir avancer vers l'avenir. Mais, malgré mes efforts, je pensais à elle. Je pensais à elle... à ses longs cheveux noirs, à la façon dont ils s'étalaient sur l'oreiller, à leur douceur, à leur odeur, quand j'y enfouissais mon visage. Je pensais à elle... à sa peau brune et lisse, et au rose de ses mains et de ses pieds, à l'odeur d'amande qui se coulait derrière ses oreilles et entre ses seins. Je pensais à elle... et moi, et à ce que je ressentais lorsque j'étais couché auprès d'elle. Et, chaque jour, chaque heure, je me disais : *Que Dieu me donne la sérénité pour accepter ce que je ne peux pas changer...*

« Davie, dit Rose, nous allons essayer, n'est-ce pas ?
— Oui.
— Pas seulement pour sauver les apparences ?
— Non, pas seulement pour sauver les apparences.
— Et ce sera comme c'était au début… N'est-ce pas ? » J'étais incapable de lui répondre. « … Oui… si nous…
— Tu devrais t'habiller, Rose.
— Oui… Oh, mon Dieu, ce dîner…
— Ça va bien se passer, Rose. Ne t'en fais pas. »

Et le dîner se passa bien. Si bien que j'en conclus que quelque chose ne tournait vraiment pas rond. Ma mère et Al étaient d'une humeur charmante, tous les deux furent courtois et chaleureux avec Rose, même s'ils n'échangèrent que des banalités. Ma mère s'extasia sur Edmund — qui dormit pendant tout le repas — et fit sauter Em sur ses genoux, en lui racontant tout ce qu'elles feraient pendant les vacances d'été au Loch Leven. Rose ne dit rien et resta le nez baissé sur son assiette ; elle n'osait pas avouer à ma mère que la petite ne serait pas autorisée à mettre les pieds du côté du Loch Leven avant l'âge de dix-huit ans.

Ils partirent tôt et, tandis que je les raccompagnais jusqu'à la voiture de Al, ma mère en m'embrassant me chuchota à l'oreille : « Sois à Tantallon Castle mercredi à trois heures du matin. Emmène Em et ne prends rien avec toi. Al et moi passerons vous chercher là-bas. » Elle fit au revoir de la main à Rose et Em, me caressa le visage et monta en voiture.

Rose était couchée près de moi. Elle avait les yeux fermés, mais je savais qu'elle ne dormait pas. Elle écoutait le lit grincer chaque fois que je me retournais, et attendait que je sois endormi pour se laisser aller elle-même au sommeil.

Nous étions chacun d'un côté du lit, aussi éloignés que possible l'un de l'autre, et pourtant je la sentais trembler. Peut-être avait-elle froid. Peut-être percevait-elle mes pensées. Peut-être.

Trois heures sonnèrent. Dans vingt-quatre heures, je pourrais être libre. Je pourrais l'être. Mais il y avait des écuries à construire, et ensuite une clôture, et puis un mur, et encore…

Indira…

Mais cela ne marcherait jamais. Et, même si ça marchait, ce ne serait pas une vie pour nous trois, avec la menace constante que Rose nous retrouve. Non, ce ne serait pas une vie. Je ne pouvais pas l'obliger à vivre ainsi, comme une fugitive. Mieux valait que je reste à North Berwick, et que je construise une écurie. J'avais *besoin* de construire quelque chose. Oui, construire, à cause de tout ce que j'avais détruit, réduit à l'état de ruines. Saine occupation, capable de rendre son intégrité à un homme. Et une fois que ce serait fait ?

Indira…

Impossible. Ma mère ignorait que Rose avait fait poser des barreaux aux fenêtres de la chambre de ma fille, que chaque soir Em était enfermée à clé et que c'était Rose qui gardait les clés, attachées à son poignet, telle une geôlière. Mes chaînes à moi étaient des chaînes vivantes. Elles avaient des cheveux roux et des yeux marron clair, et Rose savait bien que je ne m'en déferais jamais. Jamais. Oui, mais si nous… Non, c'était de la folie. À moins que… Seigneur Dieu, envisagerais-tu un meurtre, Maclean ?

« Davie ?

— Oui ?

— J'ai froid. »

J'étendis le bras et effleurai l'épaule de Rose ; elle se rapprocha et se blottit dans mes bras. Elle tremblait, et je lui frottai le dos pour la réchauffer, mais elle ne se détendait pas. Je tenais mon visage éloigné du sien. Elle était raide, on aurait dit un bout de bois entre mes bras. Voyant qu'elle ne se laissait pas aller, je voulus l'attirer tout contre moi.

« Non, dit-elle en mettant sa main sur ma poitrine. Non… je t'en prie.

— Laisse Em venir avec nous.

— Non.

— Elle dormira entre nous. Nous avons *besoin* d'elle, Rose. Donne-moi la clé et j'irai la chercher. » Elle secoua la tête, se redressa et me tourna le dos. « On n'y arrivera pas, si tu ne…

— Si je ne te fais pas confiance ?

— Donne-moi la clé.

— Non.

— Alors vas-y, toi. Amène-la.

— Pourquoi ?

— Parce qu'elle… elle est *à nous.* Elle est la seule chose qui nous reste.

— Il y a Edmund.

— Ce n'est pas pareil. C'est *ton* fils.

— Et le tien.

— Non. Va chercher Em. »

Elle me dévisagea un long moment, puis se leva, enfila son peignoir et sortit de la chambre. J'entendis le bruit de la serrure et les pas de Rose sur le plancher. Elle revint quelques instants plus tard, portant dans ses bras une couverture bien trop petite pour contenir Em. Plus elle approchait, plus mon cœur battait fort ; je me disais que l'enfant était innocent, qu'il n'était pas concerné par ma guerre avec Rose, qu'il payait injustement pour notre lutte. Mais, quand elle me le mit dans les bras, j'eus un sentiment de répulsion, et elle s'en rendit compte.

« Pourquoi ?

— J'ai simplement besoin de temps pour… pour apprendre à le connaître, Rose.

— Non. Emily, tu l'as aimée tout de suite, *elle*.

— Ce n'est pas vrai.

— Si. Tu l'as aimée avant même qu'elle soit née. »

Je tendis les bras pour prendre le bébé, et fis signe à Rose de s'asseoir à côté de moi. Nous étions appuyés contre le dossier du lit ; je plaçai Edmund sur mes genoux et le berçai quand il se mit à pleurer. Pourquoi me sentais-je aussi détaché de ce petit être ? Je n'étais pas plus ému que si j'avais tenu un oreiller. Il n'y avait pas de raison. Ce n'était pas sa faute. Et c'était un bel enfant, comme on en voit sur les portraits artistiques, avec un visage rond et rose, des lèvres parfaitement dessinées, une peau d'albâtre et des boucles cuivrées. Il était beaucoup plus grand et gros qu'Em au même âge ; il avait l'air d'un enfant de trois ou quatre mois, potelé, avec une peau bien lisse, alors que Em avait été un bébé tout maigre et ridé comme une pomme. Et Em, je l'aimais.

« Va chercher Em, Rose.

— Juste pour cette nuit.

— D'accord. »

Elle se glissa hors du lit, et quelques secondes plus tard Em entra avec précaution dans la chambre. Em n'avait pas le droit de venir dans la chambre de Rose, aussi attendit-elle que Rose ait refermé la porte pour avancer vers moi. Elle était folle de son petit frère, sans doute parce que c'était le bébé de Rose, et que Rose était pour elle quelqu'un d'extraordinaire, d'irréel, pour qui elle éprouvait une admiration mêlée de crainte. Je n'aurais pas appelé cela de l'amour. Plutôt de la vénération. Peut-être parce qu'elle n'avait pas vraiment le droit de toucher sa mère : elle devait se contenter de l'admirer de loin.

Une fois tous les quatre au lit, je plaçai le bébé dans les bras de Em, lui dis de le bercer, m'allongeai sur le côté et attendis que Rose en fasse autant.

« Je me souviens, quand nous étions enfants, au Loch Leven, Jen et moi nous nous faufilions dans le lit de nos parents tous les matins… chaque fois que mon père était à la maison. Martha nous apportait le petit déjeuner sur un grand plateau d'argent, et il y avait pour Jen et moi du chocolat fumant avec de la crème fouettée et de la cannelle râpée dessus. Le dimanche, s'il pleuvait, nous restions là pendant des heures, tous les quatre, mon père, Jen, moi et ma mère… tous les quatre. »

Rose reprit Edmund à Em, puis tendit le bras par-dessus la petite, et posa sa main sur mon visage. Em était mal à l'aise, incapable de comprendre ce que tout cela signifiait, et je la caressai jusqu'à ce qu'elle se détende et se blottisse dans le creux de mon bras. Rose avait son visage à quelques centimètres du mien, et je sentais son souffle. Ses paupières s'alourdirent et, juste avant de fermer les yeux, elle me sourit en murmurant : « Je crois…

— En nous ?

— En cette nuit.

— Et demain ?

— Nous verrons. »

Quoi ? Qu'est-ce que nous verrions ? Qu'es-tu en train de faire, Maclean ? Que diable es-tu en train de faire ? Je n'en savais rien, je ne savais pas si je préparais ma fuite ou si je tentais de recommencer avec Rose. Fais ce qu'il faut. Mais qu'est-ce qu'il fallait faire ? Combien de temps devait durer la pénitence ? Parce que, quoi qu'il arrive, nous ne serions jamais heureux. Jamais. Et Em serait enfermée à clé tous les soirs, et n'aurait jamais le droit de sortir non accompagnée. Quelle vie serait-ce pour elle ? Et tout était ma faute. Si nous partions… mais *pourrions*-nous partir ? Tantallon

Castle était à un peu plus de trois kilomètres. Combien de temps mettrais-je pour les parcourir ? Il me faudrait porter Em, mais elle était petite et frêle, et… Dieu du ciel, Maclean, c'est de la folie. Je ne pourrais jamais m'enfuir, pas avec Em. Sauf si elle dormait à nouveau avec nous. Je pourrais laisser la porte de l'office ouverte, cacher des vêtements, et une fois Rose endormie…

Em remua et, en lui caressant la joue, je jetai un coup d'œil à Rose. Elle avait les yeux ouverts et me regardait, et de toute ma vie je n'avais vu un tel regard. Ses yeux me transpercèrent comme des lames de glace, et j'eus peur. Elle se redressa, prit Edmund dans ses bras et se leva. Je la regardai sortir de la chambre, et je restai là sans bouger jusqu'à son retour ; une fois près du lit, elle contempla Em sans rien dire mais je sentis mes cheveux se dresser sur ma tête. Je compris qu'il fallait que nous partions, parce que nous étions en danger, ma fille et moi.

Tout se passa très vite, comme un rêve en accéléré. Je ne sais qui de nous deux bougea le premier, Rose ou moi, mais nous fondîmes sur Em. Je fus le plus rapide. Je soulevai Em, passai ses jambes autour de ma taille, et tout le temps je me disais que le rendez-vous était pour le lendemain, que, même si je parvenais jusqu'au château, il n'y aurait personne pour m'attendre, parce que nous n'étions que mardi. Mais je savais que nous ne tiendrions pas jusqu'à mercredi : Rose nous tuerait avant.

Elle fit un brusque mouvement vers moi, mais j'arrachai la couverture du lit, l'enroulai autour de mon bras et de mon poing, et frappai Rose de toutes mes forces. Elle s'écroula en se tenant la mâchoire, mais au moment où j'atteignais la porte, elle s'agrippa à ma jambe et me griffa. Em hurlait, et Rose avait l'air d'une folle : elle me labourait les jambes, me mordait. Les domestiques se réveillèrent, mais ni Hume ni miss Crichton n'osèrent intervenir, parce que nous étions comme des bêtes sauvages. Rose voulait appeler la police mais, voyant Hume hésiter, je me tournai vers lui et lui dis que je l'étranglerais s'il s'approchait du téléphone.

« Tu ne la rejoindras jamais ! hurlait Rose. Je sais où elle est ! Je le sais ! »

Em pleurait, gémissait : « Manman ! Papaaa ! », et je la tenais contre moi tout en m'efforçant de dégager ma cheville à laquelle Rose s'accrochait.

« *Elle* sera morte au moment où tu *la* rejoindras ! Morte !

— Lâche-moi ! Lâche-moi ou je te casse le bras !

— Tu périras en Enfer, David Maclean ! *Ta* sale Indienne sera morte et je te jure que tu périras ! » Rose me lâcha, tomba à la renverse et désigna Em du doigt : « *Elle* paiera… pour toi… *Ta fille* paiera… Je ferai en sorte qu'elle regrette de ne pas être morte… morte… » Sans en écouter davantage, je bousculai Hume et miss Crichton et descendis l'escalier en courant, les hurlements de Rose résonnant derrière moi.

J'étais pieds nus, je ne portais que le bas de mon pyjama, et Em était en chemise de nuit. Je plaçai la couverture autour de nous, dis à Em de s'accrocher à mon cou, ouvris la porte d'entrée et me mis à courir. Le premier endroit où on nous chercherait serait chez ma mère. Je fonçai en direction du château, la sueur et les larmes de Em me dégoulinant dans le cou. Il faisait froid mais c'était supportable, et au bout de huit ou neuf cents mètres, je ralentis, sautai sur un talus à l'écart de la route et m'écroulai contre un rocher pour reprendre mon souffle. Em commença à s'écarter de moi en rampant, les yeux écarquillés par la peur. Je tentai de la calmer, de lui expliquer, mais elle secouait la tête, gémissait en réclamant sa mère, me repoussait en marmonnant : « Manman… tu as fait mal à Manman…

— Je le regrette. » Je ne savais quoi dire d'autre, ni comment justifier la scène atroce dont elle venait d'être le témoin.

« Manman.

— Je suis désolé.

— Partir ?

— Oui, avec Dira. Tu aimes bien Dira. Tu as dit que tu…

— Manman ?

— Non, pas avec Maman. Avec Dira.

— Manman !

— Non. L'une ou l'autre. Ta mère et moi, nous ne pouvons pas… vivre ensemble. Nous ne pouvons pas. Je regrette. »

Elle tremblait — il devait faire six ou sept degrés ; je me levai et lui mis la couverture autour des épaules. Elle contemplait mes mains, et je me rendais compte à quel point elle était bouleversée, déboussolée. Je lui avais expliqué la situation quand nous étions en France, avant qu'Indira et moi soyons arrêtés, et Em avait compris, même si je doute qu'elle ait bien saisi qu'elle ne reverrait jamais sa mère. Ce soir, elle en prenait conscience. J'aurais sans doute dû lui dire la vérité — si sa mère lui mettait la main dessus, elle lui rendrait désormais la vie impossible —, mais ç'aurait été la briser parce que, je m'en rendais compte maintenant, Em aimait sa mère.

« Oh, Em », dis-je en m'agenouillant près d'elle. Elle regardait mes pieds, sales et ensanglantés. « Si tu vis avec ta mère, moi je devrai vivre en prison. Tu te rappelles, là où on m'a mis quand on nous a attrapés en France ? Je ne pourrais jamais plus te revoir, Em. C'est ce que tu voudrais ?

— Non.

— Moi non plus. C'est pour ça que nous devons nous enfuir.

— Afrique.

— Non, Amérique.
— Bébé ?
— Non.
— Bébé !
— Non ! Edmund restera avec ta mère. Et tu vivras avec moi en Amérique… si nous y parvenons un jour. »
Rose mettrait toute la police à nos trousses. On nous chercherait chez ma mère, peut-être au Loch Leven, mais jamais ils n'auraient l'idée d'aller voir à Tantallon Castle.

Je pris Em dans mes bras, enroulai la couverture autour de nous et me remis en marche, en suivant le chemin parallèle à la route.

L'ancienne forteresse du XIVe siècle qui avait appartenu autrefois au clan Black Douglas n'était plus que ruine, perchée sur un promontoire rocheux et bordée de hautes falaises donnant sur la mer ; ses pierres rougeâtres s'effritaient. Em et moi nous réfugiâmes dans une sorte d'abri formé par des rochers éboulés. Em s'endormit, moi aussi, et à l'aube la pluie nous réveilla. Em avait faim ; je lui expliquai qu'il lui faudrait attendre quelque temps avant de manger, et, pour détourner son attention, je lui montrai les oiseaux qui nichaient sur Bass Rock, un peu au large de la côte.

La journée fut longue et pluvieuse, mais pas trop froide, et nous restâmes blottis dans notre abri, ne nous levant que pour nous dégourdir les jambes. Pour passer le temps, je racontai des histoires à Em, mais elle ne cessait de parler de Rose et du bébé, jusqu'à ce que je me mette à hurler que, soit elle venait avec moi, soit elle retournait avec sa mère ; à partir de cet instant, elle ne fit plus allusion ni à Rose ni à Edmund.

À la tombée de la nuit, nous mourions de faim tous les deux, et Em se frottait le ventre en se plaignant d'avoir mal. Nous étions à moitié vêtus et pieds nus, et je ne pouvais me risquer à aller lui chercher de la nourriture ;

je lui promis que, dès que ma mère et Al arriveraient, il y aurait plein de choses à manger. Je n'avais pas de montre mais, à en juger par la lune, il devait être un peu plus de minuit. Encore deux heures, peut-être trois.

Elles furent interminables.

J'entendis une portière de voiture qui claquait, puis des bruits de pas, mais je ne bougeai pas et gardai ma main posée sur la bouche de Em. Je voulais être certain que c'était Al ou ma mère. Les pas longèrent le château, s'approchèrent, puis s'arrêtèrent.

« David ?

— Ici, répondis-je en sortant de l'abri.

— Ta mère… Grands dieux, où sont passées tes…

— Nous sommes partis dans la nuit d'hier. Je vous expliquerai en voiture. Où…

— La police cerne la maison. Nous prendrons ta mère à Haddington. »

Une fois à sa voiture, il nous aida à nous installer sur la banquette arrière, Em et moi, nous cacha sous une couverture, et nous dit qu'il y avait des pâtés en croûte et une bouteille Thermos derrière son siège. Tandis que nous nous jetions sur la nourriture, Al nous apprit qu'on recherchait dans tout le pays David Maclean, qui avait à nouveau « kidnappé » sa fille ; puis il se mit à rire et ajouta qu'il avait lui-même lancé la police sur une fausse piste, en leur téléphonant que le ravisseur avait été vu au Havre. Al était d'humeur joyeuse, mais il semblait fatigué, et j'étais inquiet à cause de son cœur, parce que je savais que ces derniers mois avaient été difficiles pour lui et ma mère. Je le remerciai de tout ce qu'il avait fait pour moi, soulignant qu'il prenait des risques.

« Bah ! fit-il d'un air moqueur. Je ne me suis jamais tant amusé de ma vie. Ta mère se prend pour Flora

MacDonald venant au secours de Bonnie Prince Charlie [1].

— Où allons-nous ?

— À Mallaig. Chez ta tante Nancy.

— Et ensuite ?

— Un bateau de pêche vous emmènera en Nouvelle-Écosse. J'ai un ami très cher qui vous récupérera là-bas sur son yacht : Malcolm Fraser. Indira t'attendra chez lui à Long Island. Il vous faudra sans doute un jour ou deux pour atteindre New York, selon les conditions météorologiques. Une fois à terre, une voiture sera à ta disposition, et à toi de te débrouiller. »

Il y avait un taxi devant la gare de Haddington ; Al arrêta sa voiture, et une femme assez forte portant une voilette sortit du taxi pour monter dans la Rolls-Royce de Al. La voilette se souleva, le manteau s'ouvrit, un coussin jaillit, et ma mère me sourit en me caressant la joue. « Oh, mon fils… Em…

— On ne vous a pas suivie ? questionna Al.

— Pourquoi suivrait-on Martha rentrant à son appartement de Castle Mile ?

— Elle restera avec Mollie jusqu'à notre retour ?

— Oui », répondit ma mère en tapotant le genou de Al, puis, scrutant son visage : « Vous avez l'air fatigué.

— Je me sens parfaitement bien », répondit-il. Il croisa mon regard dans le rétroviseur et ajouta en riant : « David, ta mère est une véritable Mata-Hari.

— N'en crois pas un mot, Davie. C'est Al qui a tout combiné.

— Uniquement parce que ta mère menaçait d'aller trouver Rose, un pistolet au poing.

— Je ne l'aurais pas tuée, dit ma mère, d'un ton qui nous fit éclater de rire, Al et moi. De toute façon, nous

1. Héros romantiques de l'histoire écossaise du XVIIIe siècle. *(N.d.T.)*

avions presque tout mis sur pied avant le départ de Jen pour l'Amérique, sachant combien il serait difficile de correspondre par courrier. Jen et Ian se sont occupés de convaincre Malcolm à New York. Il se trouve qu'Edmund Newburn a fait fermer une usine des Fraser. Malcolm n'était que trop heureux de nous *aider*. » Elle dévisagea à nouveau Al, se pencha pour l'embrasser en murmurant merci. « Vous ne voulez pas me laisser conduire, Al ? Vous savez comme j'aime cela. »

Il protesta sans conviction, car nous nous rendions bien compte qu'il était épuisé, puis laissa le volant à ma mère. Une minute plus tard, il s'endormit.

« Est-ce qu'il va bien, maman ?

— Il est seulement très fatigué. Ces quelques mois ont été fertiles en événements.

— Je suis désolé.

— Mais non, ne t'en fais pas.

— Merci… Je ne sais comment…

— Allez, allez, c'est bon. Il va falloir qu'on te teigne les cheveux, Davie, et tu devras te laisser pousser la moustache.

— Pourquoi ?

— Pour ressembler à la photo de ton nouveau passeport, Dugal Stewart… Em, quel est le prénom que tu aimes le plus au monde ?

— Rose.

— Hmhmm. Et le deuxième que tu préfères ? » Em réfléchit un instant, avant de dire Heather. « Eh bien, ce sera ton nouveau nom : Heather Stewart. Si quelqu'un te demande comment tu t'appelles, c'est ce qu'il faudra répondre, d'accord ?

— D'accord.

— Il y a des vêtements pour vous deux, Dave. Pourquoi ne pas les mettre ? »

Elle avait fait un paquet des affaires de mon père. Cela ne me surprit pas tellement et, même si les chemises et les pantalons étaient trop courts pour moi, c'était bon de sentir sur ma peau le tissu adouci par l'usure, encore vaguement imprégné de l'odeur de mon père.

Il était plus de huit heures du soir quand nous arrivâmes à Mallaig. Je m'attendais à une réunion familiale, mais il n'y avait que Nancy et ma grand-mère. Ma mère m'expliqua que, même si les Maclean étaient de mon côté et si la plupart des habitants du petit port de pêche de Mallaig étaient des Maclean, donc des parents à un degré ou à un autre, nous ne pouvions risquer que la nouvelle se répande que j'étais toujours en Écosse.

On nous fit asseoir dans la cuisine, on nous coupa les cheveux, on les teignit en noir et on m'affubla d'une moustache ridicule.

« Mon Dieu, dit ma mère d'une voix étouffée, une fois que ce fut fini. Tu ressembles à...

— La photographie », murmura ma grand-mère.

Je me regardai dans la glace et je n'en crus pas mes yeux : c'était mon père, à l'époque où il était pickpocket à Londres.

On fit à Em une coupe très courte qui la faisait ressembler à un petit garçon, et plus du tout à Emily Maclean.

Les adieux eurent lieu chez Nancy, et non sur le quai, trop d'émotion et de larmes aurait attiré inutilement l'attention. Je les remerciai tous, car tous avaient pris des risques en m'aidant, et je n'arrivais pas à traduire en mots ma gratitude. Il n'existait pas de mots pour une générosité de cette ampleur.

Al me remit une bourse remplie de livres sterling et de dollars, et me recommanda de ne pas tenter de prendre contact avec eux, car Rose était bien capable de faire surveiller leur courrier. Puis ce fut au tour de ma grand-mère et de Nancy de nous dire au revoir, et enfin de ma mère. Je gardai la tête baissée quand elle boutonna la veste en daim de mon père, en tirant sur les manches, trop courtes d'au moins cinq centimètres.

« Je veux récupérer cette veste, Davie. C'est ma meilleure veste de cheval. Alors, prends bien soin de… d'elle. Qu'elle ne soit pas… déchirée, ni…

— Non… Tout ira bien.

— … Oui. » Elle fourra un petit pistolet dans la ceinture de mon pantalon, m'embrassa, puis se baissa pour prendre Em dans ses bras. « Comment t'appelles-tu ?

— E… Eather… Heather Stewart.

— Tu dois écouter ton père, Heather Stewart. Et faire exactement ce qu'il te dira de faire. Je viendrai vous voir quand vous… quand vous aurez une nouvelle maison. » Elle serra la petite contre elle, la reposa par terre, s'essuya le visage et poussa Em vers moi. « Allez… Que Dieu soit avec vous.

— Je… je…

— Allez. »

Je ramassai le sac de marin qui contenait nos vêtements et nos papiers, le jetai sur mon épaule, pris Em par la main, et sortis.

Le *Ellie Jamison* était un schooner de vingt mètres de long qui pêchait la morue au large des côtes d'Islande et des îles Hébrides. L'équipage était constitué de neuf hommes, y compris le propriétaire et capitaine, Angus Stewart, qui devait être parent de l'homme dont on m'avait donné le passeport.

Les conditions météorologiques étaient bonnes, la navigation aisée et, en une semaine, nous avions traversé plus de la moitié de l'Atlantique Nord. Les marins étaient de joyeux lurons qui firent de Em leur mascotte ; je les aidais sur le pont, car j'avais appris les rudiments de la navigation en allant pêcher aux environs de Mallaig. Il faisait un froid glacial mais le ciel était clair et, bien emmitouflés, nous restions sur le pont à écouter les histoires des marins.

« Le *Titanic* a coulé à p't'êt' trois cents milles d'ici, dit le capitaine en allumant une cigarette et en me glissant le paquet. On va passer au-d'sus, enfin, au-d'sus de c'qu'y reste au fond d'la mer.

— Est-ce qu'il y aura des icebergs, à cette époque de l'année ? » questionnai-je.

Il fit un signe de tête affirmatif, et expliqua que les grands blocs de glace qui se détachaient de l'Islande et du Groenland dérivaient parfois jusqu'à trois cents milles des côtes des Bermudes.

« Tant que l'ciel rest'ra dégagé, on s'ra tranquilles. Mais l'Atlantique Nord, fils, c'est quéque chose. Quand l'vent s'lève, y peut t'couper un bateau en deux, et donner des vagues de près d'trent' mèt' de haut. L'brouillard, les icebergs et l'froid… j'ai vu des bateaux qu'étaient dev'nus tout blancs, pris dans la glace. *Aye*, fils… c'est quéque chose.

— Je préférais les eaux de la mer de Tasman, dit Johnny Galloway, le cuisinier. Sur le *Cutty Sark*.

— Johnny a été mat'lot sur le *Cutty Sark*, qui transportait d'la laine entre Melbourne et Sydney.

— En 1890, on a fait Sydney-Londres en soixante-quinze jours… ah, le *Cutty Sark*, ça c'était un bateau.

— Il est toujours en service, n'est-ce pas ? demandai-je.

— *Aye*. C'est des Portugais qui l'ont rach'té, ils l'appellent le *Maria de Amparo*… c'vaillant bateau écossais. » Johnny regarda Em qui écoutait attentivement, blottie dans mes bras, puis lui sourit en disant : « Mais est-ce que tu sais pourquoi y s'appelle comme ça, le *Cutty Sark*, p'tite ? » Em fit non de la tête. « Eh ben, j'vas t'le dire. Un jour, y'avait un fermier à Ayr qui s'appelait Tammie, et un soir de marché, Tammie s'est pris une de ces cuites…

— Ça veut dire qu'il était ivre, Em… tout à fait ivre.

— Il a bu, il a bu, et quand ça a été l'moment d'rentrer à la maison, il est monté sur sa jument grise, Meg, et en arrivant près de l'église d'Alloway, il a entendu des rires et des danses, et qu'est-ce qu'il a vu, Tam ? Des démons et des sorcières qui dansaient, et l'Diable en personne qui les r'gardait. Et y z'étaient pas beaux à voir, tous, sauf une belle jeune fille qui dansait avec seul'ment une p'tite chemise courte sur elle, si courte qu'on voyait tout c'qu'y avait en d'sous. V'là qu'Tammie en la regardant tombe amoureux d'la jolie fille, et en la voyant s'trémousser dans tous les sens, y s'met à hurler : "Bravo, Cutty Sark [1] !" Aussitôt, tout est dev'nu noir. Et y lui ont couru après, les démons et les sorcières, y suivaient à travers champs Meg qui galopait vers la maison. Tam savait que, s'il arrivait à franchir le ruisseau, y s'rait sauvé, parce que les esprits malfaisants ont pas l'pouvoir de poursuiv' un homme au-d'là du milieu d'une rivière. Alors il a filé comme une flèche, et il est arrivé au ruisseau. Mais une des sorcières a tiré sur la queue d'Meg, elle a tiré tell'ment fort qu'elle lui a arraché la queue, et la pauv' Meg, elle s'est r'trouvée avec juste un moignon… mais Tammie a pu rentrer chez lui.

— Et il a juré de cesser de boire !

— Jamais d'la vie ! *Deux sous de bière, et le monde est aimable/Un bon coup de whisky, et nous bravons le Diable !* Ah, c'était un homme, Rabbie Burns [2] !

— Robert Burns était le poète préféré de mon père.

---

1. Cutty Sark signifie « courte chemise ». *(N.d.T.)*

2. Robert Burns : grand poète écossais du XVIIIe siècle, né à Alloway. Traduction du poème « Tam O'Shanter » par Jean-Claude

— Ah oui ? fit le capitaine Stewart. Alors vot'père devait êt' un grand homme. Mon fils a servi sous les ordres d'un grand homme, pendant la guerre, un homme du nom d'*Robert Maclean*. Le colonel Robert Maclean. Un type de Mallaig. Un homme bien.

— *Aye*, approuva mon voisin. Ça, c'est sûr. » Il leva sa chope de bière et lança : « À Robert Maclean et à Rabbie Burns !

— Et à *Dugal Stewart* ! » cria le capitaine.

Nous bûmes et, quand les rires cessèrent, je demandai au capitaine si son fils était revenu de la guerre.

« Il a été blessé en Picardie, touché en plein dans l'vent', et y s'rait mort, sans son colonel. Il l'a ramassé, l'a pris sur son épaule et l'a ram'né dans les tranchées. On a rapatrié mon fils en 18… vivant et en bonne santé.

— Dugal Stewart ?

— *Aye*… drôle de coïncidence, mais c'est un nom assez courant. » Il se détourna, regarda la mer et ajouta : « J'aurais bien aimé rencontrer Robert Maclean… j'aurais voulu l'remercier.

— Je crois que vous l'avez fait… Bonne nuit, capitaine. »

Allongé sur ma couchette, Em à mon côté, je pensai à mon père. Et je me demandai ce qui pouvait bien empêcher les êtres humains de manifester leur amour à ceux qui leur sont chers, pendant qu'ils sont encore vivants. Pourquoi attendons-nous qu'il soit trop tard, et qu'ils aient disparu ?

Crapoulet, dans *Poésies* de Robert Burns, éd. Aubier bilingue, 1994. *(N.d.T.)*

Le 8 avril, la Nouvelle-Écosse était en vue, et le capitaine Stewart annonça que nous jetterions l'ancre au large d'Halifax, et que nous attendrions.

Il faisait doux, la mer était calme, il n'y avait pas un nuage dans le ciel rosé. Em et moi nous tenions sur le pont et regardions vers le sud, car c'était de là que viendrait Malcolm Fraser, de là qu'il viendrait pour nous emmener auprès d'Indira… Indira.

8

(Astoria, New York — 11 avril 1923)

« Tu n'y vas pas, dit Ian en me retirant mon chapeau et en me reprenant les clés de la voiture. Je dirai au contremaître que j'ai besoin de mon après-midi et...

— J'y vais. Donne-moi les clés. »

Mais il jeta mon chapeau sur le divan et fourra les clés de voiture dans sa poche. Cela faisait plus d'une heure que nous nous disputions, en fait depuis que nous avions reçu le télégramme nous annonçant l'arrivée de Malcolm Fraser avec Davie et Em, plus tard, dans la soirée.

« Tu ne vas nulle part. Et surtout *pas à Harlem.*

— Et pourquoi donc ? »

Il ne me répondit pas, ce qui eut le don de me mettre encore plus en colère. Nous avions caché Indira chez un ami de Ian, à Harlem, un Indien Mohawk dénommé Tom qui travaillait avec Ian.

Ian alla enfiler ses bottes de chantier et, tandis que May et Cathy sautillaient autour de lui, il me parla de mes contractions, disant que je n'en étais pas encore au huitième mois et que je devais faire attention.

« Je ne veux pas que tu bouges une patte, aujourd'hui. C'est l'émotion. C'est trop, voilà pourquoi tu as des contractions. Il ne faut pas que tu t'agites... Jen ? »

Je ne dis rien. J'étais en train de me demander où j'avais mis le deuxième jeu de clés.

Je restai à la fenêtre avec les petites pour dire au revoir à Ian, qui remontait la 31e Rue afin d'aller prendre le métro aérien ; dès qu'il fut hors de vue, j'amenai les enfants et le chien chez Bette, sautai dans la voiture et fonçai vers le Queensboro Bridge.

L'appartement de Tom Tall Crow était situé dans la 138e Rue Ouest, près du bar clandestin où travaillait sa compagne Lorraine. Lorraine s'intitulait danseuse exotique, et Ian disait qu'elle était très intelligente, mais elle ne m'avait jamais plu et je la trouvais futile et vulgaire. Pourtant, elle avait pris Indira chez elle et avait proposé de lui prêter son passeport, signe qu'elle n'était pas totalement dénuée de qualités.

Certaines parties de Harlem étaient très agréables : les secteurs les plus riches où vivaient les Noirs fortunés, et où les rues et les maisons étaient bien entretenues. On y trouvait quelques-uns des bars les plus chics, fréquentés surtout par des Blancs aisés qui venaient à Harlem pour écouter du « vrai » jazz. Tom habitait un endroit miteux, où les immeubles de brique étaient délabrés et où les ordures jonchaient le sol. Des hommes et des femmes vêtus de façon voyante traînaient à tous les coins de rues, et me dévisageaient chaque fois que je m'arrêtais à un feu ou à un stop.

Il y avait une bande de jeunes gens devant l'immeuble de Tom. Au moment où je descendais de voiture, le plus grand d'entre eux siffla. Je l'ignorai, fermai la voiture à clé, puis regardai autour de moi. Pas un seul visage blanc, à part le mien, qui dut devenir encore plus blanc, parce que la façon dont ces hommes me regardaient me glaçait le sang. Ils me dévisageaient avec mépris, et cela, ça ne m'était jamais arrivé auparavant, jamais.

Me frayant un chemin au milieu d'eux, je montai les marches du perron. Ils ne bougèrent pas pour me laisser passer et, une fois la porte d'entrée refermée derrière moi, je poussai un ouf de soulagement. Je passai en revue les boîtes aux lettres, en espérant que Tom n'habitait pas au cinquième étage, car je ressentais de légères contractions ; par chance, c'était indiqué : Tall Crow/Palisade - 2C.

Je n'étais pas certaine de trouver Lorraine debout, puisqu'il n'était que neuf heures du matin et qu'elle travaillait la nuit, mais je savais qu'Indira serait levée. J'avais voulu la conduire directement chez les Fraser, le matin où nous avions reçu le télégramme annonçant qu'il y avait eu une inondation au Loch Leven — code signifiant qu'il y avait un problème et que nous devions cacher Indira —, mais Ian avait dit qu'Indira serait plus en sécurité à Harlem. Elle n'était pas sortie depuis près de trois semaines ; en effet, Rose offrait une récompense de cent mille dollars à toute personne qui aiderait à capturer l'un ou l'autre des deux « kidnappeurs », et des affiches montrant les visages d'Indira, Davie et Em étaient placardées dans tous les bureaux de poste du pays.

Je dus sonner trois fois avant que la porte s'ouvre, et je reçus à la figure un nuage de fumée empestant la marijuana. Je trouvais insensé que Lorraine fût assez stupide pour avoir de la drogue chez elle alors qu'Indira était là, mais, ravalant ma colère, je lui souris. Elle n'avait que dix-neuf ans mais paraissait beaucoup plus âgée ; elle avait une peau très foncée, des lèvres charnues et des pommettes saillantes — un beau visage dont l'harmonie se trouvait démentie chaque fois qu'elle ouvrait la bouche, agressant son interlocuteur avec l'accent nasal de Brooklyn. Elle présentait indéniablement une ressemblance avec Indira, avec ses yeux en amande et son ossature parfaite. Mais la ressemblance s'arrêtait là, car Indira, elle, était une dame, dont le maintien et la grâce étaient ceux d'une reine.

Lorraine portait un kimono de satin à moitié ouvert ; elle sourit, jeta un coup d'œil derrière moi et demanda où était Ian.

« Au travail, répondis-je. Indira...

— T'es v'nue ici toute seule ? Ça va pas, la tête ?

— C'est pour aujourd'hui. Mon frère et sa fille. Où est Indira ?

— Elle fait le p'tit déjeuner. J'allais m'coucher. Ça va ?

— Ça va, oui.

— T'as pas l'air bien. Assois-toi, j'vais t'donner une tasse de...

— Je n'ai pas le temps. »

Indira venait d'entrer dans la pièce ; je lui dis de préparer ses affaires.

« Il est là ?

— Il arrive ce soir. Mais il faut qu'on se dépêche, Indira. »

Sans faire un mouvement, elle regarda Lorraine, puis le plafond, et enfin moi.

« Tu sais pourquoi il existe des gens comme Rose Newburn, Jen ? Parce qu'on a peur d'eux, peur du pouvoir qu'ils exercent. Si je pars maintenant, je vais passer le reste de ma vie à fuir.

— Qu'est-ce que tu...

— Je veux aller au New York Times, *leur raconter la vérité. Tout : Dennings, la corruption des...*

— Indira, grands dieux, tu as perdu la tête ? Tu seras arrêtée ! Tu as participé à l'enlèvement d'un enfant et, que cet acte soit ou non justifié, aux yeux de la loi tu es coupable et tu seras punie ! Tu ne peux pas

lutter contre Rose ! Tu ne peux pas ! Personne ne peut ! Va avec Davie à San Francisco et, une fois que vous aurez tous les deux changé d'identité...

— Nous nous demanderons sans cesse quand *on nous retrouvera ! Toute notre vie !*

— Mais non... non, ce ne sera pas comme cela. Mon oncle Martin vous procurera des papiers, vous aurez la nationalité américaine, tous les trois. Rose ne pourra rien faire. »

Indira secouait la tête. Lorraine s'assit sur le canapé et alluma une cigarette.

« Vaut mieux qu'tu partes, chérie. Jen a raison. Sans ça, t'iras en prison. Cette garce de Rose tient ton mec par les couilles. J'veux dire, tu peux même pas prouver qu'elle a fait tuer ce type, parce qu'il y a pas de cadavre. C'est ta parole contre la sienne. Qui c'est qu'ils vont croire, à ton avis ? »

Il fallut un instant avant qu'Indira réponde : « Je vais préparer mes affaires. »

Il y eut un moment de gêne une fois Indira sortie de la pièce. Lorraine ne m'aimait pas plus que je ne l'aimais. Elle était folle de Ian et l'appelait Prince ; il passait pas mal de temps avec elle et Tom, et soignait souvent les gens de l'immeuble quand ils étaient malades, ce qui lui valait le surnom de Doc Scot. Encore deux ans pour obtenir le diplôme qui lui permettrait de commencer son internat... si j'arrivais à gagner assez d'argent pour nous faire vivre. Hypothèse assez peu probable étant donné qu'Indira ne pourrait pas travailler avec moi.

« Assois-toi, Jen. T'as pas l'air bien. » Je ne me sentais pas bien, en effet, mais je voulais partir et, si j'écoutais Lorraine, cela nous retarderait. « Tu veux un verre d'eau ?

— Non, merci. C'est très généreux de votre part, d'avoir hébergé Indira.

— Ça m'a pas dérangée. Elle est adorable.

— Bien entendu, elle vous renverra votre passeport dès qu'elle en aura un à elle.

— Elle peut l'garder. J'ai jamais eu l'occasion de m'en servir. » Elle écrasa sa cigarette et se leva. « Écoute, j'veux pas faire peur à Dira, mais faut bien que quelqu'un lui explique comment ça se passe, aux États-Unis. Si on l'embête, faut qu'elle la boucle et encaisse. On aime pas les gens de couleur, en général, dans le pays, et une femme noire avec un homme blanc, c'est pas vraiment terrible, si tu vois ce que je veux dire.

— Ils voyageront de nuit et ne feront que traverser les États du Nord.

— Ouais, je sais, mais ça change rien. Le Ku Klux Klan est partout. »

Indira revint, le visage largement fardé avec une poudre compacte blanche, ce qui lui donnait l'air d'une métisse, et portant une perruque bouclée blond doré qui jurait avec sa peau sombre.

Lorraine haussa les épaules en disant : « Je m'suis dit que personne la reconnaîtrait en blonde. » Indira mit des lunettes noires, un chapeau avec une voilette courte, et des gants. « Les lunettes, ça ajoute une p'tite touche pas mal, non ?

— Elle est affreuse... C'est parfait. Mais elle ne ressemble pas à la photo de votre passeport.

— Ouais, mais c'est mieux comme ça. Tu vois, si on les arrête, elle pourra dire qu'elle porte une perruque et un maquillage parce que la dernière fois qu'elle s'est baladée avec son petit ami, Dugal Stewart, on les a embêtés à cause de la couleur de sa peau. Quand ils seront à San Francisco, elle bazardera perruque et maquillage, se coiffera comme moi — on a coupé ses cheveux hier soir —, et personne la reconnaîtra parce qu'elle ressemblera pas aux affiches qu'on voit partout. Et même si quelqu'un se souvient d'une blonde voyageant avec un type blanc et une gosse, ils feront pas le

rapprochement, parce qu'elle ressemblera pas du tout à cette personne. Tu piges ?

— Oui.

— Tom lui a acheté une alliance.

— Je vais vous rembourser…

— Non, non, c'est du toc, mais on dirait du vrai. Évidemment, faudra qu'elle garde ses gants et son manteau boutonné jusqu'au cou, aussi bien dans la voiture que dehors, et faut qu'ça soit ton frère qui parle. Mais, si elle est obligée de dire quelque chose, elle se débrouillera très bien. » Lorraine rit en battant des mains. « Écoute un peu ça ! Comment tu t'appelles, chérie ?

— Lorraine Palisade, et j'habite dans la 138e Rue à Harlem. »

J'étais sidérée : Indira avait si bien imité Lorraine que, si je n'avais pas vu ses lèvres remuer, j'aurais juré que c'était cette dernière qui avait répondu.

« Elle est pas formidable ? Nom d'un chien, si jamais les choses se gâtent, elle pourra toujours trouver du boulot comme ventriloque, tu crois pas ? » Indira riait en hochant la tête. « Non, sérieux, ce qu'y a de mieux à faire, c'est de la fermer et de prier pour qu'on te demande rien. Mais on sait jamais. Ça peut prendre trois semaines pour aller à Frisco, ça dépend de l'état des routes. »

Indira me tendit une liasse de dessins pour ma mère, ainsi que pour moi, mais comme je n'avais pas de modéliste, je les expédierais probablement tous en Écosse. Lorraine embrassa Indira et lui souhaita bonne chance, puis me dit d'embrasser « Prince », et nous partîmes sans plus tarder.

La bande de jeunes gens de tout à l'heure s'était déplacée jusqu'à ma voiture. Comment ils avaient fait pour l'ouvrir, mystère, mais ils étaient installés à l'intérieur, buvant et fumant, accoudés aux fenêtres. Indira me saisit le bras et me fit passer derrière elle quand elle vit que j'allais me précipiter vers eux, puis se dirigea vers la voiture et ouvrit brusquement la portière.

« Sortez. Sortez ou j'appelle la police. »

L'homme assis au volant la regarda sans rien dire, d'un air mauvais ; j'allai à la portière opposée, l'ouvris et leur demandai de sortir. Celui qui était assis du côté passager bondit de son siège, m'attrapa par le bras et me mit son doigt dans la figure ; il était si près de moi que je sentais son souffle sur mon nez.

« C'te misérable petite femme blanche me donne des ordres, maintenant ? Hein ?

— Laissez-la tranquille, cria Indira. Elle attend un bébé.

— Un bébé ? C'est qui, le père ? Ou peut-être que tu le sais pas, Blanchette ? »

La peur et la colère m'envahirent. Indira écarta l'homme de moi ; au même moment Lorraine descendit le perron en courant et vint taper le type sur la tête en hurlant qu'il était une sale brute.

« Espèce de cons, bons à rien, voyous ! Fichez-lui la paix ! C'est la femme de Doc ! »

Le type fit un pas en arrière, et tout le monde sortit aussitôt de la voiture.

« Pardon, m'dame... J'savais pas.

— Barre-toi, Richie, et emmène cette bande d'abrutis avec toi ! »

Ils s'éloignèrent et Lorraine nous expliqua que ces gars n'étaient pas aussi méchants qu'ils en avaient l'air. Mais je ne pouvais m'empêcher de penser à ce qui se serait produit si elle n'était pas descendue. Jamais je n'avais rencontré ce genre de haine, qui avait pour cause la couleur de ma peau. Je pensais à Indira, et j'avais peur pour elle, j'étais terrifiée à l'idée qu'elle pourrait être confrontée à pareille animosité injustifiable. Pourquoi ? Pourquoi attacher tant d'importance à quelque chose d'aussi peu significatif que la couleur de la peau ?

« Jen, tu f'rais mieux de remonter, me dit Lorraine. T'as une mine épouvantable. Ils t'ont frappée ?

— Non. Non, il faut que nous partions.

— J'crois pas que ça soit une bonne idée. T'es pâle comme la mort.

— Ça va aller...

— Lorraine a raison, Jen. Nous...

— Non ! » Sans attendre d'autres protestations, je m'assis dans la voiture et attendis qu'Indira en fasse autant. Elle resta dehors, insistant pour que je m'allonge sur la banquette arrière. Je lui affirmai que je me sentais bien, et que c'était cette altercation qui m'avait bouleversée, puis je mis le moteur en marche. Indira refusait de monter à moins de conduire elle-même ; je me fâchai et lui criai de s'installer à l'arrière et de se cacher sous la couverture, et qu'il n'y avait pas à discuter.

Elle finit par céder, à contrecœur. Je fis au revoir de la main à Lorraine et pris la direction de Long Island. Il était plus de dix heures, si bien que la circulation était moins dense, et nous arrivâmes chez les Fraser à midi. Mrs Fraser était en Écosse, mais le maître d'hôtel nous fit entrer, Indira et moi, et nous dit avec un clin d'œil que nous ne devions pas hésiter à faire appel à lui si nous avions besoin de quoi que ce soit. Il faisait encore assez froid dehors et nous gardâmes nos manteaux pour déjeuner dans la véranda qui donnait sur la mer. Je ne sais pas pourquoi, mais je pensai à Arthur, et cela dut se voir sur mon visage parce qu'Indira, brusquement, me demanda si je regrettais d'avoir épousé Ian.

« Bien sûr que non, répondis-je, avec sans doute un peu trop d'empressement.

— Tu aimais Arthur ? Ou bien tu aimais le genre de vie qu'il aurait pu t'offrir ? »

C'était exactement cela. Je n'avais jamais éprouvé d'amour pour Arthur, même si j'avais beaucoup d'affection pour lui, une affection sincère — il suscitait si aisément la sympathie. Mais c'était son train de vie auquel je m'étais habituée... et qui me manquait. Je ne répondis rien à Indira, une forte contraction m'en empêcha, me courbant en deux ; Indira m'aida à m'allonger sur un divan.

« Il faut faire venir un médecin, Jen. Tu ne veux tout de même pas que le bébé naisse prématurément.

— Ça va aller. »

Indira évoqua le fait que May avait été prématurée, et dit que je devais faire doublement attention. Mais ma fille était née à terme, neuf mois exactement après la nuit où elle avait été conçue — avec Arthur. Ian ne le savait pas, et je souhaitais qu'il continue à l'ignorer parce qu'il adorait May et que May le vénérait. Et, même si elle ne lui ressemblait en rien — elle était en fait le portrait craché d'Arthur —, son teint et sa couleur de cheveux, roux doré, pouvaient aisément s'expliquer du fait que mon père avait été blond et ma mère rousse comme moi.

Les contractions se calmèrent ; je restai allongée, et Indira et moi parlâmes de tout ce que nous ferions à son retour de Californie. Elle me surveillait d'un œil, mais gardait l'autre fixé sur la mer... guettant Davie. En fin d'après-midi, n'y tenant plus, elle se leva et se mit à arpenter la véranda en se tordant les mains, tout comme ma mère lorsqu'elle n'arrivait pas à contenir ses émotions. Elles avaient beaucoup de points communs, toutes les deux, et peut-être était-ce pour cela que j'aimais tant Indira.

À six heures, on sonna à la porte d'entrée, et le maître d'hôtel introduisit Ian.

Il était livide, mais ne se fâcha pas. Il vint s'asseoir près de moi, me dit que j'étais folle, et me palpa le ventre. Je le repoussai, en colère plus contre moi-même que contre lui, et je tentai de me lever pour lui prouver que j'allais bien, vraiment bien.

« Reste où tu es et ne bouge pas d'un pouce, sinon je t'attache. » Se tournant vers Indira, il lui demanda si j'avais eu des contractions, et à quelle fréquence.

« Pourquoi poses-tu la question à Indira ? m'écriai-je, indignée. C'est moi qui vais avoir le bébé !

— Oui, répondit Indira. Depuis ce matin. J'ai essayé de... » Elle s'interrompit au milieu de sa phrase, se retourna brusquement et fixa l'océan, et le yacht qui approchait à vive allure de la côte. « Il... il... » Elle courut, ouvrit la porte à la volée, et j'essayai de me lever mais Ian m'en empêcha.

« Nous les ferons venir dans la...

— Laisse-moi me lever ! C'est mon frère ! Je ne le reverrai peut-être pas pendant des années ! Laisse-moi me lever, Ian ! »

Il me prit dans ses bras et me porta jusqu'au quai, où Indira se trouvait déjà.

« Ils vont jeter l'ancre au large et venir avec le canot, dit Ian. Vous avez fait le plein d'essence pour la voiture ?

— Oui. Mais sont-ils obligés de partir cette nuit ? Ils ne peuvent pas attendre demain matin ?

— Il vaudrait mieux qu'ils partent tout de suite. Plus vite ils quitteront New York, mieux ce sera. »

Indira semblait prête à s'envoler ; elle gardait les yeux fixés sur les cinq silhouettes qui montaient dans le canot.

« La perruque, Indira », murmurai-je. Elle se mit à rire, enleva sa coiffure ridicule, et se passa la main dans les cheveux.

« Il va être fâché que je me sois coupé les cheveux », dit-elle avec un soupir.

Ian me pinça le bras et me chatouilla le cou avec le bout de son nez — réprobation silencieuse pour avoir coupé ma « crinière flamboyante », comme il l'appelait —, puis assura Indira que Davie lui pardonnerait.

Le canot n'était plus qu'à quelques mètres de nous. Davie était debout, prêt à passer par-dessus bord ; il sauta avant même qu'ils aient accosté, et se précipita vers Indira. Ils restèrent longtemps enlacés ; il lui caressa le dos, puis la tête, et à la fin il l'écarta de lui pour mieux la contempler, et j'eus les larmes aux yeux en le voyant, une main sur la taille d'Indira, l'autre sur son visage, la touchant comme s'il avait été aveugle.

« Pose-moi, Ian », dis-je en me débattant.

En m'entendant, Davie vint vers moi, tenant Indira par la main.

« Mon Dieu, fis-je. Il ressemble à...

— Ton père. »

Davie m'étreignit et me murmura à l'oreille : « Merci. » Il serra la main de Ian, lui donna une accolade, et se retourna au moment où Malcolm déposait Em sur l'embarcadère. La petite courut vers moi ; avec ses cheveux coupés court et teints en noir, elle avait l'air d'un petit garçon. Elle s'arrêta net en apercevant Indira, et son sourire s'évanouit. Je jetai un coup d'œil à Davie, qui hocha la tête, prit Em dans ses bras, et tendit la main à Dira.

« Comment s'est passée la traversée ? demanda Ian à Malcolm, un grand bonhomme jovial, avec un gros ventre rebondi et des cheveux bouclés blancs comme neige — on aurait dit le Père Noël en civil.

— Impeccable. Dave est un marin de premier ordre... Jen, vous n'avez pas l'air bien.

— J'aimerais que vous cessiez tous de me dire ça. Je vais bien.

— Oui, oui, bon... Où est George ?

— Ici, Monsieur.

— *Tout va bien ? Des nouvelles de ma femme ?*

— *Non, Monsieur.*

— *Parfait. Eh bien, passons à table.*

— *Il faut que Davie parte, dit Ian.*

— *Pas avant d'avoir mangé un morceau. Qu'y a-t-il pour le dîner, George ? Et ne me dites pas que c'est du poisson.*

— *Non, Monsieur. Des* forfar bridies [1].

— *Les* forfar bridies *de Brigit ? Mmmmmm. Où est Indira ? Je veux faire la connaissance d'Indira. Aaaahhh, vous voilà. » Il s'inclina, puis fit un clin d'œil à Davie. « Maintenant, j'ai la réponse à ma question, petit. Oui, elle l'est. Eh bien, George ?*

— *Oui, Monsieur ?*

— *Le dîner. Et presto. Faites préparer un panier de provisions pour nos voyageurs récalcitrants.*

— *Ils ne peuvent pas rester, Malcolm, dit Ian, cette fois avec plus de force.*

— *Sapristi, bien sûr que si. N'est-ce pas, Dave ? »*

Davie sourit, mais il devait se rendre compte que ce n'était pas prudent de rester, car aussitôt il détourna le regard. La situation était embarrassante : Malcolm avait fait preuve de tant de générosité, il était impensable de partir sans accéder à sa modeste demande.

« Bien entendu, nous restons, finit par répondre Dave. Nous partirons tout de suite après le repas. »

Ian n'insista pas : c'était le moins que nous puissions faire.

Em s'assit à côté de moi, sans cesser de fixer Indira du regard ; je ne comprenais pas son attitude, car elle adorait Indira et avait toujours été très affectueuse avec elle lorsque nous étions en Écosse.

---

1. Plat écossais : pâte à choux remplie de viande de bœuf et d'oignons émincés. *(N.d.T.)*

Malcolm insista pour que nous passions tous la nuit chez lui, et même Ian admit que ce serait de la folie de prendre la route sans avoir dormi au moins quelques heures. Je mangeai à peine ; les contractions devenaient de plus en plus fortes, si fortes que je dus me rendre à l'évidence : j'étais sur le point d'accoucher. Ian me porta à l'étage et Malcolm appela un médecin, mais les douleurs étaient si fortes et si rapprochées que je me dis qu'il n'arriverait jamais à temps. Ian me déshabilla, se lava les mains, réclama de l'eau chaude, des linges et des ciseaux, et renvoya tout le monde.

« Tu... tu ne vas pas..., haletai-je entre deux contractions.

— Si. Allonge-toi et...

— Non !

— Jen, j'étudie la médecine.

— Non !

— J'ai mis au monde le troisième enfant de Mrs Ferguson, à Glasgow...

— Non ! Pas toi *! N'approche pas ! »*

Il ignora mes protestations. J'essayai de me redresser. L'idée qu'il me voie, tordue de douleur et pleine de sang, était plus que je ne pouvais supporter. Je lui dis de faire venir Indira, qu'elle mettrait au monde le bébé, mais il secoua la tête.

« C'est trop tôt... Ian... Le bébé...

— Chhhuuut. Le bébé ira très bien.

— Même pas huit mois... Il mourra...

— Mais non, Jen. Il sera peut-être minuscule, c'est tout. »

Il continua à parler, à me tranquilliser, tout en appuyant doucement sur mon ventre. Mais je persistais à penser que l'enfant n'était pas complètement formé, et j'étais terrifiée à l'idée qu'il puisse naître sans bras ou sans jambes, ou qu'il soit difforme, tout cela à cause de ma négligence. Je ne sais si c'était la douleur ou la peur, mais je dus devenir hystérique car, au bout d'un moment, je pleurais et gémissais en disant que j'étais Deirdre, Deirdre des Douleurs, et que le bébé serait mort-né à cause de moi.

J'eus mal, puis je ne sentis plus rien. Ian tenait entre ses mains une toute petite chose... qui remuait : elle était vivante.

Ian avait sur le visage une expression indescriptible.

Il lava l'enfant, puis la mit à mon sein, et elle commença à téter.

« Mary, dit-il avec un soupir, sa main recouvrant entièrement le corps de l'enfant. Petite Mary.

— Elle est minuscule, Ian. J'ai peur pour elle.

— Non... elle démarre tôt dans la vie. Ça lui portera chance. »

Mais je n'en étais pas certaine.

La vie était déjà suffisamment difficile ; y entrer avant d'y être préparée ne faciliterait pas les choses.

Je contemplai cette minuscule créature qui reposait entre mes bras, la serrai contre moi, caressai sa tête chauve, pas plus grosse que mon poing. Jusqu'à présent, elle n'avait pas eu de réalité pour moi : ce n'était qu'un poids dans mon ventre, quelque chose qui m'ennuyait et dont j'avais hâte d'être débarrassée. Et maintenant, je ne cessais de penser à la semaine qui venait de s'écouler, aux contractions que j'avais ignorées — peut-être que c'était elle qui se manifestait ainsi, qui s'accrochait désespérément à la chaleur et à la sécurité de mon ventre. Qu'est-ce qui se développait chez un bébé, durant les sept dernières semaines ? Qu'est-ce qui ferait défaut à ma fille ? Qu'est-ce que je lui avais volé, en me laissant submerger par mon besoin de voir mon frère ? Ses bras seraient-ils aussi forts, ses jambes aussi rapides ? Son esprit serait-il vif et malin ?

Je la hissai jusqu'à mon cou, posai mes lèvres contre son oreille et chuchotai : « Je te demande pardon... »

Ian prit une chaise et vint s'asseoir près de moi. Il m'assura que l'enfant était en bonne santé, qu'elle grandirait et serait aussi bien portante que May et Cathy.

« Oui », répondis-je. Mais je n'y croyais pas, et quand Ian se leva, je vis à son expression que lui non plus n'y croyait pas.

Il me fit ma toilette, me donna une chemise de nuit de Mrs Fraser, puis tout le monde entra. Malcolm était comique, il ne cessait de répéter : « Formidable, formidable », en tournant en rond dans la chambre, comme si ç'avait été lui l'heureux père. Indira prit le bébé dans ses bras, puis ce fut le tour de Davie, et Em demanda à tenir elle aussi sa nouvelle cousine. Davie l'installa sur le lit près de moi, lui mit le bébé dans les bras, et Em le berça.

« Bébé », murmura-t-elle, les yeux remplis de larmes. Je vis Dave fermer les yeux et baisser la tête, et je compris qu'elle pensait à son petit frère resté en Écosse. Et je m'en voulus de ne pas avoir compris cela plus tôt. Pourquoi s'imagine-t-on que les enfants, parce qu'ils sont petits, éprouvent des chagrins moins grands que les nôtres ?

Mon frère, Indira et Em partirent à quatre heures du matin.

Nous leur souhaitâmes bonne chance.

Nous leur souhaitâmes un bon voyage.

Et nous fîmes des prières pour eux…

9

(Warren, Ohio — 13 avril 1923)

Ian nous avait préparé un itinéraire — nous devions rouler de nuit et dormir pendant la journée — car des policiers étaient postés sur toutes les routes principales, à la poursuite des bootleggers et des deux infâmes kidnappeurs qui s'étaient une fois de plus enfuis avec Emily Newburn Maclean. Des ligues de vertu fleurissaient dans tout le pays, pour combattre la contrebande d'alcool, mais aussi pour ramener dans le droit chemin l'Amérique aux mœurs « relâchées ». La prohibition avait été décrétée pour lutter contre l'alcoolisme, et le Mann Act interdisait à un homme de faire passer une femme d'un État à un autre, même en payant son voyage, s'ils n'étaient pas mariés — loi qui était censée empêcher les amours illicites. Indira et moi avions tous deux des passeports, mais le mien était au nom de Dugal Stewart et le sien au nom de Lorraine Palisade, et je savais que, si on nous arrêtait, on ferait peser sur nous un certain nombre d'accusations ; il suffisait d'ailleurs de voir Indira sans sa perruque et son maquillage pour deviner qu'on avait mis la main sur Indira Nehru et David Maclean.

Nous roulâmes jusqu'à ce que je n'en puisse plus et nous nous arrêtâmes dans un motel.

Em avait dormi presque tout le temps et, quand elle ne dormait pas, elle restait silencieuse. Elle était tout à fait éveillée quand je la portai dans le minuscule bungalow où il y avait tout juste la place pour deux lits. Je la déposai sur son lit et commençai à la déshabiller ; elle ne quittait pas Indira du regard. Ma mère lui avait offert une poupée avant notre départ d'Écosse ; elle la tenait serrée contre elle et refusait de la lâcher, si bien que je ne pus lui enlever sa robe. Rabattant les couvertures sur elle, je lui dis de dormir et éteignis la lumière.

Il faisait noir dans la chambre, mais j'entendis le froissement des vêtements d'Indira quand elle se déshabilla, et le craquement du lit quand elle se coucha. J'étais mort de fatigue, mais tourmenté à la fois par le désir et par les craintes qui me traversaient l'esprit depuis que nous avions quitté New York. Je ne cessais de penser à Jen et au bébé né avant terme à cause de moi. Et aussi à Al, là-bas en Écosse, Al au cœur fragile, qui m'avait paru si fatigué, épuisé par toutes ces combines insensées concoctées pour me permettre de quitter le pays. Et puis encore à Rose…

Mais il ne fallait pas que je pense à Rose, surtout pas.

Je me déshabillai et me glissai auprès d'Indira, l'attirai contre ma poitrine, la serrai contre moi et la caressai, en attendant que Em fût endormie. Je sentais les frémissements du corps d'Indira sous mes doigts, quand elle posa sa jambe en travers de la mienne et se frotta contre moi. Le lit craqua lorsque je l'attirai plus près, approchai mon visage du sien et l'embrassai. Nous devions faire attention à ne pas réveiller Em, mais cela faisait si longtemps… Je lui retirai sa chemise et, quand je sentis sous mes mains la douceur de ses hanches fines, je l'amenai sur moi et pénétrai en elle. Mais à chaque mouvement que nous faisions, le lit gémissait et, au bout d'un moment, Indira se laissa glisser au sol, m'entraînant avec elle. Nous avions à peine assez d'espace entre le lit et le mur, et le tapis nous brûlait la peau, mais au moins nous ne faisions pas de bruit. Je fermai les yeux en imaginant que nous étions ailleurs, et je les rouvris quand Indira étouffa un cri et s'écarta de moi.

Emily, debout à côté du lit, nous regardait.

Il faisait sombre, mais cela ne m'empêcha pas de voir ses yeux : deux billes blanches qui fixaient sur moi un regard dur et froid.

Je me relevai, enroulai la couverture autour de moi, couvris Indira avec le drap, et remis Em dans son lit. Elle n'avait pas encore trois ans, mais était douée d'une intuition extraordinaire ; elle avait déduit que, si je n'étais plus avec sa mère et le bébé, c'était parce que j'aimais Indira. Je tentai de lui expliquer la situation, mais elle ne me regardait pas et restait assise dans le lit en caressant sa poupée. Soudain la porte s'ouvrit, puis se referma en claquant ; Indira était sortie.

Le motel comportait douze bungalows en bois blanc aux toits bitumés, et une petite aire cimentée pour la voiture. Je trouvai Indira appuyée contre le capot, emmitouflée dans son manteau, contemplant la lune et le ciel dont la teinte gris-bleu pâle annonçait l'approche du jour.

Je ne dis rien. Il n'y avait pas grand-chose à dire. Je savais qu'elle regrettait de ne pas être allée à Paris, ce matin de janvier où je lui avais demandé de rester, et à maints égards je le regrettais aussi. Je l'aimais, cela n'avait pas changé et ne changerait jamais. Mais j'avais peur pour elle et je n'étais pas sûr de lui apporter grand-chose de bon, parce que, avant tout, j'avais le devoir de la protéger, et je ne savais pas si j'en serais capable. Tant d'éléments m'échappaient. Ce n'était pas seulement Rose, même s'il fallait compter avec elle. C'était d'avoir amené Dira ici, en Amérique, dans un pays où elle ne serait jamais reconnue comme citoyenne à part entière parce qu'elle n'était pas blanche ; et le fait que moi, je l'étais, ne ferait que lui rendre les choses plus difficiles. J'avais lu des articles racontant les méfaits du Ku Klux Klan — lynchages, croix enflammées —, et d'horrible histoires sur ce qui arrivait aux gens qui contractaient un mariage mixte. Ce qui m'inquiétait le plus, c'était la façon dont Indira réagirait à cela. Elle avait été élevée en Écosse, où la race n'avait jamais été vraiment un problème, et il y avait en elle quelque chose d'indomptable qui faisait qu'elle ne se laisserait pas intimider si on l'insultait. Et c'était cela qui m'effrayait parce qu'ici, en Amérique, son insoumission pouvait causer notre mort à tous.

Je lui pris la main, m'assis sur le capot de la voiture, et insistai jusqu'à ce que Dira tourne son regard vers moi.

« Mon Dieu… je… » Sa voix s'étrangla et j'éprouvai une douleur en plein cœur, parce que je savais ce qui allait suivre. Pris de panique, je l'attirai contre moi, appuyant son visage contre ma poitrine pour l'empêcher de parler, de dire qu'elle allait me quitter. Pourtant, il fallait qu'elle le fasse, j'en étais conscient, et je devais la laisser partir.

« Jen a dit que Lorraine avait proposé que tu gardes son passeport. Tes cheveux sont coupés comme les siens, maintenant. En fonçant la couleur de ta peau avec du fard et en imitant sa voix, ça pourra passer. Tu pourrais prendre un bateau à destination de la France. Aller à Paris… Et travailler comme modéliste. » Elle ne dit rien, mais je sentis ses larmes inonder ma poitrine et ses épaules se soulever tandis qu'elle frottait son visage contre moi. « Tu serais américaine, on ne te retrouverait jamais, on ne saurait jamais… Tu serais en sécurité. »

Elle s'écarta de moi en essuyant ses larmes.

« Je n'ai pas peur ! C'est Em ! Elle me déteste, à présent ! C'est à cause de moi si elle ne vit plus avec sa mère et son petit frère !

— Chhhuuut, parle moins fort.

— Elle t'a vu frapper sa mère, Davie. Imagines-tu l'impression que cette scène a dû faire sur elle ? Elle est terrorisée. Depuis cette nuit-là, elle s'est repliée sur elle-même. Et elle sait que tu as fait cela à cause de moi.

— Cela n'avait rien à voir avec toi. C'était moi… et Rose. L'essentiel, c'est que tu partes tant que tu le peux. Si nous nous séparons, il y a une chance pour que nous nous en tirions tous.

— C'est ce que tu veux ?

— C'est ce qu'il y a de mieux à faire.

— Pour qui ? Seras-tu heureux ? Moi, je sais que je ne le serai pas.

— Alors, que faire ?

— Je ne sais pas.

— Nos portraits sont affichés dans tous les bureaux de poste du pays, Dira, et une récompense de cent mille dollars est offerte. Je suis un salaud, un mari infidèle et brutal qui a enlevé sa propre fille et s'est sauvé avec sa maîtresse qui est une voleuse. La personne qui nous livrera à la police gagnera non seulement une coquette somme d'argent, mais le Paradis, pour avoir débarrassé la Terre de deux des plus viles créatures qu'elle ait jamais portées.

— Alors, pourquoi être venus jusqu'ici, si tu n'y crois pas ? Pourquoi ?

— Parce que j'y ai cru, parce qu'il n'y avait rien d'autre à faire que d'y croire.

— Et plus maintenant ?

— Ni Em ni moi ne ressemblons aux affiches. Toi, si.

— Pas avec la perruque et le maquillage.

— De nuit, oui. Mais as-tu pensé à ce qui se passera quand nous nous arrêterons au prochain motel et qu'on nous demandera de prouver que nous sommes mariés ? Tu y as pensé ?

— On ne nous a rien demandé, ce soir.

— Mais on pourrait.

— Les Américains se promènent avec leur certificat de mariage sur eux, peut-être ?

— Si l'homme est blanc et que la femme ne l'est pas, oui. Surtout s'ils ont un enfant avec eux.

— Nous sommes en vacances, nous visitons l'Amérique, et je me suis fait voler mon sac avec tous nos papiers. C'est ce que Ian a dit de raconter. De toute façon, ce n'est pas cela qui m'inquiète. C'est Em.

— Et…

— Et… et… Dis-moi qu'elle a juste besoin de temps. »

Indira mit ses bras autour de ma taille, se haussa sur la pointe des pieds et me chuchota à l'oreille : « Dis-le… dis-le-moi… »

Et je le lui dis, pour nous permettre à tous deux d'y croire.

Après avoir finalement réussi à dormir, nous reprîmes la route à la tombée de la nuit. Indira mit la perruque et appliqua sur son visage un maquillage qui, de nuit, la faisait ressembler à une femme blanche hâlée. Au matin, nous avions atteint Chicago. Ian avait indiqué les motels situés en dehors des grandes villes où nous devions faire étape, et nous passâmes la journée dans un petit bungalow au bord du lac Michigan. Le printemps était dans l'air et la neige fondait ; une brume flottait sur les eaux glacées. Je n'avais jamais vu de lac aussi grand : avec ses vagues qui clapotaient sur le rivage, et du fait qu'on n'apercevait pas la rive opposée, on avait l'impression de se trouver face à l'océan.

Em ne disait pas un mot. Quand je m'adressais à elle, elle faisait oui ou non avec la tête, et si jamais Indira lui posait la moindre question, elle la fixait d'un air absent.

Il nous fallut cinq jours pour arriver à Wionna, dans le Minnesota. Les routes étaient mauvaises et, comme le motel était complet, je garai la voiture le long du Mississippi. J'achetai des sandwiches et des boissons à une station-service et, au moment de payer, j'aperçus une affiche, juste derrière la caisse, annonçant un rassemblement du Ku Klux Klan. Est-ce que je devins pâle, ou bien les pièces de monnaie se mirent-elles à s'entrechoquer dans ma main, mais je remarquai que l'homme me dévisageait.

« Vous n'êtes pas du coin, n'est-ce pas, monsieur ?

— Non, juste de passage.

— C'est votre voiture, là-bas ?

— Oui. Vous avez dit un dollar quatre-vingt-quinze ?

— Oui, avec l'essence. C'est votre femme ?

— Oui.

— Anglais ?

— Australiens. Nous faisons du tourisme. » Je lui tendis deux billets d'un dollar, mais il avait les yeux fixés sur la voiture, sur Indira qui avait enlevé son chapeau et ses gants et se massait les mains. Il me regarda, regarda l'argent dans ma main, puis à nouveau la voiture lorsque la portière claqua ; Indira et Em se dirigeaient vers nous. Indira avait remis son chapeau et ses gants, mais l'homme avait vu ses mains.

« Pouvons-nous utiliser les toilettes ? demanda-t-elle avant que j'aie pu intervenir.

— Y en a pas.

— Il faut que nous partions, dis-je en posant l'argent et en prenant le bras d'Indira.

— Heather a besoin de…

— Allons-y. »

Elle ne me regardait pas. Elle avait les yeux fixés sur une porte, à droite, portant l'écriteau TOILETTES. J'essayai de l'entraîner, mais elle ne bougea pas.

« Ma fille a besoin d'aller aux toilettes.

— J'en ai pas qu'elle puisse utiliser. Elles sont hors service.

— Aucun panneau ne l'indique.

— Pas besoin de panneau. Puisque je vous le dis. »

Em se tortillait en regardant tour à tour l'homme, les toilettes et Dira ; je la pris dans mes bras et lui dis tout bas que nous trouverions un endroit un peu plus loin, puis je saisis Indira par le bras.

« Nous partons. Allons-y. »

Elle restait plantée comme une souche. Soudain ses yeux tombèrent sur l'affiche. Elle dégagea brusquement son bras et fit face à l'homme.

« Vous en faites partie ?

— Peut-être que oui… peut-être que non. » Il fit le tour du comptoir et ouvrit la porte. « Mais, si j'étais vous, je quitterais la ville. »

Sans plus attendre, je tirai Indira derrière moi avec tant de force que je la soulevai presque de terre, tandis qu'elle lançait au type d'un ton sifflant : « Que Dieu bénisse l'Amérique. » Je la poussai sur la banquette arrière, déposai Em à côté d'elle, montai en voiture et démarrai ; dès que nous nous fûmes éloignés de la station d'essence, je lui dis de s'allonger et de mettre la couverture sur elle.

« Non.

— Dira…

— Non. Je ne vais pas me cacher comme une…

— Tu veux qu'on se fasse tuer ? C'est ça ? Cache-toi le temps que je trouve un autre motel dans la prochaine ville. »

Em voulut aller aux toilettes ; c'était la première fois qu'elle me parlait depuis presque une semaine. J'arrêtai la voiture à l'écart de la route et accompagnai Em derrière des buissons.

« Em, si quelqu'un te demande ton nom, tu dois répondre Heather Stewart, et dire qu'Indira est ta maman.

— Pas Manman.

— Em, je t'en prie. Pas maintenant, tu m'entends ? Si tu ne dis pas que Dira est ta maman, on peut me mettre en prison, et Dira aussi. Tu comprends ça ? »

Elle ne répliqua pas, se contenta de marmonner « Pas Manman », puis me suivit dans la voiture.

La nuit était tombée et, comme nous nous dirigions vers Rochester, la ville la plus proche, en passant devant un endroit dégagé j'aperçus trois croix enflammées.

« Seigneur », murmurai-je malgré moi. Je ne voulais rien dire, je voulais seulement appuyer sur l'accélérateur et ficher le camp aussi vite que possible. Indira se redressa, rejeta la couverture et regarda par la fenêtre.

Ils étaient cinquante ou soixante, vêtus de robes blanches et de cagoules, formant un cercle de spectres blafards qui se détachaient sur le ciel noir.

« Toute cette haine », murmura Indira avec un soupir. Je lui dis de remettre la couverture sur elle et de se baisser, mais elle continua à regarder, se retournant pour voir par la vitre arrière, tandis que j'appuyais sur le champignon. « Pourquoi… Pourquoi ? »

J'étais incapable de lui répondre. Je ne savais pas, je n'avais jamais compris. Un jour, mon père m'avait dit que c'était la peur qui animait les membres du Ku Klux Klan, que c'était une bande de couilles molles, de petits salauds minables qui aimaient se déguiser et n'avaient pas le courage de se montrer à visage découvert.

Tout ce que je savais, c'est que j'avais peur.

Nous dépassâmes Rochester et filâmes à toute allure sur Jackson. Une fois au motel, nous nous écroulâmes de fatigue. Em s'endormit aussitôt, habituée qu'elle était à dormir pendant la journée, mais Indira était agitée et arpentait la minuscule chambre en racontant ce qu'elle avait lu dans les journaux quand elle habitait avec Lorraine à Harlem. Des histoires horribles de gens qu'on enduisait de goudron et de plumes et qu'on chassait de la ville parce qu'ils fréquentaient des Noirs ; un homme noir qu'on avait brûlé vif parce qu'il avait une maîtresse blanche, laquelle avait disparu, mais selon les rumeurs elle avait sans doute connu un sort bien pire encore.

Ne supportant pas d'en entendre davantage, j'obligeai Indira à venir se coucher près de moi et posai ma main sur ses lèvres jusqu'à ce qu'elle se calme.

« Dors », murmurmai-je en embrassant les coins de sa bouche. Elle remua les lèvres et m'attira à elle en jetant la couverture sur nous, car la chambre n'était pas sombre et Em était tout près. Indira me caressa avec fièvre, passionnément mais comme douloureusement, et elle m'arracha mes vêtements comme si c'étaient des chaînes. Je ne l'avais jamais vue ainsi, mais je comprenais que c'était à cause de tout ce qui s'était passé et qu'elle avait beau dire, elle était aussi effrayée que moi. Alors, elle cherchait refuge en moi. Le lit craquait, mais cela m'était égal ; tout ce qui comptait, c'était de pénétrer aussi profond que possible en elle. Au dernier moment, je me retirai, parce qu'un enfant était chose impossible maintenant, il fallait attendre que nous soyons en lieu sûr. Mais Indira me serra très fort, me chuchota à l'oreille de rester en elle, et fit en sorte que je ne pus me retirer. Et je compris que c'était ce qu'elle voulait, avoir un enfant, et que c'était en quelque sorte un moyen d'effacer tout ce qui s'était passé. La vie amènerait la vie. Et nous pourrions recommencer…

Quinze jours plus tard, nous arrivions à Carson City, dans le Nevada : le Far West.

Nous n'avions plus qu'à franchir la chaîne montagneuse de la Sierra Nevada, et au-delà, à quelques centaines de kilomètres seulement, il y avait San Francisco. Du nord au sud, la chaîne s'étendait sur plus de six cents kilomètres, et les sommets atteignaient deux mille à quatre mille mètres. L'air était le plus pur que nous respirions depuis des semaines, et la chaleur faisait fondre la neige, encore abondante dans ces régions d'altitude. Les ruisseaux débordaient, les prairies luxuriantes étaient parsemées de fleurs jaunes et mauves, et d'immenses pins se détachaient sur le ciel bleu. Au-delà des prés s'élevaient d'imposantes montagnes grises couronnées de neige, qui ressemblaient à celles de la région du Loch Leven. Mais ici, près du lac Tahoe, il n'y avait pas de bruyère, et le paysage, au lieu d'être gris doré, était vert éclatant.

Nous arrêtâmes la voiture près d'un ruisseau et continuâmes à pied pendant quinze cents mètres environ, jusqu'à un endroit où l'eau était plus profonde. Indira avait envie de nager. L'eau était glaciale ; j'y trempai la main et la ressortis aussitôt. Mais Dira était déjà en train de se déshabiller car il faisait plus de vingt degrés et il n'y avait pas de vent. Em nageait très bien et était habituée à se baigner en eau froide ; avant que j'aie pu protester, elle aussi s'était déshabillée et se ruait dans l'eau.

« Froid ! Froid ! » criait-elle, mais en riant, alors que depuis New York elle n'avait pas souri une seule fois. Bien sûr, Indira et moi n'avions pas non plus été très gais. Il n'y avait guère eu de place pour le jeu, et à vrai dire il n'y en avait toujours pas. Mais elles paraissaient si heureuses, toutes les deux, que je n'eus pas le cœur de gâcher leur plaisir.

« Viens, Davie ! Viens, c'est... c'est revigorant !

— On va tous attraper une pneumonie. »

Indira avança dans l'eau jusqu'à la taille, retira sa perruque et la jeta sur la rive, plongea et refit surface en criant et en riant. Elle se frotta le visage, enleva le maquillage, lissa ses cheveux mouillés et les coiffa en arrière. Elle était telle que je l'avais connue deux ans plus tôt, pareille à une statue sortie des mains d'un sculpteur. Elle se mit sur le dos, les seins pointant hors de l'eau, en continuant de rire. Je retirai ma chemise et mon pantalon et allai les rejoindre.

Em vint vers moi en nageant et me fit signe de mettre la tête sous l'eau. Je n'avais jamais vu une eau aussi froide, ni aussi claire. Ma fille, les yeux écarquillés, me montra du doigt un poisson qui me mordillait les pieds. Dira s'approcha de nous, émergea en rejetant la tête en arrière puis, d'un seul coup, se baissa, s'accroupit dans l'eau et se couvrit la poitrine avec les mains tout en fixant des yeux la rive, derrière moi. Je me retournai et entendis au même moment un déclic : un homme braquait son fusil sur nous. Il regardait Indira d'un air incrédule, et je compris soudain pourquoi : sans perruque ni maquillage, avec ses cheveux rejetés en arrière, elle ressemblait tout à fait au portrait des affiches.

Je sortis de l'eau en portant Em, me dirigeai vers l'homme, lui présentai mes excuses pour avoir pénétré sur sa propriété, et expliquai en quelques mots que nous étions dans la région pour les vacances. Mais il continuait à dévisager Indira, imaginant sans doute ce qu'il ferait des cent mille dollars qu'il toucherait après nous avoir livrés à la justice. Il était de la même taille que moi, mais plus costaud, avait des cheveux auburn frisés et des yeux marron foncé, dont je me dis qu'ils ne devaient pas toujours avoir l'air aussi durs.

Je ramassai la robe d'Indira et retournai à la rivière pour la lui tendre, puis revins vers l'homme, qui baissa les yeux pendant qu'Indira enfilait sa robe et la boutonnait à la hâte.

« Je suis vraiment désolé, mais… vous comprenez, il n'y avait pas de panneau, ni de clôture, alors…

— La clôture a été arrachée par le vent, cet hiver. Vous êtes sur ma propriété. » Il regarda Em qui était assise par terre, toute frissonnante, et il lui sourit. « Va t'habiller, petite. Tout ira bien, maintenant.

— Écoutez, dis-je en m'avançant vers lui. Je suis sincèrement désolé d'avoir…

— N'approchez pas davantage, monsieur. Je *sais* qui vous êtes. Et je sais qui *elle* est. Et vous n'êtes pas ici en *vacances*. »

Indira était derrière moi ; je la pris par la main et souris à l'homme.

« De toute évidence, vous me confondez avec quelqu'un d'autre, monsieur. Mon nom est Dugal Stewart, voici ma femme Lorraine et notre fille Heather.

— Mettez votre pantalon.

— Mon passeport est dans…

— Mettez votre pantalon.

— Écoutez, je…

— Un mot de plus, monsieur, et je tire. Je ne sais pas ce qui m'en empêche, d'ailleurs. Pas la peine de…

— Un instant ! Voulez-vous avoir l'obligeance de me dire de quoi il s'agit ? »

Sans un mot, il visa et libéra le cran d'arrêt. Indira me repoussa.

« Qu'est-ce que vous voulez ? s'écria-t-elle, et je ne pus m'empêcher de la regarder, car elle avait pris un accent new-yorkais aussi fort que celui de Spike. De quel droit vous vous promenez comme ça en braquant votre arme sur des gens innocents ? Hein ? » Surpris par sa voix, le type recula, abaissa son fusil et regarda Em quand Dira appela : « Heather, viens ici. Reste avec papa et maman.

— Ne bouge pas, petite, fit l'homme avant de s'adresser de nouveau à nous. Si vous êtes ce que vous prétendez être, alors je vous dois des excuses. Mais si vous ne l'êtes pas, je peux vous dire que je m'arrangerai pour que vous passiez le reste de vos jours en prison.

— Que sommes-nous censés avoir fait exactement, monsieur ? questionnai-je en boutonnant mon pantalon.

— Vous êtes des kidnappeurs.

— Qui avons-nous enlevé ?

— Cette enfant… votre fille. »

Je ris en secouant la tête. « C'est ma fille, pourquoi la kidnapperais-je ?

— Vous direz ça au shérif.

— Je vous le dis à vous. Allez à notre voiture, vous y trouverez nos passeports. » Sans répondre, il attendit que nous le suivions, et je tendis la main à Em. Elle se leva et avança vers moi, mais le type s'interposa.

« Halte-là ! fillette. Tu vas rester avec moi, le temps qu'on débrouille tout ça.

— Papa…

— Ouais. » Il agita son fusil vers Indira et moi. « Marchez devant moi, vous deux.

— Pour aller où ?

— Chez moi, c'est à cinq cents mètres d'ici.

— Nos passeports…

— Je reviendrai les chercher. Quand le shérif sera là. »

Il se pencha vers Em et lui sourit si gentiment qu'elle sourit à son tour. « Donne-moi la main. Je ne te ferai pas de mal.

— Elle n'est pas censée…

— Je m'appelle Jake Random, fillette, et je sais déjà qui tu es, nous nous connaissons donc, et tu peux me donner la main. » Em me regarda, je fis oui d'un signe de tête, et elle plaça lentement sa main dans celle de l'homme.

Le type nous fit mettre les mains sur la tête. Dira marchait à côté de moi. Je n'osais rien lui dire, je savais que c'était inutile. Il n'y avait rien d'autre à faire que de jouer nos rôles… et de prier. Si on nous renvoyait en Écosse, nous étions morts. Aucun arrangement ne serait possible. Rose nous laisserait mourir de faim ou nous ferait tirer dessus si nous tentions de nous évader.

L'épouse de l'homme sortit d'une vieille masure grisâtre, mais assez grande. C'était une grosse femme blonde portant chignon, qui ressemblait à une aubergiste suédoise. En voyant Dira, elle resta bouche bée.

« Jake…, dit-elle dans un souffle, portant la main à sa poitrine. Elle… Mon Dieu, c'est…

— Ouvre la porte du fumoir. »

Elle alla ouvrir une petite porte située sur le côté de la maison et attendit qu'Indira et moi entrions. Dira s'arrêta, se tourna vers la femme et se mit à pleurer.

« Je vous en prie… C'est insensé. Vous faites une terrible erreur. Allez prendre nos passeports dans la voiture… je vous en prie… vous comprenez, en fait nous ne sommes pas *légalement* mariés. Mais nous n'avons enlevé personne. C'est notre fille. Demandez-le-lui… je vous en prie, demandez-le-lui… Heather, dis-leur. »

Em, les yeux écarquillés, me regarda, regarda la petite pièce sans fenêtre, puis regarda Indira. Dans ma tête je répétais : *Je t'en prie, Em, je t'en prie, je t'en prie, dis que c'est ta mère…* La femme s'avança, se pencha sur elle et lui demanda si Indira était sa mère. Em fit oui de la tête.

« Ze m'appelle Heather Stewart. C'est mon papa et ma manman. »

Dira s'agenouilla et tendit les bras à Em, qui s'avança un peu gauchement ; Dira la prit dans ses bras et la serra fort contre elle.

« Va chercher leurs passeports, Jake. Laisse-moi le fusil. »

Je donnai les clés à l'homme, lui dis où j'avais garé la voiture, puis m'assis sur le banc que la femme nous avait indiqué. Je laissai Dira faire la conversation, stupéfié par la voix qu'elle avait prise, totalement différente de la sienne. Elle raconta à la femme que nous avions toujours voulu nous marier mais que, parce qu'elle était noire et moi blanc, cela avait posé un problème à nos familles respectives, et que nous n'avions pas réussi à légaliser la situation. Sa voix était rude, mais elle était très gentille avec la femme. Elle lui précisa que nous tenions une petite épicerie à Harlem, et que nous habitions au-dessus de la boutique, dans la 138e Rue ; aux yeux de la femme, ça devait sans doute se situer sur une autre planète, mais elle semblait impressionnée que Dira puisse fournir autant de détails.

Au bout d'une bonne demi-heure, l'homme revint avec nos passeports, reconnut que j'étais bien qui j'avais affirmé être, mais que la photo du passeport d'Indira ne lui ressemblait pas.

« C'est parce que je ne suis pas maquillée. Je suis affreuse, sans maquillage.

— La peau est plus sombre sur la photo.

— À cause de l'éclairage.

— Et vos lèvres.

— J'avais mis trop de rouge, ce jour-là.

— Alors, pourquoi cette perruque blonde, si ce n'était pas pour vous camoufler ?

— Parce que, le premier jour de notre voyage, des types nous ont forcés à nous arrêter sur le bord de la route et nous ont tabassés, sous prétexte que je suis une femme de couleur et que Dugal est blanc. Alors, le lendemain, j'ai acheté cette perruque et du fard, que je mets seulement pendant les trajets, et ça a marché parce que, depuis, nous n'avons plus jamais eu d'ennuis… jusqu'à aujourd'hui. »

Dira tira sur ses cheveux en s'efforçant de lisser sa frange et de ramener ses mèches de chaque côté du visage, pour ressembler davantage à la photo de Lorraine, qui avait l'air d'une Louise Brooks noire. Em, assise sur les genoux d'Indira, jouait avec les boutons de sa robe, et Dira la berçait en lui murmurant à l'oreille de ne pas avoir peur, car maman était là. Les paupières de la petite s'alourdissaient et, je ne sais si ce fut consciemment, mais elle appuya sa tête contre la poitrine de Dira et se blottit contre elle en disant : « Manman, z'ai sommeil. »

L'homme regarda la femme, rejeta son chapeau en arrière et s'excusa d'un air penaud. La femme insista pour que nous restions dîner.

Je leur expliquai que nous avions réservé dans un hôtel du lac Tahoe, et que nous devions partir sans tarder. Ils nous serrèrent la main, conseillèrent à Indira de faire quelque chose pour ses cheveux, parce qu'il y avait une femme abominable dont on voyait le portrait partout, qui avait enlevé une petite fille, et qui lui ressemblait terriblement.

Dira porta Em dans ses bras jusqu'à la voiture, monta à l'arrière avec elle, la prit sur ses genoux et la berça, tandis que je mettais le moteur en marche.

« Merci, Em…, murmura-t-elle à l'enfant qui s'endormait. Merci… »

San Francisco.

C'était le 5 mai.

Nous avions réussi.

Il n'y avait pas de brouillard sur la baie, juste quelques gros nuages blancs qui flottaient dans un ciel d'azur et jetaient leur ombre sur la ville, en bas. L'eau était vert émeraude et, plus loin, dans cette partie de la mer qui s'étend entre San Francisco et Marin, elle était gris-bleu. La ville était très colorée ; je n'avais jamais vu ça : imposants immeubles de grès, gratte-ciel, mais surtout belles maisons victoriennes dans tous les tons pastel, jaune et rose pâle, vert, bleu. Martin avait dit que c'était la ville du monde qui avait le plus grand nombre de collines : c'étaient de véritables petites montagnes aux pentes raides, presque à pic, et les trams qui les escaladaient ressemblaient à des insectes sur un mur. L'air était piquant et un vent vif venait de la baie, mais le soleil était si chaud que nous enlevâmes tous trois nos manteaux et baissâmes les vitres de la voiture.

La boutique de Martin était située près de la station de tramway, à l'angle de Powell et Market Street, et avait pour enseigne « Maclean's Scottish Imports ». Martin et sa femme Annie vendaient absolument tout ce qui avait un rapport avec l'Écosse et, connaissant mon oncle, cela ne m'aurait pas étonné qu'il fasse du trafic d'alcool, car il avait gardé des contacts à Mallaig.

Je garai la voiture dans Market Street, laissai Indira et Em, et me dirigeai vers le magasin de Martin, deux pâtés de maisons plus loin. Il avait peint sa boutique en rouge, avec des moulures vert foncé, et avait recouvert de tartan aux armes du clan Maclean les étagères sur lesquelles s'entassaient des pots de confiture et de miel, des boîtes de sablés et de biscuits au gingembre. Je poussai la porte qui carillonna, et Martin surgit de l'arrière-boutique. Les joues rebondies, le corps grassouillet, il avait bien dû prendre dix kilos depuis la dernière fois que je l'avais vu ; ses cheveux blonds grisonnaient et ses yeux étaient ceux des Maclean, bleu marine.

« Qu'y a-t-il pour votre service, monsieur ? » dit-il en se frottant les mains, et je me rendis compte qu'il ne me reconnaissait réellement pas. Je désignai des cravates suspendues à un cintre, derrière lui, et dis que je désirais en acheter une.

« Vous voulez une cravate en tartan, *aye* ? Quel clan ?

— Maclean. »

Il me dévisagea, puis ses lèvres se mirent à trembler et ses yeux se remplirent de larmes.

« Oh, fils… oh, Seigneur, te voilà… Par Jésus-Christ, nous sommes tous surveillés, tous.

— Par qui ?

— Je t'expliquerai plus tard… Oh, Seigneur Dieu, mon petit, tu es arrivé… Dis donc, où est ta voiture ?

— Un peu plus loin dans la rue.

— Laisse-la où elle est. Prends le tram jusqu'à Mason and Clay, dans Chinatown. Tu trouveras une boutique qui vend de la soie, elle s'appelle “Four Seas Textiles”. Attends-moi là et ne bouge pas. Il me faudra une bonne heure pour semer le type qui est dehors. » Il sourit, regarda dans la rue par-dessus mon épaule, puis me saisit la main et la serra très fort. « Tu es là, Davie… tu es là. »

Je m'apprêtais à sortir mais il me dit tout bas qu'il allait me mettre à la porte.

En effet, il me prit au col et me poussa à l'extérieur en criant : « Et si je te reprends à voler, espèce de fripouille, j'appelle la police. » Je levai les mains, sortis la tête basse et m'esquivai d'un air penaud.

Je n'étais jamais allé en Chine, mais en descendant du tramway je me crus dans un autre monde : c'était Pékin. Les maisons ressemblaient à des pagodes, avec leurs toits dorés, rouges et verts, et même les lampadaires étaient de style chinois. Les rues étaient pleines de Chinois, des jeunes, des vieux, et de ravissantes jeunes filles aux longues tresses jusqu'à la taille, vêtues de tuniques de soie colorées et d'étroits pantalons noirs. Les vitrines des boutiques étaient remplies d'objets en ivoire et en jade, de services de porcelaine et de pierres précieuses finement travaillées. Une odeur de canard rôti, douce et âcre à la fois, flottait dans l'air. Em montra du doigt une boutique qui vendait des petits pâtés de porc à la vapeur, et je m'arrêtai pour en acheter trois.

Quand nous fûmes dans le magasin Four Seas Textiles, Dira se mit à faire le tour de la boutique en examinant les rouleaux de soie — soies brodées, mousselines de soie — de toutes les couleurs imaginables, les drapant sur son épaule, se tournant d'un côté et de l'autre ; et je lui promis qu'une fois installés nous reviendrions et qu'elle pourrait acheter tout ce qu'elle voudrait.

Mon oncle arriva juste avant midi et nous le suivîmes dans une allée donnant sur l'arrière du magasin. Une fois dehors, il m'étreignit de toutes ses forces, avant de prendre Em dans ses bras et de la faire tournoyer.

« Oh, quelle belle petite ! Et vous, Indira, oh oui, vous êtes bien aussi jolie qu'on me l'a dit. Davie, fils, tu ne peux pas savoir comme on s'est inquiétés. Mais vous êtes là, maintenant… Venez, c'est trois maisons plus loin.

— Qui est-ce qui te suit ?

— Des chasseurs de primes. Ta tête est mise à prix, mon petit. Le mois dernier, les principaux journaux ont publié sur plusieurs colonnes la liste de tous les gens chez qui tu es susceptible d'aller.

— Dieu du ciel…

— C'est pour ça que je ne peux pas te garder, fils. Mais je me suis occupé de vous faire faire des papiers à tous les trois ; c'est là qu'on va.

— Tu as des nouvelles de ma mère, ou de Jen ?

— Ouais…

— Alors ? Quoi ? Qu'est-ce qui ne va pas ?

— Eh bien… les affaires vont mal. Ce n'est pas toi, petit, ça a commencé avant et, pour être franc, c'est la faute de ta mère, parce qu'elle aurait dû poursuivre ce sale journal qui a publié des mensonges à son sujet. Elle ne l'a pas fait, et maintenant, avec toi qui passes pour un… enfin, tu peux imaginer. Bah, ça se tassera.

— Et Al ? Mr Pearce ?

— Son divorce lui a coûté plein d'argent… et puis, le scandale avec ta mère. Mais je crois que ce qui inquiète le plus ta mère, c'est sa santé.

— Il a été malade ?

— Non, mais tant de tensions, c'est beaucoup pour un homme.

— Et Jen ? Le bébé ?

— La petite va bien. Elle a eu des problèmes respiratoires, pauvre petit chou, mais elle va bien maintenant… Nous y voici. »

Martin frappa trois coups, un Chinois regarda à l'extérieur par un judas, ouvrit et s'effaça pour nous laisser entrer. Il discuta un instant avec Martin en montrant les caisses de whisky Clan Brodie alignées contre le mur, puis nous le suivîmes.

« Je me fais des petits à-côtés, dit mon oncle. Prends une bouteille. »

Je fourrai une bouteille dans mon pantalon et lui demandai comment il se débrouillait.

« Ton cousin Patrick me les envoie par l'intermédiaire d'un grand hôtel de Vancouver, et de là elles sont apportées par bateau à Frisco, par des gens que je connais. »

Nous avions pénétré dans ce qui se révéla être une blanchisserie chinoise, pleine d'énormes machines à laver et de cuves qui sentaient l'ammoniaque. Martin me précisa que lui et le propriétaire de la laverie se rendaient mutuellement des services, et que les « petits à-côtés » de Mr Ho Wong consistaient à fabriquer de faux documents.

Il y avait beaucoup de vapeur, l'air était suffocant, et nous étions bientôt tous en sueur. Martin nous conduisit dans une pièce minuscule, cachée derrière des rangées de draps blancs qui séchaient, et un petit bonhomme à lunettes, de type oriental, nous introduisit et fit signe à Indira.

« Prendre photographie. »

Elle secoua la tête et se débarrassa de sa perruque, et j'expliquai qu'elle devait se nettoyer le visage et se coiffer. Martin emmena Dira avec lui, et l'homme me fit asseoir sur un tabouret, peigna mes cheveux et ma moustache, et prit la photo. Il me montra les papiers déjà remplis et me dit qu'ils avaient eu l'intention d'attendre que nous choisissions nous-mêmes nos noms, mais que cela aurait demandé trop de temps et qu'il était vital que nous ayons nos papiers le soir même. Il développerait lui-même les photos, et cette nuit nous deviendrions des citoyens américains *réguliers*. Nous aurions des certificats de naissance, un livret de mariage, un permis de conduire et des passeports américains.

Martin revint avec Dira ; elle était d'une beauté rayonnante. Elle s'était coiffée de façon à ressembler à Lorraine et non plus au portrait de l'affiche, et avait mis juste un soupçon de rouge à lèvres. L'homme la photographia et disparut dans une autre pièce.

« Bon, dit Martin en s'asseyant sur le rebord de la table. Dès que Li aura terminé vos passeports, vous prendrez la route de la côte en direction du sud, vers Monterey, et de là vous irez à l'est jusqu'à Salinas. À l'écart de la nationale 101, tu rejoindras une petite ville qui s'appelle Santa Juanita. Louez des chambres, et le lendemain cherchez tout ce que vous pourrez trouver concernant Santa Juanita. Parce que c'est là que vous êtes nés, tous les trois, et que vous avez grandi.

— Pourquoi Santa Juanita ?

— Parce qu'il y a deux ans, un incendie a ravagé la ville, l'hôpital et la mairie où étaient conservés tous les registres.

— Et on ne pourra pas découvrir nos dossiers.

— Exactement. Désormais, Davie, tu t'appelles Daniel Rory ; tes parents étaient des Irlandais venus du Canada. Il faudra que tu inventes le reste toi-même et que tu t'en souviennes bien, comme si c'était ta propre vie. Indira, j'ai demandé à Li d'indiquer que votre famille est originaire de Ceylan. Votre nom est Diana Jayawardene, et Em se prénomme Rachel, elle est la fille de Diana et Daniel Rory, de Santa Juanita, Californie. Je t'ai déniché du travail, Dave.

— Ici ?

— À Woodside. C'est à un peu plus de soixante kilomètres d'ici. Tu seras palefrenier, garde-chasse, homme à tout faire, dans une propriété, là-bas. La paie n'est pas lourde, mais je me suis dit que ça te plairait. Vous serez nourris et logés dans une petite maison à côté des écuries. Ce n'est pas grand, mais largement suffisant pour vous trois.

— Savent-ils quelque chose à notre sujet ?

— Non. J'ai simplement dit que vous étiez des amis et que vous vouliez vivre dans le Nord. Tu commences le 1er juin, si tu veux ce boulot.

— Oui, je le veux. Merci. »

Dès que les photos furent développées, nous remerciâmes Li et sortîmes. Je voulais payer Li, mais mon oncle refusa, affirmant qu'il avait rendu de nombreux services à Mr Wong, et que ce dernier lui devait bien ça. Martin nous recommanda de ne pas chercher à le voir ou à entrer en contact avec lui, car le risque était trop grand, même si nous avions maintenant une nouvelle identité. Le mieux était de nous tenir tranquilles pendant un an ou deux et de travailler à Woodside, en attendant que toute cette histoire de kidnapping se soit calmée, et alors nous pourrions en toute sécurité retourner à New York.

Il fut convenu que nous nous verrions à Monterey la semaine suivante. J'embrassai Martin, incapable de trouver les mots pour le remercier. Il était tout ému — il était sensible et émotif comme mon père — et s'essuyait les yeux. « Regarde-moi ça. À cause de toi, voilà que je chiale comme une vieille femme. » Il m'embrassa sur le front, posa sa main sur mon épaule et ajouta : « Vas-y doucement, fils… et prudemment… »

Santa Juanita se trouvait à vingt-cinq kilomètres environ de Monterey ; c'était une petite ville au climat chaud et aride, dont il ne subsistait, après l'incendie, qu'une mission espagnole construite à la fin du XVIIIe siècle. L'endroit avait dû être joli, car non loin il y avait des oliviers, des cyprès, des champs de pavots, et à perte de vue des rangées de haricots. Ayant demandé à un employé d'une station-service, sur la nationale 101, pourquoi la ville n'avait pas été reconstruite, il nous fut répondu que la plupart des habitants étant des travailleurs saisonniers, une fois les champs brûlés, donc improductifs pendant plusieurs années, les gens étaient partis ailleurs.

Nous décidâmes de raconter que les parents d'Indira avaient été de petits producteurs de haricots. J'avais travaillé chez eux, étais tombé amoureux d'elle, et nous avions vécu là jusqu'à l'incendie, dans lequel ses parents avaient péri ; nous nous étions alors retrouvés sans rien, sinon notre fille chérie, Rachel.

Toute la semaine nous visitâmes le coin en inventant l'histoire de notre « passé » commun, et en essayant de persuader Em qu'elle n'était plus écossaise, mais américaine. Elle ne parlait pas de Rose ni du bébé ; peut-être se rendait-elle compte que sa « Manman » n'avait jamais été aussi aimante que Dira, dont elle ne lâchait la main que pour venir prendre la mienne.

À la fin de la semaine, nous nous rendîmes à Monterey. Pourquoi diable Martin avait-il choisi la Conserverie Burnett comme lieu de rendez-vous ? Elle était située en plein sur le quai, et l'odeur de poisson était presque insoutenable. Nous dénombrâmes dix-huit conserveries différentes, et au moins une centaine de bateaux de pêche ancrés au port. On traitait surtout les sardines, et les fabriques étaient sales et mal entretenues, tout comme les gens qui y travaillaient, des hommes et des femmes malpropres, en vestes de caoutchouc et tabliers de toile cirée. Mais la côte était impressionnante, avec ses célèbres pins complètement courbés par le vent de l'océan Pacifique, et ses belles plages de sable aux forts courants et aux vagues dangereuses, signalées par des panneaux.

On était dimanche et Martin avait dit que nous ferions du tourisme car c'était le jour de fermeture de sa boutique ; lui et sa femme arrivèrent peu avant dix heures du matin. Ma tante était presque aussi grosse que mon oncle ; elle avait des cheveux poil de carotte et la peau la plus blanche que j'aie jamais vue, une jolie peau lisse et laiteuse. Elle avait dû être belle dans sa jeunesse — j'avais vu des photos d'elle à l'époque de son mariage — mais ils étaient devenus si gros, tous les deux, qu'on aurait dit un couple de Bibendum. N'ayant jamais pu avoir d'enfants, ils m'avaient toujours porté une affection particulière. Annie m'étreignit si fort que je faillis en perdre l'équilibre, puis elle se baissa et tendit les bras à ma fille. Em n'avait jamais vu tante Annie, et elle cacha son visage dans le cou d'Indira.

« Mais, Em ! s'écria ma tante. Tu ne veux donc pas venir me dire bonjour ? Tu sais, c'est moi qui t'ai envoyé le toutou pareil au chien de ton papa. »

Em sourit en comprenant que sa peluche préférée, un colley comme Mollie, lui venait de cette dame toute ronde aux cheveux orange. Elle s'approcha alors de ma tante et tendit sa joue pour un baiser.

On décida de prendre la Packard de Martin et de longer la côte aux falaises bordées de cyprès et aux vagues rugissantes qui cognaient contre les rochers. Le soleil n'avait pas encore tout à fait dissipé la brume. Nous traversâmes la forêt de Del Monte, en direction de Pacific Grove. Les collines étaient couvertes de fleurs qui formaient un tapis rose pourpre. À Point Pinos, Martin nous emmena visiter un phare d'où l'on voyait toute la baie de Monterey, puis dans un restaurant de style espagnol qui faisait aussi auberge et night-club. Après le repas mexicain, délicieux et très épicé, il nous demanda s'ils pouvaient garder Em pour la journée, ajoutant avec un clin d'œil que Dira et moi trouverions certainement un moyen de nous occuper.

Em ne voulait pas nous quitter, mais Dira la prit à part et lui expliqua que Martin et Annie n'avaient jamais pu avoir d'enfants et que cela les rendait très tristes. Em acquiesça gravement et, consciente de la délicate mission qui lui était confiée, assura Indira qu'elle serait gentille avec le *gros* monsieur et la *grosse* dame.

Indira et moi allâmes nous promener sur la plage ; je la sentais trembler chaque fois que quelqu'un la regardait avec un peu d'insistance, mais je lui affirmai que personne ne pouvait la reconnaître, elle ne ressemblait plus du tout à la photo des affiches. Nous finîmes par prendre un taxi pour aller récupérer notre voiture et nos bagages, car nous avions décidé de rester dans le coin jusqu'à la fin du mois, et de remonter vers le nord avant le 1er juin.

Le réceptionniste de l'auberge où nous avions déjeuné ne nous demanda pas notre certificat de mariage, peut-être parce qu'il nous avait vus avec mon oncle, ma tante et Em, et nous prîmes une chambre qui donnait sur l'océan. Je remis un pourboire au groom qui avait dévisagé Indira avec autre chose qu'un intérêt poli et, dès que la porte se fut refermée, Dira s'assit sur le lit en disant qu'elle était certaine que ce garçon savait qui elle était.

Nous n'en sortirions jamais, si nous n'avions pas la conviction que nous étions libres désormais, et que nous commencions une nouvelle vie.

Je m'assis près d'elle et lui pris la main.

« Les gens te regardent, et ils te regarderont toujours, non pas parce qu'ils te prennent pour la kidnappeuse, mais parce qu'ils n'ont jamais vu, de leur vie, quelqu'un d'aussi joli que toi. » Elle rit et posa sa tête sur mon épaule. Je me renversai sur le lit en l'entraînant avec moi. « Crois-le, Dira… tout ira bien pour nous.

— Oui ?

— Oui. »

Ma main descendit de ses épaules à sa poitrine, effleurant les bouts de ses seins qui durcirent sous ma caresse ; elle tressaillit légèrement, puis sourit, prit ma main et la posa sur son ventre. Et je sentis quelque chose frémir. Je savais bien que, si elle était enceinte, il était bien trop tôt pour sentir l'enfant bouger. Et pourtant quelque chose bougea sous ma main, quelque chose que je savais être la vie, une vie ténue, minuscule, pas plus grosse qu'un grain de riz : mon fils ou ma fille… la vie.

Woodside nous attendait.

Nous fîmes nos bagages et prîmes la direction du nord.

La propriété Cameron de Woodside, vingt-cinq hectares, était située dans le plus beau paysage de campagne que j'aie jamais vu. Les collines étaient couvertes de grandes herbes jaunes qui ondulaient à perte de vue, et ici ou là d'immenses chênes de trente mètres de haut surgissaient de la terre couleur d'or.

Cela aurait pu être l'Afrique.

La maison et les écuries étaient de style normand : ces dernières, presque aussi grandes que la maison, comportaient seize stalles, toutes occupées. Le personnel était en majorité écossais, mais Mrs Cameron était une Californienne dont le mari, écossais, était mort en Palestine la dernière année de la guerre. Elle avait environ trente-cinq ans, mais était flétrie, fatiguée ; elle avait un teint pâle, des lèvres décolorées, et était mince, ce qui n'avait pas dû toujours être le cas, à en juger par la peau flasque de ses bras et de son cou. Elle fut très gentille avec nous, presque trop ; elle tirait nerveusement sur sa cigarette en m'expliquant quelles seraient mes tâches.

« Vous comprenez, je ne monte pas à cheval, dit-elle en écrasant sa cigarette à demi consumée et en en allumant aussitôt une autre. Les chevaux appartenaient à Jim et, vous voyez, je… je ne peux pas… enfin, vous me comprenez.

— Bien sûr. »

Dira et moi nous étions exercés à parler comme des Américains. Elle y arrivait plutôt bien, mais moi je n'avais pas réussi à prendre l'accent, et je parlais comme un Australien affligé d'un rhume de cerveau.

« Le cottage est petit, notre dernier… *homme*… il ne… il vivait seul. J'espère que vous ne serez pas trop à l'étroit. J'ai fait installer un grand lit. Peut-être préférez-vous deux petits lits ? Je suis vraiment désolée, je n'ai pas pensé à vous demander avant.

— Le grand lit sera parfait, madame.

— Êtes-vous née en Inde ? demanda-t-elle à Indira.

— Non, je suis américaine. Mes parents étaient originaires de Ceylan.

— Étaient ?

— Ils sont morts dans l'incendie de Santa Juanita, il y a deux ans.

— Oh, c'est terrible. J'en ai entendu parler, quelle tragédie ! » Elle souriait à Indira d'un air songeur. Hochant la tête, elle poursuivit : « Vous avez un visage très intéressant. Je vous en prie, ne prenez pas cela pour de l'indiscrétion, mais je dessine un peu, et je remarque toujours les visages des gens. Le vôtre me paraît familier… Néfertiti. Accepteriez-vous de poser pour moi, un jour ? » Indira souriait toujours, mais je perçus son malaise, et Mrs Cameron aussi. « Pardonnez-moi, je… bien sûr, il y a des personnes qui n'aiment pas cela. Nous avons eu un Chinois qui travaillait ici, il refusait qu'on le prenne en photo. Bon… je vais vous faire conduire à votre… au cottage. » Elle se leva et, en passant devant nous, sourit à Em. « Tu vas à l'école ?

— Non. Pas encore. Elle n'a que trois ans.

— Oh, oui, évidemment… Je n'ai pas d'enfants, je suis toujours incapable de leur donner un âge. » Il y eut un moment de silence, pendant lequel elle parut être ailleurs et se demander ce que nous faisions dans son salon. « Vous… J'espère que vous vous plairez, ici. Si vous voulez bien m'excuser. »

Et elle sortit de la pièce, non comme une maîtresse de maison, mais plutôt comme une servante prise en faute.

Le cottage, construit en pierre, était situé près d'un ruisseau et dissimulé derrière des chênes. Une grande cheminée occupait tout un pan de mur, tandis que le mur opposé comportait une fenêtre sous laquelle se trouvait un évier avec une pompe. Un petit escalier menait à une mansarde. Nous décidâmes de mettre notre lit en bas — Indira confectionnerait des coussins pour le transformer en canapé pendant la journée — et Em dormirait en haut. Il y avait un garde-manger avec une glacière et pas d'électricité, pas grand mais bien garni. C'était notre première maison, et Dira la parcourut avec Em, choisissant les couleurs des rideaux et parlant de tout ce qu'elles feraient pour embellir notre habitation ; pendant ce temps, j'allai faire un tour du côté des écuries.

Les chevaux étaient des bêtes magnifiques — pur-sang et quarters —, alezans, bais et gris foncé ; une jument gris moucheté me suivit du regard et pencha la tête au-dehors pendant que j'examinais les noms des chevaux inscrits au-dessus de chaque stalle. Une fois parvenu à la dernière, je faillis me faire happer le bras par un cheval à la crinière noire, et je reculai d'un bond.

« C'lui-là, il a une entaille à la queue, fit une voix à l'accent nasillard. Faudrait l'abattre.

— Qui a-t-il tué ? questionnai-je en me retournant vers l'homme qui avait parlé.

— Le dernier garçon d'écurie. » Je souris et il me tendit la main. « Charlie Barrows.

— Dan Rory.

— Vous êtes d'où ?

— Santa Juanita. Vous travaillez ici ?

— J'ai travaillé… Mrs Cameron m'autorise à rester. Vous habitez dans le cottage ?

— Oui. Et vous ?

— Ben… j'crois qu'y va falloir que j'trouve un autre endroit.

— Je suis désolé.

— Sans rancune. J'pourrai pieuter dans une des stalles. »

Il souriait toujours, mais ce type ne me plaisait pas, il ne m'inspirait pas confiance ; pourquoi Mrs Cameron le gardait-il s'il ne travaillait plus ici ? Je n'aimais guère l'idée de l'avoir dans les jambes.

Je lui posai des questions sur les chevaux, pour savoir leurs particularités, ce qu'ils aimaient, ce qu'ils n'aimaient pas ; c'était certainement lui que je remplaçais, car il les connaissait tous sur le bout des doigts. Il me dit avoir été conducteur de troupeaux sur la piste californienne, qui allait du Texas au Sonora en passant par la Californie. Il avait rencontré Mr Cameron à un concours hippique avant la guerre et avait travaillé pour lui à partir de cette époque. Barrows devait avoir près de trente ans, c'était un homme petit mais bien bâti, d'une beauté rude, avec des yeux sombres et perçants, et une peau tannée par le grand air. Il avait l'air d'un cow-boy. Je me demandais pourquoi il n'avait pas fait la guerre, quand il me désigna ses genoux en riant.

« Je m'les suis bousillés dans un rodéo à Gilroy, juste avant d'être incorporé. J'ai été exempté. J'suis resté ici... je m'suis occupé de Mrs Cameron.

— Je vois. »

Il sourit avec insistance, pour le cas où je n'aurais pas compris ; je le remerciai et revins au cottage.

Dira et Em étaient en train de préparer le dîner ; ce n'était que du bifteck et des oignons frits, mais ça sentait si bon, et c'était une sensation si merveilleuse, de rentrer *chez nous*, d'ouvrir la porte de *chez nous*, et de les voir, toutes les deux, qui me souriaient.

Je parlai de Barrows à Indira : devais-je proposer à Mrs Cameron de mettre ce type à la porte, parce que, si elle l'avait renvoyé, c'est qu'elle ne voulait plus de ses *services*, et cela ne me plaisait guère de le voir rôder. Mais Dira me suggéra d'attendre : il était trop tôt, et cela voudrait dire que je savais que la propriétaire avait eu une liaison avec son *palefrenier*, ce qui serait embarrassant pour tout le monde.

J'attendis le moment propice. Barrows ne faisait rien à part traîner, et un jour je tombai sur Mrs Cameron, toute troublée et au bord des larmes. Je savais que Barrows était allé la trouver et, supposant que les choses étaient allées trop loin, je demandai à Mrs Cameron si elle voulait que je le flanque dehors. Elle bafouilla que c'était impossible, qu'il n'avait nulle part où aller et qu'il lui ferait des ennuis.

Je laissai tomber.

Il s'intéressait à Indira depuis le début, et je ne sais ce qui m'embêtait le plus, si c'était qu'il devine qui elle était, ou bien qu'il veuille coucher avec elle. Rentrant déjeuner un jour, je le trouvai dehors, devant la fenêtre ; Indira lavait des légumes dans l'évier. C'était une conversation banale, innocente : il lui indiquait quelles plantations faire, sur le bout de terrain près du cottage, et je n'y aurais sans doute pas prêté attention. Mais je vis l'expression de Dira, ses mâchoires crispées par la colère.

Bondissant sur Barrows, je l'attrapai par le col et le fis tomber par terre ; immobilisant son bras avec mon pied, je le pris à la gorge et lui ordonnai :

« Prends tes affaires et quitte la propriété. Je te donne un quart d'heure.

— T'as pas à m'donner des… »

Je resserrai mon étreinte, ce qui eut pour effet de l'empêcher de finir sa phrase.

« Vide les lieux. »

Il fit oui de la tête, et je le lâchai.

Je dis à Indira de s'enfermer avec Em, allai à la grande maison. Mrs Cameron était extrêmement agitée ; avant même que j'aie ouvert la bouche, elle savait qu'il s'était passé quelque chose et, quand je lui appris que j'avais flanqué Barrows dehors, elle se mit à trembler. Elle m'avoua tout : elle n'avait pas été amoureuse de Barrows, elle n'avait jamais compris comment c'était arrivé, elle se détestait pour cela, mais maintenant il était trop tard et elle ne pouvait rien faire. Je lui conseillai de se calmer, lui expliquai que c'était sa parole à elle contre celle de Barrows, et que personne ne le croirait, lui.

Avec trois employés et le jardinier, nous escortâmes Charlie Barrows jusqu'à la gare de San Francisco, avec un aller simple pour San Antonio, Texas.

Robert Rory vint au monde le 14 janvier 1924 à Palo Alto, Californie : notre fils.

L'année en Californie fut, je crois, le moment de ma vie où je fus le plus près du Paradis ; chaque jour, je me disais que j'avais été plus heureux en ce court espace de temps que la plupart des hommes dans toute une vie et, indépendamment de ce qui arriva ensuite, notre existence fut presque idyllique.

Dira passait ses journées à cultiver les légumes de notre petit jardin, à s'occuper des enfants, et à dessiner et coudre quand elle en avait le temps ; chaque soir après dîner, nous nous promenions dans les collines pendant une bonne heure. Em s'épanouissait ; elle allait des écuries au cottage, libre comme un oiseau, nous aidait Indira et moi, ou jouait avec son petit frère. Elle le changeait et le faisait manger avec l'habileté d'une nurse expérimentée, et nous comprenions que Bobby — comme nous l'appelions — avait remplacé pour elle Edmund.

Par moments, je pensais à Rose ; je regrettais la façon dont les choses s'étaient déroulées, et durant quelque temps je fis un horrible cauchemar, toujours le même. Rose me regardait avec les yeux qu'elle avait la nuit où j'étais partie avec Em, mais dans mon rêve je ne parvenais pas à m'enfuir et nous nous battions. Je l'immobilisais sous moi et commençais à l'étrangler, mais j'avais beau lui serrer la gorge de toutes mes forces, son cou se tordait, s'allongeait démesurément et me glissait des doigts tel un serpent, et Rose me dévisageait de ses yeux durs et froids.

Je me réveillais en criant, baigné de sueur, et je mettais des heures à me rendormir ; Indira me calmait, mais nous avions tous deux à l'esprit la même question : combien de temps cela pourrait-il durer ? Combien de temps avant que Rose nous retrouve ? Et nous parvenions tous deux, je pense, à la même conclusion : pour le moment, nous étions libres. Pour le moment, nous savourions la paix de notre sanctuaire, nous nous cachions, à l'abri dans notre nid douillet, à Woodside, là où personne ne pouvait nous faire de mal.

Mrs Cameron me faisait confiance, non seulement concernant sa propriété, mais aussi ses intérêts financiers personnels. J'étais sûr qu'elle avait des conseillers juridiques, mais elle venait toujours me trouver, en partie je crois parce que j'avais fichu Barrows à la porte, mais aussi parce qu'elle nous aimait bien, sincèrement, tous les quatre. Elle m'avait demandé si elle devait acheter des actions dans le caoutchouc, et je lui avais répondu affirmativement ; en effet, si tout le monde ne pouvait pas se payer une maison, en revanche des millions d'Américains achetaient des voitures, donc tout ce qui servait à la fabrication automobile constituait un bon investissement. Je lui conseillai aussi l'acier, le plomb, le nickel et le pétrole et, quand ses placements commencèrent à lui rapporter, elle voulut me rémunérer. Je refusai : je n'avais fait que lui donner un avis, et elle avait été si généreuse pour nous qu'il n'était pas question que j'accepte de l'argent. Elle nous paya en cadeaux : des jouets pour Em et Bobby, une machine à coudre pour Dira, des encyclopédies pour moi. Elle s'arrêtait souvent au cottage, toujours pour discuter affaires, mais on finissait chaque fois par parler des enfants, de Bobby qui grandissait, et elle demandait comment se sentait *Diana*, car Indira était à nouveau enceinte et devait accoucher en février.

Un soir du mois d'août, nous avions mis la table dehors car il faisait chaud, et Dira et moi parlions de retourner à New York. Nous n'en avions envie ni l'un ni l'autre, mais nous devions le faire pour Jen parce qu'elle ne pouvait s'en sortir sans Dira et, d'après ce que nous avait dit mon oncle Martin, la situation était tendue entre Jen et Ian. Il était à un an d'obtenir le diplôme qui lui permettrait d'entrer à la faculté de médecine de Columbia mais, comme Jen y arrivait tout juste avec son entreprise de confection, il ne pouvait pas abandonner son travail. Or il n'y avait pas de cours du soir à la faculté de médecine, et il ne pourrait donc pas assister aux cours tant que Jen ne gagnerait pas assez d'argent pour faire vivre toute la famille.

Il s'était passé beaucoup de choses depuis que nous avions quitté l'Écosse, et c'était surtout par les journaux que j'étais au courant des déboires de ma mère et de Al. Il aurait fallu être idiot pour imaginer que Rose ne devinerait pas que, si j'avais pu m'enfuir d'Écosse, c'était avec l'aide de quelqu'un, et que ce quelqu'un était ma mère. La presse nous descendait en flammes, affirmait que la mère et le fils étaient des individus dépravés, et remettait sur le tapis l'histoire de mon oncle Will blessé par balle par ma mère, et leur *vie commune* à Cromdale ; et, même si les journaux n'attaquaient pas Al personnellement, la Pearce Clothing Company était liée à Jenda de façon si étroite que Al finit lui aussi par en pâtir. Ma mère ferma Jenda en disant qu'elle voulait prendre sa retraite, mais je savais que c'était parce qu'elle était inquiète pour la santé de Al. Son divorce l'avait ruiné, il avait abandonné tous ses biens à sa femme et à ses quatre filles, et comme à la suite du scandale les ventes avaient chuté, il ne lui restait presque plus rien. Lui et ma mère étaient partis vivre au Loch Leven ; d'après Martin, ils avaient eu l'intention de prendre leur retraite de bonne heure et étaient très heureux. Mais je connaissais ma mère et je savais tout ce que Jenda représentait pour elle. En effet, c'est elle qui avait créé l'entreprise, c'était un peu comme son troisième enfant — Jen-Da — et l'abandonner, ce devait être un peu comme abandonner un bébé.

Je lui écrivis des centaines de lettres pour lui dire à quel point j'étais navré, car dans le fond tout était parti de ma guerre avec Rose. Je les déchirai toutes. Le courrier de ma mère était ouvert, malgré ses plaintes répétées auprès du bureau de poste. Je ne sais comment Rose s'y prenait, à qui elle graissait la patte, mais c'était pareil pour Jen à New York.

Dira et moi décidâmes de partir après la naissance du bébé, et d'organiser ensuite une grande réunion familiale avec Al et ma mère.

Ce qui nous laissait cinq mois de félicité.

La soirée était calme et douce, et la chaleur du jour commençait à décliner. Em donnait à manger à Bobby, et Dira et moi nous nous retenions de rire car elle prenait très au sérieux l'alimentation de son frère. Lui, en revanche, était beaucoup plus insouciant et, chaque fois qu'il riait, il se mettait de la purée de carottes partout.

« Encore une bouchée, Bobby, disait Em d'un ton persuasif, en ramassant la nourriture qui était tombée sur le bavoir. Les carottes, c'est bon pour la vue.

— C'est son bavoir qui aura 10/10 des deux yeux.

— Chhhuuut, me fit Indira en me donnant un coup de pied sous la table. Em, il a assez mangé. Donne-lui un peu à boire, maintenant. »

Bobby avait des yeux gris-brun et des cheveux noir de jais, comme ceux d'Indira. C'était un très bel enfant, à la peau mate couleur café-au-lait, et de constitution robuste : il avait hérité de mon père, alors que Em tenait de moi et était maigre comme un clou.

Vers le milieu du repas, Mrs Cameron passa, s'excusa de nous déranger et me dit qu'elle me parlerait le lendemain. Je pris Em sur mes genoux et invitai Mrs Cameron à s'asseoir, mais elle refusa, ne voulant pas s'imposer. Mrs Cameron possédait des millions, avait pour amis des gens riches et connus, mais elle était seule.

Je regardai Dira, qui alla aussitôt chercher un couvert de plus et commença à servir le ragoût.

« Oh, non, vraiment, ce n'est pas possible, dit Mrs Cameron. Ce ne serait pas correct. Vous avez... Vous n'avez pas suffisamment pour...

— Je cuisine toujours pour dix, fit Dira en riant. Je ne sais pas pourquoi. Ne voulez-vous pas rester dîner avec nous ? »

Mrs Cameron protesta encore un moment, mais il était visible qu'elle mourait d'envie de rester avec nous. Elle finit par céder, mais mangea peu, non pas parce que ce n'était pas bon — Indira était excellente cuisinière — mais, je crois, parce qu'elle était gênée. Je m'efforçai de la mettre à l'aise en expliquant que, dans l'Écosse féodale, les domestiques mangeaient à la même table que leurs maîtres ; elle reposa sa fourchette et devint cramoisie.

« Je n'ai pas voulu dire..., bégaya-t-elle. Oh, j'espère ne pas vous avoir offensé. Ce n'est pas... ce n'est pas *vous*, c'est *moi*. Je veux dire... vous êtes en famille. C'est en dehors de vos heures de travail.

— Ce qui signifie que je ne peux pas inviter qui je veux à dîner ?

— Si, bien sûr.

— Alors, j'aimerais vous inviter à dîner avec nous. »

Elle sourit, mais avec des larmes dans les yeux, et je réalisai à quel point elle avait besoin de compagnie. Désignant le ragoût, je dis : « C'est une spécialité de Ceylan. Une recette de la mère de Diana. Goûtez.

— C'est très çaud, avertit Em. Soufflez.

— Merci, Rachel. C'est ce que je vais faire.

— De quoi vouliez-vous me parler, Mrs Cameron ?

— Oh, eh bien… c'est-à-dire, maintenant que vous êtes quatre, bientôt cinq, cette maison est bien trop petite pour vous. Et je me suis dit qu'on pourrait abattre le mur de devant et agrandir la pièce, de façon que vous ayez une chambre et un salon en bas, et la cuisine resterait où elle est. » Dira baissa les yeux, et je ne sus quoi répondre. Mrs Cameron ne se doutait pas que nous allions partir après la naissance du bébé, et je ne pouvais pas la laisser entreprendre de coûteux travaux de réaménagement. Elle perçut mon embarras, mais n'en comprit pas la raison. « Oh, la plomberie, bien sûr… je veux dire, évidemment, je ferai installer tout le nécessaire.

— Mrs Cameron, je… »

Dira m'interrompit et affirma que nous aimions le cottage tel qu'il était et ne désirions aucun changement, puis elle passa aussitôt à un autre sujet.

Mrs Cameron resta jusqu'au moment de coucher les enfants, et après son départ Indira et moi nous assîmes sur le seuil.

« Elle sera accablée de te perdre, dit-elle en me prenant la main.

— De *nous* perdre, tous. Je sais. Mais je ne vois pas comment nous pourrions rester.

— Pourquoi Jen et Ian ne viendraient-ils pas à San Francisco ? Une fois qu'il aura obtenu son diplôme à Columbia, il pourrait aller à la faculté de médecine de Stanford, c'est une des meilleures du pays, et je suis certaine qu'ils offrent des bourses. Il est ancien combattant, et tous deux sont citoyens américains.

— Mais votre maison de couture…

— Il y a un quartier de la mode, à San Francisco. Pas aussi important qu'à New York, mais peu importe. De toute façon, ta mère et Al ne peuvent pas financer l'affaire, c'est donc à Jen et à moi de nous débrouiller, et que ce soit à New York ou à San Francisco, cela n'a aucune importance. »

Oh si, cela avait de l'importance. Beaucoup d'importance, même. Rester ici, dans cet endroit, sur cette terre merveilleuse, c'était une perspective qui me remplissait d'allégresse.

Sans perdre de temps, nous allâmes trouver oncle Martin pour lui expliquer en détail ce qu'il devait écrire à Jen, en le formulant de manière qu'elle comprenne entre les lignes, parce que nous ne voulions pas prendre de risques avec le courrier.

Nous annonçâmes à Mrs Cameron qu'après réflexion nous trouvions excellente l'idée d'agrandir le cottage, et je proposai de me charger moi-même des travaux. Elle était ravie, car cela la confortait dans l'idée que nous allions rester. Nous l'invitions à dîner toutes les semaines, et elle arrivait toujours avec un énorme bouquet de fleurs pour Dira et une bouteille de vin provenant de sa cave, qui avait été largement approvisionnée avant la prohibition. C'était touchant de voir le changement qui s'était opéré en elle : elle était plus à l'aise, plus chaleureuse, non seulement avec nous mais aussi avec tous les autres employés.

Indira confectionna une série de six robes simples pour le jour, afin de tester la réaction des distributeurs en gros et, en septembre, bien que sans nouvelles de Jen, je la conduisis dans Market Street, le quartier de la mode. Je l'attendis à l'extérieur de la boutique, en songeant que j'avais aidé autrefois ma mère à transporter ses robes, quand elle avait lancé son affaire, et que je l'avais attendue de la même façon, pendant qu'elle faisait sa première vente à Édimbourg, quinze ans plus tôt.

La vendeuse examina les robes, dit quelque chose à Indira, lui indiqua d'un geste de l'attendre, et se dirigea vers une porte au fond du magasin. Au moment où la femme ouvrit la porte, Dira se retourna vers moi, décomposée, et secoua la tête.

« Elle sait, me dit-elle en sortant.

— Qu'est-ce que…

— Elle sait qui je suis.

— Dira…

— Il faut que nous partions d'ici. »

À travers la porte vitrée, j'aperçus la vendeuse — en compagnie d'un homme et de deux autres femmes — qui nous désignait du doigt, et je compris qu'Indira avait deviné juste.

Je lui pris le bras, l'entraînai rapidement, et nous nous mîmes à courir en entendant la porte du magasin s'ouvrir derrière nous. Nous nous réfugiâmes dans une petite rue écartée et fîmes le tour du quartier en attendant de pouvoir récupérer notre voiture. Indira resta immobile et silencieuse durant tout le trajet de retour à Woodside. Mais, quand elle descendit de voiture, elle avait le visage baigné de larmes. Je voulus la prendre dans mes bras, mais elle me repoussa avec colère, dit qu'on n'avait pas le temps, qu'il fallait qu'elle fasse nos bagages, et que je devais m'occuper de la voiture en vue de notre départ.

Personne ne nous avait suivis depuis San Francisco. Il pouvait se passer des mois, des années même, avant qu'on ne retrouve nos traces. Mais on les retrouverait. Un jour on nous retrouverait.

Mieux valait filer maintenant.

Quand tout fut prêt, nous allâmes à la grande maison et demandâmes à parler à Mrs Cameron. Elle revenait du jardin et portait un bouquet de roses dans les bras ; elle sourit en nous voyant et demanda si nous allions à l'église, bien habillés comme nous l'étions.

Je hochai la tête, et son sourire s'évanouit.

« Vous… vous allez…

— Je suis navré, Mrs Cameron, mais…

— Oh, Dan, non… je vous en prie… pourquoi ?

— Nous y sommes obligés.

— Mais… Diana… elle ne peut pas voyager, en ce moment, et… Vous avez des ennuis, n'est-ce pas ? Dites-moi. Vous avez des ennuis avec la justice.

— Nous devons partir.

— Dan, je me moque de ce que vous avez fait, je ne veux même pas le savoir. Cela n'a pas d'importance. J'ai des hommes de loi…

— Non.

— Laissez-moi vous aider. Dan, Diana, je vous en prie, quoi que vous ayez fait…

— Nous voulons seulement vous remercier et nous excuser de vous quitter si…

— Dan Rory, écoutez-moi ! Vous pouvez vivre ici, dans la maison, avec moi ! Je dirai que vous êtes des parents éloignés… Je… je… »

Je m'avançai vers elle, lui saisis la main et la serrai très fort, puis pris Bobby des bras d'Indira pour qu'elle puisse embrasser Mrs Cameron.

« Avez-vous de l'argent ? nous demanda-t-elle.

— Oui… assez pour arriver à destination. Voulez-vous laisser un message à Martin Maclean ? Dites-lui que nous… nous avons été obligés de partir, et qu'il ne doit prendre contact avec personne. Il comprendra.

— Où est-ce que vous… je suppose que vous ne pouvez pas me le dire. Vous écrirez ? Juste un petit mot, pour dire que vous allez bien. Je ne… je ne le montrerai pas à la police. J'aimerais seulement… savoir que vous êtes en sécurité.

— J'écrirai. »

Elle prit une rose, la coupa, la mit au revers de ma veste et m'embrassa.

« Je prierai pour vous, Dan Rory. »

Moi aussi, j'allais devoir prier…

10

(Astoria, New York — 9 octobre 1924)

« Nous ne pouvons pas aller à San Francisco, criai-je à Ian. L'industrie du vêtement est dérisoire là-bas ! Nous ne gagnerons pas un sou ! »

Il se retourna brusquement, referma ses livres d'un coup sec et pointa le doigt dans ma direction.

« Ose me regarder dans les yeux et répéter ce que tu viens de dire ! »

Mais j'en étais incapable.

« Ça n'a rien à voir avec l'industrie du vêtement ou quoi que ce soit ! reprit-il. Tu *ne veux pas quitter New York parce que* tu *serais obligée de renoncer à être invitée deux ou trois fois par an à la villa de Malcolm Fraser ! » Il me tourna le dos en murmurant « Égoïste » et rouvrit ses livres, mais la colère l'emporta, et il les referma à nouveau. « Seigneur Dieu, es-tu capable de penser à quelqu'un d'autre que* toi *? Ton frère a des chances d'avoir la paix s'il reste en Californie, en revanche c'est sûr et certain qu'on va le crucifier s'il se pointe dans un rayon de trente kilomètres autour de New York ! Ils l'attendent, telles des hyènes prêtes à lui*

sauter dessus ! Et tu sais pourquoi il voulait revenir ici, n'est-ce pas ? Tu le sais !

— ... Pour moi.

— Parce qu'il pense qu'il te le doit ! Parce qu'il sait que tu ne peux pas t'en sortir sans Indira !

— Si, je pourrais ! Si tu me laissais demander encore de l'argent à ma mère.

— Ta mère est ruinée !

— N'exagérons rien ! Ils ont eu... des difficultés, mais elle n'est tout de même pas indigente ! Elle m'a proposé de me prêter de l'argent pour engager une modéliste et...

— Et tu accepterais ! Tu accepterais, sachant qu'ils n'ont plus de revenus ! As-tu songé une seule fois à ce qui se passerait si ta mère ou Al tombait gravement malade ? Tu y as pensé ? Non, parce que tu as l'esprit tellement préoccupé de toi-même que tu es incapable de penser à autre chose ! » Il se leva d'un bond, renversa sa chaise et, sans prendre la peine de la ramasser, fonça sur moi. Il ne m'avait jamais frappée mais, depuis quelques mois, nos disputes devenaient de plus en plus violentes. Effrayée, je reculai et heurtai un guéridon. Ian me saisit par les bras et je détournai les yeux devant son expression rageuse. « Tu vas écrire à Martin tout de suite ! Et tu vas lui dire que, dès que j'aurai mon diplôme, nous irons à San Francisco !

— Non !

— Alors c'est moi qui vais le faire !

— Je n'irai pas ! Ce serait nous condamner à une vie misérable ! Une vie médiocre ! Et tu... »

On sonna à la porte d'entrée et Ian me lâcha ; je frottai mes bras endoloris pendant qu'il allait ouvrir. Il était plus de dix heures et le lendemain était jour de travail, mais c'était peut-être Bette qui venait emprunter quelque chose... ou les voisins d'à côté exaspérés par notre dispute.

Je m'affalai sur le canapé, caressai Minch qui avait sauté sur mes genoux, et arrangeai les rubans d'une poupée de May. J'avais été enceinte trois fois depuis la naissance de Mary, un an et demi plus tôt, et chaque fois j'avais fait une fausse couche. Bette disait que j'avais de la chance : contrôle naturel des naissances. Mais Ian et moi avions désiré six ou sept enfants. Avions *désiré... Cela faisait six semaines qu'il ne m'avait pas touchée — depuis l'arrivée de la dernière lettre de Martin, nous invitant à aller en Californie. Nous nous mettions au lit, il se tournait de son côté, moi du mien, et je le maudissais en silence, et me maudissais moi-même parce que, malgré nos discussions et nos chamailleries, je l'aimais toujours, et j'avais toujours envie de lui.*

Ian avait eu trente ans en juin, et moi je les aurais dans trois ans. Le temps filait. Nous ne pouvions pas rester toujours aussi pauvres une fois parvenus à cet âge. Impossible. Ce serait fini pour nous : si d'ici là nous n'avions pas fait quelque chose de notre vie, les années qui suivraient seraient inutiles.

Je me levai, remis de l'ordre dans ma coiffure et mes vêtements, en espérant que la personne qui avait sonné n'était pas là depuis longtemps et, me retournant pour voir qui c'était, je vis Davie à côté de moi.

« Où est... » Sans me laisser finir ma phrase, il me prit dans ses bras et m'embrassa sur l'oreille en murmurant que tout allait bien, et que Dira et les enfants étaient en sécurité dans un hôtel du New Jersey. « Pourquoi êtes-vous partis ?

— Une vendeuse a reconnu Dira à San Francisco. Tout va bien, nous n'avons pas été suivis. » Il se baissa pour prendre Minch qui lui mordillait les talons. « Hello, mon petit bonhomme de Minch.

— Mais, Dave, la ville grouille de chasseurs de primes qui...

— ... ne s'intéressent pas à Daniel Rory de Santa Juanita, Californie. Tu ne veux pas me faire un café ?

— Mais...

— ... fort, et bon, avec plein de lait et trois sucres. Les filles dorment ?

— Oui, par ici », répondis-je en le conduisant à leur chambre. Je l'amenai d'abord au lit de May, mais il s'arrêta devant le berceau de Mary et considéra les flacons de médicaments et l'inhalateur sur la table à langer ; puis il m'interrogea du regard.

« Elle... elle va bien. Elle a eu un rhume. Elle est rétablie, maintenant. Elle a parfois des difficultés à respirer, à cause de... mais elle va bien. »

Ian se pencha sur le berceau et couvrit Mary. Davie l'observa, puis ferma les yeux. Je posai ma main sur son bras, lui fis signe de se taire et l'entraînai hors de la chambre.

« C'est parce qu'elle était prématurée, n'est-ce pas ?

— Chhhuuut, tu vas faire hurler Ian. Oui, elle a eu un traumatisme respiratoire. Ce n'est pas ta faute, Davie. C'est la mienne. J'avais des contractions depuis plusieurs semaines. J'aurais dû rester allongée. Je ne l'ai pas fait.

— Oh, mon Dieu...

— Arrête, Dave. Ian ne te fait aucun reproche. C'est à moi qu'il en fait.

— Est-ce qu'elle... est-ce qu'elle aura toujours des problèmes ? Je veux dire, toute sa vie ?

— Non, bien sûr que non. » J'avais dit cela en souriant, mais il savait que je mentais et, quand Ian revint de la chambre des enfants, Davie était tout pâle.

« Fais-lui son café, Jen. Assieds-toi, Dave. Mary va bien. C'est juste un rhume. »

Ian et Dave s'installèrent à la table de la salle à manger, où Ian avait l'habitude de travailler.

« À combien de semaines est-elle née ?

— Environ vingt-huit. Ne t'en fais pas pour elle. Parle-moi plutôt du tien. C'est un garçon, n'est-ce pas ? Fantastique ! À qui ressemble-t-il ?

— À tous les deux.

— Il doit être beau. Et Em ?

— Elle va bien. »

Il y eut un silence, après quoi Davie demanda des nouvelles de ma mère et de Al.

Je les écoutais tout en préparant le café. Ian expliqua à Dave que, si ma mère avait fermé Jenda, ce n'était pas seulement pour protéger Al, mais parce qu'elle ne voulait plus faire parler d'elle. Son refus de poursuivre les journaux ou de se défendre publiquement était incompréhensible pour Al, qui ignorait que les ragots colportés par la presse au sujet de ma mère et de son frère étaient en grande partie réalité. Ian souligna que Davie ne devait pas se sentir responsable de ce qui était arrivé, car leurs problèmes financiers avaient pour cause le divorce de Al et non la fermeture de Jenda par ma mère. Davie raconta comme ils avaient été heureux en Californie et, malgré la légèreté de son ton, je perçus son déchirement, et je me sentis coupable de n'avoir pas voulu les rejoindre là-bas. La conversation se poursuivit à voix basse, et je compris qu'ils parlaient de moi. Une partie de moi-même avait envie d'écouter, l'autre pas ; je finis par m'approcher de la porte de la cuisine et entendis Ian dire tout bas :

« ... peut-être que j'en ai assez de m'excuser de ne pas pouvoir lui offrir la vie qu'elle voudrait... peut-être que c'est juste de la fatigue, je ne sais pas... et puis... »

Je n'entendis pas la suite.

Je remuai les tasses, faisant plus de bruit que nécessaire, puis mis tout sur un plateau que je leur apportai.

« Alors ? dit Ian en prenant une tasse et en la posant devant Davie. Qu'est-ce que tu vas faire, maintenant ?

— J'aimerais aller à Harlem pour remercier Tom et Lorraine.

— Tu crois que c'est prudent ?

— Est-ce que je ressemble à David Maclean ? »

Ian se mit à rire parce que, en effet, Dave avait grossi et, avec ses yeux bleus, sa moustache et ses cheveux noirs, il ressemblait à Mustafa Kemal Pacha, le président de la Turquie. « Termine ton café et on y va.

— Et Dira et les enfants ? questionnai-je.

— Ils dorment à poings fermés. »

Ils avalèrent leur café, et je voulus les accompagner. Ce n'est pas que j'avais envie de voir Lorraine, mais j'aimais bien Tom, et surtout j'avais peur que Ian ne parle de moi à Davie, et je voulais voir mon frère seul d'abord, pour lui donner ma version des faits. Et maintenant que je savais ce que la Californie avait représenté pour lui, je ne supportais pas l'idée que Ian dise à Davie pourquoi je n'avais pas voulu quitter New York. Parce que c'était vrai, même si Ian avait voulu en souligner la futilité : le seul rayon de soleil dans ma vie, durant ces derniers mois, avait été les week-ends passés à Long Island chez Malcolm.

« Je peux venir avec vous ?

— Et les petites ?

— Elles dorment. Je vais demander à Bette de monter et de rester avec elles.

— Mais Mary ?

— Elle va dormir toute la nuit. Je vais prendre mon manteau... enfin, à moins que ça ne t'ennuie que je vous accompagne.

— M'ennuyer ? Cela m'a-t-il jamais ennuyé de passer une soirée avec toi, ma chère épouse ? » Ian avait dit cela d'un ton tellement suave que Davie éclata de rire. Mais il ne vit pas ses yeux fixés sur moi, durs et froids.

Nous partîmes pour Harlem avec la voiture de Davie.

C'est Tom qui ouvrit et, en apercevant Davie, il leva la main en disant : « Hugh ! »

Davie sourit mais, voyant que Tom demeurait impassible, il leva la main à son tour et répondit : « Hugh ! »

Nous nous efforcions de garder notre sérieux quand Lorraine arriva en courant et en gloussant de rire. Elle tapa sur le ventre de Tom et le gronda gentiment : « Tom, t'es vraiment con ! » Puis elle fit entrer Davie, lui prit la main et la secoua vigoureusement en disant : « Ça l'amuse. Salut, je suis Lorraine. Eh ben, je suis bien contente de faire enfin ta connaissance. Elle est où, Dira ? »

Davie le lui dit et Lorraine nous conduisit dans l'appartement, un bras passé sous celui de Dave, l'autre sous celui de Ian, et demanda à Tom d'apporter des verres.

« On était en train de faire du vin, dit-elle en m'invitant à m'asseoir dans un fauteuil. Tu connais les cubes de jus de raisin solidifié ? Y t'expliquent comment obtenir le jus liquide, et puis y te disent ce qu'y faut pas *faire sinon t'obtiens du vin et ça serait pas légal, hein, Tom ? » Elle rit, puis pria Davie de tout lui raconter sur la Californie.*

Tom nous servit du vin — ce n'était pas mauvais — puis s'assit près de moi et voulut savoir comment marchait mon affaire. Son grand-père avait été un chef Mohawk, et on retrouvait chez Tom la même noblesse de maintien. Il avait près de quarante ans, était très grand, et avait de longs cheveux noirs et brillants qu'il attachait dans le dos avec un fin ruban rouge. Il se déplaçait avec lenteur et circonspection, mais sans aucune mollesse ; il avait une présence extraordinaire et, quand il vous regardait, vous aviez l'impression qu'il comprenait ce qui vous tourmentait. Je m'étais toujours demandé ce qu'un homme de cette valeur faisait avec une traînée comme Lorraine. Mais, comme on dit, l'amour est aveugle.

Quand Davie eut fini de parler de la Californie, il rendit son passeport à Lorraine, qui tapa dans ses mains en constatant que maintenant elle pourrait aller à Paris.

« Cette revue dans laquelle j'ai dansé y'a trois ans, ils ont eu un contrat pour Paris. Mais le directeur a été pincé pour une histoire de mœurs, ce qui fait qu'ils ont pas pu y aller. Mais... comment on dit en français, déjà, Tom ?

— C'est la vie.

— *Ouais :* c'est la vie. *J'adore cette phrase. Tom l'a lue dans un bouquin qu'il a pris à la bibliothèque. Dira m'a parlé de Paris. J'ai toujours eu envie d'y aller. On ira un jour, hein, Tom ?*

— *Ouais... sûr qu'on ira, répondit-il en lui pinçant gentiment le cou.*

— *Y'a pas d'écriteaux pour les gens de couleur, on peut aller où on veut, hein, Tom ?*

— *Ouais... où on veut.*

— *Alors, faut qu'on ait de l'argent pour aller à Paris. Et le meilleur moyen de se faire du pognon, aujourd'hui, c'est pas de trimer comme des esclaves à transporter des blocs de ciment. C'est de faire du trafic d'alcool. On va faire passer de la gnôle, et on gagnera plein de fric. »*

Ian éclata de rire mais je regardai Lorraine, étonnée que pour une fois elle ait eu une idée qui ne soit pas crétine ou simpliste.

« Lorraine a raison, approuvai-je. Tu as dit toi-même que la prohibition est une erreur, que boire est un droit inaliénable de l'homme, et que tout ce que la prohibition réussit à faire, c'est enrichir les gangsters et les bootleggers.

— Ouais, c'est vrai, renchérit Lorraine. Regarde la boîte où je bosse, le mec est un minable, mais y se ramasse mille dollars par soirée, rien qu'avec le club. Ce qu'y se fait à côté, j'en sais fichtre rien, mais peut-être bien cinq ou six mille.

— D... dollars ? bégayai-je.

— Bien sûr, dollars. La marchandise arrive au Canada par bateaux entiers, mais il a aussi des gars qui fabriquent la gnôle en sous-sol.

— Mon cousin Pat pourrait nous envoyer du whisky Clan Brodie.

— Du vrai ?

— Oui.

— Où il se le procure ?

— Ils le fabriquent. En Écosse.

— Ton cousin, c'est Patrick Brodie ?

— Oui, répliqua Davie. Il l'envoie par bateau à notre oncle à San Francisco, par l'intermédiaire d'un hôtel de Vancouver. Si c'était l'hôtel qui nous le vendait, je suis sûr qu'il serait d'accord. Surtout si c'est toi qui le lui demandes, Jen.

— Hé, minute ! s'exclama Ian. Vous avez perdu la tête, tous les deux ? Dave est recherché par la police, non seulement en Amérique, mais dans le monde entier...

— David Maclean. Pas Daniel Rory.

— Ian, cela nous procurerait assez d'argent pour que tu puisses aller à la faculté de médecine, et Dira et moi pourrions avoir un atelier, et... »

Je n'achevai pas ma phrase. Ian s'était levé, et arpentait la pièce en secouant la tête.

« Allez, Prince, dis oui, mon chou », implorait Lorraine. Il lui réclama une bière et, quand elle fut dans la cuisine, Davie demanda à Ian pourquoi elle l'appelait Prince.

« Parce que je suis mariée à une princesse », répondit Ian sans l'ombre d'un sourire, et je me sentis piquée au vif. Davie alluma une cigarette et Tom, désignant mon verre à moitié vide, me demanda si j'aimerais mieux un Coca-Cola. Je hochai la tête, le regard fixé sur mon verre, me retenant pour ne pas pleurer.

Lorraine revint avec des bouteilles de bière, et énuméra tous les avantages qu'il y avait à devenir bootleggers, mais Ian se contenta de rire.

« Que diraient Dutch Schultz ou Owney Madden, à ton avis, si on faisait de la contrebande d'alcool et qu'on empiète sur leur territoire ? Ils pourraient bien nous...

— ... tuer. Ouais, mais c'est pas obligé qu'ils le sachent. Je connais des gars qui viennent au club, y font partie du gang Five Points de Brooklyn...

— C'est avec eux qu'Al Capone a commencé.

— Exact. Mais mon idée, c'est...

— Tu as déjà rencontré Al Capone ?

— Ça va, Prince, laisse tomber. Je parle sérieusement. C'est un moyen de devenir riches. On serait cons de pas en profiter. On resterait à un petit niveau. Le truc, c'est de vendre en dehors des grandes villes, dans les petits bleds hors des sentiers battus. Comme ça, on ira pas sur les plates-bandes des caïds. On distille pas, on achète la gnôle, de la vraie, aux Canadiens ou au cousin de Jen et Dave, et... »

Elle s'interrompit en entendant la porte s'ouvrir, et des pas approcher dans le couloir. Elle attrapa la boîte en émail qui contenait sa marijuana et alla la mettre dans l'escalier de secours en la passant par la fenêtre, pendant que Tom se ruait à la cuisine avec le pichet de vin.

« C'est moi, Lorrie, fit une voix de femme. Je venais juste... » Elle s'arrêta en apercevant Ian, eut un sourire

qui disparut dès qu'elle nous vit tous et, avec un léger signe de tête à l'adresse de Ian, elle lui dit : « Salut, Doc.

— Salut. Comment va le petit ?

— Beaucoup mieux... merci.

— On frappe plus, Dolores ? fit Lorraine en riant et en tendant la main vers l'escalier de secours. Y'en a pour vingt-cinq dollars, encore heureux qu'il pleuve pas ! Tu veux du vin ? »

La femme gardait les yeux fixés sur Ian. C'était une femme très petite, d'environ vingt-deux ou vingt-trois ans, qui présentait un mélange de plusieurs races — portoricaine, chinoise, noire — et devait être à moitié blanche, parce qu'elle avait le nez et les lèvres très minces, et des cheveux lisses. Elle avait une poitrine généreuse mais une taille si fine qu'on aurait dit qu'elle portait un corset. Elle avait des yeux bridés qui regardaient Ian hardiment, sans aucune pudeur, et d'un seul coup je compris qu'elle était sa maîtresse.

Lorraine continuait à parler, mais la femme ne l'écoutait pas. Enfin, Ian vint vers moi, posa sa main sur mon épaule et fit les présentations : « Dolores Estevez, ma femme Jen, et un ami qui vient de Californie, Daniel Rory.

— Enchantée de faire votre connaissance. »

Nous nous saluâmes d'un signe de tête, mais sans nous serrer la main, tandis que Lorraine expliquait à Davie que Dolores travaillait avec elle au bar clandestin.

« Vous êtes danseuse, miss Estevez ? questionnai-je.

— Oui, répondit-elle après un silence. Je fais des claquettes.

— Foutaises, dit Lorraine en riant et en s'affalant sur le canapé à côté de Dave. Tu fais la pute comme moi.

— Dolores est une taxi-girl.

— On a pris des "ananas", la nuit dernière. Y a un mur qui a sauté.

— Des bombes, expliqua Ian à mon intention.

— Oh... personne n'a été blessé ?

— Non, mais on dit que c'est quelqu'un du Cotton Club. Tu sais que George de Mange est copropriétaire. C'est un pauvre type. Alors, qu'est-ce que tu voulais, Dolores ?

— Un verre de lait... pour Jimmy. »

Tom se rendit à la cuisine, et Dolores continua à regarder Ian. Davie s'en aperçut, lui aussi ; ses yeux allèrent de moi à Ian, puis à la jeune femme, et il plongea le nez dans son verre de vin.

« Prince a soigné le gamin de Dolores y a quinze jours, dit Lorraine en me tapotant la jambe. Le gosse a eu la varicelle. »

Je me souvins que, quinze jours plus tôt, Ian était rentré très tard d'une soirée chez Tom, vers quatre heures du matin. Lorraine continuait à parler de Ian, disant que tout le monde dans le coin connaissait Doc Scot et l'adorait.

Je sentis la rage monter en moi et me submerger au point que j'en tremblais. En cinq ans de mariage, Ian n'avait pas une seule fois jeté les yeux sur une autre femme.

Il avait laissé sa main sur mon épaule ; au bout de quelques minutes, il exerça une légère pression, puis se pencha sur moi et me demanda si je voulais que nous partions. Davie en l'entendant se leva, remercia Lorraine et Tom, promit d'amener « Diana » et les enfants le lendemain, et serra la main de Dolores. Dolores garda un instant la main de Ian dans la sienne quand il lui dit au revoir, et finit par la lâcher avec un signe de tête dans ma direction.

« Ce sont des gens formidables, fit Davie en descendant l'escalier.

— Lorraine est prête à donner sa chemise, renchérit Ian.

— Hmhmm, son amie aussi... très volontiers, j'imagine. »

Ian ignora ma remarque et continua à parler de la générosité de cœur de Lorraine, mais moi je pensais à la générosité de la poitrine de son amie.

« Si seulement j'arrivais à convaincre Lorraine de prendre des cours du soir, dit Ian. Elle est tellement intelligente. Dieu sait jusqu'où elle pourrait aller, si elle apprenait à lire et à écrire.

— Elle est...

— Analphabète. C'est Tom qui lui lit tout. » Je n'étais pas au courant, et cela me fit un drôle d'effet. Elle s'était toujours montrée très sûre d'elle avec moi, et, même si son vocabulaire était souvent émaillé d'expressions triviales, il n'en était pas moins riche et varié. Devant ma stupéfaction, Ian ajouta : « Sa mère l'a vendue à une usine textile quand elle avait sept ans.

— Vendue... ?

— Vendue.

— C'est de l'esclavage, ce... ce n'est pas possible.

— Ah non ? Quand tu as sept ans, que tu as faim et froid, et que quelqu'un te dit qu'il va te donner à manger et un endroit où dormir, mais à condition de travailler, que fais-tu ? Tu travailles. Et on te laisse avoir juste assez faim et assez peur pour que tu n'aies aucune autre possibilité que de faire ce qu'on te demande de faire. Il y avait des centaines de cas semblables à celui de Lorraine, avant 1910. Et cela doit encore se produire dans des zones isolées.

— Comment une mère peut-elle... vendre... ?

— Elle avait besoin d'argent. Elle ne voulait plus de Lorraine, et elle s'est dit qu'elle pourrait tirer du fric de la gosse, plutôt que de la mettre dans un orphelinat. Lorraine a travaillé de six heures du matin à minuit,

jusqu'à l'âge de onze ans ; ensuite elle s'est enfuie, et elle est allée à pied jusqu'à Manhattan.

— Et après ?

— Et après... » Il se retourna pour me regarder, puis continua à descendre l'escalier.

L'image de Lorraine enfant travaillant dans une usine textile envahit mon esprit, image aussitôt balayée lorsque je me remis à penser à Dolores et à la manière dont elle avait regardé Ian. Et à la façon dont il avait répondu à son regard avide.

Davie nous déposa devant notre immeuble, et il fut convenu que Ian parlerait à son contremaître, et que j'essaierais de trouver un appartement pas trop loin de chez nous ; nous nous donnâmes rendez-vous pour le lendemain soir dans le New Jersey.

« Elle est ta maîtresse, n'est-ce pas ? » dis-je à Ian dès que la voiture de Dave se fut éloignée. Sans un mot, il entra dans l'immeuble, me tint la porte mais en gardant le dos tourné. « N'est-ce pas ?

— Non... Mais je dois reconnaître que j'ai passé plus d'une nuit à imaginer qu'elle l'était, et tout autant à me demander pourquoi elle ne l'était pas. » Sans attendre que je réplique, il s'inclina légèrement et fit un grand geste. « Eh bien, tu entres ? »

J'aurais voulu lui taper dessus. Je n'avais jamais eu envie de frapper quelqu'un, jamais, mais il n'y avait pas de réponse possible à une telle raillerie et une telle désinvolture. Jamais il ne m'avait traitée avec aussi peu d'égards et de respect, et j'étais désarmée.

J'entrai, attendis qu'il ait refermé la porte, et le suivis dans l'escalier. Ma colère s'estompait au fur et à mesure que je montais, remplacée par la souffrance ; parvenue au cinquième étage, je m'effondrai sur le palier et me mis à pleurer. À cause de notre dispute, à cause de l'arrivée de Dave, à cause de cette femme que Ian désirait, à cause du fait que nous allions nous coucher en nous tournant le dos, alors que nous avions encore tellement envie l'un de l'autre. À cause de ce que nous étions devenus, depuis un an : toutes ces affreuses paroles, ces sombres pensées, ces regrets et ces reproches.

Ian me contempla un instant, puis s'agenouilla et me prit dans ses bras ; il murmura en m'embrassant sur le front : « Oh, Jen, ma belle... ne pleure pas, je t'en prie. » Ce qui eut pour effet de redoubler mes larmes, tant il y avait de douceur et de tendresse dans ces mots. Il me caressa, me berça, embrassa mes larmes, frotta sa joue contre la mienne et chuchota : « Chhhuuut... chhhuuut... Oh, Jen, je ne comprends pas. J'essaie, mais je n'y arrive pas. La vie que je t'offre n'est pas si mauvaise que ça, ma douce. N'est-ce pas ?

— Non... non...

— Alors pourquoi... pourquoi me donnes-tu le sentiment que je suis un... Seigneur, je t'aime tant, je fais mon possible pour te rendre heureuse, pour que la vie te soit plus facile et plus agréable. Ce n'est pas suffisant, n'est-ce pas ? Mais c'est pourtant sacrément mieux que ce que mon père a pu offrir à ma mère, mieux que ce qu'ont la plupart des gens... mais tu ne t'en rends pas compte, Jen, et ça me rend fou, parce que je voudrais que tu sois heureuse, et tu ne l'es pas. Je n'aime pas ce qui m'arrive, toute cette colère à l'intérieur de moi. Seigneur Dieu, ça monte, parfois, j'ai l'impression que je serais capable de tout casser. Et j'ai peur de finir par...

— ... me frapper. »

Il resserra son étreinte et enfouit son visage dans mon cou. « J'ai juré, étant gamin, de ne jamais traiter ma femme comme mon père traitait ma mère... jamais. Mais j'ai ça en moi, Jen, et parfois je sens que ça bouillonne, là-dedans. J'ai tellement peur de... de te faire mal. Si jamais ça m'arrivait, je ne le supporterais pas,

Jen... j'en mourrais, si je te faisais mal. Mais je sens la colère à l'intérieur de moi, et ça me fait terriblement peur.

— Nous ne nous disputerons plus.

— Le moment viendra pour nous, ma douce. Patiente encore un petit peu.

— Oui... » chuchotai-je en levant mon visage vers lui et en l'embrassant sur la bouche. Il répondit à mon baiser, me serra plus fort dans ses bras, puis me souleva et s'approcha de la porte de notre appartement.

« Non, pas ici, lui murmurai-je à l'oreille, avant de désigner le toit.

— Il va faire froid, sur Macadam Plage.

— Va chercher une couverture.

Il me reposa au sol, entra dans l'appartement et revint un instant après, un grand plaid sur l'épaule, puis tira l'échelle qui permettait d'accéder au toit, et à ce que nous appelions notre « plage de goudron » : c'était l'endroit où nous prenions des bains de soleil en été, les vraies plages étant loin de chez nous. Nous grimpâmes là-haut, étendîmes la couverture dans un coin et Ian m'attira à lui. Le ciel était clair et il faisait encore chaud, pour un mois d'octobre. Nous nous dévêtîmes mutuellement, et une douce brise caressa nos corps nus.

Et, tandis que Ian s'allongeait sur moi, je me disais : c'est un cercle, nous nous disputons, nous faisons l'amour, nous nous disputons, nous faisons l'amour, et cela recommence, encore et encore.

Sauf que ce n'était pas un cercle, mais une spirale dans laquelle nous plongions, et qui nous entraînait vers le bas.

Davie et les siens emménagèrent au troisième étage d'un immeuble situé face au nôtre, de l'autre côté de la cour. Cela n'avait pas été facile de convaincre le logeur ; en effet, les lois ségrégationnistes obligeaient les Noirs à vivre à Harlem ou Bedford-Stuyvesant et, les Blancs n'étant pas plus admis à Harlem que les Noirs à Queens, les couples mixtes rencontraient les pires difficultés pour se loger. Par chance, Colin Macleod accepta de se porter garant pour Indira et, comme il était policier et que tout le monde le respectait dans la 31e Rue, il affirma que Diana Rory était une Américaine dont les parents de sang noble étaient nés à Ceylan, avaient émigré en Californie et étaient morts dans le terrible incendie de Santa Juanita. Les propriétaires demandèrent à parler avec Dave et Dira et, au bout d'un quart d'heure et moyennant le versement de six mois de loyer d'avance, on leur remit les clés de l'appartement.

Ian trouva un emploi pour Davie dans l'entreprise de construction où il travaillait, et Indira et moi décidâmes de travailler chez nous, puisque nous avions chacune une machine à coudre ; mais ce serait moi qui irais voir les propriétaires des boutiques car elle ne voulait pas courir le risque d'être reconnue. J'étais à peu près sûre qu'aucun d'eux ne risquait rien, parce que Davie et Em continuaient à se teindre les cheveux en noir et ne ressemblaient pas du tout aux photos des affiches ; quant à Indira, elle avait forci à cause de sa grossesse, et avec sa nouvelle coiffure elle n'avait plus rien à voir avec Indira Nehru.

Mais chaque fois qu'ils quittaient la sécurité de leur appartement, je voyais Dira trembler, et je me disais que ce devait être affreux de se sentir en permanence comme un animal traqué, car c'était bien ce qu'elle était : sa peau était estimée à cent mille dollars. Rose les voulait vivants tous les deux, la prime ne serait pas versée s'ils étaient tués. Davie me raconta une histoire horrible sur la façon dont les trappeurs capturaient les zibelines dans l'Arctique : la nourriture destinée à les *appâter était posée sur une écuelle en métal et, en raison du froid intense, quand l'animal venait manger, sa langue gelait au contact du métal, et lorsque le trappeur revenait chercher sa proie, la zibeline était morte soit de faim soit de froid. Sa peau restait intacte.*

Après cela, je fis des cauchemars pendant plusieurs semaines, jusqu'à ce que Ian me dise qu'il nous fallait croire que tout irait bien pour Davie et Indira, et que de toute façon, s'ils devaient être pris, si tel était leur destin, alors nous ne pourrions rien y changer. Tout ce que nous pouvions faire, c'était d'espérer.

Bientôt ce serait la nouvelle année, et en soi cela semblait déjà une promesse.

La grande réunion se tint la veille de Noël à la villa de Malcolm, à Manhasset Bay. Ma mère et Al arrivèrent d'Écosse par bateau, et Martin et Annie vinrent de San Francisco par le train.

Malcolm avait fait les choses en grand : il avait mis du houx et des guirlandes partout dans la maison, suspendu de grosses cloches d'argent, et installé un arbre de Noël de six mètres de haut dans le salon tout décoré en rouge et or.

Je crois que ce fut le Noël le plus heureux de mon existence. Malcolm s'était déguisé en Père Noël et cela lui allait si bien que même moi j'avais envie de sauter sur ses genoux. Les enfants reçurent des montagnes de cadeaux. Comme nous étions trop nombreux, ma mère avait proposé de ne faire de cadeaux qu'aux enfants. Dave lui remit un paquet enrubanné qui contenait la veste de daim de mon père, celle qu'elle lui avait prêtée lorsqu'il avait quitté l'Écosse ; quand elle étreignit Dave pour le remercier, tout le monde avait les larmes aux yeux. Mais ce n'étaient pas des larmes de tristesse. Nous pleurions de joie — la joie d'être tous réunis.

Mais si ce Noël de 1924 fut le plus heureux, je ne peux en dire autant de Hogmanay, qui fut un sinistre Nouvel An.

Oh, cela avait bien commencé, dans la gaieté. Malcolm avait invité tous les domestiques à se joindre à nous, il y avait des rires et de la musique, le whisky coulait à flots, et on chanta et dansa toute la nuit. Ian était adorable avec moi, en fait tout allait merveilleusement bien entre nous depuis notre dispute et notre réconciliation, le soir de l'arrivée de Davie, et nous nous efforcions l'un et l'autre d'empêcher le rêve de s'évanouir. Nous n'arrêtions pas de danser, lui et moi. À un moment donné, il me dit tout bas que j'étais si légère dans ses bras qu'il avait l'impression que j'allais m'envoler.

« Oui, répondis-je. J'ai l'impression d'avoir des ailes. Malcolm a dû mettre quelque chose dans le champagne. » Remarquant ma mère assise sous le sapin, Minch à ses pieds, Bobby sur ses genoux et tous les enfants autour d'elle, au milieu d'un monceau de jouets, de papier cadeau et de rubans colorés, je dis à Ian : « N'est-ce pas un joli tableau ?

— Hmhmm, va t'asseoir avec eux, je vais prendre une photo. » Ma mère n'avait pu s'empêcher de nous offrir à Dave et à moi un appareil-photo chacun, sous prétexte que, même si nous n'étions plus des enfants, nous étions toujours ses enfants.

J'allai m'asseoir avec eux et Ian prit la photo. Mary, éblouie par le flash, se frotta les yeux, puis grimpa sur mes genoux en tirant sur mon collier de perles, cadeau de ma mère pour la naissance de Cathy.

« Est-ce que tu sais, petite Mary, qu'on trouve les perles dans les huîtres ? dit ma mère en lui retirant le collier de la bouche.

— Où sont tes aigues-marines ? » demandai-je, en me rendant compte tout à coup que ma mère ne portait

aucun bijou, alors qu'elle aurait dû mettre le collier et les boucles d'oreilles que Al lui avait offerts comme cadeau de mariage, et qui étaient assortis à sa robe turquoise.

« Je les ai laissées, me répondit-elle sans me regarder.

— Tu les as vendues, dis-je dans un souffle, soudain honteuse de ne pas avoir compris dans quelles difficultés financières ma mère et Al étaient tombés. Oh, maman, je n'avais pas réalisé que les choses allaient si mal.

— Mal ? dit-elle en riant. Mais elles n'ont jamais été aussi bien.

— Je veux dire financièrement.

— Ah... bah, l'argent... Tout va bien, Jenny. Très bien.

— Alors, pourquoi as-tu vendu tes bijoux ? »

Elle sourit, fit approcher Em, puis Cathy, les prit contre elle, puis leva les yeux et fit du regard le tour de la pièce. « Pour ceci... » Me caressant la joue, elle dit encore : « Et pour ceci.

— Mais... oh, maman...

— Allons, Jen, je t'en prie... Tout va bien, ma chérie.

— Mais c'est Al qui te les avait offerts. Pour votre mariage.

*— Ce ne sont que des bijoux, dit-elle en faisant signe à Indira d'approcher. N'aie pas cet air catastrophé, Jen, pour l'amour du ciel. » Prenant Indira par la main, elle la fit asseoir près de nous et lui demanda si elle avait lu le dernier numéro d'*Harper's Bazaar. *Elles discutèrent de mode, et je vis le regard de ma mère s'éclairer ; je me dis que cela devait beaucoup lui manquer de ne plus s'occuper de sa maison de couture. Mais elle m'avait affirmé que de toute façon elle avait eu l'intention de prendre sa retraite, et qu'elle menait avec Al une vie tranquille au Loch Leven.*

Mary s'était à nouveau emparée de mon collier ; je lui souris, desserrai doucement ses petits doigts et les embrassai. Elle avait les cheveux noirs de Ian et les yeux bleu-vert de ma mère, mais presque pas de cils. Elle ressemblait à un elfe, avec son petit visage pointu, mais elle avait beau être frêle et minuscule, elle possédait une sorte de détermination qui la rendait très attachante. Mary était la préférée de Ian ; il jurait qu'il les aimait toutes les trois de la même façon, mais je savais que Mary tenait une place à part dans son cœur. Dans le mien aussi. Je ne pouvais la regarder sans penser à ce qu'elle aurait pu être, si on lui avait permis de naître à terme.

« Laisse mon collier, ma chérie, dis-je en mordillant le petit poing qui ne voulait pas lâcher prise.

— Zoli.

— Hmhmm, mais ça ne se mange pas.

— Manman, dit soudain May en secouant sa jolie tête bouclée. Les cheveux de Rachel sont rouges au milieu. »

Ma mère sourit, tira sur la ceinture de la robe de May et lui chuchota à l'oreille que, si les cheveux de Rachel étaient comme cela, c'était parce que ses grands-parents étaient venus d'un lointain pays appelé Ceylan. Cette explication parut satisfaire May, qui se remit à jouer aux billes avec Em.

Nous avions raconté aux enfants que Daniel Rory était un neveu de Al, issu de son premier mariage, ce qui faisait de Diana leur tante, et de Rachel et Bobby leurs cousine et cousin, et nous avions dit qu'oncle Dave, tante Indira et cousine Emily étaient partis vivre en Afrique. Nous ne pouvions prendre le risque que les enfants révèlent l'identité réelle des Rory, et nous avions raconté la même histoire à tous les habitants d'Astoria. En fait, les seules personnes, à New York, à connaître la vérité étaient Malcolm Fraser, Tom et Lorraine, Bette et Colin Macleod.

« Kate, cria à ma mère mon oncle Martin qui jouait aux échecs avec Davie, à l'autre bout de la pièce. À ton tour. J'ai éliminé ce galopin de Dan Rory.

— Espèce de vieux menteur, fit Davie en riant. C'est moi qui ai gagné.

— Mais c'est qu'il est impertinent, en plus ! Viens donc jouer, Kate.

— Je vais tenter ma chance, fit Ian en prenant la place de Dave. Du moins, si vous…

— Vas-y, Ian, joue, mais je te préviens, Martin est un tricheur.

— C'est de la calomnie, femme ! Viens donc me dire ça en face ! »

Mais ma mère riait, et Martin ne put garder son sérieux. C'est vrai qu'il était incapable de jouer sans tricher, que ce soit aux cartes, aux dames ou aux échecs. Le but du jeu n'était apparemment pas pour lui de gagner, mais de voir jusqu'où il pouvait rouler son adversaire avant d'être démasqué.

Davie vint nous rejoindre, s'assit près d'Indira et lui caressa le ventre en lui demandant comment elle se sentait. Elle s'abandonna contre lui, la tête sur sa poitrine, et répondit : « Comme du chocolat chaud bien épais.

— C'est ce que tu ressens, ou ce que tu aimerais manger ?

— Les deux. »

Il lui mordilla l'oreille et proposa de lui préparer une grande tasse de chocolat nappée de crème.

Ils étaient si bien ensemble. J'enviais leur sérénité.

Al, ayant fini de jouer au whist avec Malcolm et deux des domestiques, vint à son tour nous rejoindre et s'assit à côté de ma mère.

« Avez-vous gagné ? s'enquit-elle.

— Oui. Et avec mes gains, nous allons acheter un yacht pour rentrer chez nous.

— Combien avez-vous gagné ?

— Treize dollars et quatre-vingt-quinze cents.

— Ah, alors ce sera un tout petit yacht.

— En effet », dit-il en souriant.

Al n'avait pas cessé de sourire depuis leur arrivée. J'avais du mal à croire qu'un homme qui avait été riche à millions et qui avait tout perdu pouvait accepter avec autant d'insouciance sa nouvelle condition. Ma mère le dévisagea, lui embrassa le menton et lui demanda s'il était fatigué. Il dit que non, mais je voyais bien qu'il mentait, et ma mère aussi.

« Moi, je suis épuisée, dit-elle en tendant Bobby à Indira et en prenant Al par le bras. Ne voulez-vous pas monter avec moi ?

— Il n'est pas encore deux heures.

— J'ai affreusement sommeil. Vous ne voulez pas me tenir compagnie ? »

Il n'était pas dupe, mais la fatigue l'emporta sur l'amour-propre ; il se leva, souhaita bonne nuit à tout le monde et suivit ma mère à l'étage.

Indira et moi couchâmes les enfants et, à quatre heures du matin, je laissai Ian qui n'avait pas encore terminé sa partie avec oncle Martin, et montai dans notre chambre. C'était une pièce aussi grande que notre appartement d'Astoria, donnant sur la mer, et chaque fois que je m'y trouvais seule, je pensais à Arthur. Il n'était toujours pas marié, même si on le voyait sur les photos des journaux au bras de telle ou telle riche héritière ; la presse le désignait comme le plus beau parti de Grande-Bretagne. Je découpais tous les articles qui parlaient de lui et les gardais dans un tiroir où se trouvait ma lingerie et où je savais que Ian ne les découvrirait jamais.

J'avais découpé un article dans une revue de décoration et jardinage dénichée chez Malcolm, dans l'intention de l'emporter chez moi, et je l'avais mis au fond de ma valise. Je ne sais pourquoi, j'éprouvai un besoin impérieux de le relire ; je le sortis donc, m'allongeai sur le lit et étalai devant moi les photos sur papier glacé. Comme elles avaient été colorées, elles restituaient bien ce qui avait été photographié. Il n'y en avait qu'une d'Arthur, prise devant sa maison d'Inverness, Moray Park. C'était une demeure splendide, en pierre de taille de couleur claire, de style gothique, ornée de créneaux et de tourelles, et de fenêtres en ogive, le tout sur cent vingt hectares de terrain. Arthur, debout sur la terrasse, face à un bassin, était en costume de cheval et avait les cheveux un peu ébouriffés, comme s'il rentrait d'une chevauchée. Il me semblait bien plus âgé que dans mon souvenir, et bien plus beau aussi. Viril. Oui, c'était cela : à l'époque où je l'avais connu, il avait encore quelque chose d'enfantin, à présent c'était un homme.

Je feuilletai les pages et tombai sur celle où l'on voyait la salle à manger. La table — ronde et pas très grande pour une maison de cette taille — était dressée pour douze, et les quatre fenêtres avaient vue sur les belles collines verdoyantes. La page suivante montrait un escalier avec une rampe en fer forgé. Les murs et les plafonds étaient en stuc délicatement sculpté, les moulures étaient peintes dans de subtils tons de blanc, et les murs dans un chaud coloris beige rosé. Le magazine disait qu'à l'origine la demeure était entièrement décorée de bois foncé, mais qu'Arthur l'avait fait repeindre quand il l'avait achetée quatre ans plus tôt.

Je retins mon souffle en lisant cela, parce que lui et moi avions souvent discuté de notre future maison, et j'avais dit que je la voulais claire, dans des tons pastel, et non pas en bois foncé. Et en regardant sa maison, je me rendais compte qu'il l'avait fait décorer exactement comme je la lui avais décrite, quand nous étions tous deux dans le salon de Cromdale, en train de faire des projets pour notre future vie commune.

Les mots se brouillèrent, une larme s'écrasa sur le papier glacé ; je la frottai et me redressai. Ian était dans mon dos et regardait par-dessus mon épaule.

Son visage exprimait un mélange de colère et de chagrin. Je ne trouvai rien à dire. Au bout d'un moment, il se détourna et se dirigea vers la porte. Je voulais l'en empêcher, lui parler, lui expliquer, mais que dire ? Arrivé à la porte, il fit volte-face et me dit : « Si tu regrettes de m'avoir épousé, Jen, tu aurais dû te marier avec le vrai père de May. »

J'eus l'impression d'avoir été frappée par la foudre.

Aucun mot ne fut dit, aucun mouvement ne fut fait. Nous restâmes cinq bonnes minutes pareils à des statues, lui à la porte, moi sur le lit. Puis il alla à la fenêtre, l'ouvrit en grand, et un souffle d'air glacé envahit la chambre et me pénétra.

« Depuis quand le sais-tu ? demandai-je en évitant toujours de le regarder.

— Avant sa naissance.

— Et tu... tu n'as jamais...

— Cela n'avait pas d'importance. Cela n'en a toujours pas. Je l'aime comme si c'était ma propre fille. Peu importait de qui était le sang qui coulait dans ses veines. Je savais que tu avais couché avec lui, je le savais avant même que nous ne partions pour New York, et quand tu m'as annoncé que tu étais enceinte, je me suis dit : "Tu n'es pas un saint, Liddle, prends l'enfant, prends la mère, aime-les tous les deux, parce que cela n'a pas d'importance." Et je le pensais. Vraiment. Et quand j'ai tenu May dans mes bras, je savais que ce ne serait jamais un problème, que je n'aurais pas besoin de faire semblant, parce que je l'aimais. Parce qu'elle était de toi. Et je me suis juré de ne jamais dire à

personne que je n'étais pas son père. Ainsi, elle serait ma fille. Ma fille et la tienne. Et nous serions heureux. Nous l'avons été, pendant un temps... jusqu'à Mary.

— Comment puis-je te dire à quel point je regrette...

— Je ne t'ai jamais fait de reproches à ce sujet.

— Si.

— Non.

— Depuis la naissance de Mary...

— Cela n'a rien à voir avec Mary. C'est toi, Jen. Tellement occupée à atteindre les étoiles que tu piétines tout autour de toi. Tu désires ce que tu ne peux pas avoir, et c'est parce que tu ne peux pas l'avoir que tu le désires. S'il te devenait accessible, tu le jetterais... tu le briserais, tu n'en voudrais plus. » Il s'appuya contre la fenêtre, regarda au-dehors et ajouta : « Et tu me briseras moi aussi, ma belle... Seigneur, je jure que tu me briseras... »

11

(New York, 15 février 1925)

Même après trois mois de travail à la Hollis Brothers Construction, je me sentais toujours l'estomac chaviré chaque fois que je regardais la ville, trois cents mètres plus bas. Nous construisions un gratte-ciel de quarante-cinq étages dans la 57e Rue Est, près du Queensboro Bridge. Un vent de quatre-vingts kilomètres à l'heure secouait la carcasse d'acier, au-dessus de nos têtes, mais les hommes qui travaillaient près de moi sifflotaient d'un air parfaitement insouciant. Ian disait que je m'y ferais, mais je n'étais pas sûr d'en avoir envie, parce que ces hauteurs vertigineuses me procuraient des sensations inédites. Il n'y avait pas de filets, et chaque année des centaines d'ouvriers faisaient des chutes mortelles, mais l'énergie qui coulait dans mes veines me donnait l'impression que j'avais jusque-là vécu à moitié endormi.

Quand le contremaître donna le signal de la pause, tous s'assirent sur les poutres métalliques, sortirent leur casse-croûte et se mirent à manger. Les voitures et les gens, tout en bas, ressemblaient à des fourmis. Il faisait un froid de canard avec ce vent, malgré la présence du soleil ; les poutres étaient traîtres en hiver à cause du gel, et nous étions obligés de faire doublement attention en nous déplaçant.

Tom poussa Ian du coude, lui passa sa cigarette pour qu'il y allume la sienne, et me la proposa à mon tour.

« Dave est à nouveau papa, Tom, lui annonça Ian en souriant de toutes ses dents. Ça se fête, non ?

— Sûr. »

Ian tapa sur l'épaule d'un Italien qui était à côté de moi, et lui dit de faire passer ce message : le fils de Daniel Rory, Tyron, était né la nuit dernière, juste avant minuit.

« Oun bébé dé la Saint-Valentin, hein, Dan ? Fantastico. Il séra heureux en amour.

— Comme son père.

— C'est pas commé moi. Ma femme est oune grosse vache.

— Une vache ? dit en riant son voisin. Alors pourquoi tu t'es marié avec elle ?

— Elle était pas oune vache quand on s'est mariés. Elle était bella, bellissima, mais elle a ou trop dé bébés.

— Et tu y es pour rien, hein, Fredo ? fit Ian en éclatant de rire.

— Si, si, ma… » Il s'interrompit quand quelqu'un chuchota que la femme de Ian était une beauté. « Bellissima, hein, Ian ? Oune bonne raison dé rentrer à la maison.

— Ouais, répondit Ian sans sourire, en fourrant le reste de son sandwich dans sa sacoche. Une bonne raison de rentrer à la maison. »

Tom et moi regardions ailleurs. Nous savions tous deux que la situation était catastrophique entre Jen et Ian depuis quelques mois.

« Et ta femme, Dan ? Elle est belle ? questionna l'Italien.

— Plus que ça, répliqua Ian pour moi. Belle, intelligente, et un cœur en or. Elle sait ce qui est important.

— Ché ? Qu'est-ce qui est importanté ? »

Ian se contenta de sourire.

Quelqu'un demanda quand Ian recevrait son diplôme ; il dit que ce serait en août, après la session d'été, ce qui amena la conversation sur les vacances, et sur ce que chacun allait faire durant sa semaine de congés.

« Fini de bavarder, les gars ! » cria le contremaître, interrompant ma rêverie : je m'imaginais avec Indira et les enfants, allongé sur une plage ensoleillée. « Hé, toi, le Rital, bouge ton cul et amène l'Indien. J'ai besoin de lui là-haut. »

J'ignore qui était le crétin qui avait décidé que les Indiens étaient moins sensibles au vertige que leurs frères au visage pâle, mais le patron y croyait dur comme fer, et Tom était envoyé en haut chaque fois qu'on commençait un nouvel étage.

On décida de se retrouver après le cours de Ian, à onze heures du soir, au speakeasy où Lorraine dansait, puis on se remit au travail.

C'était Jen qui s'occupait de Bobby et Em. Une fois rentré, je pris une douche, me changeai et partis pour l'hôpital Marie-Immaculée, dans le quartier Jamaica. C'était un établissement catholique, ce qui n'avait pas emballé Indira qui était athée, mais ils étaient les seuls à accepter les patients de toutes races, toutes religions et toutes couleurs.

Les hommes n'étaient pas autorisés à rendre visite à leurs femmes dans les chambres. Pendant qu'on allait chercher Dira, je regardai à travers la vitre l'infirmière changer Tyron. Il ressemblait à Bobby, mais un Bobby plus maigre, et trempé dans du chocolat : Tyron avait en effet la peau beaucoup plus foncée qu'Indira. Je voulais le prénommer Rajiv, comme le père de Dira, mais Dira avait refusé ; selon elle, sa peau sombre lui causerait déjà bien assez de problèmes, ce n'était pas la peine d'en rajouter en lui donnant un prénom étranger. J'avais été surpris de sa réaction au moment où elle avait tenu le bébé dans ses bras : elle avait pleuré, mais pas de joie. Après, elle m'avait dit que ce n'était pas parce qu'il avait la peau foncée, mais parce que, à côté, son frère paraissait blanc.

Je me retournai à l'approche d'Indira, l'embrassai et lui demandai comment elle se sentait.

« Fatiguée. Je n'ai pas dormi de la nuit. Je n'arrêtais pas de te chercher… le lit était froid. Et je n'arrêtais pas de penser, aussi.

— À quoi ?

— À Rose. Elle a porté la prime à cinq cent mille dollars par tête. Un million de dollars pour…

— Dira…

— … nous deux. Cela fait une somme d'argent colossale.

— Personne n'est au courant. Je veux dire, les seuls à savoir la vérité à notre sujet ne nous livreront jamais à la police.

— As-tu pensé à ce qui arriverait si Rose venait à New York ? Cela se pourrait. Elle te reconnaîtrait… elle *me* reconnaîtrait.

— Tu veux quitter New York ? C'est ça que tu veux dire ?

— Non. Je ne veux plus fuir. Peu importe ce qui arrivera. Je ne veux pas retourner en prison.

— Non… »

Aucun de nous deux ne dit plus rien. C'était étrange, mais la nuit précédente, moi non plus je n'avais pas dormi. Et j'avais pensé la même chose qu'Indira : nous resterions à New York, et jusqu'à notre dernier souffle nous nierions être David Maclean et Indira Nehru ; le seul moyen de nous faire rentrer en Écosse, ce serait les pieds devant.

Indira pressa ma main quand l'infirmière amena Tyron qu'elle me mit dans les bras. Dira et moi allâmes nous asseoir sur un canapé près de la fenêtre.

« J'aimerais prendre une photo de lui et l'envoyer à Mrs Cameron.

— Tom le fera pour nous. Je lui ai demandé d'écrire à Mrs Cameron que les Rory sont sains et saufs et sont partis pour l'Afrique.

— Elle me manque.

— Hmhmm.

— Et la Californie aussi. L'autre jour, j'ai surpris une conversation entre Em et May, et Em disait que c'était tous les jours dimanche en Californie.

— Hmhmm.

— Il ne pleure jamais, dit-elle en caressant doucement la tête de Tyron.

— Il n'a pas de raison de pleurer.

— Pas encore. »

Je pris la main du bébé, l'enveloppai dans la mienne et la tins contre ma poitrine en fermant les yeux.

« Tu pries pour lui ?

— Je crois, oui… pour lui, et pour nous tous.

— Pour que ça dure ?

— Oui. »

Nous regardâmes tous deux par la fenêtre, et je suis sûr qu'elle dut sentir la même chose que moi — un frisson glacé dans le dos —, et entendre la même voix que moi — une voix qui chuchotait : *Cela ne durera pas, c'est éphémère, alors vous pouvez vous y accrocher encore un petit peu, mais au bout du compte cela vous sera enlevé…*

Je savais que c'était le destin qui parlait, et Indira aussi le savait.

DOUZE SUPERBES FILLES NOIRES
EN TENUE LÉGÈRE
2 SPECTACLES PAR SOIRÉE

L'enseigne du Nubian clignotait — à cause d'un circuit électrique défectueux, selon Lorraine, car le propriétaire des lieux était un radin. L'endroit était censé être un night-club, mais il y avait un hôtel juste à côté et, si les filles voulaient se faire un peu d'argent en plus, le patron n'était pas contre, du moment qu'elles lui donnaient la moitié de leurs gains. Toutes n'étaient pas des prostituées : elles étaient payées pour danser dans la revue et se mêler ensuite aux clients, mais Lorraine disait que la plupart d'entre elles se faisaient des « pourboires » dans les toilettes pour hommes, ce qui leur permettait d'arrondir leurs fins de mois.

La police effectuait une descente au Nubian tous les vendredis soir à onze heures, entre les deux spectacles, ce qui laissait le temps aux videurs et aux barmen de planquer l'alcool, après quoi le patron tapotait le policier dans le dos en lui glissant une liasse de billets dans la poche, et tout continuait comme avant. Lorraine disait que son patron payait mille cinq cents dollars par mois pour pouvoir rester dans le circuit : cinq cents dollars en pots-de-vin que se partageaient les agents fédéraux de la prohibition, la police locale et le procureur du gouvernement ; et mille dollars pour les frais de fonctionnement de la boîte. Il achetait son alcool à Owney Madden, achetant en même temps sa protection, ce qui lui évitait de voir son établissement incendié ou de subir lui-même de graves dommages corporels, ce qui aurait très bien pu arriver si jamais il avait eu l'idée d'acheter sa « gnôle » ailleurs.

Il fallait descendre quelques marches pour pénétrer dans le club, car au rez-de-chaussée il n'y avait qu'un restaurant, dont la cave avait été aménagée en speakeasy. Je donnai le nom de Lorraine au type qui se tenait à la porte et il me laissa entrer. Le plafond était bas — je dus enlever mon chapeau — et l'éclairage faible. Le décor était de style tahitien, avec des tapis d'herbe et de faux palmiers, et la piste de danse était située trois marches plus bas que le reste de la salle. Il y avait une cinquantaine de petites tables rondes, et l'orchestre occupait tout le mur du fond.

Le spectacle se terminait au moment où j'allai m'asseoir à la table de Tom et Ian, en m'efforçant de ne pas regarder Lorraine qui portait en tout et pour tout une petite jupette à franges qui lui couvrait à peine le derrière, et une coupe de fruits sur la tête. Ils me demandèrent des nouvelles d'Indira et de Tyron, et j'essayai de faire abstraction des douze beautés déshabillées qui se trémoussaient devant moi.

« Tu peux regarder, Dave, fit Ian. Ça ne dérange pas Tom. C'est le boulot de Lorraine. Un boulot dur, d'ailleurs. Tu imagines ce qui arriverait si une orange dégringolait, ou un ananas ? Tu serais capable, toi, de danser le shimmy avec une coupe de fruits sur la tête ?

— Il lui a fallu trois semaines, à Lorraine, pour apprendre. »

Ian riait, mais Tom était sérieux, du moins son visage l'était ; je ne savais jamais très bien s'il plaisantait ou non, tant il changeait peu d'expression. Je contemplai le breuvage qu'ils avaient commandé pour moi : c'était censé être du scotch, mais tellement coupé d'eau qu'on sentait à peine le goût d'alcool.

« Ce n'est pas Lorraine, dit Tom au bout d'un instant, en désignant la piste de danse. Ce n'est pas *elle* qui est là. » Sur le moment, je ne compris pas, parce qu'*elle* était bien là, à moitié nue. Mais Tom me sourit, hocha la tête et se tapa la poitrine, et je compris ce qu'il voulait dire : *elle* — l'essence de Lorraine — était avec lui. Indira disait que Tom avait une vie intérieure intense, qu'il ressentait les choses très profondément, et qu'il y avait entre lui et Lorraine un lien d'une puissance extraordinaire. Tom avait presque vingt ans de plus que Lorraine, mais il ne la traitait jamais avec condescendance.

« Où est-ce que vous vous êtes rencontrés, tous les deux ? demandai-je à Tom.

— Dans une maison. Elle avait treize ans. J'étais videur. »

Il n'en dit pas plus, mais je compris que la maison en question était un bordel ; j'étais choqué, malgré moi, et j'espérais que cela ne se voyait pas. Ian m'avait dit que Lorraine avait eu une vie très dure, mais je ne savais pas qu'elle s'était prostituée. Je ne sais pas pourquoi, mais cela ne cadrait pas avec elle. Même si elle parlait fort et jurait comme un charretier, il y avait en elle, au-delà des mots, quelque chose d'intact, d'innocent.

Le spectacle prit fin, on applaudit, et Lorraine arriva cinq minutes plus tard, vêtue d'une robe à paillettes et d'un diadème assorti qui scintillait sur sa peau sombre. Elle embrassa Tom, puis moi, et alla s'asseoir sur les genoux de Ian.

« Je suis obligée de m'asseoir avec les clients pour les faire boire plus, expliqua-t-elle en se serrant contre lui. Sinon, le boss croit qu'on fait pas notre boulot. Ça dérange pas Tom, hein, Tom ? Il sait que c'est lui que j'aime. » Tom lui sourit, et elle pouffa de rire quand Ian la fit sauter sur ses genoux. « Comment vont Dira et le bébé ?

— Bien.

— Elle sera à la maison demain ? J'irai la voir. O.K., Tom, quand t'auras fini ton boulot ?

— Sûr.

— T'as vu Gloria, avec son œil poché ? Si un type me frappait comme ce salaud, je… Hé, Dolores, regarde qui est là. » Dolores était debout près de Ian et le contemplait avec le même sourire qu'elle avait le jour où je l'avais rencontrée pour la première fois. Il la regarda dans les yeux — Lorraine parlait toujours de la fille dont le petit ami était une brute — jusqu'à ce que Dolores lui dise en lui tendant la main :

« Tu danses, Doc ? »

Ian continua à la fixer encore un moment, puis finit par faire descendre Lorraine de ses genoux, donna la main à Dolores et la suivit sur la piste. Lorraine devait se mêler aux clients, cela faisait partie de son travail, et elle fila en nous laissant seuls, Tom et moi. La musique avait ralenti, et Ian et Dolores se balançaient doucement. Leurs corps ne se touchaient pas mais, même à distance, je sentais combien ils en avaient envie. Elle se rapprocha de lui et il ne la repoussa pas quand elle appuya sa joue contre sa poitrine. La main de Ian glissa de la taille aux hanches de la jeune femme, il la plaqua contre lui et, de son autre main, lui prit la nuque et lui renversa la tête en arrière.

Je regardai ailleurs.

Ce n'étaient pas mes affaires, et j'étais conscient que, si Ian devenait l'amant de Dolores, c'était uniquement parce que ma sœur l'y avait poussé. Mais je ne voulais pas le savoir.

J'enfilai mon manteau, remerciai Tom et lançai à Ian que j'étais fatigué et que je rentrais.

« Attends », me dit-il, mais sans bouger. Il fixait toujours Dolores dont le visage était à quelques centimètres du sien. Elle chuchota quelque chose, il sourit, s'écarta d'elle, prit sa veste et me rejoignit.

Aucun de nous deux ne dit rien avant de monter en voiture.

« Tu crois qu'elle vaut la peine, Dave ?

— Je n'en sais rien.

— Je veux dire, ta sœur.

— Tu es le seul à le savoir.

— Comment appelle-t-on un homme qui reste fidèle à une femme qui ne l'est pas ?

— Elle ne t'a pas…

— Physiquement, non. Pas physiquement. Mais mentalement. Quand je pense que je l'ai tenue dans mes bras et que, pendant ce temps, elle imaginait que c'était lui.

— Arthur ?

— S'il me restait une once d'orgueil, je lui paierais un billet de retour pour l'Écosse et je lui souhaiterais bonne chance. Mais je ne peux pas.

— Cela changera une fois qu'elle et Indira travailleront ensemble.

— Qu'est-ce qui changera ? Je ne peux pas lui donner ce dont elle a besoin, et je ne crois pas que j'en serai jamais capable. Et ce qui me tue, c'est que je suis sûr que, si elle l'avait épousé, c'est à moi qu'elle rêverait.

— Sans doute.

— Je sais d'où ça vient, Dave. J'y étais, tu comprends. Je sais toute l'horreur que Glasgow a représentée pour elle : les cauchemars, le type mort bouffé par les rats. Je sais bien pourquoi elle est comme ça, et je fais tout ce que je peux pour comprendre, bon sang, mais elle m'a poussé à bout, Dave, et je te jure que je vais sauter le pas. Parce que c'est ça ou je lui tape dessus. Et je préfère me couper la main plutôt que de la blesser. » Il se pencha en avant et fourragea dans ses cheveux. « Tu te rappelles la nuit où mon père a failli tuer Millie ?

— Oui.

— J'étais sur lui, je le frappais, et je… je…

— Tu avais envie de le tuer.

— Et je l'aurais fait. S'il n'y avait pas eu les autres, si on ne nous avait pas séparés, je l'aurais tué… mon propre père. Ce n'était pas seulement à cause de Millie, ni parce qu'il ne voulait pas que je suive des cours, qu'il voulait que je reste travailler à la mine ; c'était parce que j'avais peur de… de finir comme lui. Ça grondait en lui comme ça gronde en moi… le tonnerre… et un de ces jours… »

Il se redressa, écrasa son poing dans sa paume, puis baissa la vitre ; l'air froid pénétra dans la voiture.

« Du calme, grommela-t-il. Du calme… »

« Après la plouie, lé beau temps, déclara Fredo en tendant sa tasse à café sous la pluie qui tombait à torrents. Ah, lé printemps… »

Mais cela ne sentait guère le printemps. Le ciel avait l'air d'un couvercle de plomb au-dessus de nos têtes, et il faisait encore affreusement froid. J'observai Ian qui pressait ses pouces sous les yeux de Tom, puis entre ses sourcils. Tom avait eu des étourdissements toute la matinée : il avait de la sinusite et mal aux oreilles, et il aurait dû être au fond de son lit. Mais il n'y avait pas de congé de maladie, et chaque journée non travaillée était déduite de la paie. Cela couvait sans doute depuis une semaine, parce que Tom était maussade depuis plusieurs jours, ce qui ne lui ressemblait pas. Il était habituellement silencieux et ne parlait que lorsqu'il avait quelque chose à dire, mais ces jours-ci il avait l'air d'un lion en cage, immobile derrière ses barreaux qu'il contemplait comme s'il allait les défoncer.

« Hé ! hurla le contremaître. Liddle, Crow, hé les deux tapettes, c'est pas le moment de la branlette. Il est huit heures. Fredo ! Où il est, ce foutu Rital ?

— Ici, patron.

— Tu grimpes là-haut avec l'Indien et…

— J'y vais, dit Ian.

— Je t'ai rien demandé, Liddle. J'ai dit l'Indien.

— Il est malade. Il a mal aux oreilles et il a une sinusite.

— Arrête, tu vas me faire chialer.

— Il a des étourdissements. Il ne peut pas monter là-haut. Il va perdre l'équilibre et tomber.

— Ça sera pas une grande perte, ça fera juste un putain d'Indien de moins sur la terre. » Ignorant les propos du contremaître, Ian s'approcha de Fredo et tira sur les chaînes de la grue pour signaler qu'il voulait monter. « T'es sourd, Liddle ?

— Non, patron.

— J'ai dit que je voulais l'Indien.

— Et *moi j'ai dit* qu'il est malade. »

Un silence de plomb s'abattit sur les quelque cinquante ouvriers présents. Personne n'aimait le contremaître, un salaud qui se proclamait le seul « Américain » parmi nous tous. La plupart d'entre nous étions des immigrés — Irlandais, Anglais, Italiens, Polonais, pour lui c'était égal : ce type nous détestait tous.

« T'as besoin de ce boulot, Liddle ?

— Oui, patron.

— Alors, ferme ta gueule. Crow, bouge-toi le cul et monte.

— J'ai proposé d'y aller.

— Et *moi j'ai dit* que je veux l'Indien ! »

Tom se leva mais Ian l'empêcha d'avancer. « Il y a cinquante témoins qui m'ont entendu vous avertir que Tom Crow a des étourdissements et ne peut plus tenir en équilibre. Vous l'envoyez là-haut, et la Hollis Brothers Construction aura le syndicat sur le dos en moins de deux.

— T'es en train de me menacer, Liddle ? Hein ?

— Je vous dis ce qui est. »

Le contremaître regarda Tom par-dessus l'épaule de Ian.

« C'est à toi de décider, Crow. Tu veux travailler, tu travailles. Sinon, tu rentres chez toi, mais c'est pas la peine de revenir demain.

— Pouvez-vous me donner une raison valable pour que je ne monte pas à la place de Tom ?

— C'est pas à toi que je parle, Liddle ! Je parle à l'Indien ! C'est pas tes oignons, alors boucle-la et…

— Tu veux qu'il tombe, espèce de salaud !

— Ça suffit, Liddle ! Encore un mot et t'es viré !

— J'y vais, déclara Tom en s'avançant vers le contremaître. Que quelqu'un m'attache une corde autour de la taille. »

Ian l'arrêta, recula, prit son élan et flanqua le contremaître par terre. Puis il recula à nouveau, les poings levés comme un boxeur, et les ouvriers réclamèrent à grands cris la bagarre. Je saisis Ian par le bras, parce que je savais ce qui allait se passer si le contremaître se relevait. Je tirai Ian en arrière, ainsi que Tom, et lui dis de laisser tomber.

« T'es fini, Liddle, hurla le contremaître, toujours par terre. Tu m'entends ? Fini ! Tu travailleras plus jamais nulle part ! T'es renvoyé, Ducon ! Et toi aussi, Crow !

— Il n'a rien fait !

— La ferme, Rory !

— Tom n'a pas…

— Ça suffit, Rory !

— Il…

— T'es renvoyé ! Foutez le camp d'ici, tous les trois ! »

Après avoir touché notre paie, nous prîmes ma voiture pour rentrer chez Tom.

Personne ne dit rien jusqu'au moment où Ian et moi descendîmes de voiture, attendant Tom qui était assis à l'arrière et contemplait ses mains.

« Lorraine est enceinte. » Je commençai à sourire, puis je vis le visage de Tom. Il regarda Ian, qui baissa la tête, s'appuya contre l'auto et, le dos tourné vers Tom, lui demanda depuis combien de temps. « Six semaines... je suppose. Sept ans qu'on est ensemble et elle n'a jamais... Nous avons toujours cru qu'elle ne pouvait pas avoir d'enfants.

— Où est-elle ?

— Là-haut. Dolores l'a emmenée à Chinatown ce matin.

— Voir un de ces charlatans avec des aiguilles à tricoter.

— Il existe une infusion spéciale qui...

— Elle l'a bue ?

— Je lui ai dit d'attendre mon retour.

— C'est un poison. Seigneur Dieu...

— Elle ne peut pas le garder, Ian. Elle a peur. Elle est à peine capable de s'occuper d'elle-même, comment ferait-elle avec un enfant ? »

Ian secouait la tête. Bien que Tom ne l'ait pas dit, nous savions tous les deux ce qu'il voulait. La pluie avait cessé. Ian fit quelques pas en lançant son pied dans les flaques d'eau, puis revint vers nous.

« J'ai fait ça une fois, Tom, autrefois à Glasgow, et je me suis juré de ne jamais recommencer. » Je levai la tête, car je ne le savais pas. Ian s'accroupit sur ses talons, le dos contre une poubelle. « Tu te souviens de Mrs O'Reilly, Dave ? Elle habitait au-dessus de chez nous.

— Une famille irlandaise. Onze gosses.

— Ouais... et quand le douzième s'est annoncé, son mari est venu me trouver à la mine ; il m'a dit que le médecin l'avait prévenu, après la naissance du dernier, que sa femme ne pourrait pas supporter une autre grossesse et que, s'il la mettait enceinte, ce serait comme de la tuer. Tu te souviens de lui, Dave ? Ce grand type, cette espèce d'armoire à glace ?

— Ouais, je me souviens.

— Eh bien, ce type, ce géant, est venu me supplier à genoux d'*aider* sa femme ; il m'a expliqué qu'il était rentré soûl un soir, et puis… bref, maintenant elle était enceinte et il allait la perdre, et c'était lui le responsable, et qui s'occuperait des autres enfants une fois qu'elle ne serait plus là ? Il était à genoux et pleurait comme un bébé : "Aide-la, Ian, aide-la." Et c'est ce que j'ai fait. » Ian se releva, alla à la voiture, ouvrit la portière, et Tom sortit.

« Alors, Ian, qu'est-ce que je fais ? »

Ian, sans lui répondre, referma la portière et commença à gravir l'escalier de chez Tom. Je lui dis que je l'attendrais dehors, mais Tom hocha la tête et me demanda de monter.

J'entendis l'eau couler, Ian se laver les mains, et Lorraine lui dit quelque chose depuis la chambre. Quand elle nous entendit entrer, Tom et moi, elle appela Tom. Je restai dans la salle de séjour mais les pièces étaient disposées de telle façon que j'apercevais le lit de l'endroit où j'étais. Tom s'approcha, se pencha sur Lorraine, lui embrassa le front, et Lorraine se mit à pleurer.

« Tu le veux, Tom, hein ? dit-elle en sanglotant. Tu le veux, n'est-ce pas ?

— C'est bon, Lorr.

— Mais tu le veux. Je le sais. Mais je ne peux pas. Je serais une mère tellement minable. J'oublie toujours tout, je…

— C'est bon. Ian va s'occuper de toi. » Il se releva et vint me rejoindre au moment où Ian entrait dans la chambre et s'asseyait à côté de Lorraine.

« J'ai peur, Prince… J'ai foutrement peur.

— Chhhuuut. Il y a du gin, dans la maison ?

— Pour moi ou pour toi ? Ouais, dans la cuisine.

— J'apporte un verre, dit Tom.

— Amène la bouteille. »

Ian sourit à Lorraine, lui sécha le visage avec un coin de la couverture, et l'apaisa gentiment. Il avait depuis toujours ce don d'alléger la souffrance des autres, aussi bien physique que morale. Je me demandais parfois ce qu'on pouvait bien lui enseigner à la faculté de médecine, parce qu'il savait déjà tout ce qu'il fallait savoir. Il avait des mains qui guérissaient, un cœur qui comprenait, et une intelligence brillante : c'était un médecin-né. À quatorze ans, il soignait tout le monde dans la maison aux cinquante-neuf pièces, à Glasgow ; il avait appris par cœur, de la première à la dernière page, un ouvrage de médecine qu'il avait acheté d'occasion à un médecin retraité.

« Quel est ton meilleur souvenir ? demanda-t-il à Lorraine en lui caressant la joue. Le jour dont tu te souviens avec le plus de plaisir ?

— Tom. Ouais, le jour où j'ai rencontré Tom. Le salaud pour qui je travaillais m'avait pété trois côtes, et Tom m'a emmenée chez lui, et je suis restée, et comme ça j'ai plus eu besoin de… de…

— Ouais.

— Tom s'occupe de moi.

— Je le sais.

— Il veut le… mais je ne peux pas, Prince. Y a des gens qui sont pas faits pour être parents. Tu comprends ce que je veux dire ? Je serais pas capable. Je saurais pas comment faire, et tu comprends, je travaille la nuit et… c'est la seule chose que je sais faire. Qui est-ce qui s'occuperait du… Je suis pas capable d'être mère. Y a des gens qui sont pas faits pour…

— Chhhuuut, calme-toi.

— J'sais pas faire la cuisine, j'sais rien faire, c'est Tom qui fait tout. Le gosse serait certainement… perturbé, de toute façon, à cause de… » Tom tendit à Ian la bouteille et un verre ; Ian versa une bonne rasade d'alcool à Lorraine, tint le verre pendant qu'elle buvait, et dit à Tom de sortir avec moi et de revenir deux heures plus tard.

Au moment de sortir, j'entendis Lorraine pleurer, mais cette fois on aurait cru entendre une petite fille qui gémissait : « Elle m'a dit qu'il fallait que je travaille : j'avais sept ans, il était temps que je gagne ma croûte. Elle m'a dit qu'elle reviendrait me chercher, mais elle est jamais revenue, Prince, elle est jamais revenue… »

Tom referma la porte et m'entraîna dans l'escalier.

On alla dans un café en haut de la rue. Tom se sentait étourdi et avait besoin de s'asseoir. Nous étions silencieux. Je me dis que, s'il avait envie de parler, il le ferait, et une heure s'écoula avant qu'il ouvre la bouche.

« Ma grand-mère était une Indienne Haïda de Colombie britannique. Ils avaient une prière qu'ils disaient avant de monter sur leurs bateaux, quand la mer était mauvaise. » Tom ferma les yeux et baissa la tête.

« Esprit Océan, apaise les vagues pour moi,
Viens à mon secours, ô ma force,
Mon cœur est fatigué,
Fais que la mer soit pour moi comme du lait,
Hé oh !
Hé oh là oh ! »

Ian garda le silence durant tout le trajet de retour à Astoria, et il me demanda de monter à l'appartement avec lui. J'avais envie de rentrer chez moi, j'avais *besoin* de rentrer chez moi, *besoin* de tenir Tyron dans mes bras. Mais je l'accompagnai, en espérant que ma présence éviterait la dispute qui ne manquerait pas d'éclater quand il annoncerait à Jen que nous étions tous renvoyés.

Mary était dans sa chaise haute, elle mangeait toute seule et Jen nettoyait tout ce qui n'atterrissait pas dans la bouche de la petite. Ian prit Mary dans ses bras et se balança doucement avec elle, sans répondre à Jen qui demandait pourquoi nous rentrions si tôt.

« Dave et moi, on a pris un congé, lui dit-il quand elle eut répété sa question pour la troisième fois.

— Vous avez été mis à la porte. Qu'est-ce que vous avez fait pour ça ?

— Flanqué par terre le contremaître.

— Pourquoi ? »

Sans lui répondre, il s'approcha de Cathy qui mangeait un sandwich, se pencha, mordit dans le sandwich et embrassa la petite fille sur la joue.

« Qu'est-ce que vous allez faire, Ian ?

— Dave et moi, on va devenir bootleggers, *aye*, Dave. Pardon : Dan. » Il s'assit, attrapa l'assiette de Mary et donna à manger à l'enfant. « J'irai sur les quais, demain matin. Ils ont toujours besoin de main-d'œuvre. »

Jen le fixa des yeux, puis me regarda. « Pourquoi ne pas devenir bootleggers ? Vous ne gagnerez rien, comme dockers.

— C'est quoi, un bootlegger, p'pa ?

— Un homme qui vend de l'alcool de façon illégale. Où est ta sœur ?

— En classe, répondit Jen à la place de Cathy. Patrick ne demanderait pas mieux que de nous aider, j'en suis certaine. Il me suffit de lui écrire et… »

Ian riait, et plus il riait, plus Jen était en colère ; elle finit par saisir l'assiette de Mary et la lança dans l'évier. Ian bondit de sa chaise en hurlant : « On a trop peu d'argent dans cette maison pour casser la vaisselle parce que Madame est de mauvais poil !

— Un docker gagne quinze dollars par mois, Ian !

— C'est quinze de plus que si j'étais mort ! Tu ne lis pas les journaux ? Deux hommes ont la mainmise sur cette ville : Dutch Schultz et Owney Madden, et si nous tentons de vendre une seule goutte d'alcool dans un rayon de quatre-vingts kilomètres autour de New York, on va se faire descendre, et nos femmes et nos enfants avec !

— Eh bien, on ira plus loin ! On vendra hors des limites de l'État de New York, comme Lorraine a dit ! »

Mary se mit à pleurer, ce qui coupa court à leur dispute. Comme je n'avais aucune envie de rester, je sortis de la cuisine et me dirigeai vers la porte d'entrée, mais Jen me retint par le bras.

« Dave, parle-lui, tu pensais que c'était une bonne idée, tu as dit toi-même que ça pourrait marcher.

— Ian a raison, Jen, c'est trop dangereux. Il faut que je rentre. » J'essayai de me dégager, mais elle me suivit dans le couloir.

« C'est notre seule chance de sortir de ce trou dans lequel on s'est enfoncés !

— N'exagère pas, Jen. Ce n'est pas Park Avenue, mais ce n'est pas Glasgow non plus.

— C'est médiocre ! Comme notre vie !

— Méd… Je ne peux pas discuter avec toi.

— Nous vivons dans la médiocrité, parce que nous avons tout juste assez d'argent pour le nécessaire ! On s'en sort à peine, à peine ! Seigneur Dieu, Davie, on traverse la vie sans la vivre ! »

Elle avait dit tout cela à voix basse, pour que Ian n'entende pas. Mais il avait entendu. Il déboula dans le corridor, Mary toujours dans ses bras, si vite que je crus qu'il allait frapper Jen. Mais il lui mit la main sur l'épaule, lui fit faire volte-face, et lui dit : « Très bien. On va faire ça. Demain, tu télégraphies à Pat. On trouvera un grand hôtel à Montréal où il fera livrer la marchandise. Juste une chose : si on se fait prendre, Dave n'est pas au courant de notre trafic.

— Non. Si j'y suis, j'y suis jusqu'au bout.

— Tu passes deux mois en prison sans pouvoir te teindre les cheveux en noir, et tout le monde saura qui tu es. C'est la condition, sinon je ne marche pas.

— Il a raison, Dave, ça n'a pas d'importance. Et… et vous ne vous ferez pas arrêter. Nous ferons attention et nous ne prendrons pas de risques. »

La discussion se poursuivit encore un moment avant que je finisse par accepter. Je les quittai enfin et me dépêchai de rentrer chez moi.

Dira n'était pas emballée par cette idée. Outre le fait que nous allions empiéter sur le terrain des gangsters de haut vol, elle souligna le fait que Ian n'était plus qu'à six mois de son diplôme et que c'était de la folie de prendre des risques maintenant. Mais finalement, elle fut d'accord ; la prohibition était en soi une mauvaise chose, donc les lois étaient mauvaises, par conséquent les violer pouvait se justifier.

Nous organisâmes une réunion chez nous pour le lendemain soir, avec Jen et Ian, Tom, Bette et Colin MacLeod. Colin était un policier, mais avant tout un Écossais ; or, tenter de convaincre qui que ce soit ayant du sang celte dans les veines qu'il n'avait pas le droit de boire une petite goutte de temps à autre était une pure aberration. Colin était plus âgé que nous, il devait avoir quarante-trois ans ; c'était un homme plutôt petit mais bien bâti, un excellent footballeur, et il avait des cheveux brun-roux et des yeux dont la couleur passait du brun au vert selon son humeur. Il avait la tête sur les épaules et Ian tenait compte de ses avis. Les MacLeod n'aimaient pas Tom et Lorraine, et c'était réciproque, c'est pourquoi nous les voyions rarement tous les quatre en même temps.

« *Elle* vient aussi ? questionna Colin en jetant un coup d'œil dans la cour, en bas. Ou juste *l'Indien* ? » Ian s'apprêtait à répondre quand Colin, prenant conscience de la présence d'Indira, lui saisit la main en disant : « Je ne voulais pas t'offenser, ma jolie. Les Indiens américains ne sont pas comme les Indiens indiens.

— Mais je suis une Indienne *américaine*.

— Tu sais bien ce que je veux dire, ma petite.

— Non, explique-moi. »

Je m'approchai d'Indira par-derrière et l'embrassai dans le cou, avant que la discussion ne s'échauffe, et Ian donna une bière à Colin.

« Ce sont des paresseux, répliqua Colin. Regarde comment ils marchent, on dirait des limaces.

— Non, ils se déplacent en faisant attention, dit Ian. Ils sont capables de marcher à travers la végétation sans le moindre bruit, de nager dans une rivière sans former la moindre ride sur l'eau.

— Doux Jésus, te voilà devenu poète, maintenant. Bootlegger, poète, médecin, ma parole cet homme-là sait tout faire. Pas vrai, Jen ?

— Il ne sait pas jouer du piano », rétorqua-t-elle en enlaçant Ian et en l'embrassant sur la joue. Dira sourit et me fit un clin d'œil : on ne les avait pas vus heureux ensemble depuis des mois, et je me dis qu'ils avaient dû se réconcilier la nuit dernière. Ian fit virevolter Jen, qui éclata de rire et ajouta : « Mais si l'envie lui prenait de s'y mettre, je suis sûre qu'il jouerait comme Mozart. »

May accourut et insista pour que Ian la fasse danser ; il la souleva et me pria de mettre un disque. Je passai le dernier enregistrement de Bessie Smith, et tout le monde se mit à danser, même Mary qui avait Tyron dans les bras.

Tom n'arriva qu'à dix heures. Ian le prit à part et lui demanda si Lorraine allait bien et si sa température était normale. Voyant Jen qui écoutait, et comprenant que Ian ne lui avait rien dit au sujet de Lorraine, je lui proposai de l'aider à coucher les enfants pour que nous puissions commencer notre réunion.

« Alors comme ça, vous allez devenir bootleggers, fit Colin, une fois que nous fûmes tous installés autour de la table de la salle à manger. La première chose dont vous avez besoin, c'est d'une couverture — une raison de faire toutes les semaines le voyage au Canada — et elle a intérêt à être bonne. Il faut que la police des frontières vous fasse confiance, que les gars reconnaissent vos visages, pour que, quand vous transporterez la marchandise, ils vous laissent passer sans rien vous demander. Maintenant, Jen et Dira, vous avez monté une entreprise de confection, et il va de soi que vous voulez fabriquer vos robes à moindre coût, autrement dit en employant de la main-d'œuvre indienne. C'est là où vous entrez en jeu, Mr Crow. Vous êtes…

— Mohawk.

— De quelle réserve ?

— Kahnawake, près de Montréal.

— Vous avez de la famille là-bas ?

— Non, on a quitté la réserve quand j'avais cinq ans.

— Vous parlez la langue ?

— Ils parlent anglais.

— Vous pensez qu'il y a des femmes qui savent se servir d'une machine à coudre ?

— Pas sûr qu'elles puissent la brancher dans leur tipi. » Tout le monde rit, sauf Colin, car Tom le regardait d'un air imperturbable. « Elles pourront toujours coudre les robes avec des lanières de cuir et des dents de coyote. » Colin regarda Ian et demanda si Mr Crow essayait d'être drôle ; Tom déclara que les Indiens n'avaient pas le sens de l'humour. Ian donna une grande tape dans le dos de Colin et lui dit qu'il était certain que nous trouverions dans la réserve quelqu'un possédant une machine à coudre.

« Alors, ce sera ça, votre couverture. Comme je vous l'ai dit, le premier mois, rien que des robes, et une fois que vous commencerez, jamais plus de quatre caisses dans la voiture. Comme ça, si jamais on vous arrête, vous pourrez essayer de vous en tirer en disant que c'était pour votre usage personnel, que vous vouliez organiser une petite fête. Ils vous confisqueront les caisses, vous arrêteront sans doute, mais vous pourrez faire croire votre histoire à un juge. Faites deux voyages par semaine, pas plus, restez à une petite échelle et personne n'en saura rien. Maintenant, si vous faites venir du vrai Clan Brodie, ça serait de la folie de le couper. Les gens paieront pour du bon whisky, parce qu'ils n'en trouvent pas ici, étant donné que le gang coupe tous les alcools qui leur tombent sous la main.

— Alors, à qui le vendrons-nous ?

— Aux riches. Il faut toucher toutes ces villas du Sound et, en remontant l'Hudson, le Connecticut et Boston. Faire du porte-à-porte. Vous expliquerez au maître d'hôtel que vous avez de la marchandise de fabrication écossaise, il comprendra. L'important est de savoir qui est "sec" et qui est "humide" [1].

— Mais on ne gagnera jamais assez d'argent, comme ça ! s'écria Jen.

— Tu sais combien de caisses d'alcool ces grandes maisons descendent par nuit, quand elles organisent une de leurs fiestas ? Ne t'en fais pas, vous vous débrouillerez très bien. L'important, c'est de ne pas vous frotter au gang, sinon vous êtes morts.

— Et quelle est votre commission ? s'enquit Tom.

— Ça va vous surprendre, Mr Crow, mais certains d'entre nous font les choses seulement par amitié. » Il avait dit cela d'un ton si sarcastique que je sentis Indira se raidir sur sa chaise, et je mis ma main sur son genou pour l'empêcher d'intervenir. Colin souligna ses propos

---

1. Ces termes désignaient, à l'époque de la prohibition, les gens qui ne buvaient pas d'alcool (« dry ») et ceux qui en consommaient (« wet »). *(N.d.T.)*

d'un signe de tête à l'adresse de Tom, puis se tourna vers Ian. « Si vous êtes pris, je témoignerai de votre honorabilité, c'est tout ce que je peux faire, et je ne pourrai le faire que si vous livrez de petites quantités, qu'on puisse croire destinées à votre usage personnel. S'ils vous chopent avec plus de quatre caisses dans la voiture, ils sauront que vous êtes des bootleggers. » Colin se leva et fit signe à Bette. « Va chercher les gosses, on rentre.

— Ça tient toujours, pour dimanche ? » dit Ian.

Le dimanche était le jour du football et, pluie ou soleil, toutes les familles de notre immeuble allaient au match à Astoria Park — Colin, qui avait fait partie de l'équipe des Glasgow Rangers avant guerre, jouait comme gardien de but —, et après nous pique-niquions.

« Pour sûr, mon gars ! » Colin fit bonsoir d'un signe de tête et Dira les raccompagna, lui et les siens, jusqu'à la porte.

L'hôtel Langueuille, l'un des plus gros acheteurs canadiens de Clan Brodie, était situé juste au sud de Montréal, pas très loin de la réserve des Indiens Mohawk de Kahnawake. Patrick facturait au prix coûtant les quarante-huit caisses qui nous étaient destinées chaque mois. L'hôtel nous les revendait au prix qu'il les avait payées : quarante dollars par caisse. Le gang vendait soixante-deux dollars la caisse un whisky « premier choix » coupé d'eau, qu'il faisait passer pour du vrai scotch de vingt ans d'âge garanti. Nous vendions le nôtre, le véritable Clan Brodie, le meilleur whisky existant, quatre-vingts dollars par caisse, et nous avions un profit net de cinquante pour cent sur chaque douzaine de bouteilles vendues. Deux caisses nous rapportaient plus que ce nous gagnions jusque-là à nous trois comme maçons.

Nous n'avions pas besoin de chercher de nouveaux clients, car le bruit s'était répandu que nous vendions le meilleur scotch sur le marché, en provenance directe d'Écosse et non frelaté, si bien qu'à la fin de la journée nous avions souvent plus de commandes que de caisses disponibles. Il nous fallait une demi-journée pour nous rendre jusqu'à l'hôtel et, comme Ian avait ses cours du soir, nous procédions par roulement, puisqu'il suffisait en réalité de deux personnes seulement à la fois. Nous ne transportions pas plus de quatre caisses par voyage, mais nous faisions quatre voyages par semaine. Le problème, c'est que Jen et Dira avaient du mal à suivre, et il nous arrivait souvent d'aller au Canada avec des cartons remplis de robes déjà cousues. Il n'y avait dans la réserve indienne que trois femmes couturières qualifiées et possédant des machines à coudre, et elles ne pouvaient pas coudre plus de trois ou quatre robes par jour. On acheta trois machines de plus, on embaucha trois autres femmes, et on investit dans une petite machine à couper, transformant notre petit salon en un atelier de fortune. Jen allait vendre les robes dans les boutiques de détail à Manhattan ; les modèles étaient appréciés non seulement pour leur prix peu élevé, mais aussi pour leur coupe et leur style, et Mode Créations commença à être connue. Nous fîmes parvenir une robe à ma mère, et elle nous envoya une photo où elle la portait, et sur laquelle elle paraissait si heureuse et fière que Jen l'encadra.

Nos deux affaires — les robes et le whisky — marchaient du tonnerre, et le seul point noir était la peur de nous faire prendre, d'une part parce que nous n'avions pas envie de finir en prison, d'autre part parce qu'il suffirait d'un mois sans teindre mes cheveux pour que je ressemble au fameux criminel — voleur et kidnappeur — David Maclean. La photo de Rose apparaissait souvent dans les pages mondaines des journaux, et Dira et moi faisions notre possible pour que Em ne les vît pas. Em avait presque cinq ans ; nous lui avions expliqué, du mieux que nous avions pu, les véritables raisons de notre vie telle qu'elle était, et je crois qu'elle comprenait. Elle était heureuse, et pour cela elle avait dû enfouir tout au fond d'elle-même les souvenirs de Rose et de son petit frère Edmund. Elle ne parlait jamais d'eux, mais elle sentait le danger qu'ils représentaient : chaque fois que quelqu'un nous regardait avec un tout petit peu d'insistance, sa main agrippait la mienne et la peur qui la traversait se communiquait à moi. Nous avions beau nous dire que nous étions en sécurité, nous savions bien que notre peau valait un million de dollars, et qu'il suffisait du moindre accroc pour voir nos vies détruites. Indira eut une longue conversation avec Jen et lui fit promettre que, s'il nous arrivait quelque chose et si Em était rendue à sa mère, Jen s'occuperait des garçons. Jen s'était mise à pleurer, et je n'avais rien pu dire, parce que je dus réaliser, tout comme Jen, que nos jours étaient comptés.

En attendant, la tentation était grande de mettre le paquet, de louer un camion et de transporter vingt caisses de whisky par jour. Mais Ian tenait absolument à ce que nous ne soyons pas trop gourmands, et que nous ne nous fassions pas descendre ; il nous fallut donc nous résigner à rester de petits trafiquants de troisième zone et à nous contenter de nos misérables seize caisses par semaine. C'était largement assez pour vivre, et notre situation financière à tous était meilleure que jamais. Les journées étaient longues, chaudes et douces. La vie était belle.

Puis en juillet, Lorraine eut vent par un client du speakeasy que Owney Madden recherchait les « voyous » qui faisaient la contrebande de *vrai* scotch dans le pays, et qu'il avait mis cinquante de ses hommes sur leur piste.

Dira voulait arrêter, moi aussi. Nous avions gagné assez d'argent pour permettre à l'entreprise de Dira et Jen d'être bien lancée, et Ian étant à un mois d'obtenir son diplôme, cela paraissait absurde de prendre des risques supplémentaires. Même Lorraine disait qu'il fallait être fou pour lutter contre Madden et ses hommes, et elle refusa de laisser Tom faire un voyage de plus. Mais Jen était persuadée que nous devions faire un dernier voyage, prendre d'un coup les seize dernières caisses qui nous attendaient à Montréal, et ensuite nous en tenir là. Je ne sais comment elle fit pour convaincre Ian, mais il décida de faire le voyage, et je ne pouvais le laisser y aller seul.

J'emportai le pistolet que ma mère m'avait donné quand j'avais quitté l'Écosse, et en le voyant Ian hocha la tête. J'avais lu un tas d'horreurs sur ce que les hommes du gang faisaient aux petits trafiquants de troisième ordre, et je suppose que ces histoires affreuses surgirent dans mon esprit au moment où nous franchîmes la frontière canadienne et aperçûmes le barrage routier.

« Donne-moi le pistolet, me dit Ian en levant le pied de l'accélérateur.

— Fais demi-tour et on file.

— Ce sont des agents de la police fédérale américaine. Donne-moi le pistolet. Non, jette-le. »

J'entrouvris la portière, laissai glisser l'arme par terre, et Ian manœuvra lentement la voiture vers l'endroit où étaient postés une douzaine de policiers.

« Ouvre de grands yeux quand ils trouveront la marchandise. Tu n'étais pas au courant.

— Ian…

— Pas un mot, Dave. »

Les projecteurs nous aveuglèrent, et une voix nous ordonna de descendre de voiture mains en l'air. Et je pensai aux seize caisses de whisky Clan Brodie entassées sur la banquette arrière et dans le coffre, que nous ne pourrions jamais faire passer pour des bouteilles destinées à notre « usage personnel ». Nous avions l'air de ce que nous étions : des trafiquants au petit pied.

Les policiers fouillèrent la voiture et j'ouvris de grands yeux, feignant d'ignorer que les caisses contenaient autre chose que des robes. Ian fit un numéro d'acteur époustouflant, jura que c'était la première et la dernière fois qu'il faisait une chose pareille, et que je n'étais absolument pas au courant de tout cela. Il était vraiment très convaincant.

On nous arrêta pourtant tous les deux.

12

(New York, 29 septembre 1925)

« Daniel Rory, l'avis du tribunal est que vous mentez, et que vous saviez parfaitement que Mr Liddle et vous transportiez autre chose que des robes. Mais, en l'absence de preuve formelle à l'appui de cette conjecture, l'État de New York abandonne toutes charges contre vous. »

Je serrai très fort mon médaillon du Loch Leven et pris la main d'Indira, que je gardai dans la mienne. C'était le tour de Ian, et je priais comme jamais de ma vie je n'avais prié : reconnaissez-le innocent.

Le juge appela Ian, qui se leva.

« Vous étiez capitaine de l'armée britannique pendant la guerre, et vous avez été décoré quatre fois, est-ce exact, Mr Liddle ?

— Oui, Votre Honneur.

— Vous avez obtenu une bourse de la fondation Carnegie pour étudier à l'université de Columbia ?

— Oui, Votre Honneur.

— Pour devenir médecin ?

— Oui, Votre Honneur.

— Et vous alliez obtenir votre licence ès sciences. C'est-à-dire, si vous aviez choisi de rester chez vous à étudier, la nuit du 2 juillet, au lieu de faire passer seize caisses d'alcool de l'autre côté de la frontière canadienne.

— Oui, Votre Honneur.

— Êtes-vous conscient, Mr Liddle, que le 18ᵉ amendement de la Constitution des États-Unis, dont vous êtes maintenant citoyen à part entière, interdit la fabrication, la vente, l'échange, le transport, l'importation, l'exportation, la fourniture ou la possession de toute boisson alcoolisée ? Qu'enfreindre cette loi est un crime ?

— Oui, Votre Honneur.

— Et saviez-vous que ceux qui sont reconnus coupables d'un crime ont l'interdiction d'exercer la médecine ?

— Oui, Votre Honneur.

— Alors, puis-je vous dire que vous êtes un imbécile, jeune homme ?

— Oui, Votre Honneur.

— C'est avec regret — avec grand regret — que la cour vous condamne à une peine d'emprisonnement de cinq ans. L'audience est levée. »

Quand je rouvris les yeux, Ian était tourné vers moi. Son visage n'exprimait ni colère ni tristesse : il n'exprimait rien, absolument rien. Comme s'il était mort. Et il l'était, car je l'avais tué, j'avais détruit ce qui l'avait maintenu en vie, durant toutes ces années : j'avais assassiné son rêve.

Ils l'emmenèrent, et Davie et Dira me prirent chacun par un bras pour m'aider à sortir de la salle du tribunal. Ils ne dirent rien — qu'auraient-ils pu dire ? — et, à notre retour à la 31ᵉ Rue, Bette et Colin étaient là.

« Il pourra être mis en liberté conditionnelle pour bonne conduite dans trois ans, dit Colin.

— Et ensuite ? »

Personne ne me répondit. Ils fixaient des yeux le sol, le plafond, n'importe quoi plutôt que de risquer de croiser mon regard. Ils savaient tous que c'était moi qui avais persuadé Ian de faire le dernier voyage, et le fait qu'aucun d'eux ne veuille me regarder augmentait ma honte, parce que cela signifiait qu'ils savaient comment *j'avais fait.*

Dave et Dira prirent les filles avec eux et, dès qu'ils furent partis, je me mis au lit sans me déshabiller. Minch vint se coucher près de moi ; il avait quinze ans, maintenant, et il avait vieilli depuis quelques mois. Il me lécha la main, se blottit tout contre moi, et j'enfouis mon visage dans son épaisse fourrure blanche. J'avais envie de pleurer, mais je n'avais pas de larmes, c'était comme si elles avaient tari. Peut-être que moi aussi, j'étais morte à l'intérieur.

Je restai là pendant deux jours ; le troisième jour, Davie entra avec le logeur qui avait utilisé son passe. J'entendis le bruit de leurs voix, puis des fenêtres qu'on ouvrait, et enfin des pas dans le couloir. Dave, agenouillé dans le salon, enveloppait quelque chose dans une serviette. Lorsqu'il se releva, nos yeux se croisèrent ; il me regarda d'un air si étrange que je me dis que peut-être j'étais morte et que mon corps était en train de se décomposer, car une odeur nauséabonde flottait dans l'appartement et Dave était livide. Je remuai un bras, cherchai Minch près de moi mais il n'était pas là, et soudain je compris que c'était lui qui était enveloppé dans la serviette : mort.

Davie s'approcha et s'installa au bord de mon lit, sans rien dire ; il avait sans doute peur que je ne me mette à pleurer, mais j'étais incapable de faire ou de dire quoi que ce soit.

« Je l'enterrerai, déclara-t-il enfin. Nous irons en voiture à Patchogue. » Il me fit asseoir, m'enfila mes

chaussures et m'aida à me lever. Je le suivis jusqu'à la voiture, en me disant que j'aurais pu au moins lui demander des nouvelles des petites. Mais je ne voulais pas ouvrir la bouche, parce que je craignais de ne pas pouvoir supporter le son de ma propre voix.

Nous allâmes à Long Island, dans un petit coin boisé nommé Patchogue, où nous pique-niquions avec les enfants. Davie creusa un trou, y déposa Minch et, quand il commença à remplir la fosse de terre, je lui arrachai la pelle des mains. Je ne sais ce qui m'arriva, mais j'avais besoin de voir Minch, de le toucher une dernière fois. Comme une folle, je fis voler la terre, déchirai la serviette et serrai le corps du chien contre moi. Il était raide et froid, mais je me cramponnais à lui comme lorsque j'étais adolescente et qu'il dormait près de moi, chassant mes craintes et mes horribles cauchemars. Et je ne cessais de répéter dans ma tête : au revoir mon fidèle ami, au revoir mon petit bonhomme de Minch, *mais les mots ne parvenaient pas jusqu'à mes lèvres. J'avais l'impression que, si je les prononçais, alors il serait vraiment mort, parti pour toujours, et cette pensée me causait une souffrance insoutenable. Je dus crier, et mon cri déclencha les larmes, qui se mirent à couler sans fin.*

« Je l'ai tué, sanglotais-je en berçant Minch dans mes bras.

— Non, Jen, il est mort de vieillesse pendant son sommeil.

— Je l'ai tué. Je les ai tous tués. Tués. »

Davie tenta de reprendre Minch, mais je m'y accrochais de toutes mes forces, parce que dans son petit cadavre il y avait, me semblait-il, tous les êtres que j'avais aimés et détruits d'une manière ou d'une autre : mon père, Minch, et Ian.

— Laisse, Jen.

— Je l'ai tué. J'ai tué son rêve, par cupidité, oui, par avidité et par putasserie.

— Jen...

— Comme une putain.

— Arrête.

— Tu ne sais pas.

— Si.

— Non, tu ne sais pas. Je l'ai obligé à le faire. Je me suis frottée contre lui comme une putain et...

— Ça suffit, Jen. Donne-moi Minch. Laisse-moi l'enterrer. »

Il s'empara du cadavre du chien, le reposa dans le trou, remit la terre par-dessus, et nous rentrâmes à Astoria.

Cette nuit-là, les cauchemars recommencèrent, mais pires encore qu'à Glasgow : l'homme dans l'allée qui était dévoré par les rats, c'était Ian, et quand je criais, mon père m'entourait de ses bras, et il avait le visage à moitié rongé, le corps couvert de rats qui grouillaient sur lui et à l'intérieur de lui comme d'énormes asticots poilus. Mes hurlements réveillaient tout l'immeuble, si bien qu'au bout d'une semaine Davie télégraphia à ma mère en la suppliant de venir auprès de moi.

Al resta en Écosse et, en attendant l'arrivée de ma mère, j'eus une discussion avec moi-même, face au miroir de la salle de bains. Je n'étais plus une petite fille, mais une épouse et une mère, et il fallait que je me maîtrise parce que j'avais une entreprise à faire marcher, et que je ne pouvais pas perdre la tête au moment où mon mari était en prison et où c'était à moi de prendre en charge la famille. J'étais si convaincante que je me mis à douter de la nécessité de la venue de ma mère. Jusqu'à l'instant où je la vis descendre du taxi, en bas.

Je me ruai dans l'escalier, les filles sur mes talons, et je faillis renverser ma mère en me jetant dans ses bras.

Je me sentais comme une gamine de douze ans, hypersensible, stupide, et j'avais honte à vingt-huit ans de trouver encore consolation dans les bras de ma mère. Elle essuya mes larmes, puis les siennes, se moqua de nous deux, et embrassa les petites.

« Qui a assez de force pour m'aider à monter la malle ? interrogea-t-elle en prenant Mary dans ses bras.

— Cathy et moi, on peut le faire », proposa May, avant d'ajouter d'un air câlin : « Si tu nous donnes à chacune une pièce de dix cents.

— May, voyons !

— Alors, une pièce de cinq cents. »

Ma mère éclata de rire et, quand les enfants soulevèrent la malle, je remarquai les tampons « entrepont/troisième classe ». Ma mère, voyant mon regard, fit un geste vague et dit que, puisqu'elle voyageait seule, c'était absurde de louer une grande cabine.

« Qu'est-ce que tu as vendu ? questionnai-je, accablée.

— Hmhmm ?

— Pour avoir l'argent du voyage ?

— Oh, Jenny, vraiment ! Dépêchez-vous, les enfants, sinon vous n'aurez pas vos sous. »

Après le déjeuner, pendant lequel elle fut follement gaie, ma mère insista pour que nous allions à Manhattan. Nous parcourûmes la Cinquième Avenue en scrutant les boutiques où, disait-elle, je devais vendre mes robes ; puis, dans la 57e Rue, elle s'arrêta devant un magasin d'animaux et me fit signe d'entrer. J'étais si émue que je faillis me remettre à pleurer, mais ma mère ne voulait pas de larmes, et elle nous entraîna vivement dans la boutique. Les enfants avaient envie d'un gros chien, mais ma mère dit que c'était à moi de choisir. Mary, que je tenais dans mes bras, montra du doigt un petit cairn terrier beige et gris, avec des touffes de poils noirs dans les oreilles ; il ressemblait à Minch quand il avait joué dans la boue. Je m'approchai de la cage et Mary passa la main à travers les barreaux ; le chiot lui lécha la main puis se mit à mordiller les poignets de son manteau, ce qui la fit éclater de rire.

« Comment allons-nous l'appeler ? demandai-je, en sortant du magasin, à Mary qui tenait le petit chiot dans ses bras.

— John », répondit-elle. Ma mère me jeta un coup d'œil ; elle devait se demander, comme moi, si l'enfant savait que Ian était le nom écossais pour John.

« Eh bien, ce sera donc John, le chien de la 31e Rue, fit ma mère en riant.

— Merci, dis-je en lui étreignant la main. Tu as toujours su comment... comment arranger les choses. Minch, et maintenant...

— Ce n'est pas moi qui t'avais acheté Minch, Jen. C'était ton père.

— Mais...

— Il avait peur que tu n'acceptes aucun cadeau de lui, c'est pourquoi il voulait que tu croies que cela venait de moi. Je pensais que Dave te l'avait dit.

— Non. J'ai toujours cru...

— De toute façon, ça n'a plus d'importance, maintenant. »

Oh si. Oh si, cela en avait.

Dira, Davie et les enfants vinrent dîner à la maison. C'était merveilleux, d'être ainsi réunis. Ty — c'est ainsi que Cathy avait baptisé Tyron — avait presque huit mois et rampait dans les jambes de tout le monde ; ma fille ne le quittait pas d'une semelle. Cathy avait complètement adopté Tyron, comme si ç'avait été son enfant, et elle ne se lassait pas de le changer, de le faire manger et de jouer avec lui. Lorsque Dira était rentrée de l'hôpital avec le bébé, Davie lui avait dit que Tyron était en chocolat et que c'était pour cela qu'il avait la peau aussi foncée ; pendant des jours et des jours, Cathy avait eu soin d'empêcher que son petit cousin ne reste au soleil, de peur qu'il ne fonde.

Ma mère nous questionna sur notre maison de couture et demanda si c'était raisonnable de continuer à envoyer Davie faire le voyage jusqu'à Montréal ; elle nous suggéra d'expédier par train aux femmes de la réserve les tissus coupés et les modèles, ce qui permettrait à Dave de chercher du travail ailleurs. Mon frère parut soulagé : même s'il ne se plaignait pas, je savais que ça l'ennuyait et qu'il avait très envie de faire autre chose, de travailler de ses mains, à l'extérieur. Lui et Tom étaient rayés des listes des entreprises de bâtiment de Manhattan, mais Dave pourrait trouver du travail dans le Queens, comme Tom, parce qu'il y avait tant d'immeubles en construction que les sociétés ne semblaient guère soucieuses de savoir si un ouvrier avait eu des problèmes avec ses précédents patrons.

Dira et moi décidâmes que Dave rechercherait du travail dès le lendemain matin, et que nous nous débrouillerions pour dénicher une société de transport qui expédierait nos robes au Canada.

La soirée se déroula merveilleusement bien, jusqu'au moment où Mary demanda quand papa allait rentrer.

C'est Dave qui avait expliqué aux filles que Ian resterait absent — j'étais incapable d'aborder le sujet sans éclater en sanglots — mais il n'avait pas réussi à le faire comprendre à Mary, qui n'avait que deux ans et continuait chaque soir à demander pourquoi son père n'était pas là.

Il me semblait tellement injuste que Ian ne soit pas parmi nous que je me levai soudain, marmonnai une excuse et allai dans ma chambre. Le dimanche suivant, j'étais censée emmener les petites et ma mère à Rikers Island pour rendre visite à Ian, mais j'ignorais comment j'allais pouvoir me présenter devant lui.

Je m'assis sur le lit, éteignis la lumière et serrai l'oreiller contre moi. Je ne sais combien de temps je restai ainsi, peut-être une heure, quand on frappa à la porte et ma mère entra. Sans allumer, elle vint s'asseoir près de moi, et je posai ma tête sur ses genoux. Elle caressa en silence mes cheveux et mon visage. Je lui racontai que j'avais rusé pour amener Ian à faire le dernier voyage, que je l'avais pressé de baisers, que je l'avais amené au bord de la jouissance, et que je ne la lui avais accordée qu'après lui avoir fait promettre d'accomplir ce que je voulais.

Elle rit, mais d'un rire amer, et secoua la tête.

« Les femmes peuvent être des créatures tellement abjectes. Si je dis cela, c'est que j'en fais partie, je parle en connaissance de cause. J'ai fait des choses... des choses dont j'ai vraiment honte.

— Quoi ?

— Peu importe, maintenant.

— Raconte-moi, j'ai besoin de savoir. Cela pourrait...

— T'aider ? De savoir que tu n'es pas la seule à avoir eu recours à des artifices de catin ?

— Raconte-moi.

— Je n'ai jamais été malade, à Glasgow. J'ai imaginé cela pour pouvoir coudre la nuit, si bien que je n'avais pas à coucher avec ton père. Et, le matin qui a suivi le début de l'épidémie de grippe, quand ton père voulait que j'aille à Cromdale, je l'ai persuadé *de continuer à travailler à la mine, pour que nous puissions rester à Glasgow... Je sais ce que c'est, Jen, lorsque la passion l'emporte sur la raison, et que nous agissons non pas avec notre esprit mais avec notre cœur. Mais ce qui est fait est fait, et tu n'as aucun moyen de le défaire.*

— J'ai tué son rêve, maman.

— Oui.

— *Toute sa vie, il a toujours voulu être médecin. Et le pire, c'est qu'il était fait pour ça. Tu le sais aussi bien que moi.*

— *Qu'est-ce que tu comptes faire, maintenant ? C'est du passé. Fini, terminé. Il faut que tu continues à vivre ta vie. Rien n'arrive sans raison. Aujourd'hui tu ne sais pas pourquoi, mais un jour tu comprendras. Si Ian ne devient pas médecin...*

— *Mais c'est* ma *faute ! Il* serait devenu *médecin si je n'avais pas...*

— *Mais tu l'as fait ! Alors, à quoi bon te lamenter sur quelque chose qui est passé ? Ian ne sera pas médecin et tu es responsable, et alors ? Tu l'as peut-être dupé — et je ne suis nullement en train de défendre ta conduite honteuse, aussi ignoble que la mienne — mais, en fin de compte, c'est* lui *qui a décidé de faire ce voyage. Et il le sait, et c'est pour cela qu'il ne te blâmera pas.*

— *Si, il me blâme.*

— *Non. C'est* toi *qui te fais des reproches.*

— *Tout le monde m'en fait : Davie, Dira, Tom.*

— *Et alors, qu'est-ce que tu vas faire ? Te coucher et mourir ?*

— *Mais ils ont raison ! C'est* moi *qui suis à blâmer !*

— *Oh, Jen, on pourrait continuer à discuter jusqu'à demain matin, cela ne changerait rien. Dans ce monde dur et cruel, ou tu nages ou tu coules, et même si dans ma vie j'ai commis beaucoup d'erreurs, j'ai toujours pensé que toi et ton frère étiez plutôt de bons nageurs, et que j'y suis au moins un peu pour quelque chose.*

— *Qu'est-ce que je vais faire ?*

— *Travailler.*

— *Travailler ?*

— *Oui. Travailler.* »

Et c'est ce que je fis. Je me levais chaque matin à l'aube, et je coupais, je cousais avec ardeur. Le dimanche, quand vint le moment d'aller voir Ian en prison, les filles et moi revêtîmes nos plus belles robes et je partis au bras de ma mère affronter le regard de mon amour. Les yeux de Ian n'étaient pas froids, mais ils n'avaient pas leur flamme habituelle. En revanche, j'y vis quelque chose de nouveau : l'éclat de la plus totale dérision. Et je compris qu'il ne me blâmait pas.

Il se blâmait, lui... et nous détestait tous les deux.

Nous allions rendre visite à Ian tous les dimanches à Rikers Island, et il avait beau être calme et poli avec moi, je commençais à redouter ces visites. Il y avait quelque chose, dans sa manière de se comporter avec moi, qui me terrifiait : comme si, tout en bavardant tranquillement, il imaginait qu'il serrait mon cou entre ses mains et m'étranglait. Je savais qu'il ne me ferait jamais de mal physiquement, mais je sentais bien cette colère qu'il s'efforçait de contrôler, et son désir de me blesser me faisait presque aussi mal que s'il m'avait effectivement frappée. Rien ne transparaissait dans ses paroles ou ses actes, et au début je crus que c'était ma mauvaise conscience qui me jouait des tours, mais au fil des mois mon malaise s'accrut, jusqu'au moment où j'acquis la certitude que, Ian une fois libéré, nos relations ne seraient plus jamais comme avant. Parce que je savais de quelle manière il me punirait pour avoir détruit son rêve.

Dès le début de notre mariage nous avions, comme tous les couples, établi certaines conventions, et nos disputes s'étaient toujours résolues aux petites heures du matin, quand l'un de nous deux tendait la main, cherchant l'autre au bout du lit, et nous faisions l'amour en silence, avec passion, avant de nous endormir dans les bras l'un de l'autre. Ian était un amant fougueux, bien que tendre, et son ardeur excitait la mienne, car je savais qu'elle avait pour racine son amour pour moi. Mais, après la naissance de Mary, quelque chose avait changé en lui et, lors de nos réconciliations sur l'oreiller, il y avait dans ses caresses bien plus que de la fougue, comme s'il utilisait son propre corps comme une arme pour me blesser. Il ne se laissait jamais aller à me battre, l'exemple de son père l'ayant rendu incapable de violences corporelles. Au lieu de cela, c'était des objets brisés, des portes claquées, des chaises renversées, parce que, malgré sa maîtrise de lui-même, la rage qui avait couru dans les veines de son père coulait aussi dans celles de Ian.

Ce ne serait pas une décision délibérée de me punir mais lorsque, à la faveur de l'obscurité et du demi-sommeil, la violence pourrait se dissimuler sous les caresses, je recevrais mon châtiment.

Ian ne parlait jamais d'être médecin.

Il me dit qu'il avait décidé de continuer l'université, une fois sorti de prison, et déclara que son nouveau but dans la vie était de devenir riche. Il m'avait poussée à investir en Bourse, et à acheter actions et obligations des compagnies du téléphone, de l'acier, des différents services publics, et du chemin de fer de New York. Les titres valaient pour la plupart entre trente et soixante-cinq dollars et, avec les profits de ma maison de couture, j'achetais une action chaque mois.

À plusieurs reprises, je rencontrai Dolores Estevez et son fils qui entraient à la prison ou en sortaient, mais nous ne nous adressions jamais la parole.

Tom Tall Crow vint plusieurs fois voir si j'avais besoin de quelque chose, mais Lorraine ne se manifesta pas. Dave et Dira continuaient à les voir, et je savais que la conversation tournait toujours autour de moi, qui avais pour ainsi dire tué mon mari.

Les années se traînaient.

En 1928, Ian comparut en vue de sa liberté conditionnelle, mais elle lui fut refusée parce qu'il s'était battu avec d'autres prisonniers, et tout le monde avait fini à l'infirmerie où ils avaient passé plusieurs semaines. Ian refusa de me dire la raison de la bagarre et, quand j'interrogeai Davie, il se contenta de hocher la tête. Je m'efforçais de ne pas penser à ce que c'était pour Ian de vivre derrière des barreaux parmi des bandits, des voleurs, des assassins et des violeurs. La culpabilité que j'éprouvais à cause de sa détention m'anéantissait déjà tellement que certains matins j'arrivais à peine à me tirer du lit.

Mais je le faisais. C'était à moi de veiller sur nous tous, et ma mère avait raison : le travail apportait la consolation.

Cette année-là, je connus le pire Noël dont je me souvienne, non seulement parce que Ian n'était pas parmi nous, mais parce que les journaux annoncèrent que Rose Newburn Maclean visiterait l'Amérique après le Nouvel An avec Edmund, son fils de six ans. Je suppliai Dave et Indira de se terrer dans leur appartement durant la semaine où Rose serait à New York, mais ils refusèrent car ils étaient certains que, si les Rory disparaissaient, cela ne pourrait que faire jaser. Rose ne chercha pas à prendre contact avec moi, mais elle donna plusieurs conférences de presse, affirmant qu'elle n'avait toujours pas perdu l'espoir qu'un jour sa chère fille Emily lui serait rendue, et qu'elle faisait confiance au bon peuple américain qui ferait ce qu'il « fallait », et l'aiderait à retrouver les kidnappeurs.

Ce qui signifiait qu'elle savait que Dave était aux États-Unis.

Pour la première fois depuis que Dave et les siens étaient à New York, j'éprouvais ce qu'ils devaient éprouver chaque fois qu'ils sortaient de chez eux : la terreur.

La venue de Rose parut avoir l'effet inverse sur Dave. Le fait qu'elle ne vienne pas à Astoria lui donna la conviction qu'elle ne le croyait pas assez stupide pour vivre au milieu des chasseurs de primes qui rôdaient du côté de la 31ᵉ Rue. Mais moi je n'en étais pas si sûre. Le prix mis sur leurs têtes permettait à Rose de laisser les autres faire le sale boulot à sa place, et en vérité tout ce qui lui restait à faire, c'était d'attendre tranquillement...

Attendre.

Attendre.

Attendre.

Les jours s'écoulaient et nous attendions la libération de Ian.

L'été 1929 fut torride. Dave et Dira étaient allés passer le week-end dans les monts Catskill et c'est moi qui gardais Em et les garçons. Emily et May venaient juste d'avoir neuf ans, Cathy en avait huit et Mary six ; toutes les quatre jouaient à se déguiser tandis que les garçons bâtissaient une ville avec leur jeu de construction. Je cousais des chemises et des pantalons pour Ian, qui devait sortir de prison le mois suivant, et je faisais des efforts désespérés pour ne pas penser à ce qui se produirait à son retour. Il avait obtenu sa liberté conditionnelle car, pendant la période qu'il avait passée à l'infirmerie, il avait aidé le médecin de l'hôpital et ce dernier, après l'avoir fait transférer en qualité d'assistant, avait fourni au juge d'application des peines une recommandation exceptionnelle, qui avait valu à Ian de sortir un an plus tôt.

Depuis cette nouvelle, je ne dormais plus et je me plongeais avec frénésie dans le travail, pour m'efforcer de rester calme... du moins en apparence.

Juste avant le retour de Dave et Dira, le dimanche soir, les filles, après avoir dévalisé mon armoire, se chamaillaient pour savoir qui allait s'habiller en homme. Invariablement, May décrétait qu'elle serait « la Dame », Em — ou plutôt Rachel, puisque tel était le prénom de Em depuis que les Maclean étaient devenus les Rory —, Rachel, donc, la bonne, Mary la fille, et il ne restait plus à la pauvre Cathy que le rôle du mari. Il aurait été logique que ce rôle revienne à Bobby ou Tyron, mais tous deux détestaient se déguiser, et May soutenait que c'était à la « moins jolie » de toutes d'endosser les vêtements de Ian. Cathy était certes la moins féminine, mais pas au point de mériter le surnom de « Butch » dont May l'avait affublée, terme désignant une fille ayant des airs de garçon manqué. Comme j'essayais de les séparer, Cathy saisit une poignée de cheveux de May, et c'est moi qui reçus dans le tibia le coup de pied que May destinait à sa sœur.

« Ça suffit ! criai-je. Allez retirer ces vêtements, remettez-les à leur place, et ne revenez pas avant que ma chambre soit impeccable !

— Mais, maman...

— J'ai dit : ça suffit, May !

— Si elle m'appelle encore une fois comme ça, je vais...

— Butch !

— May !

— Butch, tête de cheval !

— M'man, je jure que je vais la frapper !

— Essaie voir, Butch ! Vas-y ! »

Au moment où Cathy allait frapper May, je l'attrapai, la pris sur mes genoux, et fis asseoir May près de moi.

« Je ne veux plus entendre un seul mot, ni de l'une ni de l'autre. Vous vous comportez comme des sauvages, toutes les deux. May, tu ne dois pas appeler ta sœur Butch.

— Elle lui ressemble tout à fait.

— M'man...

— Qui est Butch ?

— Le garçon qui vend les journaux au coin de Ditmars, répondit Mary. C'est le petit ami de Cathy.

— Ce n'est pas vrai !

— Non, c'est son frère jumeau.

— May !

— Tout le monde sait qu'elle n'est pas vraiment *une fille. Même Papa l'appelle p'tit gars. » Cathy frappa May au bras. « Oui, c'est vrai !*

— C'est un terme d'affection », dis-je en retenant le bras de Cathy qui s'apprêtait à donner un autre coup à sa sœur, cette fois sur la tête. « Cathy, arrête ! Tu sais très bien que, si ton père t'appelle comme ça, c'est parce qu'il t'aime et parce que tu es...

— Un garçon manqué.

— Non, May, Cathy n'est pas un garçon manqué. Ton père l'appelle p'tit gars parce qu'elle est excellente en sport et qu'elle n'est pas chichiteuse et stupide comme toi.

— Et parce qu'elle a les jambes d'un arrière.

— C'est quoi, un arrière ? demanda Mary.

— Un joueur de football américain.

— Ils sont très poilus. »

Cathy ne bougea pas et contempla ses mains ; je repoussai May et mis un bras autour de Cathy.

« May est jalouse, c'est tout, ma chérie, parce que tu es beaucoup plus grande et plus forte qu'elle, et elle sait que tu pourrais...

— C'est vrai, que p'pa est un bootlegger ?

— Mmmoui, dit May sans me laisser le temps de répondre. Billie O'Malley a dit...

— Tais-toi, May ! Non, votre père n'est pas un bootlegger.

— Alors, pourquoi est-il en prison ?

— Parce qu'il a commis une faute. Tu sais, il n'y a qu'en Amérique que l'alcool est interdit par la loi, et cette loi n'est pas bonne. Ton père a acheté quelques caisses de whisky au Canada pour le vendre à des amis, et la police l'a arrêté et mis en prison. Mais il n'était pas *un bootlegger. Et, quand il sera relâché, je ne veux pas qu'aucune d'entre vous parle de cela, ni des années qu'il a passées en prison.*

— Qu'est-ce qu'il va faire, quand il sera sorti ? Rachel a dit qu'il ne peut pas être médecin, maintenant, parce qu'il est allé en prison. Alors, qu'est-ce qu'il fera ?

— Il vendra des pommes dans la 42e Rue, fit May.

— M'man ?

— Je ne sais pas, Cathy. Je ne sais pas.

— Il pourrait travailler avec mon papa, dit Bobby.

— Tatata ! Il ne pourra pas, parce qu'il a été en prison, et personne ne lui donnera de travail. C'est ce que Billie O'Malley a dit.

— C'est vrai, m'man ?

— Je...

— C'est vrai, dit May d'un air si affirmatif que je la regardai, interloquée. C'est pour ça qu'il sera obligé de vendre des pommes dans la 42e Rue. Ou bien il pourra vendre des journaux, comme Butch, hein, Butch ? »

Cathy bondit, saisit sa sœur à bras-le-corps, et elles tombèrent toutes les deux sur le jeu de construction des garçons, qui se mirent à hurler. Mary et Em contemplaient la scène en pouffant de rire, quand Em sortit soudain de la pièce en criant : « Papa ! »

Davie était là, souriant ; il prit Em dans ses bras, et les garçons se précipitèrent, Bobby sur Davie, et Tyron sur Indira.

« Eh bien, soupirai-je en me levant, vous arrivez juste à temps.

— Ils ont été insupportables ? demanda Dira en m'embrassant.

— Épouvantables. Mais pas les tiens, les miennes. *Le dîner est prêt dans trois minutes. »*

Ils protestèrent, mais j'avais préparé une grande marmite d'un plat écossais, sachant qu'ils seraient fatigués après leur voyage.

Dira m'aida à mettre le couvert pendant que Dave essayait de reconstituer les constructions des garçons.

« Plus qu'un mois, me dit Indira avec un sourire complice. Tu dois être dans tous tes états.

— Hmhmm.

— Qu'est-ce qu'il y a ?

— Rien. Je... Rien. Je t'ai montré les chemises que j'ai faites pour...

— C'est qui, l'homme sur la photo ? » s'écria May en se précipitant sur moi. L'une des coupures de journaux qu'elle avait dans les mains tomba près de l'endroit où Dave était agenouillé ; au moment où Dave la ramassa, je réalisai ce que May avait trouvé.

« Donne-moi ça, May.

— Mais qui c'est ?

— Je t'ai dit de me donner ça.

— Il est beau. C'est quelqu'un de la famille royale ?

— Presque, répondit Dave en me tendant la coupure qu'il avait ramassée. Un ami de ta mère, en Écosse. Mets ton manteau, Rachel. Les garçons, rangez tout ça.

— Dave...

— Je suis fatigué, Jen. Nous allons rentrer. »

Il se releva sans me jeter un regard, pendant que Dira examinait les coupures.

« Dave... Dan, dis-je en essayant de l'arrêter. Je t'en prie, attends.

— Allons-y, Diana. »

Indira me tendit les coupures, hocha la tête, et rejoignit Davie. Je les suivis dans le couloir, cherchant quelque chose à dire, mais je sentais à quel point ils étaient en colère.

« Je ne l'ai pas revu, lançai-je au moment où ils atteignaient le palier. Je ne l'ai pas revu depuis Hogmanay chez Flora, il y a dix ans.

— Mais si, Jen. Tu le vois. *Puis-je te suggérer de brûler tout ça avant la fin du mois prochain. »*

Il claqua la porte avant que j'aie pu répondre. May tournicotait autour de moi ; je lui arrachai les photos, lui interdis de fouiller dans mes tiroirs, et envoyai les trois filles se coucher.

J'allai dans la cuisine, mis les coupures de journaux sur un plat et m'apprêtai à y mettre le feu. Mais je ne pus m'y résoudre. Je les repliai, déchirai la doublure d'une malle qui était sous mon lit, et les y cachai soigneusement.

J'étais à bout de nerfs, le jour de la libération de Ian, et je téléphonai à ses amis les plus proches pour leur demander de venir l'accueillir chez nous. Il n'avait pas voulu que nous allions, les filles et moi, le chercher à la prison ; il voulait rentrer seul.

Lorraine me dit à peine trois mots, et resta assise à côté de Tom en lui tenant la main. Dave et Dira, placés entre Bette et Colin MacLeod, entretenaient la conversation pendant que moi, dans la cuisine, je faisais semblant d'être occupée à préparer le déjeuner.

À une heure, j'entendis May crier : « Papa ! »

Je fis tomber l'assiette que j'avais dans les mains, et Dira et Bette accoururent. Je tremblais et, en essayant de ramasser les morceaux, je me coupai la main. Ce n'était rien, juste une légère entaille entre le pouce et l'index, mais ça saignait abondamment.

« Heureusement que le docteur est arrivé, dit Bette en riant. Il va recoudre… » Elle se mordit la lèvre et hocha

la tête. « Oh, mon Dieu... Pardon, ça m'a échappé. Je vais chercher un pansement.

— Mets ta main sous l'eau, dit Indira en m'aidant à me relever, avant d'ouvrir le robinet et de presser ma blessure pour la faire saigner. Tu trembles. C'est profond ? Jen ? »

Ian avait dû entrer dans la salle de séjour, d'où nous parvenaient cris et bruits de voix.

« Je ne peux pas, marmonnai-je en secouant la tête.

— Tu ne peux pas quoi ? Voir Ian ? Pourquoi ?

— Il me déteste.

— Jenny...

— Je ne peux pas.

— Il a été absent quatre ans, Jen. Reprends-toi.

— Mais...

— Peux-tu imaginer l'importance de ce moment pour lui ? Hein ? Il ne viendrait pas ici s'il te détestait. Essuie ta main.

— C'est pour les enfants. C'est pour elles qu'il revient, parce qu'il les aime. »

Elle ne dit rien, mais je vis sa mâchoire se crisper, signe qu'elle était en colère.

« Ça suffit, chuchota-t-elle en regardant derrière elle pour s'assurer que nous étions toujours seules. Arrête immédiatement. Cesse de croire que, parce que toi tu ne lui pardonnerais pas, lui est pareil. Lui, ce n'est pas toi. » Elle essuya ma main, lança la serviette dans un coin, puis me saisit brutalement le bras. « Une fois dans ta vie, Jenny, pense à quelqu'un d'autre que toi. »

Elle me banda la main, m'entraîna hors de la cuisine mais me lâcha le bras et courut vers Ian, qu'elle étreignit avant de s'écarter presque aussitôt. Ian était là, à moins de cinq mètres, et avançait lentement vers moi, les petites cramponnées à lui. Je m'efforçai de lui sourire, parce qu'il me souriait — un vrai sourire —, mais j'étais incapable de faire un mouvement : mes *jambes, mon visage, mon corps tout entier étaient comme paralysés. Les filles se mirent à danser autour de nous, et je ne sais s'il se prit les pieds dans les leurs, mais il tomba soudain contre moi, et me souleva dans ses bras. Tout le monde applaudit et nous entoura en réclamant à boire et de la musique.*

« Bienvenue à la maison », murmurai-je à Ian en essayant de me laisser aller dans ses bras. Mais il me serrait si fort que j'étais écrasée contre lui. Les autres dansaient autour de nous, et Ian commença à se balancer au rythme de la musique. Je voulais me détendre, cesser d'être aussi raide, mais mon corps n'obéissait pas et Ian le sentit ; il desserra son étreinte et recula un peu.

« Tu les as laissés pousser, dit-il en effleurant mes cheveux, qui me tombaient au-dessous des épaules.

— Oui. » Il les enroula autour de sa main et m'en caressa la joue, puis ferma les yeux. « Pour toi. Je l'ai fait pour toi. J'aurais aimé qu'ils soient plus longs, comme autrefois.

— Hmhmm. »

Les autres virevoltaient autour de nous, mais Ian et moi ne dansions pas et, au bout d'un quart d'heure, il cessa tout à fait de bouger et demeura debout près de la fenêtre, en me serrant contre lui comme si nous étions seuls. Ses mains me caressaient le dos de manière si intime que je pris peur et m'écartai en bégayant : « Il faut que je prépare le déjeuner.

— Le déjeuner ? s'écria Colin. Nous ne restons pas, ma belle. Et toi, Dan ?

— Non, m'sieur.

— Mr Crow ?

— Non.

— Oh, mais il faut, criai-je.

— Il faut ? dit Colin en riant. Mais Ian va nous tuer. Pas vrai, mon gars ? »

Ian sourit, et Davie et Dira commencèrent à réunir les enfants ; ils annoncèrent qu'ils emmenaient les filles avec eux, et que nous nous retrouverions tous à Rockaway le lendemain à midi.

Tom et Lorraine nous dirent au revoir, et Ian les raccompagna à la porte, suivi par les MacLeod. Je me raccrochai à Davie et le suppliai de rester déjeuner, mais il me regarda comme si je lui parlais en chinois. Dira, dans la chambre des enfants, jetait dans un sac maillots de bain et pyjamas, tout en expliquant aux petites que leur père et moi avions besoin de rester seuls. Elle m'effleura l'épaule en murmurant que tout allait bien se passer, prit Mary par la main et emmena rapidement les enfants avec elle.

Lorsque j'entendis les pas de Ian qui revenait vers la salle de séjour, je m'esquivai dans la cuisine.

« Tu dois être affamé, lui criai-je en m'activant aux fourneaux.

— Oui. »

Je sursautai, car je ne l'avais pas entendu venir. Une fois près de moi, il m'enleva la cuillère des mains, la mit dans la casserole et m'obligea à me retourner. Je cherchai à me dérober, mais de son bras gauche il me barra le passage et contourna la cuisinière pour se retrouver face à moi. Incapable de le regarder, je baissai la tête, tandis que sa main droite remontait le long de mes cuisses, caressait mon ventre puis mes seins. Sa respiration devenait plus forte. Son corps pressé contre le mien, ses mains à hauteur de ma gorge, il m'embrassa à me faire mal, puis s'écarta en murmurant quelque chose, me souleva dans ses bras et se dirigea vers la chambre à coucher. La porte était à moitié fermée ; il l'ouvrit d'un grand coup d'épaule, me jeta sur le lit et s'allongea sur moi.

« Les stores, baisse les stores », dis-je en le repoussant.

Il me caressa les épaules et les bras un moment, avant d'aller fermer les fenêtres et baisser les stores.

Je commençai à déboutonner ma robe, de peur qu'il ne la déchire si les boutons lui résistaient ; il lança ses chaussures, retira sa chemise, puis se laissa tomber sur le lit et se mit sur moi. Je fermai les yeux en me disant qu'il n'avait pas fait l'amour avec une femme depuis quatre ans et que, s'il était brutal avec moi, c'était normal. Mais je tremblais de peur. Il dut prendre ce tremblement pour du désir, parce qu'il parut devenir fou, arracha ma robe et mes sous-vêtements qui ne venaient pas assez vite, puis son pantalon, maudissant la ceinture et les boutons qui séparaient son corps du mien. En tremblant, il m'immobilisa d'une main sur le lit. Il avaït les yeux fermés quand il releva ma jambe, l'enroula autour de sa taille, et me pénétra brusquement, comme s'il enfonçait un couteau dans ma chair. Il me saisit les mains, les maintint derrière ma tête, et poussa jusqu'à ce que nos corps remontent en haut du lit et que, la tête coincée contre le montant du lit, je ne puisse plus faire un mouvement. Je me mis à pleurer. Il ne me voyait pas, ne m'entendait pas, il était complètement ailleurs. Il ne m'aurait jamais frappée, mais il pouvait me faire mal, il pouvait me punir chaque fois qu'il me prendrait dans ses bras, et appeler cela de la passion. Je cessai de lutter, et me laissai faire en sanglotant, jusqu'à ce qu'il s'écroule.

Il se passa une bonne minute avant qu'il se redresse en secouant la tête comme s'il s'éveillait d'un rêve. Puis il voulut écarter mes bras, qui cachaient mon visage, mais je l'en empêchai, car je ne voulais pas le regarder, et il se laissa tomber à côté de moi.

« Oh, mon amour, pardonne-moi. C'est pour cela que je voulais venir à pied à la maison. Je pensais que marcher me fatiguerait et que... Je t'ai fait mal ? Jen ? Oh, Seigneur, je... ça faisait si longtemps. Jen ? » Il

effleura ma main pansée par Indira. « Qu'est-ce que tu t'es fait ? » Je le repoussai, et il vit mon visage. « Qu'y a-t-il ? Je t'ai blessée, n'est-ce pas ? Oh, mon Dieu... Pardonne-moi, laisse-moi... » Je m'écartai de lui et commençai à rassembler ce qui restait de mes vêtements, mais il me saisit le poignet.

« Lâche-moi.

— Je suis désolé. Vraiment. Cela ne se reproduira plus, je te le jure. Ils... ils m'avaient prévenu... un des types m'a dit que je devrais aller voir une prostituée avant de retrouver ma femme. Mais je ne voulais pas... C'est toi que je voulais. Mais peut-être que j'aurais dû... Jen ?

— Lâche-moi.

— Je vais te faire couler un bain bien chaud et... » Je secouai la tête, dégageai mon poignet et me dirigeai vers la salle de bains. Ian se leva et me fit faire volte-face. « Là, là... Je te demande pardon. Viens... viens t'asseoir près de moi... parle-moi. » J'étais déconcertée, parce que ses paroles étaient ce qu'elles avaient toujours été : gentilles et apaisantes. Il m'attira à lui, s'assit au bord du lit et me prit sur ses genoux. « Oh, ma belle, dit-il en me caressant doucement le visage. Ce ne sera pas toujours comme ça. Tu sais, j'ai vécu comme un animal en cage, pendant quatre ans. Il faut que j'apprenne à redevenir un homme. Ça va revenir. » Je hochai la tête et il se mit à rire. « Tu penses que je suis un cas désespéré ? Ah, peut-être bien. Mais je ne te blesserai plus jamais. Je te le promets.

— Tu me blesseras.

— Non.

— Si, parce que tu me détestes.

— Te détester ? Je t'aime.

— Et *tu me détestes.*

— Parce que je ne serai pas médecin ? Oui, je t'ai détestée, les premiers jours. Mais j'ai agi en

connaissance de cause. J'ai fait ce dernier voyage en sachant les risques que je courais ; j'ai tenté ma chance, et j'ai perdu.

— Parce que je t'y ai forcé.

— Personne ne force quiconque à faire quoi que ce soit.

— Comment peux-tu dire cela, après... après ce qui vient de se passer ?

— D'accord, mais c'est autre chose. Même si la maison avait pris feu, rien n'aurait pu m'arrêter...

— Parce que tu voulais me blesser.

— Parce que je voulais... Comment un homme peut-il exprimer cela élégamment ? J'éprouvais un besoin irrépressible de sentir ma semence s'écouler dans les entrailles de la femme que j'aime... Jen, je ne te déteste pas, je ne te blâme pas, excuse-moi d'avoir été si brutal. Veux-tu bien donner à manger à ton homme ? »

Il tournait cela en plaisanterie, et peut-être ne savait-il pas lui-même qu'elle était là, au plus profond de lui : la haine. Mais elle était là, elle couvait, et je me demandais si j'arriverais un jour à me sentir de nouveau à l'aise avec lui.

Je me levai, fis quelques pas chancelants — il m'avait réellement fait mal — et il m'accompagna à la salle de bains. Je le regardai remplir la baignoire, tâter l'eau pour en vérifier la température. Ensuite il me déshabilla, se dévêtit, entra dans la baignoire et me tendit les bras.

Je le rejoignis, et il m'attira contre lui, m'enveloppa de ses bras, appuya sa joue contre la mienne. La colère avait disparu. La peur s'évanouissait. Je sentis tout mon être se détendre, se fondre en lui avec une douceur de miel.

« Ah, Jen... C'est cela qui m'a maintenu en vie, durant ces quatre années : le souvenir de ton corps, de

ton odeur. Je crois que je me serais pendu si tu n'avais pas été là.

— Moi ?

— Une raison de revenir à la maison.

— C'était dur ?

— Oui, c'était dur... J'ai vu des choses qu'on ne devrait pas voir, des choses qui ne devraient pas exister. »

J'attendis qu'il poursuive, car je sentais qu'il avait besoin de parler, mais il saisit l'éponge et se mit à me savonner.

« Quoi ? Quelles choses ?

— Des choses terribles.

— Tu n'as pas envie d'en parler ?

— Non, je n'ai pas envie d'en parler. »

Le bain dura des heures, jusqu'au moment où Ian eut faim et insista pour que nous sortions de la baignoire, car nous avions la peau ridée comme une vieille pomme. Nous emportâmes notre dîner, ainsi que la bouteille de vin apportée par Tom, à Macadam Plage, et attendîmes tranquillement que la nuit rafraîchisse l'atmosphère. Il avait fait très chaud dans la journée, et le goudron avait fondu sur le toit.

Ian me questionna au sujet de ma maison de couture, et des actions que j'avais achetées, et me demanda si nous avions assez d'argent pour qu'il puisse ne pas travailler et passer les derniers certificats qui lui manquaient pour obtenir son diplôme. Nous n'avions pas l'argent, mais je lui dis que oui, et je l'interrogeai sur ce qu'il comptait faire.

« Je ne sais pas. C'est-à-dire, à part gagner de l'argent, je ne sais pas vraiment ce dont j'ai envie. Je pensais que j'aurais une idée, j'ai eu tout le temps pour y réfléchir, mais en réalité je ne sais pas. Tu comprends, j'avais tout programmé depuis si longtemps, c'est

comme si je ne me retrouvais plus. » Je baissai la tête et il me prit le menton. « Arrête, je t'en prie.

— Je suis désolée, mais je ne sais pas comment nous allons pouvoir oublier que tu as raté ta chance et que c'est à cause de moi. »

Sans rien dire, il versa du vin dans nos verres, me félicita pour le repas, puis me demanda des nouvelles de ma mère et de Al, voulut savoir s'ils viendraient pour Noël, et si nous passerions les fêtes à la villa de Malcolm, à Manhasset Bay. Mais il posait question après question, sans me laisser le temps de répondre, et je savais que c'était à cause de ce que je venais de dire.

Peut-être n'oublierions-nous jamais... mais nous nous y efforcerions.

Rockaway était une longue plage étroite à l'extrémité de Queens. La péninsule était couverte d'hôtels, de maisons de vacances, de pensions de famille et de parcs d'attractions. C'est dans l'un de ces derniers, Playland, que nous retrouvâmes Indira, Davie et les enfants, et que nous nous amusâmes sur les montagnes russes, la grande roue, et toutes sortes d'autres jeux. Il faisait un temps magnifique, chaud et ensoleillé — on se serait cru au mois de juillet — et, quand le soleil commença à baisser, on alla sur la plage dévorer le pique-nique préparé par Dira.

Les filles grimpèrent sur Ian et s'amusèrent à l'enterrer dans le sable ; il avait l'air si serein qu'Indira me dit tout bas qu'elle ne l'avait jamais vu aussi heureux. C'était vrai : il s'abandonnait tout entier aux enfants, et de temps à autre regardait de mon côté et me souriait.

Davie était occupé à construire un château de sable avec Em et les garçons, et Ian emmena les filles se baigner et nous dit, à Indira et à moi, de venir les rejoindre. Même Johnny suivit et pataugea dans les vagues à côté de moi. May voulut asperger son père et Ian lui dit en riant : « Aye, *ma fille, si je t'attrape, tu coules.*

— Mais tu ne m'attraperas pas. Tu es bien trop vieux, maintenant, pour m'attraper. »

Et, en souriant d'un air langoureux, elle nagea lentement en direction de la plage. Ian hocha la tête, plongea et disparut. May continua à nager, disparut subitement sous l'eau et réapparut quelques mètres plus loin en faisant un magnifique plat-ventre. Elle se releva, chercha Ian des yeux et, en le voyant surgir à ses pieds, elle l'éclaboussa en le traitant de vieux démon. Ian se baissa en entraînant May avec lui, attrapa une poignée de sable mouillé et la brandit au-dessus de la tête de la petite en disant :

« Qui est trop vieux ? Aye ?

— Je t'interdis...

— Qui est trop vieux pour t'attraper ?

— Pas toi, mon petit papa chéri », répondit-elle en lui mettant les bras autour du cou et en l'embrassant, avant de se sauver en ajoutant : « ... quand j'ai les deux pieds attachés. »

Ian la poursuivit sur la plage, au milieu des serviettes de bain et des parasols, finit par l'attraper et la ramena dans l'eau en la portant sur son épaule comme un sac de pommes de terre. Mary et Cathy étaient venues au secours de leur sœur, et Ian se retrouva bientôt en train de rouler sur le sable avec les trois petites.

« P'pa, cria Cathy, tu écrases Mary.

— C'est vrai ?

— Ouiiii ! »

Ian se souleva et Mary se dégagea en gigotant et en riant parce qu'il lui chatouillait les orteils.

« La petite bête qui monte, qui monte, qui monte...

— Tu m'as manqué, p'pa, dit Cathy en lui jetant les bras autour du cou. Comme tu m'as manqué.

— Toi aussi, tu m'as manqué.

— Ne pars plus jamais.

— Non... Je ne partirai pas. »

Ian les attira toutes les trois contre lui, les serra fort dans ses bras et ferma les yeux. Je restai là à les contempler, honteuse d'avoir pu imaginer que Ian était autre chose que ce qu'il avait toujours été : un être humain d'une immense bonté. Mes yeux se remplirent de larmes ; je ne voulais pas pleurer ni gâcher ces instants, mais Ian s'aperçut de mon émotion, ouvrit les bras et me dit de venir.

« Pourquoi tu pleures, m'man ?

— Parce que je suis heureuse. »

Mary me regarda et sourit. « Ne pleure plus. P'pa est de retour.

— Oui...

— Et il va nous acheter une grande maison dans le Sound, dit May.

— C'est vrai ?

— Une villa !

— Comme celle de Mr Fraser !

— Avec des courts de tennis, un manège d'équitation !

— Et un bateau !

— Et même un hydroglisseur !

— Et on sera riches !

— Et...

— Écoutez, dit soudain May. Chhhuuut, écoutez. »

Tout le monde se tut et regarda en direction du ciel, car c'est là qu'étaient rivés les yeux de May.

« C'est tellement calme », fit Cathy.

C'était vrai. L'eau était lisse, sans une vague, sans une ride.

« Le calme avant la tempête », dit Ian.

Personne ne dit rien, et nous restâmes là, peu pressés de rentrer avant l'orage, à contempler le ciel et à jouir de la paix. Sans crainte.

13

(New York, 29 octobre 1929)

Le plus grand krach boursier jamais vu :
16 410 030 actions inondent le marché
en une seule journée

Des clameurs montent du parquet pendant le marché
tandis que les valeurs s'effondrent

Effondrement des cours : en 104 minutes,
la bourse de New York
perd entre 7 et 9 milliards de dollars

Debout devant le kiosque à journaux, au coin de Ditmars Boulevard et de la 31e Rue, Ian et moi avions les yeux fixés sur les titres des journaux. Nous observions l'écroulement du pays depuis maintenant cinq jours : depuis le 24 octobre, que la presse avait baptisé « le Jeudi noir ».

Je n'avais pas énormément investi en Bourse, mais Ian, lui, oui.

Il acheta les trois journaux, les mit sous son bras et me fit signe de le suivre. Une fois devant la maison, comme il n'avait pas envie de monter, nous marchâmes jusqu'à la rivière.

« Qu'est-ce que ça signifie ? lui demandai-je, en allumant une cigarette.

— Ça veut dire qu'on est dedans jusqu'au cou, mon vieux. Jusqu'au cou. Bon sang, je l'avais vu venir. Les titres étaient surévalués depuis plusieurs années et la marge n'était pas suffisante. C'est pour ça que je n'ai jamais voulu que Jen emprunte. Il est probable qu'un tiers de tout ce qui s'est négocié à Wall Street l'a été sur la marge. Dix pour cent comptant, et les agents de change finançaient le reste. Ce n'était pas sain.

— Mais comment cela a-t-il pu se produire ?

— La hausse spectaculaire dont on parlait depuis cinq ans, c'étaient des profits seulement sur le papier. Quatre-vingt-dix pour cent de la richesse du pays est entre les mains d'à peine dix pour cent de la population, et tout l'argent gagné était réinvesti dans la construction de nouvelles usines et de nouvelles machines, au lieu d'être utilisé à augmenter les salaires des travailleurs et à réduire les coûts à la consommation, pour permettre aux employés de ces usines d'acheter les produits qu'ils fabriquaient. Le marché était submergé, mais inutilisé.

— Tu as perdu beaucoup ?

— Beaucoup.

— Tout ?

— Pratiquement. Les actions U.S. Steel, que j'ai achetées cent treize dollars chacune, en valent quatre aujourd'hui.

— Mon Dieu…

— Combien as-tu acheté les actions Montgomery Ward ?

— Soixante-sept dollars chacune. Elles valent combien, maintenant ?

— Trois dollars.

— Mon Dieu…

— Eh bien, nous voilà revenus à notre point de départ. »

C'était bien pire que cela, en fait. Les conséquences du krach sur le pays, dans les mois qui suivirent, furent catastrophiques. Tout le monde était touché : les groupes industriels, les entreprises privées, les banques, les agriculteurs. En l'espace d'une année, plus de vingt-six mille entreprises déposèrent leur bilan. Celles qui survivaient étaient obligées de produire moins, de diminuer les salaires et de licencier des employés. Un travailleur sur cinq se retrouvait au chômage et n'avait aucun moyen de vivre et de faire vivre sa famille. Beaucoup d'entreprises instituèrent le partage du travail, mais la réduction des salaires était telle — au-dessous de vingt-cinq dollars par semaine — que le seul effet obtenu était le partage de l'indigence.

L'entreprise de construction où on travaillait, Tom et moi, ferma en janvier 1931, et on ne put ni l'un ni l'autre retrouver du travail ailleurs. Lorraine subvenait à leurs besoins grâce à son emploi au speakeasy qui, bizarrement, restait florissant. Ian avait obtenu son diplôme ; nous l'avions tous poussé à continuer ses études, même après la « Dépression » — terme utilisé par les journaux pour désigner la crise économique qui s'était abattue sur l'Amérique —, mais il n'avait pas pour autant trouvé de travail. En partie à cause de son casier judiciaire, et aussi, je pense, parce que la plupart des employeurs hésitaient à engager un type de toute évidence surqualifié pour un poste de magasinier ou de livreur. Je m'inquiétais pour lui, et Jen aussi, parce qu'il avait beau se maîtriser, nous savions tous deux que ses années de prison l'avaient beaucoup marqué et que la ruine de son rêve l'affectait profondément.

Jen et Dira stoppèrent leur production — il n'y avait plus aucun magasin capable d'acheter — et se mirent à fournir une luxueuse boutique de la Cinquième Avenue où s'habillaient des femmes de millionnaires. Elles ne vendaient que des modèles uniques, comme ma mère autrefois à Glasgow ; et, comme Madame Paulette, qui achetait les robes de ma mère une misère et les revendait une fortune, le comte Romanov achetait les splendides modèles de Jen et Dira au prix coûtant plus vingt-cinq dollars, tout en sachant que chaque robe représentait des centaines d'heures de travail. C'était scandaleux, c'était du vol caractérisé, nous le savions tous, et pourtant Ian et moi allions livrer tous les mois huit robes entièrement finies, plus celles du mois précédent qu'il avait fallu retoucher, et nous nous partagions les deux cents dollars que le cher comte jetait sur le comptoir.

Les jours s'écoulaient dans une monotonie rompue seulement par le rythme des saisons. Le matin nous nous levions, nous descendions sur les quais voir s'il y avait du travail, puis rentrions pour déjeuner et aider Jen et Dira avec leurs robes. Comme elles avaient besoin de temps pour coudre, c'est nous qui nous occupions des enfants, de la cuisine, des tâches ménagères… en ravalant notre orgueil. Ce n'était pas le fait d'être obligés de faire un travail « de femme » — j'avais toujours aidé à la maison —, mais la frustration de ne pas pouvoir gagner l'argent nécessaire pour subvenir aux besoins de ma famille — situation nouvelle pour moi.

En juin 1931, on apprit que trois dockers allaient être embauchés. La convocation étant pour huit heures, Ian, Tom et moi nous rendîmes sur les quais à quatre heures du matin, dans l'espoir que, si nous étions les premiers, nous serions pris.

Nous n'étions pas les premiers.

Les quais étaient envahis par des milliers d'hommes de tous âges, de toutes tailles, de toutes couleurs, et nous nous faufilâmes parmi eux en essayant de nous faire aussi grands que possible pour que le contremaître nous remarque. Des mains se levèrent au moment où le « boss » sortit son carnet ; la plupart des hommes brandissaient, tel un drapeau, un billet d'un dollar qu'ils tenaient entre l'index et le majeur, et cela dans l'espoir d'être engagés, et de gagner cinq dollars par jour à la sueur de leur front.

Je vis la mâchoire de Ian se crisper, puis ses poings.

« Quelque chose ne tourne pas rond, murmura-t-il. Quelque chose ne va pas, quand un homme peut, quand un homme veut, et qu'il ne *peut* pas avoir du boulot. » Le contremaître embrassait la foule du regard et quelques types, près de nous, ajoutèrent un autre billet d'un dollar. « Ce boulot, ils vont l'agiter au-dessus de nos têtes et nous le jeter comme un bout de viande à des lions affamés, puis ils vont nous regarder nous battre pour l'avoir. » Quelque chose dans sa voix me donna le frisson ; je jetai un coup d'œil à Tom et compris qu'il ressentait la même chose que moi. Je posai la main sur le bras de Ian, mais il se dégagea et avança d'un pas.

« Je n'ai pas d'argent dans mes poches, hurla-t-il. Mais je veux bien travailler pour rien aujourd'hui, si vous me faites embaucher demain.

— Ian, arrête, fit Tom en lui barrant le passage. Allons-nous-en.

— Je veux travailler. J'ai *besoin* de travailler.

— Tu vas déclencher une émeute », dis-je, en espérant le ramener à la raison. Les types, près de nous, commencèrent à discuter entre eux, puis six ou sept se mirent à crier qu'eux aussi voulaient bien travailler gratuitement aujourd'hui s'ils étaient sûrs d'avoir le boulot payé demain. Le contremaître était à quelques mètres de nous ; il regarda Ian d'abord avec surprise, puis avec crainte, et fit rapidement signe aux trois types qui se trouvaient le plus près de lui — trois hommes qui tenaient un billet d'un dollar entre les doigts, et ceux-ci grimpèrent sur la plate-forme de déchargement.

L'océan grondait. L'océan des hommes affamés. L'océan des hommes fatigués. L'océan des hommes qui avaient espéré, qui avaient prié pour être engagés et qui ne l'étaient pas. Cela commença par une bousculade et, quand la police arriva, c'était une bataille sanglante.

Tom et moi, on traîna Ian jusqu'à ma voiture, de peur qu'il ne tue quelqu'un s'il se battait, et on le ramena chez lui. En le voyant monter l'escalier d'un pas traînant et las, je songeais aux mineurs qui regagnaient la maison aux cinquante-neuf pièces, à Glasgow : c'était la même démarche, lourde de souffrance.

« Je suis inquiet pour lui, me dit Tom quand la porte du cinquième étage se fut refermée sur Ian. Ça se voit derrière ses yeux.

— … Oui.

— Ça brûle. Comme si ses entrailles étaient en feu.

— … Oui.

— Il te parle parfois de la prison ?

— Non.

— À moi non plus. Mais tu sais ce qui s'est passé à Rikers Island.

— Je sais. »

On baissa tous les deux la tête.

Puis je proposai à Tom de le raccompagner chez lui en voiture, mais il dit qu'il avait envie de marcher un peu. On se serra la main et il partit.

Il faisait chaud, humide, étouffant, et une brume grisâtre planait sur la ville. Dès que j'eus poussé la porte de chez nous, les garçons se précipitèrent sur moi, Tyron devant, Bobby derrière.

« Alors, tu l'as eu, papa ?

— Non, mais j'ai…

— Des boules de gomme !

— Non…

— Des bonbons à la réglisse !

— Quelle main ? demandai-je en fouillant dans mes poches. Votre sœur est à l'école ? » Mais ils ne me répondirent pas, trop occupés à engloutir leurs bonbons. Dira n'était pas à sa machine à coudre, et je me dirigeai vers la cuisine, remarquant au passage que, dans la salle à manger, le couvert était mis pour sept. « Qui vient déjeuner ?

— Hmhmm ?

— Ça sent bon. La table est si joliment mise. Nous avons des invités ? Tu as convié Bette et Colin ?

— Non, j'ai invité… »

Elle pouffa de rire, tandis qu'un bras m'attrapait par le cou.

« Moi. »

Je faillis tomber à la renverse. Bill Brice était devant moi, les yeux pétillant de malice. Je l'étreignis si fort que je le soulevai de terre, et j'embrassai Alice qui riait et pleurait en même temps.

« Cela fait des années que nous voulions venir, Davie, mais…

— … nous avions peur d'amener les chasseurs de primes jusqu'à toi. Mais dis donc ! Alice, tu as vu notre blond séducteur, comme il est grand, brun et beau ?

— Vous n'avez pas emmené William ?

— Non, nous avons laissé les enfants aux parents de Bill, en Espagne.

— *Les* enfants ? Combien ?

— Quatre. Deux filles et deux garçons. Notre deuxième garçon s'appelle David Richard Brice. Dick… Dick t'embrasse, Davie. Il est navré pour ce qui s'est passé au Loch Leven avec Dira. Il espère que vous lui pardonnerez. Surtout toi, Dira.

— Quand vous rentrerez en Écosse, dites-lui que tout est oublié. »

Dira sourit à Alice, et je savais qu'elle était sincère. Je m'approchai d'elle. Elle était penchée sur le four, en train d'arroser un énorme rosbif. Il y avait plus d'un an que nous n'avions pas eu un tel morceau de viande, nos repas consistant généralement en ragoûts qui permettaient de faire durer un bout de poitrine ou d'épaule de bœuf au moins trois jours. Dira hocha la tête en direction de Bill, puis me désigna le réfrigérateur en chuchotant que Bill et Alice l'avaient rempli à ras bord.

Je souris, remerciai Bill d'un signe de tête, et lui demandai combien de temps ils allaient rester.

« Seulement ce soir. Ta mère a dit que…

— Tu as vu ma mère ? Où ? Au Loch Leven ?

— Oui. Nous voulions savoir si elle pensait souhaitable que nous cherchions à te voir. Nous avons fait un voyage en Afrique l'année dernière, et nous avons été suivis, c'est pourquoi nous ne voulions pas prendre de risques. Mais ta mère nous a dit que tout irait bien si on faisait semblant d'être venus voir Jen.

— Comment va-t-elle ? Et Al ?

— Ils ont l'air d'aller bien tous les deux.

— Al avait investi de l'argent à la Bourse.

— Ouais… *avait.*

— Ah, Seigneur !

— Mais ils vont bien. On a été sérieusement touchés, là-bas, moins que vous en Amérique, mais le chômage a augmenté de trente pour cent, et les Écossais s'en vont : ils sont environ quatre cent mille à avoir émigré. L'industrie s'est écroulée, beaucoup d'entreprises sont allées s'installer en Angleterre.

— Et vous ?

— On s'accroche. » Bill sourit, se frotta les mains, ouvrit une petite valise et en sortit un grand flacon d'eau de Cologne. « Sens-moi ça, vieux. Voilà qui va te revigorer. » Il déboucha le flacon et me mit une goutte derrière chaque oreille.

« Tu es cinglé, d'avoir pris ce risque, Bill, dis-je en nous versant à boire. Ma mère t'a parlé de notre glorieuse époque de bootleggers ?

— Ouais… Comment va Ian ?

— Pas bien. Une petite goutte, Dira, Alice ? » Elles refusèrent, et Bill attendit mes explications. « Ma mère a dû t'annoncer qu'il ne sera pas médecin.

— Oui… Seigneur, quel dommage.

— Il n'en parle pas, il dit que c'est terminé, que c'est comme ça. Mais ça le mine.

— Et Jen ?

— Elle est rongée de culpabilité… et elle peut l'être. C'est l'enfer, de se trouver dans leurs parages, en ce moment : on a l'impression de danser sur un volcan. Tu as vu Jen ?

— Pas encore.

— Nous dînons chez eux ce soir. »

Pendant tout le déjeuner — un véritable festin — Dira et moi on bombarda Bill et Alice de questions sur l'Écosse, en évitant de parler de Rose : nous réservions ce sujet pour la fin. Une fois la table débarrassée, j'interrogeai Bill.

« Nous l'avons vue juste avant de partir. À Dirleton. Edmund… Edmund fait du cheval avec le fils de Dick, c'est un de ses meilleurs amis. Ils vont en classe ensemble à Saint Andrew's. »

Mon fils. Seigneur Dieu, je n'avais pas pensé à lui pendant des années. Il avait huit ans, maintenant. Huit ans. Huit années sans père. « Dave ? »

Je ne lui répondis pas, mais regardai Indira, qui comprit que j'avais besoin de parler de mon fils avec Bill. Elle dit à Alice qu'elle voulait lui montrer une robe et entraîna la jeune femme dans une autre pièce, nous laissant seuls, Bill et moi.

« Comment est-il ?

— Comme toi. Un peu plus lourd. Il ressemble à ton père.

— Tu as parlé avec lui ?

— Oui. Il est charmant, très intelligent, très… attaché à sa mère, mais je suppose que c'est normal, étant donné que…

— Qu'il n'a pas de père. Et il t'a interrogé à mon sujet ?

— Rose était présente, et elle lui a dit que j'étais un des plus proches amis de son père… avant que David Maclean ne sombre dans la drogue.

— La drogue ? Ah ouais, la drogue.

— Tu as été idiot, Dave, tu aurais dû contester, tu aurais dû… Excuse-moi, je suppose que tu ne pouvais rien faire sans mettre Indira en danger.

— Et Edmund croit que c'est pour ça que je suis parti, il croit tout ce que les journaux ont dit ?

— Bien entendu.

— Il doit me détester.

— Non, je n'ai pas eu cette impression. C'était plutôt comme si…

— Comme si ?

— Comme si tu étais malade, et…

— Et qu'il attende que j'aille mieux ? Et que je revienne à la maison ?

— Ouais… »

C'était étrange parce que, d'un seul coup, Edmund devenait réel. Ce n'était plus cette petite chose aux cheveux roux cuivré et aux joues roses que j'avais quittée. C'était un jeune garçon, mon fils. Les yeux fermés, je l'imaginais sur les falaises de North Berwick, contemplant la mer, attendant le retour de son père, attendant *mon* retour.

« Dave ?

— Hmhmm ?

— J'ai dit : Rose n'a pas abandonné.

— Je le sais.

— Songes-tu parfois à aller ailleurs ?

— Non. Nous ne voulons plus fuir. » Ma voix était demeurée calme et ferme, mais je ne sais pourquoi le son des paroles que j'avais prononcées me fit peur.

On resta toute la journée à l'appartement — nous ne pouvions prendre le risque d'être vus en public avec Bill et Alice — à parler de l'Écosse. Pour la première fois depuis huit ans, j'éprouvais un sentiment de perte, une douleur sourde en pensant à mon pays. Je m'étais toujours dit que la patrie est là où est le cœur, donc ma patrie c'était Indira. Mais en écoutant Bill, je me rendais compte qu'une partie de moi-même continuait à ressentir la douceur de la terre du Loch Leven, la force et la pureté de ses vents, la fraîcheur de ses lacs et de ses rivières. Et j'avais envie d'être là-bas, de traverser la lande sur un beau cheval blanc, Indira à mes côtés, de sentir le martèlement des sabots sur le sol, et d'éprouver l'ivresse qu'il y a à pousser un cheval jusqu'à ses limites, comme s'il avait des ailes.

Mais je n'éprouverais plus jamais ces sensations : je ne reverrais plus jamais l'Écosse.

Le dîner avec Jen et Ian ne fut pas une réussite. Tout le monde était mal à l'aise, surtout à cause des efforts de Jen pour être « gentille ». Ce n'était pas feint, et je ne doutais pas de son désir de faire plaisir, mais cela me rappelait l'époque d'Édimbourg, avant le retour de mon père, quand elle était désespérée. J'avais de la peine pour elle, car je savais qu'elle était très éprouvée moralement, non seulement parce qu'elle avait ruiné le rêve de Ian, mais à cause de la Dépression, et de la façon dont l'histoire semblait se répéter. Certes, nous avions un toit et de quoi manger. Mais la colère était là ; la frustration qui avait peu à peu envahi mon père montait maintenant en Ian, et Jen l'observait en attendant le moment où il exploserait, exactement comme mon père.

Après le départ de Bill et Alice, Dira et moi parlâmes de nos pères, et du fait que nos enfants grandiraient sans passé, sans racines, sans savoir quels hommes exceptionnels avaient été leurs grands-pères. L'oncle de Rajiv était mort deux ans plus tôt, et sa mort avait délivré Rajiv du fanatisme dans lequel son esprit juste et droit était tombé depuis la mort de la petite Benazir. Il était allé trouver ma mère en la suppliant de lui donner des nouvelles d'Indira, et nous avions reçu, par l'intermédiaire de Tom Tall Crow, une longue lettre dans laquelle il disait que maintenant il y voyait clair. Il nous demandait de lui pardonner. J'avais voulu organiser une rencontre, et envoyer Dira à Paris une quinzaine de jours pour qu'elle puisse voir ses parents et se réconcilier avec eux. Mais la Dépression était arrivée, et nous avions employé toutes nos économies pour tenter de maintenir à flot la maison de couture, si bien qu'il n'y avait eu ni rencontre ni réconciliation.

Je regrettais, je regrettais sincèrement que la femme que j'aimais soit privée du droit de rendre visite à son père et à sa mère, à cause de moi… et de Rose.

1932. Le Nouvel An n'apporta pas de répit.

Il apporta le froid, un froid mordant — les tuyaux gelaient, et les clochards qui dormaient dans les dépôts gelaient aussi —, la neige — qui formait des congères, ensevelissait les voitures, bloquait les entrées d'immeubles —, et le vent — un tourbillon glacial qui s'abattait sur New York.

Mais il ne refroidit pas le sang qui bouillonnait dans les veines de Ian.

J'essayais de parler avec lui, de l'aider à se libérer de la fureur légitime qui l'habitait, mais il refusait de me laisser approcher cette plaie purulente qui le rongeait.

Deux ou trois fois par semaine, nous dînions tous ensemble et, comme Jen et Indira étaient occupées à coudre, c'était toujours Ian ou moi qui faisions la cuisine. Je m'en sortais mieux que lui, mais il ne se débrouillait pas trop mal, et en tout cas cela l'occupait pendant au moins une heure ou deux. Et puis, nous avions de la chance d'avoir de quoi manger, quand on voyait les milliers d'hommes et de femmes sans logis, affamés, former d'interminables files devant la soupe populaire, pour un quignon de pain sec et un bouillon clair.

Notre glorieux président, Herbert Hoover, déclara : « La dépression économique ne peut être éradiquée par une action législative ou un arrêté gouvernemental. » En d'autres termes : pas d'indemnités de chômage, aucune aide. Mais les gens étaient dans un extrême dénuement, et ils se mirent à rendre Hoover personnellement responsable de leur malheur. Les vieux journaux dont les sans-domicile se couvraient pour dormir, sur les bancs des jardins publics, furent nommés « couvertures Hoover ». Les poches vides retournées prirent le nom de « drapeaux Hoover ». Quant au mot « Hoovervilles », il désignait les misérables campements de sans-logis, faits de vieux cageots de bois et de ferraille, qui surgissaient partout dans le pays. Leurs occupants étaient aussi bien des ex-banquiers que des ex-métayers, tous frères de misère puisqu'ils partageaient tout : la faim, le froid et la frustration. On les voyait hanter les villes et chercher de quoi manger dans les tas d'immondices et les caniveaux.

Nous, dans la 31e Rue, nous étions bénis… du moins pour le moment.

Un soir, nous étions tous les dix assis pour le dîner, Ian à un bout de la table, moi à l'autre, nos femmes à notre droite, et tous les enfants au milieu. Je ne sais si Jen avait fait exprès de placer May à ma gauche pour qu'elle se trouve aussi loin que possible de Ian, ou si c'était le hasard. Ces jours-ci, on gardait éloignés père et fille autant que possible, malgré l'affection débordante qu'ils ressentaient l'un pour l'autre. May n'avait pas encore douze ans — elle était l'aînée de Em de quatre jours — mais elle en paraissait seize, et ses manières et son langage étaient ceux d'une jeune femme, pas d'une adolescente. C'était une fille superbe. Elle ressemblait à Jen, sauf que May avait des cheveux roux doré et bouclés. Mais, autant Jen n'avait pas conscience de sa propre beauté, autant May savait parfaitement quel effet elle produisait sur les gens, et elle avait mis au point toute une gamme de sourires enjôleurs capables de faire fondre les cœurs les plus coriaces… surtout Ian. May se pelotonnait dans ses bras pour lui demander ceci ou cela, et il cédait toujours. Quand elle était petite, May se plaisait à dire qu'il y avait eu une erreur à la maternité le jour de sa naissance, qu'elle était en réalité la fille d'une altesse de passage, dont l'enfant avait été substitué involontairement à celui des Liddle. Cela faisait rire Ian. Jen, elle, ne riait pas. Je pense qu'au début, c'était de la part de May une plaisanterie sans malice, un jeu. Mais depuis quelques mois tout avait changé et May dissimulait mal son mépris pour la façon dont nous vivions tous. Elle avait cessé d'amener ses amis à la maison, gênée d'avoir une famille « pauvre ».

Comme Dira me tendait une assiette de légumes fumants, May regarda fixement le plat que Bobby lui avait passé, et fronça le nez de dégoût.

« Mais qu'est-ce que c'est que *ça* ?

— Des peaux de pommes de terre frites, répondit Ian. Goûte, c'est délicieux.

— Où sont les pommes de terre ?

— May…

— Nous les avons mangées hier soir.

— Tu veux dire que tu as *gardé* les peaux pour…

— May…

— Elles sont frites dans de l'oignon, avec beaucoup de sel et de poivre, dis-je d'un ton enjoué, en lançant à May un coup de pied sous la table. Nous… enfin, ta mère et ton père en mangeaient tout le temps à Glasgow… *aye*, Jen ? Tu devrais…

— C'est… c'est… On jette les peaux et toi, tu… »

Ian se leva d'un bond, fonça sur May, prit le plat et le lui mit sous le nez. « Mange. » May regarda Ian, se recroquevilla sur sa chaise et avança prudemment la main pour se servir.

« Je veux bien goûter… un petit peu. » Ian n'avait pas bougé ; May leva la tête, lui sourit — un sourire sincère, elle adorait lui faire plaisir — et demanda : « Je peux le manger avec la viande ?

— La viande est dedans. Il y a des morceaux de lard frit, avec.

— Du gras ?

— Du lard !

— Tu veux dire…

— May ! Assieds-toi, Ian. Cathy, sers-toi… »

Ian se pencha au-dessus de May, attrapa sa fourchette, piqua une grosse bouchée et la brandit devant May. « *Goûte ça !*

— Ian, je t'en prie, assieds-toi.

— *Un repas complet !*

— Mon Dieu…

— *Viande, légumes et féculents !*

— Où sont les légumes ?

— *Du persil !* »

May ouvrit la bouche, Ian y enfourna la nourriture, reposa la fourchette et retourna à sa place d'un pas pesant. Il s'assit, observa May qui mastiquait, et attendit qu'elle avale. Les yeux de Jen allaient de l'un à l'autre. Dira pressa les enfants de manger, et je passai le plat de légumes à May, qui secoua la tête, la bouche toujours pleine.

« Tu ferais bien d'avaler, dit Ian, parce que sans ça nous resterons ici toute la nuit. En fait, nous resterons jusqu'à la saint-glinglin, jusqu'à ce que Son Altesse ait fini Son dîner. »

Or May n'avait pas l'intention d'avaler car elle était aussi têtue que son père ; elle le regarda d'un œil noir, grinçant des dents comme si elle mangeait des boules de naphtaline. J'essayai d'entretenir la conversation, mais Ian et May restèrent je ne sais combien de temps à se fixer des yeux, et je finis par me pencher vers May en lui chuchotant à l'oreille : « Avale, ma belle. Avale, maintenant. »

Elle me regarda, ses beaux yeux pleins de larmes, puis elle porta sa serviette à sa bouche et recracha les peaux de pommes de terre.

Ian bondit. Il attrapa May par le bras, la souleva de sa chaise et la traîna dans la salle de séjour ; Jen et Cathy les suivirent en hurlant. Johnny aboyait et grondait furieusement. Ian flanqua May par terre et leva la main pour frapper sa fille, et Jen hurlait, hurlait comme si on l'avait transpercée avec un poignard. Elle tomba aux pieds de Ian en poussant May derrière elle. Le bras de Ian retomba comme si on le lui avait coupé, et il contempla Jen et May qui sanglotaient à ses pieds. Il recula, alla chercher son manteau et sortit.

« Des bêtes… des bêtes, dit Jen en gémissant. Il… comme son père… comme à Glasgow…

— Pour l'amour du ciel, Jen, il a eu sa vie fichue en l'air ! » criai-je. Je ne voulais pas, mais les mots sortaient de ma bouche malgré moi, et se plantaient en elle comme autant de coups de couteau. « Il a été *dépouillé ! vidé ! étripé ! éventré* comme un putain de poisson ! Tu ne comprends pas ça ? Tu ne… » Je ne pus continuer. Elle me regardait, pâle et terrorisée comme à

Glasgow, la nuit où elle avait vu dans une allée l'homme dévoré par les rats.

Je m'agenouillai près d'elle, la pris dans mes bras, fis signe à Indira de s'occuper de May, emmenai Jen dans sa chambre et la couchai dans son lit.

Joyeux anniversaire,
Joyeux anniversaire,
Joyeux anniversaire, Rachel,
Joyeux anniversaire !

« Souffle les bougies, ma chérie, dit Indira en se penchant sur Em. Souffle-les toutes ! »

Em me regarda avec un sourire, se pencha sur le gâteau en écartant ses cheveux, prit une grande respiration et souffla d'un coup les douze bougies.

« Bravo, ma belle ! Tu as fait un vœu ?

— Oui. J'ai fait le vœu que…

— Ne le dis pas ! s'écria May. Sinon il ne se réalisera pas. » Elle jeta un coup d'œil à Ian qui se tenait debout devant la fenêtre ouverte. « N'est-ce pas que c'est vrai, papa ?

— Hmhmm ?

— Que le vœu de Rachel ne se réalisera pas si elle dit ce que c'est ?

— … Non », fit Ian en continuant à regarder dehors. May s'avança vers lui, mais Jen l'en empêcha, lui désigna une chaise, lui dit à voix basse de laisser son père tranquille, et tâta le front de Mary.

« Tu as chaud, dit-elle en lui caressant la joue.

— Je ne me sens pas bien.

— Pourquoi ne vas-tu pas t'allonger dans notre chambre, proposa Indira. Bobby, va baisser les stores pour qu'elle ait un peu de fraîcheur. »

Quand May eut reçu sa part de gâteau, elle prit son assiette, se leva et s'approcha sans bruit de son père. Il ne s'aperçut de sa présence qu'au bout d'une minute ou deux.

« C'est… c'est du gâteau fourré au citron… ton préféré.

— Merci, ma chérie, mais je n'ai pas très faim. »

Elle resta là, tête baissée, et Ian tendit la main vers elle avec précaution, puis retint son mouvement, comme s'il avait peur de la toucher.

« Papa…

— Je vais faire un tour. »

Il était sorti avant qu'elle ait pu dire un mot.

Jen n'essaya pas de le retenir. Elle alla dans la cuisine, où je la rejoignis sans savoir trop quoi dire. C'était comme ça depuis plusieurs mois : j'avais beau faire, je n'arrivais pas à convaincre ma sœur que ce dont Ian avait terriblement besoin, c'était son amour, et l'assurance qu'il n'était pas comme son père ; que, malgré son immense colère, il était incapable de brutalité. Et que si jamais il frappait Jen ou ses filles, ce serait la première et la dernière fois, et que cela se produirait *uniquement* parce qu'il n'avait pas d'autre issue, pas d'autre moyen de se libérer de sa fureur, même pas dans un travail physique puisqu'il ne trouvait pas d'emploi.

Mais Jen ne m'écoutait pas, car elle aussi s'était renfermée en elle-même, terrorisée à l'idée que ce qu'elle redoutait le plus — c'est-à-dire que Ian devienne une brute sans pitié comme son père, Archie — ne soit en train de se réaliser.

Elle était allée s'asseoir sur l'escalier de secours et s'agrippait aux barreaux en regardant la rue, en bas.

« C'est tellement laid… tellement laid. » J'allai m'asseoir à côté d'elle. L'humidité était insupportable. Au mois d'août, les New-Yorkais quittaient la ville, laissant les pauvres transpirer dans la chaleur moite de l'été.

« Tu sais, Jen, il a toujours eu cela en lui, comme maman, comme papa : la rage. Mais eux, ils ont pu la concentrer sur des activités dignes d'intérêt. Tant que Ian avait un but, sa "passion" était canalisée, et c'est pour ça qu'il était capable de travailler toute la journée et d'étudier le soir. Sans objectif dans sa vie, sa "passion", sa…

— *Rage !*

— Oui, exactement. Sa rage s'est retournée contre lui et elle est en train de le consumer.

— Et tout ça, c'est ma faute ! Vas-y, dis-le !

— Il a besoin de toi, en ce moment. Il…

— M'man, cria Cathy. Mary ne va pas bien. Elle peut à peine respirer et sa gorge est tout enflée.

— Cours derrière ton père ! Vite, Cathy !

— Son cœur bat à toute allure, dit Indira au moment où Jen et moi entrions dans la chambre. Elle est toute rouge et…

— Elle a envie de vomir, dit Em. Elle dit qu'elle a mal au ventre. »

Mary était cramoisie et son cœur battait à tout rompre. Sa respiration était rauque et sifflante. Elle avait déjà eu plusieurs crises d'asthme sans gravité, qui n'avaient pas nécessité de traitement médical. Mais quelque chose me disait que cette fois, c'était sérieux. Je la pris dans mes bras et lui dis que j'allais l'emmener à l'hôpital.

« Je… ne… peux… plus…

— Chhhuuut, n'essaie pas de parler, Mary.

— Je viens avec toi. Dira, peux-tu…

— Vas-y, je reste avec les enfants. »

Jen et moi courûmes à ma voiture et, au moment où j'installais Mary sur la banquette arrière, Ian et Cathy arrivèrent à fond de train. Ian me dit de prendre le volant, fit asseoir Jen devant et grimpa à l'arrière à côté de Mary. La petite pleurait, elle pouvait à peine respirer ou articuler un son ; Ian la prit contre lui et la berça tout en examinant sa gorge.

« Qu'est-ce qu'on a mangé, Jen ? Vite ! Qu'est-ce qu'on a mangé aujourd'hui qu'on ne mange pas d'habitude ?

— Le… le gâteau ? Je ne sais pas.

— Réfléchis. Dave ?

— Euh… Du poulet frit…

— Non.

— La salade…

— Qu'est-ce qu'il y avait dedans ?

— Mayonnaise, macaronis, et… et crevettes ?

— C'est ça. Les crevettes. Elle n'en avait jamais mangé avant. Elle doit y être allergique.

— Mais comment est-ce que les crevettes peuvent provoquer… »

Sans répondre à Jen, Ian me tapa sur l'épaule en disant : « Appuie sur le champignon, Dave. »

Je fonçai, brûlai les feux rouges et, cinq minutes plus tard, nous étions à l'hôpital de Long Island. Ian se précipita avec Mary dans les bras, et au moment où Jen et moi le rejoignions, il discutait avec l'infirmière du bureau d'accueil qui voulait absolument mettre par écrit les symptômes de Mary. Ian lui ordonna d'appeler un médecin ; comme elle refusait, il se pencha et lui saisit le poignet.

« Ma fille souffre d'un choc anaphylactique. Il lui faut une piqûre.

— Mais, monsieur…

— Un centimère cube d'adrénaline. Si on ne la lui fait pas, elle risque un arrêt cardiaque ou respiratoire.

— J'ai besoin de savoir… »

Ian s'éloigna du bureau, se dirigea vers une porte à double battant où était écrit URGENCES, la poussa du pied et réclama un docteur. Plusieurs médecins arrivèrent et voulurent le refouler, mais il garda son calme et leur expliqua ce qu'il avait dit à l'infirmière, ajoutant qu'il pensait qu'il s'agissait d'une grave réaction allergique. Les médecins examinèrent Mary et jugèrent que le diagnostic de Ian était correct. Mary reçut une injection d'adrénaline et fut mise sous assistance respiratoire. Nous restâmes à son chevet jusqu'à ce que sa respiration redevienne normale et qu'elle s'endorme. Ian dit à Jen de rentrer ; je proposai de la raccompagner mais elle me demanda de ne pas quitter Ian, et dit qu'elle prendrait un taxi.

Mary était installée dans une petite chambre particulière. Sitôt la porte refermée, Ian s'assit près du lit, replia les genoux, se prit la tête dans les mains et se mit à pleurer.

J'aurais dû partir. Je ne l'avais jamais vu pleurer, et cela devait faire très longtemps que ça ne lui était pas arrivé. Mais je demeurai debout près du lit, baissai la tête et attendis.

Je ne sais combien de temps passa avant qu'il se redresse, s'essuie le visage du revers de sa manche, et lève les yeux vers moi.

« La dernière fois que j'ai pleuré, c'est le jour de mes treize ans… il y a vingt-six ans. Mon père m'avait dit de changer de vêtements et m'avait annoncé qu'il m'avait trouvé du travail à la mine et que je n'irais plus en classe. J'ai tiré le rideau du lit, je me suis assis, j'ai pris l'oreiller pour qu'il ne m'entende pas, et j'ai chialé tant que j'ai pu. Parce que c'était fini, tu comprends, ma vie était fichue. Elle serait comme la sienne, et plus tard je deviendrais comme lui… Après quelques semaines dans la fosse, j'ai pensé à m'enfuir, mais il l'a deviné parce que, le soir même, il a frappé mon frère Tom comme un fou. J'ai cru qu'il allait tuer mon frère. Le gamin n'avait que neuf ans. J'ai donné un coup de tisonnier sur la tête de mon vieux. Ça l'a arrêté… ouais… Le cuir chevelu était entamé et c'est moi qui l'ai recousu.

Le lendemain matin, j'ai décidé que j'étudierais tous les soirs, exactement comme si j'allais en classe, j'étudierais n'importe quoi. Je ne savais pas que je voulais être médecin, je ne le savais pas jusqu'à ce que je rencontre ton père, Dave. C'est lui qui m'a dit que je devais étudier en ayant un objectif, pas seulement pour emmagasiner des connaissances. C'est comme ça que j'ai acheté le livre de médecine à un docteur de Glasgow. Ma vie a complètement changé, après. J'allais être quelqu'un, quelqu'un d'important… *aye*… J'allais être médecin. Et, au fil des années, il pouvait arriver n'importe quoi, je me disais : *Ça va, c'est comme ça pour le moment, mais tiens bon, continue, et un jour tu seras médecin.* Un jour… »

Je m'assis au bord du lit, me penchai vers Ian, et il continua :

« Quand toi et moi on a été pris à la frontière, je me suis dit : *Ça t'apprendra, Liddle, à penser avec ta bitte au lieu de ton cerveau*, mais ça ne m'a pas vraiment atteint, même quand le juge a dit que j'étais condamné à cinq ans de prison. La première année, j'ai fait plein de choses, je lisais, je faisais tout le temps de l'exercice, dans la cour de la prison. J'allais sortir pour bonne conduite, et juste avant ma libération conditionnelle, on m'a transféré dans un autre quartier et… » Il détourna les yeux, croisa les bras et se renversa sur sa chaise. « … tu te dis que ça va aller, tu penses que, si tu te tiens tranquille, *ils* te ficheront la paix. *Ils… les salauds… les salauds…* » Ian ferma les yeux. « Il y en avait quatre. *Ils* m'ont attrapé dans la douche… *les salauds*… » Il se leva, alla à la fenêtre, s'assit sur le rebord et regarda dehors. « C'est à ce moment-là que j'ai été atteint, *après*…

— Pendant que tu étais à l'infirmerie ?

— Ouais.

— Et les types qui t'ont… *attaqué* ?

— Le médecin les a fait transférer. Il a compris ce qui s'était passé. Il avait l'habitude. Et je suppose qu'il savait que, dès que je pourrais me lever, j'irais les tuer tous les quatre. *Salauds…* »

Je gardai les yeux baissés, parce que je sentais qu'il ne voulait pas que je le regarde, et j'attendis qu'il puisse reprendre.

« Quand j'ai été à peu près remis, le docteur m'a permis de travailler avec lui comme assistant. Et je me disais tout le temps : *Ça va aller, tu ne seras pas médecin, mais tu trouveras autre chose, autre chose...* Mais il n'y a rien d'autre, Dave. J'essaie de toutes mes forces de me dire que ça n'a pas d'importance mais, Seigneur Dieu, ça a de l'importance, ça en a fichtrement. » Il tendit ses mains vers moi, paumes en l'air, et les secoua en disant : « Je pouvais faire du bien aux gens avec ces mains-là. Je pouvais guérir ceux qui souffraient. J'étais capable de savoir ce qui n'allait pas, et capable d'y remédier, avec ces mains-là. Et, à présent, mes mains ne peuvent même pas travailler, parce qu'il n'y a pas de travail, Dave, et mes mains, Dieu du ciel, mes mains me démangent, elles brûlent de faire *quelque chose* ! *N'importe quoi !* Pour ne pas frapper et blesser… blesser… mes enfants… mes petites… mes filles… ma Jen… »

Son visage était inondé de larmes, et il me regarda, m'implorant en silence de lui dire ce qu'il devait faire.

Mais je n'avais pas de réponse.

Il rapprocha sa chaise du lit de Mary, posa la tête sur le drap et frotta son visage contre la menotte de sa fille.

14

(New York, 20 décembre 1932)

« Alors, tu l'as eu ? » me demanda Indira en m'ouvrant la porte de chez elle. Je revenais de Manhattan, où j'étais allée trouver le comte Romanov dans sa boutique de la Cinquième Avenue, pour essayer d'obtenir le règlement des quatre cents dollars qu'il nous devait, soit l'équivalent de deux mois de travail.

« Non, je n'ai pas obtenu un sou. Il m'a dit que trois de ses clientes ne l'avaient pas payé, et qu'il ne peut donc pas nous régler avant le mois prochain.

— Tu l'as cru ?

— Non. Je vais demander à Dave de m'accompagner demain. Ian serait capable de... se fâcher. As-tu fini la robe de velours rouge pour Mrs Walker ?

— Oui, mais je pense que nous ne devrions pas livrer d'autres robes avant que le comte nous ait payé ce qu'il nous doit.

— J'ai un essayage avec Mrs Walker demain à trois heures. Je vais lui expliquer qu'il sera impossible de finir les retouches de sa robe, à moins qu'elle ne persuade Romanov de nous régler ce qu'il nous doit. »

Dira sourit.

Le lendemain, Davie vint avec moi. En traversant Manhattan, je contemplai les cohortes d'hommes et de femmes qui attendaient devant les agences pour l'emploi, où ils étaient des milliers à s'inscrire chaque jour. Nous avions élu un nouveau président, Franklin D. Roosevelt, qui devait entrer en fonctions en mars 1933, et nous avions bon espoir — nous ne pouvions pas faire autrement — qu'il apporterait des changements. On voyait des hommes, à tous les coins de rues, qui brandissaient des écriteaux disant : « Ce que je veux, c'est du travail, pas la charité, du TRAVAIL », mais il y avait si peu d'emplois que la plupart des gens n'essayaient même plus d'en trouver, et erraient dans les rues à la recherche d'un abri et de nourriture. Les sans-abri s'agglutinaient près des entrepôts et des voies de chemin de fer. On voyait défiler sur les routes des familles entières qui fuyaient les Grandes Plaines, où les fermes avaient été ravagées par des inondations, des sécheresses et des tempêtes de sable. Comme si le désastre de la Dépression ne suffisait pas, la Nature s'en mêlait aussi en produisant des catastrophes.

Je m'efforçais de ne pas les regarder, tous ces sans-logis, ces affamés, parce que je savais que sans cela je faiblirais ; or il fallait que je reste forte, sinon je finirais comme eux. Alors je les mettais dans un coin de mon esprit, à côté de tous ceux dont la pensée minait mon énergie. Il y avait Mary : je me répétais sans cesse qu'elle irait bien et n'aurait plus d'asthme, tout en craignant qu'elle n'ait une nouvelle crise. Il y avait Ian, qui dans mon imagination trouvait du travail et redevenait du même coup maître de lui-même. Et puis il y avait les morts : la mère de Ian, ma grand-mère, Jamie McEwen, tante Flora, Joseph le palefrenier de Cromdale, et puis notre chère Martha... partis, tous. Nous n'avions guère le temps de pleurer sur eux, il nous fallait survivre, et le seul moyen, c'était de travailler. Nous avions toujours notre maison de couture, et peu importaient les efforts qu'elle réclamait, peu importait ce que j'étais obligée de faire pour la conserver, j'avais bien l'intention de la conserver.

Juste avant d'entrer dans la boutique du comte, Davie me demanda quelle « force » de conviction il devait employer pour amener Romanov à nous payer ; je lui répondis que je m'en chargeais et que « Monsieur le Comte » serait ravi de nous remettre notre argent quand j'aurais publiquement démasqué l'escroc qu'il était.

Mais le comte refusa de nous payer. Même les supplications de Mrs Walker — qui avait absolument *besoin de sa robe rouge pour Noël — n'y firent rien. Il lui promit qu'elle aurait sa robe, et me dit avec un sourire qu'il se chargerait lui-même des retouches. Il nous serra la main et nous raccompagna en susurrant que, si je tentais encore une seule fois de lui faire du chantage devant une cliente, je pouvais être sûre non seulement de ne pas toucher mes quatre cents dollars, mais de ne plus jamais travailler pour la boutique Romanov ni pour aucune autre.*

En remontant en voiture, j'annonçai à Davie que je n'avais plus que trois dollars en poche, que le loyer était payable le 1er janvier et que, Noël étant dans quatre jours, je n'avais pas de quoi acheter des cadeaux à mes filles. Il me proposa de me prêter quelques dollars, mais comme je savais qu'il n'avait guère plus d'argent que nous, je refusai.

Noël promettait d'être bien triste. Malcolm Fraser avait vendu sa villa du Sound et passait l'hiver en Floride, si bien que, pour la première fois depuis dix ans, nous ne passerions pas les fêtes dans sa belle maison. Ma mère et Al n'avaient pas assez d'argent pour faire le voyage, mais promirent de venir l'année suivante. Je ne pouvais penser à rien d'autre qu'aux visages des petites quand elles se précipiteraient dans la salle de séjour, et ne trouveraient rien au pied du petit sapin de Noël.

Le ciel était plombé, comme s'il allait neiger, et il faisait si froid que Ian avait dû placer du plastique à toutes les fenêtres pour conserver la chaleur et diminuer nos dépenses de chauffage. J'avais mis des couvertures supplémentaires sur notre lit ; Ian et moi dormions si éloignés l'un de l'autre que l'espace entre nous paraissait glacial. Il ne m'avait pas touchée depuis le printemps dernier, quand il avait failli frapper May, et heureusement, parce que je n'aurais pas supporté de sentir ses mains sur moi. Nous étions toujours très polis l'un envers l'autre, tant nous avions peur, tous les deux, de déchaîner sa colère. Les filles marchaient sans faire de bruit et parlaient à voix basse quand il était là ; elles l'évitaient, et c'était ce qu'il voulait, de peur qu'elles ne déclenchent involontairement l'incendie qui couvait en lui.

Nous aurions dû divorcer. Cela aurait été mieux pour nous tous... mais je ne pouvais pas, et je ne crois pas qu'il aurait été capable de supporter notre séparation. Et puis, s'il était comme cela, c'était à cause de moi.

J'entendis les hurlements de Ian avant même d'avoir atteint le cinquième étage et je pressai le pas, craignant qu'une des filles n'ait fait quelque chose qui l'ait mis en colère. Deux jours plus tôt, il avait failli arracher la robe de May parce que, disait-il, elle l'avait volée. C'était sans doute le cas, parce que la morale de ma fille aînée reposait sur une interprétation quelque peu détournée du fameux adage : « Aide-toi, le ciel t'aidera »...

La voix de Ian était tonitruante et la voix qui lui répondait l'était tout autant, ce qui me fit penser qu'il ne s'agissait pas d'une des filles ; au moment d'ouvrir la porte, j'entendis Ian rugir : « Sacré bon sang, Lorraine, je ne peux pas ! Ne me demande pas ça !

— Ce fils de pute l'a tabassée pendant six ans, et maintenant...

— Ça suffit !

— Prince, si tu refuses, elle va aller voir un charlatan et elle risque d'en crever. Ou alors elle le fera elle-même avec...

— Non !

— Elle peut pas le garder, Prince ! Elle a fichu son mec dehors y a trois mois, et il est revenu et il l'a violée ! Tu pourrais, toi, avoir un enfant avec quelqu'un qui...

— Lorraine, laisse tomber. » C'était la voix de Tom. « Viens.

— Prince, je t'en prie, tu m'as bien aidée, pourquoi ne veux-tu pas aider Gloria ? »

Je me figeai sur place en comprenant ce que Lorraine venait de dire.

« Lorraine, ça suffit, dit Tom.

— Prince... je t'en prie... je t'en prie. »

Je ne voulais pas entrer. Mon intention était de faire demi-tour, de ressortir en courant et de faire comme si je n'avais rien entendu. Mais je me retrouvai soudain dans la salle de séjour, à dévisager Ian qui me regardait, les yeux écarquillés. Lorraine et Tom passèrent devant moi et, dès qu'ils eurent refermé la porte derrière eux, je lançai mon chapeau et mes gants sur le canapé, et regardai fixement Ian.

« Quand ? Quand as-tu aidé *Lorraine ? Quand ?*

— Je ne veux pas en parler.

— Et combien d'autres as-tu aidées, *ces dernières années ? » Sans me répondre, il se dirigea vers la cuisine. « Tu as* aidé *Dolores Estevez ? Hein ? Tu as* aidé *ta maîtresse Allie Graham à Glasgow ? C'est pour ça qu'elle n'a jamais été enceinte ? Parce que tu l'as* aidée *?*

— Je n'ai pas aidé *Allie Graham.*

— C'est écœurant... c'est ignoble... c'est... »

Il ressortit en coup de vent de la cuisine et fonça sur moi.

« Je n'ai pas aidé *Allie ! hurla-t-il. Mais j'ai* aidé *Mrs O'Reilly parce que ce qui est* ignoble, *Jen, c'est d'entasser treize personnes dans une pièce pas plus grande que celle-ci, et de les laisser crever de faim dans la crasse et la misère. Oui, j'ai* aidé *Mrs O'Reilly et je ne regrette rien, parce que, si je ne l'avais pas fait, elle serait morte, aujourd'hui.* Ignoble ! *Bon sang, ce qui est* ignoble, *c'est de punir les pauvres d'échapper à la misère de leur vie en ayant recours à un des rares plaisirs qui ne leur* coûtent *rien, et qui leur rapporte une bouche de plus à nourrir, alors qu'ils ne peuvent même pas donner à manger aux huit ou neuf enfants qu'ils ont déjà !* Ignoble ! *Eh bien, peut-être que je le suis ! Mais, toi qui trouvais que vivre à quatre tassés comme des sardines, dans la maison aux cinquante-neuf pièces, c'était pénible, qu'est-ce que tu aurais dit d'y vivre à neuf ! Au moins tu avais ton propre lit ! Un luxe que je n'ai connu qu'à l'armée, parce que, aussi loin que je me rappelle, j'ai toujours partagé mon lit avec mes trois frères ! Eh oui, j'ai* aidé *Lorraine ! Et, bon Dieu, je vais* aider *son amie ! »*

Il me poussa sur le canapé, bondit vers la penderie, prit son chapeau et son manteau, et sortit.

Je voulus me lever, courir derrière lui et le supplier de me pardonner, mais impossible de faire un mouvement, mes jambes refusaient d'obéir. Je ne sais pas pourquoi j'avais éprouvé un tel dégoût ; Ian avait raison : mieux valait ne pas faire venir au monde des enfants non désirés, qui n'auraient pas leur place sur la terre, ni au sein d'un foyer, ni dans le cœur d'une mère. Je suppose que c'est parce que c'était Ian qui faisait cela : tuer des bébés pas encore nés.

Le journal de la veille traînait sur la table basse, ouvert à une page de la chronique mondaine qui décrivait le voyage d'Arthur Millington en Amérique, où il devait séjourner avec la famille MacGregor de Barker Point, tout près de la propriété de Malcolm. J'étais surprise que Ian l'ait laissé là, car je l'avais mis exprès sous la pile des journaux de la semaine pour qu'il ne le voie pas. Peut-être était-ce un message : Va le retrouver, Jen… Va rejoindre Arthur… Va…

« Je ne peux pas », dis-je tout bas en repliant le journal. J'y avais songé ; plus d'une fois, la nuit, j'avais pensé à lui, je m'étais demandé s'il voudrait encore de moi, et je m'étais dit que la vie serait tellement facile, alors. Mais je savais que je ne pouvais pas aller retrouver Arthur. Ceux que j'aimais ne me pardonneraient jamais d'abandonner Ian, et au fond de moi je savais bien que je ne me le pardonnerais pas non plus. Davie m'avait un jour écrit une longue lettre, à l'époque où la situation s'était détériorée entre lui et Rose, et je me souviens qu'il disait que l'amour ne suffisait pas, que même avec l'amour, il y avait des gens qui ne pouvaient pas être heureux ensemble. Et il avait raison. Notre vie, à Ian et moi, était encombrée de « si seulement... », obscurcie de « j'aurais dû... », empoisonnée de regrets.

Ma machine à coudre disparaissait sous un tas de robes terminées, sur lesquelles il ne me restait plus qu'à coudre la marque « ROMANOV », que le comte avait fait faire pour nous.

« Au travail, Jen. Lève-toi et travaille. »

Mais il me semblait absurde de continuer à fournir quelqu'un qui, de toute évidence, n'avait pas l'intention de nous payer.

« Et pourquoi ne pas le faire nous-mêmes ? »

Répétant cette phrase, qui n'avait reçu aucune réponse de la part de ma machine à coudre, je me levai d'un bond, attrapai mon manteau et me précipitai chez Dave et Dira.

« Nous allons vendre les robes nous-mêmes, m'écriai-je au moment où Indira ouvrait la porte. Exactement comme on a fait avec le whisky ! Nous prendrons nos modèles et quelques échantillons de tissu, et nous irons faire du porte-à-porte dans les grosses villas du Sound. Créations sur mesure, Madame, sans même avoir besoin de vous déplacer !

— Génial !

— Ça va marcher. Je le sais. Je le sens.

— Qu'est-ce que tu sens ? » fit Davie en riant.

Je le lui expliquai, et il trouva que c'était une idée fantastique, à un détail près : nous n'avions pas un sou pour acheter du tissu.

« Oh si, dit Indira. Nous avons quatre cents dollars qui nous attendent. De l'argent que nous avons gagné et auquel nous avons droit.

— Nous avons essayé, Dira, mais...

— Tu restes avec les enfants, coupa-t-elle, et Jen et moi nous allons en ville. » Elle partit se changer et revint cinq minutes plus tard, éblouissante en femme du monde vêtue d'une tenue dernier cri qu'elle avait elle-même créée pour Mrs Lofferston : un manteau en cachemire bordé de renard argenté et une robe assortie. Nous passâmes chez moi, car j'avais des chaussures et un sac qui convenaient parfaitement, on ajouta un chapeau et des gants, puis Dira mit un rouge à lèvres brillant — la seule touche de maquillage dont elle avait besoin —, et nous partîmes pour Manhattan.

À l'instant où j'arrêtai la voiture devant la boutique du comte Romanov, je vis la main d'Indira trembler. Je réalisai soudain qu'elle venait très rarement dans le quartier, de peur d'être reconnue. J'étais sur le point de lui dire que j'irais seule, mais elle prit une profonde inspiration, ouvrit la portière et sortit. Elle pouvait être *très impressionnante, quand elle le voulait, et comme c'était une femme splendide, à la démarche très élégante, lorsqu'elle traversa le magasin le comte la prit pour une cliente et l'accueillit avec empressement — la couleur de l'argent, qu'elle possédait sans nul doute en abondance, faisant passer celle de sa peau.*

« Madame », dit-il d'un ton galant en lui baisant la main. Je restai cachée sur le seuil et observai la façon dont il lui faisait faire le tour de la boutique, lui montrant telle ou telle robe, pour la plupart nos propres créations.

« Celle-ci est magnifique, dit Indira en désignant une robe du soir en lamé or qu'elle avait dessinée et cousue elle-même.

— Aaaahhh, s'extasia le comte, une de nos plus belles crrréations.

— Hmhmm. Faites-vous les retouches ?

— Mais naturrrellement. Voulez-vous l'essayer ?

— Non, merci. Je la prends. Qu'avez-vous d'autre à me proposer, comme robes du soir ? »

Le comte en était bouche bée, mais il se reprit vite et étala aux pieds de Dira une robe à paillettes bleu argenté.

« Parfait, dit-elle en souriant. Combien pour les deux ?

— Trrrois cent quatrrre-vingts... chaque.

— Dans ce cas, je prendrai seulement la bleue.

— Mais bien sûrrr.

— Vous mettrez cela sur mon compte, fit-elle en lui prenant la robe des mains. Mode Créations. »

Le comte devint blême. Dira se dirigea vers la sortie, mais il lui barra le chemin et reprit la robe.

« Tant que vous ne l'aurez pas payée, cette robe est à nous ! m'écriai-je en entrant dans la boutique. Cela fait maintenant deux mois que nous attendons, et...

— D'accorrrd, d'accorrrd, fit le comte en agitant les mains. Je… j'ai bien l'intention de vous payer, mais comme je vous l'ai expliqué ce matin…

— Nous avons conclu un accord, Mr Romanov, et…

— Je ne peux pas vous payer maintenant ! J'ai prrromis que le 2 janvier…

— Non, c'est trop long. Il faut *que nous soyons payées avant Noël. »*

Son regard, après être passé de moi à Dira plusieurs fois, s'attarda sur Dira.

« Où vous ai-je déjà vue ?

— Peut-être en Californie, répondit-elle. Je suis née là-bas.

— Non… non, mais votrre visage m'est familier. Un beau visage. Êtes-vous indienne ?

— Non. Je suis américaine. »

Il rit en rejetant la tête en arrière. « Comme moi… Vous êtes du sud de l'Inde, votrrre peau est bien trrrop foncée pourrr que vous soyez du norrrd. Ceylan ?

— Mes parents étaient originaires de Ceylan.

— Ah ! vous voyez comme je sais bien deviner. Je suis cerrrtain, absolument cerrrtain, de vous avoirrr déjà vue quelque parrrt. » Dira ne détourna pas les yeux, mais plus il la dévisageait, plus les battements de mon cœur s'accéléraient. Finalement, n'y tenant plus, je pris Dira par le bras et l'entraînai vers la sortie en disant au comte que je reviendrais le 2 janvier chercher l'argent.

« Quelle idiote je suis, marmonna Indira sitôt dans la voiture. J'ai pris ma vraie voix, c'est pour cela qu'il m'a regardée comme il l'a fait. J'aurais dû…

— Je ne crois pas qu'il sache, Dira. Et puis, tu as des papiers qui prouvent que tu es Diana Rory ; ils ne peuvent rien contre toi, à présent. »

Elle me regarda, eut un étrange sourire, puis se tourna vers la fenêtre.

Les rafales de neige qui cognaient contre la vitre m'empêchaient de discerner la rue, en bas. C'était la veille de Noël ; je guettais May, qui aurait dû être rentrée depuis longtemps, et je sursautais chaque fois que la pendule sonnait.

Ian et Davie étaient partis depuis midi, car la ville avait demandé des hommes pour déblayer la neige, moyennant cinquante cents *de l'heure — une véritable fortune — et, comme ils n'étaient pas encore revenus, j'étais certaine qu'ils faisaient partie des heureux élus. La tempête avait commencé le matin et pris de telles proportions que les écoles avaient fermé en fin de matinée. Cathy et Mary étaient rentrées en disant que May était sortie avec une amie et avait promis d'être à la maison à trois heures. Il était presque six heures et j'avais décidé qu'au quart j'irais à sa recherche. Je ne m'inquiétais pas pour elle, si bizarre que cela puisse paraître, car May était assez maligne et rusée pour se débrouiller dans la jungle de la ville. Ce qui m'inquiétait, c'était que Ian rentre avant elle, et qu'il pose des questions sur son emploi du temps — j'étais à peu près sûre qu'elle n'avait pas passé la journée avec « une amie » ; les choses s'envenimeraient et Noël serait gâché.*

J'attrapai au passage Cathy qui se faufilait derrière moi. « Avec qui est-elle ? questionnai-je. Et ne me dis pas que c'est Sally Bowles. Elle est avec un garçon, n'est-ce pas ?

— J'sais pas. » Je la regardai fixement. Mes filles n'étaient pas les meilleures amies du monde, mais en cas de problème elles se défendaient mutuellement ; en effet, depuis leur petite enfance, elles étaient liées par un code d'honneur selon lequel les « traîtres » qui « rapportaient » étaient des créatures abjectes qui

méritaient un châtiment — pour le moins l'écartèlement.

« Cathy ?

— M'man, je ne sais pas où elle est. Ne t'inquiète pas. Elle sera rentrée avant p'pa... j'espère.

— Elle est peut-être chez Wallys, le café sur l'avenue Steinway, dit Mary. Tu veux qu'on aille voir, Cathy et moi ?

— Non, j'y vais.

— Ty et moi, on peut y aller, si vous voulez, tante Jen. »

Je souris à Bobby. Pourquoi les enfants de mon frère étaient-ils tellement plus « gentils » que les miens ? Oh, Cathy et Mary me donnaient un coup de main quand je les en priais — enfin, quand je les en priais plusieurs fois —, tandis que les garçons et Em aidaient spontanément leurs parents, et faisaient leurs lits, mettaient la table, travaillaient à leurs devoirs et allaient chercher du pain à la boulangerie sans qu'on ait besoin de le leur demander. En observant Bobby, je me demandais si c'était parce qu'il connaissait les risques qu'ils couraient, tous les cinq : en effet, nous avions révélé la vérité à tous les enfants quelques mois plus tôt, les jugeant assez grands pour comprendre, et estimant que la connaissance du danger rendrait tout le monde plus vigilant. « Tante Jen ?

— Non, Bobby. Nous allons attendre encore un petit peu. Mais tu peux faire quelque chose pour moi, si tu veux. Mets donc de la musique, quelque chose de gai. Ton père a apporté toute une pile de disques. »

Je rejoignis à la cuisine Indira qui arrosait la dinde apportée par Colin. Ian avait invité Tom et Lorraine, mais ils fêtaient Noël avec des voisins à Harlem, et j'étais soulagée qu'ils ne viennent pas, parce que, chaque fois que les Crow et les MacLeod étaient assis à la même table, la situation était extrêmement tendue ;

sans compter que Ian et moi ne nous parlions plus depuis le jour où il avait aidé *l'amie de Lorraine.*

« Comment se passe la cuisson des pommes de terre les plus chères du monde ? m'enquis-je.

— Parfaitement bien. C'est une idée formidable.

— Une idée de Ian. »

Comme nous n'avions pas d'argent pour des cadeaux, cette année, Ian avait mis une pièce de dix cents à l'intérieur de chaque pomme de terre, ce qui permettrait aux enfants de s'offrir un fantastique après-midi au cinéma, avec deux grands films — un épisode de Flash Gordon *ou de* La Petite Annie *—, cinq dessins animés, un magazine de bandes dessinées, et une crème glacée.*

Colin et Bette arrivèrent avec leurs deux fils et des disques écossais : des gigues et des quadrilles auxquels nous ne pûmes résister, Indira et moi. Cela faisait si longtemps que je n'avais entendu ce genre de musique ! Bientôt tout le monde se mit à chanter, à danser, à changer de partenaire, avec un bel entrain.

« Hello, hello, joyeux Noël ! » fit la voix de Davie depuis l'entrée.

On accourut pour les accueillir, lui et Ian. Ils avaient le visage rougi par le froid et l'exercice, mais tous les deux étaient souriants.

« Seigneur Dieu, je crois que mes bras vont tomber, fit Davie dans un éclat de rire. C'est fantastique *!*

— Mon pauvre dos ne pourra jamais plus se redresser, dit Ian en riant lui aussi. C'est extraordinaire *!*

— Il y avait une mère de six enfants, de Long Island, qui est venue déblayer avec nous, et...

— ... ils ne voulaient pas la laisser faire, alors...

— ... elle s'est plantée devant l'hôtel de ville pour protester...

— ... et ils l'ont laissée conduire un camion. » Ian riait. Puis il me regarda, hocha la tête, et me dit avec douceur : « Tu... tu es ravissante, Jen.

— Merci.

— Eh bien, entrez, les gars, entrez donc ! dit Colin en les entraînant tous les deux. Mary, ma petite, va mettre un autre disque. »

Pendant que Ian et Dave se lavaient, je fis le tour de la pièce en chuchotant à l'oreille de tout le monde que, si Ian demandait où était May, il fallait répondre qu'elle était sortie voir une amie malade et qu'elle rentrerait bientôt.

Au début, Ian ne prit pas part à la fête : un vague sourire aux lèvres, il observait les autres, un peu en retrait. Jusqu'au moment où Cathy vint le prendre par la main et lui demanda de danser avec elle. Elle était très grande pour son âge, presque aussi grande que moi, et quand Ian lui passa le bras autour de la taille, je vis qu'il était plein d'appréhension. Elle devait sentir son malaise parce que, au bout d'un instant, elle se jucha sur la pointe des pieds et lui murmura à l'oreille : « Tout va bien, p'pa, tout va bien. » Ian ferma les yeux, serra Cathy contre lui, et la souleva de terre.

« Va le rejoindre, Jen », me chuchota Davie.

Mais il n'avait pas besoin de me le dire : mes pieds s'étaient déjà mis tout seuls en mouvement. Mary fut auprès de Ian avant moi ; elle le tira par la manche, mourant d'envie de sentir le contact des bras de Ian, dont nous étions toutes privées depuis six mois. Il la souleva, elle aussi, et chancela car les deux filles étaient lourdes, maintenant ; il recula et s'affala sur le divan, Cathy et Mary dans les bras.

« Où est May ? questionna-t-il quand je m'assis à côté de lui.

— Elle va rentrer dans un instant... Joyeux Noël. »

Je l'embrassai et il me serra contre lui, nous enveloppant toutes les trois dans ses bras.

« Dira, Dira, Dira, chantonnait Colin. Alors, elle est cuite, cette bête ?

— Oui.

— Eh bien, qu'est-ce qu'on attend pour la manger ? Allez, à table ! »

Ce fut une soirée merveilleuse. Colin avait tout payé, mais il m'avait suggéré de dire à Ian que j'avais gagné de l'argent en faisant quelques retouches. Nous étions si gais que j'en avais oublié May. Soudain la porte s'ouvrit et elle entra en sautillant, les bras chargés de paquets multicolores qu'elle distribua à la ronde. Ian me regarda d'un air interrogateur : où sa fille de douze ans avait-elle pu trouver l'argent pour acheter des cadeaux ?

« Elle garde des enfants, après l'école », lui dis-je à voix basse, en regardant Cathy, qui regarda Mary, qui regarda son assiette.

Il y avait des cadeaux pour tous, et même un collier neuf pour Johnny ; en ouvrant mon paquet, j'eus un coup au cœur en voyant une paire de gants en chevreau marron, infiniment souples… qui avaient dû coûter au moins cinq ou six dollars.

« Ils te plaisent ? fit May d'un air câlin. J'ai vu que tu reprisais les tiens, l'autre jour, et j'ai vu aussi comment tu regardais la vitrine de chez Macy's…

— Tu as fait combien d'heures de garde d'enfants, May ? questionna Ian, en fixant des yeux le paquet qu'elle lui avait donné et qu'il n'avait pas encore ouvert.

— Tous les après-midi depuis septembre.

— Pour qui ?

— Une dame en haut de la rue.

— Quelle dame ? »

Avant que May ait eu le temps de répondre, ses sœurs se précipitèrent sur elle pour la remercier de ses cadeaux, et chacun regarda ce qu'il avait reçu, félicitant May pour son choix.

« Ian, c'est vrai, dis-je tout bas, même si c'était un mensonge. May s'est occupée tous les jours des enfants de Mrs Rossetti.

— Qui est Mrs Rossetti ?

— C'est... c'est une femme qui a une maison près de la villa Steinway... Ouvre ton cadeau. »

Il contempla le paquet, puis regarda May qui vint s'asseoir sur l'accoudoir de son fauteuil.

« Ouvre-le, papa. » Il l'ouvrit et trouva une paire de boutons de manchette en argent. « J'ai fait graver tes initiales. Regarde : I.L. Ils te plaisent ? » Elle rayonnait, et son amour déborda sur Ian, qui sourit, la prit sur ses genoux, et lui fit un gros baiser sonore en la remerciant.

Je ne parvenais plus à manger, occupée mentalement à calculer combien tous ces cadeaux avaient pu coûter, pour en arriver à la triste conclusion que May les avait tous volés.

« May, ma chérie, dis-je en me levant. Tu veux venir m'aider à la cuisine ?

— J'y vais...

— Non ! *J'ai dit May, merci Cathy. May ? »*

May sautilla jusqu'à la cuisine en chantonnant, mais s'arrêta net en voyant mon expression.

« Tu n'aimes pas les...

— Primo, *jeune fille, outre le fait que voler est...*

— Je n'ai pas...

— Oh, je t'en prie !

— Je le jure, je le jure devant Dieu, je n'ai pas...

— Alors, où as-tu trouvé l'argent ?

— On me l'a donné.

— Qui ?

— Bradley Collier Smythe.

— Smythe, des Industries Smythe ? Ce Smythe-là ? Où l'as-tu rencontré ?

— À Manhattan. Sally et moi, nous sommes allées...

— Dieu du ciel, quel âge a cette personne ?

— Dix-neuf... ou vingt... peut-être vingt et un. Il doit faire encore deux ans à Princeton...

— Pourquoi t'a-t-il... » J'hésitais à poser la question, n'ayant aucune envie d'entendre la réponse. « Pourquoi t'a-t-il donné de l'argent, May ?

— Parce que je lui ai raconté la vérité : que papa a perdu tout son argent à la Bourse, que ta maison de couture a fait faillite, et que...

— Lui as-tu avoué que la fortune de ton père s'élevait en tout et pour tout à neuf cents dollars ?

— Nnnnnnon... Je ne voyais pas l'utilité d'entrer dans les détails. J'ai dit qu'à cause du krach nous n'avions pas d'argent pour acheter des cadeaux de Noël.

— Je vois. Et je suppose qu'en racontant cette triste histoire tu pleurais, hmhmm ?

— Heu... en fait, ça me rendait triste et...

— Doux Jésus.

— Je n'ai rien demandé, il a sorti son portefeuille et il m'a donné cent dollars.

— Cent... cent...

— Ce n'est rien pour lui. Son argent de poche d'une journée...

— May...

— Oh, mère, ne te fâche pas. Je n'ai rien fait de mal. Je ne l'ai même pas encore laissé m'embrasser.

— Pas encore... Seigneur...

— Mère, je ne suis pas idiote. Une fille qui va jusqu'au bout avec un garçon...

— Jusqu'au bout ?

— Tu sais bien. Le sexe.

— Le sexe...

— Ils n'épousent jamais les filles avec qui ils l'ont fait. Je me réserve pour l'homme que j'épouserai. Bradley dit...

— Un instant, miss ! Tu as douze ans...

— Presque treize.

— ... Et... et...

— Et quoi ? »

Je me tus, incapable de dire à May qu'elle était encore une enfant, parce que j'avais devant moi une jeune femme d'une beauté éblouissante, et je me rappelais soudain qu'à son âge ma propre mère vivait une histoire d'amour fou avec son frère.

Je pris May par le bras, en lui disant que nous continuerions cette conversation un autre jour, et je retournai voir les autres.

Ils étaient tous tellement occupés à rire et à s'amuser que personne n'avait remarqué notre absence ; quand je m'assis près de Ian, il prit ma main et je ne la retirai pas. Au moment où Dira servit les pommes de terre, Ian nous avertit de faire tous bien attention, car c'étaient des pommes de terre magiques, venues spécialement d'Écosse, les pommes de terre les plus rares au monde. May et Cathy adressèrent un clin d'œil complice à leur père en fendant leurs patates où elles trouvèrent la pièce d'argent étincelante. Mais Mary écarquilla les yeux comme si elle avait découvert un coffret plein de trésors, et s'exclama : « C'est comme les perles dans les huîtres ? Hein, p'pa ?

— Exactement, ma chérie. On met un minuscule grain de sable à l'intérieur, et la pomme de terre pousse, pousse, jusqu'à ce que le grain de sable devienne une pièce de dix cents.

— Dommage qu'ils ne fassent pas ça avec les dollars.

— Allons, dis-je à Colin en lui tapotant le genou. Pose l'argent sur la table, Mary, sinon il va se perdre. »

Mary passa toute la soirée à contempler sa pièce d'argent, la tourna dans tous les sens, examina celles de ses sœurs et de ses cousins ; quand on la mit au lit, Ian s'assit près d'elle et lui caressa les cheveux en lui expliquant que le Père Noël n'avait pas pu venir à cause de la tempête de neige, et qu'il ne fallait pas qu'elle soit déçue si elle ne trouvait pas de cadeaux au pied du sapin ; il ajouta que l'année prochaine, il en apporterait deux fois plus.

Pendant que je me déshabillais, Ian s'adossa à la tête du lit, l'air songeur, et commença à dire que May l'avait surpris. Sa débrouillardise et sa générosité étaient étonnantes, et il était impressionné qu'elle ait économisé son argent pour acheter des cadeaux. Je me glissai dans le lit, me blottis contre lui et posai ma tête sur sa poitrine. Il se raidit tout d'abord — cela faisait si longtemps que nous n'avions pas fait l'amour — mais il se détendit au bout de quelques instants et se mit à me caresser les épaules. Juste au moment où j'allais l'embrasser, il y eut un bruit dans la cuisine, et nous nous redressâmes en même temps.

« Chhhuuut, reste là », me dit-il à voix basse en se levant. Mais je le suivis sans bruit et, en arrivant à hauteur de la cuisine, nous vîmes, éclairée par le réverbère de la rue, Mary assise par terre, un épluche-légumes dans une main, une pomme de terre dans l'autre, au milieu d'une bonne douzaine de patates éventrées. Ian s'approcha d'elle tout doucement, s'agenouilla près d'elle et lui prit le couteau des mains.

« Je cherchais des pièces... comme ça, on sera riches et tu ne te fâcheras pas tout le temps, p'pa... mais il n'y en a pas, des pièces.

— Ces patates-là sont des patates ordinaires, ma chérie, des patates américaines de tous les jours. Celles

que nous avons mangées ce soir étaient spéciales. Elles ne poussent qu'en Écosse. Mais la prochaine fois que ta grand-mère viendra nous voir, je lui demanderai de t'en apporter quelques-unes. »

Il prit Mary dans ses bras et la ramena dans son lit, pendant que je remettais le reste des pommes de terre dans le réfrigérateur.

En passant dans la salle à manger, je pris une bougie sur la table, l'allumai et la posai près du lit ; et en retirant ma chemise de nuit, je ressentis ce que j'avais ressenti la nuit où Ian était venu me retrouver dans ma chambre à Cromdale : comme si mon corps tout entier était chargé d'électricité. En soulevant les couvertures pour se recoucher, il eut le souffle coupé en voyant que j'étais nue ; il me regarda un très long moment, s'agenouilla au bord du lit, et m'embrassa, et m'embrassa, et m'embrassa...

15

(New York, 2 janvier 1933)

Je passai prendre Jen pour notre rendez-vous avec Romanov, maudissant le ciel qui s'était chargé de sales nuages gris. Nous n'avions pas besoin d'une autre tempête de neige : la nuit tombait, et les rues étaient déjà verglacées. Nous avions décidé d'attendre jusqu'à cinq heures ; en effet, le comte fermait sa boutique à six heures, et nous nous étions dit qu'en fin de journée son tiroir-caisse serait plein.

J'avais à peine frappé que la porte s'ouvrit brusquement, et Jen sortit sur le palier. En se tordant les mains, elle me dit à voix basse que Ian voulait venir avec nous et qu'il fallait absolument que je l'en empêche.

« Pourquoi ne veux-tu pas qu'il nous accompagne ?

— Si le comte refuse de nous payer, Ian serait capable de…

— Capable de ?

— De… de se *fâcher*, et… oh, Davie, la semaine s'est tellement bien passée. Ian a été si… si *calme*, je ne veux pas qu'il…

— Bon sang, Jen, Ian n'est tout de même pas un animal en cage !

— Non, bien sûr, mais… oh, Dave, je t'en prie, ne le laisse pas venir. Quelque chose d'horrible va arriver, je le sais. »

Jen était tellement paniquée que j'acceptai, tout en me demandant ce que j'allais bien pouvoir inventer pour convaincre Ian de rester. Il arrivait justement dans le couloir.

« Bon, allons-y », dit-il, avant de marquer un arrêt pour s'adresser à May qui était dans la salle de séjour. « Nous serons de retour vers sept heures, ma chérie. Tu pourras peut-être faire réchauffer le plat que ta mère a préparé, sans le faire brûler, *aye* ?

— Je ferai de mon mieux, papa. Qu'est-ce que tu vas me rapporter ?

— Un poney.

— Avec une crinière d'argent.

— Oui… et des ailes. Sois sage et veille sur tes sœurs. »

Il me salua en enfilant son manteau, et je lui dis que ce n'était pas nécessaire qu'il nous accompagne.

« Si, c'est *nécessaire*. Allons-y. On va prendre ma voiture. »

Jen me lança un coup d'œil, mais je ne pouvais rien dire sans offenser Ian, et je les suivis dans l'escalier.

Il nous fallut près de trois quarts d'heure pour entrer dans Manhattan, à cause du verglas et du nombre de rues fermées à la circulation en raison de la neige. En descendant de voiture, Jen demanda à Ian de la laisser entrer la première pour qu'elle tente de raisonner le comte, mais Ian se contenta de sourire et ouvrit la porte de la boutique.

Romanov était derrière sa caisse. En nous voyant entrer tous les trois, il pâlit légèrement, puis nous annonça avec un sourire : « Ah ! je vous attendais. J'ai prrréparrré votrrre arrrgent. » Il tendit une enveloppe à Jen, mais d'une main tremblante. « Je n'ai pu me prrrocurrrer que… qu'une parrrtie de ce que je vous dois, toutefois…

— Il n'y a que cent dollars. Vous nous en devez quatre cents.

— Oui, je sais, mais… écoutez, si vous pouvez attendrre jusqu'à… »

Ses mots s'étranglèrent dans sa gorge, car Ian l'avait saisi par le col et plaqué contre le mur. Jen sursauta, mais je la retins ; le visage de Ian était calme et il souriait avec amabilité.

« Nous avons *besoin* des trois cents dollars restants, monsieur le comte. Nous en avons *besoin* maintenant. » Le comte fit oui de la tête et s'empressa d'ouvrir son tiroir-caisse, la main de Ian posée sur son épaule. Il compta les billets et les tendit à Ian. « Merci, monsieur le comte. Ce fut un plaisir de faire affaire avec vous. »

Ian se dirigea vers la porte, l'ouvrit galamment, nous laissa passer, Jen et moi, et fit au revoir de la main au comte pétrifié.

En arrivant à sa voiture, nous étions tous les trois morts de rire, et Ian me lança les clés.

« Prends le volant, Dave, Jen et moi on va se mettre à l'arrière… J'ai envie de bécoter ma petite chérie.

— Ne fais pas l'idiot, dit Jen en l'embrassant sur le nez.

— En route, James !

— Bien, monsieur. Tout de suite, monsieur. »

L'accès du Queensboro Bridge était bloqué à cause d'un carambolage de huit voitures dû à la neige, et il nous fallut aller jusqu'au pont de Brooklyn. C'était un endroit dangereux, où opéraient des bandes de voleurs qui rançonnaient les voitures. Ian ferma toutes les portières à clé et me dit de ne m'arrêter sous aucun prétexte. Je conduisais aussi vite que la neige et le verglas me le permettaient, tout en discutant avec Jen et Ian de la nouvelle organisation de notre entreprise et de la prospérité qui nous attendait tous l'année prochaine. Nous avions décidé que Ian et moi nous occuperions de couper, repasser et livrer les robes, qui seraient cousues par Jen et Indira. Selon nos calculs, en vendant chaque robe deux cents dollars — moitié moins que ce qu'en demandait Romanov —, nous ferions des bénéfices substantiels. Dès que nous aurions un petit capital, nous pourrions à nouveau faire travailler les femmes de la réserve indienne, ou même ouvrir notre propre atelier.

« Et notre propre boutique dans la Cinquième Avenue, s'exclama Jen. Pourquoi pas ?

— Pourquoi pas ? répéta Ian.

— Comment l'appellerons-nous ?

— Un nom français.

— Un nom écossais.

— *Spaideil.*

— “Au bon chic”, traduisit Jen. Non, ce n'est pas une bonne idée, et puis personne ne saura comment ça se prononce… Dave, il y a un chien…

— À gauche !

— Attention ! »

J'avais freiné, mais la voiture dérapa, heurta l'animal et l'envoya sur un talus de neige. Nous nous précipitâmes, mais la chienne était morte, et son ventre ouvert laissait apparaître les cadavres de trois petits chiots.

« Pauvre bête, dit Jen en soupirant. Elle avait des petits.

— Oh, mon Dieu, moi qui n'ai jamais renversé…

— Tu n'aurais pas pu t'arrêter à temps, Dave, elle a surgi en courant. Même sans la neige, tu n'aurais pas pu l'éviter.

— Je vais l'enterrer.

— La terre est complètement gelée, tu n'arriveras jamais à creuser.

— Je ne peux pas la laisser comme ça.

— On va la recouvrir de neige, c'est tout ce qu'on peut faire pour elle. »

On creusa un trou, on y déposa la chienne et ses petits, et on remit de la neige par-dessus.

« Dave.

— Oui ?

— Retourne en vitesse à la voiture, et mets le moteur en marche.

— Qu'est-ce que…

— Oh, mon Dieu », dit Jen dans un gémissement.

Je regardai derrière moi, et je les vis. Ils étaient six ou sept, des types à l'air famélique, dangereux, menaçants, qui avançaient en formant un cercle autour de nous.

« Ils vont vouloir la voiture, dit Ian tout bas. Donne-leur les clés, et cours aussitôt sans t'arrêter jusqu'à Broadway. Je m'occupe de Jen. »

Mais nous étions trop loin de la voiture, et l'un des types était déjà tout près de moi. Les autres se rapprochèrent ; Ian mit un bras autour de Jen et la poussa légèrement derrière lui, et je m'avançai de façon à former avec Ian un barrage entre les hommes et Jen.

« Alors, on est d'sortie ? fit celui qui était le plus près de Ian.

— En effet. »

Je fus aveuglé par l'éclat d'une lame : le type qui venait de parler posa la pointe de son couteau sur la joue de Ian.

« Ça t'dérange pas qu'on emprunte ta tire ?

— Faites donc. »

Au moment où je lui tendais les clés, l'homme remarqua Jen et il eut un sourire obscène.

« Oh, en v'là une chouette pépée ! Viens par ici, chérie.

— Vous pouvez prendre la voiture, dit Ian en saisissant les clés.

— Mais pas la fille ?

— Exact.

— Et si j'veux les deux ?

— Alors, on va avoir un problème. »

Le type eut un sourire, regarda Ian, puis moi, puis Jen à nouveau. « Combien qu'tu vaux, la gonzesse ? Hein ? Combien ça coûtera, si on laisse ton mec te racheter ? T'as combien ?

— Mon portefeuille est dans ma poche intérieure droite. Il est à vous.

— Et toi ?

— Je dois avoir cinq dollars, répondis-je en fouillant mes poches.

— Et la dame ?

— Rien, dit Jen en serrant contre elle son sac à main qui contenait les quatre cents dollars.

— Qu'est-ce que t'as, là-d'dans ?

— Du rouge à lèvres et… un poudrier. Rien de valeur, mais…

— Fais voir un peu.

— Non !

— Donne-le-lui, Jen.

— Non !

— Jen, le monsieur a un très grand couteau. Donne-lui ton sac. »

Jen me regarda, et je compris ce qu'elle pensait, car cela venait de me traverser l'esprit : ils allaient s'emparer de l'argent, la violer, et nous tuer tous les trois.

Ian tendit la main mais Jen, sans lâcher son sac, passa devant moi, avança jusqu'à se trouver face au type et, au moment où elle lui tendait le sac, elle lui envoya un magistral coup de pied dans les parties. Le type se courba en deux.

« *Cours !* hurla Ian. La police, à Broadway ! *Cours !* »

Je repoussai les types qui essayaient de me barrer le passage et je m'élançai. Mais, au bout d'une centaine de mètres, je m'aperçus que Jen et Ian ne suivaient pas. En me retournant, je vis Jen affalée sur un talus de neige, et deux hommes penchés sur elle. Les quatre autres tenaient Ian, qui lançait des coups de pied et hurlait comme un forcené. J'hésitai une seconde. Si je revenais en arrière, ils nous tueraient tous les trois. Il fallait que je trouve un policier. Mais, au moment de repartir, j'entendis un bruit de vêtements qu'on déchirait ; je me retournai et vis l'un des hommes en train d'arracher la robe de Jen et de s'allonger sur elle… ma sœur. Je me précipitai avant même d'entendre le cri — non, ce n'était pas un cri, c'était un hurlement de bête, qui transperçait la nuit. Je me jetai sur le type qui était sur Jen et tentai de l'écarter d'elle, mais celui qui la tenait par les bras me saisit au cou et se mit à me cogner dessus avec ses poings, jusqu'à ce que nous tombions par terre tous les deux. Jen criait et se débattait, et le type la frappait. Et soudain j'entendis à nouveau le hurlement, si déchirant, si aigu, que le type qui tapait Jen s'interrompit et leva la tête. Ian était sur lui et le roua de coups jusqu'à ce que l'homme s'écroule par terre. Rampant vers Jen, Ian la prit dans ses bras et la serra contre lui. Le type se releva, emmena son copain sur qui je tapais, et tous deux se dirigèrent vers l'East River. Je rejoignis Ian qui avançait d'un pas chancelant vers les quatre types avec qui il s'était battu et qui étaient affalés par terre. Trois d'entre eux se relevèrent non sans mal, en s'aidant mutuellement. Il faisait noir et ils ne pouvaient sans doute pas voir la rage dans les yeux de Ian, mais ils durent la sentir car ils se sauvèrent comme s'ils avaient le diable aux trousses. Ian souleva le dernier type, mais celui-ci s'écroula à ses pieds.

« *Salauds... salauds* », hurlait Ian, qui se mit à genoux, saisit l'homme par le col et lui martela le visage avec ses poings, sans cesser de crier : « *Salauds... salauds...* »

Jen était consciente ; je l'aidai à boutonner son manteau et lui demandai de m'aider à chercher les clés de voiture qui étaient tombées pendant la bagarre. Malgré sa totale confusion, elle s'agenouilla pour chercher avec moi.

« Ian… oh, mon Dieu… » Ian, à califourchon sur le type toujours inconscient, continuait à le frapper au visage de toutes ses forces. « Empêche-le, Dave… il va le tuer.

— Cherche les clés.

— Empêche-le, Davie ! »

Je me précipitai sur Ian et tressaillis en voyant ce qui restait du visage du type.

« Ian, laisse-le ! Il est inconscient !

— *Salauds...*

— Ce n'est pas lui ! Il n'a pas blessé Jen ! Ian !

— *Salauds...*

— Lâche-le ! Seigneur Dieu, tu vas le tuer, Ian ! » J'attrapai Ian par le cou pour essayer de le séparer de l'homme, mais il s'acharnait sur lui. Jen avait cessé de crier ; elle s'était assise par terre, comme en transe, et se tenait la poitrine comme si elle allait éclater. « Ian, *arrête* ! *Arrête*, tu m'entends ! *Ian ! ! !* » Mais il ne m'entendait pas, ne me voyait pas. Je me relevai, pris mon élan, me jetai sur lui de toutes mes forces, et à la fin il dégringola et se retrouva étendu sur le dos, les yeux au ciel.

Je tâtai le cou de l'homme pour sentir son pouls, et d'abord je ne sentis que du sang. Puis je perçus un battement très faible, et je compris qu'il fallait que nous le sauvions… pour sauver Ian.

Prenant les clés des mains de Jen, j'allai chercher la voiture, l'amenai tout près de l'endroit où gisait l'homme, et entrepris de hisser ce dernier sur le siège avant.

« Jen, monte dans la voiture. Il est vivant. Nous allons l'emmener à l'hôpital. » Elle ne répondit pas ; elle contemplait Ian qui ne bougeait pas. Je la fis lever, la poussai sur la banquette arrière et revins vers Ian.

« Ian, est-ce que tu peux marcher ?

— ... *salauds*...

— Ian...

— ... *salauds*... »

Je m'agenouillai et approchai mon visage du sien. « Ian, Jen va bien. Le type que tu as frappé est vivant. Tu m'entends ? Le type est vivant.

— ... *salauds*... »

Je le fis asseoir, puis le mis debout, et le traînai à moitié jusqu'à la voiture. Ses yeux étaient gonflés et il ne pouvait les ouvrir ; ses mains étaient tuméfiées et pleines de sang. Il s'effondra sur le siège à côté de Jen, qui s'écarta de lui et se blottit contre la portière, tel un petit animal effrayé.

Mes mains aussi étaient couvertes de sang et, étant donné l'état de mon visage, je savais que je ne pourrais pas prétendre avoir simplement trouvé le type. Je décidai donc de le déposer simplement à l'hôpital Saint John's de Long Island. Je comptais le laisser devant la porte des urgences, sonner, et retourner en vitesse à la voiture... comme font les gangsters. Je ne pouvais prendre le risque qu'on remonte jusqu'à Ian par mon intermédiaire, parce qu'aucun juge ne croirait jamais qu'il n'avait fait que *défendre* sa femme.

Priant pour que personne ne m'ait vu déposer le type, je sonnai, courus jusqu'à la voiture et fonçai à Astoria. Laissant Jen et Ian dans la voiture, je me précipitai à notre appartement et demandai à Dira d'aller chercher les filles, de les amener chez nous et de venir m'aider pour Jen.

« Qu'est-ce qui…

— Nous avons été agressés. Je t'expliquerai plus tard. On se retrouve en bas. »

Ian pouvait à peine se tenir droit ; au moment où j'essayais de le mettre debout, il me regarda. « Il est… ?

— Vivant. J'appellerai l'hôpital demain. » Il jeta un coup d'œil à Jen, toujours recroquevillée dans son coin, tremblante comme un chaton mouillé abandonné dans le froid. « Elle va bien. Monte.

— Jen ? »

Mais elle ne dit rien et détourna la tête, comme si le son de la voix de Ian lui heurtait les oreilles.

Dira descendit et, en les voyant, elle s'arrêta net et étouffa un cri.

« Oh, mon Dieu…

— Aide Jen.

— Est-ce qu'ils… ?

— Non.

— Mon Dieu », répéta-t-elle quand le manteau de Jen s'ouvrit, laissant voir, à travers sa robe et sa lingerie déchirées, les marques des coups sur son corps. « Doux Jésus.

— Aide-la à monter l'escalier et fais-lui couler un bain, Dira.

— Jen… oh, Jen… »

En entendant la voix d'Indira, ma sœur se jeta dans ses bras, enfouit sa tête dans son cou et se mit à sangloter. Ian la regardait, incapable de faire un mouvement, puis il se leva avec lenteur et accepta mon aide. Nous fûmes obligés de nous arrêter plusieurs fois, car il avait les côtes cassées et cela lui faisait mal de monter l'escalier. Il nous fallut un bon quart d'heure pour arriver au cinquième étage. Dira avait déjà fait prendre un bain à Jen, avait soigné ses blessures et l'avait mise au lit avec une tasse de lait chaud. J'emmenai Ian dans la salle de bains, l'aidai à se déshabiller et fis couler la douche. Je lui tendis le savon et me détournai, parce que son corps tout entier était couvert de bleus, tailladé et tuméfié. Il tenait sa main droite contre sa poitrine, et je compris qu'elle était cassée. Je lui demandai si je pouvais l'aider à la remettre en place, et il me dit qu'il aurait besoin de plâtre et de bandages ; je préparai le tout à la cuisine pendant qu'il finissait de se laver.

« Elle est en état de choc, Dave, me déclara tout bas Indira en s'approchant de moi. Combien… ?

— Ils étaient six ou sept.

— Oh, mon Dieu !

— Je crois que Ian en a tué un. Je n'ai pas voulu le lui annoncer, mais je crois que le type ne passera pas la nuit.

— Celui qui…

— Non, un autre. Il était inconscient.

— Quand Ian l'a frappé ? Tu veux dire que Ian l'a frappé alors qu'il était…

— Ce type était un criminel.

— … Oui.

— Il nous aurait tués tous les trois.

— … Oui. »

Elle détourna les yeux et retourna voir Jen.

En suivant les directives de Ian, je lui plâtrai la main, lui bandai les côtes, et l'aidai à se mettre au lit. Jen s'était endormie et, en se couchant auprès d'elle, Ian rabattit les couvertures sur elle, puis il ferma les yeux et murmura d'une voix presque indistincte : « *… salauds… salauds…* »

L'homme que Ian avait frappé survécut.

C'est tout ce que je lui dis.

C'est tout ce que je dis aux autres.

Mais je suis sûr que Ian savait la vérité.

Tom et moi, installés dans le canapé, observions Ian assis sur l'escalier de secours. Lorraine, près de la fenêtre, répéta pour la troisième fois, gentiment : « Rentre, Prince, il pleut. » Ian se contenta de jeter par-dessus la rambarde sa cigarette mouillée, et en alluma une autre.

« Dis-lui, toi, dit-elle tout bas en s'adressant à Tom. Il t'écoutera. Il fait un froid de canard, il va attraper la crève.

— Ian. » Ian tourna la tête vers Tom. « Rentre. » Ian secoua la tête, et Lorraine ferma les yeux. Elle devait pleurer, car Tom s'agita sur le canapé, mal à l'aise. « Je t'en prie, Lorr.

— Je jure devant Dieu… », dit Lorraine en pleurant, mais toujours à voix basse pour que Ian ne l'entende pas. « Tu ferais mieux de parler à ta sœur, Dave, sans ça je…

— Lorraine ! » Tom avait pris un ton sévère. Sans doute pas assez, car Lorraine insista.

« Bon sang, ça le fout en l'air ! Et je vais te dire autre chose…

— Lorraine, ça suffit !

— Je connais quelqu'un qui meurt d'envie de lui donner un petit peu d'affection ! » Tom se leva, alla prendre Lorraine dans ses bras, et se rassit en la berçant ; elle continuait à sangloter. « Fais-le revenir, Tom, je t'en prie… je t'en prie. »

Je me levai, enjambai la fenêtre et allai m'asseoir en face de Ian. On était le 4 mars, jour de l'entrée en fonctions de notre nouveau président, jour où toutes les banques du pays avaient fini par fermer. L'Amérique connaissait depuis trois ans la faim, le chômage et la misère. La situation pouvait difficilement s'aggraver ; c'est ce que je dis à Ian en prenant la cigarette qu'il m'offrait.

« … Ouais.

— C'est un type bien. Tu ne crois pas ?
— Qui ?
— Roosevelt.
— … Ouais. »

L'eau lui dégoulinait sur le visage et trempait sa chemise — une pluie glaciale : il devait faire à peine cinq degrés. Ses mains et ses côtes avaient guéri, et même une blessure au visage dont j'avais craint qu'elle ne laisse une cicatrice. Il avait retrouvé son apparence physique et sa bonne santé, et il aurait dû aller bien parce que, même s'il regrettait ce qui était arrivé, il savait que cela avait été un moment de folie passagère ; en effet, voir Jen sur le point d'être violée lui avait rappelé l'agression qu'il avait subie en prison, et cela l'avait rendu fou. Le problème, c'était ma sœur : elle ne comprenait pas. Pour Jen, les événements de cette nuit-là la confirmaient dans l'idée que, derrière l'homme qu'elle aimait, se tapissait une bête immonde qui tôt ou tard les frapperait sans pitié, elle et ses enfants. Elle réagissait exactement comme elle l'avait fait quand mon père était parti de Glasgow : en chassant Ian de sa vie. Oh, elle l'aimait toujours, c'était évident, et ça n'en était que pire car elle était incapable de le quitter. Mais elle ne pouvait pas avoir de contact physique avec lui ni lui parler autrement que sur le ton d'une conversation banale entre deux étrangers, parce que pour elle c'était terminé. Elle surmontait cette perte en se plongeant dans le travail, toujours comme à Glasgow. Ayant laissé les quatre cents dollars aux voleurs, nous avions dû vendre la voiture de Jen et Ian — Jen avait voulu vendre la leur plutôt que la nôtre, car il restait sur les sièges des taches de sang indélébiles. Avec l'argent, nous avions pu faire démarrer notre affaire de prêt-à-porter. Nous avions acheté du tissu et divers articles de mercerie. Jen avait vu juste : les épouses de millionnaires qui vivaient dans le Sound étaient ravies de se procurer des robes sur mesure sans avoir à faire le voyage à Paris. Et les prix pratiqués par Jen et Dira étaient si bas, comparés à ceux de la haute couture, que le bouche-à-oreille fonctionna très vite et qu'elles furent rapidement submergées de commandes. L'argent commençait à affluer, et elles pourraient bientôt avoir leur boutique sur la Cinquième Avenue. Elles avaient pris un atelier à Manhattan, et j'avais espéré que Jen demanderait à Ian de s'en occuper. Mais elle avait décidé de le gérer elle-même, et je savais bien que c'était pour rester le plus tard possible loin de chez elle… loin de Ian.

Donnant à Ian une petite tape sur le pied, je lui annonçai que j'avais l'intention d'investir à nouveau en Bourse parce que je pensais que la situation allait s'améliorer ; voulait-il m'accompagner à Wall Street le lendemain matin ?

« Qu'est-ce que tu vas acheter ?

— Un peu de tout. Tu veux venir ? » Il me dévisagea un long moment. « Ian ?

— Ouais, j'irai avec toi.

— Rentre, maintenant. » Il hésita un instant, puis se leva et me suivit dans l'appartement.

Lorraine nous donna à chacun une chemise de Tom et, quand Ian lui tendit sa chemise mouillée, elle posa sa main sur son bras et l'y laissa jusqu'à ce qu'il la regarde. « Tu veux bien m'apprendre à lire, Prince ? Tu comprends, ça fait longtemps que je voulais te le demander, mais je voulais pas abuser — c'est Tom qui a dit ça, mais si on te paie, ça sera pas abuser… et… tu veux bien ?

— Je ne peux pas accepter ton argent.

— Pourquoi ? Qu'est-ce qu'il a, mon argent ? »

Ian se mit à rire, car Lorraine avait pris un ton réellement offensé. Il lui caressa la joue. « Parce que Tom et toi, vous êtes des amis.

— Ouais, mais… Tu comprends, on rajeunit pas, et faut qu'on pense à notre avenir. Je vais bientôt avoir trente piges, et Tom… Tom aura *cinquante* berges dans deux ans… mon Dieu. Faut que tu m'apprennes à lire parce que je sais pas combien de temps ils vont continuer à me regarder remuer du popotin. Faut que tu m'apprennes à lire avant que j'aie le cul qui me descende sur les talons. » Elle riait, et Ian rit aussi, mais il s'arrêta aussitôt et baissa la tête. « Prince, je t'en prie… Je peux pas aller en classe, tu le sais bien… et, si je te paie pas, ça sera pas bien, et je sais que j'y arriverai pas.

— D'accord… mais avec un paiement différé. Sans cela, c'est moi qui n'y arriverai pas.

— Tope là ! Quand ?

— Je viendrai tous les jours et nous travaillerons de deux heures à six heures. D'accord ?

— Ouais… C'est vrai ? Tu ne… Je veux dire, ça sera comme un boulot, pour toi, tu prendras mon argent ? »

Ian sourit à Lorraine, l'embrassa sur la joue, et enfila son manteau.

Je regardai ma montre : midi pile, et toujours aucun signe de Jen. Elle avait promis de nous retrouver à Astoria Park pour pique-niquer ; c'était son anniversaire, et Ian avait acheté un magnifique gâteau décoré de roses et de trente-sept bougies. Trente-sept… Seigneur Dieu. Ça me faisait un sacré coup. Le matin même, lors de notre match de football hebdomadaire, mes fils de huit et neuf ans avaient failli me battre. Ils grandissaient, et nous, nous vieillissions…

Les fils de Colin se renvoyaient le ballon tout en regardant du coin de l'œil May, qui faisait semblant de ne pas remarquer que les garçons la reluquaient. Colin se mit à rire et flanqua à Ian une tape dans le dos. « C'est une sacrée belle plante, ta fille ! » Ian leva les yeux, regarda May, puis Colin. Colin n'avait pas dit cela d'un ton obscène, mais en voyant l'expression de Ian, tout d'abord il se moqua de lui, puis dit d'un ton sérieux : « Allons, vieux, j'ai dit ça sans arrière-pensée. May est comme ma fille, tu le sais bien. » Ian ne réagit pas, et Colin se leva pour aller retrouver Bette et Dira qui s'activaient autour du gril.

« Quelle heure est-il ? questionna Ian, les yeux toujours fixés sur May.

— Midi. Tu veux que j'aille *la* chercher ?

— Si elle n'a pas envie de venir, alors mieux vaut manger sans elle. » Il se mit à contempler le ciel, qui était d'un bleu intense. Le printemps était arrivé tard, cette année, mais d'un seul coup, et arbres et plantes étaient en pleine floraison. Il faisait chaud, et une très légère brise agitait les cheveux de Ian, qui grisonnaient sur ses tempes. « Je ne crois pas qu'elle vienne. » Il avait dit cela d'un ton très bas, comme pour lui-même. Je cherchais quelque chose à répliquer quand brusquement le fils aîné de Colin fit une tête, et le ballon atterrit en plein dans le gâteau d'anniversaire. Nous aurions dû éclater de rire, parce que la crème avait giclé partout et sur tout le monde, mais l'expression de Ian coupa net toute envie de plaisanter. Colin donna une claque à son fils et proposa d'aller acheter un autre gâteau, mais je me levai d'un bond : c'était l'occasion pour moi de passer prendre Jen chez elle.

« Je fais un saut à la pâtisserie.

— Pas la peine. Mangeons.

— Ian, fit Indira, elle voulait vérifier les comptes, et je suis sûre qu'elle a oublié l'heure. Je vais aller…

— May, Cathy, rassemblez tout le monde et mettez la table.

— Bon, mais il nous faut quand même un dessert. Je vais chercher quelque chose.

— Je t'accompagne, me dit Indira en lançant un torchon à Em. Em, surveille les hamburgers. »

Notre boulangerie était fermée, ce qui nous obligea à aller jusqu'à celle qui se trouvait sur Steinway — une grande avenue ainsi dénommée à cause du fabricant de pianos qui s'y était installé. Les propriétaires étaient « américains » — tous les habitants du quartier étaient des étrangers venus de Grande-Bretagne, d'Italie, de Grèce, de partout sauf des États-Unis — et les boulangers de Steinway nous faisaient clairement sentir que Dira n'était *pas* américaine. Si c'était elle qui faisait les courses, ils lui fourguaient des gâteaux de la veille ou du pain rassis, et quand on envoyait Tyron chercher une miche de pain, il revenait souvent les mains vides.

Je n'avais aucune envie de donner mon argent à ces salauds, mais c'était un cas de force majeure.

Il y avait en vitrine trois tartes aux fraises et un gros gâteau fourré au citron ; désignant ce dernier, je dis à la boulangère que je le voulais et lui demandai d'inscrire dessus *Joyeux Anniversaire, Jen.*

« Ce gâteau est vendu, me répondit-elle en fixant sur Dira un regard mauvais.

— Alors nous prendrons une tarte aux fraises.

— Elles sont toutes... toutes vendues et déjà payées. »

Me retenant à grand-peine d'étrangler cette mégère, je lui souris et sortis en entraînant Dira. Elle n'avait rien dit mais nous étions tous deux furibards d'être obligés d'aller jusqu'à la Trente-Sixième Avenue pour dénicher une pâtisserie ouverte. Il y en avait une tenue par des Grecs très aimables qui nous vendirent un superbe gâteau au chocolat qui « fondait dans la bouche », nous assura le patron.

« Ne crie pas, me dit Indira juste avant que je frappe à la porte de chez Jen. Laisse-moi lui parler. »

J'acceptai, certain qu'Indira avait raison et qu'elle garderait son calme.

Mais elle ne garda pas son calme. Au bout de cinq minutes, elle leva les bras de colère et cria : « Tu veux que ce soit lui qui te quitte ! Tu fais cela parce que tu n'as pas envie qu'on te reproche de l'abandonner ! Tu le pousses à te quitter ! Tu es un mollusque, Jenny Liddle ! Tu es lâche ! »

Jen ne répondit rien. Elle contemplait ses livres de comptes pendant qu'Indira arpentait la pièce en agitant les mains. Et je me souvins de Glasgow, et de la nuit d'Halloween où ma mère s'était enfermée pour coudre, alors que nous attendions tous qu'elle descende faire la fête avec nous. Il y avait cependant une différence : ma mère agissait en état d'inconscience, elle était aveugle à tout. Jen savait parfaitement ce qu'elle faisait.

Je tendis le gâteau à Dira en lui disant de retourner au parc, ajoutant que Jen et moi les rejoindrions dans cinq minutes. Une fois qu'elle fut sortie, je refermai les livres de comptes de Jen et m'assis sur le coin du bureau.

« Ça ne marchera pas, Jen. Oh, tu le briseras de toute façon, tu as déjà pratiquement réussi à lui enlever le peu d'amour-propre qui lui restait, depuis la fameuse nuit. Mais il ne te quittera pas. Il t'aime trop. Alors, c'est toi qui vas devoir le quitter. Eh oui, tu seras obligée de vivre avec l'idée que c'est *toi* qui l'as abandonné quand il avait besoin de toi. Eh oui, ceux d'entre nous qui l'aiment te *détesteront* d'avoir fait ça. Mais c'est *toi* qui dois le faire.

— Je ne peux pas…

— Alors viens avec moi.

— Je ne peux pas…

— Alors quitte-le et va retrouver Arthur, puisque c'est ce que tu désires.

— Je ne peux pas… je ne peux pas, Davie », dit-elle en sanglotant. D'habitude, ses larmes avaient le pouvoir de dissiper ma colère, mais pas aujourd'hui.

« Que serait-il arrivé, à ton avis, Jen, si Ian n'était pas intervenu quand ce type t'a arraché ta robe ? Hein ? Ils étaient six, Jen, *six hommes* !

— Arrête…

— Pourquoi crois-tu que Ian a été envoyé à l'infirmerie, à Rikers Island ? Tu ne me l'as jamais demandé, Jen.

— Si ! Tu ne voulais pas me le dire !

— Tu ne voulais pas le savoir ! » Elle fit un mouvement pour se lever, mais je plaquai ma main sur son épaule. « Davantage de culpabilité ! *Aye* ? Davantage de souffrance pour *toi* ! Ce qu'il ressentait, *lui*, ne comptait pas, n'est-ce pas ? N'a jamais compté ! C'est *toi*, toujours *toi*, toujours ta petite personne égoïste ! Sais-tu ce qui arrive, quand des hommes sont enfermés dans une prison pendant des années et des années…

— Davie…

— … sans femmes ! Tu sais ce qui arrive à ces hommes, Jen ? Quand des types sont enfermés comme des bêtes !

— Arrête, je t'en prie…

— Quatre bêtes, Jen ! Ils l'ont attrapé dans la douche, l'ont cloué au mur et l'ont tenu comme ça pendant que l'un après l'autre…

— *Ça suffit !*

— Et la fameuse nuit, c'est cela qu'il a vu ! Seulement, c'était pire, parce que c'était toi qui allais être…

— *Arrête ! ! !* »

Elle se leva d'un bond et courut vers sa chambre, mais je la saisis par le bras et l'obligeai à me faire face. « Quatorze ans que tu vis avec lui, et tu ne le connais toujours pas ! Quatorze ans et tu n'as toujours pas compris qu'il est capable d'endurer n'importe quelle violence physique pour lui-même, mais que voir quelqu'un d'autre, quelqu'un qu'il aime, subir cette violence, ça il *ne le supporte pas* ! As-tu la moindre idée de ce qu'il a pu ressentir en voyant ces types t'arracher tes vêtements ? Hein ? Non, parce que tu n'as jamais pensé à lui, mais uniquement à *toi*, *toi* ! » Resserrant mon étreinte, je commençai à traîner Jen dans le couloir. « Mais pas aujourd'hui ! Aujourd'hui, bon sang, tu vas penser à *lui*, tu vas venir avec moi, et tu vas sourire et t'asseoir auprès de lui, et faire tout ce qu'une *épouse* est censée faire !

— Je ne peux pas ! » Elle résistait, s'accrochait aux murs, aux poignées de porte, et elle tremblait sans cesser de répéter en sanglotant : « Je ne peux pas… je ne peux pas… »

Je la lâchai et la regardai s'écrouler sur le sol, se rouler en boule et se cacher la tête dans les bras.

« Ne me déteste pas, Davie, je t'en prie… ne me déteste pas… »

Je sortis, refermai la porte derrière moi et descendis l'escalier.

16

(New York, 12 mai 1933)

Arrangeant mon chapeau devant la glace, je croisai le regard de Ian qui m'observait, allongé sur le lit. Je laissai tomber une épingle et il ne me quitta pas des yeux pendant que je la ramassais. Je me redressai, respirai un grand coup et me tournai vers lui.

« Ian, je crois que nous devrions... nous devrions... » Il attendait la suite, suspendu à mes lèvres, et je me répétais à moi-même : Dis-le, tu l'as dit toute la nuit, dis-le maintenant, dis-le : nous devrions nous séparer...

Mais je ne pouvais pas.

Je me détournai et marmonnai quelque chose au sujet de l'inscription de May dans une école privée où elle avait très envie d'aller.

« L'école publique est très bien. D'ailleurs, May n'a pas d'assez bonnes notes pour être admise ailleurs. Encore heureux si on ne la met pas à la porte avant ses seize ans. » Ian sortit du lit, s'approcha de moi et resta là à me regarder dans la glace. « Tu es somptueusement habillée, pour aller travailler.

— J'ai quelques clientes à voir, aujourd'hui. Ne m'attends pas. Je rentrerai sans doute très tard.

— Bien, madame.

— Ian, je t'en prie.

— Quoi ? » Je hochai la tête, puis lui demandai son programme de la journée. « J'ai Lorraine de deux à six, puis Cathy, Mary et moi allons voir un match de base-ball au Yankee Stadium.

— Et May ?

— Elle va à la bibliothèque. Elle passe beaucoup de temps à la bibliothèque en ce moment. Très studieuse, notre May.

— ... Oui.

— Comment s'appelle-t-il ? Ce garçon qu'elle est gênée d'amener à la maison pour me le présenter ?

— Smythe. Bradley Collier Smythe.

— Un Smythe. Bravo, May. Quel âge a-t-il ?

— Je ne sais pas. » Ian me regarda, et quelque chose m'incita à lui répondre, tout en sachant que cela le mettrait en colère... ou peut-être précisément pour cette raison. C'était tellement pervers, ce besoin que j'avais de le pousser à franchir le pas, ce pas qui nous détruirait et nous libérerait à la fois. Je détournai les yeux, parce que les paroles de mon frère résonnaient encore dans ma tête, et si je flanchais, si je compatissais à la souffrance de Ian, si je la laissais m'envahir comme cela s'était produit ces derniers mois, nous n'en finirions jamais. Or il fallait que nous en finissions, il n'y avait pas d'autre issue. « Il a vingt ans. »

Ian s'écarta de moi et se dirigea vers la chambre des filles ; je le suivis et le rattrapai juste avant qu'il ouvre la porte.

« Attends ! Elles s'habillent probablement. Tu dois frapper, ce ne sont plus des enfants. » J'entendais Cathy et Mary qui riaient. Je frappai et entrebâillai la porte. May était en sous-vêtements — de la lingerie en dentelle que je ne lui avais pas achetée, et des bas en pure soie.

Je passai devant Ian, me faufilai dans la chambre et refermai aussitôt la porte.

« Cathy, Mary, vous allez être en retard. Habillez-vous. May, où as-tu trouvé cette lingerie de luxe ? Et ne me raconte pas que c'est Sally qui t'en a fait cadeau.

— Je l'ai achetée. Le coton est tellement détestable. Toi, tu as des sous-vêtements en dentelle, donc…

— Enlève ça et mets tes propres affaires. Et je te conseille de trouver une bonne excuse pour justifier la façon dont tu passes tes après-midi, parce que ton père sait que tu n'es pas *allée en bibliothèque. »*

Johnny avait sauté sur le lit et tirait sur les couvertures, tandis que Cathy et Mary poussaient des cris de terreur feinte. Elles étaient tellement gamines, toutes les deux, très différentes de leur sœur hypersophistiquée. May avait si peu l'air d'être ma fille ; elle était infiniment plus débrouillarde, et j'aurais eu peur pour elle si je n'avais su qu'elle était aussi roublarde que belle.

Je retirai les couvertures du lit, en enveloppai Johnny qui se débattit tandis que je l'embrassais sur la tête.

« Comme tu es belle, m'man, dit Mary. C'est ma couleur préférée, le bleu pervenche.

— C'est vrai ? Eh bien, je dirai aux couturières de l'atelier de te faire une robe dans ce tissu.

— Tu seras là pour le dîner ? » demanda Cathy en retirant sa chemise de nuit. De la même taille que May, Cathy n'était pourtant pas du tout faite comme elle ; très musclée pour une fille, elle ressemblait à Ian, au physique comme au moral. Elle avait, elle aussi, cette chose qui courait dans les veines de Ian, dans celles de ma mère… cette chose qui m'attirait et me repoussait. « M'man ?

— Non, Cathy. Je… j'ai du travail.

— Tu as travaillé hier. Le jour de ton anniversaire.

— Oui, j'ai expliqué pourquoi, il y a eu quelque chose, et je... j'ai dû aller à l'atelier.

— Un dimanche.

— Oui... Ton père m'a dit qu'il irait vous chercher...

— Pourquoi tu dis "ton père", et non papa, comme avant ? »

Je ne pus lui répondre. C'était impossible : Cathy avait de ces yeux capables de voir n'importe quel mensonge.

Je tendis Johnny à Mary, embrassai Mary en lui disant de prendre ses médicaments, puis je me tournai vers May.

« Ma chère May, pour ton information sache qu'une jolie fille ne doit pas accepter de la lingerie d'un homme avec qui elle n'est pas mariée. Sinon, cela fait de toi une sorte de courtisane.

— Une putain, grommela Cathy.

— Viens me dire ça en face !

— Putain !

— Mes enfants... »

May, trop rapide pour moi, avait déjà bondi sur sa sœur et lui tirait les cheveux. La porte s'ouvrit et Ian entra en trombe ; les filles se couvrirent pudiquement avec les couvertures. Ian attendit qu'elles soient en tenue correcte, puis dit à Mary d'aller se laver le visage.

« Cathy Liddle, je ne veux plus jamais entendre ce mot sortir de ta bouche, surtout s'il s'adresse à un membre de la famille. Est-ce clair ?

— Oui, p'pa.

— Va te débarbouiller. »

Elle l'embrassa sur la joue et sortit de la chambre. May tenta de se faufiler derrière moi, mais Ian l'en empêcha.

« Bonjour, papa, tu as bien dormi ? » Il la dévisagea sans rien dire. « Il faut que je me dépêche, sinon je vais être...

— Je ne sais pas si ta mère t'a expliqué comment se font les enfants, May, et je doute fort que j'aie quoi que ce soit à t'apprendre sur ce sujet, alors je n'irai pas par quatre chemins. Je n'ai aucune envie d'être grand-père à quarante ans.

— Papa !

— Ne prends pas ce regard étonné, May, tu sais parfaitement ce que je veux dire. Ce que tu feras quand tu seras adulte et que tu ne vivras plus sous mon toit, ça te regarde. Mais, d'ici là, tu dois te plier à mes règles, et j'exige de connaître les garçons avec qui tu sors. Ils sont priés de venir ici, de sonner et de passer te prendre, sinon, je te préviens, tu ne sortiras pas de cette maison.

— Je ne peux pas les amener ici.

— Pourquoi ? Parce qu'ils sauront que tu vis dans la 31e Rue et non dans Park Avenue ?

— Maman a dit que nous déménagerions bientôt.

— Vraiment ?

— Enfin, pas tout de suite, mais elle a dit que, quand tante Indira et elle auront leur boutique sur la Cinquième Avenue, on louerait un appartement dans ce quartier. N'est-ce pas, maman ?

— Oui, mais… je voulais dire, plus tard.

— Pour le moment, nous vivons ici. Et pour le moment, les garçons avec qui tu sors viendront te chercher ici. Me suis-je bien fait comprendre, May ?

— Mais…

— Oui ?

— … Oui… oui… j'ai compris, papa. » Elle attendit qu'il s'en aille mais, comme il ne bougeait pas, elle lui décocha un sourire ravageur et lui dit avec une moue : « Va-t'en, je ne peux pas m'habiller si tu restes là, voyons. »

Ian ne put s'empêcher de sourire à son tour : avec lui, May ne jouait jamais avec ses sentiments et cela était perceptible. Il sortit de la chambre et referma la porte derrière nous.

J'allai vite prendre mon sac et mes clés de voiture et je filai.

Notre maison de couture marchait plus que bien, et le premier achat que nous avions fait, quand l'argent avait commencé à affluer, était un coupé Pontiac flambant neuf, destiné à remplacer la voiture que nous avions vendue pour relancer notre affaire. Ian l'appelait « la voiture de Jen », ou « la voiture de votre mère » — mais jamais « notre voiture ». Il ne la conduisait pas non plus, il se déplaçait à pied, en bus ou en train.

L'atelier était situé hors Broadway, dans le quartier de la mode, et si tout se passait comme prévu, nous aurions notre boutique sur la Cinquième Avenue aux environs de Noël, et un appartement à Manhattan l'année suivante.

Je grimpai au troisième étage, poussai la porte de l'atelier en espérant que Dira ne serait pas encore là, et vis aussitôt accourir Yin Lee, la plus jeune de nos six couturières, qui me dit avec son drôle d'accent : « Les perles tombées, Mrs Liddle.

— Quelles perles, Yin ?

— Les perles de robe, tombées par terre. »

Je regardai à mes pieds et vis les milliers de petites perles d'argent qui étaient supposées orner le col et les poignets de la robe du soir en satin de Mrs Livingston. J'étais sur le point de dire à Yin qu'elle devait faire un nœud après chaque douzaine de perles, pour éviter une catastrophe de ce genre, lorsque Indira sortit de la salle de coupe.

« Yin, ramassez-les avec un balai, dit-elle tout en me regardant, sinon vous allez y passer la journée. » Elle attendit que Yin soit sortie, puis se mit à emballer trois robes qui étaient terminées. « Ce sont celles de Mrs Walker. Tu pourrais peut-être les lui déposer,

après être allée chez les MacGregor. C'est aujourd'hui, n'est-ce pas, ton... rendez-vous ?

— Cela fait des mois que Mrs MacGregor me demande de passer la voir.

— Hmhmm.

— Toutes ses amies sont clientes chez nous. Je ne peux pas repousser davantage sans l'offenser. » Indira ne fit aucun commentaire, et je n'étais pas obligée de lui fournir des explications. Mais son silence même était éloquent, car elle était plus que la femme de mon frère, plus qu'une associée, plus qu'une amie très chère. C'était quelqu'un dont j'enviais la force d'âme et l'intégrité. Ma résolution fondit comme neige au soleil, et je m'entendis soudain bredouiller comme une collégienne prise en faute : « Arthur n'est pas là ! Il visite l'Amérique !

— Mais il va revenir, n'est-ce pas ? Et tu seras là... pour l'accueillir. »

J'étais incapable de lui répondre ; par chance, Yin revint à ce moment-là et se mit à balayer les perles.

En allant chez les MacGregor, je passai devant l'ancienne propriété de Malcolm Fraser, qui avait été rachetée par quelqu'un d'Hollywood, et je me souvins de notre premier Noël, quand ma mère et Al étaient venus... et que j'avais tout gâché. Pourtant, les années suivantes avaient été plutôt heureuses dans l'ensemble, et tout ce qui était arrivé de mauvais l'avait été par ma faute. Je n'avais pas dit à Davie que mon incapacité de « vivre » avec Ian ne venait pas de Ian, mais de moi. Mais le mal était fait, désormais, et nous n'avions plus d'autre solution que de nous séparer. Davie et Dira avaient en partie raison : j'étais lâche, mais ce n'était pas pour cela que je n'arrivais pas à quitter Ian. Il lui restait si peu d'orgueil que je ne supportais pas l'idée de le blesser davantage encore en le quittant, et j'avais espéré de toutes mes forces que ce serait lui qui partirait. Même après notre cruel affrontement d'hier, j'étais sûre qu'il craquerait. Mais ce n'est pas lui qui avait craqué. C'était moi.

La villa des MacGregor était somptueusement meublée et entretenue avec un soin extrême par une trentaine de domestiques, tous écossais. J'avais depuis longtemps cessé d'être impressionnée par l'opulence des autres, peut-être parce que je savais que bientôt je pourrais acheter une maison semblable avec l'argent que j'aurais gagné. Encore deux ou trois ans, au maximum, et nous pourrions enfin avoir notre propriété dans le Sound... et vivre.

Mrs MacGregor me reçut dans le grand salon, fit servir du thé et des gâteaux, et nous parlâmes de l'Écosse. C'était une Écossaise de quarante-cinq ans, grande et forte, assez imposante, mais elle avait un rire chaleureux et paraissait bien m'aimer. Je n'étais jamais traitée comme une employée par les femmes qui nous achetaient nos robes. La plupart étaient d'anciennes clientes de Romanov, trop heureuses de pouvoir se procurer les mêmes vêtements, élégants et originaux, à un coût bien moindre. Mrs MacGregor avait trois fils qui faisaient des études de gestion à Harvard, comme tous les fils de millionnaires. Quant à Mr MacGregor, c'était un industriel, comme on disait maintenant, le terme « multimillionnaire » ayant pris une connotation péjorative depuis la Dépression. Mrs MacGregor devait se rendre en Écosse sur le Normandie *au mois de septembre, et elle voulait des tenues « adéquates » pour le voyage. Je pris ses mesures, notai ses couleurs préférées, et lui dis que je reviendrais quinze jours plus tard avec une douzaine de modèles et des échantillons de tissus.*

« Ma chère, vous avez des doigts de fée, s'exclama Mrs MacGregor en déployant la jupe d'une robe en crêpe Georgette couleur pêche. Je parais dix kilos de moins ! »

Je lui dis que c'était mon associée, Diana Rory, qui avait créé et fabriqué le modèle, et Mrs MacGregor insista pour que la « merveilleuse Mrs Rory » vienne un jour prendre le thé. Il y avait encore quelques retouches à faire, et je lui promis que tous ses ensembles seraient prêts pour la fin de la semaine. Elle m'invita à déjeuner et j'acceptai, contrairement à mes habitudes ; en effet, je tenais à garder avec mes clientes une certaine distance professionnelle, afin qu'on me considère plus tard, quand je viendrais habiter à Manhasset Bay, comme une voisine et non comme une parvenue. Mais je ne sais pourquoi, ce jour-là quelque chose me poussa à rester.

On était en juin, et la table avait été dressée pour trois, sur la terrasse qui dominait la mer. Je demandai à Mrs MacGregor si son mari déjeunerait avec nous mais, avant qu'elle me réponde, une voix d'homme nous parvint des écuries, et j'aperçus Arthur Millington qui se dirigeait vers nous. Il ne m'avait pas vue, et avançait en riant et en parlant d'un cheval qui l'avait désarçonné. Il était très bronzé et ses cheveux longs avaient toujours leur teinte roux doré — la couleur des cheveux de May. Les manches de sa chemise étaient relevées, laissant voir les muscles de ses bras, bien plus développés qu'à l'époque où je l'avais connu, à Cromdale. Sa démarche aussi était différente, plus dynamique qu'autrefois. Il marchait à grandes enjambées, tapant sa cravache contre ses bottes pour en enlever la boue. Il sauta d'un bond sur la terrasse et fit semblant d'attaquer Mrs MacGregor.

« Fanny, vous avez rendu cette jument totalement réfractaire aux hommes. Elle m'a mordu aux

deux genoux et elle... » Il s'interrompit net en me voyant, secoua la tête comme s'il venait de se réveiller, et laissa tomber sa cravache. Il ne parut pas s'en rendre compte, et resta là à me dévisager jusqu'à ce que Mrs MacGregor ramassât la cravache et la lui tendît.

« Arthur, je vous présente...

— Jen...

— Oh, vous vous connaissez déjà. C'est merveilleux... Dans ce cas... Arthur ?... Arthur ?

— ... Oui...

— Euh... eh bien... je... je vais voir où en est le repas. »

Elle s'éloigna en hâte, mais Arthur ne s'en aperçut même pas. Il continuait à me contempler, dans une sorte d'extase. Je ne trouvais rien à dire, et il s'écoula un bon moment avant qu'il s'éclaircît la voix : « C'est... c'est tellement étrange. J'ai rêvé des milliers de fois que je te revoyais, et pourtant je suis totalement incapable de savoir ce que je dois te dire à cet instant. » Il jeta un coup d'œil en direction de la plage, puis écarta les bras en s'inclinant légèrement. « Veux-tu... peut-être que si nous marchions, cela... cela me reviendrait. » Il me tendit la main, puis se reprit, hocha la tête et croisa les bras sur sa poitrine quand je passai devant lui.

Il y avait un bout de chemin jusqu'à la plage, et l'herbe était encore humide de rosée malgré le chaud soleil. Une fois parvenu à une sorte de remblai de terre, Arthur sauta et me tendit les bras. Comme j'hésitais, il recula un peu et m'offrit juste sa main. Il avait gardé ses gants mais je sentais la chaleur de ses mains au travers, et quand j'eus sauté à mon tour, il ne me lâcha pas tout de suite. Nous arrivâmes finalement à une petite jetée ; nous allâmes jusqu'au bout, lui d'un côté, moi de l'autre, et nous restâmes debout à contempler la mer.

« Es-tu heureuse, Jen ? »

Je voulais lui répondre que oui, qu'à présent notre situation s'était améliorée, que ma maison de couture marchait bien, et que nous serions bientôt riches. Mais ses mots m'avaient littéralement transpercée, et je dus me détourner pour qu'il ne vît pas les larmes ruisseler sur mon visage. Il posa une main sur mon épaule, puis l'autre, m'enlaça et me serra contre lui.

« Aaaahhh, Jen », fit-il dans un soupir, ce qui eut pour effet de redoubler mes larmes. J'avais honte et je tentai de me dégager, mais sans trop de conviction, parce que cela faisait si longtemps que quelqu'un ne m'avait pas tenue dans ses bras. Quand j'eus fini de pleurer, il sortit un mouchoir de sa poche, m'essuya le visage, et me ramena vers la plage. Nous nous assîmes sur une souche de bois, puis il me saisit la main, la posa sur son genou et dit : « Raconte-moi. »

Et je lui racontai tout. Tout ce qui s'était passé durant ces quatorze années, tout ce qui était arrivé par ma faute, comment j'avais fait le malheur de Ian et le mien. Quand j'eus terminé, il se leva et s'avança vers la mer.

« Et tu vas le quitter ?

— Je ne peux pas.

— Mais tu le veux.

— Oui.

— Et c'est pour cela que tu es venue ?

— Je...

— Tu veux que ce soit moi qui lui parle, c'est cela ? C'est cela, Jen ? » Il y avait de la colère dans sa voix, et j'étais troublée. Je ne savais pas ce que je voulais. Tout se brouillait, maintenant. « C'est pour cela que tu es ici ?

— Je ne sais pas. »

Il revint vers moi, se pencha légèrement, puis s'agenouilla et me prit les mains. « Parce que tu veux être avec moi, ou parce que tu veux le quitter ? » Je me mis à trembler. Tout se passait si vite que j'en avais la tête qui tournait. Je n'avais pas voulu cela — revoir Arthur alors que j'étais toujours avec Ian. Mon intention était de le revoir sur un terrain d'égalité, une fois que je serais libre et riche, afin qu'il sache que si je le choisissais, lui, c'était parce que je l'aimais, et pour aucune autre raison. « Jen ?

— Ian et moi, nous ne pouvons pas vivre ensemble.

— Mais tu l'aimes toujours.

— Mais nous ne pouvons pas…

— Mais tu l'aimes.

— Oui… mais ce n'est pas… nous ne pouvons pas être heureux ensemble. Je n'aurais jamais dû l'épouser. J'aurais dû me marier avec… » Je ne pus continuer. Arthur baissa les yeux, soupira, puis se prit la tête dans les mains. Je posai ma main sur sa joue. J'avais le sentiment qu'un fossé nous séparait, il avait l'air d'être très très loin de moi. Toutes les années perdues formaient un gouffre entre nous, et je compris à quel point je l'avais blessé.

Je l'attirai contre moi, mis mes bras autour de lui, et l'étreignis longuement.

Je voyais Arthur tous les jours. Je le retrouvais en ville pour déjeuner, ou bien chez les MacGregor. Notre « liaison » consistait juste en longues discussions à cœur ouvert, main dans la main, ce qui ne me donnait pas l'impression d'être infidèle. Et, même si je l'aimais, si je lui ouvrais mon cœur et lui faisais part de mes sentiments les plus intimes, cela ne me paraissait pas une trahison. C'est seulement à partir du 15 juin, jour où notre déjeuner se termina dans la suite qu'il avait louée à l'hôtel Biltmore Plaza… au lit… que j'eus le sentiment d'avoir trompé mon mari.

Nous étions tous deux enlacés, et je caressais sa jambe avec la mienne ; le duvet roux qui recouvrait son corps était aussi doux que sa peau. Arthur était un amant délicat et tendre — je savais qu'il le serait, parce que j'en avais besoin et il l'avait senti. Je me blottis contre lui, dans la merveilleuse chaleur de son corps, avant de jeter un coup d'œil sur sa montre : trois heures. Ô temps fatal, qui m'arrachait au paradis dans lequel je me plongeais tous les jours de midi à trois heures.

« Il faut que je parte. J'ai un essayage à quatre heures.

— Annule-le.

— Je ne peux pas. » Je souris et l'embrassai sur le nez. « Cela va peut-être vous étonner, Mr Millington, mais il y a des gens qui travaillent *pour gagner leur vie. » J'avais prononcé cette phrase d'un ton joyeux, mais cela ne le fit pas rire.*

« Qu'allons-nous faire ? dit-il en me retenant.

— Tu vas retourner chez Mrs MacGregor, et moi je vais...

— Je veux dire : nous deux. Veux-tu que je parle avec lui ?

— Non... non... je... pour l'instant, laissons faire les choses.

— Cela fait près de quinze ans que je "laisse faire les choses", s'écria Arthur en se redressant et en me prenant aux épaules. Je t'ai laissée partir parce que je ne savais pas ce que je tenais, je ne l'ai su qu'après l'avoir perdu. Mais maintenant que je t'ai retrouvée, je ne te laisserai plus repartir. Et je ne "laisserai pas faire les choses", Jen, parce que le temps file.

— Si tu es patient, la situation se résoudra d'elle-même.

— Je ne vais pas passer le reste de ma vie à vivre comme un vagabond. J'ai envie de me poser quelque part, de fonder une famille, d'avoir...

— Des enfants ?

— Eh bien… oui, pourquoi pas ? J'aime les enfants. Je crois que je serais un bon père, je me sens prêt. Jen ?

— Il faut vraiment que je parte.

— Qu'y a-t-il ?

— Je suis terriblement en retard.

— C'est parce que tu ne veux pas d'autres enfants ? C'est ça ? À cause de tes filles ?

— Oui… les filles. » … Mes filles… et ta fille… *« Il faut que je parte.*

— Eh bien… nous en adopterons. Nous adopterons des enfants venus de familles pauvres, dix ou onze…

— Des enfants ?

— … dix ou onze ans.

— Oh…

— Et puis tes filles…

— Mes filles ?

— Oui. Tu ne vas pas les laisser, n'est-ce pas ?

— Ses enfants ?

— Bien sûr, il continuerait à les voir. J'achèterais une maison ici, de façon qu'il puisse…

— Et il ne les verrait plus chaque matin ?

— Mais si vous divorcez…

— Ni chaque soir avant qu'elles se couchent ?

— Jenny…

— Non, non, je ne peux pas… il faut que cela vienne de lui, de Ian. Je ne peux pas lui faire cela. Je l'ai déjà presque anéanti, je ne peux pas prendre l'initiative de la séparation. Ça le tuerait. Il faut que ce soit lui qui me quitte. Et il va le faire… il va finir par le faire.

— Et s'il ne le fait pas ? Combien de temps devrons-nous attendre ?

— Il le fera.

— Mais…

— Ne parlons pas de cela. »

Je me levai brusquement, ramassai mes vêtements éparpillés sur le sol, tandis qu'Arthur restait allongé sur le lit, les yeux fixés au plafond. Je ne savais pas à quoi il pensait, mais je priais pour qu'il ne soit pas en train de comparer l'âge de ma fille aînée avec le nombre d'années écoulées depuis la première fois où nous avions fait l'amour : quatorze ans. Son beau visage avait pris une expression songeuse, préoccupée ; j'étais certaine qu'il avait déduit que May était sa fille.

« Arthur ?

— Je n'ai rien *fait de ma vie. Il faut que je* fasse *quelque chose. Un homme qui a hérité d'une fortune et qui ne l'utilise que pour poursuivre une route sans but, cet homme-là ne vaut rien. J'ai trente-cinq ans, il est temps que je* fasse *quelque chose.*

— Veux-tu dire que tu désires travailler ?

— Oui, dit-il en riant. Oui, en fait j'ai envie de travailler. J'ai plus d'argent que je ne pourrai jamais en dépenser et…

— Donne-le-moi, et je t'aiderai.

— Je suis sérieux.

— Moi aussi.

— Je veux construire une université, des hôpitaux, pas pour les riches, mais pour les pauvres.

— Tu es devenu très philanthrope, en vieillissant, Arthur. » Il baissa la tête, et je me rendis compte qu'il parlait sérieusement et que je l'avais blessé. « Oh, mon chéri, je suis désolée. C'est une belle idée. Je n'aurais pas dû rire. » Il me prit par le poignet et me fit asseoir près de lui. « Lâche-moi, je suis affreusement en retard.

— Je veux que tu sois à mes côtés. Toi, et tes enfants. » Je dus pâlir, car je n'avais jamais vraiment réfléchi à cela : Ian non seulement me perdrait, mais perdrait aussi ses filles. « Jen ?

— Je ne peux parler de cela maintenant, Arthur. Je t'en prie.

— Alors, quand ?

— Quand Ian... quand il me quittera. Je suis sûre que... que ce ne sera pas long, parce que... » Parce que j'ai l'ai amené au bord du gouffre et qu'il n'a plus d'autre issue... « *Parce que... il est très malheureux...* » Parce que je l'ai rendu malheureux... « *Parce que... il y a une femme qui... qui pourrait l'aimer...* » Et lui apporter bien plus d'affection que moi...

« Il a une maîtresse ?

— Non... pas encore... mais...

— Mais quoi ? »

D'un seul coup, je me levai, me précipitai à la salle de bains, fermai la porte à clé et fis couler la douche. Puis je m'appuyai contre la porte, tandis qu'Arthur frappait en me demandant si je me sentais bien. La manière froide, méthodique dont nous avions discuté de l'éviction de Ian ressemblait à un meurtre, et cela me glaçait jusqu'à la moelle. J'entrai dans la douche, me savonnai tout le corps, pour me laver de l'odeur d'Arthur, de la caresse de ses mains... et de ma honte.

Après l'essayage, j'allai à l'atelier et restai très tard, avec l'espoir que Ian et les filles seraient au lit quand je rentrerais. Mais personne n'était couché, ils étaient tous à Macadam Plage et me firent signe de venir les rejoindre là-haut.

La nuit était chaude et lourde. Ils avaient étendu des couvertures et mangeaient des glaces italiennes de chez « La Guli », la pâtisserie en bas de la rue.

« Qu'est-ce que vous faites là, si tard ? » demandai-je à Cathy. Mary et elle étaient installées sur les genoux de Ian et lui donnaient à la petite cuillère de la glace à l'ananas — le parfum préféré de Ian — qu'elles puisaient dans de petits pots en carton. « Vous ne pourrez jamais vous lever demain matin pour aller à l'école.

— Il n'y a pas classe. Aujourd'hui, c'était le dernier jour.

— Ah bon ? C'est vrai... j'avais oublié. Où est May ?

— À une fête, répondit Ian en me tendant une glace. Ça a un peu fondu. On pensait que tu serais rentrée depuis longtemps.

— Oui... je suis désolée.

— On est passées à l'atelier après l'école...

— On voulait que tu viennes manger une glace, m'man...

— Mais tante Dira nous a annoncé que tu étais partie toute la journée.

— Oui... Il a fallu que... j'aille voir plusieurs clientes et... cela a duré plus longtemps que prévu. » Ian me fixait sans rien dire, et je crus un instant que j'avais remis ma robe à l'envers ; je vérifiai nerveusement les boutons et le col. Johnny sauta sur mes genoux, me lécha la main, puis renifla ma robe — il devait sentir l'odeur d'Arthur ; je le chassai et me levai en disant : « Je crois que je vais descendre. Je suis épuisée.

— On attend de voir une étoile filante, déclara Mary.

— Vraiment ?

— Et alors, on fera un vœu, hein, p'pa ?

— Ouais... on fera un vœu, ma fille... on fera tous un vœu. »

Ian posa les yeux sur moi, et je dus m'éloigner, m'éloigner de lui et de ses filles, ses filles que j'allais bientôt lui enlever. Et je me laissai glisser le long de l'échelle, rentrai furtivement à l'appartement, me cachai tout au fond du lit... comme une créature ignoble... la créature ignoble que j'étais.

17

(Harlem, 18 juin 1933)

Il faisait chaud, dans la 138e Rue. La chaleur montait du bitume, l'atmosphère était poisseuse et, à presque six heures du soir, on étouffait. Tom et moi regardions une bande de gamins qui avaient ouvert la bouche d'incendie et couraient sous le jet d'eau fraîche. Tom, en me désignant les gosses d'un signe de tête, déboutonna sa chemise et lança en l'air ses chaussures. « Viens faire trempette. »

J'enlevai à mon tour chemise et chaussures, et je suivis Tom sous cette fontaine improvisée.

« On ferait bien de se dépêcher, les flics seront là dans deux minutes pour couper l'eau. »

Mais nous n'avions pas besoin de plus : juste deux minutes de fraîcheur.

J'étais le seul Blanc dans le lot, mais on m'acceptait, non pas parce que j'étais le mari de Dira ou l'ami de Tom et Lorraine, mais parce que j'étais l'ami de Doc. En entendant la sirène de la police, Tom et moi aidâmes les gosses à refermer le robinet et retournâmes nous asseoir sur les marches, devant l'immeuble de Tom, tandis que la bande de gamins se dispersait. Appuyés contre les marches en ciment, nous nous fîmes sécher au soleil en discutant de Roosevelt et de son *New Deal* — le « nouveau partage ». C'était un plan en trente-six lettres majuscules : trente-six initiales désignant les différents volets de l'action gouvernementale. Il y avait la N.R.A., l'administration du redressement national, chargée de s'occuper de la réglementation des horaires de travail et des salaires ; la P.W.A., l'administration des travaux publics, chargée du financement des travaux publics ; et la W.P.A., l'administration de l'avancement des travaux, qui avait pour tâche de surveiller chaque projet. C'était cette dernière qui nous intéressait, parce qu'elle allait créer des emplois. Hôpitaux, barrages, ferries, zoos, ponts, il y aurait du travail pour tous ceux qui en voudraient. Un nouveau pont était prévu, pour relier le haut de Queens à Manhattan et au Bronx — il devait s'appeler le Triborough Bridge — et Ian, Tom et moi allions faire partie de l'équipe de travailleurs.

Beaucoup de journaux critiquaient Roosevelt, mais le peuple l'aimait. Sa voix calme, décidée, insufflait la foi. En prenant ses fonctions, il avait dit : « Le pays a besoin d'action, et d'action maintenant. » Et il avait agi. Ça se sentait dans les rues : la rumeur de l'espoir.

Le Congrès avait fini de siéger deux jours plus tôt, et quinze nouvelles lois étaient passées : l'une d'elles devait stabiliser l'économie, une autre mettre fin aux saisies immobilières, et il y en avait même une destinée à abroger la prohibition. Pour la première fois dans l'histoire de l'Amérique, une femme faisait partie du gouvernement : Frances Perkins, ministre du Travail. Le changement était en route. Pour le meilleur.

Une voiture de police ralentit en passant devant nous, mais l'homme qui était au volant sourit en regardant nos cheveux trempés et continua son chemin.

« Il n'est pas encore six heures ? fit Tom en s'épongeant le visage avec sa chemise.

— Encore deux minutes.

— Elle était toute nerveuse, ce matin. C'est son dernier jour d'"école".

— Ian dit qu'elle se débrouille très bien.

— Oui, je l'espère. Elle a travaillé vraiment dur. Tu as dit à Ian, pour l'argent ? Tu lui as dit qu'il faut qu'il le prenne ?

— Je le lui ai dit. » Je souris et Tom hocha la tête. « Tu savais bien qu'il ne voudrait pas de votre argent, Tom. Ç'a été une bonne chose pour lui, il avait besoin de ça. Je ne sais pas ce qu'il aurait fait, toute la journée, sans Lorraine.

— Elle ne va pas être contente. Elle m'a fait jurer qu'on le paierait. » Tom se leva, regarda vers l'appartement, là-haut, puis consulta une fois de plus ma montre. « On y va ?

— On y va. »

Il inspira profondément et commença de monter l'escalier. C'était curieux de le voir ainsi, tel un père anxieux. Mais peut-être n'était-ce pas si bizarre, après tout, parce qu'il était beaucoup plus âgé que Lorraine et, sous bien des aspects, il lui servait de père. Je me demandais ce qui se passerait quand il serait vraiment vieux — soixante-dix ou quatre-vingts ans —, et elle jeune encore. Il devait se poser la question, lui aussi.

Ian et Lorraine étaient assis à la table de la cuisine, et nous attendîmes que Ian nous dise d'entrer. Lorraine portait une robe jaune pâle et, sans aucun maquillage, elle ressemblait à une gamine de douze ans. Elle se leva et alla se placer près de la fenêtre ouverte, un journal dans les mains.

« Prenez place. Miss Palisade va vous *lire* un article du *New York Times*. »

Lorraine avait les mains qui tremblaient. « Ris pas, dit-elle en regardant Tom.

— Je ne rirai pas. » Mais il ne put s'en empêcher — moi non plus, d'ailleurs —, non par malice, mais parce que Lorraine était si comique, avec son air de petite fille fragile.

« Tu ris.

— Bon, bon.

— Me regarde pas, Tom.

— Où est-ce que je dois regarder ?

— Où tu veux. Je vais pas y arriver, si tu me regardes. »

Elle jeta un coup d'œil à Ian, attendit son signal, et il lui sourit d'un air encourageant. Il savait qu'elle pouvait danser nue devant des centaines d'hommes chaque soir, sans que ça lui fasse ni chaud ni froid, parce que c'était son travail, parce que son corps était un instrument et qu'elle avait appris à l'utiliser comme tel.

Mais là, c'était important.

« Vas-y, ma belle. Lis.

— Oui. » Elle se racla la gorge et commença. « Bon... *L'indice éco... économique atteint son plus haut niveau depuis deux ans.* C'est le titre.

— Continue.

— Heu... *Toutes les val... valeurs enregistrant une hausse pour la semaine du 3 au 10 juin, l'indice éco... économique du* New York Times *a atteint son plus haut niveau depuis plus de deux ans. Une hausse de presque quatre points porte le ch... chiffre à 87,1 par rapport à 83,2 pour la semaine précédente.* »

Lorraine leva les yeux du journal et nous regarda. Tom rayonnait. Il se leva et applaudit. Ian et moi fîmes de même. Lorraine s'élança dans les bras de Tom.

« J'ai fait quelques fautes.

— Tu as été fantastique.

— Ouais ?

— Ouais.

— Ouais, mais faut dire que j'ai eu un bon prof. Merci, Prince.

— Tout le plaisir était pour moi. »

Tom sortit de sa poche un petit paquet enveloppé dans du papier doré et le tendit à Lorraine. Elle déchira avec impatience le papier et découvrit un écrin de velours noir qui contenait une minuscule pierre, pas plus grosse qu'un grain de riz, suspendue à une longue chaîne en argent.

« Il n'est pas taillé. C'est un diamant brut.

— Comme moi ?

— Ouais… comme toi. »

Il l'aida à mettre la chaîne, puis s'assit et installa la jeune femme sur ses genoux. Elle attrapa une cigarette roulée à la main et demanda à Ian si elle pouvait l'allumer ; il acquiesça.

« C'est mon cadeau pour moi », dit-elle en inhalant voluptueusement la fumée. Puis elle désigna le réfrigérateur : « Il y a de la bière, servez-vous. J'ai acheté… » Elle s'interrompit net et écrasa sa cigarette de marijuana en entendant la porte s'ouvrir et des pas résonner dans le couloir.

« C'est moi, Lorrie. » C'était Dolores, qui apportait une bouteille de champagne — du Dom Pérignon — qu'elle donna à Lorraine en l'embrassant et en la félicitant. Puis elle me salua d'un signe de tête, embrassa Ian et le fit lever. « Fête. »

Nous suivîmes Dolores dans la salle de séjour, et Tom alla chercher des verres pendant que Ian débouchait la bouteille.

« Où as-tu eu ça, Dolores ? Bon sang, ça fait des années que je n'ai pas vu du vrai champagne.

— Cadeau d'un client… Pourboire. » En disant cela, elle détourna son regard de Ian, mais sans retirer la main qu'elle avait posée sur son bras. Tom mit de la musique, et Dolores pria Lorraine de lire quelque chose à voix haute, puis se blottit tout près de Ian sur le canapé, et lui mit la main sur le genou. Lorraine lut un article du *Times* concernant l'abrogation de la loi sur la prohibition, et s'arrêta vers le milieu en demandant : « Qu'est-ce que ça veut dire, abroger ?

— Annuler une loi, répondit Ian. Par exemple, la loi qui interdit l'alcool va être abrogée, ce ne sera plus une loi.

— Attends voir, ça va arriver, ça ? Tu veux dire qu'ils vont vraiment faire ça ?

— Si tout se passe bien, les magasins et les bars vendant de l'alcool ouvriront aux environs de Noël et…

— Prince, tu réalises pas ? Si c'est plus un crime, alors tu pourrais prendre un très bon avocat, et il pourrait faire… comment on dit, Tom ?

— Faire appel.

— Ouais, c'est ça, faire appel. Pas de casier judiciaire, pas de crime. Tu pourras être médecin !

— Et comment je le paierais, ce très bon avocat ?

— Tu réinvestis en Bourse. Pas vrai, Da… Dan ? T'as dit que c'était le moment d'acheter, maintenant, avant que les prix montent en flèche. Et puis, avec tout l'argent que gagne Jen…

— L'argent de Jen, c'est l'argent de Jen.

— Sois pas idiot.

— Ian, Lorraine a raison, dis-je. À part le délit de contrebande d'alcool, ton casier judiciaire est vierge. Tu as servi dans l'armée, avec le grade de capitaine, tu as été décoré avec les honneurs…

— Et tu as obtenu cette bourse, Carnegie machin chose…

— Tu travaillais à livrer des robes et…

— Un jour t'as perdu la tête et t'as acheté…

— Seize caisses de whisky Clan Brodie ! dit Ian avec un soupir. Ça ne passera jamais.

— Si ! Ça passera si t'as un bon avocat, Prince ! C'est sûr ! Tu tiens ta chance ! Tu vas investir en Bourse et tu vas m'apprendre comment faire ! Et on sera tous riches ! »

Ian éclata de rire. Dolores le prit par la main et l'entraîna dans une danse. Ian ne semblait plus le même avec elle, il n'y avait rien de la sensualité que j'avais perçue la dernière fois que je les avais vus danser ensemble. Au bout de deux morceaux, il s'excusa et dit qu'il devait rentrer.

« Réfléchis à ce que j'ai dit, Prince.

— Ouais…

— Je suis sérieuse. Dave… Dan, discute de ça avec lui. C'est un bon plan. Tâche de le convaincre.

— Je vais essayer. »

Lorraine glissa une enveloppe dans la poche de Ian, mais il la lui rendit. Ils se disputèrent un moment, et Ian finit par promettre qu'il accepterait l'argent de Lorraine quand elle aurait gagné mille dollars en Bourse. Elle était contrariée, alors il lui expliqua que mon grand-père lui avait donné des cours particuliers tous les dimanches durant les années où Ian travaillait à la mine, pour qu'il puisse passer les examens d'entrée à l'université. Mon grand-père ne lui avait jamais réclamé un sou, et pour Ian, donner des cours à Lorraine était une manière de le rembourser.

Dolores chuchota quelque chose à l'oreille de Ian quand il l'embrassa pour lui dire au revoir ; il la regarda, se pencha vers elle, et sa réponse laissa la jeune femme perplexe.

Je ne demandai rien à Ian, mais il riait en sortant sur le palier. « Elle m'a invité à passer chez elle. Je lui ai dit que je ne voulais pas la "décevoir"… N'est-ce pas une façon galante pour un homme de dire à une dame que plus rien ne peut le faire bander ? » Il cessa de rire, s'appuya sur la rampe de l'escalier et reprit : « Ce n'est pas que ce soit un problème pour ta sœur. Elle ne m'a pas laissé l'approcher depuis la nuit… la nuit où… » Il baissa la tête et contempla ses bottes aux bouts troués. « Dieu du ciel, il faut que je me reprenne, Dave… il faut que je fasse *quelque chose… quelque chose…*

— Tout ira bien quand on commencera à travailler au pont.

— Ouais… ouais…

— Lorraine a raison, tu sais, pour ce qui est de faire appel. Tu as des chances de gagner et tu pourrais exercer la médecine.

— N'importe quel voyou qui a fait de la prison pourrait…

— Non, parce que toi, tu n'as pas commis de crime. Tu n'avais pas de casier judiciaire, Ian, tu…

— Doc ! » cria quelqu'un au rez-de-chaussée. C'était un homme d'une trentaine d'années, le type qui fournissait Lorraine en marijuana. Il courut jusqu'à nous, complètement affolé, hors d'haleine. « Ralph a été blessé. Il est… il est dans la voiture… il saigne beaucoup.

— Avec quoi a-t-il été blessé ?

— Une balle de trente-huit. À la cuisse. Mais j'sais pas ce qui est touché, parce qu'il saigne comme…

— Amène-le à l'hôpital, ça doit être une artère.

— Allons, Doc !

— Qui lui a tiré dessus ?

— Un épicier. Tu veux bien l'aider ?

— Pendant qu'il volait dans la caisse du gars ?

— Tu veux bien l'aider ?

— Amène-le chez Lorraine. » L'homme partit en courant et, au moment de remonter l'escalier, Ian posa sa main sur mon bras. « Je vais avoir besoin de toi. Tu supportes la vue du sang ?

— Oui. »

Lorraine déclara que Ralph était un vaurien et que, s'il mourait, le monde se porterait mieux ; mais elle mit de l'eau à bouillir et apporta tout ce que Ian réclamait, pendant que Tom défaisait le lit et recouvrait le matelas de serviettes, selon les instructions de Ian. Ralph avait perdu connaissance et, quand on découpa son pantalon, le sang m'inonda les mains comme si j'avais tenu une éponge trempée.

« Dave, en haut de la cuisse, au milieu de l'aine, il y a une artère, l'artère fémorale, tu la sens ?

— Oui.

— Appuie dessus aussi fort que tu peux, avec tes deux pouces posés l'un sur l'autre. Je vais me laver les mains. Tom, nettoie-lui la jambe avec de l'alcool.

— On n'en a pas. Attends. Lorraine, apporte une bouteille de bière. »

Quand Ian revint, il me dit d'appuyer plus fort, jusqu'à ce que je sente l'os, parce que Ralph saignait abondamment. On alluma toutes les lampes, mais il fallut que Tom tienne une torche tout près de la blessure pour que Ian puisse trouver la balle. Quand ce fut fait, Ian demanda à Dolores de maintenir les bords de la plaie serrés pendant qu'il recousait, Lorraine ayant dit qu'elle allait s'évanouir si elle voyait le sang de trop près.

« Ne va pas nous faire une commotion, Ralph », dit Ian d'un ton persuasif, bien que Ralph fût encore perdu dans le pays des songes. « Tom, amène des oreillers, il faut qu'on lui relève les jambes, et des couvertures. Ça va, Dolores ?

— Oui.

— Continue à appuyer, Dave… Dan.

— Je sais qui il est, Ian. Je le sais depuis dix ans. Depuis le jour où j'ai rencontré ta femme. Je ne les dénoncerai jamais. »

Dolores me regarda, et c'était étrange parce que je n'avais jamais eu beaucoup de sympathie pour elle, et pourtant je savais qu'elle ne mentait pas, et que notre secret resterait bien gardé.

« Son pouls est faible. Où est le type qui l'a amené ?

— Ici, Doc.

— Ça faisait combien de temps qu'il avait reçu la balle ?

— Un quart d'heure, vingt minutes. Il va s'en tirer ?

— Il a besoin d'une transfusion.

— Il peut aller dans aucun hôpital. »

Ian finit de recoudre la plaie, nettoya la jambe avec de la bière, pansa la blessure et me dit que je pouvais lâcher. Ralph ne bougeait pas, mais son souffle était régulier, malgré la faiblesse de son pouls. Ian conseilla à Tom de préparer une solution d'eau salée à faire boire à Ralph quand il reprendrait connaissance, et nous restâmes tous debout autour du lit, à attendre.

« Appelle Jen à l'atelier, et dis-lui de rentrer à la maison pour préparer le dîner des filles. Je ne peux pas le laisser. »

Jen n'était pas là, et Indira me dit qu'elle n'était pas venue de tout l'après-midi. Il y eut un silence au bout du fil, et malgré la distance je sentais que Dira était en colère. Je ne lui demandai pas où était ma sœur. Je crois que je n'avais pas vraiment envie de le savoir.

Ian renvoya tout le monde, dit à Tom d'emmener Lorraine dîner dehors, et je vins m'asseoir près de lui.

« Tu crois vraiment que je pourrais faire appel, Dave ?

— Oui, je le pense.

— Ça me coûtera un paquet de fric.

— Sans doute. »

Il me sourit — un sourire comme je ne lui en avais pas vu depuis des années, un sourire plein d'espoir et de détermination — et me dit : « Alors, je ferais bien de me mettre au boulot, *aye* ?

— *Aye*.

— Allez, Ralph, réveille-toi, salaud. Tu ne vas pas me claquer dans les mains, maintenant. Je vais être médecin, tu m'entends, médecin ! »

Il faut croire que Ralph l'entendit, parce que une heure plus tard il ouvrait les yeux, et trois jours après il marchait.

L'ÉLÉGANCE

Nous étions tous devant la boutique de Jen et Dira, sur la Cinquième Avenue, au moment où l'ouvrier hissa l'enseigne. « *L'Élégance*, dit ma mère. C'est bien vrai. Élégance parfaite, sophistiquée : comme mes deux princesses. » Elle serra dans ses bras Indira et Jen. « Je suis très fière de vous.

— Al, vieux frère ! s'écria Malcolm Fraser, qui était venu de Floride en apprenant que ma mère et Al passeraient les fêtes de fin d'année avec nous. Je crois que ça mérite un toast !

— Et comment ! » renchérit Martin, suivi de sa femme Annie.

Toute la famille était réunie pour la première fois depuis huit ans. Jen et Dira avaient loué une grande maison, à quelques kilomètres à peine de l'ancienne propriété de Malcolm, où nous devions tous passer les vacances de Noël.

« Ian, questionna Al, va-t-on nous arrêter si je débouche la bouteille de champagne que j'ai mise dans la poche de mon manteau ? Est-ce que cette bête noire, la prohibition, est vraiment morte ?

— Parfaitement, monsieur, depuis le 6 décembre, morte et enterrée. Alors vous pouvez y aller ! »

Le bouchon sauta et tout le monde applaudit. Nous étions habillés pour la circonstance ; même Johnny portait un magnifique ruban rouge, et les enfants avaient revêtu leurs habits du dimanche. Nous bûmes dans les gobelets en carton qu'avait apportés Al et, au moment où je trinquais avec Dira, elle me dit tout bas : « Nous ne devrions pas nous montrer comme cela, Davie, avec Jen, ta mère et Al, c'est trop dangereux. »

J'approuvai d'un signe de tête. L'euphorie que je ressentais quelques instants plus tôt s'évanouit soudain, laissant place à des perles de sueur qui me dégoulinaient dans le cou. Tout allait si bien, ces dernières semaines, que j'en avais oublié que nos têtes étaient mises à prix, et que l'ombre de Rose planait toujours au-dessus de nous, tel un énorme nuage noir.

Poussant tout le monde dans les voitures, j'observai Jen, restée seule avec Ian. Elle avait mauvaise mine, était maigre et pâle, et je me demandais — tout comme Ian, sans doute — si elle n'était pas gravement malade. Jen était surchargée de travail, c'était peut-être cela l'explication, mais elle avait les nerfs à vif et souffrait de l'estomac, certainement un début d'ulcère. Elle refusait de consulter un médecin, ou de laisser Ian l'examiner, ce dont il était blessé. Ian n'était plus le même homme, depuis le jour où il avait opéré Ralph le Rat, comme nous l'appelions, ne connaissant pas son nom de famille. Il était à nouveau sur les rails, plus débordant d'énergie et d'espoir que je ne l'avais jamais vu. Il travaillait toute la journée avec Tom et moi à la construction du Triborough Bridge, rentrait chez lui, faisait à dîner pour ses filles et, une fois qu'elles étaient couchées, il étudiait en vue du jour où il pourrait entrer à la faculté de médecine. Nous avions acheté pas mal d'actions et nous étions sûrs que bientôt, très bientôt, nous en récolterions les bénéfices. Le lendemain de la fin de la prohibition, j'étais allé avec Ian voir un avocat qui nous avait confirmé que le procès de Ian avait toutes les chances de pouvoir être révisé en appel. Je comprenais d'autant moins pourquoi Jen continuait d'être si distante avec lui.

La révélation eut lieu deux jours plus tard.

La fin de la prohibition provoqua la chute des speakeasies et Lorraine se retrouva au chômage. Elle avait toujours un corps du tonnerre et aurait sans doute pu trouver du travail dans n'importe quelle boîte de striptease, mais Tom l'en dissuada. Elle restait donc chez elle et continuait à étudier pour qu'ils puissent gérer les capitaux qu'ils avaient investis en Bourse. Je voulais les inviter à dîner dans la maison du Sound, pensant que cela enchanterait Lorraine. Je décrochai donc le téléphone de notre chambre et commençai à composer le numéro. Je n'avais pas l'habitude des maisons où il y a plusieurs téléphones, aussi fus-je surpris d'entendre la voix de Jen sur la ligne, et plus surpris encore en entendant Arthur Millington lui dire qu'elle devait partir avec les filles le lendemain de Hogmanay, et qu'il parlerait à Ian.

Le combiné me tomba des mains, et je regardai Indira. Elle s'approcha, écouta quelques secondes, puis raccrocha.

« Tu étais au courant, dis-je en me laissant tomber sur le lit car j'avais les jambes en coton. Depuis quand ?

— Juin.

— Seigneur…

— Elle le voit tous les jours. C'est pour cela qu'elle travaille si tard, pour rattraper les heures qu'elle passe avec lui.

— Ian ne le sait pas.

— Ils sont très discrets.

— Discrets !

— Chhhuuut, ne crie pas. » Elle vint s'asseoir près de moi sur le lit, puis s'allongea et posa sa tête sur ma poitrine. « Au début, je l'ai détestée. Mais je crois… je crois qu'elle les aime réellement tous les deux.

— Ce n'est pas possible d'aimer…

— Non ? » Il y eut un silence de quelques minutes. « Dave, elle est en train de se tuer. Elle ne mange plus et elle dort à peine.

— Et je suis censé la plaindre ?

— Parle-lui.

— Pour dire quoi ?

— Qu'elle doit prendre une décision.

— Elle *a pris* une décision il y a quatorze ans ! Et maintenant il faut qu'elle l'assume ! Elle n'a pas le droit de… de…

— D'abandonner sa famille ?

— Ce n'est pas la même chose, Dira… Rose était… Ce n'est pas du tout la même chose !

— Pourquoi ?

— Parce que Ian n'est pas Rose !

— Arrête de crier. Tout ce que je te demande, c'est de… »

Indira se tut car quelqu'un frappait à la porte. On entendit la voix de Al qui demandait s'il pouvait nous parler un instant.

« Je suis venu en catimini, dit-il en entrant dans la chambre et en refermant la porte derrière lui. Ta mère croit que je suis sorti faire un tour. Elle est extrêmement inquiète pour ta sœur. Et je dois dire que moi aussi, je trouve Jen plutôt… pâle. » Il frotta ses mains l'une contre l'autre, à court de mots, puis alla s'asseoir près de la fenêtre. « David, Jenny est-elle malade ? Tu peux me le dire. Peut-être puis-je faire quelque chose. » Dira et moi échangeâmes un regard, et Al poussa un soupir. « Oh, non… Qu'est-ce qu'elle a ?

— Jen n'est pas malade, Al. En tout cas, elle n'a rien que la médecine puisse guérir. »

Il attendait que je continue, et j'hésitais, ne sachant si j'avais le droit de parler.

« Elle est malheureuse, Al, dit Indira.

— Mais pourquoi ? Tout marche à merveille, la maison de couture, la boutique...

— Elle veut quitter Ian, et elle ne peut pas parce qu'elle l'aime.

— Alors pourquoi... ? » Al se leva d'un bond, comprenant soudain. « Arthur... Quand ? Quand l'a-t-elle... ?

— Il y a plusieurs mois.

— Oh, mon Dieu... » Il se mit à tourner autour de la pièce, puis s'arrêta brusquement. « Oui... bon... il ne faut rien dire à ta mère. Il vaut peut-être mieux qu'elle continue à croire que Jenny est en train de mourir d'une maladie incurable. »

Al se dirigea vers la porte, s'attarda un instant, et soudain la porte s'ouvrit et ma mère entra dans la chambre. Elle était blême et se tenait très droite, un sourire forcé aux lèvres.

« Cela m'apprendra à écouter aux portes. Je venais te demander si tu savais quelque chose au sujet de ta sœur. Maintenant, je sais. »

Elle referma la porte, prit la main que Al lui tendait et le suivit jusqu'à la fenêtre. Elle se laissa tomber sur un siège et regarda Indira.

« Elle t'a parlé ?

— Non.

— Où est-*il* ?

— Il habite chez les MacGregor, à Barker Point. À moins de deux kilomètres d'ici. »

Ma mère leva les yeux sur Al, et il sourit. « Catherine, vous n'attendez pas que je le provoque en duel, n'est-ce pas ? Cela ne se fait plus, ma chère. Ce serait *mal vu*.

— Qu'allons-nous faire ?

— Rien, car il n'y a rien à faire... sinon attendre. »

Noël fut sinistre, malgré nos efforts pour agir comme si de rien n'était, mais le lendemain fut pire. En effet, May arriva au bras d'un beau jeune homme, et annonça que Michael MacGregor l'avait invitée à assister au gala de Hogmanay donné par sa famille.

« Mickey MacGregor, c'est toi, fils ? s'écria Malcolm, levant la tête de la partie d'échecs qu'il disputait avec Martin.

— Bonjour, Mr Fraser.

— Dis donc, la dernière fois que je t'ai vu, tu portais encore des culottes courtes. » En riant, Michael serra la main de Malcolm, puis celle de Martin. « Tu es à Harvard, *aye* ?

— Oui, j'ai encore un an à faire.

— Et tes frères ?

— Jeff est en deuxième année, et Kevin commence cette année.

— Magnifique ! Je vois que tu as choisi la plus belle fille de l'État de New York... une jolie fleur de *May*. »

May semblait ravie des compliments de Malcolm, et Michael lui mit fièrement le bras autour de la taille.

Mais Jen pâlit et se mit à trembler quand May lui présenta son nouveau galant.

« Tu ne peux pas y aller, May... Je suis vraiment navrée, mais nous fêtons Hogmanay ici... en famille.

— Pourquoi ne venez-vous pas tous ? » proposa Michael d'un ton affable, appuyant sa proposition d'un sourire éblouissant.

« Oh, mère, ce serait merveilleux, n'est-ce pas ?

— *Non !*

— Jen, dit Ian, je ne vois aucune raison de ne pas accepter. À partir du moment où Michael demande à ses parents...

— Oh, ils seront ravis que vous veniez. En fait, nous allions vous inviter. Mrs Liddle est la couturière préférée de mère et...

— Michael, dit Jen, c'est extrêmement gentil à vous, mais les grands-parents de May sont venus d'Écosse, et son oncle et sa tante de San Francisco. Il y a très longtemps que nous ne les avons pas vus, et nous aimerions fêter la nouvelle année tous…

— Grand-mère, s'écria May en lâchant la main de Michael et en se précipitant vers ma mère, dites que vous viendrez ! Dites que cela ne vous dérange pas si nous allons chez les MacGregor ! » Les yeux de May étincelaient, et elle avait beau être une remarquable actrice, je ne pouvais m'empêcher de penser que, cette fois, elle était vraiment amoureuse. Ma mère regarda May, puis Jen, puis à nouveau May ; elle pâlit légèrement, avant de devenir toute rouge.

« Peut-être… peut-être… que ta mère a raison, May…

— Oh, grand-mère, non ! Je vous en prie, dites que nous irons ! Je vous en prie ! »

Ma mère me jeta un coup d'œil, et je compris soudain.

« May, pourquoi Michael ne passerait-il pas Hogmanay avec nous ?

— Oncle Dan…

— Comme cela…

— Non ! Ce ne sera pas pareil ! Il n'y a absolument aucune raison pour que nous n'allions pas chez lui ! Tout le monde sera là !

— Bradley Collier Smythe ? fit Jen. Il sera là ? Bradley est un grand *ami* de May, n'est-ce pas, May ? Tu as parlé de Bradley à Michael ? »

May devint cramoisie. Michael la regarda d'un drôle d'air, s'écarta d'elle, bredouilla un au revoir et sortit.

« Pourquoi ? s'écria May en éclatant en sanglots, dès qu'on entendit la porte d'entrée claquer. Pourquoi as-tu fait cela ? Pourquoi ? »

Ian dévisagea Jen, qui ne répondit pas à May, puis il se leva et prit Jen par le bras. Elle le repoussa, s'écarta de lui et dit à May d'aller dans sa chambre, tandis que ma mère suggérait que nous sortions tous.

« Je n'irai pas dans ma chambre ! Je n'irai pas ! C'était méchant et cruel ! Il n'y avait aucune raison pour que tu dises cela, maman ! Je ne suis pas fiancée à Bradley ! Je suis libre de voir qui je veux ! Michael est… est… Pourquoi as-tu fait cela ? »

Ian fixait Jen du regard. Soudain, il la prit par les épaules, se pencha sur elle et lui dit quelque chose à l'oreille. Jen fit un signe de tête affirmatif, et Ian se tourna vers May.

« Ta mère a raison, May. Nous resterons ici. Tous.

— Papa !

— Monte dans ta chambre, May. »

May protesta, mais Ian continua à tenir Jen par les épaules, comme pour la protéger des assauts verbaux et des larmes de May. Cela me fit mal de les voir : il la protégeait, croyant qu'elle l'avait protégé.

Nous les laissâmes et sortîmes. La neige était abondante, mais le ciel était clair et le soleil chauffait. Au bout d'une heure, Ian nous rejoignit, me prit à part et me demanda de faire quelques pas avec lui.

« May n'est pas née prématurément, me dit-il quand nous fûmes sur la plage. Elle est née neuf mois après avoir été conçue… avec Arthur Millington. » Il attendit ma réaction, et je me contentai de hocher la tête, ne jugeant pas nécessaire de lui dire que je le savais déjà. « Il est chez les MacGregor. C'est pour ça que Jen n'a pas voulu que May y aille. Je croyais qu'il était rentré en Écosse. Je ne sais pas si Jen l'a revu ou pas, mais je sais qu'elle ne veut pas que May le voie… La pauvre. » Je me demandais si c'était de May ou de Jen qu'il avait pitié, mais je me dis que cela n'avait pas d'importance. « J'ai dit à Jen que nous pourrions peut-être en discuter avec May ; après tout, elle fréquente ce milieu de riches, et un jour ou l'autre elle finira par rencontrer Millington. Mais Jen a éclaté en sanglots… Je ne sais pas… je ne sais pas quoi faire. »

Quitte-la, dis-je silencieusement. *Quitte-la. Fais tes bagages et quitte-la.*

« Tu crois que je devrais ? s'enquit-il. Tu crois que je devrais le dire à May ?

— Non.

— À l'instant où ils poseront les yeux l'un sur l'autre, ils sauront. Elle est son portrait craché.

— May a des cheveux de la même couleur que les miens. C'est de famille.

— Ce sont les yeux. Cette teinte gris-bleu, exactement la même, et la forme, comme des yeux de chat. » Ian donna un coup de pied dans un tas de neige, qui dégringola jusqu'à la mer. « J'ai peur… j'ai peur de la perdre.

— Jen ?

— May. Si elle savait que Millingon est son vrai père. Elle est tellement fascinée par l'argent.

— Elle t'adore.

— Ouais… moi… et l'argent. » Il continua de contempler la mer, puis au bout d'une minute il dit : « Je ne peux pas la perdre. Elle est… Elle est… Je l'aime trop. Ce serait comme de perdre un bras ou une jambe. »

Je ne savais pas s'il parlait de Jen ou de May, et j'en étais malade, parce que, en fait, cela importait peu : il allait les perdre toutes les deux, au profit d'Arthur Millington. Et soudain, j'éprouvai une sensation très étrange. Je compris pourquoi Jen était malade. La duplicité n'est pas comme un manteau dont on peut se défaire. C'est une seconde peau, et cela était en train d'empoisonner Jen, de lui ronger le cœur.

18

(Long Island Sound, 31 décembre 1933)

« Que veux-tu faire, quand tu seras grande, Mary ? » questionna ma mère, assise au milieu des robes que j'avais essayées et laissées de côté parce qu'elles étaient toutes trop grandes : j'avais perdu plus de sept kilos. Mary était assise à côté de ma mère, qui lui brossait les cheveux. « Hmhmm ? Avec ces beaux cheveux noirs et ces yeux changeants comme la mer, que seras-tu, ma princesse ?

— Une actrice.

— Aaaahhh ! Et te verra-t-on briller sur la scène ou à l'écran ?

— La scène. Comme Sarah Bernhardt. C'est mon idole.

— Oui, c'était une très grande actrice. Ton grand-père Robert et moi, nous l'avons vue jouer Phèdre *à Paris, il y a très, très longtemps. » Ma mère ébouriffa les cheveux de Cathy, qui était en train de peigner Johnny. « Et toi, miss ? Qu'est-ce que tu seras ?*

— Avocate. Ty aussi sera avocat. Et tous les deux, nous allons... nous allons...

— Changer le monde, dit Mary d'un air moqueur.

— Et pourquoi pas ? fit ma mère. Le monde a besoin de changer.

— Oui, soupirai-je en enlevant la septième ou huitième robe que j'essayais. Il en a bien besoin.

— Et avec l'arrivée du Nouvel An, nous devons prendre des résolutions. Nous devons décider tout ce que nous ne ferons pas... et tout ce que nous ferons.

— ... Oui.

— Je ne me rongerai plus les ongles, déclara Mary. Et je gagnerai le quatre cents mètres à l'école.

— Tu ne peux pas courir à cause de ton asthme, dit Cathy avec douceur.

— Je n'aurai plus de crises d'asthme.

— Il ne suffit pas de le décider, Mare (c'était ainsi que Cathy appelait sa petite sœur), ça ne marche pas comme ça.

— Si, Cathy, quelquefois il nous suffit de décider. »

Ma mère ne me regardait pas en disant cela, mais je savais que ces mots m'étaient destinés. Je baissai la tête, honteuse à l'idée qu'elle ait découvert mon intention de quitter Ian.

« Mais Mary a de l'asthme, c'est... c'est une maladie physique. Elle ne peut pas s'en débarrasser simplement parce qu'elle le décide.

— Si, je peux. D'ailleurs, je ne serai plus jamais malade. »

Cathy ne dit rien, mais sourit gentiment à sa sœur, puis posa les yeux sur moi.

« Quelles sont tes résolutions du Nouvel An, m'man ?

— Je...

— Travailler moins, dit Mary en riant. Et rentrer tous les soirs pour le dîner.

— Et venir avec nous aux matches de base-ball, au cinéma...

— En pique-nique...

— À la plage...

— Oui, et faire du patin à glace à Central Park, et faire la grasse matinée le dimanche avec p'pa, comme avant, et on vous apportera le petit déjeuner au lit... d'accord, m'man ? » Mary me regardait avec des yeux remplis d'espoir, et même Cathy — qui avait fait la tête toute la semaine parce que j'avais interdit à May d'aller chez les MacGregor — attendait ma réponse avec anxiété. Savaient-elles, elles aussi ? Savaient-elles que j'avais promis à Arthur de quitter leur père le lendemain ? Savaient-elles que tout ce qu'elles me demandaient était impossible, parce qu'elles ne vivraient plus avec leur père ? « M'man ?

— Nous verrons, Mary.

— Voir quoi ? dit Cathy. Si tu veux, tu peux. Alors, pourquoi devrions-nous attendre ? Hein ?

— Peut-être que... que votre mère n'a pas encore pris ses résolutions de Nouvel An, Cathy. Mais il n'est pas trop tard, elle a encore le temps de prendre ses... résolutions. Allons voir si votre sœur veut bien ouvrir sa porte.

— Elle refusera. À moins que m'man ne lui permette d'aller chez les MacGregor.

— C'est moi qui ai demandé que nous restions ici, Cathy. Pas ta mère. Moi. Parce que je ne vous vois pas souvent, et que je voulais que nous soyons tous ensemble... en famille. » Ma mère se leva et, en passant près de moi, elle arrangea le haut de ma robe. « On va te rembourrer, ma belle ! Tu te rappelles, quand c'est toi qui m'as rembourrée, il y a vingt ans ? Le soir où nous allions chez Al à Musselburgh ? Quelle belle soirée, n'est-ce pas ? » Émue par la chaleur de sa main posée sur mon cou, j'y appuyai ma joue et fondis aussitôt en larmes. « Là, là, Jen... chhhuuut... » Elle me prit dans ses bras et jeta un coup d'œil vers les filles. « Cathy, va avec Mary retrouver votre père, en bas.

— Pourquoi elle pleure ?

— M'man, qu'est-ce qu'il y a ?

— Allez, mes chéries. Nous descendons dans un instant. »

Une fois la porte refermée, ma mère me fit asseoir sur le lit, s'assit à côté de moi, son bras toujours autour de mes épaules, et je posai ma tête sur ses genoux en sanglotant.

« J'ai peur, maman, j'ai tellement peur.

— Oui.

— Que va-t-il... Je ne sais pas quoi faire.

— Bien sûr que si, Jen. Nous savons toujours ce que nous devons faire, seulement nous avons peur de le faire.

— Le quitter ?

— Rester avec lui. Rester et te battre pour lui. Il le mérite.

— Il n'est pas avec une autre... c'est moi, c'est moi qui... Ian n'a pas de maîtresse. C'est moi qui...

— Tu l'aimes ?

— Tu sais bien que oui.

— Et Arthur ? Tu l'aimes aussi ?

— Oui... c'est pour cela... que je ne sais pas quoi faire.

— Mais y a-t-il autre chose à faire *que ce qui est juste ?*

— Que veux-tu dire ? » Elle me regarda un très long moment, me caressa les cheveux et m'embrassa sur le front. Puis elle se leva et se dirigea vers la porte.

« Mets la robe rose pêche, Jen. Cela donnera un peu de couleur à tes joues. »

Elle ne souriait pas, et ses yeux avaient un regard si triste que je crus qu'elle allait se mettre à pleurer. Elle ouvrit la porte, sortit sans bruit et referma derrière elle.

Je me séchai le visage, enfilai la robe en question mais, au lieu de descendre au salon, je sortis sur la terrasse. La nuit était glaciale, le froid mordant, et le vent me cinglait le visage. Je restai là jusqu'à ce que mes pieds soient engourdis et que je ne puisse plus supporter la morsure du froid.

La musique me parvenait du salon, en bas : Martin à la cornemuse, Annie au piano. Ils devaient tous danser, et je percevais le glissement des pas sur le sol, le froufrou des robes qui virevoltaient, le jappement de Johnny mordillant les talons des danseurs.

Allez, Jen, descends… c'est Hogmanay.

Je pensais à Arthur, à ce qu'il dirait à Ian le lendemain. Il avait promis d'y aller doucement avec Ian, de rester calme et d'essayer de lui faire comprendre qu'il y avait eu maldonne, quinze ans plus tôt, et qu'il était temps de réparer l'erreur. Ses filles resteraient ses filles, et il les verrait aussi souvent qu'il voudrait, car il serait toujours leur père ; mais elles vivraient avec nous, dans la maison qu'Arthur allait acheter à Manhasset Bay. Ce serait mieux... pour tout le monde.

Sauf Ian… Et Mary… Et Cathy… Et May… Oh, mon Dieu…

La musique s'amplifia, et je crus que ma tête allait exploser. May comprendrait tout de suite... Dès l'instant où elle verrait Arthur, elle reconstituerait le puzzle : les coupures de journaux qu'elle avait trouvées autrefois, pourquoi je ne voulais pas qu'elle aille chez les MacGregor, et pourquoi elle était née seulement huit mois après mon mariage avec Ian... Elle saurait... et ensuite ? Elle éliminerait Ian de sa vie, elle le rejetterait, parce que ce serait « mieux » d'être la fille d'Arthur Millington que celle de Ian Liddle.

Oh, Ian…

Et si j'attendais, si j'attendais jusqu'à ce que... mais cela ne changerait rien, rien du tout.

La pendule sonna minuit, et je me rendis compte soudain que j'étais restée une éternité dans ma chambre. Je descendis en vitesse. Ils levèrent tous leurs verres au moment où Ian, le visage noirci au charbon, franchit le seuil de la maison : c'était lui le first-footer [1]. *Quand il m'aperçut dans l'escalier, il tendit la main et, sans réfléchir, j'allai vers lui. Cathy et Mary se précipitèrent sur lui ; il souleva Mary dans ses bras, déposa une pièce de monnaie dans la main de la petite, et l'embrassa sur la joue.*

« Que cette année te soit prospère, Mary, ma petite fée », dit-il avant de la reposer par terre. Cathy s'approcha mais il n'essaya même pas de la soulever : elle pesait plus lourd que moi. « Puisses-tu ne jamais avoir faim, ma fille chérie », dit-il en lui mettant un bout de pain dans la bouche. Puis il lança un morceau de charbon à Davie en déclarant : « Puissent nos foyers demeurer toujours chauds. » Enfin, il se tourna vers moi, prit une branche de gui et me la posa sur la tête en formulant le vœu suivant : « Puisse notre amour... être éternel... » Il se pencha pour m'embrasser, mais se reprit, effleura mon front de ses lèvres et réclama de la musique.

Ian dansa avec les filles, l'une après l'autre, et je dansai avec oncle Martin, Malcolm, puis Al.

« Heureuse nouvelle année, Jen, me dit Al tout bas.

— Heureuse nouvelle année, Al.

— Le sera-t-elle ? Je veux dire, pour toi ?

— Je... je l'espère.

— ... Oui. »

May était demeurée dans sa chambre. Elle ne me parlait plus depuis le lendemain de Noël, et je savais que je ne pouvais absolument rien faire pour lui expliquer les raisons de ma terrible réaction, ce jour-là.

Davie et Indira passèrent près de nous en valsant, mais Davie ne me jeta pas un regard et j'eus l'affreux sentiment qu'il savait que je m'apprêtais à quitter Ian.

---

1. Voir note page 117. *(N.d.T.)*

Et, à la raideur avec laquelle Al me tenait par la taille, je compris que lui aussi savait. Bobby vint interrompre notre danse en tapant Al dans le dos ; il n'avait que neuf ans, mais il était très grand, très beau, et possédait autant de charme que de grâce.

« Comme vous êtes maigre, tante Jen.

— Oui... Il va falloir que je mange davantage. Qui t'a appris à danser aussi bien ?

— Mon papa.

— C'est vrai, c'est un excellent danseur. Quand nous étions enfants, en Écosse... »

Je m'interrompis parce que Johnny avait poussé un aboiement déchirant et, deux secondes plus tard, Cathy se mettait à crier. Le chien continua de gémir même quand elle le prit dans ses bras, et Cathy commença à pleurer.

« Je lui ai marché sur la patte... oh, Johnny... P'pa, je lui ai cassé la patte... P'pa ! »

Ian se précipita, prit Johnny dans ses bras et l'amena en pleine lumière, tandis que Cathy expliquait en pleurant qu'elle ne l'avait pas fait exprès, qu'elle ne l'avait pas vu. Je m'approchai d'elle pour la consoler, mais elle courut derrière Ian, qui montait à l'étage. « Oh, p'pa, est-ce qu'il...

— Ça va aller, Cathy. On va lui remettre la patte d'aplomb. »

Tout le monde monta dans notre chambre, et je débarrassai le bureau pour que Ian puisse y poser Johnny. Ian réclama du sparadrap et chercha quelque chose qui puisse servir d'attelle. Je lui tendis une pince à cheveux en écaille de tortue.

« Eh bien, John, ça t'apprendra, petit polisson, à tirer sur les jupes des filles... là, mon chien. Tout doux. » Ian caressa Johnny jusqu'à ce qu'il se calme, puis il redressa doucement sa patte cassée et glissa dessous l'attelle improvisée. « Jen, prépare-moi

quelques bandes de sparadrap. Doucement, mon chien, doucement... C'est presque fini.

— Eh bien, si tu ne réussis pas à devenir médecin, tu pourras toujours travailler comme vétérinaire.

— Merci, Martin, j'y songerai. »

Je tendis le sparadrap à Ian et, en regardant ses grandes et belles mains soigner Johnny, je me dis que la dernière fois qu'il les avait posées sur moi, c'était... un an plus tôt. Un an que nous n'avions eu aucun contact physique. Les filles observaient intensément leur père et le chien. Quand Ian eut terminé, il prit Johnny dans ses bras et lui caressa la tête.

« Te voilà complètement réparé, aye, *John ? Ne va pas mordiller ton bandage, maintenant, hein ? Il faudra que tu le gardes pendant six semaines. » Puis il tendit le chien à Cathy, posa les yeux sur moi et me sourit.*

Cela me tomba dessus comme une douce et chaude pluie. Je ne sais si je dis quelque chose, mais cela devait se voir sur mon visage, parce que Ian me regarda à nouveau comme s'il venait d'avoir une vision.

« Ian...

— Aye... »

Il était assis, moi debout devant lui, et nos genoux se touchaient. D'un geste lent, il m'installa sur ses genoux. J'entendis ma mère chuchoter derrière nous, faire sortir tout le monde de la chambre, et refermer doucement la porte.

« Ian...

— Chhhuuut... »

Il se leva, me prit dans ses bras et me porta sur le lit. Ma robe parut tomber toute seule — je ne me rendis même pas compte qu'il la déboutonnait — et il me caressa avec une infinie légèreté, comme s'il avait peur de me voir disparaître au contact de ses mains. Quand je n'y tins plus, je l'attirai au plus profond de moi et il se mit à trembler. « Attends... attends... » murmura-t-il, et au bout d'un instant, nos corps bougèrent au même rythme. « Aaaaah, dit-il dans un soupir, tu sais, ma belle... tu sais... jamais... jamais...

— ... Oui... » répondis-je. Parce que je savais. Je savais qu'il ne me blesserait jamais... et que je ne le quitterais jamais.

Il ne s'endormit qu'à l'aube et, juste avant de sombrer dans le sommeil, il chuchota : « Nous ne le lui dirons pas. Quoi qu'il arrive, nous continuerons à lui laisser croire qu'elle est notre fille à tous deux.

— Non, nous ne lui dirons rien.

— Ce n'est pas un mensonge. Elle est... elle est notre fille.

— ... Oui.

— C'est une petite peste.

— ... Oui.

— Oui. Je l'aime tant, Jen.

— Je sais. » Il ferma les yeux, et j'y déposai un baiser. « Et je t'aime. »

J'attendis qu'il fût profondément endormi pour me lever, mettre ma tenue de cheval et me rendre à l'écurie. Je retrouvais Arthur tous les matins à six heures, depuis que nous étions ici. Je fis vite, parce que je me sentais forte et je voulais le demeurer, pour lui annoncer que je restais avec Ian et que je voulais que lui, Arthur, retourne en Écosse.

Je sellai un cheval et me dirigeai vers une cabane de plage située à huit cents mètres de la propriété des MacGregor. Le cheval d'Arthur était attaché à un arbre et je vis une lueur filtrer sous la porte. Je serrais dans ma main le médaillon du Loch Leven que ma mère m'avait offert quand j'avais quitté l'Écosse ; j'espérais que, comme pour elle tout le temps qu'elle l'avait porté, il me donnerait la force dont j'avais besoin.

Fais ce qui est juste, Jen… fais ce qui est juste…, *me répétai-je plusieurs fois avant de trouver le courage de pousser la porte.*

Arthur était assis sur un lit de camp, le seul meuble à part une petite table sur laquelle était posée une lanterne. Il se leva dès mon entrée et me prit dans ses bras avant que j'aie pu dire un mot. Tout ce que je ressentais quelques instants plus tôt s'évanouit — la force, la résolution —, parce que je compris soudain à quel point j'allais le blesser.

« Je n'ai pas dormi. Et toi ?

— Non... Arthur...

— Je pensais à lui. Je souhaitais qu'il ait trouvé quelqu'un d'autre. C'est lâche de ma part, n'est-ce pas ? Mais il n'y a pas d'autre solution. Nous ne pouvons pas continuer ainsi, cela finira par te tuer, ma pauvre chérie.

— Arthur... »

Mais il ne m'entendait pas. Il me tenait serrée contre lui, la tête enfouie dans mes cheveux.

« C'est un déchirement pour toi, je le sais, mais ce sera mieux pour tout le monde. C'est ce qu'il faut que je me dise.

— Arthur...

— Tu es gelée. Viens t'allonger près de moi.

— Non !

— Juste pour te réchauffer.

— Je ne peux pas, je ne peux pas !

— Tu ne peux pas quoi ? » Je le dévisageai en secouant la tête. « Oh, Jenny... tu ne vois pas que c'est... c'est à cause de Hogmanay, et parce que tu es avec ta famille...

— Non, je ne peux pas le quitter.

— Je sais à quel point c'est dur, mais...

— Non, je ne peux pas. Je ne le quitterai pas.

— Mais tu es malheureuse avec lui.

— Avec moi-même. Ce n'est pas lui, c'est moi, moi seule. Ma place est auprès de lui.

— Ta place est auprès de moi ! » Il avait dit cela avec tant de force que je reculai. Il s'avança, me prit la main et me fit asseoir sur le lit. « Je suis désolé, excuse-moi. Essayons... essayons seulement de...

— Je veux que tu rentres en Écosse. » Sa tête retomba lourdement sur sa poitrine. Je mis mes bras autour de lui, l'étreignis, et il s'accrocha à moi. « Arthur... imagine que je t'aie épousé il y a quinze ans, et que nous ayons des enfants, trois filles, et que... et que Ian soit revenu dans ma vie. Qu'éprouverais-tu, si je te quittais pour lui ? Si j'emmenais tes enfants et si je te quittais... pour vivre avec lui... Arthur, je ne peux pas, tu comprends. Je ne peux pas lui faire cela, parce que je l'aime trop. Et ce n'est pas seulement lui, mais les filles. Il y a la vie de cinq personnes en jeu, et...

— Six.

— Oui, toi aussi. Oh, Arthur, je jure sur ma propre tête que je t'aime. Je t'aime. Mais ma place est auprès de lui. Si je ne l'avais pas connu, je pense que toi et moi, nous aurions été très heureux ensemble. Mais je l'ai connu, et... et il faut que je reste avec lui, parce que là est ma place. »

Arthur se laissa tomber sur le lit, m'attira à lui et me tint serrée contre lui.

« Nous pourrions... continuer... Je prendrais une maison ici, et...

— Non.

— Jen...

— Rentre en Écosse. Épouse une...

— Non ! Je t'en prie, pour l'amour de Dieu... » Je voulus me lever, mais il me retint. « Oh, Seigneur Dieu, Jen... Il n'y a aucune autre femme. Quand je les compare à toi, j'ai l'impression qu'elles sont toutes des marionnettes en bois.

— Maintenant, elles ne te paraîtront plus comme cela. »

Il rit, me caressa le visage, puis devint songeur.

« J'ai acheté une maison pour toi…

— Oui…

— Une maison que tu n'as jamais vue. Je ne peux pas y vivre. Je tourne en rond, j'écoute l'écho de mes pas…

— Arthur, je t'en prie…

— Chaque pièce est comme tu voulais qu'elle soit.

— Oui…

— Tu étais à moi.

— J'étais à lui. Je l'ai toujours été.

— Mais tu étais à moi avant.

— Non. » Il me dévisagea un long moment, ferma les yeux, m'attira contre sa poitrine.

« Quand ?

— Avant que j'aille vivre à Cromdale.

— Tu étais une enfant.

— J'avais quinze ans.

— Mais tu es partie.

— Oui… parce que je ne voulais pas l'aimer. Mais je n'ai jamais cessé de l'aimer. Et je l'aime toujours. »

Arthur avait mis un bras sur son visage, et de l'autre me serrait toujours contre lui. « Je m'efforce d'être noble, Jen… cependant c'est… » Il se tut, mais se mit à trembler.

« Oh, Arthur… » Je lui caressais la joue, cherchant un moyen de le consoler, mais je ne pouvais que répéter : « Oh, Arthur… oh, Arthur… »

Je dus répéter cela pendant au moins un quart d'heure, jusqu'à ce qu'il se calme, jusqu'à ce qu'on entende un bruit à l'extérieur, jusqu'à ce que la porte s'ouvre brusquement et que Ian apparaisse devant nous. Ses yeux me transpercèrent, puis fixèrent Arthur, qui s'était redressé. Ian fit demi-tour, posa la main sur la poignée de la porte et marmonna : « Vous avez gagné. »

La porte claqua, et j'entendis le galop d'un cheval. J'étais incapable de faire le moindre mouvement. Arthur se leva, arpenta la pièce, revint vers moi et me tendit la main.

« Viens, je vais lui expliquer. » Je le regardai, au bord des larmes. « Ne pleure pas, Jen. Je vais lui faire comprendre.

— Mais que vas-tu...

— Je lui dirai que nous nous sommes rencontrés ce matin, et que je t'ai entraînée dans la cabane, simplement pour m'entendre dire que tu aimes ton mari.

— J'étais couchée dans tes bras, Arthur.

— Tu luttais pour te dégager. Viens, plus vite ce sera fait, plus vite je partirai et... et... » Sa voix se brisa et il se détourna.

La maison était entièrement éclairée au moment où Arthur et moi revînmes à l'écurie. Je me demandais ce que Ian avait dit à ma mère, parce qu'elle me regardait avec de grands yeux quand j'entrai dans le hall. Je me rappelai soudain que May était dans la maison, elle aussi.

« Arthur, ce n'est pas une bonne idée. Laisse-moi... laisse-moi tenter de le raisonner.

— As-tu peur qu'il me frappe ?

— Oui. Retourne chez les MacGregor et je...

— Tu me téléphoneras ?

— Non.

— J'en ai pour une minute. Et si je dois te laisser avec lui, alors je veux être sûr que tu seras bien traitée. J'attendrai.

— Dans le salon, se hâta de dire ma mère. Par ici. Al, pourriez-vous demander qu'on apporte du café ? Ou du thé, Mr Millington ?

— Non, rien, je vous remercie.

— Cathy, emmène Mary là-haut, restez avec May et ne descendez sous aucun prétexte avant que je vous appelle. » Ma mère se tourna vers moi. « Veux-tu que j'aille chercher Ian ou...

— J'y vais. » Ils étaient tous en robe de chambre. Davie me regarda fixement, puis me suivit à l'étage. « Ian est arrivé pendant qu'Arthur et moi étions...

— Seigneur Dieu...

— Non, nous nous disions adieu. Je lui ai demandé de rentrer en Écosse.

— Ian est en train de faire ses bagages.

— Arthur va lui expliquer.

— Expliquer quoi ?

— Davie, je t'en prie. » Arrivée devant la porte de la chambre, j'entendis le bruit de tiroirs qu'on refermait brusquement. Je pris une profonde inspiration et, juste avant d'entrer, je dis à Davie : « Empêche May de descendre. » Il fit oui de la tête, s'éloigna, et j'entrai dans la chambre.

« Ian, je sais que...

— N'ouvre pas la bouche !

— Arthur va t'expliquer...

— Non, pas si je lui démolis la mâchoire !

— Ian, je l'ai vu ce matin et... je voulais lui demander de retourner en Écosse parce que je craignais qu'il ne voie May... » Ian fonça sur moi et je reculai. « Il... il veut t'expliquer.

— Je suis tout ce qu'on veut, Jenny, mais jusqu'à présent je ne me considérais pas comme un imbécile.

— Ian, je te jure qu'il ne s'est rien passé. »

Il me lança un regard furieux, continua à jeter des vêtements dans sa valise, et quand celle-ci fut pleine, il la referma.

« J'ai failli croire... la nuit dernière...

— Ian, je t'en prie, parle avec Arthur, je t'en prie.

— Je ne crois pas *que ce serait sage.*

— Laisse-le simplement...

— Je l'ai laissé faire suffisamment, il me semble ! Si je le laisse faire davantage, je vais lui faire avaler ses dents !

— Où vas-tu ? Tu rentres à Astoria ?

— Non.

— Où, alors ? Ian ?

— Je te demande une seule chose : ta parole que May continuera à croire que je suis son vrai père.

— Ian...

— Jure-le-moi, quoi que dise Arthur, je veux avoir l'assurance que ma... que May...

— Oh, mon Dieu, Ian...

— ... qu'elle croie...

— Arrête, je t'en supplie. Parle avec Arthur. Il te dira la vérité.

— J'ai ta parole, pour May ? Tu le jures ?

— Oui, oui, mais...

— Tu diras aux filles que j'ai été obligé de partir. Je leur expliquerai quand ta mère et Al seront rentrés en Écosse.

— Leur expliquer ?

— Pourquoi toi et moi, nous ne vivrons plus ensemble.

— Ian...

— Bonne chance, Jen. »

Avant que je puisse le retenir, il sortit de la chambre en coup de vent et descendit l'escalier quatre à quatre. Je me précipitai derrière lui en criant son nom, mais il était déjà dehors et se dirigeait vers la voiture. Il s'arrêta soudain, se retourna et me lança : « Dis à Dave de m'accompagner en ville.

— Ian, non, tu dois écouter Arthur...

— Il n'y a rien que je doive faire ! » Arthur et ma mère étaient sortis du salon. En voyant Arthur avancer vers lui, Ian posa sa valise par terre. « Si j'étais vous,

Mr Millington, je n'approcherais pas davantage. » Arthur s'arrêta net. « Jen, appelle ton frère.

— Mr Liddle, je n'ai pas revu Jenny depuis le soir où elle a quitté Cromdale... avec vous. Et, quand nous nous sommes rencontrés ce matin, je dois avouer que j'étais... j'étais extrêmement ému, si ému que... que je...

— Que vous vous êtes mis à pleurer et que ma femme vous a consolé.

— Oui.

— Appelle ton frère, Jen.

— Pour être tout à fait franc avec vous, Mr Liddle, rien ne me ferait plus plaisir que de vous voir monter dans cette voiture et partir... Si... si cela pouvait changer les sentiments de Jenny à mon égard. Mais je sais que ce n'est pas le cas, et je ne peux donc, en toute conscience, vous laisser continuer à croire quelque chose qui n'est pas vrai. Je jure devant Dieu que je n'ai jamais *eu de rapports plus... intimes avec votre femme que les baisers innocents que nous avons échangés à Cromdale. »*

Ian me regarda par-dessus l'épaule d'Arthur, eut un affreux rictus, et regarda Arthur dans les yeux.

« Alors, soyez damné. »

Arthur resta sans voix. Davie arriva, prit la valise de Ian, ouvrit la voiture, fit monter Ian, s'installa au volant et démarra.

Je courus derrière la voiture, je courus jusqu'à la grille, mais Davie ne s'arrêta pas. Comme je regardais l'auto s'éloigner, je sentis une présence à mes côtés. C'était Arthur.

« Qu'a-t-il voulu dire ?

— Il savait que tu mentais.

— Comment cela ?

— À cause de...

— De quoi ? Lui as-tu parlé de la nuit à Inverness ? Quand toi et moi... Qu'est-ce qui a pu te pousser à le lui

dire ? » Je contemplais la route, et les feux arrière de l'auto qui disparaissaient de ma vue. « Que veux-tu que je fasse, Jen ?

— Je veux que tu rentres en Écosse.

— Et s'il...

— Il reviendra.

— Mais s'il ne revient pas ?

— Il reviendra... Il reviendra... » Parce que j'attendrai jusqu'à ce qu'il revienne. « *Arthur ?*

— Oui ?

— Merci. »

Il sourit, me caressa la joue, puis se dirigea lentement vers l'écurie pour aller récupérer son cheval.

« C'est un homme de cœur, fit la voix de ma mère près de moi. J'ai été surprise. Je ne pensais pas qu'il était...

— Un homme de caractère.

— Oui.

— Oui...

— Tu restes ?

— Oui. Je reste. »

Elle me sourit, mit son bras autour de mes épaules et m'entraîna vers la maison. Les filles étaient toutes les trois sur le perron, et May avait les yeux fixés sur la silhouette du cavalier qui s'éloignait en direction de Barker Point. Elle ne dit rien mais frissonna, et je me dis que c'était la fraîcheur de l'air matinal... rien d'autre que la fraîcheur de l'air...

19

(Harlem, 1er janvier 1934)

« Tu étais au courant ?

— Non », répondis-je, ne mentant qu'à demi.

Ian ne dit rien d'autre jusqu'au moment où j'arrêtai la voiture devant l'immeuble de Tom et Lorraine. Je ne lui avais même pas demandé s'il voulait que je l'emmène à Astoria : en fait, je savais que c'était ici qu'il voulait venir. Il leva la tête vers l'appartement de Dolores, juste au-dessous de celui de Tom et Lorraine, puis me dit qu'il passerait dans une quinzaine de jours à la 31e Rue pour parler à ses filles.

« Qu'est-ce que tu vas faire, Ian ?

— Je ne sais pas. Je n'ai pas vraiment envie d'y penser. Pour le moment, ce dont j'ai envie, c'est d'aller… là-haut, et de *ne pas* penser.

— Ouais…

— Je te verrai sur le chantier demain matin.

— Que dois-je dire à Jen ?

— Je lui ai déjà dit tout ce que j'avais à lui dire.

— Elle a demandé à Arthur de rentrer en Écosse.

— Pour préparer la maison ?

— Elle ne s'en va pas, Ian. »

Il sortit de voiture mais, avant de refermer la portière, il se pencha vers moi. « Merci de m'avoir ramené. Tu m'excuseras, mais il faut que j'y aille. Je ne veux pas *décevoir* Dolores. »

Il referma la portière mais demeura un moment à contempler la lumière, là-haut, et je me dis que peut-être il n'avait pas encore couché avec Dolores, et que ce serait ce soir la première fois. Il se retourna, me fit un salut avec deux doigts, et gravit lentement les marches du perron.

Arthur embarqua sur le *Normandie* le 6 janvier… seul.

La famille resta dans la villa de Manhasset Bay, mais Jen, Dira et les enfants rentrèrent à Astoria le dimanche soir, car l'école reprenait le lundi. La veille du départ de Al et de ma mère, Ian me demanda de l'amener à Long Island pour leur faire ses adieux.

« Ta mère sait-elle où j'étais, ces quinze derniers jours ? me demanda-t-il au moment de sonner.

— Elle sait que tu n'étais pas à Astoria. »

Ma mère vint ouvrir elle-même — elle avait dû apercevoir ma voiture —, prit Ian par les mains et l'entraîna à l'intérieur de la maison. Al était dans le bureau, assis devant un feu de cheminée. Il se leva à notre arrivée.

« Nous avons trouvé notre niche, même dans une aussi grande maison », dit-il avec un sourire chaleureux, avant de serrer la main de Ian et de lui indiquer le fauteuil en face du sien. Ma mère était debout, appuyée contre le dossier du siège de Al ; je m'assis sur un tabouret tout près de la cheminée et tendis mes mains vers le feu. « Ian, dit Al d'une voix lente. Nous aimerions beaucoup t'aider pour les frais de justice, avant que ton procès ne vienne en appel.

— Je m'en suis occupé, Al. Mais je vous remercie.

— Et la faculté de médecine ? questionna ma mère.

— Le procès passe au tribunal au mois de juin et si je gagne, je commence en septembre.

— Le plus brillant étudiant que la faculté de médecine de Columbia aura jamais eu.

— Le plus vieux, en tout cas.

— Et auras-tu une bourse ?

— Non, mais une fois que j'aurai été admis, je devrais pouvoir obtenir un prêt.

— Et tes… *frais de subsistance* ?

— Ça ira. »

Il y eut un long silence. Puis Al donna une légère pression de main à ma mère, qui s'avança vers Ian en ouvrant les bras.

« Tu écriras, *où* que tu sois ? Tu écriras, n'est-ce pas ? » Sa voix tremblait un peu, et je crus d'abord que c'était l'émotion des adieux ; mais, en la regardant de plus près, je remarquai les rides qui creusaient son front et le tour de ses yeux, et je réalisai que ma mère avait presque soixante-quatre ans.

« J'écrirai.

— Et, si jamais tu as le mal du pays, tu sais que notre porte t'est toujours ouverte.

— Oui.

— Je ne sais pas quand… quand nous reviendrons… » Elle se mit à pleurer. Ian baissa la tête, puis étreignit longuement ma mère. « … C'est pourquoi je veux te le dire maintenant, Ian Liddle… Je t'aime aussi tendrement que… que mes propres enfants… et… » Incapable de continuer, elle dit d'une voix étranglée : « Que Dieu te garde », puis sortit de la pièce.

Il s'écoula un bon moment avant qu'aucun de nous puisse parler.

« Je vais donc te dire au revoir… *rapidement* », dit Al en se levant. Il serra la main de Ian, la garda un instant dans la sienne, puis ajouta : « Bonne chance, Ian.

— Merci », fit Ian, avant de me jeter un coup d'œil et de se diriger vers la porte. Je me levai et le suivis.

Notre étape suivante était Astoria. Ian m'avait prié de l'accompagner quand il annoncerait aux filles que Jen et lui allaient se séparer, et je savais que c'était parce qu'il avait peur de flancher s'il voyait Jen seul à seule.

C'est Cathy qui ouvrit la porte, mais Mary et May arrivèrent en courant et toutes trois se jetèrent sur Ian en lui racontant mille choses. Il avait l'air si heureux que je me demandai s'il se rappelait le motif de sa visite.

« M'man a cuisiné toute la journée, p'pa ! Tu sens les bonnes odeurs ?

— Et elle a pris des tas de résolutions de Nouvel An !

— Elle ne travaillera plus le soir !

— Et c'est elle qui fera le dîner !

— Et on ira au cinéma !

— Et elle a dit que je pourrais voir Michael MacGregor autant que je voudrais ! fit May, rayonnante.

— Elle a dit ça ?

— En fait, elle m'a expliqué que Mrs MacGregor était sa meilleure cliente et qu'elle ne voulait pas que je… que je… enfin, tout est arrangé, maintenant… Vous restez dîner, oncle Dave ?

— Euh…

— May, où est ta mère ?

— À la cuisine. »

Mary prit son père par la main et l'entraîna vers la fenêtre de la salle de séjour, pour lui montrer un petit pot en terre posé sur le rebord de la fenêtre.

« Je les ai plantées ! Les graines que grand-mère a rapportées d'Écosse ! Les pommes de terre magiques ! Et je vais avoir un rôle dans la pièce de théâtre de l'école !

— Mare va jouer une fée !

— M'man est en train de lui faire un costume avec des ailes et…

— On mettra dessus de la poussière d'étoiles, et elle pourra voler !

— Regarde Johnny, p'pa !

— Il commençait à ronger son plâtre, alors…

— Maman lui a mis ce drôle de chapeau. »

Ma sœur avait accroché un vieil abat-jour au collier de Johnny, ce qui le faisait ressembler à un chien de cirque. Il était d'un comique irrésistible. Mais Ian ne rit pas en se baissant pour le caresser. Il leva la tête au moment où Jen sortait de la cuisine. Même moi j'en eus le souffle coupé. C'était incroyable de voir à quel point quelqu'un pouvait changer en l'espace de quinze jours. Jen avait changé, ça oui, ou plutôt elle était redevenue elle-même : éblouissante. Elle avait repris les kilos qu'elle avait perdus, et ses cheveux bouclés flottaient librement sur ses épaules. Elle portait une robe de velours violet qui faisait ressortir la blancheur de sa peau et mettait en valeur ses yeux couleur d'améthyste. Sa robe, très décolletée, lui faisait la taille fine et lui moulait les hanches, et Ian la contemplait comme un homme affamé contemplerait une table de banquet.

Jen sourit d'un air prudent, mais elle se rendit compte que l'effet recherché avait atteint son but. Ils n'échangèrent pas un mot. Les filles continuaient à assaillir Ian de leurs bavardages et cherchaient à lui enlever son manteau.

« Je ne reste pas, Cat, laisse-moi ma veste.

— Quoi ?

— Je suis passé pour…

— Comment, tu ne…

— Les filles, si vous alliez dans votre chambre et nous laissiez, votre père et moi…

— Non, restez où vous êtes, les enfants. Nous allons *tous* discuter, ensemble. » Jen pâlit et balbutia qu'ils pourraient parler après le dîner. « Non, parlons *maintenant.* »

Ian s'installa dans un fauteuil près de la fenêtre, alluma une cigarette et leur dit à toutes de s'asseoir. Je m'éloignai du côté de la salle à manger, parce que je ne voulais pas assister à leur discussion.

« Votre mère et moi avons décidé de… de nous séparer, et…

— P'pa !

— Non…

— Oh, papa…

— Tais-toi, May, dit Ian. Il arrive parfois que deux êtres, même s'ils s'aiment, ne puissent pas vivre ensemble, et dans ce cas il vaut mieux qu'ils vivent séparés.

— Où ? Où est-ce que tu vas vivre ?

— À Harlem.

— Avec Tom et Lorraine ?

— Au-dessous de chez eux.

— Avec une femme ? » questionna May.

Il ne répondit pas. Mary contemplait avec de grands yeux les mains de Ian, et la marque laissée par l'alliance qu'il ne portait plus. Ian continua d'une voix calme, douce, sans rejeter la faute sur quiconque, disant que c'était ainsi, et que la séparation serait mieux pour tout le monde. Jen gardait la tête baissée, réalisant sans doute que, cette fois-ci, elle l'avait vraiment perdu. Cathy secouait la tête, et May se mit à pleurer.

« Tout allait être si… Papa… pourquoi ?

— Je viens de l'expliquer, May.

— Mais pourquoi ? Tu l'aimes et elle t'aime ! Pourquoi ? Ce ne sera pas pareil, comment peux-tu dire que ce sera pareil ? Si tu n'es pas là… si tu n'es pas là le matin… si tu n'es pas là quand nous nous couchons… »

May sanglotait, et Ian vint s'asseoir près d'elle ; toutes trois grimpèrent sur ses genoux et se blottirent contre lui. Il ferma les yeux. Ne pouvant supporter davantage cette scène, j'allai dans la cuisine.

Jen ne dit rien et, au bout d'un quart d'heure, j'entendis Ian expliquer aux filles qu'il les emmènerait dîner à l'extérieur une fois par semaine, et qu'il passerait tous ses dimanches avec elles. Puis il se leva, et ma sœur le suivit dans le couloir. Elle ordonna aux filles de ne pas bouger, et se mit à supplier Ian à voix basse. May me saisit le bras au moment où j'arrivais devant elle.

« Oncle Dave, il a trouvé quelqu'un d'autre, n'est-ce pas ?

— Non.

— Si ! Qui est-ce ? Cette femme qui venait le voir quand il était en prison ?

— May, il s'agit d'une décision réciproque.

— Comment pouvez-vous dire cela ? Écoutez-la le supplier ! Ce n'est pas juste ! Il n'a pas le droit de… de nous abandonner uniquement parce qu'il… Ce n'est pas juste !

— Il ne vous abandonne pas, May ! » dis-je avec force.

May s'effondra sur le divan et enfouit son visage dans les coussins. Une fois sur le palier, je vis Jen qui sanglotait et Ian qui la tenait par les poignets pour l'empêcher de mettre ses bras autour de lui. Il la repoussa, referma la porte et se précipita dans l'escalier.

J'attendis un instant, certain que Jen allait le suivre, mais elle n'en fit rien. Je l'entendais pleurer de l'autre côté de la porte, et pousser des gémissements de chien battu.

Ian était appuyé contre le mur de l'entrée de l'immeuble, me tournant le dos. Au bout de quelques secondes, je lui proposai de le raccompagner. Il tourna la tête vers moi, eut un sourire désabusé, et me dit qu'il préférait marcher. Mais il demeura là un moment, puis finit par se retourner et leva les yeux vers l'appartement.

« Elles… elles me manquent… *elles* me manquent…

— Alors reste. »

Il ne répondit pas, mais me remercia d'être venu avec lui et me dit d'embrasser Dira et les garçons. Puis il releva le col de son manteau et s'éloigna dans la 31e Rue.

Le soleil était bas sur l'océan, mais l'approche du soir n'apportait guère de fraîcheur sur la plage de Rockaway. Nous étions en pleine vague de chaleur, et le mois d'août avait été atrocement lourd et humide. Nous étions venus à la plage dans l'espoir que l'air marin serait plus frais, mais il était juste plus salé. Jen était dans l'eau avec Ty et Bobby, et Em, assise près de moi, les regardait.

« Comme elle est belle, fit Em. On dirait une star de cinéma.

— Hmhmm.

— Tu crois qu'il reviendra un jour ?

— Je ne sais pas.

— Est-ce qu'il l'aime, la femme avec qui il vit ?

— Pas comme il aime ta tante Jen.

— Alors pourquoi ne revient-il pas ?

— Pourquoi ne vas-tu pas avec tes frères ? dit Indira. Un dernier bain avant de rentrer à la maison. »

Em hésita un instant avant de se lever.

« Il ne reviendra jamais, n'est-ce pas ?

— Je ne sais pas, ma chérie.

— Ça fait six mois.

— Il va commencer la faculté de médecine en septembre, beaucoup de choses peuvent changer.

— Quoi ? May a dit que la femme avec qui il vit a un garçon de douze ans, qu'oncle Ian est le père, et…

— Ce n'est pas vrai, Em. Ton oncle n'a commencé à vivre avec elle que lorsque lui et ta tante ont décidé de se séparer. May… May a mal compris. Il y a beaucoup de choses que May *comprend mal*.

— Dave…

— Mais, papa…

— Va te baigner, Em », dis-je en haussant le ton. Puis je me rendis compte que, dans ma colère envers May — qui voguait en ce moment sur le yacht des MacGregor —, je m'énervais contre Em. Je lui pris la main et la fis rasseoir près de moi. « May se trompe, Em. Oncle Ian est parti parce qu'il ne pouvait plus vivre avec tante Jen. Quand tu seras plus grande, je t'expliquerai.

— Je suis assez grande. »

Mais que pouvais-je lui dire ? Comment lui expliquer que ni Ian ni Jen ne pourraient enlever de la tête de May l'idée que son père était parti pour retrouver sa maîtresse ? Ils ne pouvaient dire la vérité à May sans qu'elle conclût que l'homme avec qui sa mère avait eu une liaison était son vrai père, Arthur Millington. Cathy et Mary passaient tous les dimanches avec Ian, et croyaient que la séparation de leurs parents était temporaire ; elles s'imaginaient que tout rentrerait vite dans l'ordre si elles restaient en bons termes avec leur père comme avec leur mère. May, d'un caractère beaucoup plus intraitable, avait la certitude que la rupture était définitive. Elle pensait que son père avait abandonné épouse et enfants pour une autre femme et, exactement comme ma sœur avait fait à son âge, rayant de sa vie notre père quand il était parti, May avait rayé Ian de sa vie.

Il l'avait perdue.

« Papa ?

— May… May se trompe. Elle est… » Je ne pus finir ma phrase et Em hocha la tête, fâchée contre moi, puis alla retrouver ses frères et Jen. « … une petite garce sans cœur », dis-je, trouvant les mots qui me manquaient un instant plus tôt. Dira éclata de rire et me lança une poignée de sable. Puis elle me dit que l'avocat qui avait fait annuler la condamnation de Ian était venu à la boutique récemment et que Jen avait offert à sa femme une garde-robe entière pour rien.

« Elle n'était pas obligée de faire ça, tu sais, dis-je d'un ton un peu irrité. Ian l'a payé. »

Dira resta silencieuse un instant, puis elle se rapprocha de moi.

« Non, Dave, il a payé une partie de ses honoraires. C'est Jen qui a réglé le reste.

— L'avocat a accepté…

— Parce que Jen lui a demandé de dire à Ian qu'il ne lui prenait que les frais minima, sinon Ian n'aurait jamais eu assez d'argent pour faire appel. Ne dis pas à Jen que je t'ai mis au courant. Elle veut que personne ne le sache.

— Et le prêt pour ses études ?

— Accepté parce que Jen est allée trouver le banquier et a donné sa caution. »

Ma sœur arrivait, poursuivie par Ty et Bobby, et plus elle approchait, plus je me sentais mal à l'aise : coupable. Oh, bien sûr, je l'emmenais tous les dimanches avec nous pour qu'elle ne soit pas seule, mais je ne lui parlais pas beaucoup, et avec moi elle restait silencieuse, presque humble. Elle n'était pas comme cela à la boutique ; c'était une femme d'affaires remarquable, qui gérait parfaitement son entreprise — une main de fer dans un gant de velours. Et, même si Dira était une excellente modéliste, nous savions tous deux que c'était grâce à Jen que L'Élégance marchait si bien.

« Punis-les, Dira, fit Jen en riant et en s'écroulant sur la couverture. Ils m'ont mis la tête sous l'eau et ont failli noyer leur pauvre tante. »

Bobby, assis près d'elle, la regardait comme toujours d'un air extasié. Mais Jen ne se rendait pas compte que mon fils de dix ans était en adoration devant elle. Ty attrapa une cuisse de poulet et, tout en la dévorant, il me fit un clin d'œil pour me désigner son frère. Ty n'avait que neuf ans, mais c'était un gamin étonnamment perspicace, beaucoup plus mûr que Bobby, sur le plan intellectuel comme sur le plan émotionnel. Dira avait vu juste : sa peau noire lui valait des déboires, et il revenait souvent de l'école avec le nez en sang.

« Veux-tu dîner avec nous, Jen ? » demandai-je à ma sœur en lui versant du Coca-Cola. Elle me regarda d'un air surpris — mon devoir fraternel s'arrêtait en général au moment où nous la ramenions chez elle le soir — et me sourit.

« Ian va ramener les filles, et je veux être là. Pourquoi ne venez-vous pas manger avec nous ?

— Nous ?

— Avec les filles et moi. May sera là…

— Oh, fit soudain Indira. Ça me fait penser que j'ai promis à Mr Johnson de lui déposer une recette ce soir.

— Pour quoi ?

— Le curry. Lui et sa femme veulent ouvrir un service de restauration, en plus de la boucherie, et il m'a demandé de faire un curry.

— Tu n'as pas le temps de…

— Je sais, c'est pourquoi j'ai proposé de lui fournir la recette. Mrs Papadhopoulos fait des feuilles de vigne farcies et du baklava. Mr Johnson a dit qu'il te demanderait de faire des pâtés en croûte, Jen.

— Une boutique de traiteur internationale, dit Jen en riant. C'est fantastique.

— Ah ! vous faites les meilleurs pâtés en croûte du monde, tante Jen », s'exclama Bobby. Tyron éclata de rire et envoya un coup de pied à son frère. « Quoi ? C'est vrai.

— Merci, mon cher neveu, tu seras couché sur mon testament… avec des pâtés en croûte. » Jen regarda du côté de la mer, et fit signe à Em qui avait Johnny avec elle. « Elle est allée très loin.

— C'est une bonne nageuse.

— Elle avait l'air contrariée.

— Nous devrions rentrer.

— Était-elle… contrariée ?

— Non, répondit Indira d'un ton enjoué. Elle a quatorze ans. »

Tout le monde rit. Nous ramassâmes les couvertures et le panier de pique-nique, et partîmes.

La boucherie Johnson était fermée — on était dimanche soir — mais l'appartement se trouvait juste au-dessus de la boutique et, en nous voyant garer la voiture, Mr Johnson cria depuis la fenêtre qu'il descendait nous ouvrir.

Comme j'avais chaud et que j'avais du sable partout, je n'avais guère envie de m'attarder à bavarder. Je restai donc dans la voiture pendant que Dira allait donner la recette à Mrs Johnson. Mais celle-ci insista pour que nous venions tous boire du thé glacé. Je ne sais pas pourquoi, mais cela me parut curieux, parce qu'elle avait l'air tout agitée et ne cessait de regarder vers l'arrière-boutique. Je criai à Dira qu'il fallait que nous partions. Elle était prise entre Mrs Johnson et la porte ; elle fit demi-tour et, au moment où elle posait le pied sur le trottoir, Mr Johnson appela d'en haut : « Indira ». Et Dira leva les yeux vers la fenêtre.

« C'est elle ! Je vous l'avais dit, que c'était elle ! »

Dira me regarda, Jen lui cria de monter dans la voiture, mais Mrs Johnson avait attrapé Dira par le bras et l'entraînait dans la boucherie. Six ou sept personnes, armées de balais, de couteaux et de hachoirs, surgirent de l'arrière-boutique et, au moment où je sortais de la voiture, Dira me cria d'emmener les enfants et de filer.

J'hésitai un instant, jusqu'à ce que deux hommes saisissent Indira chacun par un bras et la traînent de force à l'intérieur. Je me précipitai, et une femme — c'était la boulangère de Steinway — tenta de me barrer le chemin ; je l'écartai d'un revers de main et elle chancela. Bobby et Tyron m'avaient rejoint et essayaient de repousser un couple qui m'avait mis la main dessus. Avant que j'aie pu leur dire d'emmener leur sœur et d'aller se cacher près de la rivière, un autre type m'enfonça un manche à balai dans l'estomac et je tombai à genoux, le souffle coupé.

« La gamine ! hurla un type brandissant un couteau de boucher. Attrapez la gamine !

— Allez chercher un flic !

— Non, il va vouloir partager la prime !

— Je la tiens, je tiens la… »

Je levai la tête, et vis la femme qui venait de parler tomber en arrière, évanouie : ma sœur, assise sur le siège de la voiture, lui avait envoyé ses deux pieds dans le ventre. Jen appela les garçons, leur dit d'emmener Em et de s'enfuir ; mais d'un seul coup la rue fut pleine de gens qui arrivaient de partout et commencèrent à se disputer pour savoir qui avait mis la main sur les kidnappeurs, et qui toucherait le million de dollars. Em hurlait qu'on nous laisse tranquilles, mais quelqu'un lui plaqua une main sur la bouche et l'entraîna dans la boutique avec nous.

« Mettez-les dans le frigo en attendant les flics !

— Ils vont geler.

— Mais non, juste pour un moment, ils vont…

— Je vous paierai, cria Jen quand on ouvrit l'immense réfrigérateur où pendaient d'énormes quartiers de viande. Je vous paierai tout ce que vous voudrez, mais laissez-les…

— Comment vous allez nous payer un million de dollars ?

— J'ai une boutique ! J'ai des actions ! Laissez-les partir !

— Elle a pas assez ! Elle ment ! C'est son frère !

— Mrs Johnson, je vous en supplie, vous les connaissez depuis dix ans ! Je vous paierai, je vous donnerai… »

Je ne pus entendre la suite, parce que la porte du frigo s'était refermée sur nous. Il faisait noir, il faisait froid, et ça sentait le sang séché. Je cherchai Em et Dira dans l'obscurité, les pris contre moi et nous nous laissâmes glisser par terre. Nous frissonnions de froid et de peur, mais aucun de nous trois ne disait mot. Em pleurait, mais la joue de Dira n'était pas humide sur mon cou, et je me demandais si elle pensait la même chose que moi : s'ils ouvraient cette porte, même d'un millimètre, nous foncerions, nous cavalerions comme des fous, et nous ne nous arrêterions que libres ou morts.

Mais ils n'ouvrirent pas la porte.

Il s'écoula un quart d'heure, peut-être plus, et quand Em eut cessé de pleurer, je lui murmurai à l'oreille :

« Quoi qu'elle te dise, Em…

— Qui ?

— Rose… ta mère.

— Elle n'est *pas* ma mère !

— Si, Em, fit Indira. Tu le sais.

— C'est toi…

— Non…

— Dira, dit Em en sanglotant et en tendant le bras par-dessus moi pour toucher Indira.

— Je suis là, ma chérie… Chhhuuut. N'aie pas peur. Elle ne te fera pas de mal. Et, dès que tu auras dix-huit ans, tu pourras quitter l'Écosse et…

— Noooooon !

— Chhhuuut. Écoute-moi, Em. Tu vivras avec elle, et ensuite tu reviendras en Amérique vivre avec ta tante Jen…

— Dira… Papa… je vous en prie… »

J'étais incapable de dire un mot, j'avais la gorge nouée par l'émotion, et je ne sais comment Dira arrivait à parler.

« Mais peu importe ce qu'elle pourra te dire, Em. Nous t'aimons, tous les deux, nous t'aimons et…

— Dira…

— … et nous t'aimerons toujours. »

Une voix en moi criait que ce qui se passait était bien réel, et qu'il fallait que je dise à Em un certain nombre de choses, des choses fortes, marquantes, qui resteraient pour toujours gravées dans son esprit. Je voulais lui dire que j'étais fier d'elle, qu'elle avait toujours été bonne et courageuse. Mais tout ce que je pus faire fut de la serrer plus fort contre moi.

Quand enfin on ouvrit la porte, nous étions à moitié gelés, la lumière nous fit mal aux yeux et nous vîmes des centaines de personnes avec des caméras, des flashes, et des questions. La foule commença à gronder, à nous huer et nous siffler, et je crois que, si ces gens avaient eu des pierres, ils nous auraient lapidés. Les kidnappeurs étaient une espèce honnie, et la meute en colère hurlait : « La chaise électrique ! La chaise électrique, pour tous les deux ! »

Em s'accrochait à moi, et Dira en se levant lui dit tout bas : « Rappelle-toi, Em… rappelle-toi qu'on t'aimera toujours… »

Quelqu'un essaya de saisir Em, mais elle se cramponna à moi, et j'entendis un journaliste dire que l'enfant paraissait sacrément attachée à ses kidnappeurs. Em cria qu'elle n'avait pas été kidnappée, que si on l'envoyait en Écosse elle s'échapperait, qu'il faudrait l'enfermer à clé dans sa chambre et l'enchaîner, parce que Rose Newburn n'était *pas* sa mère. Il y eut un murmure dans la foule, les flashes crépitèrent, et des micros se tendirent vers nous. Dira et moi gardâmes le silence, mais Em ne cessait de répéter qu'il faudrait la traîner pieds et poings liés pour qu'elle retourne en Écosse.

Au moment où nous approchions de la voiture de police, je vis Jen qui essayait de se frayer un chemin avec les garçons à travers la cohue mais n'y parvenait pas. Juste avant qu'on nous pousse dans la voiture, Tyron et Bobby émergèrent de la foule et coururent vers nous. Em les appelait en criant, et un reporter lui demanda qui c'était.

« Mes frères ! dit-elle en éclatant en sanglots. Mes frères ! »

Elle ne pouvait les toucher parce que les deux policiers qui la tenaient ne voulaient pas la lâcher ; alors Bobby donna un coup de poing à l'un d'eux, tandis que Tyron se précipitait sur Indira et moi.

« Il va falloir que tu t'en ailles, petit », dit le policier qui me tenait par le bras — un inspecteur, sans doute, car il ne portait pas d'uniforme. « Retourne avec ton… » Je dégageai brusquement mon bras, me baissai, pris Ty contre moi et enfouis mon visage dans son cou. On nous sépara, et Ty se cramponna à Dira qui essayait elle aussi de se libérer.

« Laissez-moi dire au revoir à mon fils ! » cria-t-elle. Le policier desserra un peu son étreinte, suffisamment pour permettre à Dira de se pencher et de serrer Tyron contre elle. Des centaines d'appareils-photo entrèrent en action, et soudain Em se fraya un chemin vers nous, Bobby sur ses talons.

« Miss Maclean, lança un journaliste. Vous allez enfin retrouver votre mère ! Qu'est-ce que vous…

— *Elle n'est pas ma mère !* » Em se précipita sur Dira et se pendit à son cou en criant : « C'est elle ma mère ! Dira… Indira Nehru… c'est elle ma… »

Les policiers saisirent Em, l'emmenèrent vers une autre voiture, puis nous séparèrent, Dira et moi, de

Tyron et Bobby, avant de nous pousser dans la voiture de police qui nous attendait. À l'intérieur se trouvaient trois policiers : deux à l'avant, en uniforme, et, entre Dira et moi, l'inspecteur de tout à l'heure. Personne ne dit mot quand ce dernier nous mit les menottes.

« Où emmène-t-on ma fille ? questionnai-je quand la voiture démarra.

— On prendra soin d'elle.

— Mais où l'emmène-t-on ?

— Une assistante sociale s'occupera d'elle jusqu'à ce que votre femme arrive... je veux dire, votre première femme.

— C'est-à-dire quand ?

— Ceux qui vous ont livrés lui ont déjà télégraphié. Il y a un vol de la Pan American au départ de Paris qui l'amènera ici dans environ vingt-quatre heures. »

L'inspecteur parlait bas, comme s'il était gêné, et je me demandais si c'était à cause des garçons et de ce que Em avait dit.

« Serons-nous jugés ici ?

— Non. Vous êtes tous deux citoyens britanniques.

— Ma... Miss Nehru ne l'est plus : son passeport a été invalidé quand on l'a obligée à quitter le pays il y a onze ans, et comme nous avons dû nous cacher, elle n'a pas pu obtenir la nationalité américaine. Quel est son statut ? »

Les deux types à l'avant ricanèrent, et le policier qui était entre Dira et moi leur dit de se taire.

« Je ne sais pas. Mais elle devra de toute façon être jugée en Écosse.

— Et si je vous disais que tout ce qu'on a publié au sujet de miss Nehru et moi était mensonger, que...

— Oh là, mec, garde ta salive. Tu raconteras ça au juge », dit le policier qui était au volant.

Je me tournai vers l'inspecteur et lui dis que je ne pensais pas que nous arriverions jusqu'au tribunal.

« Vous serez escortés par des agents du gouvernement et…

— Américains ou britanniques ?

— Britanniques.

— Alors, nous ne rentrerons jamais. » Il me regarda sans rien dire. « Aurons-nous le droit d'avoir un avocat ?

— Non, parce que ce n'est pas le gouvernement des États-Unis qui vous a arrêtés. Nous ne faisons que vous détenir.

— On nous donnera à manger ? » demanda Indira. C'était la première fois qu'elle ouvrait la bouche depuis que nous étions montés dans la voiture. L'inspecteur se mit à rire puis, devant l'expression d'Indira, redevint sérieux.

« Bien sûr, on vous donnera à manger.

— Ouais… des steaks bien épais, avec des patates au four !

— Et des fines herbes et de la crème fraîche ! »

Les deux types continuèrent à plaisanter sur le menu qui nous attendait en prison, mais l'inspecteur avait l'air ennuyé. C'était un homme de mon âge, il portait une alliance et, à la façon dont il avait gentiment demandé à Ty de s'en aller, je me dis qu'il devait lui aussi avoir des enfants.

« Quel âge ont vos enfants ? lui demandai-je.

— Quatre et cinq ans… deux garçons. » Il détourna les yeux, mal à l'aise. « Vous savez, mon vieux, j'ai bien l'impression… enfin, j'ai entendu la petite, j'ai vu vos gamins, et si vous voulez mon avis, je pense que l'accusation contre vous est montée de toutes pièces. Mais j'ai les mains liées.

— Tout ce que vous avez à faire, c'est d'arrêter cette voiture, de nous enlever les menottes, et d'ouvrir la portière.

— Ouais ! dit en riant le type qui conduisait. C'est magnifique ! Et nous, on va tous les trois se faire pincer pour complicité de…

— Et quand on se retrouvera au commissariat, on dira au chef : “Désolés, mais ils se sont enfuis !”

— Ça va, ça va, bouclez-la, vous deux », dit l'inspecteur en leur donnant à chacun une petite tape sur la nuque. Puis, s'adressant à moi : « Je ne peux pas faire cela, et vous le savez sans doute. L'unique raison pour laquelle nous vous avons embarqués, c'est pour éviter que les gens qui vont toucher la prime ne…

— Mettent en pièces leur butin !

— Ouais, un vrai trésor !

— Parce qu'ils ne toucheront la prime que si le “trophée” est entier !

— Ça suffit, vous deux !

— Et si quelqu'un témoigne de notre honorabilité ? demandai-je.

— Votre sœur ?

— Non, quelqu'un d'étranger à la famille. Quelqu'un pour qui nous avons travaillé, qui pourrait témoigner que les accusations portées contre nous sont mensongères. Quelqu'un qui a une excellente réputation.

— Qui ?

— Mrs Evelyn Cameron, de Woodside en Californie.

— Vous avez travaillé pour elle ?

— Oui. Et elle témoignerait, je sais qu'elle le ferait. Si vous pouviez lui téléphoner…

— C'est une communication à longue distance.

— Ma sœur vous la remboursera. Si vous pouviez juste dire à Mrs Cameron que Daniel Rory…

— Nous sommes arrivés ! fit le chauffeur.

— Vous lui téléphonerez ? »

L'inspecteur contempla ses mains sans rien dire, tandis que les deux policiers descendaient de voiture.

« Allez, les tourtereaux, venez…

— Demandez à ma sœur de l'appeler. Jenny Liddle, 20-64 31e Rue, Astoria. Son numéro est YELlowstone…

— Descendez, m'sieur…

— 2-2545. » Les policiers firent descendre Indira, mais l'homme assis à côté de moi restait de marbre. « Vous l'appellerez ? YELlowstone 2-2545. Dites-lui de téléphoner à Mrs Cameron à Woodside… Vous le ferez ? »

Les types me firent sortir de la voiture, et nous poussèrent, Indira et moi, à travers une foule de curieux, de photographes et de journalistes.

On nous sépara, sans nous laisser la possibilité de nous dire au revoir. On m'emmena dans une cellule où il y avait un lit de camp, une bible, un urinal et un évier, et le jeudi à midi on m'annonça que j'avais une visite. On me laissa enfermé dans ma cellule et on amena Rose dans la petite pièce adjacente.

Onze années avaient passé depuis la dernière fois que nous nous étions vus. Son visage n'avait pas changé — juste un peu plus marqué et plus pointu ; à part cela, elle était demeurée la même. Elle marqua une hésitation en me voyant, et agrippa le col de son élégant tailleur.

« Oui… Oui… » Elle ne dit rien d'autre, et me dévisagea en agitant une grande enveloppe. Je restai d'abord assis sur le lit de fer, puis me levai quand Rose alluma une cigarette et me la passa à travers les barreaux. Il y eut comme une décharge électrique quand nos doigts se touchèrent, et Rose recula brusquement, aussi surprise que moi. Elle reprit vite contenance. « Bon… On dirait du déjà vu, n'est-ce pas ? Tu ressembles à Rudolph

Valentino, on te l'a déjà dit ? » Je hochai la tête et elle se mit à rire. « Toujours aussi loquace, Davie. Bien, je ne perdrai pas de temps. J'ai apporté quelques documents que mon avocat a préparés et que, j'espère, tu vas signer. Quand Edmund a commencé à aller en classe, un de ses petits camarades lui a demandé s'il avait un lien de parenté avec le grand héros de la guerre, Robert Maclean, et Edmund a répondu avec fierté : "Oui, c'était mon grand-père." À quoi son copain a répliqué : "Alors, ton père est l'homme qui a frappé ta mère, qui a enlevé ta sœur et qui s'est enfui en Afrique"... Tu comprends, Edmund est un enfant hypersensible et, pour lui épargner l'affreuse vérité, je lui ai fait croire que c'était ta dépendance à la drogue qui t'avait rendu *malade* et t'avait obligé à partir, mais que, lorsque tu serais *guéri*, tu reviendrais à la maison. Mais son camarade lui a parlé des affiches placardées dans tous les bureaux de poste du monde, et Edmund, bien évidemment, m'a demandé pourquoi j'offrais une récompense pour la capture de son pauvre père malade. Je ne pouvais pas lui dire que j'avais la ferme intention de faire emprisonner son père et l'Indienne avec qui il s'était enfui jusqu'à la fin de leurs jours. C'est alors que j'ai compris que mon *châtiment* coûterait à mon fils sa réputation. J'ai donc augmenté la prime, dans l'espoir qu'une bonne âme vous mettrait la main dessus... et voilà. Dans cette enveloppe, il y a ta liberté et celle de miss Nehru. J'abandonne toutes les charges, j'entame la procédure de divorce, et je t'accorde la garde d'Emily. Il y a une clause... non, cher Davie, je crois que toi et moi, nous avons épuisé toutes les possibilités de réconciliation... non, la clause, c'est que tu fasses une déclaration publique, tout à fait semblable à celle que je t'avais demandé de faire il y a onze ans, pour dire que c'est l'usage de la drogue qui a altéré ton esprit et modifié ton comportement, t'a poussé à être violent avec moi, à prendre une maîtresse et à enlever ta propre fille. Une fois désaccoutumé de la drogue qui t'avait empoisonné l'esprit, tu es redevenu toi-même : doux et gentil. Mais le mal était fait, et tu ne pouvais retourner affronter la femme à qui tu avais causé tant de malheurs ; c'est pourquoi tu as vécu comme un fugitif, avec ta maîtresse, ta fille, et tes deux fils illégitimes… ça continue pendant des pages, je ne vais pas tout te lire, mais tu saisis l'essentiel. Cela se termine par l'expression vibrante d'un désir sincère de "bien faire" et d'enterrer le passé, et ainsi de suite…

— Où est Indira ?

— Dans la prison des femmes, juste à côté… saine et sauve. Tu m'as interrompue.

— Où est Em ?

— Je ne sais pas, et pour être franche avec toi, je ne m'en soucie pas vraiment. J'ai autant d'affinités avec *elle* que tu en as avec Edmund… *notre fils*. La vérité, c'est que je suis lasse. Je veux avancer dans ma vie, mais pas sans avoir la certitude que l'avenir d'Edmund est assuré.

— Et l'avenir de mes fils ?

— Comme je te l'ai dit, tu as été guéri de ta funeste habitude, ainsi…

— Ainsi, tu t'en tires sans une égratignure.

— Nos enfants, Davie, *nos* enfants se verront épargner l'humiliation d'être considérés comme les rejetons d'un monstre !

— C'est toi qui as concocté cette infamie !

— Parce que tu m'y as poussée ! C'est toi qui as commencé cette sale guerre, Davie ! *Toi*, pas moi ! »

Je retournai m'asseoir sur le lit. Rose déboutonna sa veste et la retira en se plaignant de la chaleur. Puis elle dit : « C'est insensé… il n'y a pas d'autre solution, signe les papiers et, pour l'amour du Ciel, finissons-en une fois pour toutes, toi et moi ! » Il faisait très chaud et elle avait toutes les raisons d'être énervée, mais il y avait quelque chose qui clochait.

« Et si je ne signe pas ?

— Alors on te ramènera en Écosse pour te juger.

— Et je serai innocenté. Et Indira aussi.

— Tu crois cela ?

— Je leur dirai la vérité.

— Ils se moqueront de toi et t'enverront à la potence… Signe ces maudits papiers, pour l'amour du Ciel ! » Elle avait dit cela d'une voix aiguë, incontrôlée : elle sortait de ses gonds, soudain. Elle se mit à marcher de long en large, en regardant tour à tour sa montre et la porte, et en agitant l'enveloppe ; puis, d'un seul coup, elle se retourna vers moi et fit claquer l'enveloppe contre les barreaux. « *Signe ces foutus papiers !*

— Pourquoi cette hâte ? Pourquoi faut-il faire ça maintenant ? J'ai le droit d'avoir un avocat…

— Tu n'as droit à *rien du tout*, sauf à ce que *je t'autorise* ! Ou bien tu signes les documents maintenant, et on en termine avec cette sordide affaire, ou bien, je le jure, Davie, tu le regretteras jusqu'à la fin de tes jours !

— Je veux vingt-quatre heures.

— *Non !*

— Pourquoi non ? »

Sans me regarder, elle roula l'enveloppe et la lança à travers les barreaux comme si c'était une flèche. L'enveloppe atterrit sur mon tibia. « Tu as une heure. Jettes-y un coup d'œil.

— Non.

— Quoi ?

— J'ai dit non, je ne les signerai pas. Je veux un procès. Je veux que nous soyons innocentés. »

Rose arpenta un moment la pièce, en dégrafant un peu son corsage de soie, puis elle vint tout près des barreaux et dit d'une voix calme : « As-tu suivi le procès Hauptmann ? Tu sais, l'homme qui a enlevé le bébé des

Lindbergh ? As-tu lu dans la presse comment la soif de vengeance du peuple américain a été *étanchée* quand il a été condamné à la chaise électrique ? Crois-tu que ces mêmes gens se soucieraient que deux vils criminels, des *kidnappeurs*, soient tués en essayant de s'évader ? » Je me levai d'un bond et elle recula, malgré les barreaux de fer qui nous séparaient. « Tu as autant envie que moi d'en finir avec cette histoire, Davie, ne me dis pas le contraire ! Nous sommes également coupables ! Nous avons détruit *nos vies* ! Pour l'amour du Ciel, sauve au moins celles des enfants. Signe les documents !

— Pourquoi maintenant ? Pourquoi n'as-tu pas proposé cela plus tôt ?

— Tu te cachais, mon cher mari, est-ce que tu l'oublies ?

— Non, non. Pourquoi maintenant ? Qu'est-ce que la presse dit de tout cela ? C'est pour ça ? Je veux voir un journal avant de signer quoi que ce soit.

— Tu abuses de ma patience, Davie.

— Je veux voir ce que les journaux ont publié…

— Et moi je vais te dire ce que les journaux *vont* publier si tu ne signes *pas* les documents ! "David Maclean et sa maîtresse indienne Indira Nehru ont été abattus alors qu'ils tentaient de s'évader. Les cadavres de leurs deux fils illégitimes ont été retrouvés dans l'East River." Voilà ce qu'ils *vont* publier ! »

Je sentis mes genoux se dérober sous moi, parce que Rose avait exactement le même regard que la nuit où j'étais parti de North Berwick, et je savais que ce qu'elle disait était vrai : elle nous ferait tous assassiner parce que nous n'étions rien d'autre pour elle que de misérables insectes dont il fallait se débarrasser. Je me baissai pour ramasser l'enveloppe et restai un moment immobile, conscient que ce n'était pas seulement ma vie que je tenais entre mes mains, mais celle de cinq personnes, et que notre sort était lié à ma décision de signer ou pas les documents. Je sentais le regard de Rose sur moi, et je l'entendis pousser un profond soupir quand elle se laissa aller contre les barreaux en s'épongeant le front.

« Je ne *voulais* pas faire ça. Je ne *voulais* pas te menacer. C'est toi qui m'y *pousses*, Davie... comme toujours. Signe les papiers.

— Je veux qu'Indira les lise avec moi avant de signer.

— Et je suis censée vous regarder ?

— Non. Demande qu'on l'amène ici, et ensuite adresse-toi à qui il faut pour qu'on fasse venir Em ainsi que mes fils.

— Tes *trois* fils ?... Oui, d'accord. Où sont-ils ?

— Avec Jen. » J'ouvris l'enveloppe et la première chose sur laquelle je tombai fut un discours dactylographié. « Qu'est-ce que c'est ?

— Notre texte. Tu liras le tien en premier, ensuite ce sera mon tour.

— Pour qui ?

— Les journalistes. Nous passerons à la radio. En direct.

— Et ensuite ?

— Tu seras libre. Et moi je rentrerai... pour essayer de... faire quelque chose de ma vie... enfin, de ce qui en reste. » À peine Rose eut-elle achevé sa phrase qu'elle se plia en deux comme sous l'effet d'un coup, et elle se mit à pleurer. « Je suis obligée de protéger mon fils parce que... parce qu'il ne me reste que lui. » Elle se redressa, s'essuya les yeux et secoua la tête. « C'est tellement... tellement...

— Dommage ? »

Elle eut un sourire amer, puis se dirigea vers la porte. Mais, juste avant de sortir, elle se retourna en disant : « C'est un cavalier hors pair... Je ne peux le voir que de loin, mais... tout le monde dit qu'il a ça dans le sang...

Je pensais que cela te ferait plaisir de le savoir. » Elle attendit que je réponde, mais je contemplais les documents, devinant soudain que mon fils était de l'autre côté de la porte. « … Tu veux bien, Davie ? Pour lui. Juste…

— Ici ? Derrière les barreaux ?

— Je vais demander au gardien de te laisser venir dans la pièce. Tu pourras t'asseoir à la table.

— Rose…

— Ce n'est pas pour moi, ni même pour toi… c'est pour lui. Il a *besoin* de voir son père.

— Et qu'est-ce que je vais lui dire ?

— Que peut-être… toi et lui vous pourriez… vous revoir. »

Je la regardai, et elle rougit légèrement. « Croit-il… que lui as-tu dit ? Que j'allais revenir ? Qu'à partir d'aujourd'hui, il aurait un père ?

— Et pourquoi pas ? Même si toi et moi, nous ne vivons pas ensemble, pourquoi Edmund serait-il privé de son père ? Même si tu ne le voyais que deux fois par an, si tu lui écrivais et si tu l'autorisais à t'écrire, ne comprends-tu pas ce que cela représenterait pour lui ?

— Le voir ? Où ? Comment ?

— Vous pourriez partir en vacances ensemble. C'est moi qui paierais.

— En vacances ? Il croit que je suis un drogué !

— Guéri.

— Et comment as-tu expliqué cette *chasse à l'homme* qui a duré onze ans ? Si j'étais guéri, pourquoi n'as-tu pas dit à la presse la même chose qu'à Edmund ?

— Parce que nous ne t'aurions jamais retrouvé. Si j'avais offert l'amnistie, aurais-tu fait savoir où tu te trouvais ? Non… jamais. » Elle jeta un coup d'œil à sa montre et avança vers moi. « Tu veux bien le voir ? Je t'en prie… » Je restai un long moment à la dévisager, parce que je n'avais pas envie de voir Edmund, et je ne croyais pas que notre rencontre soit une bonne chose, ni pour lui ni pour moi. Rose perçut mon hésitation et, avant que j'aie eu le temps de répondre, elle ouvrit la porte, appela le gardien et le pria de me laisser sortir de ma cellule et de faire venir Edmund.

Je me passai un peigne dans les cheveux et m'aspergeai le visage d'eau, regrettant de ne pas être rasé et de porter encore les vêtements sales que j'avais à la plage. Le garde m'amena dans la pièce attenante et je m'assis à la table. Mes mains tremblaient, pas seulement parce que j'allais rencontrer mon fils pour la première fois, mais à cause de Rose, des papiers, et de sa hâte à me les faire signer. Je les contemplai, ces papiers — en double exemplaire, bien en ordre — et je me demandai quand Rose avait trouvé le temps de les faire établir par son notaire. Je lus deux fois chaque mot, cherchant le terme qui causerait notre perte, ce qui était plutôt stupide de ma part, étant donné que le document en lui-même était une abomination. Mais il indiquait clairement que toutes les charges seraient abandonnées, le divorce prononcé, Em confiée à ma garde, et qu'en aucun cas l'une ou l'autre des parties — Rose Newburn Maclean ou David Simpson Maclean — ne pourrait rouvrir le dossier, une fois les documents signés et attestés par l'avocat de Rose et un fonctionnaire du gouvernement américain.

Je remis les documents dans l'enveloppe ; cela n'avait aucun sens de les lire, parce que Rose aurait pu écrire n'importe quoi, j'aurais signé, puique sans cela nous serions tous assassinés.

« Davie, dit Rose en entrant dans la pièce et en poussant vers moi un grand et beau garçon. Edmund, voici ton père, David Maclean. » Edmund regarda mes cheveux, puis ma moustache, et Rose sourit. « Ses cheveux sont teints, mais c'est ton père. » À part la couleur de ses cheveux — cuivre foncé —, Edmund était le portrait craché de mon père. Ses yeux bleu marine plongèrent dans les miens, et il y dansait une petite lueur qui était peut-être bien de l'espoir. Rose le conduisit jusqu'à moi. Je restai assis, car je n'étais pas certain de pouvoir me lever, et Edmund me tendit la main.

« Bonjour, monsieur.

— Tu peux l'appeler père, Edmund. N'est-ce pas, Davie ?

— … Oui. »

Il y eut un long silence gêné.

« Tu ne veux pas… tu ne veux pas t'asseoir ? » dis-je en désignant la seconde chaise à Edmund et en me levant pour laisser la mienne à Rose. « Edmund ?

— Oui, monsieur… *père* ?

— Je t'ai demandé si tu voulais t'asseoir.

— Avec vous ?

— Je vais vous laisser seuls, alors », fit Rose.

Elle lui dit quelque chose à l'oreille ; il fit oui de la tête, la regarda sortir, et attendit que je me sois rassis.

Il y eut un nouveau silence. La pièce était étouffante et Edmund commençait à transpirer, mais il ne s'épongea pas le front, ne bougea pas d'un millimètre. Avait-il peur de moi ?

« Edmund ?

— Oui, monsieur… *père* ?

— Je… je suis vraiment navré pour tout ce qui est arrivé, pour ma longue absence. J'étais…

— Malade. Mère me l'a dit. Et maintenant, vous êtes guéri.

— … Oui.

— Et à présent, vous pouvez revenir à la maison… n'est-ce pas ? Mère a dit… elle a dit qu'une fois guéri, vous…

— Trop d'années ont passé, Edmund. J'ai…

— Une autre famille.

— … Oui.

— Mais ce ne sont pas *vraiment* vos enfants, puisque vous n'êtes pas marié avec *elle*.

— Ce sont mes enfants… et, dès que je serai libéré, et que ta mère et moi serons divorcés, j'épouserai Indira Nehru, leur mère.

— Mais si vous êtes guéri, pourquoi voulez-vous rester avec *eux* ? Si vous êtes guéri, et si mère abandonne les charges, vous et Emily pouvez revenir à la maison.

— Non, parce que notre foyer, c'est eux.

— Et nous ? Mère et moi ?

— Vous allez rentrer en Écosse.

— Et c'est tout ? Nous ne vous reverrons jamais ? »

Son visage avait pris une expression de colère, et je ne sais pourquoi, mais sur le moment il me fit peur, parce qu'il ne ressemblait plus à mon père, il ressemblait à Rose. J'avais envie d'en finir. J'avais envie de signer les papiers, de partir loin de lui et de ne jamais le revoir. Devina-t-il ce que je pensais ? En tout cas, ses yeux se remplirent de larmes et il baissa la tête. Instinctivement, je posai ma main sur son épaule.

« Edmund, aimerais-tu me revoir ? Si je m'arrangeais pour… si nous faisions en sorte de nous voir plusieurs fois par an, et si nous nous écrivions…

— Nous écrire ? Vous êtes mon père.

— … Oui.

— Vous aimiez ma mère. J'ai vu des photos de votre mariage.

— … Oui.

— Et vous avez cessé de l'aimer quand vous avez rencontré *l'autre*.

— Non. Indira n'a rien à voir avec…

— Sans *elle*, vous reviendriez à la maison…

— Edmund…

— *Elle* et *ses fils*, des bâtards indiens… » Je me levai d'un bond ; il se précipita vers la porte, tambourina dessus, et Rose et le gardien accoururent. « Laissez-moi sortir ! Je ne veux plus jamais le revoir ! » Il fila devant Rose, qui me regarda en hochant la tête et marmonna au gardien d'amener Indira.

Je restai là à me demander ce que tout cela signifiait. Pourquoi Rose avait-elle fait croire à Edmund que je reviendrais vivre avec eux, alors qu'elle savait parfaitement que cela ne se produirait jamais ? Elle l'aimait, c'était évident, alors pourquoi le blesser ainsi ? Elle m'avait dit qu'elle savait qu'aucune réconciliation n'était possible, alors pourquoi avoir laissé croire ça au gosse ?

Je relus les papiers, cherchant la clause, formulée juste en passant, qui nous enverrait, Dira et moi, croupir en prison pour le restant de nos jours. Mais il n'y avait rien, et je commençais à croire qu'elle avait dit vrai : elle voulait en finir, et ce qu'elle avait fait, elle l'avait fait pour s'assurer qu'à partir de maintenant Edmund ne *regretterait* pas son père : il le détesterait.

Le garde fit entrer Indira. Elle attendit qu'il ait refermé la porte pour venir à moi et m'étreindre longuement.

« Tu l'as vue ? questionna-t-elle.

— Oui.

— Et lui ?

— Oui… Lis… Amnistie.

— Pour qui ?

— Nous tous. »

Au bout du premier paragraphe, Dira me regarda en secouant la tête, mais je lui dis de lire jusqu'au bout. Quand elle eut terminé, elle jeta les documents par terre et se mit à arpenter la pièce. Avant qu'elle dise quoi que ce soit, je ramassai les papiers et je lui assurai que c'était le meilleur arrangement que nous pouvions espérer et que nous ferions bien de l'accepter.

« Et personne ne saura jamais ce qu'elle a fait ? Personne ne saura jamais, pour Dennings, ou Nell…

— Il n'y a pas de cadavre, alors je n'aurais pas parlé de Dennings, de toute façon.

— Mensonges !

— Je vais signer.

— Tu as lu le dernier paragraphe ? Une fois signé, c'est fini !

— Il est temps.

— Davie, tu n'as pas le droit de la laisser éliminer les gens comme s'ils étaient des pions sur un échiquier !

— Et que proposes-tu de faire ? Nous n'arriverons jamais jusqu'en Écosse, Dira ! À quoi bon, si nous sommes morts ? Hmhmm ? Rose m'a dit ce qu'elle nous réserve, si je ne signe pas ! Pas seulement toi et moi, mais aussi les garçons !

— Les… ?

— Elle les fera tuer !

— Elle ne peut pas…

— Non ?

— Dis-lui que tu signeras, mais pas tout de suite. Dis-lui que tu as besoin d'un jour ou deux.

— C'est maintenant ou jamais ! Tu ne comprends pas ? Je ne suis pas en position de discuter, Dira ! Rose a toutes les cartes en main ! Je signe, ou nous mourons !

— Tu ne peux pas signer ça ! C'est quand même trop facile !

— Elle en a assez ! Elle est aussi écœurée que nous de tout ça ! Elle veut en finir !

— Non… cela ne *finira* jamais. Pas avant qu'elle repose à six pieds sous terre.

— Je vais signer.

— Et quel sera notre statut ? Nous vivons depuis onze ans sous de fausses identités.

— Nous reprenons nos vrais noms, nous devenons citoyens américains, et nous ne serons pas poursuivis par le gouvernement des États-Unis… Rose a *arrangé* les choses.

— Arrangé ?

— Je ne sais pas, Dira, bon sang, elle a soudoyé quelqu'un… Je veux rentrer chez nous. J'ai dit à Rose de faire venir les enfants ici avant que je signe.

— … Ta condamnation à mort.

— Eh bien, si c'est cela qui doit…

— Tu ne comprends pas qu'elle a tout manigancé ! C'est trop facile, Davie ! Il y avait des centaines de journalistes, le jour de notre arrestation, et Em a hurlé que Rose n'était *pas* sa mère ! Ils l'ont vue avec nous, et elle n'avait pas l'air d'une victime, elle avait l'air d'une enfant qu'on sépare de ses parents ! Rose n'oserait pas nous faire du mal, maintenant ! C'est pour cela qu'elle veut que tu signes tout de suite ! Elle a conscience que l'opinion publique est en train de se retourner contre elle !

— Tu veux prendre le risque ? Tu veux le prendre ?

— Je ne *veux* pas tomber dans le piège qu'elle nous tend, comme… comme si nous étions du simple gibier.

— Je ne vois que deux solutions. La première : nous ne signons pas, nous retournons en Écosse — ce qui sera à coup sûr une catastrophe, parce qu'elle ne laissera jamais le procès avoir lieu —, et nous mourons. La seconde : nous signons, nous prions pour que son désir de ne plus jamais voir nos chemins se croiser soit aussi fort que le nôtre, et nous vivons.

— Non… Il y a une troisième solution… »

Mais je ne lui laissai pas finir sa phrase ; j'allai à la porte et appelai le gardien.

20

(Astoria, New York — 26 août 1934)

« … Durant les dix-huit mois où Dan… *David* Maclean a travaillé pour moi, son comportement a toujours été celui d'un employé honnête et dévoué, et je ne l'ai jamais vu prendre aucune sorte de drogue. C'était le mari et le père le plus gentil et le plus affectueux que j'aie jamais rencontré, et les accusations portées contre lui ne sont que des calomnies. »

La voix de Mrs Cameron sortait du poste de radio devant lequel nous nous pressions, les enfants, Ian et moi, pour écouter l'émission de midi enregistrée le matin même pour la N.B.C. Toute l'Amérique pouvait enfin entendre la vérité au sujet des « horribles kidnappeurs ». Grâce au soutien d'un ami intime de Mrs Cameron, le sénateur Wilson, Davie et Indira ne seraient pas extradés en Écosse ; une enquête serait ouverte ici, à New York, et ils seraient tous deux innocentés.

Ils seraient libérés de Rose.

« Je n'arrivais pas à dire David, pour moi il a toujours été Dan », dit Mrs Cameron, assise sur le

canapé à côté de son avocat, Andrew Mifflin, qu'elle avait amené avec elle de Californie.

« Vous avez été très bien, Evelyn, dit Mr Mifflin. Mr Liddle, y a-t-il du nouveau, du côté de l'Écosse ?

— Oui, ma belle-mère a pris contact avec les amis de Dave, et ils sont en train de rencontrer les journalistes... enfin, ceux qui ne sont pas inféodés aux Industries Newburn. »

Moi aussi, j'avais pris contact avec l'Écosse. J'avais télégraphié à Arthur pour le mettre au courant des événements ; même s'il n'était pas très proche de Davie, Arthur était une personnalité éminente, aimée et estimée dans toute la Grande-Bretagne, et son soutien serait d'une grande aide. Il avait aussitôt envoyé un télégramme disant : « Ferai tout mon possible. »

« Je devrais avoir bientôt des nouvelles du sénateur Wilson, dit Mr Mifflin. Si nous pouvons les garder à New York encore quarante-huit heures, tout devrait bien se passer.

— Tant que Rose ne va pas voir Davie.

— Pourriez-vous faire cela, Mr Mifflin ? questionnai-je. Pourriez-vous obtenir une décision judiciaire qui interdirait à Rose de voir Davie ou Indira ?

— Non, j'ai peur que non. Mais tant que votre frère ne fait rien par écrit, nous n'avons aucune crainte à avoir.

— Mais elle va essayer de le voir, dit Ian. Et s'il est maintenu dans l'isolement, s'il n'a pas accès à la radio ou aux journaux, il est capable de conclure un arrangement avec elle, sans savoir que l'opinion publique a changé et que les gens sont maintenant derrière lui... grâce à Mrs Cameron.

— Et à l'inspecteur Barnes. Andrew, nous devrions téléphoner à l'aéroport pour savoir si Rose était sur le dernier vol en provenance d'Europe.

— Je m'en charge, dit Cathy.

— J'ai demandé à Michael de parler à son père au sujet d'oncle Dave, fit May. L'un des amis les plus proches de Mr MacGregor est juge à la Cour suprême. »

Ian sourit à May, mais elle détourna les yeux, se leva et alla dans la cuisine.

Je la suivis et la suppliai de faire un effort, parce que Ian était là depuis l'arrestation de Davie et Indira et, bien que nous n'ayons parlé de rien d'autre à part des moyens de les aider, il était resté avec nous.

« Tu ne comprends pas que, dès que tout cela sera terminé, il retournera avec elle *?*

— May, si ton père vit avec Dolores Estevez, c'est parce que c'est moi qui l'y ai poussé. C'est moi qui suis à blâmer ! Tu as mal compris la situation, May, et je t'assure, j'ai fait exactement la même chose autrefois, avec mon propre père, et si tu savais à quel point je le regrette...

— Je n'ai pas mal compris ! C'est toi qui es aveugle ! Elle *venait le voir en prison, et ils ont un fils ensemble, demande à Cathy, demande à Mary !*

— Cet enfant n'est pas l'enfant de ton père ! Je ne sais pas qui...

— Rose était sur le vol de la Pan American en provenance de Paris ! cria Cathy. L'avion est arrivé à onze heures ce matin ! Elle est sans doute déjà à la prison !

— Oh, mon Dieu ! » fit May d'une voix faible.

On sonna à la porte. Les enfants se précipitèrent dans le couloir, et je dis à May qu'elle ferait bien d'être aimable avec son père parce que je voulais qu'il revienne à la maison, et que j'étais prête à le lui demander à genoux, s'il le fallait.

Il y avait trois hommes dans la salle de séjour : deux policiers et l'inspecteur Barnes, qui avait pris contact avec Mrs Cameron. Ils me dirent que Davie avait demandé que Ty et Bobby soient amenés à la prison.

« C'est moi qui ai la garde de mes neveux, et ils ne me quitteront pas tant que mon frère et son épouse n'auront pas été libérés.

— Pourquoi ne venez-vous pas avec eux, Mrs Liddle ?

— Je suis l'avocat de Mrs Cameron, et j'agis au nom de David Maclean.

— Vous ne serez pas admis à la conférence, monsieur, je regrette.

— Quelle conférence ? demanda Ian.

— La conférence de presse. Mrs Newburn Maclean abandonne les charges.

— Abandonne...

— Et que doit-il faire, pour obtenir cela d'elle ?

— Je l'ignore, Mr Liddle. J'ai reçu l'ordre d'amener les garçons à la prison pour qu'ils voient leur père.

— Prends ma voiture, dis-je à Ian en cherchant les clés dans mon sac, et emmène Mrs Cameron et Mr Mifflin. Je vais avec l'inspecteur Barnes et les garçons. »

Il y avait des milliers de personnes devant la prison. Au moment où nous entrions avec l'inspecteur, un groupe de journalistes s'approcha de nous, et j'entraînai rapidement Ty et Bobby.

« Je vais emmener les garçons en bas, me dit Barnes.

— Pourquoi ? Il va partir en Écosse ? C'est pour cela qu'elle abandonne les charges ?

— Je ne sais pas, Mrs Liddle.

— Il a droit à un avocat.

— Il n'est pas citoyen américain. C'est le gouvernement britannique qui nous a demandé de coopérer par tous les moyens afin d'éviter le coût et le scandale d'un procès.

— C'est Rose Newburn ! Pas le gouvernement !

— Si votre frère et sa femme peuvent régler l'affaire à l'amiable et parvenir à un accord commun...

— Un accord co... C'est une meurtrière ! » L'inspecteur recula quand je dis cela ; puis il regarda les garçons. « Empêchez cela, inspecteur. Je vous en prie, empêchez cela.

— Je n'en ai pas le pouvoir, Mrs Liddle.

— Vous ne comprenez donc pas qu'elle est allée le voir ! Il n'est pas au courant de la déclaration de Mrs Cameron à la radio, ni de ce que les journaux ont écrit ! Rose abandonne les charges parce qu'elle a conclu un arrangement avec lui, et il ne sait pas qu'il n'est pas obligé *de traiter avec elle, parce qu'il va être libéré !*

— Je ne peux rien faire, Mrs Liddle.

— Si ! Laissez-moi le voir ! Laissez-moi lui parler avant qu'il signe quoi que ce soit !

— Très bien. Enfin, je ne vous promets rien, mais nous allons essayer de le rencontrer avant le début de la conférence de presse. »

L'inspecteur Barnes nous emmena, les garçons et moi, dans une salle contiguë à deux cellules. Mon frère et Rose étaient assis à une table, flanqués de deux hommes qui devaient être des fonctionnaires, et une douzaine de reporters étaient debout devant eux. Il y avait des microphones et du matériel radio dans un coin de la pièce. Davie se leva, et les garçons se précipitèrent dans ses bras. Je m'avançai à mon tour, mais un policier me demanda de sortir. C'est alors que je vis les documents sur la table, et je criai à Davie de ne rien signer. Il leva la tête et, quand le policier me saisit par le bras, je hurlai : « Ne signe rien ! Ne... »

On me poussa hors de la pièce juste au moment où on faisait entrer Indira, et je lui criai d'empêcher mon frère de signer. Ian était devant la porte avec Mrs Cameron et son avocat, mais le policier en faction refusa de les laisser entrer. Quelques secondes plus tard, Em se ruait sur moi, et la femme qui l'accompagnait la sépara doucement de moi en lui disant que son père l'attendait.

« Em, empêche ton père de signer quoi que ce soit. Dis-lui...

— Mrs Liddle, Emily doit...

— ... d'attendre ! Il a droit à un avocat ! Dis-lui d'attendre ! Nous nous occupons de tout ! Il ne doit pas *signer ! »*

Em fit oui de la tête, mais elle paraissait terrorisée, et je n'étais pas certaine qu'elle ait compris ce que je lui disais.

« Ils vont passer en direct, dit un des policiers en sortant de la pièce.

— Il y a un poste de radio dans le bureau du commissaire, dit l'inspecteur Barnes. Allons-y, on va écouter. »

Le bureau était rempli de policiers en uniforme et en civil, qui écoutaient attentivement la voix de mon frère déclarant que sa dépendance à la drogue avait fait de lui un monstre infâme ; qu'il regrettait profondément d'avoir causé tant de peine et de souffrance à sa chère épouse et à son fils bien-aimé ; et que, désormais « libéré » des substances qui lui avaient perverti l'esprit, il désirait tout effacer.

Il continua ainsi, d'une voix calme et posée, teintée d'une profonde tristesse ; une voix qui résonna bientôt à mes oreilles comme un sinistre martèlement : celui des clous qu'il s'enfonçait dans les mains et dans les pieds, pour se crucifier lui-même.

Rose parla ensuite. Elle « pardonnait » charitablement toutes les mauvaises actions commises contre elle, et demandait au peuple américain d'être aussi clément qu'elle et de pardonner à David Maclean, insistant sur le fait que sa chute devait servir de leçon à tous et les avertir des dangers de la drogue.

On ne fit pas la fête, le soir de leur libération : ni champagne, ni musique, ni danse. Même les enfants avaient l'air de comprendre qu'il n'y avait guère de raisons de se réjouir : leur père avait été parjure devant le monde entier, pour sauver leurs vies, à tous les cinq... inutilement. S'il avait attendu quarante-huit heures, lui et Dira auraient été absous.

Indira ne dit rien — qu'aurait-elle pu dire ? — et, quand ils montèrent à leur appartement, Ian les fixa du regard avec une telle intensité qu'il ne se rendit pas compte tout de suite que je lui avais pris la main. Jusqu'à ce que j'exerce une légère pression, en disant :

« Reviens à la maison, Ian... Je t'en prie, reviens. » Il retira sa main et la mit dans sa poche, puis regarda du côté de la 31e Rue. « Ian, je t'en prie, donne-moi juste un mois pour essayer de...

— De raccommoder les morceaux ?

— Tu l'aimes ?

— Peux-tu aimer plus d'une personne à la fois, Jen ?

— Et toi ?

— J'ai trouvé un peu de paix et de tranquillité, chose que je n'avais pas connue depuis très, très longtemps, et j'ai envie de m'y accrocher. Bonne nuit, Jen.

— Où vas-tu ?

— Je rentre... chez moi. »

Il me tourna le dos et s'éloigna dans la 31e Rue.

J'observais Indira qui regardait, comme chaque jour, d'un air vague par la fenêtre de l'atelier.

« D'ici, on ne voit pas les files d'attente des nécessiteux, dit-elle en soupirant, et pourtant ils sont là. Les conditions de vie sont encore si difficiles pour tant de gens.

— Nous avons fait des dons.

— Hmhmm... pour apaiser notre conscience, ou bien leurs estomacs affamés ? » Elle revint s'asseoir à sa table de dessin et prit son crayon. « La dernière robe

du soir de Mrs MacGregor lui a coûté quatre cent soixante-dix dollars.

— Elle est extrêmement charitable, Dira, elle a donné beaucoup d'argent pour la soupe populaire de la Sixième Avenue. » Dira contempla sans rien dire le dessin sur lequel elle travaillait. Elle n'était plus la même, depuis les terribles événements ; aucun d'eux ne l'était, car ils avaient la conviction d'être beaucoup plus vulnérables, maintenant que Rose savait où ils étaient. « Pourquoi ne rentrerais-tu pas plus tôt, ce soir ? Je m'occuperai des enfants, si toi et Dave avez envie d'aller au spectacle... Dira ?

— Dave a de nouveau des cauchemars. Toujours le même rêve : il tente d'étrangler Rose, dont le cou s'étire et devient pareil à un serpent. On dit que les rêves sont très révélateurs... Il ne peut pas la tuer.

— Dira...

— Ni en rêve ni dans la réalité. Elle est invincible. Ce n'est pas fini, Jen.

— Encore un mois, et tout... tout...

— Oui... ?

— Je pense que Davie a raison : elle voulait préserver sa propre réputation et celle d'Edmund. »

Avec un rire amer, elle lança son crayon sur la table. « Tu ne comprends donc pas, Jen ? Elle n'a pas besoin de faire quoi que ce soit. Elle sait très bien que nous allons vivre dans la peur *qu'elle ne fasse quelque chose, et c'est suffisant, parce que c'est en train de nous tuer, tous !*

— Alors ne cède pas. Tu es forte, Dira, bien plus forte que moi, et tu ne dois pas te laisser atteindre par elle, parce que, en fait, c'est toi qui te fais du mal. Après tout ce qui s'est passé, elle n'oserait pas s'en prendre à toi ni aux garçons : elle risquerait sa réputation et celle d'Edmund. Elle ne peut pas. »

Dira se laissa aller contre le dossier de son siège, me regarda fixement, puis eut un drôle de sourire. Comme si ce n'était pas mes paroles qui la faisaient sourire, mais une pensée qui lui était venue à l'esprit.

« Mère, tu avais promis », dit May d'une voix geignarde, en s'effondrant sur mon lit. Je la regardai de travers, détestant cette nouvelle façon qu'elle avait de m'appeler « mère » au lieu de « maman ». Em s'assit à côté d'elle en prenant Johnny dans ses bras, pendant que je continuais à vider mon armoire, car l'Armée du Salut devait passer dans l'après-midi afin de collecter des vêtements pour les pauvres. « Tu avais dit qu'on déménagerait dès que ton entreprise marcherait bien. Maintenant que tu gagnes des millions...

— Je ne gagne pas des millions, May.

— Peut-être... Mais en tout cas, assez pour qu'on quitte cette baraque minable. » Je me retournai et elle me décocha un sourire. « Je veux dire ce... petit appartement.

— Nous verrons quand cela ira mieux, May.

— Tout ça, c'est la faute de tante Dira, c'est juste parce qu'ils sont devenus communistes.

— Ils ne sont pas *devenus communistes ! Ils pensent que ce serait mal de gaspiller inutilement de l'argent, alors que des milliers de gens n'ont pas de quoi se nourrir ni se loger, et ils ont raison. Nous pourrions être à leur place, et grâce à Dieu, ce n'est pas le cas. Quand la situation s'améliorera, nous déménagerons, mais pas avant.*

— Tu as toujours dit que tu détestais cet endroit. »

Cela avait été vrai, mais aujourd'hui c'était bien différent. Chaque pièce était pleine de souvenirs, certains bons, d'autres mauvais, mais tous étaient imprégnés de Ian.

May se leva, me mit les bras autour du cou et m'entraîna devant le miroir en disant d'une voix câline : « N'ai-je pas la plus belle maman du monde, Em ? Sais-tu que les gens la prennent pour ma grande sœur, ma superbe *grande sœur ?*

— Arrête tes bêtises, May.

— Et la plus aaadoraaaaable.

— Cela ne marche pas. Nous ne déménagerons pas. Où sont tes sœurs ?

— Au cinéma avec Ty et Bobby. Ils sont allés voir The Gay Divorcee, *avec Fred Astaire et Ginger Rogers.*

— Ah ah ! Sans aucun doute un choix de Mary.

— En parlant de divorce...

— Ne recommence pas, May.

— Tu sais où il travaille ? Je veux dire, après ses cours à la faculté de médecine, tu sais où il travaille tous les jours de dix heures du soir à deux heures du matin ? C'est Cathy qui me l'a dit. Tu ne veux pas le savoir ?

— Où ?

— Dans une boîte de strip-tease, comme videur... là où travaille sa petite amie.

— Comme danseuse ?

— Cigarette girl.

— Quoi ?

— Tu sais, ces jolies filles qui vendent des cigarettes dans les boîtes de nuit, et qui portent des robes tellement courtes qu'on voit leurs fesses.

— Je vois.

— Et Cat a dit que le propriétaire est un gangster nommé Ralph Rodriguez, un type qui avait reçu une balle lors d'un hold-up et qui a été opéré par...

— C'est l'homme que ton père a opéré chez Lorraine ? C'est ce Ralph-là ?

— Tu le connais ?

— Euh... j'ai entendu parler de lui.

— Hier, c'était le 15 janvier. Il y a un an... un an qu'il est parti. J'ai interrogé une fille à l'école, et elle m'a dit que c'était un cas d'abandon et que... »

May s'interrompit car la porte d'entrée venait de s'ouvrir brusquement et on entendit Cathy et Mary arriver en courant.

Cathy était dans tous ses états. Elle se précipita sur moi, hors d'haleine, et m'agrippa les bras en balbutiant : « Ils ont... emmené... Bobby et Ty... ils...

— Qui ? Qui les a emmenés ?

— Deux hommes...

— Seigneur Dieu...

— Où ça s'est passé ? cria May. Au cinéma ? Cat ?

— Oui... on sortait et...

— Em, va chercher tes parents. Mary, descends en vitesse et dis à Mr MacLeod de venir. Raconte-moi ce qui s'est passé, Cathy.

— Il faisait nuit et... quand on a commencé à marcher dans Steinway, une voiture s'est arrêtée, deux hommes sont descendus, et...

— Quel genre de voiture ?

— Je ne sais pas, c'est arrivé tellement vite, et il faisait si noir. Ils les ont attrapés et ils leur ont mis des sacs sur la tête, des espèces de sacs à pommes de terre, et quand Mare et moi on a essayé de les en empêcher, ils nous ont fait tomber par terre et... et ils...

— Quoi ? Que s'est-il passé ?

— Ils ont jeté les garçons dans le coffre et ils ont démarré. »

Il était à peine cinq heures mais il faisait déjà nuit. Pendant que May et moi enfilions nos manteaux et nos bottes, Davie et Dira arrivèrent en courant, suivis de Colin MacLeod. Cathy répéta à Colin tout ce qu'elle venait de me raconter et, avec patience et habileté, Colin réussit à obtenir d'elle une description des hommes et de la voiture. Il téléphona au commissariat pour donner l'alerte générale et communiquer le signalement de deux hommes d'environ trente-cinq ans, mesurant un mètre quatre-vingts et pesant quatre-vingt-dix kilos, au volant d'une conduite intérieure de couleur sombre qui pouvait être une Chrysler.

Comme Mary respirait bruyamment, je lui dis de prendre son médicament et de rester près du téléphone, au cas où quelqu'un appellerait. Davie regardait d'un air hébété Dira qui faisait les cent pas dans la pièce, jusqu'à ce qu'elle s'arrête brusquement.

« Télégraphie à Rose ! Envoie-lui un télégramme et dis-lui : œil pour œil !

— Dira...

— Télégraphie-lui, et dis-lui que, s'il leur arrive quoi que ce soit...

— Dira...

— Je tuerai son fils !

— C'est bon, c'est bon, Dira, fit Colin en lui mettant le bras autour des épaules. Calme-toi, maintenant. Ils avaient le visage masqué, ce qui veut dire qu'ils ne voulaient pas qu'on les reconnaisse, et qu'ils ont l'intention de libérer les garçons après le paiement d'une rançon...

— Il n'y aura pas *de rançon ! Elle va les faire tuer !*

— Elle n'oserait pas, dit Davie.

— Ah non ? Qu'est-ce qui peut l'en empêcher ? » Personne ne fut capable de répondre. Dira s'approcha de Davie et le fixa du regard. « C'est... c'est la clause non écrite... *il y en a une dans tout contrat. » Puis elle se dirigea vers la porte, mais s'arrêta en se cramponnant au mur. Dave accourut ; Dira le repoussa tout d'abord, puis s'agrippa à son bras. « Nous... nous devons...*

— Nous les retrouverons. »

L'asthme de Mary empirait, et je dis à Cathy de veiller sur elle et de téléphoner à son père si cela allait trop mal. Je savais que j'aurais dû rester, mais je savais aussi que Dira avait raison : il n'y aurait pas de demande de rançon, et nous devions retrouver les garçons.

Colin et Bette prirent leur voiture, Dave et Dira la leur, et j'emmenai Em et May dans la mienne. Nous divisâmes le Queens en trois parties, et chacun se chargea d'explorer un secteur, cherchant dans les petites rues et du côté de l'East River.

« Est-ce qu'on ne devrait pas appeler oncle Ian ? dit Em quand nous eûmes ratissé le quartier pendant deux heures. Peut-être qu'il pourrait... »

Elle se mit à pleurer, et je posai ma main sur son épaule. Je voulais lui dire que nous retrouverions ses frères et que tout irait bien, mais les mots s'étranglèrent dans ma gorge.

À neuf heures du soir, Colin emmena Davie à Manhattan faire une déclaration devant la presse internationale : mon frère annonça que ses deux fils avaient été enlevés, puis il envoya à Rose le télégramme suivant : « Message reçu et compris — Stop — Maintenant voici le mien — Stop — Je n'ai que deux fils — Stop. »

Quand Em, May et moi rentrâmes à la maison, Ian était là : Mary avait appelé son père car son asthme s'était aggravé. Je parlai à Ian du télégramme de Davie, et il me dit que Rose n'oserait pas faire de mal aux garçons.

Vers minuit, Colin suggéra d'arrêter les recherches, car les garçons seraient certainement ramenés le lendemain matin.

Ils ne le furent pas.

Ni le surlendemain.

Le jeudi à l'aube, sans nouvelles de Rose ni des garçons, je dis à Ian que Dira avait raison et que Bobby et Ty étaient morts. À peine les mots étaient-ils sortis de ma bouche que je fus secouée de sanglots. Je me *dirigeai en chancelant vers la chambre, mais Ian me retint et me serra contre lui.*

« Ils ne sont pas morts, Jen... chhhuuut, chhhuuut, tout ira bien.

— Ils sont... Rose les a...

— Elle ne peut pas. Elle a fait ça pour leur faire peur, mais...

— Non... elle sait que Davie ne pourrait jamais tuer... le télégramme... la menace... Rose sait bien que Davie ne fera jamais de mal à Edmund et... et c'est pour ça que... Tu ne comprends pas, Ian, c'est pour ça qu'elle voulait qu'il voie son fils. Elle a tout prévu depuis le début... Elle préservait sa réputation et celle d'Edmund, et elle avait sa revanche. Elle a tué...

— Chhhuuut, Jen...

— ... les fils de Davie... ils sont morts... » Ian me caressait le dos pour me calmer, et je le serrai fort contre moi. Je ne sais si c'était le chagrin ou le désir, mais cela nous submergea tous les deux, et Ian m'emmena dans la chambre.

Je ne me rappelle pas m'être déshabillée, je ne me rappelle rien de ce qui se passa durant les deux heures qui suivirent. Tout ce que je sais, c'est que je voulais échapper aux affreuses visions des fils de Dave que j'avais en tête, et je suppose que Ian aussi, parce qu'il me fit l'amour en s'abandonnant totalement, les yeux fermés. Ensuite, au lieu de me lâcher, il me tint serrée contre lui.

À huit heures on sonna à la porte ; Ian se leva et enfila en hâte son pantalon.

« J'y vais, ça doit concerner les garçons. »

Je ne bougeai pas, priant pour qu'on les ait retrouvés et qu'ils soient sains et saufs. Ian revint en me tendant un télégramme, et continua à s'habiller. Le télégramme était ouvert et, quand je le pris, Ian détourna les yeux en disant : « Excuse-moi, en voyant qu'il venait d'Écosse, j'ai cru que c'était ta mère qui l'avait envoyé. »

Le télégramme disait : « Vais voir Rose — Stop — Soyez certains garçons sains et saufs — Stop — Mes pensées sont avec vous tous — Stop — Arthur. »

« Ian...

— Je vais chez Dave.

— Arthur a dû lire les journaux et...

— Ensuite, il faut que je passe à la faculté.

— Ian, je ne l'ai pas revu et je ne lui ai pas parlé depuis...

— Peu importe. Il est là, *et il sera toujours* là *entre nous.*

— Le télégramme était simplement pour...

— Cela n'a rien à voir avec le télégramme.

— Cette nuit...

— La chair est faible.

— Arrête ! Tu m'aimes toujours ! Je l'ai senti ! Tu m'aimes autant que je t'aime, Ian, je t'en prie !

— Je ne peux plus vivre avec toi ! Tu ne peux pas comprendre ça ? Chaque fois que je te regarde, je le vois, lui, *et j'ai envie de t'étrangler !... J'aurais dû rentrer chez moi, hier soir. Toi et moi...*

— P'pa ! » Mary entra en courant, Johnny et Cathy derrière elle. « Je vais beaucoup mieux. Écoute ma respiration... Où vas-tu ?

— Chez oncle Dave.

— Je viens avec toi.

— Et l'école ?

— M'man a dit que nous n'étions pas obligées d'y aller, à cause des garçons. »

Cathy contempla Ian, à moitié habillé, et moi nue dans le lit, et m'interrogea du regard. Je lui dis de me passer mon peignoir et rejoignis Ian à la porte de la chambre, les filles sur nos talons.

« P'pa, on va les retrouver, n'est-ce pas ?

— Bien sûr, on va les retrouver.

— Tu reviens pour le déjeuner ?

— Je... je ne pense pas, non... je...

— Ils sont là ! cria quelqu'un d'un des appartements voisins. En bas, dans la cour ! Les frères Maclean ! Ils sont là ! »

Nous nous précipitâmes aussitôt. Dave et Dira étaient déjà dans la cour avec les garçons. Bobby sanglotait dans les bras de Dave, mais Tyron regardait son frère sans rien dire, en hochant la tête, tandis que Dira lui caressait le visage en pleurant, pour vérifier s'il n'était pas blessé. Ian prit Ty dans ses bras et suivit Dave qui portait Bobby. Tout l'immeuble était réveillé à cause du bruit ; Colin annonça que les deux frères allaient bien et invita les gens à rentrer chez eux. Les garçons étaient tous deux affaiblis, Bobby n'arrêtait pas de pleurer et Tyron refusait d'ouvrir la bouche. Leurs vêtements étaient crasseux et dégageaient une forte odeur d'égout. On les déposa tous deux sur leurs lits, on les déshabilla et on les lava. Ils n'avaient ni bleus ni blessures mais Ty, en voyant Em, ferma les yeux, et détourna la tête quand elle se mit à pleurer. Ian me demanda d'apporter deux verres de Coca-Cola et, lorsque je revins dans la chambre, il demanda aux filles de sortir.

« Avale ça, mon grand », dit Ian en soulevant la tête de Bobby. Davie tentait de calmer Bobby pour qu'il puisse boire, mais le garçon ne semblait pas l'entendre. Bob était grand, fort et très musclé, mais à l'intérieur c'était un être doux et tendre qui n'aurait fait de mal à personne ; j'en étais malade de le voir dans cet état.

« Bob, est-ce qu'ils t'ont blessé ?

— Ils ne nous ont pas touchés », répondit Ty. Il était aussi grand que son frère, mais beaucoup plus maigre, comme Davie autrefois.

« Est-ce qu'ils...

— Ils ne nous ont pas touchés !

— D'accord, fils, calme-toi... tout va bien. Est-ce que vous les avez vus ?

— Non. Ils nous ont laissé les sacs sur la tête tout le temps.

— Ils vous ont donné à manger ?

— Juste de la glace... ça avait un goût de poisson.

— Un entrepôt, dit Ian. Ils ont dû les emmener dans un entrepôt. Dira, apporte-moi un morceau de pain. Ty, ont-ils dit pourquoi ils vous avaient enlevés, toi et ton frère ?

— Parce que nous étions des métis... des bâtards métis.

— C'étaient des hommes du Ku Klux Klan ?

— Je ne sais pas. Je ne les ai pas vus.

— Et leurs voix ? Ils étaient américains ?

— Je ne sais pas. Oui... enfin, ils ne parlaient pas comme vous ou papa.

— Et pendant que vous étiez là-bas, qu'ont-ils fait ?

— Ils...

— ... Ne nous ont pas touchés ! » *hurla Ty à son frère, en se redressant brusquement.*

Dira revint avec le pain que Ian coupa en petits morceaux avant de le donner aux garçons ; ils le dévorèrent : ils n'avaient rien mangé depuis quarante-huit heures. Ian dit qu'il voulait les examiner, et Ty répéta une fois de plus que les hommes ne les avaient pas touchés, ni Bobby ni lui.

« Il faisait froid et noir, et ça sentait le poisson. Ils nous ont traités de bâtards métis et...

— Et ils...

— ... nous ont relâchés, près de la rivière ! »

Bobby s'écroula sur son lit, comme sous l'impact du regard de son frère. Ian leur dit de dormir et referma la porte de la chambre.

« Il faudrait qu'ils soient examinés.

— Il n'y a ni marques, ni bleus, ni...

— Je crois qu'ils doivent être examinés. Mais nous attendrons, ils ont été suffisamment éprouvés comme ça. Il pourrait bien s'agir du Ku Klux Klan.

— Ce n'était pas *le Ku Klux Klan, marmonna Dira. Mais nous allons pouvoir dire à la presse que c'était eux, n'est-ce pas, Dave ? Pour* la *protéger. Le monde entier croira que...*

— Arrête. Pour l'amour de Dieu, Dira... arrête. »

Davie la regardait fixement ; Ian me prit à part et me dit tout bas : « Je veux que tu essaies de parler avec Bobby, seul à seule. À toi il parlera, il est en extase devant toi.

— Quoi ? »

Ian sourit en hochant la tête. « Jen qui ne voit rien... mais peu importe. Essaie de le voir seul, pendant que Ty dormira, parce qu'il s'est passé quelque chose.

— Que veux-tu dire ?

— Je ne sais pas... Ils n'ont certainement pas porté la main sur eux, ils leur ont fait peur, mais...

— Mais quoi ?

— Ty... Il est muet comme une tombe. Ce qui s'est passé, il l'a enfoui à l'intérieur de lui. »

Je restai debout et, vers minuit, Ty se leva pour aller prendre une douche. J'allai dans la chambre des garçons et Bobby sourit en me voyant. Je m'assis près de lui sur le lit et lui caressai la joue.

« Qu'est-il arrivé ? Dis-le-moi, Bob.

— ... Rien... ils ne nous ont pas touchés. Ils ont seulement... crié contre nous.

— Crié quoi ?

— Sales bâtards métis, salauds de nègres... des choses comme ça.

— Ils étaient armés ? » Bobby secoua la tête, mais avec tant de force que je compris que j'avais touché un

point sensible. « Ils avaient des couteaux ou des pistolets ?

— Des pistolets.

— Et est-ce qu'ils vous ont dit qu'ils allaient vous tuer ? Vous ont-ils fait peur en menaçant de vous tuer ?

— Bob ! *cria Tyron. Va prendre une douche. Il reste de l'eau chaude. »*

Bobby se leva et passa devant son frère. Tyron avait beau être moins imposant que lui physiquement, il était plus autoritaire et incroyablement mûr pour son âge. Il me dévisagea sans rien dire, puis rejoignit Bobby dans la salle de bains.

Je demeurai plantée là, et je compris que, quand ils ressortiraient, ce serait trop tard : Tyron allait persuader son frère que ce qui s'était produit devait rester un secret entre eux deux, et personne ne saurait jamais la vérité.

Sauf eux… et Rose.

Durant les mois qui suivirent l'enlèvement de Ty et Bobby, nous vécûmes tous dans la crainte qu'ils ne soient de nouveau kidnappés. Mais Davie était convaincu que la soif de vengeance de Rose était satisfaite, et qu'elle n'avait jamais eu d'autre intention que de terroriser les garçons. L'épreuve laissait des cicatrices, même s'ils n'avaient pas été physiquement maltraités, et chacun avait recours à ses propres moyens de survie. Bobby, qui avait la peau assez claire pour pouvoir passer pour un Blanc, jouait cette carte-là et évitait à tout prix son frère noir, parce qu'il croyait que c'était à cause de la couleur de peau de Tyron qu'on l'avait enlevé. Tyron, lui, devint encore plus silencieux — si c'était possible — mais, au lieu de s'agiter et de trembler, comme Rose l'espérait, il bouillait intérieurement ; il avait des gestes mesurés, comme s'il savait qu'en lâchant la bride à ses émotions il déchaînerait le chaos. Lui et Cathy avaient toujours été proches, et j'espérais qu'il se confierait à elle. Peut-être le fit-il. On ne le sut jamais. Cathy était comme lui : s'il lui demandait de ne rien dire, elle garderait le secret jusque dans la tombe, pour ne pas trahir quelqu'un qui lui était cher.

Les choses allaient très mal entre Davie et Dira, et cela me tuait de les voir aussi distants l'un envers l'autre. Je savais qu'Indira avait raison de dire que Rose représentait toujours un danger aussi grand qu'avant. Des inconnus dans une allée sombre, une voiture qui ralentissait au moment où ils rentraient chez eux le soir, tout cela les faisait trembler de peur. Mais la conséquence la plus affreuse de l'enlèvement des garçons était que chacun se sentait coupable de ce qui était arrivé et prenait la punition pour lui.

Quelqu'un entra par effraction dans l'atelier, et inscrivit sur les murs des obscénités et des injures raciales. Bien entendu, les journaux écrivirent que les Maclean avaient été une fois de plus la cible d'une organisation croyant à la suprématie de la race blanche — organisation qui demeura inconnue —, parce qu'ils avaient fait un « mariage mixte ». Lorsque notre boutique de la Cinquième Avenue fut saccagée et incendiée, Davie et moi fûmes obligés de retenir physiquement Dira, qui jurait qu'elle allait prendre le bateau pour l'Écosse et qu'elle tuerait Rose, parce qu'il ne faisait aucun doute que c'était elle qui était à l'origine de ces actes de vandalisme. Davie démontra à Indira que c'était précisément ce que cherchait Rose : pousser Dira à commettre publiquement un acte qui permettrait à Rose de la faire jeter en prison jusqu'à la fin de ses jours.

Dave affirma qu'il ne fallait rien faire… et attendre. À quoi Dira répliqua que c'était comme d'avoir un énorme poids suspendu au-dessus de la tête, et de voir la corde se défaire lentement.

Fin avril, je reçus une lettre d'Arthur qui avait appris que Ian ne vivait plus avec moi. Peut-être était-ce Fanny MacGregor qui le lui avait dit ; je savais qu'ils correspondaient, et je m'étais un jour confiée à elle, après une nuit de « faiblesse de la chair » que Ian avait passée avec moi. La lettre d'Arthur était réconfortante et je lisais, entre les lignes où il m'encourageait à ne pas abandonner : « Mais je suis là, Jen... et j'attendrai. »

Je lui répondis et faillis lui écrire « Viens », mais j'avais conscience que cela aurait été déloyal envers lui, parce que j'étais encore si pleine de Ian que j'aurais été incapable de me donner totalement à un autre.

May ne cessait de me répéter que j'étais une idiote, que Ian ne reviendrait jamais et que je ferais mieux d'essayer de me trouver un mari. Elle me proposa plusieurs fois de sortir à deux couples, avec elle et Michael MacGregor. Elle le voyait presque chaque week-end quand il rentrait de Harvard ; toutefois, ces derniers temps il restait souvent à Boston car les examens approchaient, et c'est ainsi qu'un dimanche May me proposa d'étrenner mon nouveau chapeau et d'aller en ville avec elle.

C'était une journée de printemps chaude et ensoleillée, et May m'emmena dans un café très chic près de Central Park. Elle commanda deux whiskies et fit la moue quand je demandai au garçon de nous apporter de l'eau de Seltz, puis éclata de rire devant mon air effaré quand je la vis allumer une cigarette.

« Tu sais bien que je fume, pourquoi me cacherais-je ? Sais-tu qui j'ai vu au club El Morocco l'autre soir ?

— On te laisse entrer à l'El Morocco ? Tu n'as pas quinze ans.

— Oh, mère », soupira-t-elle, avant d'adresser un sourire à un homme très grand, à l'air distingué, qui

déposa sa carte devant elle en lui demandant si elle faisait du cinéma.

« Non, ma sœur et moi sommes juste de passage à New York », répondit-elle en m'imitant à la perfection.

L'homme me regarda mieux, porta la main à son chapeau et dit : « Vous êtes anglaises, alors ?

— Écossaises.

— En fait, moi aussi, je suis de passage. Je suis Fred Amory, de la firme cinématographique R.K.O.

— Et... ?

— Et vous êtes les deux plus charmantes dames que j'aie jamais vues.

— Et nous devrions faire du cinéma ! »

L'homme éclata de rire — elle avait dit cela avec tant d'innocence et d'enthousiasme —, puis il tendit sa carte à May et lui dit de l'appeler. Elle lui sourit d'un air charmant, lui fit un petit signe de la main quand il s'éloigna de notre table, puis déchira la carte.

« May !

— Oh, mère, comme tu es naïve ! Tu n'as pas idée du nombre de fois où cela arrive. C'est un loup.

— Sa carte paraissait très impressionnante.

— Hmhmm, plus le loup est gros, plus sa carte de visite est impressionnante.

— N'empêche, tu n'aurais pas dû la déchirer. Ta sœur aurait donné cher pour l'avoir.

— Mary ne sera jamais actrice, parce qu'elle n'est pas assez belle.

— La beauté n'est pas très importante, pour une comédienne de théâtre. Ce qui importe, c'est la sensibilité, la présence et...

— ... la respiration. Oh, mère, je ne veux pas être méchante, mais ce n'est pas bien de lui laisser croire qu'elle a la moindre chance. »

Je dévisageai May et sentis monter la colère, comme chaque fois que je me trouvais seule avec elle. Oh, je l'aimais, certes — tout le monde l'aimait, tant elle débordait d'entrain et de vitalité : il semblait que rien ne pouvait entamer sa rage de vivre. Mais il lui manquait quelque chose, comme si cette exubérance était un peu mécanique et non humaine. Tout le contraire de Mary, qui puisait à l'intérieur d'elle-même la détermination à dépasser ses handicaps physiques et à libérer la resplendissante créature emprisonnée dans son corps chétif.

« Regarde ce qui est arrivé quand tu l'as inscrite au cours de danse, dit May. Elle n'a même pas pu traverser la scène sans être aussitôt à bout de souffle et...

— Si ta sœur avait ton corps — pas tes courbes, mais ta santé —, elle serait certainement devenue une grande danseuse.

— Mais elle n'a pas mon corps. C'est ça le problème, mère. Elle est de constitution faible et, crois-moi, ça me peine autant que toi, mais je trouve cruel de maintenir quelqu'un dans le mensonge.

— Ce n'est pas un mensonge, May. Mary a quelque chose que tu n'auras jamais. Elle a un rêve. Et elle a le... le cran et le cœur *pour le réaliser.*

— Le cran ?

— Oui, le courage.

— Veux-tu dire que je suis lâche ?

— Non, mais ton courage vient de ta tête. Le sien vient de son âme et de la foi qu'elle a de pouvoir *réaliser son rêve.*

— Qu'est-ce qui te fait croire que je ne rêve pas ?

— Le fait que tu n'as pas besoin de rêver. Ce que tu désires, tu le prends. *»*

May se tortilla sur son siège, contempla le fond de son verre, puis fit voler ses boucles roux doré en riant.

« Seuls les imbéciles attendent que les choses leur soient données... *Mais je rêve.*

— De quoi ?

— Je rêve d'une vie pleine de loisirs, d'argent, de vêtements élégants, et d'un mari beau et riche qui m'adore et s'occupe de moi.

— Qui s'occupe de toi ! Depuis quand as-tu besoin qu'on s'occupe de toi ? »

Elle rit de nouveau, puis demeura un moment silencieuse.

« Parfois..., reprit-elle. Parfois j'ai besoin qu'on s'occupe de moi. Parfois j'ai besoin de savoir que je peux m'arrêter sans que le sol se dérobe sous mes pas ou que le plafond me tombe sur la tête. Parfois j'ai besoin de savoir que quelqu'un d'autre va...

— Va quoi ? »

Elle hocha la tête en souriant.

« Tu as d'autres rêves, May ?

— Des rêves ? Pas beaucoup... Quelques-uns... Les rêves, c'est bon pour ceux qui dorment, et moi je n'aime pas dormir. Mais j'en ai quelques-uns... Je rêve... je rêve qu'oncle Dave et papa n'ont pas été arrêtés pendant la prohibition, que papa n'est pas allé en prison, que ta maison de couture a été une réussite, que papa est devenu médecin, que nous avons acheté une grande et belle maison sur le Sound, et qu'à partir de ce moment nous avons tous vécu très heureux. »

Je n'avais jamais entendu May parler de cette façon : ni faux sourires, ni gesticulations, juste une tristesse discrète et tranquille.

« Moi aussi, je rêve de cela, May. Toutes les nuits.

— Quelquefois, je me souviens de l'époque où il rentrait à la maison après son travail, il était si... si indulgent avec moi. Il me donnait le sentiment que j'étais quelqu'un à part.

— ... Oui.

— Et il était tellement beau... » Jamais, depuis le départ de son père, May n'avait parlé de lui de cette façon. J'aurais tant voulu lui dire qu'elle se trompait à

son sujet, et que c'était moi qui l'avais poussé à partir. Mais je ne pouvais pas. Je connaissais suffisamment May pour savoir que, si jamais elle découvrait que j'avais eu une liaison, elle ferait tout pour connaître l'identité de mon amant. « Mère ?

— Hmhmm ?

— Je disais : tu ne trouves pas que Michael lui ressemble un peu ?

— À ton père ? Euh... il a les cheveux foncés et les yeux bleus, comme lui, mais ton père est...

— Mmmm... comme un dieu, comme Artémis.

— Non, Apollon. Artémis, c'était sa sœur. On ne t'a pas appris ça en classe ? Ou bien est-ce que tu ne vas pas en classe ? » May avait des notes épouvantables, et le seul livre dans lequel elle avait mis le nez, ces dernières années, était L'Encyclopédie du savoir-vivre — et encore, parce qu'elle était certaine d'y apprendre comment avoir... de la classe. Chose que Mary possédait naturellement, mais pas May. Oh, May était maligne, et pouvait jouer à la dame, mais elle n'était pas cultivée et n'aurait jamais la grâce naturelle de Mary. « Quand es-tu allée en cours pour la dernière fois, hmhmm ? » Elle regarda au fond de son verre comme si elle y avait découvert quelque chose. « May ?

— ... Et pendant tout ce temps, il nous cocufiait avec elle. Même quand cela allait bien entre nous tous. C'est ça qui me fait mal, de m'être laissé avoir... »

En l'écoutant, je me revoyais vingt-cinq ans plus tôt, parlant de mon père exactement de la même façon. J'étais frappée de sa dureté, alors même qu'elle aimait toujours son père... tout à fait comme moi autrefois.

Nous restâmes un moment sans rien dire, puis May remit son chapeau, me prit le bras et déclara d'un air enjoué : « Bon, assez parlé de cela ! Il fait trop beau pour être triste ! Je vais t'acheter un bretzel chaud et nous allons faire une promenade dans le parc !

— Tu vas me l'acheter ? Avec quel argent ? »

M'embrassant sur la joue pour toute réponse, elle m'entraîna dehors sur un pas de valse.

Tous les arbres étaient en fleurs à Central Park, et l'herbe si verte et si fraîche que May et moi enlevâmes nos chaussures pour nous diriger vers le plan d'eau. Elle me demanda quand nous irions en Écosse voir ma mère et Al, puis me rappela que Michael recevrait son diplôme de Harvard en juin, et que nous étions tous invités à passer le week-end à la « maison de campagne » des MacGregor à Newport, dans le Rhode Island, là où tous les milliardaires avaient leurs luxueuses résidences secondaires. J'allais lui répondre que j'espérais aller en Écosse pendant les vacances de Noël, quand tout à coup elle me saisit le bras, nous obligeant à nous arrêter toutes les deux.

« C'est lui... oh, mon Dieu... et elle... *» À quelques dizaines de mètres de nous, il y avait Ian, Dolores, Cathy, Mary, et un garçon de onze ou douze ans ; ils jouaient tous au base-ball. C'est Ian qui nous vit le premier ; il resta immobile, tandis que Cathy et Mary nous appelaient à grands cris en jetant par terre leurs gants de base-ball.*

« Je ne peux pas, m'man... je ne peux pas... oh, m'man, partons », fit May, perdant toute son affectation de fille de riches.

Mais Cathy arrivait déjà vers nous ; elle ralentit en voyant le visage de May.

« Tu... tu te sens bien, May ?

— Salut ! fit Mary. Vous avez vu le coup que... Je... Qu'est-ce qui ne va pas, May ?

— Nous allions rentrer, votre sœur ne se sentait pas très bien. Retournez... jouer... avec votre père. Nous nous verrons ce soir. Au revoir, les filles. »

May me serrait le bras à me faire mal. Nous sortîmes du parc et elle m'entraîna rapidement vers la

Cinquième Avenue. Elle ne s'arrêta qu'une fois devant notre boutique, et appuya son visage contre la vitrine... en pleurant. Je l'avais vue pleurer bien souvent : elle ouvrait et fermait à volonté le robinet de ses larmes, chaque fois qu'elle désirait obtenir quelque chose. Mais là, c'étaient de vraies larmes, et je posai la main sur son bras pour essayer de la calmer. Elle me demanda d'ouvrir la boutique, ce que je fis, parce qu'elle tremblait et paraissait sur le point de se trouver mal. Elle alla dans la pièce du fond, et j'entendis l'eau couler. Elle ressortit un quart d'heure plus tard, le visage rougi mais les yeux secs. Tandis que nous marchions jusqu'à ma voiture, j'eus le sentiment que May était changée, qu'elle avait laissé un peu d'elle-même dans la boutique... ou peut-être un peu de son père.

« Mary va mieux ? » demanda May en faisant irruption dans la chambre. Nous étions dans la villa des MacGregor à Newport, pour fêter le diplôme de Michael, et Mary avait eu du mal à respirer tout l'après-midi. « C'est peut-être à cause des fleurs.

— Je... vais bien... May.

— Bon, je vais les mettre dans le hall, dit May en attrapant un des vases qui décoraient ma chambre. Tu ne peux pas être malade maintenant, petite sœur, pas maintenant.

— Tu vas arrêter de lui dire ce qu'elle peut et ce qu'elle ne peut pas faire ! cria Cathy. Toute la semaine, tu as été sur son dos : fais ceci, ne fais pas cela, mets ceci, dis cela ! C'est pour ça qu'elle est malade, tu lui as mis les nerfs en boule, avec tous tes...

— Je vais... bien, Cat... Ce n'est pas May.

— Ce n'est pas moi qui l'ai rendue malade ! Elle a de l'asthme !

— Qui empire chaque fois que tu la contraries !

— Cat ! May ! Ça suffit !

— Et pour quoi ? Pour épater une bande de snobs ! Des imbéciles, des bons à rien qui ne savent rien faire, à part dépenser de l'argent, de l'argent qu'ils n'ont même pas gagné !

— Tu es jalouse, c'est tout !

— Jalouse ? De quoi ? Ces gens me rendent malade !

— Cathy !

— Parfaitement !

— Arrêtez, toutes les deux ! cria Mary en se levant. Arrêtez ! Si vous avez envie de... de vous disputer... faites-le... mais ne m'utilisez pas comme...

— Mary, ma chérie, assieds...

— Je vais bien *! »*

Nous baissâmes toutes les trois la tête, car Mary tremblait de tous ses membres, soit de colère soit parce qu'elle n'arrivait pas à reprendre son souffle. Elle essaya en vain d'ouvrir son flacon de médicament ; elle faisait peine à voir. Je me précipitai pour l'aider, mais Cathy, plus rapide que moi, lui prit doucement le flacon des mains et l'ouvrit, tandis que May lui remplissait un verre d'eau.

« Il y a des gens qui réussissent à se débarrasser de leur asthme, dit May en aidant sa sœur à boire. N'est-ce pas, mère ? »

May étant redevenue maîtresse d'elle-même, moi j'étais redevenue « mère ».

« Oui, oui, c'est très fréquent.

— Je ne... vais plus avoir... de crises. »

Mary regarda Cathy, qui lui sourit et lui caressa la tête.

« C'est exact, Mare. Tu t'en sortiras très bien. »

Mary parut se reprendre, même si sa respiration restait un peu difficile, et au bout d'un moment May déclara : « Tu vas beaucoup mieux, maintenant. C'était certainement les fleurs.

— C'est l'odeur de l'argent, fit Cathy en riant. Ça pue l'argent, ici. »

May balança le bas de sa jupe sur la tête de Cathy qui se débattit, mais en riant toujours, et May se pencha pour embrasser sa sœur. « Sens... respire.... mmmmmm : l'argent.

— Tu es dépravée », grommela Cathy, sans pouvoir s'empêcher de sourire. Elles avaient beau se battre comme des chiffonnières, quelque chose les liait malgré tout. « Si, c'est vrai. Tu es immorale, May.

— Mmmmmm, l'argent.

— Complètement corrompue.

— Mmmmmm, quelle senteur délicieuse !

— Ça pue.

— C'est mon parfum préféré.

— L'odeur des riches imbéciles.

— Eh bien, autant que tu t'y habitues, ma chère sœur, dit May en riant, parce que bientôt j'en ferai partie... quand j'épouserai Michael. »

Cathy fut sur le point de dire quelque chose, mais devint cramoisie et regarda ailleurs. May continua sur le même ton, tout en caressant Mary comme si c'était un chiot malade. Je demandai à Cathy de venir avec moi dans la salle de bains pour m'aider à me coiffer.

« Qu'y a-t-il ? questionnai-je sitôt la porte refermée. Cathy, tu sais quelque chose, tu es devenue rouge comme une pivoine quand May a parlé de Michael.

— Il ne va pas l'épouser.

— Qui va-t-il épouser ?

— Susan Bonner Slater.

— L'héritière du journal de Boston ?

— Oui. J'étais à la bibliothèque ce matin, et ils ne m'ont pas vue. Susan criait, disant qu'il fallait qu'ils *annoncent leurs fiançailles ce soir, et Michael voulait attendre.*

— Elle est au courant, pour May ?

— Oui. Elle a dit qu'elle était "large d'esprit", et qu'elle n'avait rien contre le fait qu'il jette sa gourme avec une fille de rien, mais que maintenant qu'il avait terminé ses études, il fallait qu'il cesse de la voir.

— Et il a accepté ?

— Oui, à contrecœur, mais il a accepté quand Susan lui a rappelé qu'ils devaient faire attention à ne pas se "mélanger" avec n'importe qui. Je crois que nous devrions partir, m'man, je veux dire, avant qu'il parle à May.

— Elle ne voudra jamais partir, maintenant. Qu'est-ce que je vais lui dire ?

— L'asthme de Mary ?

— Non... elle nous dirait de rentrer et elle resterait ici. Je vais trouver Fanny et voir si elle peut obtenir de Michael qu'il n'annonce pas ses fiançailles ce soir. Garde l'œil sur ta sœur. »

Il était plus de sept heures ; le soleil était encore chaud mais commençait à descendre sur l'océan. La villa était une vieille demeure victorienne, de style gothique, et en cherchant notre hôtesse, je me retrouvai devant un belvédère tout décoré de roses grimpantes. Fanny n'était pas là, mais j'entrai dans le belvédère et restai un moment à contempler la mer. J'aimais ce moment de la journée, surtout avant une fête, quand tout est prêt mais que le calme règne encore. L'océan léchait de ses vagues dorées la longue plage de sable fin.

« Bonjour, Jen. » Je me retournai et vis Arthur, vêtu d'un smoking blanc. Il sourit d'un air un peu gêné, avança vers moi mais en gardant les mains dans ses poches. « Quelle surprise ! Je ne pensais pas que tu viendrais... Je... Non, c'est un mensonge. Fanny m'a

écrit et m'a dit que tu serais là... J'avais envie de te revoir.

— Oh, Arthur », dis-je en tendant les mains vers lui. J'étais si heureuse de le voir, et dès l'instant où nos mains se touchèrent, je me souvins de la question que j'avais posée à Ian — était-il possible d'aimer deux personnes à la fois — et je compris que oui. « Quand es-tu arrivé ?

— À l'instant... Tu es... » Il sourit et hocha la tête, ce qui me fit rire. « Oui... indescriptible, comme toujours. Comment vas-tu ?

— Bien... très bien.

— Est-il...

— Non, il vit toujours à Harlem.

— Et toi ?

— Je continue de l'attendre. Et ta bibliothèque, comment marche-t-elle ?

— Oh, formidablement bien.

— C'était généreux de ta part. Les habitants d'Inverness doivent t'adorer, d'avoir fait don de tous ces livres.

— En fait... ça m'occupe.

— ... Oui.

— ... Oui. »

Nous restâmes un moment appuyés contre la balustrade, et je regardai sa main avancer tout doucement vers la mienne et me saisir le petit doigt. Je fondis en larmes et il me tapota doucement la main. J'avais follement envie de mettre mes bras autour de lui et de le serrer contre moi. Mais il s'écarta de moi, alla à l'autre extrémité du belvédère et me demanda s'il pouvait rencontrer mes filles.

« Mes... ?

— Je suis juste un vieil ami d'Écosse.

— Mes... ?

— Jen ?

— Il faut que je... je veux dire... en fait, la plus jeune est très malade, et nous nous apprêtons à partir. C'est pour cela que je suis ici... je cherchais Fanny et...

— Malade ? Qu'a-t-elle ?

— De l'asthme.

— Eh bien, nous allons faire venir un médecin.

— Non ! Elle... ses médicaments sont... sont restés à la maison et...

— Mère ! » Arthur et moi nous retournâmes et vîmes May arriver en courant. « Mère, Mary est très... très... » Elle regarda avec stupeur Arthur qui demeura bouche bée, puis elle secoua la tête comme pour rassembler ses esprits, et me regarda à nouveau. « Mary va plus mal. Je crois que nous devrions appeler un médecin. »

Nous nous précipitâmes, Arthur à notre suite. Mary avait de grandes difficultés à respirer, mais ne cessait de répéter que cela allait passer. Cathy lui avait fait prendre une autre dose du remède ; je fis asseoir Mary très droite dans le lit, j'ouvris les fenêtres en grand, et je lui caressai le visage pour la calmer. Je sentais Arthur derrière moi, en train de fixer May des yeux, et je me dis que j'avais promis à Ian que, quoi qu'Arthur puisse dire, je nierais qu'elle était sa fille. May aussi le dévisageait, et son regard allait de Mary à ce bel inconnu dont la couleur de cheveux et les yeux bleu-gris étaient semblables aux siens.

Au bout d'un quart d'heure, le médicament avait agi et la respiration de Mary redevint normale. May se précipita aussitôt pour aller participer aux festivités, et je présentai Arthur à Cathy et Mary. Avant qu'il puisse m'interroger au sujet de May, j'insistai pour que nous descendions tous.

La salle de bal était remplie de gens connus — les Astor, les Vanderbilt, les Whitney — et de tout ce que comptait la bonne société de la côte Est. Lorsque je vis

Michael emmener May dans un coin retiré de la pièce, je me rappelai qu'il s'apprêtait à rompre avec elle. Cathy et Mary s'en aperçurent aussi, et je leur dis à voix basse d'aller préparer leurs affaires et celles de leur sœur, pour que nous puissions partir dès que Michael lui aurait parlé. Arthur ne dit rien mais il me saisit le bras et m'entraîna vers le hall d'un pas si rapide que j'eus du mal à le suivre. Il m'emmena au salon, referma la porte derrière nous et me demanda si May était sa fille.

« Non.

— Mais elle...

— C'est la fille de Ian.

— Jenny, je t'en prie, me crois-tu capable de... Il ne me viendrait pas à l'idée de faire quoi que ce soit qui puisse perturber les relations de May avec ton mari mais... Jenny, ne comprends-tu pas... savoir que j'ai... que j'ai une fille, et que...

— Elle n'est pas de toi, Arthur.

— Oh, Jen, elle est de moi, pourquoi ne veux-tu pas... As-tu peur de ce que ton mari ferait s'il le découvrait ? C'est cela ?

— Elle n'est pas *ta fille !*

— Pourquoi mentir ? Il est évident que la nuit que nous avons passée à Inverness...

— Ça suffit !

— Elle est ma fille ! »

La porte s'ouvrit brusquement et May apparut, le visage inondé de larmes ; elle nous regarda tous les deux tour à tour. Je voulus lui dire quelque chose, parce qu'elle tremblait comme une malheureuse, mais elle secoua la tête et se précipita vers la porte d'entrée. Elle s'éloigna en courant sur le chemin qui menait à la route, si vite que ni Arthur ni moi ne pûmes la rattraper. Arthur suggéra alors de prendre la voiture qu'il avait louée. Michael était là, l'air égaré et honteux, certain que si May s'était enfuie, c'était parce qu'il s'était montré cruel et maladroit ; il proposa que nous prenions sa voiture pour aller à la recherche de May.

On chercha partout, on cria, on appela ; on aurait dû la trouver car elle était vêtue d'une robe du soir, n'avait ni sac à main ni argent, et donc n'avait pas pu aller bien loin.

Mais on ne la retrouva pas.

Arthur signala sa disparition à la police, puis prit Michael à part et lui suggéra de prendre le bateau pour patrouiller le long de la côte, au cas où May serait « tombée » à la mer. Je me dis que May était une battante et que jamais elle n'attenterait à ses jours, mais même Cathy paraissait désespérée en rassemblant les affaires de sa sœur, et je me rendis compte que le double coup que May venait de subir pouvait bien avoir entamé son armure.

Le dimanche soir, la situation semblait désespérée. Le lundi à trois heures du matin, laissant chez les MacGregor Arthur et les filles qui voulaient toutes deux continuer à chercher leur sœur, je me rendis en voiture à Harlem pour prévenir Ian.

J'arrivai vers sept heures. Je savais qu'ils travaillaient la nuit et, au moment où je garais la voiture, j'aperçus de la lumière là-haut. Je fonçai au premier étage et sonnai. La porte s'ouvrit quelques instants plus tard, et Dolores apparut devant moi, les cheveux emmêlés et pendants, vêtue d'une robe de chambre d'homme... celle de Ian. Elle me regarda des pieds à la tête. La situation était aussi embarrassante pour elle que pour moi, mais son visage n'exprimait rien. Prenant mon courage à deux mains, je dis : « Il faut que je parle à Ian. C'est urgent. »

Elle laissa la porte entrebâillée, rentra dans le couloir et murmura « ta femme » à Ian qui avait juste une serviette autour des reins ; en me voyant, il dit tout bas quelque chose à Dolores et vint à la porte.

« C'est May... elle... elle s'est enfuie.

— Je mets quelque chose sur moi. Entre... euh... non, attends dans la voiture. » Il repartit, puis s'arrêta et se retourna. « Non, ne descends pas, ce n'est pas une bonne idée. Attends-moi ici, j'en ai pour une seconde. »

Le fils de Dolores pointa son nez dans le couloir ; elle le ramena dans sa chambre, puis revint dans ce qui devait être la salle de séjour, et s'adossa au mur. Quand Ian s'approcha d'elle, portant ses chaussures et une chemise, elle le prit par la taille et il lui dit qu'il l'appellerait. Comme elle ne le lâchait pas, il se pencha sur elle en répétant : « Je t'appellerai. Je ne sais pas quand je rentrerai. »

Je reculai, pour ne pas voir s'il l'embrassait, et j'eus toutes les peines du monde à ne pas éclater en sanglots. Je voulais rester forte et expliquer calmement à Ian ce qui s'était produit, mais d'un seul coup je réalisai que je l'avais attendu en vain et que son foyer était ici.

Il boutonna sa chemise pendant que nous descendions l'escalier. J'avais envie d'enfouir ma tête sur sa poitrine et de sentir ses bras autour de moi, juste cela... mais il n'était plus à moi. Il était à elle, car je le lui avais servi sur un plateau d'argent.

« Qu'est-ce qui s'est passé ? » questionna-t-il en montant dans la voiture.

J'avais décidé de raconter à Ian ce que j'avais raconté à la police et à tout le monde chez les MacGregor.

« Michael MacGregor a rompu avec elle pendant que nous étions dans leur propriété de Newport, et il a annoncé ses fiançailles avec une autre jeune fille.

— En même temps ?

— Oui.

— Très galant. Et elle s'est enfuie ? Ça ne lui ressemble pas. Il y avait peut-être autre chose.

— Que veux-tu dire ?

— Peut-être qu'elle est...

— Non, non, May est terriblement aguicheuse, mais je sais qu'elle n'a encore couché avec personne. C'est seulement qu'elle... elle l'aimait vraiment et elle était sûre qu'il allait lui demander de l'épouser.

— Depuis combien d'heures est-elle partie ?

— Deux jours.

— Deux... Deux... *Elle est partie depuis* deux jours *et c'est maintenant que tu me le dis ! Grands dieux, Jen ! Tu as prévenu la police ?*

— Oui.

— Laisse-moi conduire !

— Je suis parfaitement capable de... oui, d'accord. » Je me glissai par-dessus lui pour changer de place et, au moment où nos corps se touchèrent, il poussa un profond soupir, hocha la tête et se mit au volant.

J'attendis que nous soyons dans le Rhode Island pour avouer à Ian qu'Arthur était là, que je l'avais présenté aux filles et qu'elles le prenaient pour un ami d'Écosse. J'ajoutai ensuite qu'Arthur était venu pour la remise du diplôme de Michael, et qu'aucun de nous deux ne savait que l'autre était là. Ian ne dit rien, mais je compris qu'il retournait tout cela dans sa tête ; juste avant de passer les grilles de la propriété des MacGregor, il arrêta la voiture et me déclara que May avait deviné qu'elle était la fille d'Arthur et que c'était pour cela qu'elle s'était enfuie. Je tentai de le nier, mais Ian voyait clair en moi, et je lui révélai la vérité, parce que je ne pouvais pas continuer à lui mentir.

Il appuya sa tête contre le volant et murmura d'une voix presque inaudible : « Je la retrouverai... il faut... il faut que je lui dise... »

La semaine qui suivit la fuite de May fut une des plus longues dont j'ai le souvenir. J'avais beau essayer de me convaincre que May était en sécurité, je ne pouvais chasser la crainte qui me taraudait : elle était tout sauf *en sécurité. Tant de choses ne tournaient pas rond. Pourquoi s'était-elle enfuie ? Certes, Michael lui avait porté un coup terrible, mais apprendre qu'elle était en fait la fille d'Arthur Millington aurait certainement dû la faire jubiler, une fois le choc dissipé : en effet, même si elle aimait Ian, elle ne lui avait jamais pardonné d'être parti vivre avec Dolores. May avait toujours aimé l'argent, et elle avait lu assez d'articles sur Arthur et ses millions pour savoir que le fait d'être son unique héritière la mettait en position d'entrer un jour en possession d'une coquette fortune. Pourquoi s'enfuir, alors qu'elle pouvait non seulement devenir riche, mais punir Ian de nous avoir « abandonnées » ?*

Chaque matin, Mary, Cathy et moi nous réveillions avec l'espoir de recevoir un télégramme d'Écosse nous annonçant l'arrivée de May. Mais il n'y eut jamais de télégramme.

Le huitième jour, en rentrant à la maison, nous trouvâmes la fenêtre de la cuisine ouverte, deux cents dollars en liquide que je cachais dans un tiroir avec mes bas, tous les bijoux que nous possédions et quelques-uns des plus beaux vêtements de May... envolés.

Mary exultait, même si sa sœur lui avait volé une paire de boucles d'oreilles en argent, parce que les objets manquants indiquaient que May était vivante. Je vérifiai le contenu d'une boîte en métal dans laquelle je gardais les papiers importants et, en voyant que le passeport de May avait disparu, je faillis sauter de joie, parce que cela confirmait mon espoir qu'elle allait bien essayer d'aller retrouver ma mère en Écosse.

Nous appelâmes aussitôt toutes les compagnies maritimes, et à la Compagnie générale transatlantique on nous dit que le prochain navire pour la Grande-Bretagne partait dans trois jours... May Liddle ne figurait pas sur la liste des passagers. Je me sentais découragée en raccrochant, mais Mary déclara que nous irions quand même à l'embarcadère le jeudi, parce que sa sœur pouvait très bien s'être inscrite sous un faux nom.

« Je n'arrive pas à croire qu'elle a fait ça, soupira Cathy en contemplant ma boîte à bijoux vide. Ton médaillon... celui que grand-mère t'avait donné quand tu as quitté l'Écosse avec p'pa. Mon Dieu, m'man... c'est... c'est un sacrilège.

— Peut-être qu'elle l'a pris parce qu'elle savait qu'il était spécial. Je veux dire, grand-mère l'avait donné à m'man pour qu'il la protège pendant la traversée, alors peut-être que May l'a pris pour... » Mary se mordit les lèvres, parce que Cathy s'était levée en lançant le coffret vide sur le lit, était allée ouvrir la fenêtre et s'était assise sur le rebord.

« Elle n'a aucun sens de... de la morale. Mon Dieu, mais rien n'est mal, *pour elle.*

— Elle a laissé ta montre, Cat.

— Seulement parce que c'est de la camelote.

— Mais... je pense... je pense qu'elle a l'intention de tout rapporter quand...

— Elle va les mettre au clou... mon Dieu.

— Je ne crois pas qu'elle ferait ça, Cathy.

— Non, elle ne mettrait jamais en gage le médaillon de m'man... Jamais... elle ne... Cat ? »

Mais Cathy ne nous écoutait pas. Elle avait les yeux fixés sur la cour, en bas.

« Qu'est-ce qu'elle va faire ? Où va-t-elle aller ? » Je jetai un coup d'œil à Mary, parce que Cathy ne s'était pas adressée à nous, mais à l'appartement d'en face. « Elle ne peut pas... Elle est incapable de... elle est trop égoïste... Elle ne peut pas.

— Elle ne peut pas quoi, Cathy ? » Sans me répondre, Cathy regarda Mary, qui hocha gravement la tête. « Qu'y a-t-il ? Vous savez quelque chose, vous deux. Quoi ? May ne peut pas quoi ? Que voulais-tu dire, Cathy ?

— Rien.

— Catherine Maclean, réponds-moi immédiatement.

— M'man...

— Réponds-moi !

— May est enceinte.

— Elle est... ?

— De deux mois. Michael ne le savait pas. Elle ne voulait pas qu'il croie qu'elle avait fait ça exprès, parce qu'il se serait senti obligé de l'épouser et elle ne voulait pas obtenir Michael de cette façon. Elle voulait qu'il la demande en mariage. Elle était persuadée qu'il allait le faire le soir de la fête pour son diplôme.

— Et, au lieu de cela, il lui a dit... oh, la pauvre petite. Pas étonnant qu'elle se soit enfuie. Oh, mon pauvre petit ange. » Cathy regarda Mary, qui hocha à nouveau la tête. « Quoi ? Pourquoi as-tu fait la grimace ?

— Je n'ai pas fait la grimace.

— Si.

— C'est seulement... laisse tomber.

— Qu'est-ce que tu me racontes ? Cathy ?

— Rien.

— Dis-moi ! *Catherine Maclean, je veux tout savoir !*

— Rien. C'est seulement que May n'était pas un ange.

— Qu'est-ce que cela signifie ? Hein ? Michael n'était pas le premier garçon qu'elle...

— *Il était le premier », répondit Cathy d'un ton très sec. Elle contempla le plafond, puis vint s'asseoir sur le lit en secouant la tête. « Techniquement parlant.*

— *Je ne comprends pas.*

— *Oh, m'man...*

— *Bon, soit il était le premier, soit il ne l'était pas ! Cathy, pour l'amour du ciel !*

— *O.K. ! Elle était "vierge" avant Michael... plus ou moins.*

— *Plus ou...* Cathy !

— *Elle... elle avait fait tout, sauf...*

— *Tout...*

— *Oui, tout sauf...*

— *Cat, murmura Mary en se rapprochant de sa sœur.*

— *Non, non, continue ! Ne t'arrête pas maintenant ! Je veux entendre la suite !*

— *Pourquoi ? Ça ne pourra que te faire de la peine.*

— *Ta sœur...*

— *À tout fait, sauf d'aller jusqu'au bout. Je veux dire, c'était de l'hypocrisie. Elle se moquait des gens.*

— *Es-tu en train de dire que May est une...*

— *Putain.*

— Cat !

— *Tu connais un autre mot pour ça, Mare ?*

— *Elle n'était pas une putain.*

— *Elle acceptait de l'argent pour...*

— *Ce n'était pas en paiement. Je veux dire, elle n'a jamais rien demandé, elle n'a jamais insisté pour qu'ils la paient, ils lui offraient simplement des cadeaux : des vêtements ou des bijoux, ou... de l'argent.*

— *Eh oui : une putain.*

— *Non, elle acceptait leurs cadeaux.*

— *En échange de...*

— Cat ! *De toute façon, c'était avant. À partir du moment où elle a rencontré Michael, tout a changé. Tu le sais bien. Tu n'es pas juste. Elle l'aimait vraiment et elle a changé. Reconnais-le.*

— Reconnaître quoi ? Elle a volé tout ce que nous possédions ici de valeur. C'est une voleuse, une menteuse et une putain.

— Non... si elle a pris l'argent et les bijoux, c'est seulement parce qu'elle était désespérée. Elle a changé.

— Ouais... Marie-Madeleine. »

Cathy me regarda. J'avais dû devenir blême, parce qu'elle se leva et m'aida à m'asseoir. Je n'aurais pas dû être choquée : May avait toujours eu de beaux vêtements, des bijoux et de l'argent, et elle n'avait jamais travaillé ; j'aurais donc dû savoir, même inconsciemment, de quelle façon elle obtenait ce qu'elle possédait. Mais j'avais tenté de me convaincre moi-même que May recevait des « cadeaux » de ses nombreux admirateurs parce qu'elle était quelqu'un de très à part.

« M'man, se hâta de dire Mary. May aimait vraiment, vraiment Michael, elle voulait être sa femme, avoir beaucoup d'enfants, et devenir une vraie "dame".

— Une dame...

— Tu sais bien ce que je veux dire. Avoir de l'argent et de belles choses sans être obligée de...

— Faire la pute.

— Cathy !

— Pardon.

— C'est pour cela que May... pour avoir de jolies choses ? C'est pour cela qu'elle... ?

— Parce qu'elle était trop paresseuse pour travailler.

— Cat, ce n'est pas vrai ! Elle savait bien qu'un travail ordinaire ne lui permettrait pas de se payer les choses dont elle avait besoin.

— Besoin ! *Elle n'avait pas* besoin *de manteaux de fourrure, ou de boucles d'oreilles en argent, ou de pulls*

en cachemire ! Elle n'en serait pas morte, de vivre comme nous tous !

— Mais elle n'était pas comme nous tous, Cat. Tu le sais, et elle le savait aussi.

— Ma sœur la princesse », dit Cathy avec un soupir. Puis elle alla à la coiffeuse de May et prit une photo représentant May et Michael. « Oui... la princesse... la princesse May. » Il y eut un silence, car aucune de nous ne savait quoi dire. « Nous devons la retrouver, m'man. » Cathy se tourna vers moi, la photo toujours à la main, mais au lieu de me regarder, elle baissa la tête pour que nous ne voyions pas ses larmes.

Nous nous rendîmes à l'embarcadère le jeudi suivant, lorsque le Normandie *appareilla pour le Continent. May n'était pas là, et ni les stewards ni les membres de l'équipage ne reconnurent la photo que nous leur montrâmes.*

Au moment où le paquebot quittait l'embarcadère, je jetai un coup d'œil vers les hublots des premières, et j'aperçus l'éclat d'une chevelure cuivrée qui étincelait au soleil, avant de disparaître sous une grande écharpe en mousseline.

21

(Monts Catskill, New York — 14 février 1936)

Crépuscule. Sous le ciel d'hiver bleu-rose, la neige prenait des tons lilas. L'étang était entièrement gelé. Je m'emmitouflai dans mon cache-nez et jetai un coup d'œil vers la cabane en rondins où Indira et Em préparaient le dîner. Cela faisait plusieurs années que nous louions cette cabane, parce qu'elle était située à trois quarts d'heure en voiture de Manhattan, et que c'était ce qui ressemblait le plus à la maison que nous occupions dans la propriété Cameron en Californie. Nous y venions souvent depuis l'enlèvement des garçons. Nous étions heureux ici. Et je suppose que c'était un peu puéril de ma part de croire que le bonheur pouvait tenir à quatre murs et un toit, comme la poussière aux meubles, mais j'y croyais… j'essayais d'y croire.

C'était le onzième anniversaire de Tyron ; nous lui avions offert une paire de patins à glace neufs et une crosse de hockey, comme à Bobby qui avait fêté ses douze ans le mois précédent. Je faisais le gardien de but pour les deux garçons puisque Em, pourtant capable de surpasser ses frères au hockey sur glace, n'avait pas voulu jouer. Je me mis en position car Bob arrivait vers moi, disputant à Tyron le palet qui valsait entre leurs deux crosses. Tous deux étaient de vrais sportifs qui jouaient pour gagner, mais le bruit de leurs crosses cognant l'une contre l'autre avait quelque chose d'inquiétant. C'était plus que la rivalité du sport, et, à mesure qu'ils approchaient, une voix intérieure me disait : *arrête-les*.

La crosse de Ty croisa celle de Bob avec une telle violence que le palet alla atterrir sur un talus de neige. Bob prit appui sur sa crosse, à bout de souffle.

« J'ai dit que je regrettais, Ty... Je regrette. »

Tyron le dévisagea sans rien dire, puis hocha la tête, alla ramasser le palet et s'éloigna. Bob le suivit du regard, puis vint me rejoindre. Il tremblait. Il faisait froid, certes, mais Bob avait les yeux humides et je devinais que ce n'était pas à cause de la température.

« Que s'est-il passé, hier soir ? questionnai-je.

— J'étais avec des copains de classe et... on est allés dans un café, et Ty était là avec Cathy et... et...

— Et quoi ?

— Et j'ai regardé ailleurs quand il nous a fait signe.

— Pour que tes amis ne sachent pas que Ty est ton frère ? Sinon, ils sauraient que ta mère n'est pas blanche ? » Je m'assis pour délacer mes patins et Bob en fit autant, évitant mon regard. Je respirai un grand coup et essayai de garder mon calme. « J'ignore ce qui s'est passé quand vous avez été enlevés, tous les deux, et peut-être que cela vaut mieux... mais c'est à cause de *moi* que c'est arrivé, et *pas* à cause de la couleur de peau de ton frère. » J'attendis que Bob dise quelque chose, mais il se contenta de contempler ses patins. « Bob, je ne sais pas pourquoi tu es né avec une peau aussi claire, et franchement, j'aimerais mieux que ce ne soit pas le cas. Mais Tyron est ton frère et le même sang coule dans vos veines à tous les deux. Quelle que soit la couleur de ta peau, ou ce pour quoi tu veux te faire passer, tu es un

Américain d'origine écossaise et indienne. Tu comprends ?

— Oui.

— Je n'en ai pas l'impression.

— Si… si… c'est seulement que…

— Que quoi ?

— Rien. J'ai froid. Je rentre. »

Il se leva, enfila ses bottes et chercha Ty du regard, comme un chien battu attendant son maître bien-aimé mais impitoyable, et la raclée à venir.

Je dis à Bob de rapporter quelques bûches pour le feu, et je partis à la recherche de Ty. Je le trouvai dans un petit bois de pins, assis sur une souche d'arbre, en train de déplacer le palet de hockey avec sa crosse. Il leva la tête à mon approche, puis se remit à observer son palet, avec attention, comme tout ce qu'il faisait. Pas de façon apathique : Ty mesurait, calculait, parce qu'il avait besoin de garder le contrôle de lui-même. Il avait toujours été un garçon tranquille, et même tout petit, Dira et moi avions remarqué qu'un feu couvait en lui, sous son apparence calme. Mais, ces jours-ci, il avait l'air d'un tigre à l'affût, prêt à bondir.

J'avais renoncé à lui demander ce qui s'était passé le soir de leur enlèvement. Ni lui ni Bob ne parleraient, mais Bob faisait des cauchemars. Dira et moi avions décidé d'essayer d'oublier toute l'histoire. Brillante solution, cautère sur une jambe de bois.

Nos placements en Bourse s'étaient révélés lucratifs, et l'affaire de Dira et Jen marchait du tonnerre, malgré la Dépression — qui était loin d'être terminée — et l'absence de May. Cela faisait sept mois maintenant qu'elle était partie, et pas de nouvelles. On avait mis un détective privé à sa recherche, sans résultat. May s'était évanouie dans les airs.

Je m'assis à côté de Tyron et lui dis que, dès que le Triborough Bridge serait achevé, cet été, nous déménagerions à la campagne ; je lui demandai s'il aimerait vivre dans le comté de Morris — à une heure de route de Manhattan —, dans l'État du New Jersey.

« Qu'est-ce que tu feras ? questionna-t-il.

— Élever des chevaux.

— Comment sont les écoles, là-bas ?

— Il y en a une excellente à Morristown, nous tâcherons de trouver une maison pas trop loin de là.

— Et ils m'accepteront ?

— *Oui*, ils t'accepteront.

— Et m'man ?

— Elle ira tous les jours en voiture à l'atelier de Manhattan.

— Non, tu sais bien ce que je veux dire.

— Tout ira bien. » *Je l'espère.*

« Qu'en pense Em ?

— Elle a envie de déménager. Je lui ai promis qu'elle pourrait avoir tous les animaux qu'elle voudrait.

— Ouais…

— … Ouais. » J'allumai une cigarette pour me donner le temps de choisir les mots adéquats, puis je dis : « Ty, ton frère n'est pas fort comme toi, tu le sais. C'est un… un suiveur. Il t'a toujours suivi, il t'a toujours écouté, respecté, parce que toi, tu es un meneur. Mais maintenant il a peur, et j'aimerais pouvoir l'aider, vous aider tous les deux… mais… je ne sais pas comment. Parce que je ne peux pas effacer ces quarante-huit heures que vous avez passées dans l'entrepôt. Tout ce que je peux faire, c'est te jurer que ça n'arrivera plus jamais. »

Ty donna avec sa crosse un petit coup qui fit atterrir le palet à ses pieds, ramassa le disque noir et me le tendit.

« Tu lui as acheté quelque chose ?

— À qui ?

— M'man. C'est la Saint-Valentin.

— Oui… des roses. » Il approuva d'un signe de tête. Je laissai passer une seconde avant de dire : « Nous célébrons deux événements.

— Hein ?

— La Saint-Valentin et ton anniversaire.

— Ouais…

— … Ouais. » Je me levai et restai planté là, parce que j'avais envie de mettre mes bras autour de ses épaules, et de lui dire que tout irait bien. Mais il n'avait plus rien d'un gamin et je savais qu'il me repousserait si je faisais le moindre geste. « Le dîner va être prêt.

— J'arrive dans une minute. » Il me regarda ramasser mes affaires et, quand j'eus le dos tourné, il dit : « P'pa… je suis content pour toi, pour tes chevaux.

— Oui… » dis-je en me retournant et en attendant la suite. Mais il n'ajouta rien. Sa dispute avec son frère avait dû le bouleverser plus qu'il ne voulait le montrer. Nous restâmes un moment à nous dévisager. J'aurais voulu pouvoir lui tendre la main, mais au lieu de cela je m'éloignai en disant : « Ne tarde pas trop, fils. »

En rentrant à la cabane, je sentis son regard dans mon dos et je faillis m'arrêter, tant mon impression était forte qu'il ressentait exactement la même chose que moi : c'était presque comme un appel.

Bobby était dehors, en train d'empiler du bois ; j'ouvris la porte et restai sur place en entendant Indira crier : « Bon sang, Em, je t'ai dit que ce n'est pas grave ! Arrête de t'excuser et finis de mettre la table !

— Mais tu as travaillé tout le week-end dessus.

— Que se passe-t-il ? demandai-je en entrant.

— J'ai renversé de la sauce sur les dessins de Dira, et maintenant ils sont abîmés.

— Ce n'est *pas* grave, Em ! » Em baissa la tête et ramassa les couverts. « Dis aux garçons de rentrer, Dave. » Dira avait parlé sans me regarder ; elle reposa d'un air las son torchon sur un siège à côté du poêle. Je retirai mes bottes et mon manteau, et je m'assis en attendant que les garçons soient rentrés et se soient lavé les mains. Quand tout le monde fut à table, je me levai, m'appuyai sur le dossier de ma chaise et annonçai que nous devions tenir un conseil de famille.

« Je ne vais pas perdre de temps à m'excuser, je crois que je l'ai suffisamment fait depuis treize mois, et vous savez tous à quel point je *regrette* tout ce qui s'est passé... et *continue* de se passer. L'enlèvement des garçons a été l'étincelle qui a allumé le feu qui nous consume tous... parce que nous le *laissons* nous détruire. Et c'est précisément ce qu'*elle* veut, ce qu'*elle* a calculé : que nous nous ferions mutuellement des reproches et que nous vivrions dans la peur que cela ne se reproduise. Et si nous continuons dans cette voie, alors Rose Newburn va en effet nous détruire, tous. Mais ce ne sera pas le cas si nous ne la laissons pas faire, et si nous nous rappelons que nous formons une famille. Ce ne sera pas le cas si nous... »

Dira se leva si brusquement qu'elle renversa sa chaise. Elle lança sa serviette sur la table et se dirigea d'un pas énervé vers notre chambre. Je la suivis ; sans me laisser le temps de dire un mot, elle referma la porte derrière moi en criant : « Comment oses-tu minimiser la situation et tenir des propos aussi... aussi lénifiants ! Cette femme est une menace pour nos vies !

— Et je devrais aller en Écosse pour la tuer ? Vas-y, dis-le ! Cela fait treize mois que tu y penses !

— Oui !

— Commettre un meurtre de sang-froid !

— Oui !

— Comment ? Lui envoyer une balle dans la tête ?

— Je le ferais moi-même, sauf que je ne peux pas quitter le pays puisque je n'ai *pas* de passeport ! Ni britannique ni américain !

— Ça va...

— J'*avais* un passeport, mais il a été invalidé !

— J'ai dit : ça va !

— J'en ai eu un autre, mais on a confisqué le passeport de Diana Rory quand on a arrêté *Indira Nehru* !

— *Ça va !* Ça suffit ! Dans quatre ans, tu seras citoyenne américaine !

— *Oui !* Encore une clause non écrite pour garantir *sa* sécurité ! Mais je te jure que dès que je pourrai…

— Arrête de dire des imbécillités !

— Ce ne sont pas des imbécillités ! Elle est en train de détruire mes enfants, ma vie, toi, nous ! Davie, ne comprends-tu pas que nous ne serons jamais délivrés d'elle tant qu'elle vivra, qu'elle sera là, suspendue au-dessus de nos têtes comme une épée de Damoclès ! Regarde Em, regarde ta fille, il ne se passe pas une journée sans qu'elle fonde en larmes parce qu'elle est persuadée que tout est sa faute ! Ty a élevé des murs autour de lui ! Et Bobby, tu l'entends crier la nuit, Davie ? Tu entends ton fils crier ?

— Ils n'ont pas été blessés physiquement !

— J'aurais préféré qu'ils le soient ! J'aurais préféré qu'on entaille leur chair, qu'on leur brise les os, au moins ces blessures-là auraient guéri ! Mais ceux qui ont enlevé nos fils les ont torturés mentalement, et ces plaies-là, Davie, ces plaies ne guériront *jamais*… jamais… jamais… »

Indira s'effondra sur le lit. Je m'approchai d'elle, mis mes bras autour de ses épaules et la serrai contre moi. Il y avait tant de choses que j'avais envie de dire, mais c'était inutile, parce qu'elle avait raison.

Cette nuit-là, nous fûmes réveillés par les cris de Bobby.

Dira et moi nous précipitâmes à l'étage, où dormaient les garçons, et trouvâmes Em agenouillée sur le palier, en train de regarder dans la chambre par la porte entrouverte. Elle mit un doigt sur ses lèvres pour nous intimer le silence, et poussa légèrement la porte afin de nous permettre de voir par-dessus son épaule.

Il faisait noir, mais j'aperçus leurs silhouettes : Bobby assis par terre près de son lit, sous la fenêtre, et Ty debout, penché sur lui.

« J'entends le… déclic, gémissait Bobby. C'est comme ça que ça commence… le bruit de la gâchette et leurs voix : “sales nègres, bâtards métis”, et puis j'entends le couteau qui déchire le sac… et je crois qu'il va me blesser, mais il fait juste une fente dans le sac… Mais à ce moment-là, je sens le métal, c'est tellement froid, je le *sens*, comme quand c'est arrivé… comme quand…

— Bob, ça suffit. Essaie de te recoucher et de dormir.

— … il m'a placé le pistolet dans la bouche. Je sens le goût du métal… même dans mon rêve, je sens le goût du métal, et j'entends le déclic, et c'est exactement comme dans l'entrepôt, et j'attends que le coup parte, et puis il y a un autre déclic… seulement, dans mon rêve, le pistolet est chargé et la balle me rentre dans la gorge, traverse mon estomac et…

— Chhhuuut, allez, ça suffit.

— … et explose. C'est là que je me réveille… et… Ty, le lit est trempé et… Ty, mon Dieu, le lit est trempé…

— Ne t'en fais pas, je vais changer les draps.

— Le matelas…

— On le mettra dehors, sur la fenêtre. Il séchera.

— Ty… je suis désolé.

— Ne t'inquiète pas pour ça.

— Je veux dire, pour hier soir.

— Ouais.

— J'ai peur.

— Je sais.

— Pas toi ?

— Si… J'ai peur, moi aussi. Aide-moi à défaire le lit.

— Ty ?

— Quoi ?

— J'ai… j'ai tellement… peur. »

Ty s'agenouilla près de son frère, lui tapota l'épaule, et Bobby jeta ses bras autour de lui en sanglotant. Dira fit un mouvement pour aller vers eux mais je l'en empêchai, refermai sans bruit la porte, relevai Em et les ramenai toutes deux en bas.

J'aidai Em à se coucher et séchai ses larmes, avant de revenir dans ma chambre et de me glisser auprès d'Indira. Je la tins serrée contre moi tout le temps qu'elle pleura et, quand ses larmes furent taries et qu'elle se fut endormie, je fermai les yeux et pleurai.

« Seigneur, qu'est-ce qu'il est grand ! s'exclama Lorraine en contemplant le Triborough Bridge, inauguré aujourd'hui même, 11 juillet 1936. Quelle partie vous avez construite, vous, les gars ?

— Tu vois cette poutre métallique, à une centaine de mètres de hauteur, la troisième à partir de la gauche ?

— Ouais.

— On l'a montée en 35. En mars, c'est ça, hein, Tom ?

— Ouais, un vendredi. Il pleuvait. »

Lorraine tapa sur le ventre de Tom en riant, puis demanda aux garçons quel effet cela leur faisait de penser que leur père avait construit un pont qui durerait mille ans. Je jetai un coup d'œil à Ian, debout avec Cathy et Mary, son bras passé autour des épaules de Dolores. Il ne regardait pas le pont, ses yeux fixaient un point au-delà, du côté d'Astoria, et je compris qu'il aurait aimé que Jen soit là. Il voyait assez souvent ma sœur ; au début, je croyais que c'était à cause de May, mais maintenant je me rendais compte que c'était parce que sa colère était passée et qu'il avait envie de rentrer dans son foyer.

Em demanda à Tom ce qu'il allait faire, maintenant que le pont était terminé, et Lorraine répondit qu'il s'occuperait du café qu'elle et Dolores ouvriraient à Harlem en automne.

« Comment l'appellerez-vous ?

— On sait pas encore. Quelque chose de chic, hein, Dolores ?

— Hmhmm.

— Peut-être un nom français », dit Lorraine, qui ajouta en se tournant vers Ian : « Alors, tu vas m'apprendre à bien parler, pour que j'aie pas l'air d'une idiote, hein, Prince ?

— Tu parles très bien, Lorraine.

— Non, je veux dire comme toi, tu comprends, sans faire de fautes de grammaire. »

Tom regarda ailleurs, et je réalisai soudain que ce n'était pas la première fois que Lorraine priait Ian de lui apprendre à parler un anglais correct, et chaque fois Tom se taisait. Ian s'en rendit compte, lui aussi, et dit à Lorraine que simplement en lisant elle améliorerait son langage, que sa façon de parler faisait partie d'elle-même et qu'elle ne devrait pas la modifier. Tom parut soulagé. Dolores ne dit rien. Elle parlait peu et s'exprimait généralement par phrases courtes ; je me demandais si c'était par honte, car elle ne parlait pas beaucoup mieux que Lorraine, même si elle était allée jusqu'au lycée. Peut-être percevait-elle l'éloignement de Ian et savait-elle qu'il avait envie de la quitter mais ne voulait pas la blesser. Ian avait, lui aussi, fait un malheur en Bourse, et avait pris Dolores comme prête-nom pour acheter la moitié des parts du café avec Lorraine. Nous avions tous investi dans l'acier, le caoutchouc, le plastique, parce que, avec l'ascension d'Hitler et des nazis en Allemagne, nous étions sûrs qu'une guerre éclaterait tôt ou tard, et que l'Amérique serait mise à contribution pour fournir armes et munitions dont l'Europe aurait besoin pour se défendre. On observait avec inquiétude le nouveau président allemand qui, non seulement ne cachait pas ses sentiments antisémites, mais avait écrit un livre sur ce sujet, et soutenait la persécution « non officielle » dont était victime la population juive d'Allemagne. Beaucoup de juifs allemands étaient venus se réfugier en Amérique, et ce qu'ils racontaient des maisons et des magasins saccagés, des synagogues dynamitées, des milliers de gens tabassés, était épouvantable. Cathy et Tyron avaient un camarade de classe dont l'oncle et la tante, arrivés de Berlin, avaient la conviction que les nazis préparaient *quelque chose... quelque chose*. Quoi, ils ne savaient pas.

C'était une chaude journée et on décida à l'unanimité d'aller dans le comté de Morris voir la maison que Dira et moi avions achetée et où nous projetions d'emménager la semaine suivante. C'était une ancienne ferme, avec dix hectares de terrain et un étang, en bordure d'une forêt. La maison elle-même tombait en ruine et nécessitait de sérieux travaux ; deux ou trois ans pour refaire murs, sols et charpente... beaucoup de travail, énormément de travail : le Paradis.

Le fils de Dolores, Jimmy, resta avec Tyron et Cathy pendant que Em foulait l'herbe haute pour aller montrer à Mary l'écurie qui abriterait toutes sortes d'animaux. Em était grande et maigre, comme moi, et ses cheveux étaient redevenus roux et brillants comme autrefois. Elle voulait être vétérinaire et, une fois le lycée terminé, elle irait à l'université de Columbia. Em aurait seize ans dans moins d'un mois. Cela paraissait incroyable.

Je fis entrer tout le monde dans le salon, et Lorraine, montrant du doigt un trou au plafond, interrogea en riant : « Vous avez payé combien, déjà, pour cet endroit ?

— Dix mille.

— *Cents* ou dollars ? Faut être cinglé pour vouloir vivre en pleine cambrousse.

— C'est tranquille.

— Mortel… Mais qu'est-ce que vous allez faire ? Je veux dire, y a *rien* ici, à part des arbres et de l'herbe. Et si vous avez envie d'aller au spectacle ou au restaurant ? Qu'est-ce que vous allez avoir, comme distractions ?

— Nous avons eu suffisamment de distractions, répondis-je en serrant Dira contre moi.

— Ouais… je m'en doute. Bobby fait toujours des cauchemars ?

— Oui.

— Pauvre gamin. » Dira s'écarta de moi ; Lorraine remarqua que sa question l'avait contrariée, et elle changea aussitôt de sujet. « Eh bien, Tom et moi, on va déménager, hein, Tom ? Il en a pas envie. Il aime son trou à rats, pas vrai, Tom ? Mais comment ça se fait ? Maintenant qu'on est riches, on pourrait déménager. Comment ça se fait que tu veux rester dans ce palais pour cafards, hein ? » Tom ne dit rien. Lorraine en riant l'embrassa sur le nez, puis se tourna vers moi : « Dave, t'as dit que ta sœur allait acheter une maison sur le Sound, est-ce qu'elle…

— Ah oui ? fit Ian.

— Non, elle a décidé de rester là où elle est.

— Dans la 31e Rue ?

— Oui.

— Elle est cinglée, dit Lorraine. Si elle a le fric, pourquoi elle veut rester là ? T'as toujours dit qu'elle détestait cet endroit.

— Ce n'est plus le cas.

— Ouais… c'est… aaaahhhh… Dira, fais-nous donc visiter l'étage.

— L'escalier est tout cassé, mais tu peux regarder depuis la salle à manger, il n'y a pas de plafond.

— Seigneur Dieu, vous avez des couilles tous les deux, ça faut le reconnaître. Viens, Dolores, on va jeter un coup d'œil. »

Ian attendit que les femmes aient quitté la pièce, puis me lança un regard. Il ne dit rien. Je suppose que ce n'était pas nécessaire. Il savait bien que Jen et Tom, l'un comme l'autre, s'accrochaient à un lieu qui avait un jour été leur foyer, un lieu qu'ils sentaient s'écrouler sous leurs pieds.

22

(Astoria, New York — 15 août 1936)

Johnny et moi attendions à Macadam Plage que Ian ramène les filles à la maison, après leur journée à la mer. Tout en caressant le chien, je me disais que c'était aujourd'hui ou jamais : une fois les filles couchées, quand Ian me suivrait dans la chambre, je lui lancerais l'ultimatum que j'essayais de lui lancer depuis la fuite de May. Il ne voyait les filles que le dimanche, à cause de ses cours à la faculté de médecine, et chaque fois qu'il les ramenait à la maison, c'était la même chose : il restait dîner et, dès que les filles étaient couchées, nous les imitions ; avant l'aube, il s'habillait sans rien dire, et rentrait chez lui... chez elle.

L'air était chaud et lourd, et je regrettais de ne pas avoir accepté l'invitation de Ian à les suivre à Rockaway. Je ne pouvais pas. Ce n'était pas de l'orgueil. Je souffrais trop de savoir qu'il me l'avait demandé pour faire plaisir aux filles, car ma présence n'était plus désirable, sauf au lit.

« Et s'il dit non, Johnny ? Qu'est-ce que je ferai, alors ? Hmhmm ? » Johnny me lécha la main, puis bondit sur mes genoux et me mordilla le menton. « S'il

s'en va, tout simplement, et si je ne l'ai même plus les dimanches soir ? Qu'est-ce que je ferai, hein, mon beau ? » Johnny sauta à terre, alla chercher sa balle et la posa sur mes genoux. Je la lui lançai et je regardai le chien déraper sur le sol.

Je pensais à May, comme souvent. Le détective privé que nous avions engagé avait découvert qu'elle s'était embarquée en juin sur le Normandie, *en compagnie d'un couple d'un certain âge qui s'était fait passer pour son oncle et sa tante. Ian et moi les avions rencontrés ; ils nous avaient dit que May leur avait raconté qu'elle tentait de revenir en Écosse chez sa grand-mère, après un mariage bref et catastrophique avec un jeune homme américain. Ils avaient gentiment accepté de jouer le rôle qu'elle leur demandait et, une fois le navire arrivé à destination, May avait disparu... avec le portefeuille de l'homme.*

Elle n'était pas allée en Écosse, comme nous l'espérions : ma mère n'avait eu aucune nouvelle d'elle. Elle n'avait pas non plus rejoint Arthur, et Ian était persuadé que May s'était rendue en France. Cathy et Mary m'avaient conseillé de ne pas révéler à leur père la grossesse de May, car il se serait encore plus inquiété pour elle. May était partie depuis plus d'un an, ce qui voulait dire que, à moins qu'elle n'ait fait une fausse couche ou se soit fait avorter, son enfant était âgé de trois mois. Combien de fois m'étais-je réveillée la nuit, après avoir rêvé de May marchant, épuisée et affamée, un tout petit bébé dans les bras. Mais quand je racontais mon cauchemar à Cathy, elle m'affirmait que sa sœur n'aurait jamais faim, et qu'elle survivrait, quoi qu'elle soit obligée de faire pour cela.

Et c'était justement ce que je redoutais le plus : comment *se débrouillait-elle pour subsister ?*

Arthur, de son côté, avait engagé un détective pour rechercher May sur tout le Continent, car il se sentait responsable de sa fuite. Il avait écrit de nombreuses lettres exprimant sa sympathie, et je savais qu'il était sincère. Son nom apparaissait sans cesse dans les journaux, ces derniers temps, à l'occasion de l'ouverture d'un hôpital ou d'une université.

Johnny rapporta sa balle, la déposa sur mes genoux tout en la grignotant, et je lui dis que peut-être j'attendrais la semaine suivante pour lancer à Ian mon ultimatum. Il eut un petit mouvement de la tête, puis dressa les oreilles en entendant Ian et les filles dans la rue, en bas. Je me penchai sur la rambarde du toit pour leur faire signe ; Ian sourit et agita la main vers moi.

« Je t'ai rapporté de la barbe à papa, cria-t-il en secouant l'écheveau de sucre. Elle a un peu dégouliné.

— Venez me rejoindre. »

Ils étaient tous bien bronzés. En s'asseyant sur la couverture à côté de moi, Cathy m'embrassa et me dit à l'oreille : « Demande-lui de rester dîner. » J'avais préparé du poulet froid et une salade de pommes de terre que j'avais mis dans un panier et emportés sur le toit. Mary me fit un clin d'œil en désignant son père, et je proposai à Ian de dîner avec nous. Il fallait d'ordinaire que les filles le supplient pendant cinq minutes avant qu'il accepte, mais ce soir-là il sourit et répondit sans hésiter : « Oui, cela me ferait plaisir.

— P'pa a dit que dimanche prochain, nous irions tous passer la journée chez oncle Dave pour voir leur nouvelle maison.

— Cela vous fera une belle sortie.

— À toi aussi, m'man.

— Oh ?

*— Si tu en as envie », dit Ian, mais sans me regarder, et j'eus l'affreuse impression que Cathy et Mary avaient dû lui faire promettre de m'*autoriser *à les accompagner. J'étais tellement en colère, blessée et frustrée, que je reposai mon aile de poulet à moitié mangée et*

marmonnai que j'avais oublier d'apporter de quoi boire. Je descendis en maudissant Ian, puis moi-même pour être aussi stupide. Pourquoi aurait-il envie de revenir à la maison, quand il avait le meilleur des deux côtés : une femme — elle —, et une maîtresse — moi. Je me mis à pleurer, ce qui eut pour effet d'aggraver ma frustration, et de rendre mon visage tout rouge. Pour ne pas lui laisser voir que je pleurnichais comme une gamine stupide, je fis couler l'eau, mouillai un torchon et m'en tamponnai les yeux.

En entendant la porte s'ouvrir, et des pas dans le couloir, je courus m'enfermer dans la salle de bains.

« Cat et Mary sont sorties avec les Kowalski, dit Ian. Ils vont tous aller à Coney Island... Jen ?

— Oui. Un instant. »

Je l'entendis ranger les affaires, ouvrir le réfrigérateur, puis baisser les stores de la chambre, et je pensai qu'il fallait que je me décide, même si cela voulait dire que je le perdrais, il fallait que je l'oblige à choisir.

Je m'essuyai le visage, inspirai profondément et ouvris la porte de la salle de bains.

Ian était assis à la table de la cuisine et fumait une cigarette, qu'il écrasa dès que j'entrai. Puis il se leva et s'avança vers moi, mais avant qu'il me touche, je mis les mains en avant pour le tenir à distance et je lui dis : « Je ne peux pas... je ne peux pas être avec toi juste une nuit par semaine, cela me fait trop mal. C'est pour ça que, si tu ne dois pas rester après, et vivre avec moi en étant mon mari, alors... alors je crois que tu ferais mieux de rentrer chez toi. »

La surprise le fit reculer, et je faillis lui crier que cela ne faisait rien, que même une nuit par semaine, cela valait la peine, même si ça me rendait malheureuse les six autres jours. Il baissa la tête, s'approcha de moi et m'emmena dans la chambre ; j'entrai à reculons, jusqu'à ce que je touche le lit. Ian m'entoura de ses bras et je secouai la tête. Je savais qu'à l'instant où je serais étendue sur le lit, ce serait fini, je n'aurais pas la force de lui résister.

« Ian... je... je ne peux pas... je t'en prie, non... je t'en prie... rentre chez toi.

— Chez moi, c'est toi. » Il s'allongea sur moi, me déshabilla lentement, enleva ses vêtements et m'embrassa en me murmurant à l'oreille : « C'est toi... Mon foyer, c'est toi... »

En ouvrant les yeux, je le vis qui me contemplait, assis dans le lit, un bol d'eau glacée à la main. Il mouilla une serviette, la tordit et me la passa sur les épaules et le dos en soufflant doucement. Il devait faire près de cinquante degrés, il faisait très humide, et il n'y avait pas un souffle d'air.

« Que vas-tu lui dire ? questionnai-je, en me retournant et en lui tendant le bras pour qu'il continue cette toilette délicieusement rafraîchissante.

— Je lui ai déjà parlé.

— Quand ?

— Hier. J'ai passé la nuit chez Davie.

— Les filles étaient au courant ?

— Oui.

— Elles ne m'ont...

— Je leur ai suggéré de ne rien te dire, au cas où tu ne voudrais pas que je revienne.

— Tu savais que je le voulais.

— En fait, tu ne me l'as pas demandé depuis six mois.

— Après une centaine de refus, il aurait fallu être complètement masochiste pour insister... Et le garçon ? Son fils, tu vas continuer à le voir ?

— Oui. » Je n'osais pas lui demander quel âge avait le fils de Dolores Estevez, mais Ian dut deviner mes pensées. « Il a seize ans. Il n'a jamais connu son père.

— Et elle ?

— ... Non. C'était juste un...

— Je vois...

— Jimmy est un bon petit gars. Il a traîné avec une bande de voyous, à une époque, et il a eu pas mal d'ennuis ; c'étaient des types dangereux, qui se bagarraient à coups de chaînes et de briques — tout ce qui leur tombait sous la main... Dieu merci, il est sorti de tout ça, maintenant.

— Grâce à toi.

— C'est un gosse intelligent. Il veut être médecin.

— Comme toi.

— Comme moi. »

Je n'avais jamais réalisé ce que ce garçon représentait pour lui, et je me demandais comment le jeune homme avait pris la décision de Ian de revenir à la maison. Inutile de poser la question : le regard de Ian exprimait une telle tristesse que j'en eus les larmes aux yeux. Nul doute qu'il pensait à eux deux — au garçon et à sa mère — et regrettait de leur faire du mal en revenant auprès de moi. J'aurais dû dire quelque chose, mais j'étais incapable de trouver les mots appropriés.

Je pris la serviette des mains de Ian, la trempai dans l'eau et la lui passai sur la poitrine. « Comme tu grisonnes...

— Hmhmm. Pas toi.

— Pas encore... Quand as-tu eu envie de revenir ?

— À Noël.

— À Noël ! Et nous avons perdu tout ce temps !

— Après la pièce de théâtre à l'école de Mary, Le Songe d'une nuit d'été. Mary était tellement fantastique, et j'étais si fier d'elle... toi aussi, tu étais fière. J'avais du mal à croire que c'était ma petite fée qui était *là, sur scène, et parlait avec cette voix magnifique. Je n'arrêtais pas de me dire : "Mais d'où lui vient cette voix ?" Et elle était si jolie, plus que jolie, elle avait l'air d'une créature descendue du ciel. Et Cathy qui disait d'un air ravi au garçon assis à côté d'elle que Titania, c'était sa sœur. Et d'un seul coup j'ai compris à quel point cela me manquait de ne pas vivre avec elles, avec toi, avec vous... Et puis, quelques semaines plus tard, j'étais à la bibliothèque, et j'ai aperçu Cat, derrière une pile de livres qui l'empêchaient de me voir. Elle était penchée sur son travail, elle avait l'air tellement studieuse, et je suis restée là à la contempler, en me disant : "C'est ta fille, une étudiante brillante, qui ira bientôt à l'université de New York."*

— Elle a ton intelligence... et tes jambes. » Il rit et me serra contre lui. « Je crois qu'elle est amoureuse de Ty.

— Vraiment ? Tu veux dire, vraiment amoureuse ?

— Hmhmm.

— Et Ty ?

— Il la considère comme sa meilleure amie... rien de plus. Est-ce que ce serait mal s'ils... parce qu'ils sont cousins.

— Eh bien, ce ne serait pas une bonne chose, je veux dire, s'ils avaient des enfants, à cause de la consanguinité, mais... » Il me regarda avec attention. « Elle l'aime ?

— Ne lui dis pas que je te l'ai dit.

— Non, bien sûr que non. Dave est au courant ?

— Non, et il vaut mieux ne pas le lui dire. Cathy serait gênée. C'est Mary qui me l'a dit, et elle m'a fait jurer de ne pas le répéter... Mary veut aller à l'Académie de musique et d'art dramatique de Londres, quand elle aura terminé le lycée.

— Ils accepteraient une Américaine ?

— Mary dit que oui, si elle parle bien, et puis toi et moi étions citoyens britanniques. Tu as remarqué comme elle se porte bien, depuis quelques mois ? Pratiquement aucune crise. Je pense que c'est parce qu'elle est heureuse.

— Te parlent-elles de May ?

— Non... plus maintenant... Que crois-tu qu'elle fasse, en ce moment ?

— Elle déleste un pauvre salaud de riche de son portefeuille. » Il avait dit cela avec tant d'amertume que je me redressai brusquement. Il me prit la main et l'embrassa. « Je l'ignore, Jen... Il m'arrive de me réveiller au milieu de la nuit, et je l'entends presque me dire : "Papa... z'ai foid... z'ai foid, papa... ", à tel point que je me lève et je fais le tour de la chambre pour voir si elle n'est pas là.

— ... Oui.

— Quand je me promène en ville, si j'aperçois une fille aux cheveux roux cuivré, ça me fait un coup au cœur, et je me mets à courir derrière elle, mais ce n'est jamais elle. J'avais peur qu'elle ne se soit enfuie parce qu'elle croyait que je ne l'aimerais plus si je savais qu'elle n'était pas ma fille. Puis je me suis dit qu'elle avait cessé depuis longtemps de se préoccuper de ce que je pensais d'elle... depuis très longtemps.

— Ce n'est pas vrai, Ian. Elle t'aimait.

— ... Oui. » Il prit le bol d'eau et le posa sur la table de nuit. « Viens, mon amour, viens tout près de moi, pose ta tête sur mon épaule, et endors-toi dans mes bras... »

En septembre, Ian entama sa troisième année à la faculté de médecine et, un week-end vers la fin du mois, il me demanda d'aller à Long Island en voiture avec lui. C'était une belle journée chaude et ensoleillée, et nous emportâmes de quoi pique-niquer au bord de la mer. Il prit le boulevard Manor Haven et, en passant devant l'ancienne propriété de Malcolm, je sentis mon cœur se serrer : un grand écriteau « VENDU » recouvrait le panneau précédent « À VENDRE » qui avait été apposé quelques mois plus tôt. Ian, remarquant mon désarroi, posa sa main sur mon genou.

« Les grilles sont peut-être ouvertes, on pourrait jeter un dernier coup d'œil aux lieux », dit-il en arrêtant la voiture. Il sortit et poussa la grille. « Nous avons de la chance. » Je trouvais curieux que la grille ne fût pas cadenassée, et je dis à Ian qu'il y avait peut-être des cambrioleurs à l'intérieur. Il rit, dit que nous mangerions sur la pelouse à l'arrière de la maison, et amena la voiture jusque devant l'entrée.

J'avais tant aimé cette demeure, et je me mordais les doigts de ne pas l'avoir achetée quand elle était à vendre quelques mois plus tôt, car j'avais l'argent nécessaire pour l'acquérir, la meubler et lui rendre sa magnificence d'autrefois. Mais je n'avais pas voulu quitter la 31e Rue.

Ian attrapa le panier du pique-nique, me prit par le bras et me conduisit à la porte d'entrée. Au moment où il posa la main sur la poignée, je voulus l'en empêcher et je lui dis que nous risquions de nous faire arrêter.

« Tu crois ?

— Évidemment… c'est… enfin, on ne peut pas pénétrer par effraction dans la maison de quelqu'un, même si elle est vide.

— Alors, on ne va pas pénétrer par effraction. On va utiliser une clé. » Il fouilla dans sa poche, en sortit un lourd trousseau de clés, déverrouilla la porte en souriant et l'ouvrit toute grande. « Après toi.

— Ce n'est pas vrai.

— Qu'est-ce qui n'est pas vrai ?

— Tu ne l'as pas achetée. N'est-ce pas ?

— Si. »

Je lui sautai au cou et le couvris de baisers. Il me porta dans ses bras pour franchir le seuil et referma la porte avec son pied.

En l'espace d'un mois, j'avais entièrement meublé la maison, et invité ma mère et Al à venir nous voir. Mais Al avait eu soixante-dix-sept ans au printemps, et ma mère me dit qu'il était bien trop fatigué pour faire le voyage.

Nous donnâmes un grand dîner pour fêter notre emménagement, et nous invitâmes tous les amis et les membres de la famille. Mon frère ne disait rien. Je pensais que c'était peut-être la fatigue, parce qu'il travaillait tout seul à la restauration de leur maison du New Jersey, aidé par Ty et Bobby les week-ends. Mais en observant Dave et les siens, je remarquai qu'ils avaient tous l'air à bout de forces ; après le dîner, je pris Dave à part et lui demandai ce qui s'était passé.

« Bob est admis à l'École navale de Prospect Point.

— C'est formidable ! C'est l'un des meilleurs établissements du pays.

— Et c'est loin du comté de Morris.

— Mais il pourra rentrer chez vous le week-end.

— Il aimerait mieux venir chez vous, le week-end.

— Pourquoi ? Il est le bienvenu, naturellement, mais pourquoi... pourquoi... » Le visage de Dave s'assombrit et je baissai la tête, comprenant soudain pourquoi Bobby s'était justement inscrit à Prospect Point. « Oh, Dave...

— Dira est...

— Oh, Davie. Tu veux que je dise non ?

— Ce serait une erreur.

— Et Ty ?

— C'est lui qui a fourré cette idée dans la tête de Bob. Il a dit que de cette façon, Bobby pourrait vous

faire passer, Ian et toi, pour ses parents chaque fois qu'il y aurait une réunion de parents d'élèves ou...

— Mais pourquoi ? Il a dû se produire quelque chose, Davie. Quoi ?

— Il a été suivi par deux voyous qui l'ont rudoyé et traité de bâtard métis. Ils l'ont entraîné dans une allée et...

— Mon Dieu !

— Ils l'ont malmené, mais il y a eu plus de peur que de mal. Seulement... » Davie se tut, baissa la tête, mit ses mains dans ses poches et grommela : « Elle *a des bras comme des tentacules, longs de milliers de kilomètres, qui passent par-dessus l'océan et qui nous étranglent tous les cinq, et qui continueront à nous étouffer jusqu'à la mort, à moins que je... »*

Il n'acheva pas sa phrase. Je crois qu'il devait être aussi effrayé que moi par la pensée qui lui était venue à l'esprit.

Je me tamponnai les yeux avec mon mouchoir trempé, et Ian me passa le sien en me pressant doucement le genou. Nous assistions à la dernière prestation de Mary dans le rôle de l'enfant abandonnée dans La Petite Marchande d'allumettes *d'Andersen, que le directeur du Théâtre municipal de Port Washington avait adaptée pour la scène. Il n'était pas doué en tant qu'auteur dramatique, mais Mary était douée en tant qu'actrice, et pas un spectateur dans la salle n'avait les yeux secs. Même Ian, que je n'avais jamais vu pleurer, se dandinait sur sa chaise depuis un quart d'heure en se raclant la gorge.*

Bobby, assis à côté de moi, s'essuyait lui aussi les yeux, tandis que Cathy secouait la tête en retenant ses larmes, à la vue de sa sœur qui, vêtue de haillons, le visage et les mains sales, s'étendait par terre, sous la fenêtre d'une maison de riches, s'enroulait dans un châle troué aux mites pour se protéger du froid... et mourait.

On entendit des soupirs, toute l'assistance pleurait. Puis le rideau se baissa et un tonnerre d'applaudissements éclata. Quand le rideau se releva sur Mary debout sur la scène, Ian se dressa d'un bond en applaudissant comme un fou, et Dave se mit à hurler : « Bravo ! Bravo ! » Mary salua, et les applaudissements augmentèrent jusqu'à ce que finalement la salle tout entière se retrouve debout... sauf une personne.

Il s'agissait d'un petit bonhomme à lunettes qui était arrivé en retard, environ à la moitié du spectacle. Mais il n'avait pas quitté Mary du regard un seul instant, et Ian m'avait poussée du coude à plusieurs reprises parce qu'il y avait dans les yeux de cet homme bien plus qu'une admiration artistique.

Nous allâmes tous dans les coulisses féliciter Mary, qui fondit de bonheur quand son père l'embrassa. Cathy et Em lui offrirent un bouquet de roses et Bobby, encore tout bouleversé, ne pouvait que lui tapoter le dos et hocher la tête avec enthousiasme. Ty et Dira étaient venus la veille au soir, sachant que Bobby serait avec nous pour la dernière représentation de la pièce. Je savais quelle souffrance c'était pour Dave de voir sa famille désunie. Le pire, c'est qu'il n'y avait en fait jamais eu de disputes ni de scènes affreuses depuis le départ de Bobby : tout était non dit. Ian et moi nous étions plus d'une fois demandé si nous avions bien fait de le prendre avec nous les week-ends, parce que c'était vrai que Bob avait plus l'air d'être mon fils que celui d'Indira ; et, même s'il nous présentait toujours, Ian et moi, comme son oncle et sa tante, nous savions bien qu'il n'évoquait pas devant ses camarades le fait que sa mère et son frère avaient la peau noire. Mais ce que nous savions aussi, c'était qu'un gentil garçon avait été à ce point terrorisé, depuis la nuit dans l'entrepôt, qu'il avait fui ce qu'il croyait être la cause de son enlèvement, fui ceux qu'il continuait à aimer profondément.

Le petit bonhomme qui était arrivé en retard frappa à la porte de la loge et se présenta comme le directeur de la troupe des Comédiens du West End, dans la 42e Rue.

« Sal Bruckner, dit-il en tendant la main à Ian. Vous êtes son père ?

— Oui.

— Vous avez une petite fille fort douée.

— C'est notre avis.

— Je monte une nouvelle pièce, et je pense que Mary serait parfaite pour l'un des rôles.

— Quel est le sujet de cette pièce ?

— Eh bien... en fait... il s'agit de... je pourrais peut-être vous donner une copie du texte, vous y jetterez un coup d'œil et vous me direz ce que vous en pensez.

— Pourquoi ne pas nous dire de quoi cela parle ?

— Elle aurait un des rôles principaux.

— Quel rôle ?

— Eh bien, comme je vous le disais, je préférerais vraiment que vous lisiez la pièce. »

Mary était suspendue à ses lèvres, mais Ian tenait absolument à ce que l'homme dise en quoi consistait la pièce. Il s'agissait en gros de l'éternel triangle amoureux entre un homme, sa maîtresse et la fille de celle-ci, une adolescente de quatorze ans.

Ce n'était pas tant le contenu de la pièce qui nous gênait, que la façon dont Bruckner regardait Mary ; il était tout à fait clair qu'il la trouvait extrêmement désirable, et il nous suffit d'un quart d'heure avec lui pour comprendre que nous serions obligés de dire non.

Notre décision accabla Mary, qui pleura pendant huit jours, après quoi Ian alla la trouver dans sa chambre, où je le suivis, et s'assit près d'elle sur le lit pour essayer de lui expliquer notre décision.

« Tu sais, ma beauté, tu as beaucoup, beaucoup de talent, et les metteurs en scène se bousculeront à ta porte.

— Il en est déjà venu un, et vous... et vous l'avez renvoyé.

— Chhhuuut, voyons, ne recommence pas à pleurer, Mare. Il y en aura d'autres, et tu seras prête à ce moment-là.

— Je suis prête maintenant.

— Il ne ferait qu'une bouchée de toi, ma jolie. Tu es tellement exceptionnelle, Mare, et je ne crois pas que Mr Bruckner voie ce qu'il y a à l'intérieur de toi. Ce qu'il voit, c'est... une très, très séduisante jeune fille, et ton talent aussi, j'en suis sûre, mais je crois que c'est toi *qu'il veut.*

— Pour coucher avec moi ? » Ian sursauta à ces mots et me regarda ; je haussai les épaules. « C'est cela que tu crains ? Qu'il me séduise ?

— Eh bien...

— J'ai quinze ans, p'pa.

— Oui...

— Je ne suis plus une enfant.

— Non...

— C'est un rôle fantastique. C'est une chance pour moi. Ce n'est pas un théâtre de quartier, p'pa. C'est un vrai théâtre. Et je suis capable de faire attention à moi. Si Bruckner tentait quoi que ce soit, je le remettrais à sa place.

— Oui...

— Je vois bien comment il me regarde. Je sais, je ne suis pas idiote. Je lui ferais comprendre dès le départ qu'il ne serait pas question que nous soyons amants.

— Amants... »

Ian soupira et me regarda, complètement perdu, tandis que Mary continuait à argumenter. Je compris que c'était à mon tour d'intervenir.

« Non, Mary. La réponse est non. Ton père et moi regrettons beaucoup, mais nous devons faire ce que nous pensons être le mieux pour toi. »

Mary se mit à pleurer, puis se redressa en s'essuyant les yeux d'un air furieux. « Ce qui me fait le plus de peine, m'man, c'est que vous ayez si peu confiance en moi. Que vous me preniez pour... une pauvre petite...

— Mary...

— ... idiote sans caractère qui n'est même pas capable de...

— Non, ma chérie, ce n'est pas vrai. C'est Bruckner. C'est le fait que tu n'as que quinze ans et que tu n'as pas encore fini le lycée, Mary. Il se présentera bien d'autres occasions, pour toi, tu ne le vois pas ? Mais si nous te laissons entrer au contact de gens dont nous savons qu'ils abuseront de toi, alors nous ne nous conduisons pas en parents responsables. Je suis désolée, mais ce Bruckner est... est un coureur. »

Mary se laissa retomber sur le lit, nous tourna le dos et sanglota.

La pièce de Bruckner fut un énorme succès, mais elle dut s'interrompre au bout de trois mois seulement, parce que la jeune fille de quatorze ans qu'il avait engagée pour le fameux rôle était tombée enceinte. Mr Bruckner fut accusé de détournement de mineure.

Le jour où la nouvelle parut à la une des journaux, Mary nous apporta, à Ian et à moi, notre petit déjeuner au lit, avec deux tranches de pain grillé sur lesquelles elle avait écrit avec du miel : Merci...

23

(New Jersey, 3 septembre 1939)

C'était dimanche, trois heures du matin. Dira, Ty, Em et moi, assis devant le poste de radio, écoutions le Premier ministre Neville Chamberlain dire :

Je vous parle depuis la salle du Conseil au 10 Downing Street. Ce matin, l'ambassadeur de Grande-Bretagne à Berlin a adressé au gouvernement allemand un dernier avertissement stipulant que, si l'Allemagne ne nous avait pas fait savoir avant onze heures qu'elle était disposée à retirer immédiatement ses troupes de Pologne, l'état de guerre serait effectif entre nos deux pays... Je dois vous dire maintenant que nous n'avons pas obtenu cet accord, et qu'en conséquence notre pays est en guerre avec l'Allemagne.

« Qu'est-ce que cela signifie pour nous, p'pa ? questionna Em.

— Je n'en sais rien... Les Allemands vont continuer. Ils ont pris l'Autriche et nous leur avons présenté la Tchécoslovaquie sur un plateau d'argent.

— La France ?

— Pourquoi pas ? Qu'est-ce qui peut les arrêter ? Avec le pacte de non-agression qu'ils ont signé avec la

Russie, ils n'ont rien à craindre du côté de l'Est. Mon Dieu… cet homme est fou.

— Mais Hitler doit savoir que, s'il attaque la France, l'Angleterre ripostera et que finalement les États-Unis s'engageront aussi dans le conflit.

— Les États-Unis veulent à tout prix rester neutres, et Hitler le sait.

— Y a-t-il un risque que les Allemands envahissent la Grande-Bretagne ? demanda Tyron.

— S'ils envahissent la France, oui. »

Je jetai un coup d'œil à Dira qui était restée silencieuse, et je la rejoignis une fois qu'elle fut montée dans notre chambre. Elle était sur le lit et me tournait le dos ; je m'approchai, m'assis près d'elle et lui pris la main.

« Tu vas partir, murmura-t-elle.

— … Oui. » Elle ferma les yeux sans rien dire. « Dira, si tout ce que raconte la Croix-Rouge est vrai, alors toute une population est en train de se faire massacrer à cause de ses croyances religieuses. Depuis qu'Hitler a pris le pouvoir, il chasse les juifs de leurs entreprises et de leurs habitations, il les prive de travail et de nourriture. C'est un meurtre, rien d'autre qu'un meurtre collectif. Tu as lu les journaux, la semaine dernière ? Les nazis assassinent les bébés qui naissent avec une tare, les infirmes âgés, les gens qui sont dans les hôpitaux psychiatriques, parce qu'ils affirment que les “incurables” doivent être éliminés et non soignés. Il ne s'agit pas de cas isolés, Dira, mais de la police du IIIe Reich. Et, si on ne les arrête pas maintenant, le même sort attend les juifs du reste de l'Europe.

— Tu es prêt à défendre des étrangers, mais pas ta propre famille.

— Ce n'est pas la même chose.

— Où est la différence ?

— D'accord, si Rose braquait un pistolet sur vos têtes, oui, bien sûr, je l'en empêcherais… je la *tuerais*.

— Le pistolet est invisible, mais il est là : la menace. Pire que de tuer… elle a déjà réussi ce qu'elle voulait : elle a détruit notre foyer. »

Ni Dira ni Tyron n'avaient vu Bobby depuis qu'il avait été admis à l'École navale de Prospect Point. Em et moi allions le voir deux fois par mois chez Jen, mais Ty refusait de voir son frère, et Dira souffrait tant de l'exil volontaire de son fils qu'elle ne pouvait supporter de se retrouver en face de lui.

« Qu'est-ce que cette femme doit faire, pour t'obliger à prendre les armes contre elle ?

— Dira…

— As-tu vu nos vies, Dave ? As-tu réalisé tout ce qu'elle nous a fait, à nous et à nos enfants ? Ces types dans l'entrepôt avaient reçu d'elle l'ordre de faire ce qu'ils… ont fait… et… » Je voulus la consoler, mais elle me repoussa. « Elle n'a pas le droit… il s'agissait de toi et moi… mais elle n'avait pas le droit de faire du mal à mes fils… de me prendre mon petit garçon et de… » Elle se laissa aller à sa douleur, et posa sa tête sur mes genoux en pleurant. Je lui caressai les cheveux. « Il me manque, Davie… il me manque tellement… et le pire de tout, c'est que je l'entends parfois la nuit… je te jure que c'est vrai… je l'entends, il m'appelle… Tu ne l'as jamais compris. Tu lui reproches de ne pas être aussi fort que Ty. Mais c'est seulement parce que… parce qu'ils l'ont brisé.

— Dira…

— Ils l'ont cassé en deux… ils ont brisé son esprit… ils l'ont cassé. »

Elle pleura tout son soûl, je la berçai dans mes bras, et quand je sentis qu'elle se calmait, je l'embrassai en lui murmurant que je l'aimais.

« Mais tu vas me quitter. Tu es trop âgé pour faire la guerre.

— Je ne vais pas combattre.

— Que vas-tu faire, alors ?

— Conduire une ambulance.

— L'Amérique n'est pas en guerre.

— Dans l'armée britannique, comme volontaire. Il faut que je le fasse. Tu le sais bien. Si je ne le fais pas, je le regretterai jusqu'à mon dernier jour.

— Quand pars-tu ?

— J'attendrai le Nouvel An. » Nous restâmes silencieux un moment, puis elle s'allongea sur le côté. Je me couchai près d'elle et lui caressai le visage, effleurant sa peau sombre et soyeuse. « Tu comprends.

— Oui. » Elle retira le pendant en saphir que ma mère lui avait donné des années plus tôt — la pierre que mon père m'avait rapportée quand j'étais enfant — et me l'attacha autour du cou. « Ne t'en sépare jamais. »

Je pris Indira dans mes bras et la serrai contre moi.

Le lendemain soir, nous dînions chez Jen et Ian et, après le repas, je leur annonçai que j'allais partir après le Nouvel An pour offrir mes services aux Alliés. Jen était abasourdie, et Ian me sourit.

« Eh bien, moi, j'aurai terminé mon internat mi-janvier, après quoi je pourrai exercer, alors si tu veux bien attendre jusque-là, je viens avec toi. Dieu sait qu'ils auront…

— Ian !

— Quoi ?

— Tu ne peux pas ! Tu ne peux pas combattre !

— Je ne vais pas combattre. Je vais être médecin… avec Dave. Tu conduis, je recouds, et…

— Cesse de plaisanter avec ça ! C'est… c'est la guerre !

— Je vais m'engager dès que j'aurai dix-huit ans, déclara Ty, en faisant un signe de tête à sa mère avant qu'elle puisse dire quoi que ce soit.

— J'irais si on acceptait les femmes, dit Cathy.
— Bravo, ma belle, voilà qui est bien parler !
— Ian !
— Oui, Jen ?
— *Arrêtez !* Vous êtes devenus fous, tous autant que vous êtes ! L'Amérique restera neutre ! Roosevelt a dit…
— L'Amérique sera mêlée à la guerre tôt ou tard.
— Et ta clinique ? Tu as dit que tu voulais ouvrir une…
— Il sera bien temps après.
— Pas si tu es *mort* !
— Jenny, ne sois pas ridicule. Je ne pars pas comme soldat.
— Peu importe ! Tu as quarante-six ans, Ian ! Tu ne peux pas partir ! »

Ian se contenta de rire, jusqu'à ce que Jen éclate en sanglots et parte en courant dans sa chambre. Ian la suivit, et nous entendîmes Jen le supplier de ne pas partir, disant qu'il allait mourir, qu'elle le perdrait. Dira, contemplant la place vide en face d'elle, demanda à Cathy : « Est-ce là qu'*il* s'assied quand *il* vient le week-end ? C'est *sa* place ? »

Cathy me regarda, regarda Ty, et fit oui de la tête.

(Dunkerque, 2 juin 1940)

Après quatre mois de préparation — huit semaines d'instruction de base et huit de formation spécialisée, Ian en tant que médecin, moi en tant qu'ambulancier —, Ian et moi fûmes envoyés en France, sur le front occidental. Nous faisions partie du corps expéditionnaire britannique du commandant Gort, et notre base était située à quelques kilomètres à l'est de Lille, où neuf divisions et une unité blindée tentaient d'empêcher les Allemands d'effectuer une percée. Cela faisait sept heures que nous étions là quand l'ordre de repli fut donné. On abandonna l'artillerie lourde, en même temps que l'idée que nous ferions une « retraite de combat » jusqu'à la côte et aux navires qui devaient nous ramener en Angleterre. Dès le 27 mai, nous comprîmes que nous avions eu de la chance de nous en être tirés. La pluie avait repris et, même si elle réduisait la visibilité des pilotes allemands, elle rendait notre marche d'autant plus difficile : nous avancions péniblement sur des routes bourbeuses, encombrées, jonchées de chevaux morts et de civils dont les habitations avaient été détruites.

Mais nous réussîmes.

Devant nous s'étendait le pas de Calais, où des centaines de navires se frayaient un passage à travers la fumée, esquivant les bombes, évitant les mines. Le gouvernement britannique avait engagé des volontaires — tout propriétaire d'un bateau capable de transporter une grande quantité de soldats : bateau de pêche, navire marchand, cargo, yacht — pour aider la Marine britannique à évacuer ce qui restait des forces alliées combattant dans le Nord.

Nous étions les dernières troupes britanniques à partir : on avait besoin de Ian pour soigner les blessés, et il m'avait engagé comme assistant. Nous devions être environ quatre mille, plus cinquante mille soldats français, éparpillés le long des dunes et des plages jonchées de canots de sauvetage, d'armes et de tout le matériel abandonné par ceux qui avaient été évacués avant nous. La nuit était chaude, mais elle était loin d'être calme car des obus éclataient tout autour de nous. Le ciel était rempli d'avions qui avaient l'air de sauterelles géantes ; la Royal Air Force se battait contre les

Stukas allemands, et ça sifflait au-dessus de nos têtes. Un obus s'écrasa à quelques centaines de mètres de nous en faisant gicler du sable et des galets, et l'officier dont Ian était en train de recoudre la blessure nous ordonna de nous rendre à l'embarcadère. Le quartier général était formel : les blessés devaient être laissés en arrière, de telle sorte qu'un maximum de combattants puissent être évacués et réarmés en Angleterre, car c'était eux les renforts qui devaient plus tard être parachutés pour aider à garder les lignes françaises.

Ian, ignorant l'ordre du commandant, me réclama une éponge.

« Je vous ai... donné un ordre... docteur.

— Oui, mon commandant... Nettoie-le avec de l'alcool, je ne vois pas ce que je fais.

— Ils vont avoir besoin... de médecins.

— Et d'officiers, mon commandant. »

Le commandant se recoucha en secouant la tête, et dit à Ian que c'était un crime de laisser tant de matériel sur les plages.

« Bah, répondit Ian, il faut quelques mois pour reconstituer une artillerie, mais il faut dix-huit ans pour faire un soldat.

— Vraiment... Aïe !

— C'est presque fini.

— En vérité... vous... cousez très bien.

— J'ai eu un très bon professeur, la meilleure couturière que je connaisse, Catherine Maclean.

— La femme du colonel Robert Maclean ?

— Oui, mon commandant. » Ian me sourit, puis se pencha à nouveau sur la blessure du commandant.

« Eh bien, ça, c'était... un officier.

— *Aye...*

— Le pauvre homme doit... se retourner dans sa tombe.

— Pardon ?

— Avec ce… son fils. » Je regardai Ian qui, d'un signe de tête, me recommanda de garder mon calme. « Peut-être que ça vaut mieux ainsi… il n'est plus là pour voir…

— Voyons, mon commandant, vous ne croyez pas tout ce que vous lisez dans les journaux, tout de même ?

— J'ai entendu la radio… à Londres… Scandaleux… ce type était une canaille… on aurait dû…

— Ne parlez pas, mon commandant, ça ne sert qu'à vous faire saigner davantage.

— … les pendre tous les deux… sa maîtresse aussi.

— Mon commandant…

— Il a de la chance qu'elle ait… du cœur, son épouse…

— C'est bon, mon commandant…

— Guéri ! Ah ah ah ! Un drogué… reste toujours un drogué… le salaud… »

Ian m'intima du regard de ne rien dire, mais je n'aurais pas répondu de toute façon : qu'aurais-je bien pu dire ?

Le commandant poursuivit sa tirade contre les affreux kidnappeurs, jusqu'à ce que Ian termine le dernier point de suture et s'exclame : « Voilà, c'est fini, vous voilà remis à neuf ! Je vais appeler les brancardiers. Fais-lui son pansement, Dave. »

Le commandant observa Ian se diriger vers un groupe de blessés, tandis que je l'aidais à se redresser. Je lui bandai le ventre, les yeux fixés sur mon travail, évitant de le regarder en face. Il faisait encore sombre, mais le ciel était assez clair pour reconnaître les traits de quelqu'un, et je me rendis compte qu'il m'observait.

« Comment… vous appelez-vous, soldat ?

— David Maclean… aucune parenté avec Robert Maclean. »

Je terminai le pansement, aidai les brancardiers à mettre le commandant sur la civière et, avant de rejoindre Ian sur le bateau de pêche français qui devait nous emmener en Angleterre, je restai un moment debout sur la plage, à contempler la mer. Je baissai la tête, tâtai sous mon uniforme le saphir que je portais au cou, et implorai silencieusement mon père de me pardonner.

24

(New York, 7 septembre 1940)

En fouillant dans mon armoire à la recherche de ma jupe préférée, couleur turquoise, j'en conclus rapidement que c'était sur Mary que je devais la chercher. Cathy, elle, ne portait plus que des pantalons, depuis qu'elle avait lu que Katharine Hepburn — notre idole à la ville comme à l'écran — aimait faire des promenades à bicyclette vêtue de pantalons bouffants.

J'entendais Cathy rire aux éclats en donnant la réplique à Mary. Notre petite fée avait été engagée pour jouer le rôle d'Eliza dans Pygmalion, *sur la scène d'un nouveau théâtre chic de New York. Le professeur d'art dramatique de Mary, Yelena Chostakovitch, l'avait proposée pour le rôle, et quand le directeur du théâtre avait vu Mary jouer, il l'avait aussitôt ramenée à la maison pour me faire signer le contrat, puisque Mary n'avait que dix-sept ans. Cela voulait dire qu'elle ne ferait pas sa dernière année de lycée ; mais elle me promit de travailler par elle-même, et le proviseur déclara que, si Mary passait ses examens de fin d'année, elle obtiendrait le diplôme.*

Mary avait été admise à l'Académie de musique et d'art dramatique de Londres, mais elle ne pouvait pas partir à cause de la guerre. Les cours d'art dramatique de son lycée étant d'un niveau tout à fait insuffisant pour elle, nous l'avions inscrite à l'École de théâtre Chostakovitch. Yelena Chostakovitch avait été une actrice célèbre du Théâtre d'art de Moscou, et l'une des protégées de Stanislavski. Elle avait pris Mary complètement sous son aile et, dès le premier jour, une fois tous les autres élèves partis, elle lui avait dit : « Mary, tu seras une grande actrice. Pas seulement une bonne actrice, mais une grande actrice. Parce que en toi brûle le feu sacré. »

C'était vrai : la petite fille maigrichonne au visage d'elfe, toujours pâle et souffrante, était devenue une jeune femme éblouissante. Sa beauté, c'était la passion qui l'animait, une passion authentique et d'une telle intensité qu'il suffisait de regarder Mary pour se sentir plein d'énergie. Elle avait un visage fait pour la scène : sans maquillage, elle était quelconque, presque laide, mais avec juste une touche de mascara et du rouge aux lèvres et aux joues, c'était une splendide fille aux cheveux de jais et aux yeux d'aigue-marine. J'étais très fière d'elle, parce que le combat avait été rude — son combat avec ce corps toujours malade, peu préparé aux agressions de la vie à cause de son entrée prématurée dans le monde... à cause de moi. Mary s'était battue bec et ongles, et ma petite guerrière avait remporté la bataille.

J'allai jeter un coup d'œil dans sa chambre, et je vis Mary debout sur le lit, dans des dessous à fanfreluches, tandis que Cathy, allongée par terre, lisait son texte avec difficulté car, chaque fois que Mary lui donnait la réplique, elle était tantôt Eliza la paysanne russe, tantôt Eliza la marquise française, ou encore Eliza la Sudiste, etc. La pièce devait commencer le lendemain soir et, si c'était un succès, elle serait ensuite jouée en tournée et enfin à Broadway.

Barker, le chien galeux que Mary avait trouvé un jour devant le théâtre, se précipita pour me faire fête, et je lui caressai la tête avant qu'il ait le temps de sauter sur moi. Johnny était mort juste avant le début de la guerre et il m'avait beaucoup manqué ; c'est pourquoi, lorsque Mary avait ramené à la maison cet affreux bâtard — qui devait être un croisement de berger allemand, de lévrier irlandais, et de Dieu sait quoi encore —, je n'avais pas pu dire non.

« Prêtez l'oreille, douce Catherine, notre mère adorée s'approche pour...

— Récupérer sa jupe. Où est-elle ?

— Sur la chaise... avec mon pull en cachemire qui va diviiiiinement bien avec. »

Mary me regarda d'un air charmeur et innocent, et je hochai la tête.

« Elle est trop grande pour toi, de toute façon.

— Pas avec une ceinture.

— Ou des bretelles », dit Cathy en riant.

Mary se renversa sur le lit en étirant ses longues jambes, puis se roula en boule comme un chat. Elle était maigre comme un clou, n'avait pas de poitrine, et pourtant il émanait d'elle une grande sensualité ; pas de provocation calculée, mais plutôt une lumière par laquelle on se sentait naturellement attiré.

« J'ai un foulard et des boucles d'oreilles, et aussi...

— ... des yeux qui vont avec, oui, je sais. »

Je pris la jupe et le pull et les lui tendis.

« Oh, je t'adore, fit-elle d'une voix aiguë en mettant ses bras autour de ma taille.

— Tu peux garder la jupe.

— Vraiment ?

— Vraiment. Tu es nerveuse ?

— Seigneur, oui. Hier, à la répétition générale, j'avais l'impression que tout le monde pouvait voir mon cœur battre sous mon corsage, et mes mains tremblaient tellement que la tasse que je tenais faisait dring dring.

— Dring dring dring, répéta Cathy, secouée de tremblements convulsifs.

— C'est vrai. On a dû mettre une serviette en dessous pour l'empêcher de tinter.

— On a aussi mis une serviette dans ton soutien-gorge pour le remplir ? »

Mary lança un oreiller sur sa sœur et répondit : « Il y avait amplement assez de poitrine dans la famille Liddle, mais toi et May, qui étiez les aînées, vous avez pris ma part... Tu crois que je devrais me rembourrer ?

— Mets des balles de tennis.

— Imagine qu'elles tombent et se mettent à rebondir sur la scène ! »

Cathy éclata de rire, puis se leva brusquement en s'écriant : « Sept heures et demie ! J'ai un cours de sociologie à neuf heures ! » Elle jeta le texte de la pièce à Mary, puis revint l'embrasser en disant : « Tu vas les épater, petite sœur !

— À ce soir, à l'atelier.

— Oui, oui, j'y serai. »

Cathy traversa le couloir pour aller dans sa chambre tandis que Mary, assise sur son lit, caressait la jupe et le pull-over comme s'il s'était agi d'un petit animal. Je vins m'installer près d'elle.

« Qu'y a-t-il ?

— J'ai peur.

— Tu ne devrais pas. Tu es géniale.

— Mais tu ne peux pas savoir à quel point j'ai le trac. Je ne plaisantais pas, tout à l'heure : je tremble littéralement. C'est la chance de ma vie, tu comprends. Et si j'échoue... cette chance ne se représentera pas.

— Tu n'échoueras pas. Rappelle-toi ce que Yelena t'a dit : toute cette énergie nerveuse qui est en toi, utilise-la pour jouer. Hmhmm ?

— Marcus Donegan sera là.

— Le metteur en scène ?

— C'est Yelena qui l'a invité... pour moi. Marcus tournait un film à Hollywood et, à la suite d'une grosse dispute avec Louis B. Mayer, il a décidé de ne plus jamais faire de films pour la M.G.M.

— Et... ?

— Et il s'agissait de Pygmalion.

— Mais on en a déjà tiré un film il y a deux ans, avec Leslie Howard et...

— Wendy Hiller. Mais le film de Marcus est une version de Pygmalion *transposée à notre époque, une version qu'il a lui-même adaptée. Et, comme Maureen O'Shey était sous contrat avec la M.G.M., Marcus recherche une nouvelle Eliza. Alors, Yelena lui a suggéré de venir à New York, et donc il vient... et je suis dans tous mes états.*

— Un film... un vrai film.

— Hmhmm... s'il me trouve bien.

— Bien ? Il va te trouver sensationnelle ! Mais cela veut-il dire que tu devras partir...

— Oh, m'man, tu me laisseras partir, n'est-ce pas ? S'il me demande de jouer dans le film, tu ne refuseras pas ?

— Euh...

— Marcus Donegan n'est pas *Sal Bruckner.*

— Non, non, bien sûr... il est...

— ... un vrai génie.

— ... Oui.

— C'est une chance pour moi, m'man... la chance de ma vie... Je pourrai faire le film ?

— Et partir en Angleterre ?

— Sans doute en Irlande. Tu me laisseras partir, m'man ?

— Oh, Mary...

— M'man, s'il me le demande, tu me laisseras partir ?

— Je ne sais pas... euh... nous verrons. »

Elle me serra à m'étouffer, et je sentis les larmes me monter aux yeux, car je savais qu'elle était aussi émue que moi. Je ne cessais de m'émerveiller que, pour quelqu'un capable de « jouer » n'importe quelle émotion, ravissement ou désespoir, Mary, quand elle n'était pas sur scène, ne « jouât » pas.

Je l'embrassai, lui dis de se dépêcher et retournai dans ma chambre pour finir de m'habiller.

Toute la journée, je pensai à Ian et Davie, ce qui n'avait rien d'inhabituel étant donné qu'ils étaient en permanence présents à mon esprit. Les premières semaines, j'avais vécu dans la terreur ; en effet, comme pas mal d'événements dans ma vie semblaient se répéter, et que mon père était mort à la guerre, je craignais que Ian ne connaisse le même sort. C'est Cathy et Mary qui m'avaient empêchée de couler : elles étaient sûres que leur père reviendrait, et leur optimisme avait eu raison de mes sombres pressentiments.

Dira et moi nous étions décarcassées pour savoir de quelle façon participer à l'effort de guerre ; finalement, nous avions décidé, plutôt que de confectionner des uniformes — il y avait déjà trop de fabricants —, de continuer à vendre nos robes aux épouses de millionnaires, et d'utiliser les bénéfices pour faire des colis destinés aux soldats. Les couturières passaient trois heures par jour, à tour de rôle, à remplir des paniers dans lesquels nous mettions des cigarettes, du chocolat, des biscuits, de la confiture et un magazine ; on adressait cent cinquante colis par semaine à la Croix-Rouge qui se chargeait de les distribuer. Nous envoyâmes des paquets au régiment de Ian et Dave, qui nous dirent que les hommes avaient été très touchés, mais qu'ils auraient bien aimé trouver au fond du panier une bouteille de bon vieux scotch.

Em et Cathy arrivèrent à l'atelier juste avant la fermeture, car nous devions aller dîner au Maharajah où Tyron travaillait le soir. Nous avions toutes décidé d'aller au restaurant, de nous extasier sur les talents de serveur de Ty et de lui laisser un bon pourboire. Ty n'avait que quinze ans et n'était nullement obligé de travailler, car Dave et Dira avaient gagné beaucoup d'argent en Bourse, sans compter ce que nous rapportait la boutique ; tout le monde avait donc été très surpris de le voir prendre cet emploi. Ses études auraient dû suffire à l'occuper, car il était brillant et devait rejoindre Cathy à l'université de New York l'année suivante. Mais Dira nous expliqua qu'il aimait être actif et que, comme il ne dormait que quatre heures par nuit et sortait peu, il valait mieux qu'il travaille pendant qu'il n'étudiait pas.

Dira était en train de finir un dernier dessin ; elle leva la tête et eut un pâle sourire quand je m'approchai de son bureau. Elle avait l'air affreusement fatiguée, conséquence d'une nouvelle période de nuits sans sommeil. Pas plus tard que le mois précédent, les pneus et la capote de sa voiture avaient été lacérés, et des injures raciales peintes sur la carrosserie. Ce genre d'incident survenait régulièrement depuis l'enlèvement des garçons. Mais cette récente agression avait pratiquement brisé Indira, et je savais que ce qu'elle avait dit, prostrée sur le trottoir, la tête entre ses mains, était vrai : « C'est à mes enfants qu'on pourrait faire ça… »

Le pire, c'était que Rose avait réussi à convaincre le monde entier que les Maclean étaient poursuivis de manière implacable par un groupe de fanatiques partisans de la suprématie de la race blanche. S'il arrivait quelque chose à Davie ou à un membre de sa famille, les autorités ne trouveraient jamais la vraie coupable, qui tirait les ficelles de ses marionnettes malfaisantes du haut d'une colline de North Berwick.

Les filles me saluèrent, puis Em alluma la radio et entraîna Cathy dans un jitterbug endiablé. Em et Cathy étaient devenues très proches depuis la disparition de May ; elles étaient vraiment faites pour s'entendre, n'étant ni maniérées ni gamines, et c'était toujours un plaisir de les voir « larguer les amarres », comme disait Cathy. Elles chantaient en même temps que la radio, des paroles idiotes du genre « Tip tip tap font les talons sur le tapis », lorsque la musique s'arrêta brusquement.

… Nous interrompons cette émission pour vous communiquer un flash d'information urgent de la B.B.C. : aujourd'hui à dix-sept heures, trois cents avions allemands ont bombardé Londres. Les docks et les quartiers Est de la ville ont été les plus touchés…

« Oh, mon Dieu, fit Cathy d'une voix étouffée.

— Chhhuuut, fit Indira. Monte le son ! »

… À la tombée de la nuit, le Pont et la Tour de Londres ont été engloutis par les flammes, et l'incendie fait rage tout le long de la Tamise, offrant aux bombardiers allemands une cible facile pour leurs attaques nocturnes…

« Papa…

— Ian…

— Silence, toutes les deux ! »

… Et la question que tout le monde a à l'esprit ce soir est : cela signifie-t-il que l'Allemagne va envahir la Grande-Bretagne ?

On attendit que le speaker réponde à ladite question mais, après une minute de silence, il ne sortit de la grosse boîte en bois que le son de la clarinette de Benny Goodman.

« Ils ne sont pas à Londres, déclara Em quand j'eus baissé le son de la radio. Ils ont dû être appelés à Liverpool, à cause du raid aérien... n'est-ce pas ? Dira ? Cat ?

— Je ne sais pas, Em. »

Levant les yeux sur les six couturières qui avaient abandonné leurs machines dès le début du flash d'information, je leur dis de retourner à leur travail. La plupart d'entre elles étaient mariées, et bien que l'Amérique fût « en théorie » neutre, nous savions toutes que l'engagement des États-Unis dans la guerre n'était qu'une question de temps.

Londres. Mon Dieu, je n'aurais jamais imaginé qu'ils bombarderaient Londres. Je pensai tout à coup à Mary et au film, et je me demandai si elle avait entendu les informations, au théâtre. J'étais tellement perdue dans mes pensées qu'il me fallut un moment avant de remarquer que Cathy et Em étaient en train d'implorer Dira, qui secouait la tête en disant :

« La Croix-Rouge a des bureaux partout en Amérique, il n'y a aucune raison d'aller en Suisse si...

— En Suisse ?

— Elles veulent s'engager comme volontaires...

— En Suisse ?

— Non, nous irons là où on aura besoin de nous, que ce soit en France ou...

— Oh, Seigneur Dieu.

— M'man, Em et moi nous en parlons depuis le début de la guerre. Nous voulons apporter notre aide, nous voulons l'apporter là où elle est le plus nécessaire : en Europe.

— Mais...

— Nous avons toutes les deux notre brevet de secourisme, et nous pouvons certainement aider aux premiers soins. Nous savons conduire et...

— Et l'université ?

— Nous terminerons le semestre en cours, et nous passerons le reste des examens quand la guerre sera finie.

— La guerre... mon Dieu...

— Tante Jen, nous bénéficierons de l'immunité parce que l'Amérique n'est pas en guerre et, dès l'instant où nous ferons partie de la Croix-Rouge, nous serons protégées. Même les Allemands n'osent pas s'attaquer à la Croix-Rouge, c'est dans les conventions de Genève.

— Nous partons. Nous avons plus de dix-huit ans. Nous n'avons pas besoin de votre autorisation.

— Que voulez-vous, alors ?

— Votre bénédiction. »

Indira garda le silence, mais je savais qu'elle n'empêcherait pas Em de partir ; je savais aussi que, quoi que je puisse dire, Cathy partirait si elle en avait ainsi décidé. Aussi donnai-je mon assentiment à cette folie...

Au moment de sortir de l'atelier, Dira me tendit un paquet de factures et de lettres arrivées le matin. Je lui dis que je verrais cela le lendemain mais, au moment où je mettais les documents dans mon sac, elle passa devant moi en chuchotant qu'il y avait dans le tas une lettre d'Arthur. Il ne m'avait pas écrit depuis que Ian était revenu à la maison, quatre ans plus tôt, et j'avais été très affectée de voir prendre fin la charmante correspondance que nous entretenions.

Dira ferma les locaux et, tandis que nous nous dirigions vers la 47e Rue, je songeai à la lettre d'Arthur qui portait la mention « par exprès ». Pourquoi m'écrivait-il, après tant d'années ? Soudain je pensai que peut-être il avait eu des nouvelles de Davie ou de Ian et que, pour m'épargner la réception de l'horrible enveloppe officielle marron qui annonçait toujours la mort, il avait pris sur lui de m'avertir lui-même. Je dus me retenir pour ne pas m'arrêter en pleine rue et ouvrir la lettre. Mais les filles étaient tout près, et je me forçai à attendre que nous soyons arrivées au Maharajah ; là, je fonçai aux toilettes, déchirai l'enveloppe et lus ceci :

« Ma chère Jen,

Cela fait plus de cinq mois maintenant que je prends la plume chaque matin et que je commence une lettre, qui va rejoindre inévitablement toutes les autres non achevées sur mon bureau. Je me suis juré de terminer celle-ci.

May est avec moi à Inverness depuis le mois de mars. Elle est arrivée par une nuit d'orage, glacée, trempée et terrorisée, après avoir fui Paris lorsque les Allemands ont envahi la Belgique. Ma surprise a été de taille, comme tu peux l'imaginer, mais a vite tourné à la consternation lorsque May m'a informé de la réaction de ton mari quand il a appris qu'elle était ma fille et non la sienne.

Je ne porterai pas de jugement : je n'en ai ni le droit ni le pouvoir.

Mais plus le temps passe, plus mon affection pour May grandit, et je me demande si le "courroux" de ton mari s'est apaisé et si May lui manque, car en ce qui me concerne, je sais que la joie qu'elle a apportée dans ma maison est incommensurable. May dit le plus grand bien de lui, de vous tous, mais elle m'a interdit de révéler sa présence ici ; et si je transgresse ce vœu, c'est seulement parce que je sais à quel point tu dois être tourmentée de ne pas avoir de nouvelles d'elle depuis tant d'années.

Je n'ai rien dit à May au sujet de cette lettre, mais je te demande instamment d'essayer de persuader ton mari qu'il est, et restera toujours, le vrai père de May. Cela étant dit, je ne te cache pas qu'elle a apporté la lumière là où régnait auparavant l'obscurité, et que dans l'hypothèse où ton mari rejetterait May, je ne serais que trop heureux de faire d'elle mon héritière légale. Une telle décision réclame non seulement ton accord, mais aussi ta bénédiction, car je ne pourrais jamais prendre ce genre de mesures si je pensais qu'elles risquent de te déranger en quoi que ce soit.

Réfléchis à ce que je viens de dire, Jen, et écris-moi, je t'en prie — ajoute un mot pour May, peut-être. J'attendrai ta réponse et je ferai, comme toujours, ce que tu jugeras être le meilleur.

Arthur. »

Je dus relire la lettre trois fois avant que tout devienne clair. Je sortis, me dirigeai vers la salle à manger et demandai à Indira de m'accompagner aux toilettes, prétextant une fermeture Éclair coincée. Je lui tendis la lettre, et au fur et à mesure qu'elle lisait, je vis la stupéfaction s'inscrire sur son visage.

« Je vais en Écosse, annonçai-je en reprenant la lettre que je repliai avec soin. Ne serait-ce que pour une semaine, ne serait-ce que...

— Oui...

— Melanie peut s'occuper de la boutique et...

— Maintenant que j'ai un passeport américain, je peux...

— Tu peux quoi ?

— Rendre visite à mes parents à Édimbourg. Je viens avec toi.

— Et l'atelier ?

— Les filles peuvent travailler sans moi. Je donnerai la clé à Mrs Chu, elle est totalement digne de confiance. Et Em peut passer tous les soirs après ses cours.

— Et Ty ? Oui, lui, il n'a guère besoin qu'on s'occupe de lui, n'est-ce pas ? Tu crois qu'on pourra passer ? Je veux dire, maintenant que l'Allemagne est en train de bombarder l'Angleterre ?

— Nous passerons. » Elle avait dit cela avec tant de détermination que je ne pus m'empêcher de la dévisager. « L'Amérique n'est pas en guerre... pas encore.

— Mais tous les navires de tourisme ont été réquisitionnés par l'armée pour le transport des troupes. Le Queen Mary *et le* Queen...

— Eh bien, nous paierons pour faire la traversée sur un cargo. Des convois quittent chaque jour le port de New York pour apporter du ravitaillement en Grande-Bretagne. Nous partons demain matin.

— Nous ne pouvons pas ! La pièce de Mary !

— Eh bien, après-demain », dit Indira en souriant, puis elle me prit par le bras et m'entraîna dans la salle à manger.

Assise dans le public, j'avais les mains crispées sur mon sac à main où j'avais fourré l'odieuse missive ; chaque fois que j'y pensais, j'avais envie de la déchirer en petits morceaux. J'étais doublement furieuse de voir cette journée, cruciale dans la vie de ma plus jeune fille, gâchée par la trahison de sa sœur aînée.

La pièce ne soulevait pas l'enthousiasme des spectateurs, qui s'agitaient sur leurs sièges chaque fois qu'un des acteurs, autre que Mary, parlait, comme si cela les ennuyait de devoir détourner d'elle leur attention. Mary était prodigieuse, et je n'étais pas seule à le penser : les yeux de Marcus Donegan, assis non loin de moi, n'avaient pas quitté ma fille un instant depuis qu'elle était entrée en scène. J'avais l'impression de voir quelqu'un saisi d'admiration devant l'éclosion d'une fleur rare. Marcus Donegan n'était pas à proprement parler un bel homme, mais il se dégageait de lui une impression de force et de virilité. Il avait la réputation d'être difficile et son épouvantable caractère se déchaînait souvent contre ceux qui travaillaient avec lui, acteurs et techniciens. Mais il avait du génie, le monde entier le reconnaissait, et il avait abandonné une carrière d'acteur pour se consacrer à la mise en scène. C'était un Irlandais d'une trentaine d'années, avec d'épais cheveux noirs et bouclés, et des yeux également noirs. Son regard suivait Mary d'un bout à l'autre de la scène, et je savais qu'il allait lui demander de jouer dans son film.

Et qu'est-ce que je dirais ?

N'importe quel parent sain d'esprit aurait refusé, et une telle décision aurait été amplement justifiée : il y avait la guerre, Mary n'avait pas encore fini ses études secondaires, Marcus Donegan avait été trois fois marié, trois fois divorcé, et était connu pour travailler en « étroite » collaboration avec ses vedettes féminines ; et puis Mary était trop jeune, le milieu du cinéma détruirait sa belle âme... oh, la liste était longue, et j'aurais pu continuer indéfiniment. Mais en dernier ressort, il y avait le rêve de ma fille, et la possibilité de faire de ce rêve une réalité. Et la logique n'a pas son mot à dire lorsqu'il s'agit de rêves.

Quand on retrouva Mary en coulisse, Marcus Donegan lui avait déjà demandé de venir à Londres le printemps prochain, le temps qu'il organise le tournage du film qui devait s'intituler L'Élévation d'Eliza... *Il me donna l'assurance que Mary serait bien entourée : elle aurait une gouvernante pour l'aider dans ses études et lui servir de chaperon jusqu'à ce qu'elle ait dix-huit ans. Il m'expliqua que la plus grande partie du film serait tournée dans sa propriété en Irlande, et que je n'avais donc pas à m'inquiéter pour les bombardements, puisque les Allemands en avaient contre « les... Anglais ». Si tout se passait bien, ma fille chérie me reviendrait, saine et sauve, à la fin de l'été — pour son dix-huitième anniversaire.*

Yelena, debout derrière Marcus, m'encourageait par des sourires et des hochements de tête à accepter ; elle paraissait presque aussi impatiente que Mary. Mary dont j'entendais la supplication silencieuse aussi clairement que si elle l'avait exprimée à haute voix : « Pas d'audition, m'man, il m'engage sans audition » — les auditions étaient un cauchemar pour Mary, qui n'avait jamais réussi à décrocher un rôle de cette façon, tant cela mettait ses nerfs à rude épreuve — « c'est la chance de ma vie, m'man... la chance pour moi de me réaliser... je t'en prie, je t'en supplie, elle ne se présentera pas une seconde fois... »

Je tendis la main à Mr Donegan et lui demandai d'apporter le contrat à la boutique de la Cinquième Avenue, le lendemain, pour que je le signe.

J'enfilai ma robe de chambre, glissai la lettre d'Arthur dans la poche et me dirigeai vers la chambre de Cathy. Je savais qu'il fallait que je parle d'Arthur à mes filles, mais j'ignorais dans quelle mesure je devais les éclairer sur mes relations avec lui après *avoir épousé leur père.*

Cathy et Mary étaient assises dans le renfoncement de la fenêtre qui donnait sur la mer. Décidant qu'elles n'étaient plus des enfants et avaient le droit de savoir la vérité, je leur racontai tout. Quand j'eus terminé, je leur pris les mains à toutes les deux en disant : « Je vais vous demander de lire une lettre que j'ai reçue hier d'Arthur Millington, et ensuite je veux votre parole que vous ne parlerez jamais de son contenu, ni entre vous ni à qui que ce soit d'autre, en particulier pas à votre père. »

Je donnai la lettre d'abord à Mary : elle était plus compréhensive et plus indulgente que Cathy.

« Je... je ne comprends pas », dit-elle après avoir achevé sa lecture, et elle passa la lettre à sa sœur. « Comment a-t-elle pu... dire que... »

Cathy, à peine parvenue à la moitié de la lettre, ne put rester en place ; elle continua sa lecture en marchant de long en large dans la chambre, en secouant la tête et en marmonnant quelque chose comme : « Espèce de garce, sale petite garce roublarde », et je dus admettre que c'étaient précisément les mots que j'avais eus sur le bout de la langue sans oser les prononcer.

« Nous allons en Écosse, dit Cathy d'un ton rageur. Elle ne peut pas faire ça ! Elle ne peut pas !

— J'y vais avec Dira, répondis-je. Elle désire voir ses parents. Vous, les filles, vous restez ici.

— Non !

— Si. Cathy, tu ne peux pas manquer tes cours, tu as promis de finir au moins le semestre avant de rejoindre la Croix-Rouge. Et j'ai besoin de toi pour surveiller la boutique en mon absence.

— Tu ne vas pas la ramener ici, n'est-ce pas ?

— Euh...

— Parce que, si c'est ça, je refuse !

— Cat, ne crie pas, fit Mary. May pensait peut-être que p'pa ne...

— May pensait *qu'elle pourrait hériter les millions de Millington, voilà ce qu'elle* pensait, *parce que la seule chose à laquelle elle ait jamais* pensé, *c'est* l'argent *!*

— Cathy, je t'en prie, ne te mets pas dans des états pareils.

— Je jure que je vais la tuer !

— Cathy ! Ça suffit !

— C'est une putain, une profiteuse, une traîtresse !

— Cathy !

— C'est vrai !

— Cat, ça suffit, dit Mary avec tant de force que Cathy se tut immédiatement. Plus rien de tout cela n'a d'importance, à présent. La lettre ne parle pas du bébé.

— Parce qu'il n'y a pas de bébé... il n'y a plus de bébé.

— Tu crois qu'elle...

— Certainement, dit Cathy avant de se tourner vers moi. Que vas-tu raconter à Millington ? Tu vas lui dire la vérité ?

— Je n'en sais rien. Mais j'insisterai pour que May quitte Inverness et renonce à l'idée de devenir l'héritière légale d'Arthur.

— De quelle façon ?

— Je ne sais pas encore... mais je suis sûre que je vais trouver un moyen. Je vous interdis d'écrire à votre père que Dira et moi allons en Écosse. Cela ne pourrait que l'inquiéter inutilement.

— Oui... à condition qu'on arrive à savoir où lui et oncle Dave se trouvent.

— Je suis certaine que le courrier a eu du retard à cause des bombardements, Cat, dit Mary avec un sourire plein d'espoir. Nous aurons sans doute de leurs nouvelles d'ici à une semaine. »

Mary fit signe à sa sœur de venir s'asseoir près d'elle, et Cathy lui obéit. Il existait entre elles un lien particulier, une affection qui s'était curieusement déplacée avec le temps : Cathy avait soigné Mary quand elle était malade, et maintenant que Mary allait bien, c'était elle qui calmait l'âme impétueuse de sa sœur.

J'embrassai mes filles en leur souhaitant bonne nuit et j'allai me coucher. Je serrai l'oreiller contre moi en imaginant que c'était Ian, et je m'endormis.

Deux jours plus tard, Indira et moi embarquions sur un cargo, l'un des vingt bateaux formant le convoi. On nous donna une petite cabine près de la blanchisserie. Nous y passâmes la plus grande partie de la traversée car la mer était mauvaise et, comme il n'y avait que des hommes sur le bateau, le capitaine avait jugé préférable que nous nous fassions discrètes. On nous réclama la somme astronomique de cinq cents dollars en espèces par personne. Nous arrivâmes à Liverpool le 17 septembre et partîmes aussitôt pour le Loch Leven.

Je n'étais pas revenue en Écosse depuis le mariage de ma mère avec Al, dix-sept ans plus tôt... Mon Dieu, comme le temps avait filé. La bruyère étendait son manteau doré sur la lande et dans les vallons. Le loch était calme — comme toujours à l'approche du soir — et ses eaux de cristal reflétaient les montagnes environnantes où éclataient toutes les couleurs du brun sombre au roux clair.

Les grilles du domaine étaient fermées, mais Dira et moi demandâmes au chauffeur de nous laisser devant, car nous avions toutes deux envie de marcher et de respirer ce merveilleux air marin qui remplissait nos poumons. Nous étions peu chargées puisque nous pensions ne rester qu'une semaine. En approchant de la grande et vieille bâtisse, nous fûmes surprises d'entendre des cris d'enfants qui jouaient. Pas d'un enfant, mais d'un grand nombre d'enfants. Deux petites filles brunes avec de longues tresses sortirent de la maison en courant et en gloussant comme des oies, suivies par ma mère. Ma mère les rattrapa par leurs jupes, toutes trois trébuchèrent et se retrouvèrent par terre. Ma mère ne nous vit pas, sans doute parce qu'elle fut aussitôt assaillie par une dizaine de gamins qui riaient aux éclats. Cela faisait six ans que nous ne nous étions pas revues et mon cœur battait plus fort à mesure que j'approchais, car elle avait l'air infiniment heureuse, jeune et pleine de vie, malgré les rides qui marquaient son visage. Ses longs cheveux, toujours d'un roux étincelant, s'étaient défaits et, en les remettant en place, elle se tourna dans notre direction. Elle retint son souffle, porta ses mains à sa poitrine, et ses yeux se remplirent de larmes. Dira et moi, les larmes aux yeux nous aussi, laissâmes tomber nos sacs par terre pour nous précipiter vers elle. Elle s'était relevée et venait à notre rencontre, les bras grands ouverts. Un instant plus tard, nous étions toutes trois enlacées, pleurant et riant en même temps.

« Qui sont tous ces enfants ? questionnai-je en me tamponnant les yeux avec un mouchoir que je glissai ensuite à Indira.

— Des orphelins londoniens de l'East End. Leur orphelinat a été bombardé et...

— Jenny ! Indira ! » criait Al en venant vers nous. À quatre-vingt-un ans, il se déplaçait très lentement, mais il avait toujours fort belle allure. Les enfants s'écartèrent pour le laisser passer ; il s'appuyait d'une main sur sa canne, et de l'autre leur caressait les cheveux. « Quelle belle surprise ! Que dites-vous de nos petits pensionnaires ? Nous en avons vingt. Ta mère est aux anges.

— Comment les avez-vous récupérés ?

— C'est Arthur qui nous les a amenés.

— Arthur ?

— Il y avait cent quarante enfants et, comme il ne pouvait pas les garder tous, il a demandé à plusieurs d'entre nous d'en prendre autant que nous pouvions. Ton cousin Patrick en héberge une vingtaine, lui aussi.

— Et Bill Brice à Pitlochry, ainsi que Dick à Dirleton, vingt chacun également. Il y a aussi les Stuart et les Fraser à Inverness...

— Malcolm est ici ? En Écosse ?

— Oui, il vient d'arriver. Je ne sais pas comment il est passé. Comment avez-vous fait, vous deux ?

— Un cargo dans un convoi. Combien de temps garderez-vous ces enfants ?

— Jusqu'à ce que le nouvel orphelinat soit terminé.

— Un nouvel orphelinat ?

— Oui, dit Al. C'est Arthur qui le fait construire. Oh, on peut difficilement appeler cela un orphelinat, n'est-ce pas, Catherine ? On croirait plutôt une maison de colonie de vacances, avec écuries, courts de tennis et piscine.

— Où ? À Inverness ? À Moray Park ?

— Oui, il...

— Mrs Pearce, fit un petit garçon maigre au visage sale, en tirant sur la jupe de ma mère. J'ai ramassé tous les choux, comme vous m'as dit, mais j'en mange pas.

— Comme tu voudras, mister Tom, mais tu risques d'avoir très faim, parce que nous avons des choux pour le dîner. » Ma mère se tourna vers moi et m'expliqua avec un sourire : « Je les ai mis au travail, tous les vingt.

— Comment faites-vous ? demanda Indira en riant.

— En fait, les Wallace veillent sur tout, et Arthur a fait venir deux employées de l'orphelinat, elles aussi sans logement, qui s'occupent de la cuisine et de la blanchisserie ; et puis Al a engagé une institutrice. » Ma mère prit les choux que le gamin lui avait apportés, et passa la main dans les cheveux filasse de l'enfant. « Et mister Tom est un excellent élève, n'est-ce pas, Tom ?

— J'en mange pas, d'choux.

— Je n'en mangerai pas. Mais si, tu en mangeras, quand tu auras goûté aux délicieux Rumbledethumps[1] *de Mrs Wallace. Va chercher les enfants, Tom, et débarbouille-toi avant de passer à table. Bon, si on rentrait ?*

---

1. Plat traditionnel écossais fait de choux, pommes de terre, oignons et fromage râpé. *(N.d.T.)*

— Nous avons reçu un télégramme de David et Ian il y a trois jours, dit Al. Ils ont été transférés en Afrique du Nord.

— Et comment est-ce qu'ils...

— Ils vont bien tous les deux. Très bien. Donne-moi donc le bras, Jen, monter cet escalier tient de l'escalade. »

Je leur parlai du film de Mary ; ils furent ravis, trouvèrent que j'avais eu raison de donner mon accord, car Mary serait partie le faire de toute façon, et ils me promirent de garder — même de loin — un œil sur elle. Ils nous demandèrent des nouvelles de Cathy et de Em et, quand Dira leur annonça que les filles allaient se porter volontaires auprès de la Croix-Rouge en Suisse, ma mère, rayonnante, posa sa main sur celle de Al et déclara qu'elle avait toujours su que ses petites-filles avaient du cœur et du cran. Après le dîner, une fois les enfants couchés, je montrai l'infâme lettre à ma mère et à Al. Ils furent consternés, d'autant plus qu'ils avaient vu Arthur huit jours plus tôt, quand il leur avait amené les orphelins, et qu'il n'avait pas du tout parlé de May.

Le lendemain matin, je trouvai Dira et ma mère assises dans le bureau ; toutes deux avaient l'air très grave. Je n'entendais pas ce qu'elles disaient mais, au moment où j'entrai dans la pièce, elles se redressèrent et ma mère déclara qu'elle irait à Édimbourg avec Dira voir ses parents. Je m'efforçai de cacher ma déception — j'avais espéré que ma mère m'accompagnerait à Inverness, car je n'avais pas envie d'affronter seule Arthur —, mais je pensai qu'il valait mieux que ce soit moi qui voie May.

Il faisait une belle journée et je pris la voiture, bien que l'essence fût rationnée et terriblement chère. Mais j'avais besoin d'être seule pour pouvoir rassembler mes pensées, et formuler les paroles que je dirais à May… et à Arthur.

La route était longue mais agréable et, en franchissant les grilles de Moray Park, j'eus le souffle coupé en découvrant la maison — la maison qu'Arthur avait fait construire pour moi. C'était une demeure très grande sans être prétentieuse, élégante, imposante, avec une quantité de fenêtres en ogive de style gothique — exactement comme je l'avais voulu.

Le valet de pied m'aida à descendre de voiture et, au moment d'entrer dans la maison, je guettai le bruit des enfants ; mais tout était silencieux. Je donnai mon nom au maître d'hôtel, qui me demanda de patienter ; pendant qu'il allait voir si « Mr Millington » était là, j'attendis au salon.

Il était tôt — un peu plus de neuf heures — et je savais qu'Arthur montait à cheval tous les matins. Mais j'avais dû arriver au bon moment car, quelques secondes plus tard, la porte s'ouvrit et Arthur, en bottes et culotte de cheval, se dirigea vers moi à grands pas. Il s'arrêta à quelque distance, sourit, ouvrit les bras et s'approcha de moi.

« Jenny, comme c'est bon de te revoir. Tu es toujours aussi ravissante. As-tu reçu ma lettre ?

— Oui, répondis-je tandis qu'il s'asseyait sur un des canapés.

— Pardonne-moi de ne pas t'avoir écrit plus tôt. May tenait absolument à ce que sa présence ici reste secrète.

— Où est-elle ?

— Dehors avec les enfants, pour leur promenade matinale.

— May ? May promène les enfants ?

— Tu as l'air surprise. »

Je l'étais. Mais comment dire à Arthur que May était une créature méprisable, immorale, une voleuse, une menteuse, qui...

« Jenny ?

— Oui... Je... je trouve merveilleux ce que tu as fait pour ces enfants.

— C'est une idée de May.

— De May ?

— Nous écoutions la B.B.C. au moment de l'annonce du bombardement de Londres et, en entendant que l'orphelinat de l'East End avait été rasé, May m'a demandé si nous ne pouvions pas prendre avec nous les pauvres petits, et... voilà. Mais je n'ai rien fait d'autre, en réalité, que les placer ; c'est May qui s'occupe de tout.

— May ?

— Oh, bien sûr, elle est aidée par les domestiques, mais elle supervise tout et les enfants l'adorent... comme nous tous ici. Jen, j'espère ne pas t'avoir contrariée en proposant de faire d'elle mon héritière. Je ne lui en ai pas parlé. Et, bien évidemment, je ne mentionnerai pas son vrai nom, je la ferai passer pour la fille d'amis à moi qui sont décédés. Jen... ?

— Non. Je ne crois pas que ce soit une bonne idée.

— Je comprends.

— Arthur, ce n'est pas à cause de toi. C'est seulement que...

— Tu n'as pas besoin de me donner d'explications.

— Si.

— Non. Considère que l'affaire est close. May peut rester ici autant qu'elle veut, en tant que... en tant qu'invitée. » Il avait l'air si malheureux que je tendis le bras pour lui caresser le genou. L'expression de son visage s'adoucit, puis s'illumina soudain tandis qu'il regardait, derrière moi, par la fenêtre qui donnait sur le jardin. Je me retournai pour suivre son regard et

j'aperçus, à la tête d'une douzaine d'enfants, une belle jeune fille aux cheveux de jais, qui tenait à la main un panier rempli de fleurs ; elle avait la démarche sautillante et vive de May. « Oui... C'est elle qui a eu l'idée de se teindre les cheveux. La ressemblance entre nous était si frappante qu'elle a eu peur que les gens ne devinent qu'elle est ma... mais elle est également jolie, en brunette. » May avait l'air d'une fée sortie des bois, dansant la ronde au milieu de ses lutins. Je l'observai, scrutai son visage, la lumière qui l'éclairait ; j'avais beau être à bonne distance, je sentais la joie de vivre qui émanait d'elle et se répandait sur tous ceux qui l'entouraient. C'était sa plus belle qualité, cette extraordinaire vitalité, et j'étais si fascinée que je faillis en oublier la raison de ma visite, jusqu'au moment où mes yeux se posèrent sur mon sac à main, et où je me souvins de la lettre assassine qui s'y trouvait.

« Je désire parler avec elle, Arthur... seule, si cela ne t'ennuie pas.

— Naturellement. Je vais lui demander de...

— Non, laisse-la venir d'elle-même. » Je voulais qu'il voie le choc qu'elle éprouverait en me voyant, et le rouge de la honte qui lui monterait au visage. Je ne dirais pas la vérité à Arthur, cela lui ferait trop mal, mais je ne laisserais pas May abuser de lui d'une manière aussi écœurante. Elle devrait renoncer à cet héritage indu, qu'elle lui avait extorqué à son insu, et quitter Inverness.

Une domestique emmena les enfants dans une autre partie de la maison, et May se précipita au salon.

« Oncle Arthur, nous avons cueilli des digitales et trouvé des myrtilles, j'ai laissé les petits en manger une... poignée... » Je me levai et May devint blême. Elle lâcha son panier et je crus un instant qu'elle allait s'évanouir, car elle cherchait quelque chose sur quoi s'appuyer. « Mère... tu...

— Je vous laisse parler un peu, toutes les deux », dit Arthur en se levant et en avançant vers May. Elle lui agrippa la main, l'obligeant à s'arrêter ; il se pencha, lui murmura quelque chose à l'oreille et sortit en refermant la porte derrière lui.

May et moi nous dévisageâmes jusqu'à ce qu'elle fît un pas dans ma direction.

« N'approche pas ! Est-ce qu'Arthur sait comment tu es arrivée ici ? Sait-il que tu as volé l'argent et les bijoux de ta propre mère ? De tes propres sœurs ?

— Non... Oh, c'était ignoble de ma part, c'est vrai, mais...

— Et comment tu as vécu quand tu étais à Paris ? Parce que je suis sûre d'une chose : tu n'as jamais eu faim, et je doute fort que tu aies jamais été obligée de coucher dans les rues !

— Qu'en sais-tu ? Que sais-tu de ce qui s'est passé ? Tu l'ignores. Oh, mère, je comprends ta fureur... mais...

— Avec qui as-tu vécu ?

— La dernière année, dans une famille. Une famille juive.

— Un banquier ?

— Non.

— Un joaillier ?

— Mère, ça suffit ! C'est pour ça que j'ai quitté Paris quand les Allemands ont envahi la Belgique, à cause de toutes les horreurs que, d'après ce qu'ils disaient, les nazis faisaient subir aux juifs. Les Fenstein ont dû émigrer en Amérique, et ils m'ont dit de quitter Paris avant l'arrivée des Allemands, pour qu'ils ne croient pas...

— Que tu étais juive ? Parce que tu t'étais fait passer pour la nièce *de cet homme ?*

— Mère, laisse-moi t'expliquer...

— Jusqu'à ce que tu décides qu'il serait bien plus avantageux *d'être l'héritière légale d'Arthur Millington...*

— Non, non, je ne l'ai pas décidé. Je suis venue le trouver parce que j'avais peur, parce qu'il n'y avait personne d'autre...

— Pourquoi n'es-tu pas allée chez ma mère, au Loch Leven ?

— C'est ce que j'ai fait. Mais la maison était fermée, et j'ai cru qu'ils étaient... morts.

— Quand ? Quand y es-tu allée ?

— La première semaine de mars, le 5 ou le 6. Je ne me rappelle pas exactement.

— Les Wallace étaient là, ils t'auraient laissée entrer, même en l'absence de ma mère et de Al !

— Non, tout était fermé et plongé dans l'obscurité, il n'y avait personne. »

Je réfléchis un instant, car il était exact que ma mère et Al avaient passé des vacances aux îles Hébrides les deux premières semaines de mars mais, étant donné qu'il y avait des tas d'animaux au Loch Leven, ils ne seraient jamais partis sans laisser quelqu'un au domaine.

May se tordait les mains, chose que je ne l'avais jamais vue faire auparavant, et elle paraissait complètement différente. Il y avait en elle une fragilité qui éveillait ma compassion, et je détournai les yeux. Elle retira de son cou le médaillon du Loch Leven, me prit la main et déposa le bijou dans ma paume ouverte en murmurant : « Je suis désolée... je suis vraiment désolée... »

Est-ce moi qui fis un geste vers elle, ou elle qui trébucha contre moi, mais soudain elle tomba à mes pieds en sanglotant, et je perçus sa souffrance tandis qu'elle essayait à travers ses larmes de me raconter ce qui s'était passé quand elle nous avait quittés.

« ... Je voulais aller chez grand-mère en Écosse, mais j'ai eu peur qu'elle ne veuille pas de moi parce que j'avais volé votre argent et vos bijoux... Alors je suis allée à Paris, où j'ai rencontré un homme, Alain Pasquier, qui... » Elle se remit à pleurer, alors je la relevai et lui essuyai le visage, et elle me saisit la main en disant : « Mère, tu ne sais pas ce que j'ai fait ! Tu ne sais pas... C'était... c'était comme d'être endormie pendant quatre ans, de faire un mauvais rêve, et quand je me suis réveillée, j'avais tellement honte...

— Qu'as-tu fait ? » Elle secoua la tête. « Et le bébé ?

— Comment as-tu...

— Je croyais que c'était pour cela que tu t'étais enfuie.

— Oui.

— Que s'est-il passé ?

— Alain avait un ami médecin...

— Je vois.

— C'était tellement horrible... J'ai vécu avec Alain pendant plusieurs années, mais il m'obligeait à... Et je... je me suis enfuie quand la guerre a commencé, mais j'étais... très malade et...

— Pourquoi étais-tu malade ?

— Ils m'ont droguée, tout le temps que j'ai passé là-bas, et quand je me suis enfuie, j'étais très malade. Mr Fenstein et sa femme m'ont trouvée et emmenée chez eux. Ils m'ont permis de vivre avec eux ; je m'occupais de leurs enfants pendant qu'ils travaillaient dans la boutique de tailleur au-dessous de leur appartement.

— Pourquoi ne m'as-tu pas écrit, May ?

— Je ne pouvais pas. Tu ne sais pas ce que j'ai fait quand j'étais avec Alain... c'était... Il y avait des hommes différents chaque nuit, six ou sept, et... Tu ne comprends pas ? Je... Oh, mère, c'était tellement affreux. Je ne pouvais pas te revoir, ni papa... je ne pouvais pas... J'avais trop honte. » Elle leva les yeux

vers moi, et c'était comme s'ils saignaient, tant son regard était douloureux.

« Que s'est-il passé quand tu as quitté les Fenstein ?

— Je te l'ai dit. Je suis allée chez grand-mère et, ne trouvant personne, la nuit venue je me suis rendue chez Arthur parce que je... je n'avais aucun autre endroit où aller... et j'avais si peur d'avoir faim à nouveau, de dormir dans les rues et de...

— Mais, grands dieux, May, comment as-tu pu imaginer un mensonge aussi ignoble au sujet de ton père ?

— J'ai été obligée. Je craignais qu'Arthur ne me laisse pas entrer chez lui si je ne disais pas que papa m'avait... m'avait mise à la porte.

— Tu n'as jamais pensé à quel point c'était mal de mentir et de démolir l'homme qui t'a aimée, élevée et choyée depuis le jour où tu es née ?

— Si... si, je sais. Mais c'est pour ça que je me suis teint les cheveux, pour que papa ne sache jamais que c'était moi. Comme ça, ne sachant pas que j'étais la fille d'Arthur, il croirait que je suis sa pupille.

— Il l'a toujours su, May ! Avant ta naissance, il savait que tu étais la fille d'Arthur !

— Quoi ?

— Il le savait !

— Papa... ?

— Et il t'aimait malgré tout.

— Papa...

— As-tu la moindre idée de ce qu'il éprouvera, si jamais il apprend l'infâme mensonge que tu as concocté ? Hein ?

— Non ! Ne le lui dis pas ! Oh, mon Dieu, mère, je t'en prie, ne le lui dis pas !

— Fais ta valise.

— Quoi ?

— Tu quittes ces lieux.

— Je ne peux pas ! Jamais je ne pourrais faire cela à Arthur ! Il est comme un...

— Comme un père pour toi ? Va chercher tes affaires, May.

— Mais... je suis si heureuse ici, mère, et... et les enfants, qui s'occuperait d'eux ? Et Arthur... Non, je ne peux pas le blesser...

— Et ton père ? Parce que je ne me soucie pas de savoir quel sang coule dans tes veines, May ! Ian Liddle est ton père, ton vrai père ! Imagine ce qu'il éprouvera en apprenant ta grotesque invention !

— Mais il ne le saura pas. Je serai May Martin, c'est tout.

— Et tu hériteras la fortune d'Arthur.

— Non... je me moque de son argent. Tout ce que je veux, c'est rester ici avec lui, avec lui et les enfants.

— Et nous ?

— Mère, je t'en prie, comprends...

— Comprendre quoi ?

— Je ne pourrais jamais affronter papa, maintenant. Et Cathy... elle m'a toujours détestée, et tout ce qu'elle a dit à mon sujet était vrai : j'étais une putain, une menteuse et une voleuse. Mais je jure devant Dieu, mère, que je ne suis plus la même ! Je le jure ! Mais je ne peux pas affronter Cathy, ni Mary, ni... papa.

— Et tu suggères que je fasse quoi ? Que je retourne là-bas et que je leur dise que tu refuses de les voir ? Ta propre famille ?

— Non... tu pourrais dire que j'ai été très malade et que je...

— Grands dieux, May !

— Mais, s'ils me croyaient morte et que je garde mes cheveux noirs, alors personne ne saurait et...

— Et Arthur continuerait à croire que ton père t'a mise à la porte !

— Non, non... J'inventerai quelque chose. Je... Oh, non, mère, je t'en prie, ne dis rien à papa. J'ai été mauvaise, c'est vrai, mais j'ai changé, je le jure ! Oh, mère, je t'en supplie, ne dis rien à personne... Arthur... Papa... » Elle sanglotait, implorante, et j'étais incapable de sortir un mot, incapable d'une pensée cohérente. Jouait-elle la comédie ? Était-elle sincère ? Impossible de le savoir, mais elle était si bouleversée qu'au bout de cinq minutes je la pris dans mes bras en lui promettant de ne rien révéler.

Quand Arthur revint dans le salon, May lui annonça qu'il y avait eu un terrible malentendu : je venais juste de lui apprendre que Ian l'avait mise à la porte dans un accès de rage, mais qu'il l'avait aussitôt regretté ; or elle était déjà partie pour le Continent, sans imaginer que nous nous étions mis à sa recherche, une recherche qui devait durer cinq longues années.

Je l'écoutais, et je croyais chacune de ses paroles, tout comme Arthur, parce qu'elle avait des accents déchirants, sincères, solennels. Mais se pouvait-il qu'un être humain change de façon aussi radicale ? Est-ce que ceux qui étaient nés indifférents pouvaient apprendre la compassion ? Peut-être que ses années passées en France avaient été atroces au point de remodeler le caractère de May, parce qu'il y avait dans son beau regard gris quelque chose que je n'y avais jamais vu auparavant : une profonde tristesse, une souffrance aiguë.

Quand May eut fini de parler, Arthur l'embrassa sur le front puis il se leva, me prit la main et la porta à ses lèvres en me demandant de lui pardonner d'avoir douté de Ian. Je lui fis promettre que la photo de May ne paraîtrait jamais dans les journaux. Il se mit à rire, hocha la tête et fit un geste vers May, qui avait pâli.

« Sur ce point, aucune inquiétude à avoir. Je n'ai jamais vu de fille plus allergique aux appareils-photo

que May. Le Sunday Times *a voulu la photographier, quand on a recueilli les enfants, et elle a caché son visage comme...*

— Oncle Arthur ! Vous m'embarrassez. Mère, tu ne restes pas dîner ?

— Je ne peux pas, May. Je suis désolée. Il faut que je rentre au Loch Leven.

— Que vas-tu dire à ton mari ? me demanda Arthur.

— Rien. Il a été transféré en Afrique du Nord.

— Transféré ? fit May.

— Lui et ton oncle Dave se sont engagés comme volontaires dans l'armée britannique. Ton... ton père... » Je fus incapable de continuer. J'avais trahi Ian, de façon si basse que cela me dégoûtait. J'étais perplexe. J'avais peur. Une voix en moi raillait : « Elle ment... elle ment... », et une autre voix, tout aussi forte, implorait : « Épargne-la, elle a déjà assez souffert... »

« Engagé volontaire ? dit Arthur.

— Comme médecin. » Regardant May, j'ajoutai : « Et il a racheté pour nous l'ancienne propriété de Malcolm à Manhasset Bay. »

Il n'y eut pas l'ombre d'un changement sur le visage de May, jusqu'au moment où un sourire se dessina sur ses lèvres, un sourire plein de générosité ; elle posa sa main sur ma joue et murmura : « Je suis si heureuse pour toi. »

Tous deux me ramenèrent jusqu'à ma voiture et, en ouvrant la portière, Arthur se pencha pour m'embrasser sur la joue ; il resta ainsi un moment, puis se redressa quand les enfants sortirent de la maison en courant et en appelant May. May prit dans ses bras une ravissante fillette toute bouclée et les autres enfants se suspendirent à ses jupes. May avait toujours aimé les enfants, mais comme une petite fille aime ses poupées : c'est-à-dire qu'à partir du moment où elles cessaient de l'intéresser, elle ne voulait plus en entendre parler. Ma mère avait dit un jour que les animaux et les enfants sentent si quelqu'un est bon ou pas ; si c'était vrai, alors May en effet avait changé. Il y avait de la vénération dans le regard de ces enfants.

May me fit ses adieux et me demanda si nous pourrions nous écrire, précisant qu'elle signerait ses lettres May Martin, du nom qu'elle utilisait depuis qu'elle vivait chez Arthur. Je ne sais pourquoi cela me choqua tellement — le fait que je puisse continuer à être sa mère, alors qu'elle avait rejeté son père — ; toujours est-il que je lui dis que nous nous reverrions la prochaine fois que je viendrais en Écosse, sur quoi je me dépêchai de rentrer au Loch Leven.

Il était à peine dix heures du matin, et j'avais tout le temps d'aller rendre visite à Malcolm, puis à mon cousin Patrick à Cromdale. Mais je pris immédiatement la direction du Loch Leven, poussée par un besoin urgent de parler à quelqu'un — ma mère ou Al —, n'importe qui capable de me dire si j'avais perdu l'esprit en approuvant le mensonge de May.

J'arrivai à six heures du soir. Ma mère et Dira étaient parties pour Édimbourg où elles devaient rester deux ou trois jours. Je trouvai Al assis dans la véranda, profondément endormi, un livre sur les genoux. Ne voulant pas le réveiller, je pris le journal de la veille, posé à côté de lui, et parcourus la première page. Elle regorgeait de détails concernant la guerre — les bombardements, les cartes de rationnement, le black-out — et, en bas de la page, il y avait un article qui parlait d'une des usines Newburn. Il s'agissait d'une fabrique de bouteilles qui venait de fermer, privant de travail les neuf cents employés, des hommes trop âgés pour faire la guerre et des femmes dont beaucoup remplaçaient leurs maris partis au combat. Le journal affirmait que cela faisait plusieurs années que l'usine était improductive, et que Mrs Newburn Maclean avait retardé sa fermeture pour éviter de licencier le personnel, mais qu'elle ne pouvait plus continuer ainsi. L'article signalait qu'il y avait eu de vives protestations de la part des employés qui, disait-on, avaient accepté des baisses de salaire pour permettre à l'entreprise de continuer à fonctionner ; mais leurs sacrifices n'avaient servi à rien : l'usine avait fermé.

Al bougea, ouvrit les yeux et sourit en me voyant près de lui. Il me demanda comment s'était passée ma visite chez Arthur, et je le lui racontai.

« Oui, dit-il avec un soupir quand j'eus terminé. Cela rend la situation terriblement difficile pour toi. Mais je ne peux m'empêcher de penser à la dernière fois où j'ai vu May, avec Michael MacGregor. Je me rappelle avoir dit à ta mère que ce jeune homme avait réussi à faire pousser un sentiment dans cette terre aride qu'était le cœur de notre belle May, tout cela pour le lui briser ensuite.

— Et le cœur de Ian ?

— Oui... Mais a-t-il besoin de savoir ?

— Oh, Al, il ne se passe pas un mois sans qu'on voie la photo d'Arthur dans les journaux. Tout le monde croira que May est sa fille adoptive, mais si Ian tombe sur sa photo, il saura tout de suite que c'est elle.

— Je doute que Ian ait le temps de lire les pages mondaines du Sunday Times. *Et la situation peut changer une fois que la guerre aura pris fin. Peut-être May trouvera-t-elle le courage de dire la vérité à Arthur et...*

— Et ils pourront se la "partager" ? »

Al sourit, me caressa les cheveux, et j'entrai dans la maison pour parler à Mrs Wallace. Elle était occupée à préparer le dîner, et je lui proposai de l'aider à couper les oignons et râper le fromage pour les

Rumbledethumps[1], *malgré la présence de cinq petits aides-cuisiniers très affairés à peler les pommes de terre et à découper en lanières les feuilles de choux.*

Je lui demandai si elle et son mari étaient restés au domaine pendant le voyage de ma mère et de Al aux Hébrides en mars, et elle me répondit oui, mais sans me regarder. Je lui affirmai que, s'ils s'étaient absentés un jour ou deux, je ne dirais rien à ma mère, mais que j'avais besoin de le savoir. Elle bafouilla et finit par admettre qu'ils étaient allés à un mariage à Perth, mais elle m'assura qu'un garçon d'écurie du château-hôtel s'était occupé des animaux. Elle me supplia de ne pas en parler à ma mère, étant donné qu'ils n'avaient été absents que deux jours.

« Quels jours ?

— Le 6 et le 7, mais...

— Je vous remercie, Mrs Wallace. Vous ne pouvez pas imaginer à quel point je suis heureuse de savoir cela.

— N'en dites pas un mot à votre mère, je vous en prie, elle...

— Non, non, ne vous inquiétez pas. »

Après le dîner, qui était succulent, je fis une promenade avec Al, le long de la rivière, jusqu'au château. J'avais peur que la marche ne le fatigue, mais il m'affirma que lui et ma mère marchaient tous les matins et tous les soirs. Il avançait lentement, mais il avait gardé l'esprit vif. Il parla de ma mère, me dit qu'elle montait à cheval chaque jour, et qu'elle avait l'air d'une femme au printemps de sa vie.

Il s'était mis à tomber un petit crachin et, bien qu'on fût en septembre, la soirée était fraîche. Nous allâmes prendre un digestif dans le bureau où Mrs Wallace avait allumé un feu. Al s'avança vers les bergères placées de

---

1. Voir note page 625. *(N.d.T.)*

part et d'autre de la cheminée et, en arrivant devant la vitrine où se trouvaient les fusils, il s'arrêta et resta là à regarder fixement l'intérieur du meuble. Il pâlit et je le saisis par le bras de peur qu'il ne tombe, tant il avait l'air déconcerté.

« Al, qu'y a-t-il ?

— Son fusil... il n'est plus là. Ta mère...

— C'est normal, non ? Elle et Dira voyagent seules. Elle voulait être armée. On ne sait jamais.

— Elle emporte un pistolet, quand elle voyage... jamais un fusil.

— Eh bien...

— Grands dieux ! »

Je sursautai. Je n'avais jamais entendu Al jurer ; il agrippa sa canne et se pencha sur la vitrine.

« Al, que se passe-t-il ? »

Il hocha la tête, s'écarta de moi et se dirigea vers la porte, puis il se retourna et me dit : « Si tu veux bien m'excuser, Jen, je... je crois que je vais aller m'allonger un peu.

— Puis-je vous aider à monter l'escalier ?

— Non ! *Merci. Il reste encore un certain nombre de choses que je suis capable de faire tout seul. » Il ouvrit la porte et ajouta : « Pardonne-moi, mon enfant, mais il y a des moments où je me sens quelque peu... inutile. Bonne nuit. »*

Quand Dira et ma mère revinrent le lendemain soir, cette dernière insista pour que nous repartions dès le matin suivant et nous rappela qu'il y avait la guerre. C'était vrai, bien sûr, et Indira et moi avions en charge une entreprise, mais je trouvais un peu absurde d'avoir fait tout ce chemin pour ne séjourner que trois petites journées, et je dis à ma mère que Dira et moi resterions jusqu'au 24, comme prévu. C'est Dira qui insista pour que nous partions ; ne pouvant lutter seule contre deux, je me résolus à contrecœur à faire mes bagages.

Indira et moi partagions la chambre à côté de celle de Al et de ma mère, toutes les autres chambres étant occupées par les enfants. En préparant mon sac, j'entendis la voix de Al, qui ne criait pas mais presque ; cela lui ressemblait si peu que j'interrogeai Dira du regard pour savoir si elle avait une idée de la cause de cette tempête.

« Je n'en sais rien, me répondit-elle sans me regarder. Ils sont comme tous les couples, ils ont bien le droit de se disputer de temps en temps.

— Oui, bien sûr. » Je lui demandai des nouvelles de ses parents, mais la voix de Al ne cessait de monter, et Dira paraissait agitée ; ses yeux allaient de sa valise au mur qui séparait les deux chambres. Elle vida la mallette que ma mère lui avait prêtée pour leur voyage à Édimbourg, et une paire de chaussures et un pantalon pleins de boue tombèrent au sol. Je l'aidai à les ramasser, et elle marmonna quelque chose au sujet d'une balade sur la falaise, puis enveloppa le tout dans un journal qu'elle enfouit sous le reste de ses vêtements.

Tout à coup, la voix de Al devint tonitruante ; nous ne comprenions pas ce qu'il disait, mais ma mère se mit à pleurer. Indira s'assit sur le lit et baissa la tête, me dissimulant son visage.

« Qu'arrive-t-il, Dira ? Pourquoi Al est-il si en colère ? Qu'est-il arrivé à Édimbourg ?

— Oh, Jen...

— Quoi ? Dis-le-moi ! Il s'est passé quelque chose !

— Oui... il s'est passé quelque chose. Quelque chose qui aurait dû arriver il y a très, très longtemps. »

Elle refusa d'en dire plus, se leva et termina sa valise.

J'écoutai à côté, mais je n'entendis plus rien que la voix de Al, qui était devenue douce et apaisante.

Ils sortirent de leur chambre une heure plus tard ; ma mère avait les yeux rouges et gonflés mais elle était d'excellente humeur, et Al aussi. Je voulus la prendre à part pour lui demander la raison de leur dispute, mais elle secoua la tête et me caressa la joue en me disant que ce n'était rien.

Je pleurais en faisant mes adieux à ma mère et à Al ; je réalisais soudain que c'était peut-être bien la dernière fois que je les voyais. Mais ma mère effaça mes larmes en riant : « Ne sois pas stupide, Jen. Al et moi avons décidé de vivre au moins jusqu'à cent cinquante ans.

— Ce qui nous laisse encore soixante-dix ou quatre-vingts ans.

— Nous reviendrons avec toute la famille dès que la guerre sera terminée.

— Nous vous attendrons. »

Ma mère étreignit Indira, lui murmura quelque chose à l'oreille, puis me prit dans ses bras. Tout en m'embrassant, elle me mit dans la main un mouchoir brodé — gage d'une traversée sans histoire —, puis pria Mr Wallace de nous emmener à la gare.

Nous trouvâmes un cargo qui accepta de nous ramener en Amérique et nous fîmes quelques pas sur le quai en attendant le moment d'embarquer. Nous tombâmes sur un kiosque à journaux, et vîmes en première page du News of the World *la photographie de Rose avec la légende suivante :*

Rose Newburn Maclean victime d'un tireur isolé

Alors qu'elle se rendait en voiture de sa propriété de North Berwick à Édimbourg, Mrs Newburn Maclean a été tuée par balles hier matin. Son chauffeur a déclaré que trois coups ont été tirés, dont le troisième a été fatal, et il pense que le tireur se trouvait en haut de la falaise. Selon la police, un ancien employé de l'usine de bouteilles Newburn pourrait être à l'origine des coups de feu, et plusieurs suspects sont actuellement interrogés. Mrs Newburn Maclean laisse un fils, Edmund, qui hérite maintenant de la fortune des Newburn.

Je regardai Dira, mais elle avait les yeux rivés sur la mer, et sur le bateau qui devait nous ramener à New York.

J'étais incapable de faire un mouvement ; je restai là à contempler le journal, jusqu'à ce que les mots se brouillent et que l'employé me demande si je désirais acheter le journal. Je secouai la tête, puis je sentis se poser sur mon bras la main d'Indira, qui m'entraîna vers l'embarcadère.

Le fusil manquant… les vêtements tachés de boue…

Il s'était en effet passé quelque chose à Édimbourg : ma mère et Indira avaient tué Rose Newburn.

25

(El Alamein, Égypte — 23 octobre 1942)

« Dave, tu dors ? »

J'étais couché sur le sable, le casque sur le visage, et je fis semblant de ne pas entendre Ian, car je n'avais plus envie de parler de la lettre de Bobby. Mes deux fils s'étaient engagés, Tyron dans les marines, Bobby dans les forces navales. Mais après trois mois dans le Pacifique, Bob avait été blessé au genou et transféré au ministère de la Guerre à Washington. J'avais reçu sa dernière lettre le matin même. Il disait, entre autres, que le nombre des sous-marins allemands dans l'Atlantique s'était considérablement accru depuis que l'Amérique était entrée en guerre ; il ajoutait que sa mère et sa tante Jen avaient eu de la chance que leur bateau n'ait pas été coulé, quand elles étaient allées en Écosse deux ans plus tôt.

« Elles n'en ont pas parlé dans leurs lettres, me dit Ian, parce qu'elles craignaient qu'on ne se fasse du souci, c'est tout. Je pense qu'elles avaient peur, avec tous ces bombardements, et qu'elles voulaient s'assurer que tout le monde allait bien, là-bas. Et puis, Indira n'avait pas revu ses parents depuis qu'elle avait quitté l'Écosse. Une fois en possession d'un passeport valide, c'était tout naturel qu'elle ait envie d'aller leur rendre visite. »

À Édimbourg, à quelques minutes à peine de North Berwick...

« Dira n'a jamais tenu un fusil de sa vie, et encore moins tiré un coup de feu. »

Mais ma mère est capable d'arracher la crête d'un coq à cinquante mètres de distance...

« Ça s'est passé comme les journaux ont dit : quelqu'un de l'usine de bouteilles. »

C'était ma mère, et ma femme...

« Simple coïncidence si elles se sont trouvées en Écosse au moment où Rose a été tuée. Tu devrais être bien content, Dave... et oublier ça. »

Content, je l'avais été. C'était comme si on m'avait enlevé un énorme poids de la poitrine, et que j'aie pu enfin respirer à nouveau après de longues années d'étouffement. Parce que j'avais cru les journaux qui disaient que le coupable était sûrement un employé de l'usine, même si on ne l'avait jamais retrouvé ; et parce que je ne savais pas — jusqu'à la lettre de Bobby — qu'Indira était en Écosse au moment de la mort de Rose. Et peut-être Ian avait-il raison, j'aurais dû être bien content. Mais j'étais torturé à l'idée, non pas que Dira ait tué Rose, mais que moi je ne l'aie pas fait. Par amour ? Par lâcheté ? Peut-être un peu des deux. Dira savait que j'étais incapable de tuer Rose, alors elle s'en était chargée. Elle avait tué la femme qui avait commis un meurtre, qui avait porté atteinte à ma réputation et à la sienne, qui avait kidnappé nos fils et détruit nos vies. Dira l'avait tuée. J'étais coupable, moi aussi, car j'avais tué une jeune fille en robe blanche sur une falaise, une jeune fille que j'avais aimée. Je l'avais tuée le jour où j'avais engagé Dennings pour coucher avec elle ; elle, ma femme.

Je pensais à son fils, à *notre* fils, Edmund. La presse disait qu'il voulait venger la mort de sa mère ; il avait renvoyé toute la population de Newburn — la ville créée par son grand-père à l'époque où il avait construit l'usine de bouteilles —, mais il n'avait pas retrouvé l'assassin de sa mère. Aux dernières nouvelles, il avait rejoint l'armée britannique.

« Dave, fit Ian en me donnant une tape sur le pied. Tu ferais bien de te ressaisir, on n'a plus que vingt minutes. »

Dans moins d'une demi-heure l'offensive préliminaire qui devait lancer l'opération Torch allait commencer : on espérait repousser les Allemands vers Tripoli, ce qui permettrait aux Alliés de débarquer en Afrique du Nord. La journée avait été torride, comme d'habitude, et la nuit était claire et froide.

Je me redressai, réclamai une cigarette à Ian, et entrepris de relacer mes bottes. Ian, sans rien dire, mit soigneusement de l'ordre dans nos deux trousses médicales ; je n'étais plus conducteur d'ambulance, mais assistant de Ian, et nous formions une sorte d'unité mobile de premiers secours. Quand tout fut rangé, Ian sortit la dernière lettre de Jen et la relut pour la vingtième fois au moins, rêveur à l'idée que le deuxième film de Mary avait eu encore plus de succès que le premier, et regrettant que nous n'ayons pas encore eu l'occasion de la voir à l'écran. Son nom de scène était Mary Maclean — son agent disait que Liddle ne sonnait pas bien — et tout le monde s'accordait à dire qu'elle était la plus grande actrice du moment. Cathy et Em étaient basées en France, tout près de la frontière suisse, dans un hôpital de la Croix-Rouge qui s'occupait des milliers de réfugiés trop vieux ou trop jeunes pour travailler dans les camps nazis. À chaque lettre des filles, nous pensions aux conventions de Genève, qui garantissaient à la Croix-Rouge l'immunité de la part de toute nation en guerre, ce qui était censé nous rassurer sur leur sécurité. Mais nous ne l'étions guère, le respect d'Hitler pour les traités s'étant révélé très relatif.

Ian replia la lettre, la glissa dans une poche de son uniforme, puis resta songeur un instant. « Jamais aucune nouvelle de May, grommela-t-il. Elle est sans doute la maîtresse d'un officier allemand de haut rang. » Il enleva son casque, passa la main dans ses cheveux grisonnants, et ajouta d'une voix dont toute amertume avait disparu : « Grands dieux, ça me rend fou de penser qu'elle est au milieu de tous ces nazis. »

J'aurais aimé pouvoir le tranquilliser sur le sort de May, et lui dire qu'elle était en parfaite sécurité, mais cela m'aurait obligé à lui révéler qu'elle n'était plus sa fille mais celle d'Arthur Millington. Dira m'avait recommandé de ne rien lui dire et de cacher les journaux pour éviter qu'il ne tombe un jour sur une photo de May. Curieusement, il n'y en avait eu qu'une seule, montrant May, les cheveux teints en noir et l'air surpris, entourée d'enfants qu'elle faisait monter dans un camion. Arthur, à côté d'elle, souriait avec fierté, mais elle avait l'expression de quelqu'un qu'on a surpris entièrement nu. C'était étrange, parce que May adorait autrefois poser devant un appareil-photo, et nous avions toujours cru qu'elle deviendrait mannequin.

« Bon, allons-y », dit Ian en consultant sa montre.

Nous faisions partie de la VIIIe armée britannique commandée par Montgomery, à qui nous reprochions au début son ultra-« professionnalisme » — nous combattions torse nu jusqu'à son arrivée, et les Australiens collaient leurs galons à même leurs bras avec du ruban adhésif ; mais aucun homme sous le commandement de « Monty » ne doutait de ses capacités.

L'artillerie se déployait le long d'un front de soixante kilomètres, et nous suivions l'infanterie. On entendait les cornemuses des Highlanders de la 51e division qui se mêlaient au fracas des mitrailleuses et des bombes. Les Allemands ne semblaient pas pressés de contre-attaquer, ce qui confirmait nos soupçons : il devait leur rester si peu de munitions qu'ils avaient ordre de ne les utiliser qu'en dernier recours. Toute la nuit, les équipes de déminage débarrassaient le désert des mines placées par les Allemands ; c'était un travail minutieux, difficile et dangereux, et il nous fallut plus d'une fois récupérer les morceaux d'hommes qui avaient trouvé une mine… trop tard.

Le 2 novembre, un nouvel assaut fut lancé mais la nuit était glaciale et, au matin, une violente tempête de sable se mit à souffler, réduisant la visibilité à trente mètres. Les Allemands ripostèrent à l'aveuglette mais réussirent à détruire soixante-quinze des quatre-vingt-quatorze chars d'assaut de la 9e brigade, nous laissant, à Ian et à moi, la lourde responsabilité de décider qui parmi les blessés était « récupérable », donc serait soigné, et qui serait laissé sur place pour le moment… et mourrait.

L'explosion des bombes faisait jaillir des geysers de sable tout autour de nous ; on aurait dit qu'il pleuvait des aiguilles d'acier. Au crépuscule, nous avions réussi à repousser les Allemands jusqu'à Tripoli, mais nous avions perdu vingt-cinq mille soldats, morts ou blessés.

J'étais en train de faire le bandage d'un soldat qui avait eu l'oreille gauche arrachée, quand une balle m'effleura l'épaule. Le combat était en principe terminé ; nous avions fait trente mille prisonniers, allemands et italiens, mais on les avait désarmés. Ian était occupé quelques mètres plus loin et, en entendant le coup de feu, il cria à un soldat de chercher qui avait tiré ; une deuxième balle explosa et passa cette fois tout près de mon cou. Je me baissai, obligeai le blessé à en faire autant, et criai : « Que quelqu'un trouve ce satané tireur ! »

Malgré le sable soulevé par l'explosion, nous distinguions une silhouette sur une dune, à une centaine de mètres, et j'entendis Ian crier que le tireur était un des nôtres. Il commença à se relever et je hurlai : « Baisse-toi, Ian, il est sûrement devenu fou !

— Il nous vise !

— Baisse-toi ! » Il y eut un autre coup de feu qui me projeta du sable au visage, juste au moment où une silhouette apparut derrière l'homme sur la dune, et les deux hommes tirèrent.

Je finis de faire les pansements des blessés, avant de suivre Ian auprès du tireur qui avait été tué.

« Vous le connaissez, Maclean ? me demanda un des soldats en retournant le type.

— Non. »

Je jetai un coup d'œil à Ian ; il observait, derrière le type mort, un monticule où était étendu l'officier qui avait abattu le tireur qui s'en était pris à Ian et à moi. Nous nous dirigeâmes vers lui et je sursautai : l'homme qui était là, à mes pieds, c'était mon fils, Edmund.

Il leva les yeux vers moi, aussi bouleversé que je l'étais, les mains crispées sur son ventre qui saignait abondamment. Quand Ian se baissa, Edmund regarda par-dessus mon épaule et salua d'un signe de tête le soldat qui se trouvait derrière moi.

« Lieutenant Edmund Maclean. Je suivais ce type depuis deux jours… Il…

— Attendez qu'on vous ait recousu avant de…

— Soldat de première classe Branden Scott. Il a perdu la tête… Il est…

— … Mort. Vous êtes un bon tireur… Lieutenant Maclean ?

— Oui ? » Edmund et moi avions répondu en même temps. Ian dévisagea Edmund, me regarda, puis fit signe aux brancardiers.

« Laissez-moi jeter un coup d'œil », dit-il à Edmund qui se recoucha mais garda les mains serrées sur son ventre. Ian eut toutes les peines du monde à lui faire lâcher prise. « Détendez-vous, et laissez-moi…

— J'ai l'impression que mes intestins… vont se répandre si je…

— Ça va aller. Dave, cours chercher nos trousses. »

Quand je revins, Ian avait mis à nu le ventre d'Edmund et je crus me trouver mal en voyant l'état de mon fils. C'était bien trop grave pour qu'on puisse faire quelque chose sur place ; on le mit donc sur un brancard et une ambulance l'emmena à l'hôpital de campagne, à une dizaine de kilomètres de là. Je l'accompagnai, et aucun de nous deux ne dit rien pendant tout le trajet. Mais, quand les portes de l'ambulance s'ouvrirent, je lui tapotai la main en murmurant : « Je suis désolé.

— Pour être franc… avec vous… si j'avais su que c'était vous… je n'aurais pas… gaspillé… des munitions.

— Oui… »

On l'emmena en salle d'opération et j'attendis en faisant les cent pas et en priant pour qu'on puisse le sauver. Il avait reçu deux balles, dont l'une s'était logée tout près de la rate. Les médecins réussirent à extraire les deux balles, mais les dégâts étaient considérables et Edmund avait une hémorragie interne. On me permit de le voir quand il se réveilla de l'anesthésie, et je m'assis près de son lit.

Je commençai à parler avant même qu'il m'écoute, car j'avais besoin de l'assurer qu'il avait été une victime innocente dans ma guerre avec Rose, tout comme mes autres fils, et que je regrettais sincèrement qu'il ait souffert. Il m'était difficile de parler de Rose, car qu'aurais-je pu dire ? Lui raconter la vérité au sujet de sa mère, qui l'avait aimé et que lui aussi avait aimée, détruire les souvenirs qu'il avait d'elle ? Ne valait-il pas mieux mentir, continuer à lui laisser croire qu'elle était telle qu'il le pensait ?

Mais il était seul, désormais.

J'étais tout ce qui lui restait… et je n'étais pas grand-chose, du moins à ses yeux.

J'insistai sur le fait que sa mère et moi, nous nous étions aimés, peut-être à l'excès, et que je l'aimais encore en la quittant, mais que je ne pouvais plus vivre avec elle à cause de sa jalousie. Je lui dis que je n'avais pas contesté ce qu'elle avait raconté au sujet de ma dépendance à la drogue, pour lui épargner l'humiliation d'avoir été quittée « consciemment » pour une autre femme. Je gardai le silence sur l'enlèvement des garçons et toutes les horreurs que Rose avait commises au fil des années, pour nous punir indirectement, moi et les miens. Quand j'eus terminé, Edmund ouvrit les yeux et me dévisagea longuement, puis il me demanda si je croyais que le meurtrier de sa mère était un employé de l'usine de bouteilles. Il n'y avait pas d'arrière-pensée dans cette question, et je ne pense pas qu'il ait jamais soupçonné ma mère et Dira d'avoir tué Rose.

« Sans doute, répondis-je. Le désespoir peut pousser un homme à…

— J'ai jeté un coup d'œil sur les livres de comptes.

— Et alors ?

— Et… l'usine ne rapportait plus d'argent… depuis plusieurs années.

— En effet.

— Mais… elle n'en perdait pas non plus… Mère aurait pu ne pas fermer la fabrique… au moins les employés… auraient eu leurs salaires… et…

— Tu ne devrais pas parler, Edmund. » Il me regarda, sourit et hocha la tête. « Quoi ? Qu'y a-t-il ?

— C'est étrange… cela fait si longtemps… la colère s'est évanouie. C'est peut-être un signe.

— Oui ?

— Je m'en vais là-bas. » J'avais dû blêmir ; il rit et, après quelques instants, dit : « C'est pour ça que je me suis engagé… la maison était… tellement *grande* sans elle…

— Oui…

— Et… je n'avais pas envie… de gérer ses affaires. Je n'étais pas fait pour les affaires. » Il me parla de l'armée, disant qu'en fin de compte cela semblait être sa vraie vocation, que ça lui convenait bien et qu'on le considérait comme un excellent officier. Et en l'écoutant je me disais : *Il est seul. Il n'a personne. Ton fils n'a personne à part toi…*

« Vous n'aviez pas besoin… de vous engager », me dit-il. Il parlait avec difficulté et était devenu livide. « Pourquoi l'avez-vous fait ?

— Il le *fallait*… Veux-tu que je demande de la morphine ?

— Non… Merci.

— Tu veux que je te laisse te reposer ?

— Non… à moins que vous ne…

— Non, non, je *veux* rester.

— Je ne voudrais pas… *m'endormir*.

— Non…

— Emily ?

— Elle fait des études pour être vétérinaire. Elle est… très brillante et… tu es sûr que tu ne veux pas quelque chose pour la douleur ?

— Non… Votre père, Robert.

— Oui. Tu as lu des choses sur lui, à l'école d'officiers. C'était un grand officier. Un grand homme.

— Oui.

— Il serait très… » Je ne pus me résoudre à achever ma phrase, de peur de paraître condescendant, mais Edmund eut l'air de comprendre ; il eut un pâle sourire, puis grimaça de douleur. « Tu ne veux pas que j'aille demander de la morphine ? » Il secoua la tête, mais il pouvait à peine garder les yeux ouverts. « Edmund ?

— J'aurais aimé…

— Oui ?

— … vous connaître… »

Ses yeux se fermèrent et sa tête retomba sur le côté ; je lui pris la main et, un bref instant, je crus percevoir un frémissement. Puis il cessa tout à fait de bouger.

Le corps de mon fils fut rapatrié en Écosse et on l'enterra à côté de sa mère, dans le cimetière de North Berwick où reposaient tous les Newburn.

On m'accorda une permission pour assister à l'enterrement et, au moment où on descendait le cercueil dans le caveau, une rafale de vent fit tourbillonner les feuilles mortes dans le ciel gris de novembre. Un vent étrangement tiède pour la saison…

Je revins en Afrique du Nord avec le sentiment qu'une partie de moi-même était restée en Écosse et que, quoi qu'il arrive, je ne serais plus jamais le même homme, je ne serais plus jamais entier.

Les mois se traînaient, comme la guerre, et en février, après la conférence de Casablanca entre Roosevelt et Churchill, on nous accorda une permission de quarante-huit heures au Maroc. Comme c'était une colonie française, le sultan n'avait guère qu'une fonction religieuse — maintenir la foi musulmane malgré la forte influence européenne —, et n'avait pas le pouvoir de lutter contre les bars et les bordels qui avaient envahi la partie la plus « colorée » de Casablanca.

Nous allions de bar en bar, jusqu'à être engourdis, jusqu'à faire le vide dans nos cerveaux, jusqu'à ne plus être hantés par les bombes, le sang et les corps mutilés qui étaient notre lot depuis plusieurs mois. La nuit était fraîche et Ian et moi avions décidé, après le dernier verre, d'aller faire un tour sur la jetée ; mais le groupe de jeunes officiers avec qui nous étions insista pour que nous allions avec eux voir un « film exotique ».

Nous avions vu le premier film de Mary, *L'Élévation d'Eliza* — en fait nous l'avions vu cinq fois — et je ne crois pas que c'était parce que ma nièce jouait le rôle principal, mais je l'aurais volontiers revu une fois de plus. Le film était merveilleux, et Mary divine. Les cinq premières minutes avaient été pénibles pour Ian parce que, dans le film, Eliza Doolittle ne vendait plus des fleurs, mais son propre corps à des marins et des dockers. C'était seulement suggéré, et bien sûr le sujet principal du film était la manière dont Henry Higgins transformait une pauvre fille perdue en une lady éblouissante ; mais Mary était si convaincante en prostituée de l'East End que Ian avait gardé les yeux fermés pendant le premier quart d'heure du film.

Je proposai de retourner voir le film de Mary, mais les officiers protestèrent et insistèrent pour aller voir *La Reine des Saturnales*. Je n'avais jamais vu de film pornographique — Ian non plus, je suppose — et nous n'en avions réellement envie ni l'un ni l'autre. Quand je dis au meneur de cette scabreuse expédition que j'avais l'intention de rentrer à mon hôtel, il me retint par le bras en s'exclamant : « Tu vas t'instruire, mon pote, tu vas apprendre des trucs nouveaux.

— Ah oui, et après ?

— Eh bien, ça dépend de vous, les gars : ou bien vous venez avec nous de l'autre côté de la rue pour *assouvir* vos désirs, ou bien vous rentrez dans vos chambres pour rêver de vos épouses et vous branler toute la nuit.

— Ça promet.

— Alors, qu'est-ce que tu en dis, mon vieux ?

— Allez, viens, Maclean ! Doc ! C'est un film français, je n'ai pas besoin de vous dire ce que ça signifie, hein ?

— Saturnales égalent *orgie*... Pas vrai, Williamson ?

— Exact ! Pas seulement une, ni deux, ni trois...

— D'accord, d'accord, bande de débauchés... »

Ian n'eut pas le temps de finir sa phrase que les autres nous poussaient déjà vers la petite salle de cinéma en criant « Hourra ! » Le film était déjà commencé, mais nous n'avions sans doute pas manqué grand-chose. Je m'attendais à voir des scènes vulgaires, tournées dans un hôtel minable par un metteur en scène sur le retour. Mais, à ma grande surprise, les costumes — enfin, ce qu'il en restait — et le décor étaient soignés, et le film paraissait avoir été tourné dans un château. Il y avait peu de dialogues, à part des « ooooohhhh » et des « aaaaahhhh », et au bout de cinq minutes, en ayant assez de voir les « acteurs » et les « actrices » se peloter, se tripoter et forniquer, je me penchai vers Ian pour lui dire que je partais. Il avait les yeux fermés mais il m'entendit car il fit oui de la tête et se leva. Le lieutenant Williamson protesta et le retint par sa ceinture en lui murmurant quelque chose à l'oreille, ce qui provoqua des sifflements et des huées de la part des spectateurs assis derrière nous. Pendant cette scène, Ian et Williamson ne regardaient pas l'écran, si bien qu'ils ne virent pas la Reine des Saturnales, une belle jeune fille qui enlevait ses voiles pour se livrer aux « hommages » de tous les hôtes — hommes et femmes — du château. J'étais sans doute le seul dans la salle à regarder les yeux de l'actrice : je ne pouvais m'en empêcher, parce qu'ils étaient exactement semblables à ceux de May. Williamson avait dit que la vedette du film était italienne, et qu'il l'avait rencontrée, mais la ressemblance était si frappante qu'il me fallait absolument emmener Ian hors d'ici.

« Partons !

— Attends donc un ins…

— Non ! Tout de suite !

— Assis, Maclean, j'étais en train de dire à Doc que…

— Ian, allons-nous-en ! »

Et je l'entraînai vivement, en m'arrangeant pour qu'il tourne le dos à l'écran. Il me suivit dans l'allée mais, juste à ce moment, les spectateurs se mirent à beugler, et Ian se retourna pour regarder l'écran. Je l'attrapai par le bras, mais il se libéra vivement.

« Ce n'est pas elle ! m'empressai-je de dire. Elle lui ressemble, mais c'est une Italienne !

— Assis, devant ! cria quelqu'un.

— Ian…

— C'est elle… c'est…

— Non ! Williamson a dit que l'actrice qui joue dans le film est… »

Le regard de Ian alla de moi aux spectateurs puis à la salle de projection et, avant que je puisse l'en empêcher, il fonça vers une petite porte où était marqué INTERDIT.

« Ian, non ! Aidez-moi, vous autres ! Arrêtez-le !

— Qu'est-ce qui…

— L'actrice, elle ressemble à sa fille comme deux gouttes d'eau ! »

On se précipita derrière Ian, qui avait déjà saisi le projectionniste par le cou. Il fallut nous y mettre à quatre pour le faire sortir et l'emmener dans la rue. Après s'être débattu comme un beau diable, il s'effondra contre un mur et se prit la tête dans les mains.

« Tu l'as vue… ma petite…

— *Ian !* Dis-lui, Williamson, que la fille du film est une actrice italienne !

— C'est vrai, je l'ai rencontrée à Rome. Elle s'appelle…

— May…

— Anna Stromboli. Ça va, Doc ?

— Ne vous en faites pas pour lui, les gars, merci, vous pouvez… pourquoi n'iriez-vous pas de l'autre côté de la rue ? » J'attendis que Williamson et les deux autres officiers soient partis au bordel, puis je m'agenouillai près de Ian. « Ce n'était pas May. Tu m'entends, Ian ? Ce n'était pas elle.

— Mais elle est là-bas… avec des nazis partout, ma petite… » Il gémissait en se tenant la tête à deux mains. Soudain il se redressa. « Elle est là-bas ! Elle a peut-être des ennuis… Il faut que j'y aille ! Il faut que je la…

— Elle n'est pas en France.

— … retrouve et que je la sorte de… » Il se leva et courut vers notre hôtel. Je tentai de le retenir mais il était dans un état second et marmonnait qu'il irait à Paris, qu'il la retrouverait, qu'il la sauverait.

« Elle n'est pas là-bas ! Ian, écoute-moi ! Elle est en Écosse !

— Quoi ? Qu'est-ce que tu as dit ?

— Elle n'est pas en France.

— Non, ce n'est pas ça… tu as dit qu'elle est en Écosse ? Avec qui ? Avec ta mère ? Elle est avec… ? » Je n'eus pas besoin de le lui dire, il devina tout seul. Sous le coup de la révélation, il s'arrêta net et alla s'appuyer contre un réverbère. « Depuis quand ?

— Arthur a écrit en septembre…

— Ça fait cinq mois ?

— Deux ans. May est allée le trouver quand les Allemands ont envahi la Belgique, en 40.

— Et il…

— Il l'a prise chez lui.

— Il l'a volée… ma petite fille… »

Il lâcha le réverbère, grommela qu'il avait besoin de marcher un peu, et s'éloigna vers le port d'un pas chancelant. Je le suivis — en faisant en sorte qu'il ne me voie pas — parce que le port était dangereux, et parce que j'avais peur qu'il ne se fasse tabasser… ou qu'il tabasse quelqu'un.

(Enfidaville, Tunisie — 13 avril 1943)

« Dieu du ciel ! hurla Ian en fouillant fébrilement dans la trousse médicale. Des éponges, Davie ! » La sueur lui dégoulinait sur le visage, mêlée de poussière et de boue ; il s'essuya le front du revers de la main quand je lui tendis l'éponge. « Tu es allé voir le gosse qui a sauté sur une mine ?

— Ouais… il a la jambe arrachée.

— Mer… Caporal Hogan !

— Oui, Doc ?

— Dites à Wallace d'arrêter ! Ils ne peuvent pas déminer complètement le terrain !

— Nous sommes censés faire la jonction avec la Ire armée à Hammamet en mai, et…

— Et ça signifie quoi, bon sang ?

— Montgomery a dit…

— J'en ai rien à foutre de ce que dit Montgomery ! Dave, nettoie le suivant, et viens recoudre celui-ci. » Ian se releva, s'essuya les mains et s'approcha du blessé suivant. « Dites à Wallace que je veux le voir, caporal.

— Mais, Doc…

— *Tout de suite !* »

Ian se pencha sur l'homme étendu sur la civière, pendant que je commençais à recoudre son dernier patient, une autre victime des mines.

Nous faisions partie de l'opération Satin : les unités britanniques, françaises et américaines devaient attaquer les Allemands par le nord et le centre de la Tunisie, pendant que nous, la VIIIe armée, nous lancerions l'offensive par le sud. Nous avancions vers le nord depuis la mi-février, et Ian, sous l'effet de la fatigue et de ce qu'il avait appris au sujet de May, s'était transformé en mécanicien irascible qui réparait, vite mais rageusement, les hommes comme si c'étaient des voitures sur une chaîne de montage.

« Hotchkins ! cria-t-il. Je vous ai dit d'amener les hommes qui sont près de l'ambulance à l'hôpital de campagne !

— Il n'y a pas de place, Doc.

— Je ne peux rien faire pour eux, ici, ils sont trop gravement atteints. J'ai besoin…

— De quoi, docteur ?

— De dix mains supplémentaires… Dave, tu peux…

— Le capitaine Briggs a été touché, Doc, hurla un soldat en accourant vers nous. Je n'arrive pas à le sortir du char !

— Comment diable a-t-il pu être touché, s'il était à l'intérieur du char ?

— Il était en train d'en sortir.

— J'y vais.

— Non, j'ai besoin de toi.

— J'en ai pour une seconde », dis-je en me levant et en suivant le soldat.

Nous n'avions pas fait cinq cents mètres en direction du char de Briggs, quand le soldat devant moi vola dans les airs, et moi avec. De la fumée et du sable pénétrèrent dans mes yeux et mes poumons, mais je n'eus pas l'impression d'être touché. Je rampai vers le soldat en me protégeant le visage avec les bras.

J'entendis l'explosion, j'eus une sensation de chaleur jusque dans les orteils, je sentis s'abattre sur moi une pluie de sable et de pierres, et puis plus rien.

Des bruits de pas. Ses pas à lui. Je reconnus son odeur, et le contact de sa main qui pressait mon épaule.

« Ian.

— *Aye*, Dave », répondit-il sans retirer sa main.

Je voulais le toucher mais je ne pouvais pas. Je levai le bras pour attraper sa main, mais je ne sentis rien. On m'avait bandé le visage et je n'y voyais rien. J'avais besoin de toucher Ian, je ne sais pas pourquoi, et plus je tâtonnais, plus il accentuait sa pression sur mon épaule ; finalement, il attrapa mon coude à deux mains et le posa sur ma poitrine.

« Arrête… ne bouge pas, mon grand… ne bouge pas.

— Je ne sens pas ma…

— Du calme…

— Je n'ai aucune sensation dans mes…

— Oui…

— Pourquoi ? »

Il se leva et je tendis le bras vers lui en l'appelant par son nom, puis j'essayai d'arracher les bandages qui me couvraient les yeux, mais je n'arrivais pas à les attraper, je ne sentais rien au bout de mes poignets. Ian se pencha sur moi et me tins les bras. Quelqu'un avait dû entrer car soudain Ian se mit à crier, non contre moi mais contre la personne qui m'immobilisait les jambes et à qui il donna l'ordre de me lâcher.

« Reste tranquille, Dave ! me dit-il. Ne bouge pas, et je vais enlever les bandages de tes yeux.

— Capitaine Liddle ?

— Lâchez-le !

— Est-ce qu'il sait…

— Je vous ai dit de le lâcher ! »

J'entendis des pas traînants s'éloigner de la chambre, puis un bruit métallique : une cuvette et des instruments. J'essayai de me redresser, et je compris d'un seul coup pourquoi je ne sentais rien au bout de mes poignets. Mes bras commencèrent à me lancer, mon corps à trembler et, quand Ian fut à nouveau près de moi, je ressentis au niveau des poignets une douleur intolérable.

« Mes mains… ?

— *Aye.*

— Les… les deux… ?

— *Aye.* »

Je crus mourir, parce qu'une multitude d'images se bousculèrent dans ma tête, or on dit que c'est ce qui se produit au moment où on meurt. Des images associées à des mots : mains, boutonner ma chemise, enfoncer un clou avec un marteau, seller un cheval, Dira, ses cheveux, mes doigts qui glissent dans ses mèches noires, et puis les moignons d'un mendiant que j'avais vu à Alexandrie, invalide, mutilé, inutile. Pourquoi est-ce que je n'y voyais pas ?

« Mes yeux…

— Ils vont bien, dit Ian en me tapotant la poitrine. Garde-les fermés. Je vais découper une fente dans le pansement, mais garde-les fermés jusqu'à ce que je te dise de les ouvrir.

— Non… je…

— Tout va bien, Dave. Calme-toi… Calme-toi, mon grand. » Il continua à m'apaiser, tandis que les ciseaux faisaient leur office. « Maintenant, tu vas ouvrir les yeux très lentement, d'un millimètre à peine. »

Mais j'avais peur : si je ne voyais rien, c'est que j'étais aveugle. Sans mes yeux, sans mes mains… Seigneur Dieu, mieux valait être mort.

« Je… je vais attendre…

— Non. Ouvre-les. Très, très lentement. »

Je soulevai mes paupières, et il y avait de la lumière, et des ombres. Je sentis mes yeux se mouiller et je les refermai. Puis, tout doucement, je les ouvris à nouveau. Je voulais dire à Ian que je voyais, que j'avais vu la lumière, et que je n'étais donc pas aveugle, mais les mots n'arrivaient pas à franchir mes lèvres.

« Tu me vois, Dave ? Tu me vois, n'est-ce pas ? »

Je fis oui d'un signe de tête, et Ian sourit.

En l'espace d'une heure, ma vue était presque parfaite. Ian dit que j'avais dû fermer les yeux juste avant l'explosion, grâce à quoi je n'avais pas perdu la vue. Je lui répondis que c'était dommage que je n'aie pas fermé aussi mes mains, mais cela ne le fit pas rire. Il me demanda ce que je voulais qu'il écrive à Dira, et je lui dis que je ne voulais pas qu'elle l'apprenne par lettre. Je souhaitais qu'il écrive à Jen, qu'elle aille trouver Dira, qu'elle lui explique, qu'elle la prépare. Puis je lui demandai d'enlever les pansements pour que je puisse voir mes bras. Il refusa, parce qu'ils avaient été grièvement brûlés, et il m'affirma qu'il valait mieux que j'attende que mes plaies soient guéries. Il s'assit ensuite à côté de moi et me tapota l'épaule.

« Tu vas rentrer chez toi, Dave.

— Et toi ?

— On a besoin de moi ici.

— *Aye…* »

Il resta ainsi un long moment, sa main toujours posée sur mon épaule. J'attendais qu'il dise quelque chose, mais il demeura silencieux, à me tapoter l'épaule. Puis il baissa la tête, se mit debout, et sortit lentement de la chambre.

26

(New Jersey, 23 août 1943)

« Promets-moi de ne pas pleurer, Jen, dit Indira en arrangeant mon chapeau. Cela ne pourra que le rendre encore plus malheureux, tu le sais bien. » Sentant monter les larmes, je fis oui de la tête, et Dira m'embrassa. « Nous sommes heureux qu'il soit en vie, c'est cela que tu dois lui dire.

— Hmhmm.

— Je crois que ce qu'il veut, c'est... c'est juste savoir comment j'ai pris le fait qu'il a perdu ses mains... tu ne penses pas que c'est pour ça qu'il ne veut pas que je vienne à l'aéroport ?

— Si.

— Pour tester... voir si...

— Pour se préparer.

— Oui... oui, je pense que c'est cela. »

Je hochai la tête d'un air affirmatif mais la vérité, c'est que je ne savais absolument pas pourquoi Dave avait insisté pour que ce soit moi qui aille le chercher. Son télégramme était formel : je devais venir seule à l'aéroport municipal de North Beach.

« Il veut sans doute voir ta réaction, ensuite...

— Ne t'en fais pas, Dira. Je suis sûre que c'est juste parce qu'il craint que la situation ne soit embarrassante et...

— Oui... Tu as téléphoné à Bob ?

— Il prend le premier vol au départ de Washington.

— Il va chez toi ou chez moi ?

— Ici. Si tu veux bien de lui. Il réalise à présent à quel point il t'a blessée. Il regrette sincèrement, Dira. Il était...

— Terrorisé.

— Tu comprends.

— Non... mais cela n'a pas d'importance.

— Il m'a dit qu'il avait des nouvelles de Ty.

— Alors ?

— Il ne voulait rien dire par téléphone.

— La division de Ty était dans les Philippines, à Bataan. J'ai mis un repère sur la carte. Ils combattaient depuis janvier. D'après certains journaux ils ont été évacués en Australie, selon d'autres ils sont toujours là-bas. La division de Ty était la seule unité composée d'hommes de couleur. Je me demande quels sont les sentiments des Japonais vis-à-vis des hommes de couleur...

— Dira, je t'en prie. Je suis sûre qu'il va bien. Bobby me l'aurait dit si... si Ty... Bon, il faut que j'y aille. »

Elle avait l'air si tendue, si fatiguée que je m'en voulus d'avoir parlé de Ty. Mais, comme nous étions sans nouvelles de lui depuis plusieurs mois, j'avais cru qu'elle serait heureuse du message de Bob.

Elle m'accompagna jusqu'à ma voiture. Il restait deux bonnes heures avant l'arrivée du vol de Dave, mais je crois que Dira avait besoin d'être seule ; quant à moi, il me fallait absolument faire quelque chose, n'importe quoi, plutôt que de rester là à attendre, ce que je faisais depuis que nous avions reçu le télégramme de Davie.

Tout le long du trajet jusqu'à l'aéroport, je me dis posément que c'était un jour de joie, des retrouvailles en famille. Mais ce n'était pas le cas. Ian était toujours en Afrique du Nord, Ty Dieu sait où dans l'océan Pacifique, Mary à Londres, Cathy et Em en France, ma mère et Al au Loch Leven, May... May à Inverness avec Arthur, et Davie, Davie mon frère bien-aimé, nous revenait mutilé.

L'aéroport était situé tout près d'Astoria, et je fus tentée de passer par la 31e Rue, de m'arrêter à notre ancien appartement, de grimper à Macadam Plage, et de fermer les yeux en imaginant que les années étaient abolies. Mais je savais que ce n'était pas possible.

J'amenai la voiture devant l'aérogare, arrêtai le moteur et attendis, respectant en cela les consignes de Davie. Il ne voulait pas que j'aille le chercher à l'avion, j'ignorais pourquoi. Dira pensait que c'était parce qu'il ne voulait pas que je l'aide à porter ses bagages. On lui avait mis des mains artificielles, mais qui étaient provisoires et peu fonctionnelles. Nous avions déjà pris rendez-vous avec Mr Carnes, dans le Missouri : Carnes était l'inventeur de membres artificiels extrêmement sophistiqués, et il avait affirmé à Indira que certains de ses patients avaient appris à écrire, à s'habiller, à conduire même, et étaient devenus complètement autonomes.

Les yeux rivés sur la porte vitrée, je me disais pour la centième fois : tu ne pleureras pas, *quand soudain il fut là, avançant vers moi à grands pas. Je sortis précipitamment de la voiture et courus vers lui. Il lâcha sa veste et son sac, mit ses bras autour de moi et me souleva de terre. Je pleurais, mais ce n'étaient pas des larmes de tristesse, et je ne cessais de lui murmurer à l'oreille : « Je suis si heureuse que tu sois de retour » ; et c'était vrai : il était vivant et c'était tout ce qui comptait.*

Quand il me reposa au sol, je regardai son visage ; il était rouge et luisant, mais n'avait pas de cicatrices. Ses yeux bleu marine étaient aussi humides que les miens. Il portait des gants en cuir marron foncé. Quand je me baissai pour ramasser sa veste, il m'en empêcha.

« Laisse ! Je vais le faire », me dit-il d'un ton brusque. Sans rien dire, je le regardai déplacer la veste avec le bout de sa chaussure, puis avancer la main. Je m'approchai de son sac, parce qu'il n'arrivait pas à attraper la veste, et je craignais qu'il ne se mît en colère si je l'aidais. Plusieurs personnes nous regardaient, se demandant sans doute pourquoi je restais plantée là sans rien faire, jusqu'au moment où un monsieur d'un certain âge arriva à notre hauteur et se baissa.

« Permettez...

— Je vais le faire ! » L'homme sursauta et se redressa, tandis que Dave claquait ses deux mains et les refermait sur la manche de sa veste, qu'il souleva et serra contre lui. « Merci quand même, monsieur. » Puis, avec un mouvement de tête dans ma direction, il marmonna : « Allons-y » et se dirigea en hâte vers la voiture.

Il ne dit rien pendant près d'un quart d'heure, et je demeurai silencieuse jusqu'à ce que, n'y tenant plus, je lui parle du rendez-vous avec Carnes et des prodiges qu'il faisait en matière de prothèses. Dave m'écouta, hocha la tête d'un air approbateur, puis se tourna vers moi : « Est-ce que tu y étais ?

— Pardon ?

— Quand elles ont tué Rose. »

Heureusement que nous étions sur une nationale et pas sur une petite route sinueuse, sinon j'aurais envoyé la voiture dans le fossé. Je n'eus pas besoin de lui répondre car il remarqua tout de suite mon trouble. J'étais incapable de dire un mot ; je n'avais parlé de la mort de Rose avec personne, même si j'avais senti que

Ty, Em et Cathy avaient deviné la vérité. Mary croyait ce qui avait été dit dans les journaux, et je pense que Bobby aussi. Il aurait été absurde de mentir à Dave, et je lui dis que j'étais allée à Inverness voir May. Il hocha la tête, et je compris pourquoi il avait voulu que je vienne seule. Pour changer de sujet de conversation, je lui parlai de la transformation de May. Il me regarda longuement, puis se détourna, s'enfonça dans son siège et ferma les yeux. Il les garda fermés jusqu'à ce que nous approchions du comté de Morris. Il parut sentir que nous arrivions, même sans regarder, parce que l'expression de son visage s'adoucit et il respira profondément ; ici, dans le New Jersey, l'air était pur et frais. En parvenant près de chez lui, il me demanda de ralentir et sourit en apercevant la grande maison jaune qu'il avait retapée de ses propres mains. Il me dit d'arrêter la voiture et regarda ses gants ; je lui tapotai le genou et il ajouta en riant qu'il n'aurait plus à craindre d'attraper des ampoules en coupant le foin ou en ramassant le crottin. Je ris à mon tour, et il continua à plaisanter sur le même ton. Puis il s'arrêta de rire et dit, presque dans un soupir :

« Il y avait des types à l'hôpital qui parlaient de tout ce qu'ils ne pourraient plus faire : boutonner une chemise, allumer une cigarette, décapsuler une canette de bière... Et moi, la seule chose à laquelle je pensais, c'était que je ne pourrais plus jamais... toucher Indira. Ne plus jamais sentir sous mes doigts sa peau, ses cheveux... » J'avais envie de lui dire qu'il avait encore deux bras pour la serrer contre lui, mais les larmes m'étouffaient et je ne pus que faire oui de la tête. « J'ai passé près de quatre mois à me dire que j'ai de la chance d'avoir conservé la vue, mes jambes, une partie de mes bras, parce qu'il y avait des types qui étaient réduits à l'état d'hommes-troncs, et puis je suis vivant... vivant.

— Oui, c'est vrai, je crois que c'est cela qu'il faut que tu te dises.

— Ouais... Allons-y.

— Bob arrive de Washington.

— Où ? Ici ou chez toi ?

— Ici. Il va falloir que tu parles avec Dira et que tu lui fasses comprendre qu'il était jeune et qu'il avait peur, mais que maintenant...

— Il est plus vieux, et il a encore plus peur.

— Pourquoi dis-tu cela ?

— Il n'a pas été blessé au combat. Il s'est tiré dessus lui-même.

— Comment sais-tu cela ?

— Simple impression. Tu as des nouvelles de Ty ?

— Non. Bob en a. Il n'a rien voulu dire au téléphone.

— Où était basé Ty ?

— Sa dernière lettre date du mois de mars, il était à Bataan et... » Davie sursauta comme si je l'avais frappé et devint blême. « Quoi ? Qu'y a-t-il ?

— Les Japs contrôlent la péninsule de Bataan, Corregidor, Manille.

— Mais ils ont évacué nos hommes en Australie.

— Le général MacArthur et les officiers supérieurs. Pas les troupes.

— Tu veux dire que les soldats sont restés ?

— J'ignore combien ils étaient, peut-être soixante-dix ou quatre-vingt mille Américains et Philippins. Les Japs n'aiment pas prendre des prisonniers. C'est déshonorant pour un soldat d'être capturé, il vaut mieux mourir ; pour eux, leurs prisonniers sont déjà morts... et ils sont traités comme tels.

— Peut-être que Ty s'est évadé, c'est peut-être ce que Bobby a voulu... a voulu nous dire.

— Peut-être...

— ... Oui, ça doit être ça. Il doit *s'être évadé. »*

Davie secouait la tête et je m'en voulus terriblement, parce que parler de Ty nous avait bouleversés tous les deux, or le retour de Dave aurait dû être joyeux. Tout à coup il leva les yeux, son visage se transforma et prit une expression d'une infinie douceur. Indira était sortie en apercevant la voiture et elle courait vers nous. Dave avait dû oublier Ty, car la voiture n'était pas encore arrêtée qu'il sauta d'un bond. Indira et lui parurent voler l'un vers l'autre et, tandis qu'ils s'étreignaient, je fermai les yeux en imaginant que c'était Ian et moi... Ils restèrent longtemps enlacés, jusqu'au moment où Dave leva la tête et vit Bob. À vingt et un ans, Bob en paraissait trente ; il avait beaucoup grossi et semblait fatigué. Lui qui avait toujours été un beau garçon, bien habillé, d'apparence nette et soignée, portait un uniforme sale et fripé au point qu'on aurait cru qu'il avait dormi avec ; c'était peut-être le cas, d'ailleurs, parce qu'il avait l'air de tout sauf d'un homme reposé. Davie le serra dans ses bras. Je descendis de voiture, les rejoignis et chuchotai à l'oreille d'Indira : « Tu as parlé avec lui ? » Elle me répondit d'un signe de tête affirmatif, puis tendit la main ; Bobby la serra entre les siennes, puis fit la même chose avec moi.

« Marchons un peu », fit Davie en lançant son sac et sa veste sur les marches du perron. Trois des chiens bondirent sur lui et il s'agenouilla pour les caresser ; ils flairèrent ses gants de cuir et Dave se releva. « Les chiens ont l'air maigres.

— Nous sommes rationnés à cause de la guerre. On distribue des bons de nourriture.

— Et nous sommes obligés de garder la graisse animale pour la donner au boucher.

— Pareil avec le papier aluminium.

— Même l'essence est rationnée. Beaucoup de gens ont mis leur voiture aux enchères.

— Et les chevaux ?

— Ils sont dehors, dans les prés. Ils ont besoin d'exercice.

— Ouais... »

Dira et moi prîmes Davie chacune par un bras, et nous marchâmes tous les quatre jusqu'à la rivière. Nous nous assîmes — à sept heures du soir le soleil chauffait encore — et Davie questionna Bob au sujet de Tyron.

« Il est dans un camp de prisonniers de guerre.

— Où ?

— Les types qui l'ont vu ont dit que les Japs s'apprêtaient à envoyer un certain nombre de prisonniers dans un camp à Formose. Ils pensent que Ty en faisait partie.

— Grâce à Dieu, il est sauvé », dis-je dans un soupir.

Bob jeta un coup d'œil à Davie.

« Qu'est-ce qu'il y a, Bob ? dit Indira. Dis-le-moi. Je veux savoir.

— M'man...

— Dis-le-moi !

— Je ne peux pas. Même si je le voulais. C'est confidentiel.

— Pour l'amour de Dieu, Bob ! cria Dave. Que s'est-il passé ?

— L'armée craint des représailles, c'est pourquoi on n'en parle pas. Personne n'est censé le savoir, même pas moi. Cela doit rester entre nous. Trois officiers américains se sont évadés de Mindanao. Avec l'aide de guérilleros philippins, ils ont réussi à rejoindre MacArthur en Australie. Il semblerait que les Japs aient pris les trente-cinq mille prisonniers, et les aient obligés à aller à pied de Bataan jusqu'à la ligne de chemin de fer de San Fernando, c'est-à-dire environ cent vingt kilomètres... sans boire ni manger.

— Oh, mon Dieu !

— Continue. »

Bobby regarda Dave avec un petit mouvement de tête vers Dira et moi, et Dira donna une tape sur le bras de son fils en répétant : « Continue !

— Plus de quinze mille hommes sont morts en route.

— Et ?

— Et, par chance, Ty s'en est sorti. » Bob avait dit cela sans regarder sa mère. Dira se rapprocha de lui, le saisit par les bras et le secoua.

« Je veux savoir ce qui s'est passé exactement ! Tu m'entends, Bob ! C'est pire de ne pas savoir !

— Je ne le pense pas, m'man.

— Dis-le-moi !

— Vas-y, Bob, raconte à ta mère. Nous autres, les hommes, avons sous-estimé le "sexe faible", ces dernières années. Elles *sont bien plus fortes que nous, que moi en tout cas. »*

Dira tressaillit, baissa la tête, et Dave fit signe à son fils de continuer.

« Les prisonniers étaient déjà faibles, à moitié morts de faim parce que les vivres n'arrivaient pas, et beaucoup d'entre eux souffraient de dysenterie et du béribéri. Ceux qui ne pouvaient pas suivre ont été passés à la baïonnette ou battus à mort. Le 12 avril, les Japs ont massacré quatre cents Philippins, officiers et soldats, ils les ont découpés en morceaux, au sabre... personne ne sait pourquoi. Sans doute pour terroriser le reste des prisonniers. »

Bob regarda Dave, qui lui fit comprendre d'un signe de tête que nous en avions tous entendu assez.

« Et une fois dans les camps de prisonniers, est-ce qu'ils sont bien traités ? » questionnai-je en repensant à ce que Dave avait dit au sujet des Japonais qui considéraient leurs prisonniers comme moins que des hommes. « Bob ?

— Oui. » Mais il avait dit cela d'un air si peu convaincu que Dira se leva pour rentrer à la maison.

Bob la regarda s'éloigner et hocha la tête. « Je ne voulais pas le lui dire... Mais il y a pire.

— Tout à l'heure, fit Davie en me désignant et en se levant à son tour. Rentrons, maintenant. »

Tout le long du chemin, je ne cessais de me répéter : « Ty est fort, Ty est bien portant, Ty va s'en sortir. » Et je crois que c'est ce que tous trois nous nous disions intérieurement.

Je les laissai, sachant à quel point ils devaient avoir besoin de se retrouver seuls, et rentrai chez moi où m'attendait une longue lettre de Mary : elle était très fatiguée et avait décidé de prendre une année de congé ; elle annonçait son retour pour octobre. Avec la plupart des autres acteurs et actrices, elle avait déployé une très grande activité à donner des spectacles pour les soldats et à visiter les blessés dans les hôpitaux. Elle ne parlait pas de Marcus, et je me demandais si ce n'était pas en fait à cause de lui qu'elle avait décidé de quitter l'Angleterre.

Je passai toute la nuit à errer dans la grande maison vide, Barker sur les talons. Cela faisait presque quatre ans que Ian était parti, mais jamais il ne m'avait manqué autant que ce soir. Je l'imaginais souvent rentrant sans bras, ou sans jambes, ou aveugle... ou ne rentrant pas du tout. Je m'étais toujours arrangée pour être très occupée, et Indira et moi nous soutenions l'une l'autre et nous répétions toujours que, puisque Dave et Ian étaient ensemble, il ne pouvait rien leur arriver de mal. Mais maintenant Ian était seul, aux dernières nouvelles il était basé en Italie, dans un hôpital de campagne, et j'avais une telle envie de le voir revenir à la maison que je faillis faire ma valise pour aller le chercher. C'était de la folie. Si j'avais fait cela, il m'aurait chassée et ne m'aurait jamais pardonné un acte aussi impulsif et déraisonnable. Cathy et Em avaient été postées en Suisse ; nous nous en réjouissions car elles, au moins, étaient en sécurité. Mais jusqu'à quel point peut-on être en sécurité, dans une guerre ? Elles l'étaient plus que Ian, en tout cas. Il fallait que je me ressaisisse. Je me mis alors à relire les lettres de Ian, toutes, une par une, et à l'aube j'avais réussi à me persuader qu'il reviendrait... il reviendrait... il reviendrait...

Un mois plus tard, Dave, Indira et moi prîmes l'avion pour nous rendre à la Carnes Company, à Kansas City, pour mettre à Dave ses nouvelles mains. Mr Carnes ayant été appelé ailleurs, une fois la prothèse de Davie mise en place, un homme d'âge moyen, avec un gros ventre et des lunettes cerclées d'écaille, vint nous parler.

« Je suis Ed Haney, fit-il d'un ton chaleureux et amical. Mr Carnes est désolé de ne pouvoir être là en personne. Voyons ensemble ces mains qu'on vous a mises, lieutenant, et je vais essayer de vous expliquer comment elles fonctionnent. » Davie tendit ses bras, équipés de mains artificielles qui avaient l'air étonnamment vraies. Il avait fallu l'amputer de nouveau trois semaines plus tôt, à quelques centimètres au-dessus du coude, pour pouvoir attacher la main et l'avant-bras artificiels à ce qui restait de son bras.

Tendant ses moignons, Davie glissa un de ses bras dans l'appareil orthopédique fixé par des lanières de cuir qui maintenaient en place le bras mécanique.

Mr Haney fit courir ses doigts le long d'un câble qui était accroché à l'épaule de Davie et expliqua : « Ce câble est contrôlé par le mouvement de votre bras et de votre épaule. C'est un câble qu'on utilise dans l'aviation...

— Et avec ça, je vais voler.

— Je ne sais pas si vous pourrez voler, mais ce qui est sûr, c'est que vous allez pouvoir ouvrir et fermer vos mains.

— Comment cela ?

— Levez le bras. » Davie leva le bras, et la main s'ouvrit puis se referma lentement. « Regardez, les bandes de caoutchouc qui sont reliées au câble se ferment automatiquement, ce qui vous permet de saisir les objets. Vos mains sont faites en magnésium, recouvertes de cuir brut et peintes en couleur crème. Elles ont quatre doigts que vous pouvez bouger individuellement, et un pouce articulé par un ressort.

— Le plus rapide de l'Ouest.

— C'est ça !... Bon, vos poignets sont flexibles, et équipés d'un système rotatif automatique qui permet la supination et la pronation ; autrement dit, vous pouvez tourner vos mains de façon à les placer paume vers le ciel ou vers le sol.

— Je vais pouvoir jouer au basket-ball.

— Et comment ! Vous pourrez faire tout ce que vous voudrez, mais il faudra vous entraîner. C'est comme pour tout. Maintenant, voyez : nous vous avons fait aussi une paire de crochets en aluminium anodisé, parce que les mains peuvent paraître lourdes, et beaucoup de gens préfèrent les crochets pour effectuer les travaux manuels. Les lanières de cuir vous permettent de changer de bras tout seul.

— Comme ça, je garderai les mains pour le dimanche.

— C'est à vous de voir... Eh bien, lieutenant, j'aimerais à présent que vous me montriez le poing. »

Davie fit ce que Mr Haney lui avait demandé, puis nous sourit, à Dira et à moi. Mr Haney travailla toute la matinée avec lui, lui montra toutes les possibilités de la prothèse, et lui remit un manuel concernant l'utilisation et l'entretien de ses nouvelles mains. Au moment de partir, il lui serra la main et lui donna une tape dans le dos en déclarant : « Vous voilà fin prêt.

— Je vous remercie. Je vous écrirai dans un mois pour vous dire comment ça se passe.

— J'en serais heureux. Bonne chance, lieutenant. Mesdames... Rappelez-vous, lieutenant, ces mains feront pour vous tout ce que vous voudrez *qu'elles fassent... tout. »*

Dave lui sourit mais, en regardant Indira, le sourire quitta ses lèvres et sa mâchoire se crispa. Il prit le bras d'Indira et nous sortîmes.

Pendant un mois nous observâmes les progrès de Davie qui apprenait à se raser, à s'habiller, à lacer ses chaussures, à seller un cheval même, et j'étais émerveillée parce qu'il semblait pouvoir tout faire avec ses nouvelles mains. Dira arrivait chaque jour au travail en nous annonçant un nouvel exploit de Dave, et dans un premier temps elle parut plus heureuse et plus expansive qu'elle ne l'était depuis des années. Mais au bout d'un certain temps elle devint silencieuse, et je compris que quelque chose n'allait pas. Je finis par la questionner, car elle ne se confiait pas facilement et gardait ses problèmes pour elle. Elle me dit qu'elle était inquiète pour Davie parce que, tout en maîtrisant parfaitement le fonctionnement de ses mains artificielles, il donnait l'impression d'être en guerre avec les objets ; et la satisfaction qu'il tirait de sa victoire, ce n'était pas d'avoir appris à prendre un stylo et à écrire, c'était de ne pas avoir été « battu » par le stylo.

« Ça passera avec le temps, dis-je pour essayer de la rassurer. Il n'est pas par nature un homme amer, cela va...

— Il ne m'a pas approchée depuis son retour.

— Quoi ?

— Il attend que je sois endormie pour venir se coucher.

— Ses mains...

— Non... Oui... enfin, oui, il y a cela aussi, mais je crois qu'il... il n'a pas envie *de me toucher, d'être avec moi. » Elle me regarda et, même si elle ne prononça pas les mots, je les entendis : à cause de Rose...*

Je ne trouvai rien à lui dire : Davie avait perdu ses mains à cause d'une mine, et je suppose que, bizarrement, d'une certaine façon il avait perdu sa virilité quand Indira avait tué Rose.

Mary arriva le 20 octobre dans une longue limousine noire envoyée par la production. Elle avait signé un contrat avec les Studios Hoffman, mais il ne devait prendre effet qu'en septembre 1944, ce qui lui laissait presque une année de congé.

Cela faisait trois ans et demi que nous ne nous étions vues. Riant et pleurant à la fois, nous nous précipitâmes l'une vers l'autre. Mary était rayonnante. Ses longs cheveux noirs et bouclés étaient rejetés sur le côté, à la manière de Veronica Lake, et elle tenait dans ses bras un minuscule yorkshire qui faillit étouffer sous nos embrassades.

« Qui est-ce ? questionnai-je en caressant la tête du chien et en entraînant Mary vers le perron.

— Théo », répondit-elle en se baissant pour embrasser Barker qui l'accueillait avec de grands bonds. « Tu ne dois pas manger Théo, Barker, tu m'entends ? Ce n'est pas un écureuil. » Barker lécha la tête de Théo avec sa grosse langue rose ; Mary posa le yorkshire par terre et se retourna au moment où une femme sans beauté, portant lunettes, descendait de voiture. « Et voici Miss Browning, mais tu peux l'appeler Bets, comme nous le faisons tous.

— Bonjour, Mrs Liddle.

— Bets a été ma gouvernante, et elle est maintenant ma secrétaire ; c'est elle qui m'aide à ne pas oublier mes rendez-vous, à garder la tête sur les épaules, etc. Et c'est aussi une amie. Je me suis dit que Bets pourrait prendre la chambre de Cathy, tu es d'accord ?

— Bien sûr. Ce sera agréable d'avoir à nouveau du monde à la maison.

— C'est vrai, c'est tellement grand ici, tu as dû te sentir seule.

— Mais plus maintenant. Comme je suis heureuse que tu sois là ! »

Nous parlâmes de mille et une choses, et elle me harcela de questions au sujet de son père, de son oncle, de Cathy et Em. Après le déjeuner, nous allâmes faire une longue promenade sur la plage. Mary avait toujours sa démarche fière et élégante, mais elle avait pas mal grossi et je lui tapotai le ventre en lui disant de faire attention. Elle rit en rejetant la tête en arrière, puis me prit la main et la posa à nouveau sur son ventre.

« Je vais avoir un bébé.

— Un bé... un bé... un bé...

— Bébé. En février.

— Un bé... » J'étais incapable de dire autre chose, parce que le fait de prononcer le mot en entier faisait de moi... une grand-mère. Mary, en se moquant de moi, me fit asseoir près d'elle sur la berge et m'expliqua que, bien qu'étant amoureuse de Marcus Donegan — le père de son futur enfant —, elle ne l'épouserait jamais, le sachant incapable d'assumer les responsabilités du mariage, mais qu'elle avait voulu avoir un enfant de lui.

« Et que dit-il de tout cela ?

— Il ne le sait pas. Sinon, il voudrait m'épouser, et dans un an nous divorcerions.

— Mais qui sera le père ? Je veux dire, quand le bébé naîtra, tu ne peux pas mettre "de père inconnu" sur le certificat de naissance.

— Teddy Riso a dit qu'il signerait. Personne ne sera au courant. Tu sais, à Londres une fille m'a donné le nom d'une clinique américaine privée dans la région, où ils sont très discrets.

— Discrets... ?

— Bets s'installera avec le bébé dans une petite maison à Long Island, pour que je puisse y aller tous les week-ends, et quand l'enfant aura un an, je ferai courir le bruit à Hollywood que j'ai envie d'adopter un enfant. Et voilà : légalement, je serai mère, et le bébé ne sera pas un enfant illégitime.

— Mais pourquoi ne pas épouser Marcus, et ensuite divorcer ?

— Parce que je l'aime. »

Je la regardai d'un air interdit, en me disant que quelque chose dans la conversation avait dû m'échapper, et Mary éclata de rire encore une fois. « Je ne désire épouser personne, enfin personne à part lui, et il est incapable d'être un mari, du moins pas un vrai mari. Il aime les femmes, il est incapable de résister à la tentation, et je ne supporterais pas de le voir revenir à la maison à quatre heures du matin, imprégné du parfum d'une autre, pendant que je...

— Oh, Mare... tu l'aimes. » Elle baissa la tête, et je l'attirai contre moi. « Tu sais, parfois la paternité peut changer un homme.

— Je n'ai pas envie de le changer.

— Mais... sûrement qu'un jour il saura. Après tout, vous travaillez dans le même studio et...

— Plus maintenant. Je serai sous contrat avec les Studios Hoffman pendant sept ans, et alors Marcus m'aura oubliée depuis longtemps. » Elle avait dit cela d'un ton léger, mais je vis qu'elle était troublée. Je ne savais que lui dire car, tout en admirant sa résolution, j'étais consciente qu'elle prenait un risque énorme : si

jamais on savait qu'elle avait eu un enfant hors mariage, sa carrière d'actrice serait terminée.

Tout l'après-midi se passa à prendre des photos de Mary habillée pour les quatre saisons, photos que Bets devait faire passer dans les principaux journaux durant la grossesse de Mary ; cela pour qu'on ne l'oublie pas et que personne ne puisse dire que Mary Maclean avait fait exactement ce qu'elle était en train de faire : prendre un an de congé pour avoir un bébé.

Davie et Dira vinrent dîner à la maison et, après leur départ, Mary et moi bavardâmes au lit. Mary avait remarqué la froideur de mon frère envers Indira et elle m'en demanda la raison. Je marmonnai quelque chose au sujet de ses mains, et de l'inquiétude qu'il éprouvait pour Ty, pour Cathy et pour Em. Mary demeura un long moment silencieuse, puis se recroquevilla sur le côté, la tête posée sur ses mains.

« Je me sens très coupable, dit-elle. J'aurais dû aller avec elles. Elles ont risqué leur vie, tandis que moi... moi je n'ai rien fait.

— Ce n'est pas vrai, Mary, tu as donné tous ces spectacles pour les soldats, tu es allée visiter les blessés dans les hôpitaux, et tu as donné de l'argent...

— Ce n'est rien. Cela ne compte pas. Jouer sur une scène est l'activité la plus égoïste du monde. Les acteurs font ça pour eux-mêmes, et ceux qui te diront le contraire sont des menteurs. Nous jouons parce que nous avons besoin de jouer, parce que nous ne nous sentons vivre que sur une scène. Mais j'ai décidé de faire quelque chose. On me paie tellement cher que je serais incapable de dépenser tout cet argent, même si je le voulais. Mais quand mon contrat sera terminé, je veux enseigner avec Yelena ; pas toute l'année, peut-être des stages d'été, par exemple. Et offrir des bourses à de jeunes acteurs et actrices. Teddy a fait un cours

d'improvisation il y a deux ans, et ça a très bien marché. »

Ted Riso était un ancien élève de Yelena, et lui et Mary étaient les meilleurs amis du monde. C'était un homme fabuleusement beau, qui aurait pu passer pour le frère de Mary car il avait comme elle des cheveux noir de jais et des yeux bleu-vert, et les journaux suggéraient souvent que tous deux « formaient la paire ». Ted était actuellement sous contrat avec la M.G.M., et tournait son neuvième film de « pirates », terme qu'employaient Mary et lui pour désigner les stupides aventures maritimes qu'on lui faisait jouer. C'était en fait un acteur merveilleusement doué.

« Il a hâte d'être père, dit Mary en pouffant de rire. Il est tout excité.

— Que va dire sa petite amie ?

— Sa petite amie ? Oh, Tina. Non, elle est juste là... pour la galerie, tu comprends.

— Que veux-tu dire ?

— Teddy est... oh, peu importe. Sais-tu comment j'ai décidé d'appeler le bébé ?

— Non.

— Si c'est un garçon, ce sera William.

— Will ?

— Shakespeare.

— Oh, oui... bien sûr.

— Et si c'est une fille, je l'appellerai Sarah. »

Je contemplai Mary, et cela me fit un drôle d'effet de penser que ma petite fille allait avoir un bébé, parce qu'il ne me paraissait pas si loin, le temps où elle n'était qu'une minuscule chose fripée pendue à mon sein. Pendant des années, je l'avais vue se battre contre la maladie, et je ne lui avais jamais dit que c'était ma faute. Le lui avouai-je alors ? Les mots sortirent-ils de ma bouche sans que je m'en rende compte ? Je n'en sais rien, mais elle posa sa main sur ma joue en disant : « Si la mer avait été calme, j'aurais dérivé, je serais tout juste restée à flot.

— Et maintenant ?

— J'ai appris à naviguer. »

Le Speigal Spa, *qui dominait l'Hudson, à Tarrytown, était en fait un manoir transformé en clinique privée pour une clientèle riche et célèbre ; c'est là que Bets et moi conduisîmes Mary le 23 février, quand elle eut ses premières contractions. L'endroit était impeccable et ressemblait davantage à un palais qu'à un hôpital. On installa Mary dans une chambre qui donnait sur la cour intérieure et qui comportait un lit pour moi.*

Le personnel était habitué aux célébrités, mais tout le monde était enchanté de recevoir Mary Maclean, parce que la gloire et la fortune ne l'avaient pas changée, et elle était toujours aussi gentille et chaleureuse. Les directeurs de studio l'adoraient parce que c'était une vraie professionnelle qui n'était jamais en retard, savait son texte et ne faisait pas de caprices, et les équipes de cinéma disaient d'elle que non seulement elle était la vedette la plus douée d'Hollywood, mais aussi la plus sympathique. C'est ce que j'avais toujours pensé, mais en tant que mère je n'étais peut-être pas tout à fait objective. Voilà pourquoi cela me tuait littéralement de la voir souffrir. Mes trois accouchements ayant été très faciles, je n'étais pas préparée à l'interminable travail de Mary et, au bout de dix-huit heures, je la suppliai d'accepter qu'on lui donne du chloroforme. Elle fit non de la tête, mais après une autre contraction qui la tordit de douleur, je me levai pour aller chercher l'infirmière.

« Je n'en veux pas, dit Mary en serrant les dents, quand l'infirmière rentra derrière moi. Je dois savoir... ce qu'on ressent.

— La souffrance ? Tu ne le sais pas, maintenant ?

— Avoir un bébé... je dois savoir ce que c'est... que d'avoir un bébé.

— Eh bien, tu veux que je te le dise ? Ça fait très mal. » Elle rit, puis grimaça de douleur. « Pourrait-on lui donner quelque chose pour l'empêcher de souffrir, s'il vous plaît, mademoiselle ?

— Votre fille est majeure, Mrs Liddle.

— Mais elle est bien trop... bien trop étroite pour avoir un bébé sans... oh, Mary.

— Je vais bien... assieds-toi... parle-moi... »

L'infirmière sourit et nous laissa seules. Je vins m'asseoir près de Mary et lui pris la main. Je lui racontai la nuit où elle était née, et comment son père l'avait mise au monde. Mais mon récit était un vrai méli-mélo, parce que souffrir est une chose, mais voir quelqu'un se débattre dans les affres de la douleur en est une autre. Au moment où je pensais ne pas pouvoir en supporter davantage, Mary serra fort ma main et me demanda d'appeler le médecin parce que le moment était venu.

On l'emmena dans la salle d'accouchement, on me donna une blouse et un masque pour que je puisse entrer avec elle, et un quart d'heure plus tard, le 24 février 1944, naissait ma petite-fille, un bébé de trois kilos deux cent cinquante grammes.

On télégraphia à Ted Riso qui prit aussitôt l'avion — il prétexta que sa mère était mourante pour avoir l'autorisation d'interrompre le tournage du Flibustier espagnol *— et, le 25, Ted était au chevet de Mary.*

Il se précipita dans la chambre — on aurait dit un vrai père, nerveux et troublé — et embrassa Mary sur la joue.

« Tu as eu mal ?

— Affreusement. »

M'apercevant, il me baisa galamment la main, avant de demander à Mary :

« Où est la chose ?

— La chose, répondit-elle, est un bébé.

— Oui, ma chérie… notre *bébé.*

— Mon *bébé. Et elle est…*

— Elle ? C'est une fille ?

— Hmhmm.

— Comment ! Mon premier enfant n'est pas un garçon !

— Désolée.

— Descends à la rivière avec elle ! *déclama-t-il, en imitant un pharaon égyptien. Bon, mais où est-ce qu'elle est ?*

— L'infirmière est en train de la baigner.

— Comment peut-elle se salir ? Je croyais que les bébés ne faisaient que manger et dormir toute la journée.

— Elle prend un bain tous les jours. »

Je les écoutais plaisanter. Quand il n'imitait personne, Teddy avait un fort accent de Brooklyn, ce qui était sans doute sa vraie façon de parler. Je m'étais souvent demandé si Mary et lui avaient été amants, parce qu'ils étaient très libres l'un avec l'autre, mais elle m'assura que non.

Il y eut un petit problème avec le certificat de naissance parce que, normalement, quand un père reconnaissait un enfant, le bébé prenait son nom ; or Mary tenait absolument à ce que Sarah porte son nom à elle, pour éviter les complications de la procédure d'adoption, le jour où la presse annoncerait que Mary Maclean avait adopté un enfant. Finalement tout s'arrangea, et on amena la demoiselle Sarah Maclean Liddle au petit cottage que Mary avait loué à Rocky Point, à soixante-cinq kilomètres de Manhasset Bay. La maison, située dans une rue tranquille à quelques minutes de la plage, comportait deux chambres, un salon-salle à manger, une cuisine et une salle de bains, ainsi qu'une grande véranda. Et nous jurâmes que personne, absolument personne ne trouverait jamais le précieux trésor que nous avions caché là : ma petite-fille.

Mmmm... Ma petite-fille...

27

(New Jersey, 25 mars 1944)

J'allumai une autre cigarette, sans tenir compte du regard réprobateur d'Indira devant le cendrier qui débordait, et fixai les yeux sur Sarah.

« Joyeux anniversaire, tatie Dira, chantonna Mary en approchant le bébé du gâteau où étaient allumées quarante-deux bougies. Vas-y, souffle, ma poupée, aujourd'hui tu as un mois et un jour.

— Mare, son pyjama va prendre feu, dit Bobby.

— Ton oncle Bob est un froussard », répondit Mary. Bob baissa la tête, et Mary dut réaliser que sa moquerie avait touché en plein dans le mille, car elle alla vers lui et lui mit le bébé dans les bras. « Tiens-la un instant. Elle t'adore.

— Elle ne peut même pas me voir. Je ne suis qu'une tache, pour elle.

— Mais quelle belle tache, cousin ! » Il se mit à rire et elle l'embrassa sur la joue, avant de venir se blottir près de moi. J'avais toujours bien aimé Mary — elle avait quelque chose d'extrêmement attachant — et je mis mon bras autour de ses épaules.

« Tu n'as pas peur de sortir avec elle ? dis-je en désignant sa fille. Ils continuent à te filer, non ?

— M'man les a semés à Paterson. Tu veux du gâteau ?

— Non, merci. Qu'est-ce que tu feras, quand Donegan la verra ?

— Il ne la verra pas. Et puis, elle me ressemble. »

Elle lui ressemble à lui aussi.

« Lorraine a dit que…

— Quand as-tu vu Lorraine ?

— Elle et Tom sont venus à Rocky Point la semaine dernière pour voir le bébé, et Lorraine, en regardant les orteils de Sarah, a dit qu'elle serait danseuse… Oncle Dave ?

— Comment tu as trouvé Tom ?

— Pas très bien. Il avait l'air terriblement vieilli.

— Il a presque soixante ans.

— C'est vrai ? Je ne m'étais jamais rendu compte qu'il y avait une telle différence d'âge entre eux. Pauvre Tom… il n'allait pas bien, pas bien du tout. »

Tom n'allait pas bien, et ce n'était pas seulement sur le plan physique. Le café de Dolores et Lorraine avait un succès fou, ils avaient acheté un nouvel appartement très vaste, une voiture de luxe, et Lorraine s'était révélée une femme d'affaires exceptionnelle. Je crois que Tom était fier d'elle, au début. Elle l'avait fait copropriétaire de l'affaire, ce qui signifiait qu'il n'avait plus besoin de travailler. Il était libre comme l'air et pouvait faire tout ce qu'il voulait. Sauf la seule chose qu'il avait jamais vraiment aimé faire : s'occuper de Lorraine.

« Davie, du champagne ? fit Jen.

— Du whisky.

— Avec le gâteau ?

— Du whisky. »

Il y eut un silence, puis Dira se leva et alla me chercher un verre ; elle y versa très peu de scotch, et je ne le pris pas tout de suite.

« Il n'est que trois heures de l'après-midi, me dit-elle à voix basse.

— Et c'est ton anniversaire… Santé ! »

Elle baissa les yeux et j'eus envie de faire un geste vers elle parce que, même si j'avais eu l'intention de la blesser, la satisfaction perverse que cela me procurait s'effaça quand je vis son expression.

Elle alla s'asseoir à côté de Jen.

Je me roulai tout seul une cigarette — mon dernier exploit, que Carnes lui-même jugeait remarquable. Je m'étais entraîné à faire des centaines de choses, sauf la seule que j'avais vraiment envie de faire, que je mourais d'envie de faire, et que je serais toujours incapable de faire : toucher Indira.

La fête ne fut pas gaie. Je bus trop, ce qui me rendit hargneux, et à l'heure du dîner, j'étais prêt à me disputer avec tout le monde. Je hurlai contre Bob, sans même savoir pourquoi. Il était au bord des larmes, ce qui me rendit encore plus furieux, et il partit en même temps que Jen et Mary, en disant qu'il devait rentrer à Washington. Je jetai une bûche dans la cheminée et me versai un verre.

« Je peux venir m'asseoir avec toi ? » demanda Indira. Sans attendre ma réponse, elle s'agenouilla entre mes jambes et posa ses mains sur mes genoux. « Merci pour les boucles d'oreilles.

— Je suis content qu'elles te plaisent.

— Tu veux bien me les mettre ?

— Pourquoi pas ? Voilà quelque chose que nous n'avons pas encore fait, et que je pourrai ajouter à la liste de mes prouesses. »

Elle ouvrit l'écrin de velours noir et j'en sortis avec précaution une paire de boucles d'oreilles en saphir étoilé — semblable à celui du pendentif que j'avais rendu à Indira : il ne m'avait finalement guère porté chance.

« Puis-je faire un vœu ?

— Si tu veux… je ne peux garantir qu'il se réalisera, mais tu peux toujours faire un vœu. » Elle prit mon bras, dirigea ma main et la posa sur son cou. « Relève tes cheveux. » Elle inclina sa tête fine, releva sa chevelure sombre, et j'attachai la boucle d'oreille. « Joli… très joli. » Ce n'était pas les boucles d'oreilles que je regardais. Elle se redressa, approcha son visage du mien, et je fus sur le point de l'embrasser. « Tourne-toi.

— Davie…

— L'autre oreille. » Elle se tourna, mais dès que j'eus attaché la seconde boucle, elle me saisit la main et la garda dans la sienne. Je ne pouvais éprouver aucune sensation, et elle le savait, mais de la voir si près de moi, cela me fit quelque chose, et je remuai sur mon siège pour m'écarter d'elle. Elle posa sa main sur ma poitrine, la descendit lentement vers le bas de mon ventre, et baissa la tête ; je l'arrêtai.

« C'est moi que tu punis, ou c'est toi ? » Je ne sais si elle attendait une réponse, car elle commença à déboutonner ma chemise ; quand elle arriva aux poignets, je reculai. Elle continua, défit les boutons de manchette, m'enleva ma chemise et la jeta au sol. Puis elle attrapa mes coudes et plaça mes mains dans son dos, là où se trouvaient les boutons de sa robe. « Défais-les. » J'en étais incapable parce que j'avais tellement envie d'elle que je tremblais de tous mes membres. Elle défit les boutons elle-même, ôta sa robe, puis ses sous-vêtements. J'en eus le souffle coupé : elle était toujours aussi belle que la première fois où je l'avais vue nue. Elle m'enleva mon pantalon, puis vint se placer sur mes genoux et attrapa les lanières qui tenaient la prothèse fixée à mes bras.

« Non… arrête…

— J'ai besoin de te sentir. J'en ai besoin.

— Non. » Mais, avant que je puisse l'en empêcher, elle défit le câble qui allait de mon épaule à ma main gauche et, comme elle allait faire la même chose à droite, je lui attrapai le poignet et le serrai. « Arrête.

— Je t'en prie, Davie… je t'en prie. » Je relâchai la pression de ma main, et elle détacha alors les lanières. Elle retira ma main gauche, son regard rivé au mien, puis ma main droite, et les posa toutes les deux sur le sol. Je voulus la repousser, cacher les moignons qui étaient tout ce qui restait de mes bras, mais elle me saisit le bras et en frotta doucement l'intérieur contre ses seins… et je *sentis* ses mamelons se durcir. « Tu me sens.

— Oui. »

Elle promena mon bras sur sa poitrine, sur son ventre, entre ses jambes — je *sentis* sa toison douce et bouclée effleurer l'intérieur de mon bras —, puis sur ses cuisses et sur ses hanches. « Tu me sens.

— Oui. »

Frottant son visage contre l'intérieur de mon bras, elle posa sa tête et je *sentis* la douceur de sa joue ; et, quand elle passa ses lèvres sur mon épaule, je *sentis* la chaleur de sa langue. Elle saisit mes bras et se mit tout doucement sur moi. Ce fut très court — il y avait si longtemps — mais je la tins serrée contre moi et lui dis d'attendre ; elle fit des mouvements et m'embrassa dans le cou jusqu'à ce que je sente que je bougeais à nouveau en elle. Alors je la soulevai et la renversai sur le tapis près de la cheminée. J'avais envie de la toucher, de la caresser, de me sentir sur elle, en elle. Je *sentais* la soie de ses cheveux contre l'intérieur de mes bras, et la douceur de ses lèvres qui cherchaient les miennes. Ses seins ronds et veloutés s'animaient sous ma langue, et je la *sentais*, ô Seigneur, comme je la *sentais*, je la *sentais* qui tremblait, qui s'accrochait à moi... Et enfin... enfin... je *la touchais...*

« Allons au lit, murmura Indira. Le sol est dur. » Je la serrai contre moi, alors elle tendit le bras pour prendre sur le divan une couverture qu'elle jeta sur nous, avant de se blottir à nouveau dans mes bras. « Veux-tu me dire pourquoi ? » Je n'étais même pas certain de le savoir. Parce que la raison qui, je le croyais, m'empêchait de coucher avec Indira, ne tenait plus du tout. Je m'étais dit que c'était à cause de Rose, et que Dira, en la tuant, m'avait émasculé. « Dave ?

— J'avais envie de toi.

— Drôle de façon de le montrer. » Je ris et elle se redressa. « Explique.

— J'avais envie de toi. J'avais envie de te toucher, et je ne pouvais pas.

— Mais tu l'as fait. Ce soir, tu l'as fait.

— Hmhmm, oui, ce soir je l'ai fait. » Elle me sourit, je lui souris à mon tour et, en voyant ses yeux se remplir de larmes, je me rendis compte à quel point j'avais été cruel avec elle depuis mon retour. « Aaaahhh, Dir... » Je l'attirai contre ma poitrine et la caressai avec mes moignons qui ne pouvaient rien *sentir*, mais qu'elle pouvait sentir. Je la serrai très fort contre moi et lui dis combien je l'aimais. Et toute la colère qui m'avait envahi depuis le jour où j'avais perdu mes mains, toute cette colère s'évanouit, disparut, tandis que je passais mes bras sur la peau tiède de son dos et que je *sentais* son cœur battre auprès du mien. Ses boucles d'oreilles m'entamaient un peu la peau, mais je ne lui demandai pas de les enlever, parce que mon père avait raison : parfois, *parfois*, les saphirs étoilés ont des pouvoirs magiques.

« Quelle belle journée ! » s'exclama Indira en ouvrant la porte de derrière pour laisser pénétrer le soleil. Le parfum des églantines vint se mêler à l'odeur du café. « Que vas-tu faire, aujourd'hui ?

— Nettoyer les écuries.

— Ramasser le crottin.

— Ouais. Donner du vermifuge aux chevaux.

— Beau programme.

— Tu m'aideras ?

— D'accord. » Je plaisantais, mais elle vint s'asseoir sur mes genoux et m'entoura de ses bras. « Je me mets en congé pour la journée… demain aussi, peut-être… et même toute la semaine.

— Pourquoi ?

— C'est le printemps », me répondit-elle en m'embrassant — un long et doux baiser qui me donna envie de l'emmener là-haut, dans notre lit moelleux, quand soudain Hank, mon chien préféré, se mit à aboyer et se précipita dehors. Il n'était pas encore huit heures et de toute évidence, la personne qui venait nous rendre visite ne devait pas être consciente de l'heure matinale.

C'était Lorraine. Elle était dans tous ses états et faillit tomber sur moi quand j'ouvris la porte.

« Il est là ?

— Non.

— Tu crois qu'il est… allé…

— Chez Jen ? Non, pas en l'absence de Ian. Depuis combien de temps est-il parti ?

— Deux jours.

— Vous vous êtes disputés ?

— Non… enfin, si… tu comprends, il avait mal à la poitrine et dans les bras, et il voulait pas aller voir un docteur, alors, je… tu sais bien comment je suis, pour le pousser à y aller, je… je l'ai mis en boîte, en lui disant qu'il était un vieux… oh, merde…

— Calme-toi, Lorraine. Viens t'asseoir un instant.

— Je peux pas, Dave. Faut que je le trouve. Tu comprends, je sais comment son esprit fonctionne et… et il est là, dehors, quelque part, tu comprends…

— Où ça, dehors ?

— J'en sais rien ! Mais il est parti parce qu'il… il a peur d'avoir une crise cardiaque et de… Tu vas m'aider à le retrouver, Dave ? Hein, tu vas m'aider ? Parce que… parce que je… » Elle se laissa aller contre moi, et Dira alla chercher un mouchoir parce que Lorraine pleurait, pleurait, comme jamais je ne l'avais vue pleurer.

« A-t-il dit quelque chose ? demandai-je quand elle se fut calmée. A-t-il dit que peut-être il retournerait au Canada ? » Elle fit non de la tête. « Dans l'Ouest ?

— Je sais pas. Il est parti pendant que j'étais au travail. Il a rien emporté, pas d'argent, juste des vêtements de rechange et… même pas son permis de conduire ou… Il va juste aller quelque part, là-haut, dans les montagnes… et se laisser…

— Lorraine, chhhuuut, on va le retrouver.

— … comme les vieux animaux… ils partent quand ils sentent qu'ils sont malades… ils s'en vont… pour…

— Lorraine.

— … mourir. »

Je lui promis qu'on le retrouverait. On fit faire des recherches dans tout l'État de New York, on offrit une récompense, mais on ne le retrouva pas et, en janvier 1945, Lorraine abandonna les recherches. Elle me dit qu'elle avait rêvé qu'il était venu la voir et lui avait posé la main sur la tête en disant : « Laisse-moi partir »…

J'avais fait le même rêve, et à mon réveil les chiens hurlaient.

Le 8 mai 1945, la guerre en Europe était terminée.

Ni Ian, ni Cathy ni Em ne rentrèrent, parce que ce que nous avions redouté — les nazis préparaient *quelque chose* contre les juifs — s'était produit. Si les journaux n'avaient pas publié de photographies des camps de concentration, personne n'aurait jamais cru que des êtres humains soient capables d'une telle barbarie et d'une telle haine. Il fallait soigner les survivants, des squelettes ambulants. Ian fut envoyé à Buchenwald, Cathy et Em dans le camp de femmes de Ravensbrück. Leurs lettres étaient brèves, car ce qu'ils voyaient était indescriptible, mais tous trois écrivaient : *comment cela a-t-il pu arriver ?*

Nous avions les yeux tournés vers le Pacifique et, le 7 septembre, Bob nous annonça qu'un camp de prisonniers japonais de l'île de Formose avait été libéré. Ty faisait partie des survivants. On ne le renverrait pas chez nous avant deux mois parce que, comme les autres prisonniers, il était presque mort de faim. Nous voulions prendre l'avion pour San Francisco, mais Bob nous dit que ce serait inutile, étant donné que tous les hommes seraient mis en quarantaine pendant soixante jours, jusqu'à ce que les médecins soient sûrs qu'ils n'avaient pas ramené l'une ou l'autre des innombrables maladies de là-bas.

Ces deux mois furent parmi les plus longs de ma vie.

Le 11 novembre, jour anniversaire de l'Armistice de la Grande Guerre, et de la mort de mon père, Tyron revint chez nous.

En apercevant le taxi au bout de l'allée, je lâchai mon râteau. Je voulus appeler Dira, la prévenir, mais elle sortait déjà de la maison en courant, Bob sur ses talons. Je retins Bob au passage, pour laisser sa mère embrasser Tyron. Dira ouvrit la portière et resta là, à pleurer et à secouer la tête ; Ty descendit de voiture, jeta son sac par terre et prit sa mère dans ses bras.

Bob et moi approchâmes ; quand Ty m'entendit, il lâcha Indira et me tendit la main. Je la pris, mais j'attirai Ty contre moi et le serrai dans mes bras, parce que les larmes inondaient son visage et que je ne l'avais pas vu pleurer depuis qu'il était un tout petit garçon. Il me tapa dans le dos sans cesser de répéter tout bas : « Tout va bien… tout va bien, maintenant… » Bobby était derrière moi. Quand Ty l'aperçut, il s'écarta de moi et je vis Bob trembler. Ty fit un pas vers lui, Bob en fit autant et se mit à pleurer ; alors Ty étendit le bras et Bob s'y cramponna à deux mains, comme un noyé se raccroche à une branche.

Le rire succéda aux larmes et, comme il faisait froid en cette fin d'après-midi, Dira nous exhorta tous à rentrer à l'intérieur. Ty était maigre, mais il l'avait toujours été, et l'espace d'un instant, je crus qu'il était sorti indemne du camp de prisonniers. Jusqu'à ce que je voie ses mains.

De profondes lignes blanches marquaient sa peau sombre : dix ou douze longues traînées qui allaient de ses poignets aux bouts de ses doigts ; en regardant de plus près, je vis qu'à la place des ongles, il ne restait qu'un amas de chair ratatinée.

Ty surprit mon regard, cacha ses mains sous la table et me dit en souriant : « Manucure japonaise. » Puis il leva les yeux vers sa mère et demanda ce qu'il y avait pour le dîner.

Comme il n'avait jamais été très bavard, je fus surpris du changement car c'est lui qui faisait la conversation, demandant des nouvelles de Cathy et Em, et où étaient-elles, et quand reviendraient-elles, et oncle Ian, et comme c'était merveilleux que Mary soit devenue une star de cinéma, etc., jusqu'à ce que je comprenne que s'il était aussi bavard, c'était pour nous empêcher de lui poser des questions. Nous savions à peu près ce qu'était la vie dans les camps japonais, parce que les journaux avaient publié des récits de survivants — les Japonais affamaient leurs prisonniers, les forçaient à de durs travaux, les battaient quotidiennement, leur faisaient subir d'atroces tortures —, et nul doute que la vie avait dû être un cauchemar pour Tyron durant ces trois années. Aussi, peut-être valait-il mieux ne pas lui poser de questions, lui permettre d'oublier, pour qu'il puisse continuer à vivre. Mais je ne pouvais détacher mon regard de ses mains, et ni Bob ni Dira ne le pouvaient non plus.

Malgré le froid, nous allâmes après dîner faire une promenade au bord de la rivière. Nous nous assîmes sur la rive, et Dira caressa longuement la main de Ty. Elle ne le questionna pas sur l'origine de ses affreuses cicatrices, et je suis sûr qu'il lui en fut reconnaissant. Elle lui demanda s'il allait reprendre ses études à l'université de New York, et il dit que oui, parce qu'il voulait obtenir son diplôme en droit, et étudier les lois pour pouvoir contribuer à les changer. Il parlait d'un ton calme et serein, et je m'attendais que l'amertume gagne peu à peu ses propos, parce qu'il avait souffert, souffert d'une façon inhumaine. Mais il n'y avait aucune rancœur dans ses paroles et, après quelques minutes de silence, s'adressant non pas à nous, mais à la lune qui était apparue dans le ciel, il raconta :

« … Quand ils nous ont emmenés à Formose, je pensais qu'ils allaient nous laisser tous mourir de faim, alors autant essayer de nous évader. On travaillait à couper les cannes à sucre, et la jungle était à deux cents mètres, pas plus. Mais on ne pouvait pas s'enfuir comme ça, il fallait qu'on ait un plan, et… et je suppose qu'un des gars a dû se dire que ça ne marcherait jamais, et il est allé tout raconter aux Japs, en espérant avoir droit à un traitement spécial. Et ça a été le cas… seulement il est mort avant que les Japs aient pu vérifier qu'il leur avait bien livré les noms de tous ceux qui étaient dans le coup ; car le gardien chargé de l'“interroger” avait fait un peu trop de zèle. Alors, ils s'en sont pris à nous. Ils voulaient tous les noms, tous… et ils nous ont *questionnés*… *questionnés*… et moi je me répétais : “Ils vont te tuer de toute façon, alors ne dis rien.” J’ai perdu connaissance et, quand je suis revenu à moi, ils m’avaient suspendu au beau milieu du camp, ils avaient versé du sel sur mes plaies, et ils m’avaient laissé au soleil. Je n’avais pas le droit d’avoir de l’eau, et je suppose qu’ils avaient l’intention de me laisser là jusqu’à ce que je meure ou que je leur donne les noms des autres types. Je ne sais pas combien d’heures ont passé, peut-être une journée. Et puis un des Japs est venu me détacher. Il ne parlait pas anglais et je ne parlais pas japonais, mais il m’a donné de l’eau, il m’a emmené à la rivière et il m’a lavé. Ça devait être un officier, parce que les autres Japs sont restés là sans trop savoir quoi faire, et puis le chef du camp est arrivé, furieux. Ils sont demeurés tous les deux face à face à hurler et à me montrer du doigt, et le type qui m’avait détaché a mis mon bras autour de son cou et m’a traîné vers l’hôpital. Je ne sais pas ce qu’il a dit, mais nous avions traversé la moitié du camp lorsque le chef a donné l’ordre aux soldats d’ouvrir le feu. L’officier m’a plaqué au sol, s’est retourné, a dit quelque chose, puis m’a regardé… et il m’a souri… il m’a souri… Il souriait encore quand les balles l’ont traversé. » Tyron tapota la main de sa mère, prit une cigarette dans la poche de son manteau et chercha un briquet ; Bob craqua une allumette. « Merci… Je ne sais pas pourquoi ils m’ont laissé en vie. Je ne sais vraiment pas pourquoi. Peut-être que c’était… un jeu, de voir s’ils pouvaient me briser, jusqu’à quelles limites ils pouvaient me pousser, jusqu’où ils pouvaient aller sans me tuer. Et je me disais qu’il fallait que je reste en vie parce que l’officier — un étranger, qui ne me connaissait pas — était mort pour moi. Pourquoi ? Pourquoi a-t-il fait cela ? J’ai passé trois ans à essayer de comprendre. Peut-être que c’est parce qu’il vient un moment, dans la vie d’un homme, où il n'a plus peur, et ça lui donne la force de faire ce qui est juste. »

Nous demeurâmes silencieux un grand moment, puis Ty reprit :

« La loi sur le service militaire interdit la discrimination pour des raisons de race ou de couleur. C'est une loi. Elle n'est pas appliquée. J'étais dans une unité noire ; on nous a dit de ne pas fraterniser avec les Blancs, de garder un profil bas, et on nous a fait faire les pires travaux : construction de routes, nettoyage de la jungle, lessive, etc. On nous a transférés dans la 93ᵉ division, à Saipan, et on nous a laissés combattre. Après la bataille, on a reçu l'insigne des fantassins combattants… des combattants de couleur. Ils nous ont dit que nous étions exceptionnels. Mon commandant a dit que nous étions, simplement, des soldats. » Ty se mit debout, aida sa mère à se relever, passa son bras autour d'elle et reprit le chemin de la maison.

Bobby pleurait. Il dit que jamais il n'aurait pu résister à la torture, que son frère était l'homme le plus courageux qu'il connaissait, et que c'était un crime qu'il soit né avec la peau noire. J'avais envie de lui dire que ce n'était pas un crime, parce que Ty connaissait sa propre valeur, et savait que les épreuves affectent les hommes de deux façons : elles brisent les faibles, et rendent les forts invincibles.

Je me penchai sur Bob et lui tendis la main pour l'aider à se lever. Il me demanda ce que Tyron allait faire maintenant.

« Changer les choses.

— Quelles choses ?

— Les choses qui ont *besoin* d'être changées. »

28

(New York, 15 novembre 1945)

« Je les vois ! s'écria Bobby en me saisissant la main. Les voilà ! Le six, sept, huitième *hublot à partir de la cabine du pilote ! » Nous étions là, tous les cinq, serrés contre les barrières de l'aéroport municipal de North Beach, essayant d'apercevoir Ian et les filles. Tout à coup je vis Cathy qui nous faisait de grands signes ; Em était assise à côté d'elle, et Ian, penché sur elles deux, tapait sur la vitre.*

Au moment où on amenait le grand escalier métallique près de l'avion, j'étreignis Davie.

« Ils sont de retour ! Ils sont là !

— Arrête de pleurer ! » me dit-il en riant, mais lui aussi avait les larmes aux yeux.

« Ian ! cria Tyron au moment où il sortait de l'avion. « Cathy ! Em ! »

Tous trois descendirent l'escalier à toute allure, et nous bousculâmes l'employé qui était au pied des marches pour courir vers eux. Les filles foncèrent vers Tyron, Dave et Dira, tandis que Ian jetait son sac par terre et ouvrait les bras ; je m'y précipitai et enfouis mon visage dans la chaleur de son cou, et je pleurai,

pleurai, jusqu'à ce qu'il me soulève du sol et me fasse tournoyer.

« Aaahhh, Jen.

— Cinq ans...

— Chhhuuut.

— Je t'aime.

— Aye. *» Il me reposa au sol et me contempla. « Comment fais-tu pour embellir encore ? » Dave s'approcha de nous et serra Ian dans ses bras ; Ian lui prit les mains, les retourna, les examina. Davie forma un poing, puis attrapa les revers du manteau de Ian. « Fantastique.*

— Si tu m'entendais jouer du piano. » Davie prit le sac de Ian et, quand tout le monde se fut embrassé, nous allâmes rejoindre nos voitures. Ian se mit au volant et je m'installai à l'arrière avec Cathy ; elle me demanda pourquoi Mary n'était pas venue, et je lui expliquai qu'elle était harcelée par les journalistes et avait eu peur de gâcher nos retrouvailles en venant avec nous à l'aéroport.

« Mais elle est à la maison. Elle est arrivée hier soir par avion, après le tournage.

— Et son asthme ?

— Elle n'a pas eu une seule crise en cinq ans.

— C'est formidable ! On a vu ta mère et Al au Loch Leven. Ils vont bien. Et attendent avec impatience qu'on aille les voir cet été, aye, *Cat ? » dit Ian en lui jetant un coup d'œil dans le rétroviseur. Elle lui sourit et se détourna de moi pour contempler le paysage. Je me demandai si ma mère et Al allaient vraiment si bien que cela.*

« Cathy ?

— Qu'est-ce qui est arrivé aux mains de Ty ?

— Il a été torturé par les Japonais. Il va bien, maintenant. »

Ils devinrent tous deux silencieux, et je les sentis soudain très loin de moi. Je n'avais pas envie que nous parlions des horreurs de la guerre, je voulais oublier la guerre, mais Cathy demanda à son père si les Japonais seraient jugés pour crimes de guerre en même temps que les Allemands.

« Je n'en sais rien, Cat, nous...

— Ian, prends la 31e Rue et allons voir...

— Ils ont été aussi cruels que les nazis...

— Cathy, ça suffit avec la guerre, ma chérie. Tu es rentrée, maintenant, et...

— Et ce n'est pas terminé.

— Cat... ça suffit, ma belle.

— Ce n'est pas fini ! »

Ian me regarda, regarda Cathy, et secoua la tête quand elle se mit à parler des crimes de guerre. J'avais vu des photos, dans Life Magazine*, montrant les atrocités commises par les nazis dans les camps de concentration ; d'un seul coup, je réalisai que Ian et Cathy, eux, n'avaient pas vu des photos, mais des êtres humains.*

Je fermai les yeux pour ne pas penser à ces millions de gens qui avaient péri d'une manière aussi abominable. Pas un de nous trois ne dit plus mot jusqu'à ce que nous franchissions les grilles de la propriété.

Avant même que la voiture fût arrêtée, Mary descendit à toute vitesse les marches du perron, Cathy ouvrit sa portière, elles se précipitèrent dans les bras l'une de l'autre et s'étreignirent longuement. Puis elles se jetèrent sur la portière de Ian et le tirèrent littéralement de derrière le volant, et Mary le couvrit de baisers.

« Regardez-moi ça ! La star de l'écran !

— Arrête, idiot !

— Puis-je vous embrasser, miss, même si vous êtes riche et célèbre ? » Elle lui jeta les bras autour du cou,

puis lui présenta Théo et Barker qui bondissaient à ses pieds. « Ils sont tous les deux à toi, Mare ?

— Seulement le petit. Entre, je veux te faire rencontrer quelqu'un.

— Ton dernier prétendant ?

— Non. Pas un homme.

— Aaaahhh ? Qui ? »

Mary poussa la porte, et là, dans le hall d'entrée, se tenant debout toute seule, apparut Sarah, vêtue d'une robe bleu marine. Ses cheveux noirs et bouclés encadraient son petit visage aux grands yeux sombres bordés de longs cils recourbés.

« Ta petite-fille. »

Ian regarda Mary d'un air hébété, puis Sarah, puis moi.

« Mare ! s'exclama Cathy, en se laissant tomber près de sa nièce. Comme elle est belle ! Comment s'appelle-t-elle ?

— Sarah. »

Ian était sans voix. Ses yeux étaient rivés sur le petit bout de chou que Cathy serrait contre elle. « Regarde-la, p'pa ! Mare, elle est magnifique ! P'pa, tu es grand-père !

— Grand... »

Mary et Cathy riaient. Je pris Sarah des bras de Cathy et tapai Ian sur l'épaule. « Tu ne veux pas embrasser ta petite-fille ?

— Ma petite... » Il regarda Mary, qui était radieuse, et tout à coup il se mit à rire. « Ma petite-fille ! Ma petite-fille ! » Il prit Sarah dans ses bras et elle lui donna de petites tapes sur le visage, en regardant tour à tour sa mère et moi ; puis elle se tordit de rire quand Ian s'amusa à lui mordiller les orteils.

« Où est... ?

— Il n'y a pas de père. Je veux dire, je ne suis plus avec cette... personne.

— Ce n'était pas un Anglais ?

— Non... Irlandais.

— Donegan. Que s'est-il passé ?

— Ce n'est pas un homme fait pour le mariage.

— Je n'arrive pas à croire ça... après avoir vu cette belle petite princesse. » Mary et moi échangeâmes un regard et Ian fronça les sourcils. « Quoi ? Il n'est pas au courant ? Tu as eu ce bébé et tu ne le lui as même pas dit ?

— P'pa... c'est mieux comme ça.

— Laisse-moi la tenir un peu », fit Cathy d'un air insistant et, en prenant la petite des bras de Ian, elle donna un coup de coude à son père et lui murmura à l'oreille quelque chose qui le fit sourire.

Mary expliqua à Ian qu'elle avait dit à tout le monde qu'elle cherchait un bébé à adopter, et qu'en février elle annoncerait à la presse qu'elle en avait enfin trouvé un.

« Tu veux dire que tu tiens cette enfant cachée ? Où ?

— Dans un bungalow à Santa Monica quand je suis à Los Angeles, et à Rocky Point quand je suis à New York. C'est ma secrétaire qui s'occupe d'elle. Mais dans quelques mois, tout sera réglé.

— Ça me paraît terriblement compliqué », dit Ian en regardant Sarah puis, la reprenant des bras de Cathy, il ajouta : « Mais je suppose que tu en vaux la peine, ma beauté. »

Dave et les siens arrivèrent quelques minutes plus tard, et la journée se passa à parler et à jouer avec Sarah, après quoi on se régala avec tous les plats que Dira, Mrs Greene — la cuisinière — et moi avions préparés pour trois jours. Ensuite on dansa, et quand Dave, Dira et leurs enfants furent rentrés chez eux, et que les filles furent montées se coucher, j'entraînai Ian dans notre chambre.

« Et voici le dessert », annonçai-je en balançant devant ses yeux un déshabillé en dentelle. Il l'attrapa, le

lança sur le lit, et me serra contre lui en enfouissant sa tête entre mes seins.

« Ne t'en va pas...

— Juste pour mettre...

— Ne t'en va pas... ne va nulle part. » Il se renversa sur le lit, m'entraînant avec lui, et me tint contre lui un très long moment. « Tant de fois, j'ai cru que je ne reviendrais pas auprès de toi... tant de fois.

— Chhhuuut, tu es là, maintenant. Tu es à la maison.

— Je regrette tellement, pour Dave...

— Tu n'y es pour rien. Et il va bien, à présent. Il peut tout faire. » Ian caressa mes bras, mes seins, mais sans passion, comme s'il avait besoin de s'assurer que j'étais bien réelle. Il soupira et répéta mon nom plusieurs fois. « Quoi ? Qu'y a-t-il ?

— Les choses que j'ai vues...

— Oui... Tu ne dois pas y penser, tu dois essayer d'oublier.

— Oublier... jamais... jamais... Cat... elle n'aurait pas dû venir, ils n'auraient pas dû laisser les filles pénétrer dans les camps... c'était... c'est quelque chose qu'elles n'auraient pas dû voir.

— Ian, arrête, arrête de te torturer ainsi, chasse tout cela de ton esprit et...

— Ça te donne honte d'être humain. » Je le laissai parler tout son soûl, après quoi il se tut, me serra très fort contre lui et m'embrassa sur le front en disant : « Je vais dormir un peu, ma douce, et ensuite nous...

— Chhhuuut, c'est bien comme ça. Nous avons tout le temps devant nous.

— Aye... le temps.

— Dors.

— Et toi, ne t'en va pas.

— Non, je suis là... je suis là. »

Je caressai son visage jusqu'à ce qu'il se détende et s'endorme, puis je le déshabillai, lui mis son pyjama, revins m'allonger près de lui, fermai les yeux et m'endormis à mon tour.

Il devait être trois ou quatre heures du matin quand je me rendis compte qu'il n'était plus à côté de moi. La porte-fenêtre était ouverte et laissait pénétrer dans la chambre l'air glacial de la nuit. J'enfilai ma robe de chambre et sortis sur le balcon. Ian était là, en pyjama, pieds nus, et regardait la mer. Il me tournait le dos et je vis qu'il tremblait, sans doute à cause du froid. Je m'approchai de lui et posai ma main sur son épaule ; quand il se retourna, son visage était baigné de larmes. Depuis que nous étions ensemble, jamais je n'avais vu Ian pleurer, et cela me transperça le cœur. Il me regarda, mais comme s'il ne me voyait pas. Je le pris par le bras pour le ramener dans la chambre, mais il ne bougea pas, contempla longuement ma main, et dit : « Ils les obligeaient à porter des uniformes rayés... fins comme des pyjamas, et ils restaient là, dans le froid, pendant des heures et des heures... certains d'entre eux n'avaient même pas de chaussures correctes... dans le froid, en plein hiver, en pyjama... et leurs vêtements flottaient sur eux, parce qu'ils n'avaient plus que la peau et les os... la peau et...

— Ian, rentre, je t'en prie.

— Peux-tu imaginer comme ils avaient froid, Jen ? Peux-tu l'imaginer ?

— Je t'en prie, rentre.

— Et comme ils avaient faim.

— Oui.

— Les vieux, les jeunes...

— Ian...

— Des jeunes gars, des jeunes filles... plus jeunes que notre Mary...

— Ian...

— Et ils les obligeaient à transporter les cadavres, à les transporter de leurs propres mains jusqu'aux fours

crématoires... dans le froid, l'hiver, vêtus de pyjamas pas plus épais que celui-ci... » Il me saisit la main et je le ramenai dans la chambre, jusqu'au lit. « Jen, si tu avais vu... si tu avais vu ce qu'ils leur ont fait... » J'essuyai ses larmes, puis les miennes, mais j'étais incapable de trouver les mots qui l'apaiseraient ; alors je rabattis la couverture sur nous, je serrai Ian dans mes bras, et je le laissai pleurer.

Il fallut plusieurs mois avant que nos nuits deviennent paisibles.

Tantôt c'était Cathy qui se réveillait en hurlant, tantôt c'était Ian, et Davie disait que Em, elle aussi, était hantée par tout ce qu'elle avait vu.

Cependant il est vrai que le temps guérit les blessures, peut-être jamais complètement, mais lorsque Cathy, Em et Tyron retournèrent à l'université, un grand changement se produisit en nous tous, comme si nous comprenions qu'il était temps d'aller de l'avant. En février, quand Mary eut officiellement « adopté » Sarah, je suggérai à Ian de faire ce qu'il avait toujours rêvé de faire : ouvrir une clinique. Nous achetâmes un terrain de l'autre côté du pont de Rikers Island. Ian allait tous les jours surveiller les travaux et Mary, chaque fois qu'elle pouvait s'échapper d'Hollywood, venait avec Sarah ; et l'on pouvait voir Ian, sa petite-fille sur les épaules et sa fille à son bras, se promener au bord de l'East River.

La famille au complet embarqua sur le Queen Mary *et arriva au Loch Leven le 4 août 1946. On n'aurait jamais pu croire que Al avait quatre-vingt-sept ans et ma mère soixante-seize, car tous deux paraissaient en excellente santé. Al marchait très lentement, c'est vrai, mais ma mère débordait toujours d'énergie. Elle prit*

Sarah dans ses bras, la souleva en l'air et la fit tournoyer en disant :

« Je vois qu'elle a hérité les belles boucles noires de sa mère !

— Et ses yeux, Catherine ? dit Al. De quelle couleur sont ses yeux ? »

Je jetai un coup d'œil à Ian, parce que Al était debout tout à côté de ma mère, et avait son visage à quelques centimètres de celui de Sarah.

« Bruns, répondit Mary, comme ceux de l'héroïne de mon conte préféré, Suzanne aux...

— Comme son père, dit ma mère avec un clin d'œil à Mary.

— Non... comme sa tante Cathy. » Mary n'avait pas vu Marcus depuis qu'elle avait quitté l'Angleterre, et nous avions tous parié sur le fait qu'elle irait ou non le voir en Irlande pour lui présenter sa fille. « Tu lui apprendras à monter à cheval, grand-mère ?

— À cheval ? fit Ian en riant, avant que ma mère ait pu répondre. Mais elle sait à peine marcher.

— Quelle taille fait-elle ? Elle m'arrive au genou ? »

Ma mère prit Al par le bras, le fit asseoir sur les marches du perron et amena Sarah devant lui ; puis elle plaça les mains de Al, qui tâtonnaient, sur la tête de la petite, et je remarquai alors le regard vide de Al.

Je dus m'éloigner pour cacher mes larmes, et ma mère me suivit. Elle vint avec moi jusqu'à la rivière, et là me prit par le bras.

« Il voit encore les ombres, il n'est donc pas complètement... et puis, il connaît les lieux comme sa poche.

— Quand est-ce arrivé ?

— Cette année seulement... mais sinon, il est en parfaite santé. Nous continuons à faire nos promenades matin et soir. » Elle rit et essuya mes larmes. « Arrête,

maintenant ! Ne t'avais-je pas dit que nous allions vivre jusqu'à cent cinquante ans ?

— Si...

— Alors, rentre et joue-nous quelque chose au piano. Un air gai et entraînant. Hmhmm ?

— Oui.

— Pour faire la fête !

— Aye. »

Et on chanta et on dansa, et ce fut une belle fête, une très belle fête.

Mais il manquait quelqu'un, et je vis que Ian la cherchait, dans l'espoir qu'elle apparaîtrait miraculeusement ; mais, comme elle ne venait pas, il sortit sur la véranda et s'assit sur la balançoire. Au bout de quelques minutes, j'allai le rejoindre.

« Tu ne réponds pas à ses lettres, me dit-il quand je m'assis près de lui.

— Non... cela fait un moment qu'elle n'a pas écrit.

— Et lui, il écrit ? Arthur ?

— Non... il n'écrit plus.

— Elle a vingt-six ans... vingt-six. Elle est peut-être mariée.

— Non, nous l'aurions appris par les journaux. Je pense qu'elle mène une vie très tranquille. Je ne sais pas pourquoi.

— Aye... *tranquille. » Il regarda ses mains ; je les pris dans les miennes, mêlai mes doigts aux siens et lui demandai de venir faire un tour avec moi.*

Nous grimpâmes jusqu'à la limite du château, qui était tout illuminé. Nous apercevions sur la terrasse les danseurs qui virevoltaient. Nous nous regardâmes en souriant. Un instant plus tard, nous courions en direction de la musique. Arrivés sur la pelouse située juste au-dessous de la terrasse — nous entendions aussi bien que si nous avions été juste à côté de l'orchestre —, Ian s'inclina en m'offrant sa main et je fis une révérence.

« M'accorderez-vous cette valse ?
— Avec plaisir. »

Et on dansa jusqu'à ce que la lune soit haute et brillante dans le ciel, on dansa, on dansa, ah, comme on dansa...

Le mois passa très vite, et tous les matins je voyais Mary se promener en regardant vers le sud, vers l'Irlande. Je savais à quel point Marcus lui manquait, à quel point elle l'aimait encore, mais je la comprenais. Il y a des hommes qui ne peuvent pas, et ne doivent pas être des maris, et Marcus en faisait partie. Je crois que mon père, lui aussi, était comme cela, mais ma mère l'avait su dès le début et n'avait pas tenté de le domestiquer. Elle avait accepté ses infidélités, peut-être parce qu'il ne nouait pas de liens sentimentaux avec les femmes avec qui il couchait. Ce qui n'était pas le cas de Marcus, qui « aimait », même brièvement, chaque femme avec qui il avait une aventure. Et cela, Mary ne pouvait l'accepter.

On rentra à New York le 1er septembre et, curieusement, je ne versai pas une larme au moment des adieux. Comme si je savais que ce n'était pas la dernière fois que je voyais ma mère et Al ; d'ailleurs nous avions décidé de nous retrouver l'été suivant, et de faire de ces retrouvailles un rituel.

La « Clinique de la 31e Rue » ouvrit ses portes le 1er octobre. On invita tous les gens que nous connaissions — y compris tout Astoria — et on servit du champagne et des petits fours. La clinique devait fonctionner avec un minimum de frais, des paiements échelonnés étaient prévus pour ceux qui n'avaient pas d'argent, et Ian avait engagé des médecins et des infirmières jeunes et désireux de travailler.

Peut-être y avait-il plusieurs années que Ian avait cette toux sèche et persistante — due sans aucun doute au fait qu'il fumait trop — et je n'y avais pas prêté vraiment attention. Mais quand il se mit à cracher et à avoir des douleurs dans la poitrine, j'insistai pour qu'il voie un médecin. Il refusa. Le cordonnier est toujours le plus mal chaussé. Cathy le pressait continuellement de consulter et c'est elle qui, un matin, lui dit qu'il avait tous les symptômes de la silicose, ou « maladie du poumon noir », comme l'appelaient les mineurs.

« Je vais bien, répondit-il en allumant une cigarette que Cathy éteignit aussitôt. Tu n'as pas cours ?

— À dix heures. Je veux que tu voies quelqu'un.

— Pourquoi ? Je sais déjà ce que c'est.

— Quoi ?

— Une fille qui s'inquiète trop.

— As-tu fait les tests de la tuberculose, depuis que nous sommes rentrés aux États-Unis ? » Ian ne répondant pas, Cathy répéta sa question. « Nous avons travaillé avec des gens qui avaient la tuberculose, p'pa. As-tu fait les tests, dans les mois passés ?

— Tu es en retard, miss.

— Les as-tu faits ?

— Qui est le médecin, ici ?

— Je suis sérieuse.

— Moi aussi. Va à ton cours.

— Tu as travaillé comme mineur, quand tu étais adolescent, ce qui signifie que tes poumons sont plus sensibles…

— Comme mon cœur…

— Si tu as été contaminé, alors…

— Oh, Seigneur, Cat, va à ton cours ! »

Cathy lui donna une grande tape sur le bras, puis s'approcha de moi et me dit tout bas que je devrais emmener son père voir un médecin.

Mais Ian refusa de voir quiconque, et même Davie ne put lui faire entendre raison.

Il finit par cesser de fumer, mais uniquement parce que, après chaque cigarette, il avait de violentes quintes de toux qui duraient une heure et l'obligeaient à s'asseoir avec un oreiller serré contre le ventre. Je le suppliai d'aller voir un spécialiste, mais en vain. Je compris alors qu'il savait de quoi il souffrait et que, s'il ne cherchait pas de traitement, c'était soit qu'il n'y en avait pas, soit que sa maladie était déjà à un stade trop avancé.

Au fil des mois, Ian avait de plus en plus de mal à monter l'escalier, si bien que nous installâmes notre chambre dans la bibliothèque, au rez-de-chaussée.

Il maigrissait, mais gardait un esprit positif ; il paraissait plus heureux que jamais et en paix avec lui-même, et je me mis à espérer que sa maladie ne durerait pas.

En janvier 1948, Ty et Cathy obtinrent leur diplôme de l'université de New York, et Em de l'université de Columbia... et Ian s'écroula dans la salle des urgences de sa clinique. On lui fit passer une radiographie, et un jeune médecin que Ian avait formé déclara qu'en effet, il souffrait d'une silicose aggravée de tuberculose, affection sans nul doute contractée en soignant les victimes du camp de concentration de Buchenwald. Sa maladie avait atteint un seuil critique et le seul traitement possible était l'ablation du poumon gauche — le plus sérieusement atteint — et l'obligation de rester au lit.

Ce n'était pas un malade facile.

Il n'était pas dans son rôle : Ian était un médecin, il l'avait toujours été.

On installa un appareil à oxygène à la maison, et Ian me demanda de faire venir notre notaire pour mettre nos papiers en ordre.

C'est alors que je compris qu'il était mourant.

Il n'avait que cinquante-cinq ans, et je passais des journées entières à penser à ma mère et à Al, au bonheur qui était le leur, et au fait que la vie, au fond, avait commencé pour Al à l'âge de soixante-quatre ans, lorsqu'il avait épousé ma mère. Cela faisait vingt ans qu'ils nageaient dans la félicité, et je ne pouvais ni ne voulais accepter que cette chance ne fût pas accordée à Ian. Mais il y avait des conversations à voix basse avec Davie et avec Cathy, et finalement je compris qu'il voulait qu'on débranche l'appareil à oxygène... et qu'on le laisse mourir.

Je me disputai avec Cathy pendant des jours et des jours, parce que je croyais à un traitement possible, à un miracle, et je refusais qu'on laisse Ian perdre espoir. Mais Cathy disait qu'il avait raison, que c'était cela ou une mort lente, et elle aimait trop son père pour le voir dépérir peu à peu. Il fallait faire ce qu'il demandait, parce que nous le lui devions.

Tout cela était trop bien programmé, et je ne pouvais me résoudre à y prendre part. Je savais que Cathy était furieuse de me voir tellement passive, mais je n'y pouvais rien. J'avais l'impression d'avoir gâché les années qui restaient à Ian, de les avoir gaspillées alors qu'il était vigoureux et en bonne santé, et de m'en voir maintenant privée. C'est Cathy et Davie qui prirent les choses en main : ils avertirent Mary, qui était à Hollywood, ainsi que tous les amis de Ian, et même Arthur et May, qui vinrent d'Écosse, à la demande de Ian. Lorraine arriva avec Dolores et son fils, qui était médecin à présent. Je les laissai entrer. Dolores ne nous avait jamais causé le moindre ennui depuis que Ian était revenu à la maison ; elle aurait pu, mais elle ne l'avait pas fait. Je crois qu'elle l'avait aimé. Je sortis pour les laisser faire leurs adieux à Ian.

Mary était bouleversée, et je ne pus dire grand-chose pour la consoler, parce que j'étais moi-même incapable d'imaginer ce que je ferais une fois Ian disparu. Davie, Dira et tous les enfants se rendirent au chevet de Ian, qui demanda ensuite à me voir.

J'avais tant pleuré que je n'avais presque plus de voix et, avec mes yeux rouges et gonflés, je devais avoir une tête épouvantable. Mais Ian sourit quand je vins m'asseoir près de lui et il me prit la main.

« Tout ira... bien... ma douce.

— Oui... bien sûr.

— Tu seras bien entourée.

— Hmhmm.

— Je... ne veux pas... que tu sois seule.

— Non.

— C'est... un homme bien. » Je me levai d'un bond, comprenant d'un seul coup qu'il était en train de me donner sa bénédiction. « Assieds-toi... je le veux.

— Peut-être pas moi. » Il sourit, puis se mit à rire. « J'entrerai au couvent. » Une lueur amusée dansa dans ses yeux, jusqu'au moment où une douleur lui traversa la poitrine. « Je vais appeler un...

— Non... Ne t'en va pas. » Il n'avait pas besoin de me le dire, car j'étais incapable de bouger. Je restai là à le regarder, puis je m'effondrai sur le lit et enfouis ma tête dans sa poitrine. « Arrête, Jen... chhhuuut.

— Je t'en prie...

— Là, là...

— ... Reste... »

Je voulais lui dire combien je l'aimais, combien je regrettais les années où j'avais été aveugle, inconsciente de ce que je possédais, mais les mots se transformaient en larmes.

Davie entra quelques instants plus tard ; il me releva en disant que May et Arthur étaient là. Ian désirait voir Arthur en premier, et je sortis dans le couloir avec Dave. Cathy se trouvait là et lançait à May des regards furieux. Je ne savais plus que penser de ma fille aînée. Un peu plus tôt, Cathy m'avait traitée d'imbécile, jurant que sa sœur avait menti au sujet de ses années en France, qu'elle n'était qu'une putain, même à l'âge de treize ans, que c'était une menteuse chronique, et qu'elle en voulait à l'argent d'Arthur. Mary était demeurée silencieuse : comme moi, elle avait envie de croire May.

Mais là, Cathy ne dit rien ; jamais elle n'aurait voulu blesser son père ou moi-même en faisant un éclat. Quand Arthur sortit de la chambre, il fit signe à May d'entrer.

Davie, Dira, Em et les garçons attendaient là, debout près de la porte, et moi j'observais May. Elle s'assit au chevet de Ian, lui prit la main, la porta à son cœur, puis se pencha sur lui et se mit à sangloter. Je n'entendais pas ce qu'elle disait — ses mots se noyaient dans ses larmes — mais, au bout d'un quart d'heure, sa voix s'éleva légèrement : « C'était toi mon père... c'était toi... c'était toi... Papa... c'était toi... »

Mais il ne l'entendit pas, car ses mains entre celles de May étaient devenues froides et raides... il était mort.

L'enterrement eut lieu trois jours plus tard, le 25 avril 1948.

J'étais à l'abri du besoin... oh, pour ça oui, et les filles aussi... La clinique revenait à Jimmy Estevez : il y avait travaillé avec Ian, mais ce n'était certes pas la seule raison. Je crois que Ian avait aimé ce garçon. Peut-être avait-il vu en lui le fils qu'il n'avait pas eu, peut-être s'était-il vu lui-même jeune. Je ne sais pas. Il n'était plus là pour me le dire...

J'errai pendant plusieurs jours autour de la grande maison que j'avais tant désirée, et qu'il avait achetée pour moi. Et je le cherchai. Mais il n'était plus là.

J'allai à notre ancien appartement de la 31e Rue. Il y avait de nouveaux locataires, des jeunes, qui débutaient peut-être dans la vie, comme nous autrefois... Peut-être. Je montai au cinquième étage, installai l'échelle qui permettait d'accéder au toit, et grimpai à Macadam Plage. C'était le printemps, il ne faisait ni trop chaud ni trop froid, et les lumières de l'East River offraient un beau spectacle. Ah, les souvenirs qui m'assaillirent lorsque je m'assis au bord du toit...

Je ne sais combien de temps je restai là, peut-être jusqu'au matin, parce que mes jambes étaient ankylosées et le ciel avait changé de couleur, quand j'entendis la porte s'ouvrir et sentis la présence de Dave à mon côté. Il s'assit et resta silencieux jusqu'à ce que je lève les yeux sur lui.

« May est en bas, dit-il en allumant une cigarette. Elle a dit la vérité à Arthur.

— La vérité ?

— Au sujet de Ian... Qu'il savait depuis le début qu'elle était la fille d'Arthur.

— Hmhmm.

— Ils veulent te voir.

— Je ne crois pas... je veux dire, j'aimerais mieux pas.

— Ian m'a demandé de... de m'assurer que tu seras bien entourée. » Je ris et il mit son bras autour de mes épaules. « Tu viens les voir ?

— Cathy a raison : May est une putain et une menteuse... Où sont-ils ?

— Là, en bas.

— Et après ? Que veut-il que je fasse ? Hmhmm ? Que j'épouse Arthur ? Seigneur Dieu, Davie.

— Ian a parlé avec Arthur avant de...

— Oui, bon... j'ai peut-être mon mot à dire, en ce qui concerne mon avenir...

— Tu viens les voir ?

— Ils retournent en Écosse ?

— Je ne sais pas. Tu viens, Jen ? »

Je me levai, l'aidai à se mettre debout, et nous descendîmes.

À peine avais-je pénétré dans le passage voûté qui débouchait sur la 31e Rue, que May se précipita sur moi en me suppliant de lui pardonner. Cathy avait-elle raison ? Je n'en savais rien. Tout ce que je savais, c'est que j'avais envie de croire May, j'avais envie d'être près d'elle, de la sentir à côté de moi, de la chérir, de l'aimer, et je la serrai dans mes bras à l'étouffer. Elle s'écarta de moi en pleurant et en me caressant la joue, puis fit un pas de côté quand Arthur approcha.

Il était à quelques centimètres de moi, si près que je sentais son souffle sur mes tempes. J'avais envie de tendre la main vers lui, envie de le toucher, mais des voix tempêtaient à l'intérieur de moi, des voix qui me disaient que j'avais enterré mon mari à peine huit jours plus tôt, que j'étais vieille maintenant, et qu'Arthur appartenait à mon passé, à ma jeunesse. Je voulus dire quelque chose, n'importe quoi, et je bafouillai : « Ton bateau part aujourd'hui ?

— Non, me répondit-il. Nous allons à Rocky Point, voir Mary et sa fille. » Il inclina la tête, tandis que je détournai la mienne pour ne pas pleurer. « Tu ne veux pas venir avec nous ? »

Je jetai un coup d'œil à Davie, pourquoi, je ne sais pas ; j'avais besoin de son approbation, je suppose, et il me poussa vers Arthur. Arthur me tendit la main et, juste avant que je la prenne, j'entendis une petite voix qui m'appelait. Bien sûr, c'était peut-être mon imagination qui me jouait des tours, et me disait les mots que j'avais envie d'entendre. Mais je l'entendis très clairement, et c'était comme si Ian avait collé ses lèvres à mon oreille et murmurait : « Vas-y, Jen... Vas-y... »

ROMAN

Adler Elizabeth
Secrets en héritage
Le secret de la villa Mimosa
Les liens du passé

Ashley Shelley V.
L'enfant de l'autre rive
L'enfant en héritage

Beauman Sally
Destinée
Femme en danger

Bennett Lydia
L'héritier des Farleton
L'homme aux yeux d'or
Le secret d'Anna

Benzoni Juliette
De deux roses l'une
Un aussi long chemin
Les dames du Méditerranée-Express
1 - La jeune mariée
2 - La fière Américaine
3 - La princesse mandchoue
Fiora
1 - Fiora et le Magnifique
2 - Fiora et le Téméraire
3 - Fiora et le pape
4 - Fiora et le roi de France
Les loups de Lauzargues
1 - Jean de la nuit
2 - Hortense au point du jour
3 - Félicia au soleil couchant
Les treize vents
1 - Le voyageur
2 - Le réfugié
3 - L'intrus
4 - L'exilé
Le boiteux de Varsovie
1 - L'étoile bleue
2 - La rose d'York
3 - L'opale de Sissi
4 - Le rubis de Jeanne la Folle
Secret d'État
1 - La chambre de la reine
2 - Le roi des Halles
3 - Le prisonnier masqué

Bickmore Barbara
Une lointaine étoile
Médecin du ciel

Binchy Maeve
Le cercle des amies
Noces irlandaises
Retour en Irlande
Les secrets de Shancarrig
Portraits de femmes
Le lac aux sortilèges
Nos rêves de Castlebay

Blair Leona
Les demoiselles de Brandon Hall

Bradshaw Gillian
Le phare d'Alexandrie
Pourpre impérial

Bright Freda
La bague au doigt

Bruce Debra
La maîtresse du Loch Leven

Cash Spellman Cathy
La fille du vent
L'Irlandaise

Chamberlain Diane
Vies secrètes
Que la lumière soit
Le faiseur de pluie

Chase Linday
Un amour de soie

Collins Jackie
Les amants de Beverly Hills
Le grand boss
Lady boss
Lucky
Ne dis jamais jamais
Rock star
Les enfants oubliés
Vendetta

L.A. Connections
1 - Pouvoir
2 - Obsession
3 - Meurtre
4 - Vengeance

Collins Joan
Love
Saga

Courtillé Anne
Les dames de Clermont
1 - Les dames de Clermont
2 - Florine
Les messieurs de Clermont

Cousture Arlette
Émilie
Blanche

Crane Teresa
Demain le bonheur
Promesses d'amour
Cet amour si fragile

Dailey Janet
L'héritière
Mascarade
L'or des Trembles
Rivaux
Les vendanges de l'amour

Delinsky Barbara
La confidente
Trahison conjugale

Denker Henry
Le choix du docteur Duncan
La clinique de l'espoir
L'enfant qui voulait mourir
Hôpital de l'espoir
Le procès du docteur Forrester
Elvira
L'infirmière

Dervin Sylvie
Les amants de la nuit

Deveraux Jude
La princesse de feu
La princesse de glace

Dunmore Helen
Un été vénéreux

Falconer Colin
Les nuits de Topkapi

Gage Elizabeth
Un parfum de scandale

Gallois Sophie
Diamants

Goudge Eileen
Le jardin des mensonges
Rivales

Greer Luanshya
Bonne Espérance
Retour à Bonne Espérance

Gregory Philippa
Les dernières lueurs du jour
Sous le signe du feu
Les enchaînés

Haran Maeve
Le bonheur en partage
Scènes de la vie conjugale

Ibbotson Eva
Les matins d'émeraude

Jaham Marie-Reine de
La grande Béké
Le maître-savane
L'or des îles
1 - L'or des îles
2 - Le sang du volcan
3 - Les héritiers du paradis

Jones Alexandra
La dame de Mandalay
La princesse de Siam
Samsara

Krantz Judith
Flash
Scrupules (t. 1)
Scrupules (t. 2)

Krentz Jayne Ann
Coup de folie

Laker Rosalind
Aux marches du palais
Les tisseurs d'or
La tulipe d'or
Le masque de Venise

Le pavillon de sucre
Belle époque

Lancar Charles
Adélaïde
Adrien

Lansbury Coral
La mariée de l'exil

McNaught Judith
L'amour en fuite
Garçon manqué

Perrick Penny
La fille du Connemara

Philipps Susan Elizabeth
La belle de Dallas

Pilcher Rosamund
Les pêcheurs de coquillages
Retour en Cornouailles
Retour au pays

Plain Belva
À force d'oubli
À l'aube l'espoir se lève aussi
Et soudain le silence
Promesse
Les diamants de l'hiver

Purcell Deirdre
Passion irlandaise
L'été de nos seize ans
Une saison de lumière

Rainer Dart Iris
Le cœur sur la main
Une nouvelle vie

Rivers Siddons Anne
La Géorgienne
La jeune fille du Sud
La maison d'à côté
La plantation
Quartiers d'été
Vent du sud
La maison des dunes
Les lumières d'Atlanta
Ballade italienne
La fissure

Roberts Anne Victoria
Possessions

Ryan Mary
Destins croisés

Ryman Rebecca
Le trident de Shiva
Le voile de l'illusion

Shelby Philip
L'indomptable

Simons Paullina
Le silence d'une femme

Sloan Susan R.
Karen au cœur de la nuit

Spencer Joanna
Les feux de l'amour
1 - Le secret de Jill
2 - La passion d'Ashley

Steel Danielle
L'accident
Coups de cœur
Disparu
Joyaux
Le cadeau
Naissances
Un si grand amour
Plein ciel
Cinq jours à Paris
La foudre
Honneur et courage
Malveillance
La maison des jours heureux
Au nom du cœur
Le Ranch
Le Fantôme

Swindells Madge
L'héritière de Glentirran

Taylor Bradford Barbara
Les femmes de sa vie

Torquet Alexandre
Ombre de soie

Trollope Johanna
Un amant espagnol
Trop jeune pour toi
La femme du pasteur
De si bonnes amies
Les liens du sang
Les enfants d'une autre

Victor Barbara
Coriandre

Walker Elizabeth
L'aube de la fortune
Au risque de la vie
Le labyrinthe des cœurs

Westin Jane
Amour et gloire

Wilde Jennifer
Secrets de femme

Wood Barbara
African Lady
Australian Lady
Séléné
Les vierges du paradis
La prophétesse
Les fleurs de l'Orient

ÉGALEMENT CHEZ POCKET
LITTÉRATURE « GÉNÉRALE »

Abgrall Jean-Marie
La mécanique des sectes

Alberoni Francesco
Le choc amoureux
L'érotisme
L'amitié
Le vol nuptial
Les envieux
La morale
Je t'aime
Vie publique et vie privée

Antilogus Pierre
Festjens Jean-Louis
Guide de self-control à l'usage des conducteurs
Guide de survie au bureau
Guide de survie des parents
Le guide du jeune couple
L'homme expliqué aux femmes
L'école expliquée aux parents

Arnaud Georges
Le salaire de la peur

Barjavel René
Les chemins de Katmandou
Les dames à la licorne
Le grand secret
La nuit des temps
Une rose au paradis

Berberova Nina
Histoire de la baronne Boudberg
Tchaïkovski

Bernanos Georges
Journal d'un curé de campagne
Nouvelle histoire de Mouchette
Un crime

Besson Patrick
Le dîner de filles

Blanc Henri-Frédéric
Combats de fauves au crépuscule
Jeu de massacre

Boissard Janine
Marie-Tempête
Une femme en blanc

Borgella Catherine
Marion du Faouët, brigande et rebelle

Botton Alain de
Petite philosophie de l'amour
Comment Proust peut changer votre vie
Le plaisir de souffrir
Portrait d'une jeune fille anglaise

Boudard Alphonse
Mourir d'enfance
L'étrange Monsieur Joseph

Boulgakov Mikhaïl
Le Maître et Marguerite
La garde blanche

Boulle Pierre
La baleine des Malouines
L'épreuve des hommes blancs
La planète des singes
Le pont de la rivière Kwaï
William Conrad

Boyle T.C.
Water Music

Bragance Anne
Anibal
Le voyageur de noces
Le chagrin des Resslingen
Rose de pierre

Brontë Charlotte
Jane Eyre

Burgess Anthony
L'orange mécanique
Le testament de l'orange
L'homme de Nazareth

Buron Nicole de
Chéri, tu m'écoutes ?

Buzzati Dino
Le désert des Tartares
Le K
Nouvelles (Bilingue)
Un amour

Carr Caleb
L'aliéniste
L'ange des ténèbres

Carrière Jean
L'épervier de Maheux
Achigan

Carrière Jean-Claude
La controverse de Valladolid
Le Mahabharata
La paix des braves
Simon le mage
Le cercle des menteurs

Cesbron Gilbert
Il est minuit, doctéur Schweitzer

Chandernagor Françoise
L'allée du roi

Chang Jung
Les cygnes sauvages

Chateaureynaud G.-O.
Le congrès de fantomologie
Le château de verre
La faculté des songes

Chimo
J'ai peur
Lila dit ça

Cholodenko Marc
Le roi des fées

Clavel Bernard
Le carcajou
Les colonnes du ciel
1. La saison des loups
2. La lumière du lac
3. La femme de guerre
4. Marie Bon Pain
5. Compagnons du Nouveau Monde

La grande patience
1. La maison des autres
2. Celui qui voulait voir la mer
3. Le cœur des vivants
4. Les fruits de l'hiver

Jésus, le fils du charpentier
Malataverne
Lettre à un képi blanc
Le soleil des morts
Le seigneur du fleuve
L'Espagnol

Collet Anne
Danse avec les baleines

Comte-Sponville André
Ferry Luc
La sagesse des Modernes

Courrière Yves
Joseph Kessel

Cousteau Jacques-Yves
L'homme, la pieuvre et l'orchidée

Dautin Jeanne
Un ami d'autrefois

David-Néel Alexandra
Au pays des brigands gentilshommes
Le bouddhisme du Bouddha
Immortalité et réincarnation
L'Inde où j'ai vécu
Journal (2 tomes)
Le Lama aux cinq sagesses
Magie d'amour et magie noire
Mystiques et magiciens du Tibet
La puissance du néant
Le sortilège du mystère
Sous une nuée d'orages
Voyage d'une Parisienne à Lhassa
La lampe de sagesse
La vie surhumaine de Guésar de Ling

Decaux Alain
L'abdication
C'était le XVe siècle
tome 1
tome 2
tome 3

Histoires extraordinaires
Nouvelles histoires extraordinaires
Tapis rouge

DENIAU JEAN-FRANÇOIS
La Désirade
L'empire nocturne
Le secret du roi des serpents
Un héros très discret
Mémoires de 7 vies
1. Les temps nouveaux
2. Croire et oser

ESPITALLIER JEAN-MICHEL
Pièces détachées

EVANS NICHOLAS
L'homme qui murmurait à l'oreille des chevaux
Le cercle des loups

FAULKS SEBASTIAN
Les chemins de feu
Charlotte Gray

FERNANDEZ DOMINIQUE
Le promeneur amoureux

FITZGERALD SCOTT
Un diamant gros comme le Ritz

FORESTER CECIL SCOTT
Aspirant de marine
Lieutenant de marine
Seul maître à bord
Trésor de guerre
Retour à bon port
Le vaisseau de ligne
Pavillon haut
Le seigneur de la mer
Lord Hornblower
Mission aux Antilles

FRANCE ANATOLE
Crainquebille
L'île des pingouins

FRANCK DAN, VAUTRIN JEAN
La dame de Berlin
Le temps des cerises
Les noces de Guernica
Mademoiselle Chat

GALLO MAX
Napoléon
1. Le chant du départ
2. Le soleil d'Austerlitz
3. L'empereur des rois
4. L'immortel de Sainte-Hélène

La Baie des Anges
1. La Baie des Anges
2. Le Palais des fêtes
3. La Promenade des Anglais

De Gaulle
1. L'appel du destin
2. La solitude du combattant
3. Le premier des Français
4. La statue du commandeur

GENEVOIX MAURICE
Beau François
Bestiaire enchanté
Bestiaire sans oubli
La forêt perdue
Le jardin dans l'île
La Loire, Agnès et les garçons
Le roman de Renard
Tendre bestiaire

GIROUD FRANÇOISE
Alma Mahler
Jenny Marx
Cœur de tigre
Cosima la sublime

GRÈCE MICHEL DE
Le dernier sultan
L'envers du soleil – Louis XIV
La femme sacrée
Le palais des larmes
La Bouboulina
L'impératrice des adieux

GUITTON JEAN
Mon testament philosophique

HERMARY-VIEILLE CATHERINE
Un amour fou
Lola
L'initié
L'ange noir

HYRIGOYEN MARIE-FRANCE
Le harcèlement moral

HYVERNAUD GEORGES
La peau et les os

INOUÉ YASUSHI
La geste des Sanada

Jacq Christian
L'affaire Toutankhamon
Champollion l'Égyptien
Maître Hiram et le roi Salomon
Pour l'amour de Philae
Le Juge d'Égypte
1. La pyramide assassinée
2. La loi du désert
3. La justice du Vizir
La reine soleil
Barrage sur le Nil
Le moine et le vénérable
Sagesse égyptienne
Ramsès
1. Le fils de la lumière
2. Le temple des millions d'années
3. La bataille de Kadesh
4. La dame d'Abou Simbel
5. Sous l'acacia d'Occident
Les Égyptiennes
Le pharaon noir
Le petit Champollion illustré

Janicot Stéphanie
Les Matriochkas

Joyce James
Les gens de Dublin

Kafka Franz
Le château
Le procès

Kaufmann Jean-Claude
Le cœur à l'ouvrage

Kazantzaki Nikos
Alexis Zorba
Le Christ recrucifié
La dernière tentation du Christ
Lettre au Greco
Le pauvre d'Assise

Kennedy Douglas
L'homme qui voulait vivre sa vie
Les désarrois de Ned Allen

Kessel Joseph
Les amants du Tage
L'armée des ombres
Le coup de grâce
Fortune carrée
Pour l'honneur

Lainé Pascal
Elena

Lapierre Alexandra
L'absent
La lionne du boulevard
Fanny Stevenson
Artemisia

Lapierre Dominique
La cité de la joie
Plus grands que l'amour
Mille soleils

Lapierre Dominique et Collins Larry
Cette nuit la liberté
Le cinquième cavalier
Ô Jérusalem
... ou tu porteras mon deuil
Paris brûle-t-il ?

Lawrence D.H.
L'amant de Lady Chatterley

Léautaud Paul
Le petit ouvrage inachevé

Lê Linda
Les trois Parques

Levi Primo
Si c'est un homme

Lewis Roy
Le dernier roi socialiste
Pourquoi j'ai mangé mon père

Loti Pierre
Pêcheur d'Islande

Lucas Barbara
Infirmière aux portes de la mort

Mallet-Joris Françoise
La maison dont le chien est fou
Le rempart des Béguines

Mauriac François
Le romancier et ses personnages
Le sagouin

Mawson Robert
L'enfant Lazare

Messina Anna
La maison dans l'impasse

Michener James A.
Alaska
1. La citadelle de glace
2. La ceinture de feu
Caraïbes (2 tomes)
Hawaï (2 tomes)
Mexique
Docteur Zorn

Milovanoff Jean-Pierre
La splendeur d'Antonia
Le maître des paons

Mimouni Rachid
De la barbarie en général et de l'intégrisme en particulier
Le fleuve détourné
Une peine à vivre
Tombéza
La malédiction
Le printemps n'en sera que plus beau
Chroniques de Tanger

Miquel Pierre
Le chemin des Dames

Mitterrand Frédéric
Les aigles foudroyés
Destins d'étoiles

Monteilhet Hubert
Néropolis

Montupet Janine
La dentellière d'Alençon
La jeune amante
Un goût de miel et de bonheur sauvage
Dans un grand vent de fleurs
Bal au palais Darelli
Couleurs de paradis

Morgiève Richard
Fausto
Andrée
Cueille le jour

Nakagami Kenji
La mer aux arbres morts
Mille ans de plaisir

Nasr Eddin Hodja
Sublimes paroles et idioties

Naudin Pierre
Cycle d'Ogier d'Argouges
1. Les lions diffamés
2. Le granit et le feu
3. Les fleurs d'acier
4. La fête écarlate

Nin Anaïs
Henry et June (Carnets secrets)

O'Brian Patrick
Maître à bord
Capitaine de vaisseau
La « Surprise »
L'île de la Désolation

Pears Iain
Le cercle de la croix

Perec Georges
Les choses

Peyramaure Michel
Henri IV
1. L'enfant roi de Navarre
2. Ralliez-vous à mon panache blanc !
3. Les amours, les passions et la gloire
Lavalette, grenadier d'Egypte
Suzanne Valadon
1. Les escaliers de Montmartre
2. Le temps des ivresses

Picard Bertrand, Brian Jones
Le Tour du monde en 20 jours

Purves Libby
Comment ne pas élever des enfants parfaits
Comment ne pas être une mère parfaite
Comment ne pas être une famille parfaite

Queffelec Yann
La femme sous l'horizon
Le maître des chimères
Prends garde au loup
La menace

Radiguet Raymond
Le diable au corps

Ramuz C.F.
La pensée remonte les fleuves

Revel Jean-François
Mémoires

Ricard Matthieu
Le moine et le philosophe

Rey Françoise
La femme de papier
La rencontre
Nuits d'encre
Marcel facteur
Le désir

Rice Anne
Les infortunes de la Belle au bois dormant
1. L'initiation
2. La punition
3. La libération

Rifkin Jeremy
Le siècle biotech

Rivard Adeline
Bernard Clavel, qui êtes-vous?

Rouanet Marie
Nous les filles
La marche lente des glaciers

Sagan Françoise
Aimez-vous Brahms..
... et toute ma sympathie
Bonjour tristesse
La chamade
Le chien couchant
Dans un mois, dans un an
Les faux-fuyants
Le garde du cœur
La laisse
Les merveilleux nuages
Musiques de scènes
Répliques
Sarah Bernhardt
Un certain sourire
Un orage immobile
Un piano dans l'herbe
Un profil perdu
Un chagrin de passage
Les violons parfois
Le lit défait
Un peu de soleil dans l'eau froide
Des bleus à l'âme
Le miroir égaré
Derrière l'épaule...

Salinger Jerome-David
L'attrape-cœur
Nouvelles

Sarraute Claude
Des hommes en général et des femmes en particulier
C'est pas bientôt fini !

Saumont Annie
Après
Les voilà quel bonheur
Embrassons-nous

Sparks Nicholas
Une bouteille à la mer

Stocker Bram
Dracula

Tartt Donna
Le maître des illusions

Troyat Henri
Faux jour
La fosse commune
Grandeur nature
Le mort saisit le vif
Les semailles et les moissons
1. Les semailles et les moissons
2. Amélie
3. La Grive
4. Tendre et violente Élisabeth
5. La rencontre

La tête sur les épaules

Valdès Zoé
Le néant quotidien
Sang bleu *suivi de* La sous-développée
La douleur du dollar

Vanier Nicolas
L'Odyssée blanche

Vanoyeke Violaine
Une mystérieuse Égyptienne

Le trésor de la reine-cobra

Vialatte Alexandre
Antiquité du grand dossier
Badonce et les créatures
Les bananes de Königsberg
Les champignons du détroit de Behring
Chronique des grands micmacs
Dernières nouvelles de l'homme
L'éléphant est irréfutable
L'éloge du homard et autres insectes utiles
Et c'est ainsi qu'Allah est grand
La porte de Bath Rahbim

Victor Paul-Émile
Dialogues à une voix

Villers Claude
Les grands aventuriers
Les grands voyageurs
Les stars du cinéma
Les voyageurs du rêve

Wallace Lewis
Ben-Hur

Waltari Mika
Les amants de Byzance
Jean le Pérégrin

Wells Rebecca
Les divins secrets des petites ya-ya

Wickham Madeleine
Un week-end entre amis
Une maison de rêve

Wolf Isabel
Les tribulations de Tiffany Trott

Wolfe Tom
Un homme, un vrai

Xénakis Françoise
« Désolée, mais ça ne se fait pas »

Imprimé en France sur Presse Offset par

BRODARD & TAUPIN

GROUPE CPI

4668 – La Flèche (Sarthe), le 30-10-2000
Dépôt légal : novembre 2000

POCKET – 12, avenue d'Italie - 75627 Paris cedex 13
Tél. : 01.44.16.05.00